Jehuda Amichai

Nicht von jetzt, nicht von hier

Roman

Aus dem Hebräischen von Ruth Achlama

Piper
München Zürich

Die Originalausgabe erschien 1963 unter dem Titel
»Lo meachschaw, lomekan« im Schocken-Verlag, Tel Aviv.

ISBN 3-492-03369-5

Gesetzt aus der Sabon-Antiqua
Satz: Uhl + Massopust, Aalen
Druck und Bindung: Wiener Verlag, Himberg
Printed in Austria

Er sah auch einen Schädel auf dem Wasser schwimmen, da sprach er zu ihm: Weil du ertränkt hast, haben sie dich ertränkt, doch schließlich werden, die dich ertränkt haben, ertränkt werden.

Sprüche der Väter 2,7

I

Der Abendwind stieß jäh das Fenster auf, und der Duft der Eukalyptusblüte durchflutete den Raum. Es war eine verspätete Blüte in diesem heißen Sommer, und ihr schwerer, aufdringlicher Duft entstammte der fremden Begierde dieser fremden Bäume, die man einst aus Australien hierher verpflanzt hatte. Mina schlug vor, das Fenster zu schließen, und blickte leicht verschmitzt von unten herauf, nachdem sie ihre Fingernägel prüfend betrachtet hatte.

»Erst vor zwanzig Jahren hat man ihn gepflanzt, und schon überragt er mein Haus«, sinnierte Mina.

»Und wann hat man dich verpflanzt?«

»Mich hat man verpflanzt, aber ich bin nicht gewachsen. Ich war klein, als man mich herbrachte, und klein bin ich geblieben.«

Mina beugte sich aus dem Fenster, knipste ein längliches Blatt ab, zerrieb es zwischen den Fingern, roch an ihnen und blickte wieder konzentriert und versonnen auf ihre Nägel.

Es war einer jener Sommerabende, an denen die Menschen miteinander über ihre Pläne sprechen, ja, nicht nur über die für diesen Sommer, sondern über größere Pläne, ähnlich den Fünfjahresplänen wohlgeordneter Staaten. Auch Mina und Joel unterhielten sich, und obwohl sie nicht verliebt waren, übte der Eukalyptusduft in dieser Nacht seine Wirkung aus.

»Morgens schwirrt der Eukalyptuswipfel von Bienen. Das ist ein unerbittliches, hartnäckiges Summen, wie von einer einzigen raubtierhaften Riesenbiene. Und der Baum schwillt an vor lauter Begierde«, sagte Mina und fügte dann lachend hinzu: »So ein großer, liebender Baum, oder vielleicht ist es ein weibliches Exemplar. Ich kenne mich in Botanik nicht so aus.«

Sie schwieg mit geschürzten Lippen. Die Geräusche aus all den Räumen dieses großen alten Hauses wurden wieder lauter – Gelächter, gedämpfte Musik und unaufhörliches Möbelscharren –, aber all das klang schon fern und verschwommen. Mina und Joel standen zwischen dem Partytumult und dem Duft der Leidenschaft und wußten nicht, wohin sie gehörten.

»Eine zu kleine Frau in einem zu großen Haus.«

Sie pflichtete ihm mit einem kleinen Seufzer und tragikomischem Blick bei. Das alte arabische Haus war tatsächlich groß. Zwei Säulen stützten die Decke des weiten Saals, in dem sie standen. Mina ging und umfing eine der Säulen mit den Armen.

»Ein weiblicher kleiner Samson umfängt die Säulen.«

»Sterbe meine Seele mit den Philistern.«

»Wer sind sie?«

»Du und all die anderen ... Joel, weißt du, ich werde mit diesem Haus und all seinen Zimmern nicht fertig. Erd- und Obergeschoß, Dachboden und Keller und das große Arbeitszimmer meines verstorbenen Schwiegervaters. Es ist wie ein Panoptikum, aber Jizchak will es nicht aufgeben. Eines Tages wird man die Größe seines Vaters erkennen, und dann wird das ganze Haus ein Museum.«

»Aber du hast doch ein Hausmädchen.«

»Auch die kommandiert mich herum.«

Wieder umfing sie die Säule, aber diesmal nicht, um das Haus über all seinen Bewohnern und Tänzern zum Einsturz zu bringen, sondern aus der Liebe, die in ihr war. Bei dieser Umarmung entblößten sich ihre Knie und ein Teil ihrer Schenkel, die braungebrannt, weicher und voller waren, als man es unter den weißen Tüll- und Seidenschichten ihres Kleides vermutet hätte. Sie fuhr fort, sich zu beschweren: »Alles ist zu groß. Die Schränke sind so hoch, daß ich an manche Borde nur mit Hilfe eines Stuhls rankomme, wie ein Kind.« So stand sie wie ein jammerndes kleines Mädchen da, das sich mit den Kleidern der Mutter kostümiert hat. Ihre Stimme war glockenrein.

»Du hast hübsche Knie.«

»Typisch Archäologe! Mußt du alles freilegen und nach Alter und Epoche bestimmen?«

»Und ins Museum räumen.«

»Krüge über Krüge und Schriftrollen, Fetzen und Lumpen, Ruß und Bruch, Scherben und Köpfe mit abgesplitterten Nasen. Das ist alles. Das ist deine gesamte Welt.«

So flötete sie, und Joel rief aus: »Hör auf, wie ein Häschen mit den Nasenflügeln zu beben, laß das!« Doch Mina entglitt ihm, wie man nur in alten Häusern leichtfüßig und geschmeidig unter Kleiderrascheln verschwinden kann. Und auch sie, die sonderbare Mina, war zum Verschwinden bestimmt, für das Ende gezeichnet – ihr Ende und das der anderen, das Ende des Hauses und das Ende der ganzen Generation von Joel und Josske und Josef und Seiger und den übrigen Helden der Vergangenheit und von Jizchak, ihrem schweigsamen Mann, der sie einige Jahre zuvor wie einen Baum aus einem fernen Land hierher verpflanzt hatte, nur daß sie hier nicht mehr weiterwuchs.

Joel schenkte sich ein Glas ein, trank und stellte es auf einem kleinen Damaszener Tischchen ab, das Jizchaks Vater einmal von einem reichen Araber geschenkt bekommen hatte. Je mehr Joel an diesem Abend trank, um so deprimierter wurde er. Wenn ein Mensch gedankenschwer ist, möbelt ihn auch ein Drink nicht auf. Er ging zurück ans Fenster. Die Straße war schon still, abgesehen von einem Laut hier und da, der zwischen den Bäumen oder den parkenden Autos heraufdrang. Irgendwie wurde Joel ein wahrhaft apokalyptisches Gefühl vom Vergehen alles Lebendigen, dem Ende aller Dinge nicht los, eine Sonnenuntergangsstimmung. Iß und trink, denn morgen werden wir noch nicht einmal sterben. Einer seiner entfernten Vorväter muß zu den Propheten gehört haben, die bei fröhlichen Festen das Ende witterten und den Untergang prophezeiten. Warum sonst kamen ihm jetzt, da er rundum Erfolg hatte, solche Gedanken? Seit langem war er nicht mehr auf Partys gewesen. Auch seine Frau Ruth war an diesem Abend nicht mitgekommen. Doch er, Joel, befand sich in den besten Jahren, in Hochform, voller Tatkraft, auf dem Gipfel seiner Leistungsfähigkeit.

Plötzlich, zu Beginn dieses Sommers, hatte ihn dieses Endzeitgefühl überkommen. Er merkte, daß er langsam seinem Vater ähnlich wurde, der in seinen letzten Jahren melancholisch und immer niedergeschlagener geworden war, bis er viel zu früh in den Armen seiner Frau Ruth starb. Doch dann, plötzlich, hatte Joel begonnen sein Leben umzustellen, wie ein Feldherr, der seine Truppen aufgrund neuer Nachrichten über die Feindbewegungen umgruppiert. Und so gewann sein Leben neue Orientierung, und das ist das genaue Gegenteil von Selbstaufgabe.

Er glich einem verspäteten Kinobesucher, dem man im Dunkeln seinen Platz anweist, so daß er erst später, wenn die Lichter angehen, die neben und um ihn Sitzenden erkennen kann. So eine Art Pause, so ein Lichterangehen hatte Joel an diesem Abend erlebt, und daraus erklärte sich seine nachdenkliche Verwunderung über alles, was er im Verlauf des Abends sah. Gab es jemanden, der zu ihm hielt? Wo waren Jizchak, Mina und seine Frau Ruth?

Durch ein paar offene Türen hindurch fiel sein Blick wieder auf Mina. Irgendwie meinte er, diese sonderbare, verwirrte Frau könne ihm verraten, was er diesen Sommer tun solle. Irgend etwas mußte getan werden, aber er wußte noch nicht, was.

Den ganzen Abend war Mina ihm ausgewichen: »Ich muß mich um die Gäste kümmern. Mach das Fenster zu. Joel, wir treffen uns auf dem großen Balkon oder bei den Säulen oder sonst irgendwo!«

Joel setzte sein Glas ein zweites Mal ab und öffnete eine geschlossene Tür. Das war das Römerzimmer. Wieso das? Weil all die Männer darin wie Römer aussahen: wie Antonius oder wie Caracalla, der soldatische Kaiser, oder wie andere mehr. Und obwohl die meisten betrunken waren, machten sie ernste Gesichter und schienen genauso deprimiert zu sein wie er. Es waren seine Freunde – Kameraden aus der Schule, aus dem Krieg, aus der Untergrundorganisation oder aus der Universität, die Zeugen seines Lebens.

Abermals sah Joel Mina. Diesmal stand sie vor einem großen Flurspiegel, um den sich eine Kupferschlange wandt.

Sehr still stand sie da, ihre Schuhe in der Hand. Ohne sich von ihrem Spiegelbild abzuwenden, sagte sie zu ihm: »Man muß Fenster und Türen öffnen. Es wird irgendein Prophet Elija kommen. Er muß kommen und uns erlösen.« Dann drehte sie sich um und drückte Joel ihre kleinen Schuhe in die Hand, damit er sie hielt, während sie sich kämmte. Sie kämmte ihr rötliches Haar ganz auf eine Seite, so daß sie aussah wie im Sturm. Danach steckte sie den Kamm wieder unter den Gürtel ihres Rocks und blickte Joel an.

»Du mußt dich verlieben, Joel. Schau mich nicht so an. Nicht in mich, das weiß ich ja schon, aber verlieben mußt du dich. Dich ganz und gar verstricken, bis du deine letzte archäologische Ausgrabung und die gesamte Universität vergißt. Gib mir keine Antwort. Du hattest mich um Rat gebeten. Deswegen bist du doch gekommen.« Sprach's und ließ ihn mir nichts, dir nichts mit ihren Schuhen in der Hand vor dem schlangengerahmten Spiegel stehen.

Er begann über Minas Worte nachzusinnen. Er begriff, warum sie alle möglichen interessanten Leute in ihrem Haus versammelte: den Dichter Amron und den Maler Mainzer und Mr. Cohen, den amerikanischen Musikologen. Und auch ihn, Joel, den Archäologen, hatte sie versucht als einen ihrer Stammgäste einzuführen. Er verstand jetzt warum: um das Vakuum zu füllen, sein Leben zu verändern, ihn völlig umzukrempeln, einen neuen Weg einschlagen zu lassen. All diese Schlagworte paßten weder zu seinem Alter noch zu seinem Stand. Doch obwohl er wußte, daß Mina das gesagt hatte, weil sie betrunken war, und daß für eine Frau wie sie alles mit einer großen Liebesaffäre zu lösen war, schien sie ihm aus dem Herzen gesprochen zu haben: Verliebt mußte man sein. Schließlich liebte er doch seine Frau Ruth, die denselben Namen trug wie die kleine Ruth seiner Kindheit. Und das war kein Zufall. Sein Leben war bis in die Tiefen des Bewußtseins geregelt und geplant, fast so wohlbezeichnet wie die Schichten einer antiken Ausgrabungsstätte. Seine Gedanken lasteten so schwer im Innern wie der Stein, den man einem Toten an die Beine bindet, bevor man ihn ins Meer versenkt.

»Aufs Dach! Aufs Dach!« Mit diesem Ruf stürmte eine mitreißend fröhliche Gruppe an Joel vorbei. Zwei von ihnen schleppten die Gipsbüste eines wütenden Beethoven, den sie zwischen dem Gerümpel im Keller gefunden hatten. Joel schloß sich ihrem wilden Lauf an, um seine Grübeleien loszuwerden, ließ im Rennen die Pfennigabsätze von Minas Schuhen aneinanderklirren und befühlte das zarte Innenpolster. Das geräumige Flachdach war zu Ehren der Gäste mit farbigen Glühbirnen geschmückt, die leise im Wind schwankten und ein sonderbar verwunschenes Traumlicht verbreiteten.

Viele Hejhej- und Hohorufe hallten schon über das weitläufige Dach. Matratzen und Kissen lagen über den Boden verstreut zwischen niedrigen Sofas und altmodischen Betten, die man aus dem Keller geholt hatte. In der Mitte saß Morris, der englische Jude mit den schwarzen Augen, zupfte an seiner Gitarre und sang sanfte, eindringliche Lieder aus einem fernen Land: von einem irischen Mädchen, das Äpfel verkaufte, von einem schottischen König, der seine Frau getötet hatte, von Schwarzen, die bei der Baumwollernte oder beim Schienenlegen arbeiteten. Und wieder kehrte er zu schottischen Liedern zurück, bei denen ein Mac-Soundso dies und das tat. Die Frauen und Mädchen lauschten ihm. Das war sein großer Abend, bei dem alles ihm zuhörte. Denn das Verlangen, der Einsamkeit zu entfliehen, hatte ihn nach Israel getrieben. »Weiter, weiter!« baten die Mädchen, die auf der Seite lagen, so daß ihr Becken sich hochwölbte.

Als die lärmenden Beethoven-Träger jedoch auf dem Dach ankamen, übertönte ihr Geschrei die Musik und die Bitten um Zugaben. Jemand rief: »Das ist doch ein herrliches Jerusalemer Dach. Kommt, wir spielen David und Batscheba!« Sie setzten den Gipskopf auf einen niedrigen, krummbeinigen Tisch zwischen Flaschen, Tellerchen und Gläser. Joel stellte Minas Schuhe neben die Büste. Die Glühbirnen wippten in nächtlichem Schlaf. Ein großer Papierbogen wurde von einer Bö herbeigeweht und an die verschnörkelten Geländerstreben gedrückt.

An Morris' Stelle trat jetzt Nelly, eine junge Engländerin, die das volle Leben hier gesucht hatte und geblieben war. Mit dünner, kindlicher Stimme sang sie Volkslieder, denen sie ein hebräisches Lied anfügte – vielleicht weil sie auf dem Dach eines der größten Philologen spielte, der sein Leben der hebräischen Sprache gewidmet hatte und nun fast vergessen war, während sein Sohn Jizchak, der Chirurg, den Mund fest verschlossen hielt. Wie an diesem Abend, lud Jizchaks Frau Mina von Zeit zu Zeit alle ihre Freunde ein, bevor sie ihre langen Reisen zu fernen Orten in Übersee – wo sie herkam – antrat.

Auch Mina suchte. Und Suchende können einander nicht helfen. Es liegt in der Natur dieser Suche, daß jeder etwas für sich sucht, und manche wissen gar nicht, was sie suchen, spähen aber doch unablässig in allen Zimmern und auf allen Wegen umher, bis die Suche selbst zur alltäglichen Gewohnheit und schließlich zum puren Gestus wird.

Allerdings kommt es vor, daß zwei Suchende ein Stück Weges gemeinsam laufen. Und das geschah Mina und Joel in jener Nacht.

Am Rand des Daches stand Joel samt seinem ganzen Leben – mit all seinen Erinnerungen, seiner Kindheit, seinen Begegnungen und seinen Kriegen, mit der kleinen Ruth und mit Ruth, seiner Frau, die im Krieg an der Einmündung jenes Wadis im Negev auf ihn gewartet hatte, als er von einem nächtlichen Gefecht zurückgekehrt war. Wie einen kompletten Zirkus führte Joel stets sein ganzes Leben mit sich: Akrobaten und Dompteure, Tänzer und Tänzerinnen und Raubtiere. Ab und zu hielt der gesamte Zirkus in seinem Innern an, und jeder vollführte seine Kunststücke – Sprünge und Clownerien, gefährliche Drahtseilakte und Tänze –, bis es Zeit war, mit Sack und Pack an einen anderen Ort weiterzuziehen.

2

Ich hatte einen Traum. Ich träumte, daß ich in Weinburg war, der Stadt meiner Kindheit. Kirchenglocken läuteten. Ich stand auf von dort, wo ich saß, und war groß und erwachsen, wie ich es in meiner Kindheit nicht gewesen bin. Ein sonderbares Verlangen, neue Schuhe zu kaufen, trieb mich aus dem Haus. Als ich die Wohnung verließ, rief meine Frau Ruth mir nach, der Abfluß in der Küche sei verstopft. Aber ich ließ mich nicht aufhalten, sondern betrat die vornehme, mit farbigen Lichtern weihnachtlich geschmückte Straße. Noch nie hatte ich mir alleine Schuhe gekauft. Als Kind war meine Mutter mitgekommen, und jetzt begleitet mich meine Frau. (Ich suche Schuhe nach ihrer Bequemlichkeit aus, und nach einigen Tagen erweisen sie sich dann immer als zu groß.) Vor der Haustür, die wieder zu meinem Haus in Jerusalem gehörte, spielten kleine Mädchen. Das Haus ruhte auf drei Pfeilern wie der Kopf eines Menschen, der das Kinn auf die Fäuste stützt und nachdenkt.

Auch die kleine Ruth spielte dort. Ich sagte ihr, das könne doch nicht sein, denn wir seien schon groß, und man habe sie doch in dem fürchterlichen Krematorium verbrannt. Aber sie ließ sich nicht beirren, sondern hüpfte mit kindlichen Sprüngen hinter mir her, bis wir die vornehme, erleuchtete Straße erreicht hatten, die nun wieder der in Weinburg glich.

Wir betraten ein Schuhgeschäft. Ich sagte zu ihr: »Du gehst besser. Sonst streiten wir uns wieder über jeden Schuh, den ich anprobiere.« Meine Mutter gesellte sich zu uns und gab uns saure Lutschbonbons. »Saure Drops löschen bei Ausflügen den Durst!« sagte sie immer. Ich probierte einen Schuh nach dem anderen an, während die kleine Ruth mir mit ernstem Gesicht wie ein Engel gegenübersaß. Ihr Vater, der Gemeinderabbiner Dr. Mannheim, stand auf der Leiter, in seinem schwarzen Mantel mit dem Gebetsschal darüber, den eine schwere, üppige Silberborte zierte. Er stand so, wie in der Synagoge während der Thoralesung. Ich ging den weichen Läufer auf und ab, um die Schuhe zu prüfen. Dann sagte Ruth auf einmal: »Du willst es nur bequem haben, daß es bloß nicht drückt. Sogar eine Frau, die Ruth heißt wie ich, hast du dir ausgesucht, um es leicht und bequem zu haben.« Am Ende behielt ich nur Sandalen an den Füßen.

Ich erwachte mit einem schneidend-scharfen Sehnsuchtsschmerz im Innern, wollte plötzlich wieder in meiner Kindheit und meiner Geburtsstadt Weinburg sein und konnte mich lange nicht beruhigen.

3

Mina erschien plötzlich auf der Suche nach ihren Schuhen auf dem Dach, das sich inzwischen geleert hatte. Im Zuge der David-und-Batscheba-Spiele waren die Gäste in Zimmer, Gänge und Kellerräume ausgeschwärmt. Mina schlüpfte in die Schuhe, ohne sie mit den Händen zu berühren. Dann fragte sie Joel: »Nun, hast du schon was gefunden?«

Anstelle einer Antwort erzählte Joel ihr den Traum, den er einige Nächte zuvor geträumt hatte. Er schilderte ihr, wie er sich nach seiner Kindheit und nach der süddeutschen Stadt Weinburg sehnte in dem Verlangen, wieder mit seiner kleinen, toten Ruth zusammensein zu können.

»Dann bist du also glücklich. Du hast etwas, womit du diesen Sommer füllen kannst«, meinte sie, »Rückkehr in die Kindheit, Verstrickung in Dinge, die nicht mehr sind.«

»Aber du hattest mir doch geraten, in Jerusalem zu bleiben und mich in eine Liebesaffäre zu verstricken? Hast du das vergessen?«

»Nein, habe ich nicht vergessen. Tu beides.«

»Und was zuerst?«

»Beides gleichzeitig.«

»Du bist betrunken oder verrückt.«

»Betrunken und verrückt. Also fahr und bleib. Sieh am Ende, was das beste ist, und laß das übrige sausen.«

»Reine Spekulation.«

»Ich regele das für dich. Darin bin ich Expertin.«

»Magierin und Hexe. Im Mittelalter hätte man dich verbrannt.«

»Und jetzt im zwanzigsten Jahrhundert verbrenne ich mein ganzes Leben lang.«

»Du bist verrückt.«

»Wie du, Joel.«

Damit verschwand sie und ließ Joel allein zurück. Auch der Wind ließ nach und verließ ihn. Er sah in der Dunkelheit nur das erleuchtete Zifferblatt einer Turmuhr in der Altstadt, und er spürte Jerusalem – den Ölberg, den Skopusberg, die Berge im Westen – wie zu einem Amphitheater aufgereiht, eine Bergkette hinter der anderen, und alle umgaben ihn in weitem Halbrund und sahen gespannt zu, was wohl nach dieser Party aus ihm werden würde.

Zwei kamen vom Tanzen aufs Dach herauf: Einat und Joels Freund Jossel, der auch Jossel der Grieche genannt wurde, zum einen weil er in einer Dachwohnung im griechischen Viertel wohnte, zum anderen weil er mit dem Bart, der sein Gesicht umrahmte, und mit seinen großen, schwerlidrigen Augen wie ein Gefährte des Odysseus wirkte. Nachdem sich die beiden auf eine Matratze gesetzt hatten, fragte Einat, ob Jossel Matrose bei der Flotte gewesen sei. »Wer ist nicht auf See gewesen?« gab er zurück. Nun fragte Einat nach der Tätowierung auf seinem Arm, die eine hübsche Meerjungfrau mit Fischschwanz darstellte. Wo, in welcher Hafenstadt hatten sie ihm das eintätowiert? Jossel rollte wie gewohnt die Augen und strich sich über den Bart. Jossel war Joels bester Freund. Er spielte Violine im Jerusalemer Orchester und blies eine große funkelnde Tuba in der Polizeikapelle. Nur Joel, der im Krieg Jossels Vorgesetzter gewesen war, kannte das Geheimnis der tätowierten Nixe, die Jossel in den Alpträumen vieler Nächte heimsuchte. Die Schuppen ihres Fischschwanzes kaschierten fünf eintätowierte Ziffern. Die Zahl war nicht überdeckt, sondern kunstvoll in das Schuppenmuster eingearbeitet. Warum hatte er die Nummer nicht einfach stehengelassen? Um die Vergangenheit zu vergessen. Und warum hatte er sie nicht völlig von dem Nixenbild überdecken lassen? Um die Vergangenheit in Erinnnerung zu behalten. Einat, die von der Nummer nichts wußte, beharrte darauf, daß er Seemann gewesen sein müsse, bis Jossel dem hübschen Mädchen nachgab und sagte, er sei Kapitän eines Schiffes mit sonderbarer Mannschaft. Was für eine? Mäuse und Vögel. Tatsächlich erinnerte sich Einat, in der Zeitung von einem amerikanischen Schiff gelesen zu haben, dessen Eigentümer in Konkurs gegangen seien, worauf die Mannschaft es verlassen habe. Nun lag es am Ende eines Quais im Hafen von Haifa vor Anker, schwankte auf den Wellen und rieb sich wie ein räudiger Hund an der Mole. Anstelle von Menschen bevölkerten es Mäuse und Vögel zu Tausenden.

»Und die Mäuse und Vögel gehorchen dir?«

»Ich esse die, die's nicht tun.«

»Und was machst du dort den ganzen Tag?«

»Ich denke an dich.«

»Und die Mäuse?«

»Die piepsen.«

»Bitte nimm mich mit dorthin.«

»Wie heißt du?«

»Rate mal.«

»Warte, sicher hast du einen dieser modernen Namen: Schimrat? Anat? Semadar? Osnat? So heißt ihr doch jetzt. Wo sind all die, die Lea, Rachel, Ruth und Rebekka geheißen haben?«

»Die sind in der Diaspora geblieben. Oder auf dem Ölberg dort drüben. Ich heiße Einat.«

Nun drängten mehrere Paare aufs Dach, eine Schallplatte wurde aufgelegt, und sie begannen zu tanzen. Einat aus der Kleinstadt, mit dem kurzen Haar und den blaugrünen Augen, war die Begehrteste von allen.

Sie tanzte mit allen, mit dem schnurrbärtigen Piloten und mit dem Chef des Unterhaltungsprogramms vom Rundfunk, der eine schwarze Hornbrille trug und in improvisierten Sendungen unübertroffen war. Es gab keinen Winkel, in den er mit seinem Aufnahmegerät nicht gedrungen wäre, und was hatte er nicht alles aufgezeichnet und gesendet: die Worte des sterbenden Bettlers, des Gefangenen in der Zelle, eine wilde Musikstunde in einer Schule für schwererziehbare Jungen, den im Rausch sprechenden Dichter Amron. Schon hatte er auch Einat für ein solches Programm engagiert, für die Aufzeichnung eines Annäherungsgesprächs zwischen einem jungen Mann und einem jungen Mädchen. Einat war dabei, Jerusalem zu erobern. Sie war zwischen den Zitrushainen des Scharons geboren und barfuß im Sand gelaufen. Jetzt, nachdem ihre Zeit als Offizierin in der Armee vorbei war, hatte sie beschlossen, nach Jerusalem zu kommen. Ihre Brüste waren fest, und ihr Po war rund und straff. Wenn Touristen solche Sabremädchen zu Gesicht bekommen, sagen sie begeistert: »Sie sieht überhaupt nicht jüdisch aus!« Und sind genauso stolz darauf wie die Betreffende selbst.

Joel stand noch immer am Geländer, abseits von den Tänzern. Jedes Geländer ist wie die Reling eines Schiffes. Ein Mensch, der so denkt, ist immer ein Reisender, selbst wenn er steht. Wo war Ruth jetzt? In seinem Innern herrschte große Verwirrung wegen der kleinen Ruth seiner Kindheit und seiner Frau Ruth, die aus einem Kibbuz im Jordantal stammte und deren Vater sein Befehlshaber in einigen Gefechten im Negev gewesen war. Plötzlich, auf dem Höhepunkt seines Lebens, verwandelte sich alles in Schiffe. Nirgends war der Boden mehr fest unter seinen Füßen, und wie Kolumbus zog er aus, um zu beweisen, daß die Welt rund ist, so daß er, wenn er nur immer dieselbe Richtung beibehielt, wieder am Ausgangspunkt anlangen mußte. Und vielleicht würde er ja auch, wie jener Kolumbus, einen fernen Strand erreichen, ihn irrtümlich für Indien halten und seine Bewohner Indianer nennen. Dann würde er sein Leben lang im Irrtum leben, irrtümlich lieben oder in eine irrige Kindheit zurückkehren. Minas Rat getreu.

Eine Glocke läutete schwach von dem erleuchteten Uhrenturm in der Altstadt. Glockenläuten ruft einige zum Mitternachtsgebet, veranlaßt andere, auf die eigene Uhr oder ins Gesicht ihrer Frau zu schauen. Alle blicken auf. Man muß den Kopf heben.

Joel verließ das Dach, stieg die eiserne Feuertreppe an der

Außenmauer hinunter, öffnete eine knarrende Eisentür und betrat einen engen Flur. Aus einer Nische vor ihm, in der eine kleine Buddhastatue thronte, kam ihm Einat entgegen und sagte: »Warum stehst du hier rum wie Bileams Esel?« Danach knuffte sie ihn in die Rippen. Wieder erklommen sie die Eisenstufen zum Dach, das sich inzwischen geleert hatte, und tanzten im Rhythmus der schwankenden bunten Lichter. Einat fragte Joel über Jossel aus, der ihr gefiel, obwohl er aus Polen stammte. Sie war es leid, das Gerede über die Juden Europas, all diese Literatur über die Talmudschulen und Bethäuser und Feierberg und Mendele, mit der man sie traktiert hatte. Fast sei sie zur Antisemitin geworden, ja wirklich, und dafür habe sie ihre Gründe. Sie arbeite nämlich nachmittags im Büro einer Hilfsorganisation für ehemalige Lagerinsassen. Ihr Vater sei nur Angestellter bei der Vermarktungsgesellschaft Tnuva, und sie müsse sich also das Geld fürs Studium selbst verdienen. »Wie sie da mit Märtyrerausdruck im Büro erscheinen und ärztliche Atteste in Hülle und Fülle hervorziehen, manche auf zerrissenem Papier oder auf vergilbten, muffigen Bögen, und alle sind sie plötzlich Partisanen gewesen. Alle haben sie deutsche Züge in die Luft gesprengt. Ich weiß, man darf so nicht reden, aber trotzdem, manchmal hasse ich sie. Und gestern ist einer gekommen, der hat ein Hosenbein hochgezogen, um mir häßliche Narben zu zeigen. Exhibitionisten sind das.« All das warf sie Joel an den Kopf und wußte doch nicht, daß Jossel, in den sie sich an diesem Abend ein wenig verliebt hatte, auch im Lager gewesen war und daß die Meerjungfrau seine Nummer überdeckte. Joel schwieg sich aus.

»Bist du mir böse, weil ich so rede?«

»Nein, nein. Red dir nur alles von der Seele. Das macht dich schöner. Ärgere dich. Werd wütend. Lern Jossel kennen.«

»Nimmst du mich mal zu den Ausgrabungen im Negev mit?«

»Vielleicht.«

Jossel erschien in der Tür, und Einat ging zu ihm.

Jossels Stimme war auf einmal müde und heiser wie die Stimme eines Zeitungsausrufers am Feierabend.

4

Lange Zeit ließ mich mein Traum nicht zur Ruhe kommen. Warum hatte ich vom Schuhekaufen geträumt? Im allgemeinen bin ich doch nicht eitel, und meine Kleider kümmern mich nicht weiter. Während ich so grübelte, traf ich Herrn Mendelssohn, einen Margarinehändler, der, wie meine Eltern, aus Weinburg stammte. Normalerweise habe ich keinen Kontakt zu ehemaligen Weinburgern, die im ganzen Land verstreut leben. Der Mann erzählte mir nun, er habe gehört, daß der Rabbiner Dr. Mannheim sich auf seine alten Tage in Jerusalem niederlassen wolle.

Ich versuchte zu vergessen, doch wußte ich nicht genau, was eigentlich. Vielleicht sollte ich mit meiner Frau Ruth über meine Sehnsucht nach der Kindheit sprechen und ihr meinen Wunsch anvertrauen, für einige Tage allein nach Weinburg zu fahren. Aber wie sollte ich ihr diese Sehnsucht erklären? Die Reparationszahlungen hatte ja meine Mutter schon erhalten. Was sollte ich also dort? Etwa die kleine Ruth, Mannheims Tochter, rächen, die die Weinburger ins Krematorium geschickt hatten?

5

Joel beschloß endlich, ins Römerzimmer zu seinen Freunden zu gehen. Er betrat einen Korridor, in dem ihm Stuck auf den Kopf rieselte. Jizchaks und Minas Haus fiel auseinander. Als er den Saal mit den beiden Säulen durchquerte, sah er ein Paar, das sich, an eine der Säulen gelehnt, umarmte. Joel öffnete die Tür zu Jizchaks Zimmer, in dem die Römer saßen. Sie hoben nicht den Kopf, so tief waren sie in eine ernste Diskussion versunken. Nur Mr. Cohen, der traurige amerikanische Musikwissenschaftler, der immer fröhlich tat, winkte ihm grüßend zu und rief »Hi«. Stuck fiel auf Mr. Cohens Pfeife. Das Haus bröckelte. In der Zimmermitte saßen die übrigen Römer um Jizchak geschart, der mit seinem hageren, von senkrechten Falten durchzogenen Gesicht einem römischen Tyrannen glich. Mr. Cohen erklärte Joel, das Haus werde verkauft, jedes einzelne Möbelstück und zum Schluß auch Mina. »Jizchak liquidiert heute nacht alles.«

Mainzer, der Maler mit dem überdimensionalen Kopf, der weiterhin die Gassen Jerusalems malte, auch wenn sie längst eingerissen und in breite, moderne Straßen verwandelt waren, wirkte wie ein zufriedener römischer Landgutbesitzer aus der Spätzeit des Imperiums. Auch Josske, ebenfalls Dozent für Archäologie, war da. Er hatte eine gerade Nase, eine breite, hohe Stirn und krauses Haar. Rechtsanwalt Dr. Golgolos schätzte den mutmaßlichen Wert des Hauses. Sein Kinn war energisch vorgeschoben, und seine tiefliegenden blauen Augen durchbohrten jeden, der sie ansah. Diese trunkene Debatte über den Verkauf des Hausinventars vollzog sich mit furchtbarem Ernst: »Wer möchte die Beethovenbüste? Wer die bunten Glühbirnen und die Weine?« Oberstleutnant Mokadi, der ebenfalls mit Joel im Krieg gewesen war und wie ein römischer Legionskommandant aussah, wollte die noch im Gebäude verborgenen Waffen kaufen. Jizchaks Haus hatte nämlich zur Zeit der Untergrundbewegung als Waffenversteck gedient. Auch der Photograph Seiger war da, der zu den Führern einer kleinen Untergrundorganisation gehört hatte und die unterirdischen Gänge, Keller und Wasserlöcher Jerusalems daher bestens kannte.

»Und jetzt Minas weiße Schuhe! Und jetzt ihr Maniküreset!« Jizchak war betrunken, doch er verzog keine Miene. Ein Lachen oder Weinen würde die Welt erschüttern, unweigerlich würde sie zusammenbrechen und die Lachenden und Weinenden unterschiedslos unter sich begraben.

Jizchaks Kopf überragte die Köpfe der Debattierenden. Jetzt hatte er Joel bemerkt und nickte ihm durch den Rauch zu. Dann beugte er sich nach vorn, öffnete eine Schublade, zog einen großen Umschlag hervor, entnahm ihm ein Röntgenbild und hielt es hoch. Alle umringten ihn, um die hellen

Knochen im dunklen Fleisch zu betrachten. Hinter ihnen leuchtete eine Lampenschale aus der Gründerzeit, die von einem enthusiastischen Bronzeengel gehalten wurde. Seigers kahler Schädel funkelte. Schweißtropfen traten auf Jizchaks Stirn. Das Lachen erstarrte auf dem übergroßen Gesicht des kleinwüchsigen Malers Mainzer. Jizchak erhob sich und ging, gefolgt von den Blicken der Römer, im Zimmer auf und ab. Jizchak hinkt, doch niemand weiß warum. Manche sagen, er hätte einmal vor Morgengrauen mit einem Engel gerungen und lahme seither. Auch Mina weiß nichts darüber. Den ganzen Abend hatte sie das Zimmer der betrunkenen Römer nicht betreten. Sie waren zu alt und zu hart. Statt dessen füllte sie das Haus mit Nachwuchskünstlern und Studenten, Dichtern und Musikern und mit jungen Mädchen in engen Miniröcken.

Wieder hielt Jizchak die Röntgenaufnahme vor die Lampe.

»Verkaufen!« schrien alle.

»Moment, Moment!« rief Joel, denn er sah, daß Jizchak innerlich weinte.

So war Joel seinem Freund Jizchak bei dem Ausverkaufsspiel zu Hilfe gekommen, aber nachdem er nun »Moment, Moment« gerufen hatte, hätte er noch etwas sagen müssen, um die Auktion endgültig zu beenden, doch ihm fiel nichts ein. In der folgenden Stille hörte er plötzlich die Stimme seines alten Lehrers, des berühmten Archäologen Professor Oren: »Joel, komm zu mir.« Joel ging zu dem alten Diwan hinüber, auf dem der Professor saß. Er hatte ihn vorher nicht gesehen. Sein Gesicht, dem eines betagten römischen Kaisers ähnlich, war hager und noch sonnengbräunt von seiner letzten Ausgrabungsexkursion in den Höhlen des Negev. Oren schwenkte den Hut, und Joel setzte sich neben ihn. Diesen unrettbar verblichenen und zerbeulten Hut ließ er nie vom Kopf oder aus der Hand.

Als Joel auf der Kante des Diwans Platz genommen hatte, begannen hinter ihnen die Verkaufsgespräche über das Haus von neuem. Aus dem Gewirr der Köpfe ragte von Zeit zu Zeit der rosafarbene Babyschädel Mr. Cohens, der mit aufgerissenem Mund »Hi! Hi!« rief.

Vor dem Hauseingang tobte ein Tumult. Abgesandte der jungen Künstler kamen mit schreckensbleichen Gesichtern ins Zimmer und überbrachten verschiedene Gerüchte: Ein Gespenst sei im Haus entdeckt worden. Bettler klopften an die Tür und behaupteten hartnäckig, im Hause finde eine Hochzeit statt und man müsse sie hineinlassen. Im Säulensaal sei ein furchtbarer Streit entbrannt, weil Einat die Diasporajuden beschimpfe.

Aber die Römer beachteten das nicht weiter. Jizchak legte die Röntgenaufnahme beiseite und öffnete eine alte persische Kommode, in der vielfarbige Flaschen funkelten.

Oren sagte mit trauriger, trunkener Stimme: »Auch du hintergehst mich.« Schon seit langem hatte Joel es vermieden, mit Professor Oren über andere als berufliche Dinge zu sprechen, da dieser sich ständig betrogen und verfolgt fühlte. Jeder wollte ihm angeblich übel, selbst sein treuer Schüler Joel, der nun zum Dozenten avanciert war.

»Du verbirgst etwas vor mir.«

»Ich verberge auch etwas vor mir selbst.«

»Du wirst es finden, Joel, du wirst es finden.«

»Gewiß.«

»Du stehst an einem Scheideweg.«

»Man kann es auch anders nennen: am Wendepunkt, am Vorabend einer großen Entscheidung, in einer Krise und so weiter.« Dann tranken sie beide.

Josske verkündete: »Jetzt wird Mina verkauft.«

Oren erwiderte: »Jizchak hat sie erst vor kurzem erstanden.«

Joel trat ans Fenster. Die Jerusalemer Berge hatten sich beruhigt und waren wie erschöpfte Tänzer nach dem Tanz zusammengesunken. Der begehrliche Duft der Eukalyptusbäume lebte wieder auf. Wenn Joel an Mina dachte, spannte sich alles in ihm, als ständen wegen ihres verrückten Ratschlags große Dinge in seinem Leben bevor. Innerlich fühlte er sich wie eine Armee, die sich im Morgengrauen zum Entscheidungskampf bereitmacht: Befehlsstimmen, Rufe und erschrockenes, erwartungsvolles Erwachen. Und auch schon sehnsüchtiges Hoffen auf den Frieden nach dem Gefecht.

Mina hatte er in jenem Winter kennengelernt, als Jizchak sie aus der großen Welt ins Land gebracht hatte. An jenem Tag schneite es in Jerusalem. Joel hatte sie wie eine Katze zusammengekuschelt auf dem Sofa am Fenster sitzen und ihre Nägel betrachten sehen. Der Schnee war am nächsten Tag geschmolzen, in Joels Innern aber weitergefallen. »Der Schnee ist verrückt«, hatte Mina gesagt. Alle Schneefälle seiner Kindheit in Weinburg waren mit irrsinnigem, nicht enden wollendem Sehnen in ihm erwacht. So hatte er Mina kennengelernt.

Mina wurde an diesem Abend in einer trunkenen Verkaufsaktion zusammen mit allen Bestandteilen des großen alten Hauses veräußert.

»Das Haus ist keinen Piaster wert.«

»Es ist zu groß.«

»Steht zu nah an der Grenze.«

»Direkt im Schußfeld.«

Reuven-Rudolf, der Bankier, zog seine beigen Schweinslederhandschuhe an und verkündete: »Ich kaufe die Säulen.«

Das Haus, wurde eingewendet, werde zusammenbrechen, wenn er die Säulen kaufe und mitnehme.

Die Tür öffnete sich einen Spalt, der kleine, flinke Journalist Klein schlüpfte herein, musterte die Sitzenden, entdeckte Joel und rief ihm zu: »Gut, daß du da bist. Der einzig Zurechnungsfähige unter lauter Besoffenen. Ich hab' dich gesucht, das heißt, ich suche einen vernünftigen Menschen.« Dann bat er Joel, sich um seine Wohnungsangelegenheiten zu kümmern. Er wolle weg. Seine Frau sei schon abgefahren, und er werde ihr in zwei Tagen folgen. Wohin? In die weite Welt. Er sei unruhig. Ein Blutbad werde es geben in der Welt. Das war ein Lieblingsausdruck von ihm. Joel werde weder Unannehmlichkeiten noch Mühen wegen dieser Vollmacht haben. Er müsse lediglich ab und zu nachsehen, ob der Mieter in seiner Abwesenheit schonend mit Wohnung und Möbeln umgehe. Die Miete sei durch monatliche Wechsel im voraus geregelt. Nur zur Beruhigung bitte er also Joel, diese Vollmacht zu übernehmen, der guten Ordnung halber. Damit er in der Welt herumreisen und die Atmosphäre des Blutbads mit der ruhigen Gelassenheit eines unbeteiligten Zuschauers in sich aufnehmen könne. Joel würden wirklich keinerlei Scherereien entstehen. Und er hätte ja auch einen seiner engeren Freunde gebeten, wenn die heute abend nicht alle betrunken wären, so daß außer Joel niemand nüchtern sei.

Joel willigte ein, obwohl der Kontakt zu Klein seit der gemeinsamen Schulzeit nur noch lose gewesen war. »Und weißt du, warum alle Römer betrunken sind?« fuhr Klein nach kurzer Pause in seinem Redefluß fort. »Sie sind stockbesoffen, weil Jizchak besoffen ist. Und Jizchak ist betrunken, weil seine Mina wieder wegfährt. Gelegentlich reist sie in ferne Länder, und am Abend bevor er sie an den Flughafen bringt, besäuft er sich, und die anderen tun es ihm nach. Darauf führte Klein Joel in ein kleines Zimmer im zweiten Stock. Dort lagerten Koffer in verschiedenen Größen. Drei standen fertig gepackt und mit Aufklebern aus fremden Städten versehen da – das Reisezimmer. Das war die Quelle des Unbehagens in diesem großen alten Haus.

In heiligem Schweigen überschritt Jerusalem die Mitternachtslinie. Jerusalem schwimmt immer wie ein Schiff in der Zeit, vom Morgen bis zum Mittag und durch die Nächte in nie endender Fahrt. Mr. Cohen ging mit einem Tablett voller Süßigkeiten an der Tür vorüber. Auch er war ein Matrose, ohne es zu wissen. Alle sind Seeleute in Jerusalem und ahnen es nicht, Matrosen oder Passagiere, Maschinisten oder Kapitäne, jeder seinem Lebensweg und seinen Eigenschaften entsprechend. Und Joel wußte in diesem Augenblick – gleich ob er in diesem Sommer dablieb oder nach Weinburg fuhr, um die kleine verbrannte Ruth zu erlösen –, er würde für immer fahren, für immer Seemann sein.

Spät in der Nacht kam Mina noch einmal an ihm vorbei. Sie war barfuß und suchte ihre Schuhe: »Ich bin ganz und gar barfuß, nicht nur an den Füßen«, sagte sie.

»Armes Ding, und morgen fährst du.«

»Auch du fährst, und auch du bleibst da.«

Die Turmuhr in der Altstadt zeigte zwei. Die Straßen Jerusalems waren jetzt leer wie die Adern eines Menschen, der all sein Blut vergossen hat. Wohin strömt Jerusalems schweres

Blut? In das Niemandsland zwischen den beiden Teilen der Stadt. Es gibt lose Frauen, herrenloses Land und ein zielloses Leben, wie Joels Leben in dieser Nacht; und sie alle wissen nicht, wohin sie gehören.

In der Ferne heulte die Sirene eines Polizei- oder Feuerwehrwagens. Fehl- und wirkliche Alarme haben tiefe Furchen in das Gesicht Jerusalems gegraben. Im Garten saßen jetzt einige Römer um ein Lagerfeuer und sangen Lieder aus der Palmach und chassidische Weisen. Alle Fenster des Hauses waren erleuchtet, obwohl die meisten Gäste inzwischen gegangen waren – die einen unter fanfarenartigen Gutenachtrufen, die anderen, indem sie sich durch das raschelnde, verdorrende Gras still davongestohlen hatten. Joel wollte in die Küche zurückkehren, fand sich aber in Jizchaks Sprechzimmer wieder. Hier war alles weiß und aufgeräumt, blitzblank und penibel wie Jizchaks Gesicht. Der Raum schien nicht eigentlich zum Haus zu gehören. In einem Schrank, ganz Glas und Funktionalität, funkelten die Operationsbestecke. Joel setzte sich. Was erwartete er jetzt, mit Ende dreißig? Andere seines Alters sicherten schon das Erreichte. Andere hatten, längst überzeugt, daß der Bau festgefügt stand, die Gerüste um ihr Lebensgebäude abmontiert. Doch er fing in dieser Nacht an, alles Errungene zu zerstören, alles Angesammelte zu verstreuen. Ein leichter Arzneigeruch hing in der Luft. Die Instrumente seines Freundes Jizchak sahen glänzend und präzise aus – die verschiedenen Zangen, Scheren und Skalpelle und all die übrigen Geräte zum Schneiden, Klammern und Nähen. Diese Bestecke waren so genau, so entschieden und endgültig.

Plötzlich erschien Mina an dem großen Schreibtisch ihres Mannes. Sie erzählte ihm, sie habe an diesem Abend einen alten Bekannten, Major Patterson, einen neuseeländischen UN-Stabsangehörigen, wiedergetroffen, der in seinem weißen Jeep gekommen sei. Und sie sagte auch, Amron habe ihr wunderbare neue Gedichte vorgelesen. Abends hört sie Gedichte, die sie nachts allesamt auftrennt, in Gefühle und Leidenschaften, Liebe und Verzweiflung zerlegt. Am nächsten Tag kommen dann die Dichter, weben neue Gedichte aus den Teilen, die sie nachts auseinandergenommen hat, und halten sie für neu und ursprünglich.

»Sieh mich nicht so an!« rief sie.

»Wie denn?«

»Wie ein Archäologe, als sei ich ein Krug oder eine Astarte aus braunem Ton.«

Ihre Augen wurden hart und funkelnd und präzise wie die Operationsbestecke ihres Mannes. Sie fuhr mit ihren schlanken Fingern über den Glasschrank und neigte dann den Kopf, um auf ihre Nägel zu blicken. Plötzlich wünschte sich Joel alles so einfach wie damals, als er mit Ruth im Negev gewesen war und sie den Kibbuz ihrer Eltern verlassen hatte, um zu ihm zu kommen und seine Frau zu werden. Mina hob den Kopf, als habe sie einen jähen inneren Reiz empfangen, wie eine Schlange, die den Klang einer Flöte hört.

»Du mußt mich verstehen«, sagte sie unvermittelt im Tonfall unglücklicher Menschen. »Warum gehst du nicht nach Hause?«

»Ich habe noch nicht das ganze Haus ausgekundschaftet.«

»Reine Ausrede. Du willst nicht zurück.«

»Und du fährst?«

»Ja. In einer Stunde bringt Jizchak mich zum Flughafen. Die Koffer sind gepackt. Hast du gewußt, daß es ein Meer in Jerusalem gibt?« Als er verständnislos lächelte, nahm sie ihn bei der Hand und zog ihn mit in den Garten zu drei Zypressen, die am Ende des Grundstücks standen. Dort verharrten sie. Ein Windstoß fuhr in die Bäume. »Hörst du?« fragte sie. »Das ist das Rauschen des Meeres von Jerusalem. Hör nur.«

»So, so«, erwiderte er und streichelte ihre Hand. Und plötzlich, zu Beginn des furchtbaren Sommers, roch es nach Regen. »Komm, Mina, gehen wir ins Haus zurück. Du mußt doch weg.«

Aber Mina antwortete: »Ich möchte nicht zurück. Ich hab' Angst. Sogar die jemenitische Hausgehilfin macht mir angst. Und Mainzer, der Maler, und Mr. Cohen und all die anderen Stammgäste machen mir angst, weil sie spüren, daß etwas zerfällt. Sie kaufen alles auf.«

Sie kehrten in Jizchaks Sprechzimmer zurück. Mina öffnete unvermutet die Schreibtischschublade, entnahm ihr einen großen weißen Bogen und begann etwas zu schreiben. Joel setzte sich aufs Sofa.

»Man muß das Leben nutzen«, bemerkte im Nebenraum die Frau eines höheren Beamten des Außenministeriums. Das war ihr Motto: »Man muß das Leben nutzen.« Dabei stieß sie vor lauter Lebenslust eine kleine Vase um, die auf der Fensterbank gestanden hatte. Das Gefäß zerbrach, und die Dornzweige fielen zu Boden. Mina pflegte die verschiedenen Dornsträucher Jerusalems zu sammeln und in Vasen und Krüge ohne Wasser zu stecken. Trockene Dornpflanzen und Disteln in Lila, Grau und Braun.

»Wo ist Mina?« fragte man erst und dann nicht mehr. Immer, wenn etwas in die Brüche ging, hieß es: »Wo ist Mina?«

So ist es mit der Zerstörung in der Welt. Sie beginnt zu Hause. Ein Glas zerbricht. Ein Schuh platzt auf, ohne daß man ihn in den Müll wirft. Motten fressen eine von der Großmutter geerbte Wolldecke. Dornen und Disteln werden ins Haus geschleppt. Staub bleibt liegen. Feiner Sand dringt ein. So setzt die Zerstörung unbemerkt zu Hause ein, wird groß und größer, bis sie schließlich Jerusalem und die ganze Welt zugrunde richtet.

Einat kam ins Sprechzimmer und ließ sich müde in einen Sessel fallen. Jossel folgte ihr und legte den Kopf auf ihre Knie. Einat war hübsch wie in Schultagen, als sie am Fest der Erstlingsfrüchte tanzte. Damals hatte sie ein langes Hemd getragen, und ihre Kameraden und Kameradinnen hatten ihr Körbe voll Äpfel und Kürbis, Zwiebeln, Tomaten und Orangen gereicht. Auch Trauben und ein kleines Lamm brachte man ihr, bis sie glücklich und schön inmitten all der Fülle stand, die man um sie auf die Bühne häufte.

Später stand Mina in dem kleinen Zimmer und streichelte die bereits gepackten Koffer. Ein farbenfroher mexikanischer Hut fiel vom Schrank, ein Andenken an das vergangene Purimfest. Vereinzelte Stimmen erklangen im ganzen Haus: »Komm, wir gehen!« »Nach Hause!« »Wer möchte mir einen Gefallen tun? Einen letzten Gefallen?« »Ich geh' ein!« »Wo ist die Toilette?« »Wo ist meine Jacke?« »Wo ist mein Schal?« »Wo sind wir?«

Hastige Schritte zu den Türen ins Freie, andere von dort zurück, weil Jizchak hier und dort schon abgeschlossen hatte. Aus irgendeinem fernen Zimmer hörte man das Klappern einer Schreibmaschine. Mina stand vor dem Schlangenspiegel, ihre Lippen murmelten unentwegt.

»Wo ist Mina?« fragte Jizchak, abfahrtbereit, angezogen, während draußen der Wagenmotor schon leise tuckerte. Ein Windstoß kam wie das Husten eines Kranken, die Erde wälzte sich in Regenträumen. »Wo ist Mina?« Joel leerte die nächtliche Ausbeute aus seinen Taschen: Adressen auf Zigarettenschachteln oder Papierservietten, hingekritzelt mit Kugelschreiber, Bleistift, Lippenstift. Eine Telephonnummer. Mittwoch zwischen drei und vier. Vierter Eingang. All das warf er weg. »Wo ist Mina?« Und warum sollte er sich diesen Sommer nicht in sie verlieben? »Aber zwei Hälften wie wir ergeben kein Ganzes«, urteilte er im stillen.

Mina kam in einem leichten Reisemantel die Treppe herunter, Jizchak trug ihr die Koffer nach. Ein Schlüssel baumelte an einem Band um ihren Hals. Was würde sie öffnen, was schließen, und wohin fuhr sie?

Jizchak verstaute das Gepäck im Kofferraum. Mina stand neben Joel. »Meinst du, Jizchak wird das Haus in meiner Abwesenheit verkaufen?« fragte sie.

»Du fühlst dich doch nicht wohl in diesem Haus. Was kümmert es dich?«

»Der Garten ist so verwildert. Im Herbst werden wir alles richten. Ich habe Angst wegzufahren und Angst dazubleiben.«

»Und mir rätst du, sowohl wegzugehen als zu bleiben.«

»Du bist ein Held.«

Nun sagte Jizchak: »Komm, Joel, fahr mit, du schläfst heute nacht sowieso nicht mehr.« Joel willigte gern ein. Er liebte die nächtliche Flughafenatmosphäre: die Abfliegenden und die Menschen, die ihnen Lebewohl sagen, und die von Zeit zu Zeit ertönende Lautsprecherstimme, die bis in die Waschräume in den Tiefen des Gebäudes dringt.

Als sie losfuhren, zeigte die runde Turmuhr in der Altstadt Viertel vor vier. Jizchak, der am Steuer saß, hatte die beiden gebeten, auf dem Rücksitz Platz zu nehmen. Joel war überrascht gewesen, hatte aber nichts gesagt. (Denn dein ist das Reich.) Fahren, Abschied nehmen, sich langsam von allem lösen. Sie verließen die Stadt, Jizchak beschleunigte auf der kurvenreichen Strecke. Die Fahrt war wie eine bösartige Schicksalskrankheit. Mina schwieg. Joel merkte auf einmal, daß sie von der Hauptstraße abgekommen waren und auf einer steil ansteigenden Nebenstraße fuhren. Olivenhaine zogen vorüber. Ein Schakal kreuzte den Weg. »Du fährst falsch, du bist besoffen!« schrie Joel Jizchak an, worauf dieser ihm sein Gesicht halb zuwandte. Es sah gequält aus. Blut tropfte ihm aus dem Mundwinkel. Einat hatte ihm einen Aschenbecher an den Kopf geworfen, als er den Streit über die Holocaustüberlebenden zu schlichten versuchte. Joel begriff nicht, wohin Jizchak fuhr, aber er merkte, daß sein Freund nicht betrunken war. Die Straße stieg weiter an. Mina öffnete ihre Handtasche. Dann passierte der Wagen ein Tor, das plötzlich vor ihnen auftauchte, fuhr durch einen verwilderten Obstgarten und hielt mit scharfem Quietschen vor dem Eingang eines alten arabischen Hauses. Einige Fenster waren vergittert. Sofort öffnete sich eine Eisentür, eine Frau in Schwesternkleidung und zwei kräftige Männer in weißen Kitteln nahmen Mina samt Koffern wortlos in Empfang, und die schwere Tür fiel wieder ins Schloß. Gleich darauf wendete Jizchak den Wagen, hielt einen Augenblick an, um sich mit einem Taschentuch das Blut abzuwischen. Dann kehrten die beiden Freunde nach Jerusalem zurück, während vor ihnen im Osten die Sonne aufging.

6

Ich ging die Straße hinunter und traf meine Mutter, die da in der Mittagszeit heraufkam. Warum tat sie das? Sie sollte sich während der heißen Stunden lieber im Schatten aufhalten. Der Arzt hatte gesagt, sie müsse sich nach dem Essen hinlegen. Meine Mutter fragte mich, warum ich unterwegs sei, und ich fragte sie das gleiche, um ihr nicht antworten zu müssen. Nie sagt meine Mutter: »Guten Tag, mein Sohn.« Wirkliche Mütter reden nicht so. Nur in Filmen und Büchern sagen die Mütter: »Mein Sohn, wie geht's dir, und wohin gehst du, mein Sohn.« Das ist zu pathetisch.

Wir standen am Rand des Bürgersteigs. Ich sah ihr runzliges, gerötetes Gesicht. Vom Lebensmittelladen zurückkehrende Frauen kamen vorbei, auf dem Gehweg lagen rußige Bretter und Kanister herum, und der brandige Geruch eines gelöschten Feuers hing in der Mittagsluft. In der vergangenen Nacht hatte das Geschäft gebrannt. Es brennt des öfteren. Der große Schäferhund von Nachbarn, die nie zu Hause sind, bellte laut.

Erst jetzt beantwortete Mutter meine Frage: »Ich kann mich nicht ausruhen.« Und dann setzte sie flüsternd hinzu: »Jetzt ist sie bis zu uns durchgedrungen, die Bauwut hat auch unser Viertel erreicht.« Kurz darauf ertönten Schreie: »Sprengung, Sprengung!« Und ein Mann mit roter Fahne rief uns zu: »Wir sprengen, hier wird gesprengt.« Rolläden wurden heruntergelassen, man wartete auf den Explosionsknall.

Ich zog meine Mutter um die nächste Ecke, wo wir an einer Mauer stehenblieben, unsere Schatten waren kurz. Der Mann mit der roten Fahne stand etwas weiter unten. Ich rief ihm zu, wie lange noch, wie lange sie arbeiteten. Bis vier. Ab vier Uhr konnte meine Mutter sich von der wilden Bauerei erholen, die in der Stadt wütete und nun auch ihr ruhiges Viertel ergriffen hatte, Straßen aufgrub, Häuser abriß, Erde und Menschen bewegte und Wohnkästen errichtete, wo einst frische Luft frei geweht hatte. Menschen, die lange Jahre in ihren Häusern gelebt hatten, waren plötzlich von Fieber ergriffen und hielten nach Luxuswohnungen Ausschau. »Hier entsteht ein Haus. Hier werden Wohnungen gebaut. Vier Zimmer, dreieinhalb. Bitte kommen Sie, wenden Sie sich an...« Alle glauben, sie würden es gut haben. Aber nachts brennt das Lebensmittelgeschäft, und die Hügelkuppe gegenüber ist sauber gekappt worden wie die Spitze eines weichen Eis: Dort entsteht etwas, dort wird gebaut.

In diesem Moment knatterten die Preßlufthämmer los. Der Mann, der den Preßlufthammer hielt, zitterte am ganzen Leib, und seine Schultern bebten wie die eines bitterlich Weinenden. Ein anderer übernahm die rote Fahne. Dieses Fähnchen hatte man aus einer Parteifahne zurechtgeschnitten, die nach einem Umzug in Fetzen gegangen war. Jetzt warnte der Ableger einer Revolutionsflagge die Menschen vor den Sprengungen.

»Warum bist du so schlecht zu Ruth?« fragte meine Mutter unvermittelt.

Ich wußte nicht, was ich antworten sollte, ja begriff im ersten Moment gar nicht, ob sie meine Frau Ruth oder die kleine, im Lager verbrannte Ruth meinte.

»Warum bist du nicht nett zu Ruth? Nimm sie mit.«

»Wohin?«

»Zum Beispiel zu deinen Ausgrabungen. Aber du änderst dich nicht, du kannst es gar nicht.«

Dabei fürchtete meine Mutter immer, ich könnte mich ändern. Als habe sie sich nie daran gewöhnt, daß ich mich ständig gewandelt habe: als ich erwachsen wurde und in den Kriegen, und schon als ich meine Milchzähne verlor, und später, als ich aus allerlei Gründen umherlief, guten und schlechten. Als wisse sie nicht, daß ich mich dabei aber nicht eigentlich verändert hatte. Jetzt fuhr sie fort, über das wilde Bauen zu klagen. Auch ihr Haus war in Mitleidenschaft gezogen. Die Südwand an Küche und Waschküche, die mit ihren Wasserleitungen und Rauchabzügen immer zu einem abgeschirmten Hof hin gelegen hatte, war nun, da man das Haus gegenüber abgerissen hatte, plötzlich dem Sonnenlicht ausgesetzt wie ein Käfer, den man unter einem Stein hervorgeholt hat.

Wie war es damals? Ja, wie. Alle Erinnerungen lassen nur die Wirklichkeit vergessen. Alle Photos sind nur eine weitere Grabplatte. An Pessach bin ich geboren und auch an Jom Kippur, viele Jahre später, im Krieg. Ich hatte einige Stunden frei, bevor wir in den Krieg zogen. Kam in die Synagoge, ging aber nicht zu meinem Vater, damit er sich am Fasttag nicht aufregte, sondern machte Zeichen zur Frauenempore hinauf, bis meine Mutter herunterkam. Es war die Stunde des Zusatzgebets, in dem man des einstigen Tempeldienstes gedachte, und die Mittagshitze lastete über allem.

Bei den Worten des Kantors »und die Priester und das Volk, die im Vorhofe standen«, als alle niederknieten und aufs Gesicht fielen, so daß mein Vater mich nicht sehen konnte, ging meine Mutter mit mir nach Hause. Mein Vater trug weiße Totenkleider und ich trug khakifarbene. Mutter ging mit mir durch die leere, glühende Straße. Zu Hause gab sie mir Kuchen. »Iß nur, iß!« sagte sie, und ich wunderte mich, denn es war Fasttag, und dann kam der Jeep. So fuhr ich gestärkt, bis der böse Horizont im Süden kam und die Kämpfe mich verschlangen.

Und als wir jetzt an der Wand vor dem Heizöleinfüllstutzen standen, schwiegen wir.

»Weißt du, wer angekommen ist?« fragte sie schließlich. »Doktor Mannheim.«

»Schon? Er wollte doch erst in einem Monat kommen.«

»Er hat es vorverlegt, aus Angst, er könnte sterben.«

»Wo ist er?«

»In Talpiot, in der Pension Schluß.«

»Vielleicht besuche ich ihn einmal.«

»Glaub nicht, Ruth läßt sich das alles ewig gefallen. Sie wird nicht dasitzen und weinen, sondern eines Tages ins Jordantal zurückkehren, woher du sie geholt hast.«

»Sie mag Jerusalem mit seinen Steinen und Steinbrüchen sowieso nicht.«

»Und was willst du tun?«

»Mit Ruth wird schon alles in Ordnung sein.«

Ich führte meine Mutter aus der wilden Bauwut heraus in ein Café, wo wir in leisem Stimmengewirr Platz nahmen. Ich bestellte Kakao für sie und Kaffee für mich. Einst hatte sie für mich Kakao und für sich Kaffee bestellt. Jetzt ist mein Herz stärker geworden, weil ich erwachsen bin, und ihres ist geschwächt. Sie wickelte Kuchenstücke aus raschelndem Papier. Als Kind habe ich mich geschämt, wenn sie in Lokalen belegte Brote oder Kuchen auspackte. »Mutter, bitte nicht, die Leute beobachten uns doch, der Kellner und die Frau gegenüber.« Aber jetzt nahm ich ihren selbstgebackenen Kuchen und verspeiste ihn. Mein Zahnarzt stand draußen vor dem Fenster und lächelte durch die Scheibe. Seine Praxis liegt genau über dem Café. In seiner Schublade hat er eine Karte meiner Zähne. Ich bin über ganz Jerusalem, ja über die ganze Welt verstreut. Meine Mutter verwahrt meine Schulzeugnisse von der ersten Klasse an. Jeder, der mich kennt, legt einen Ordner oder eine Karteikarte für mich an, im Schrank oder im Herzen. Bilder und Dokumente. Und jetzt vor meiner Abreise sind noch weitere Karteikarten und Papiere in einigen Büros und Konsulaten hinzugekommen. Doch auch wenn die Betreffenden all die gesammelten Daten und Details über die einzelnen Abschnitte meines Lebens zusammenfügen würden, könnten sie mich nicht rekonstruieren. Es käme ein Monstrum, ein verschwommener Riese, ein schwerfälliger Wal, ein ganzes Sammelsurium dabei heraus. Denn meine Spuren sind verstreut über die ganze Welt. Die besten Jagdhunde könnten sich nicht wirklich auf meine Fährte setzen. Und Rabbiner Dr. Mannheim war gekommen, von dieser Welt Abschied zu nehmen. Es hatte schon viele Vorschußabschiede in seinem Leben gegeben. Und alle Abschiede fügen sich endlich zu dem einen Abschied mit dem einen Gefühl, dem einen Schmerz zusammen.

Ich war mit meiner Mutter in der endlosen Wüste des Plauderns angelangt. Alles war schon gesagt, gefragt und beantwortet worden. Und alles, was noch gesagt werden mochte, würde sowieso weder von ihr noch von mir verstanden werden. Wieder erzählte sie mir von der Seelenruhe, die man erreichen müsse, und von der wilden Bauerei und von der Kuppe, die die Bagger genau über dem Friedhof abgetragen hätten, auf dem während der Belagerung Jerusalems die

Toten begraben wurden. Auf jedem Grab dort steht »vorläufige Grabstätte«. Wer Geld hat, erlöst seinen Toten aus der Vorläufigkeit und überführt ihn auf einen dauerhaften Friedhof, der auch nur vorläufig ist.

Auch Seiger, der Photograph, stand mit seinem Lehrling draußen. Meine Mutter sah, daß ich die beiden beobachtete.

»Was siehst du da?«

»Herrn Seiger, den Photographen.«

»Was macht er?«

»Er öffnet den Schaukasten und nimmt Orens Bild heraus.«

»Professor Oren?«

»Ja.«

»Ihr steht nicht mehr gut miteinander?«

Ich schwieg. Meine Mutter spürt alles. Seiger schloß den Kasten, in dem jetzt nur noch die weiße, nackte Rückwand zu sehen war. Der Mann ist wendig und weiß immer, wessen Bilder er ausstellen soll. Manche der Abgelichteten blicken einen direkt an, wie die Japanerin, die man hier einen Monat lang sehen konnte. Dann war Professor Tema gestorben, und schon hatte in dem Schaukasten ein Bild von ihm gehangen, das ihn über seine Bücher gebeugt zeigte. Zwei Wochen später räumte der tote Professor seinen Platz einem kleinen Mädchen mit Kulleraugen, das wiederum einem gerade heimgegangenen Verbandsvorsitzenden wich, dessen Bildnis mit einem schwarzen Band versehen war. Bis ihm das Porträt meines Lehrers und Kollegen Professor Oren anläßlich seiner sensationellen Entdeckungen in den Trümmern eines antiken Hafens folgte. Wessen Bild würde als nächstes zu sehen sein? Wer war gestorben? Wer hatte eine Tat vollbracht?

Die Bauarbeiter gingen nach Hause. Das wilde Bauen ruhte für einige Stunden, und auch meine Mutter wollte zurück. Ich bat sie zum zweitenmal, zu Dr. Mannheim mitzukommen. »Wie ich dich früher in die Schule gebracht habe?« fragte sie. Dann ging sie ein paar Schritte, machte aber wieder kehrt: »Sei nett zu Ruth. Es ist schon genug, daß du sie hierläßt und wegfährst.«

Es kam mir vor, als hätte ich meine Mutter noch nie im

Profil gesehen, nur immer ihr großes rundes Gesicht. Auch jetzt sah ich es, rund, gerötet und schwitzend, und dann ihren sich entfernenden Rücken.

Häufig überquere ich das große leere Mamila-Gelände, um den Weg abzukürzen. Trauer umweht einen dort, auf dem südlichen Teil liegen Gräber. Vergebens veranstaltet man auf seinen weiten Flächen Volksfeste, errichtet am Rand ein rundes Zirkuszelt, legt Grünflächen und Spielplätze an. Die Wasser des uralten Teichs im Süden sind schwer wie die Augen meines Freundes Jossel. Umsonst das Grün, die Treppchen, die Bänke. Vergeblich haben sich die Gärtner abgemüht, alles zu überdecken. Fruchtlos der Einsatz des Bürgermeisters, der Jerusalem regieren muß. Was kann ein Mensch in einer Stadt wie Jerusalem ausrichten?

Ich stieg in einen Bus. In meiner Erinnerung trug Dr. Mannheim seinen schwarzen Talar, eine weiße Fliege am sorgfältig gestärkten Kragen und ein Barett. Der Bus passierte die Bahnstation. Am Stationsgebäude steht *Jerusalem,* als wüßte man es nicht, als gäbe es einen Ausweg, eine Fortsetzung, eine andere Möglichkeit.

Doch ich war schon abgehoben von allem und bereit für meine Reise nach Weinburg, und diese Reise begann bei Dr. Mannheim. Ich kam an der Staatsdruckerei vorbei, wo Gesetzes- und Verordnungsblätter gedruckt werden, die auch mein Leben bestimmen. Es war bald Abend, das Gras würde trokken bleiben und die Nacht keine Erleichterung bringen. Ich passierte das qualmende Elektrizitätswerk und die Mauer des Klosters, dessen Tor stets verschlossen war, und dahinter das Niemandsland, die entmilitarisierte Zone. Als ich an einer Haltestelle lange vor der Pension Schluß ausstieg, kam mir Herr Rosenblum entgegen, der wie ich in Weinburg geboren ist: »Ich habe gehört, Sie fahren dorthin.« Er selbst kehrt nicht mehr zurück. Er bittet nur andere, die hinfahren, das eine oder andere für ihn zu erledigen. Dazu versieht er sie mit Telephonnummern, Adressen und sorgfältig ausgefüllten Formularen. Er ist daran gewöhnt, daß die meisten ihre Aufträge vergessen oder aber die Nummern und Formulare verlieren. Er hat nie geheiratet wegen all der Dinge, die in Weinburg ungeklärt geblieben sind. Zum Beispiel das Schicksal seiner vermißten Eltern und das Schicksal des Hauses und des Grundstücks und die ihm zustehenden Reparationen. Er verkauft Nähutensilien an Nonnenklöster. Er ist still, und die Nonnen sind still. Er ist ledig, und sie sind es auch. Seine Augen ähneln denen eines gutmütigen Hundes in einer Zeit, die das Antlitz eines bösen, wütenden und verrückten Hundes trägt. Die Zeit verleiht jedem sein Gesicht, den Guten nach ihrer Güte und den Bösen nach ihrer Bosheit. Das hätte eine Passage aus einer Predigt von Dr. Mannheim sein können.

Ich kletterte wieder in den Bus und stieg in Talpiot, genau vor der Pension, aus. Früher habe ich Freunde in Talpiot gehabt, aber das ist lange her. Während des Krieges kamen Soldaten in die Häuser und beobachteten von dort aus den Feind. Einige schossen, andere wurden beschossen, und die Bäume wuchsen unermüdlich weiter, so daß ihre Wurzeln die betonierten Wege in den Gärten zum Bersten brachten. Von weitem sieht man keine Häuser in Talpiot. Vor lauter Bäumen sieht man keinen Menschen. Die Erde senkt sich, die Fußböden sacken ab, und daher stammen die Risse in den Wänden, die Spalten in der Decke und die losen Fliesen, die hell klirren, wenn man darauftritt. Deshalb sind meine Freunde weggezogen. Die sinkende Erde ist ein hartnäckigerer Feind als andere.

Die streng orthodox geführte Pension steht neben dem Militärfriedhof. Hier liegen indische Soldaten aus General Allenbys Armee, die während des Ersten Weltkriegs in diesen Bergen gefallen sind. Man sieht ein paar verwitternde graue Steinbänke, Felsblöcke, hohe Pinien und Jerusalem gegenüber. Und ein großes Denkmal mit englischen und hindustanischen Inschriften. Nie habe ich hier ein Kind spielen oder ein Pärchen zärtlich miteinander gesehen. Die Pinien rauschen, aber sie sagen nichts. Es heißt, in Mondnächten sei alles verständlich.

Die Pensionstür öffnete sich langsam und automatisch. Dann stand ich in einem dämmrigen Flur. Eine Frau, die sich ein Tuch wie einen indischen Turban um den Kopf geschlungen hatte, schaute aus einem Zwischending von Schalter, Schrank und Bilderrahmen heraus. »Frau Schluß?« »Ja, bitte.« (Schluß bedeutet ja Ende. Dann also: Schalom, Frau Ende. Wie wird Ihr Ende sein? Wie wird sich Ihres von jedem anderen unterscheiden?) »Ich möchte zu Doktor Mannheim.«

Die Frau kam nun auf den Flur heraus und wischte sich ihre großen roten Hände an der Schürze ab. »Ich glaube, er schläft, warten Sie.« Danach blickte sie flüchtig auf mein bares Haupt. »All unsere Patienten schlafen.« Trotzdem klopfte sie an die Tür, öffnete behutsam das Sichtfensterchen und bedeutete mir zu warten. Dann winkte sie mich heran und legte den Finger an den Mund: »Er spricht das Nachmittagsgebet. Im Sitzen. Er darf nicht einmal für das Achtzehngebet aufstehen. Sie können ihn sehen, ohne hineinzugehen.«

Ich sah Dunkelheit und nach der Dunkelheit Dämmerlicht und nach dem Dämmerlicht ein schwaches Aufblitzen seiner funkelnden Brillengläser. Der alte Mann saß in einem gut gepolsterten Sessel am Fenster. Er betete nicht laut, ja bewegte kaum die Lippen. Die Pensionsinhaberin brachte mir eine große schwarze Kappe, damit ich meinen Kopf bedeckte. »Es ist eine Thorarolle hier«, flüsterte sie. Es war eine große Stoffkappe, nicht eine von diesen kleinen Dingern, die junge Mädchen für ihre Freunde häkeln, damit sie nicht als orthodox auffallen. Ich sah Dr. Mannheim einige Kopfbewegungen machen, die wohl symbolisch die paar Schritte zurück ersetzen sollten, die bei den Worten »der Frieden stiftet in seinen Himmelshöhen« üblich sind. Dann fragte er, wie in Fortsetzung seines Gebets, plötzlich flüsternd: »Wer bist du, mein Sohn?« Und darauf: »Setz dich, mein Sohn, nimm Platz.« (Es gibt keine solche Stelle in der Bibel, und ich war auch nicht sein Sohn. Aber die kleine Ruth, die gestorben ist, war seine Tochter. Und ich hatte keinen Vater mehr.) »Ich bin alt geworden«, sagte er, ohne mir das Gesicht zuzuwenden. »Ich kann mich nicht zu dir umdrehen. Wegen des Durchzugs kann ich den Hals nicht drehen. Mein Nacken ist steif, ich bin halsstarrig geworden.« Ich erklärte ihm, daß vor seinem Fenster ein Gedenkhain für indische Soldaten liege. Plötzlich hustete er und sagte: »Ist jemand da, der zu mir hält? Ja, bist du also zu dem alten Schlemihl Mannheim gekommen. Mein Sohn, ich schulde dir etwas.« Ich hob fragend den Kopf, und nun sah ich sie, seine grauen Augen, die durch die starken Linsen sehr vergrößert wurden. Er nahm die Brille ab und putzte sie. »Ich schulde dir die Predigt, die ich für den Tag deiner Bar-Mizwah vorbereitet hatte. Ihr wart damals schon nicht mehr in Weinburg, und das Blatt ist verlorengegangen, aber der Text ist mir im Gedächtnis geblieben.«

Dr. Mannheim pflegte jedem Bar-Mizwah-Jungen vor der versammelten Gemeinde einige Geleitworte mit auf den Weg zu geben. Der Junge stand dabei an der Ostwand der Synagoge vor dem erhöht postierten Rabbiner und lauschte Sätzen, die er nicht verstand.

Ich senkte den Kopf, wie ich es die anderen Bar-Mizwah-Jungen vor Dr. Mannheim hatte tun sehen. Allerdings saß er diesmal tiefer als ich, als er in fließendem Deutsch zu sprechen begann: »Du stehst jetzt vor dieser heiligen Gemeinde. Die Generationen deiner Vorfahren sind heute stolz auf dich ...« Und so weiter. Dann folgten Ausführungen über den Wochenabschnitt der Thora. Zu meinem Pech war meine Bar-Mizwah auf die Kapitel Leviticus 12 bis 15 gefallen. So bekam ich manches über das Thema Reinheit und Unreinheit und die damit verbundene Symbolik zu hören.

Frau Schluß erschien mit einem Tablett auf der Schwelle. Als Dr. Mannheim seine Rede beendet hatte, sagte sie »Amen« und stellte die Teegläser vor uns hin. »Zu Ehren des Bar-Mizwah«, sagte sie lächelnd, »mit vielen Jahren Verspätung.« Die Weinburger Synagoge war längst zerstört, ich selber erwachsen geworden, und Dr. Mannheim durfte nun vergessen, war vom Gelübde des Erinnerns befreit. Flieg auf und davon, Rede, weg mit den Worten, fort mit dem schweren Klang der Sprache, fort mit den Tönen des verspäteten Vortrags, raus aus dem Fenster, in das Rauschen der Pinien, zum Denkmal der indischen Soldaten, die auf fremdem Boden gefallen sind. Glücklicher Dr. Mannheim, der nun vergessen und die Bestien seiner Erinnerung aus dem Käfig befreien konnte. Wir schwiegen, ließen die Sonne ungehindert über dem Viertel Bait Wagan untergehen, sprachen nicht von Ruth. Ein wenig später sagte er: »Ich habe gehört, du unternimmst archäologische Ausgrabungen. Es ist eine Mizwah, ein großes Verdienst, im Land der Bibel zu graben und Beweise für die heiligen Schriften zu finden.« Ich erzählte ihm ein wenig von einigen meiner Ausgrabungen. Dann sagte er lächelnd: »Du brauchst nicht zu schreien. Ich höre gut, nur die Augen sind ein bißchen trüb geworden.« Ich öffnete das Fenster. Ein weißer UN-Wagen stand auf der Straße. Frau Schluß sagte: »Dort drüben wohnt ein schwedischer Offizier von der UN. Er ist aus dem Norden gekommen.« »Von Norden her«, wiederholte Dr. Mannheim, wie es bei Jeremia geschrieben steht.

Ich sah, daß die Dornbüsche draußen bis ans Fenstersims hochgewachsen waren. Sie werden sehr hart, nachdem sie abgestorben sind, entfalten ihre ganze schädliche Stachligkeit nach dem Tod, rächen sich für den Mangel an Wasser. Auf einen Wink von Frau Schluß erhob ich mich. Mannheim sagte: »Ich habe gehört, du fährst dorthin, nach Weinburg. Erweise mir die Güte und suche meine Predigtsammlung. Sie war in einer Kiste verstaut. Als man mich zur Verhaftung abholte, habe ich sie abgeschlossen. Dann haben sie das Haus geplündert. Später ist es von einer amerikanischen Bombe zerstört worden. Vielleicht hat der Bischof, einer meiner Bekannten, sie aufbewahrt. Wir haben Schach miteinander gespielt. Vielleicht weiß man es noch. Und jetzt geh, mein Sohn, zieh fort!« Damit verstummte er. Er saß wieder erstarrt da wie zu Anfang, in ein unaufhörliches inneres Gebet vertieft, wie ein innerer Bluterguß, bei dem man das Blut nicht sieht. Vielleicht hätte ich mit ihm über die kleine Ruth sprechen sollen, über die fröhliche kleine Ruth. Ich brachte alles zum Schweigen: den Sommer und die Steine Jerusalems und meine gute Frau Ruth, die aus den Obstgärten des Jordantals zu mir gekommen war. Ich spürte, daß ich mich von allem entfernte, um zum Herzen meines Lebens zu gelangen. Die Möglichkeit, allein, abgesondert, jenseits von allem zu sein, flackerte mir in der Seele.

Frau Schluß zog sich wieder in die Dämmerung zurück, die das Haus wie in Rembrandts Gemälden erfüllte, und sagte: »Passen Sie draußen auf, daß Sie nicht stolpern, die Platten sind nicht eben!« Die Erde sinkt. Die Sonne sinkt. Das letzte Licht lag in süßem, starkem Schmerz über Jerusalem wie ein letztes Aufschluchzen aus unendlicher Lust. Und als ich den rissigen Gehweg entlangging, fühlte ich mich so für das Kommende bereit, daß ich fast schwach geworden wäre vor Süße und Weh. Ich stieg an der Haltestelle vor Seigers Photoladen aus und sah, daß mein Freund bereits ein neues Bild in den Schaukasten gehängt hatte. Aus Neugier trat ich näher und sah im Dämmerlicht eine Frau im Profil. Das Haar trug sie hoch aufgetürmt, ihre Nase war lang und leicht nach oben gebogen, das eine, auf dem Bild sichtbare Auge blickte durchdringend, traurig und tief, die Lippen waren voll. Als ich dieses Gesicht sah, wußte ich, daß ich wirklich fahren mußte. Selbst diese fremde Frau da sagte mir, ich solle nach Norden fahren und mein Gesicht, wie sie es tat, dem Wind aussetzen, vielleicht an Deck eines Schiffes, vielleicht auf einem Bahnhof oder einem großen Flughafen. Aber ein zweiter Gedanke riet mir, in Jerusalem zu bleiben.

7

Joel stand auf dem Krankenhausflur und wartete auf Jizchak. Jizchak kam nach beendeter Operation heraus, wusch sich Hände und Gesicht und wechselte im Umkleideraum die Kleidung. Joel fragte nach Mina, und Jizchak erzählte, sie habe ihn schon einige Stunden später nicht mehr erkannt. Der Anfall habe sofort eingesetzt. Es sei also gut gewesen, daß sie an jenem Morgen so früh und schnell gefahren seien. Außer den beiden wußte niemand in Jerusalem von Minas Krankheit. Für alle anderen war sie ins Ausland gereist, wie sie es alle paar Monate zu tun pflegte. Sollten die Anfälle einmal gehäufter auftreten, würde es schwer sein, die Wahrheit zu verschweigen. Alle ihre Freunde und Bekannten erhielten Ansichtskarten aus verschiedenen Ländern. Jizchak regelte das alles im voraus, dank seiner guten Kontakte zu befreundeten Ärzten in den meisten Hauptstädten der Welt. Mr. Cohen hatte eine Karte vom Eiffelturm und Jossel einen Brief aus einem Café in St-Germain-des-Prés bekommen. Nur Joel wußte, wohin ihre Reisen wirklich führten.

Später ging Joel in die Mamilastraße, wo Einat lebte. Am Ende dieser Straße erhebt sich eine hohe Mauer gegen die Altstadt und das Niemandsland. Viele Kinder spielen auf der Straße, das Leben dort ist laut und quirlig. In den Erdschichten, in denen Joel gräbt, herrscht Ruhe: Eine Generation überlagert die vorher gegangene wie eine Bettdecke. Eine Generation legt die andere schlafen. So kann Joel Tausende Jahre später ankommen und Zeitalter bestimmen, Seile spannen und Meßpfähle einrammen. Generation auf Generation liegen sie da, und die lebende Generation ist wie Schaum auf der stillen dunklen Tiefe.

Einat wohnte im Keller eines alten Hauses, demselben Kellerraum, in dem General Allenby und ein türkischer General die Kapitulation der türkischen Armee unterzeichneten, die in den Jerusalemer Bergen besiegt worden war. Joel pochte mit dem eisernen Türklopfer an die Tür. »Moment«, rief es von drinnen, dann erschien Einat, ihren nicht zugebundenen Morgenmantel zusammenhaltend. »Schalom, Herr General«, sagte sie mit einem Lächeln. »Sind Sie gekommen, um ihre Kapitulation zu besiegeln?« Aber Joel stand der Sinn nicht nach Verträgen und Abkommen. Sie setzten sich an den Kapitulationstisch. Einat, der das Haar wirr um den Kopf stand, machte Kaffee: »Was hab' ich in jener irren Nacht dahergeredet? Unsinn. Viel Unsinn. Ich lerne Jossel langsam kennen. Er ist wunderbar. Komm, laß uns aus dem Fenster schauen. Von der Rückseite aus kann man auf die Mauer der Altstadt sehen. Da ist der Davidsturm. Man hat mir erzählt, er sei mal auf einer Briefmarke abgebildet gewesen. Warum ich so aufgeregt bin? Ich geh' bald zu Jossel. In sein anderes Zimmer. Nicht das im Griechenviertel. Ich spiel' dort Klavier. Das Klavier, das Frau Minkus ihm geliehen hat. Sie ist wütend auf mich und arm dran. Siehst du die Kleine dort? Das ist Vicky, mein Schützling. Ich versuche, sie zu erziehen. Ihre Eltern sind asozial und wohnen in der Nähe des Niemandslands.«

Einats Gefühlsausbruch in der Partynacht hatte Ähnlichkeit mit der Reaktion eines Schülers, der zu viel zu schnell gepaukt hat. Jetzt, da sie mit Jossel zusammen ist und ihn gelegentlich auf dem Klavier begleitet, lernt sie dazu und lernt auch wirklich zu lieben, sehr zum Mißfallen der Frau Minkus. Schon hat Jossel ihr das Geheimnis der tätowierten Meerjungfrau anvertraut, und Einat lauscht begierig jedem Wort darüber, was er und seine Mithäftlinge im Lager durchgemacht haben. Nachts liest sie Bücher über den Holocaust in dem Kapitulationsraum des erschöpften türkischen Generals.

8

Ich war in meinem Zimmer eines kleinen Hotels im schönen Zürich, setzte mit einem erleichterten Seufzer das Gepäck ab und atmete auf. Der Flug war angenehm gewesen. Außer meinem Zahnarzt hatte ich keine Bekannten an Bord getroffen. Ich öffnete das Fenster und sah zu, wie sich der leichte Sommerdunst in einen feinen Nieselschleier verwandelte. Das eintretende Zimmermädchen sagte: »So schlechtes Wetter haben wir.« Und ich dachte: »So gutes«. Nach der trockenen Klarheit des Jerusalemer Sommers war ich in Nebel und Nieselregen gekommen. Zu Grautönen, Erbarmen und Feuchtigkeit.

Draußen schlenderte ich an einem Universitätsgebäude vorbei, das, abgesehen von ein paar graubekittelten Leuten in einem Kellerlabor, menschenleer schien. Eine junge Frau kam die breite Treppe herunter. Es war warm, und das feine Nieseln hörte nicht auf. Auf dem Gehsteig zog sie ihre Schuhe aus und lief, vor sich hin singend, barfuß davon.

Das ist meine Methode. An einem neuen Ort angekommen, stelle ich meine Sachen unausgepackt ab und gehe sofort auf die Straße hinaus. Alles, was mir bei diesem ersten Ausgang passiert, ist ein Zeichen und ein Omen für das Kommende.

Ich gelangte in eine ruhige, abschüssige Straße im Universitätsviertel. Alte Kastanienbäume standen in voller Blätterpracht. Der Regen ließ nicht nach, und der Tag wollte nicht enden, denn in Europa ziehen sich die Nachmittagsstunden im Sommer schier endlos hin. Häuser waren vor lauter Bäumen fast gar nicht zu sehen, die Straße trug den Namen eines Philosophen. Plötzlich wußte ich, daß irgendwo in einem Zimmer ein weibliches Wesen saß und Klavier spielte. Und tatsächlich, kaum war ich mir dessen bewußt geworden, hörte ich das Spiel. Das war für mich das unvergleichlich schöne Europa: ein Zaun, Bäume, Haus und Garten, Nieselregen und Klavierspiel und ein Mann wie ich aus der Ferne, ein Spaziergänger, einsam, versonnen, voller Erinnerungen, in einer Philosophenstraße. Als das Klavierspiel abbrach, ging ich die Leonorenstraße hinauf. Ich sagte, das ist die Straße meiner Geliebten, Leonore. Nach Art der Dichter sagte ich es: meine Geliebte, denn so sagen Dichter auch dann, wenn sie keine Geliebte haben.

Nun kam ich in eine Straße, in der die meisten Häuser von diversen Seelenärzten bewohnt waren: Dr. Charlotte Stütz, Psychologin, Dr. Buller, Nervenarzt, Professor Brunner, Psychiater, und andere Titel mehr. Und sie alle heilten kranke Seelen und wohnten unter Kastanienbäumen, eingebettet in Musik und abgeschirmt durch schwere Vorhänge. Auf einer geschlossenen Veranda hing das Kleid einer fremden Frau auf dem Bügel. Ein Mann rannte vorüber. Ein offener roter Sportwagen kam die Straße heruntergefahren. Ich stand da und weinte innerlich über die Zerstörung meines Lebens und die Zerstörung Jerusalems. Dann ging ich weiter in Richtung auf den hübschen See hinunter, durch enge Gassen voll später

Beethoven-Sonaten und hörbarer, aber unsichtbarer Schritte. Vor einem Antiquitätengeschäft mit allerlei exotischen Gegenständen blieb ich stehen: ein weißes Pferd von einem alten Karussell, eine slawische Hochzeitskrone, schwerer Samtstoff, ein chinesisches Kästchen, Buddhastatuen. Zarte, sanfte Altertümer. Nicht wie die, die lange Zeit in der harten, glühenden Erde orientalischer Wüsten gelegen haben, sondern zierliche Haushaltsgegenstände aus der Renaissance, Möbel aus verkauften Fürstenhäusern, ein vergoldeter Barockengel und ein mittelalterlicher Leuchter. Und sie alle erinnerten sich noch an die Berührung einer menschlichen Hand, den Klang einer menschlichen Stimme, waren nicht hart und zerbrochen wie die archäologischen Funde in der heiligen Erde, in der sogar ein zweihundert Jahre alter Gegenstand wie ein zweitausendjähriger aussieht – und alles salzig, zerfressen und starr in den Eingeweiden der verbrannten, spröden Salzerde.

Der leichte Regen hatte etwas zugenommen und die Straßen und Gassen geleert. Nur ein Jerusalemer wie ich bleibt dann genüßlich im Freien, ja hebt gelegentlich sogar das Gesicht, um etwas von der feuchten Sanftheit zu spüren. Dies war kein wilder Sturzbach wie bei uns, sondern ein warmer Regen wie ein Streicheln, wie die Berührung von Samt, ein humaner Sommerregen, nicht der Wolkenbruch von Göttern, die man am Ende des Sommers mit schreienden Gebeten, glühenden Sündenbekenntnissen, asketischen Versammlungen beschworen hat, kein notwendiger Niederschlag, bei dessen Ausbleiben alles verdorrt.

Ich überquerte die alte Brücke und stieg zu jenem Platz hinauf, der einmal eine Festung war und heute eine kleine, von Linden umstandene öffentliche Anlage namens Lindenhof ist. Der Regen hatte inzwischen fast aufgehört. Ich setzte mich auf eine Bank.

Warum war ich nicht direkt nach Weinburg gefahren? Ich hatte mich entschieden, erst in Zürich haltzumachen, um mich langsam an deutsche Laute zu gewöhnen, aus dem Mund von Angehörigen eines Volkes, das keine Juden verfolgt hat. Auch wenn ihr Deutsch anders und sogar dem

Jiddischen ähnlich klingt. Ich dachte wieder an den Abschied von meiner Mutter und von meiner Frau Ruth, die während meiner Abwesenheit im Kibbuz ihrer Eltern blieb, und wußte plötzlich, daß nach meiner Rückkehr aus Weinburg unser Zusammenleben wieder gut sein würde. Bis zum allerletzten Moment hatte ich mich nicht entschließen können, ob ich nun fahren oder bleiben sollte. Diese Unschlüssigkeit hatte viele Menschen verwirrt, andererseits aber auch eine Art Nebelwand errichtet, hinter der ich mich jetzt bewegte.

Warum kehrte ich nach Weinburg zurück? Mit einem Traum hatte es begonnen und mit der Sehnsucht nach einer unwiederbringlichen Kindheit war es weitergegangen. Jetzt waren all diese Empfindungen in Rachegelüste wegen dem, was man der kleinen Ruth angetan hatte, umgeschlagen. Ich hatte viel Grauenhaftes von Rosenbaum, dem Sohn des jüdischen Metzgers von Weinburg, gehört. Wenige Stunden vor meiner Abreise war ich bei ihm in dem Institut gewesen, wo die Dokumente über die Greueltaten der Nazis verwahrt werden. Er hat eine Teilzeitbeschäftigung dort, verkauft im übrigen, wie gesagt, Nähutensilien an die Nonnen Jerusalems und vertreibt Grußkarten zum jüdischen Neujahrsfest. Auch mich hatte er jetzt gebeten, mich nach seinem Grundstück in Weinburg zu erkundigen.

So saß ich auf dem Lindenhof, in der ehemaligen Festung. In Jerusalem ist es umgekehrt: Parks werden in Befestigungen verwandelt. Die Glocke des Großmünsters schlug. Ich dachte wie immer: Hier bleibe ich. Ich werde nicht nach Weinburg zurückgehen, um die Tür meiner Sehnsüchte zu schließen, werde keine Rache nehmen. Ich bleibe hier, bis es dunkel wird.

9

Es war schon tiefe Nacht und er noch immer allein. Die Nacht siebte die Menschen auf den Straßen aus – einige gingen in ihre Häuser, andere schlossen sich in Gruppen von drei, vier Freunden zusammen. Und auch daraus würde das Sieb der Nacht sie wieder aussieben, bis jeder allein für sich in Dunkelheit und Schlaf versank, wo der Traum Entscheidungen fällte. (Denn dein ist das Reich, und du wirst walten in Ewigkeit.) Joel ging bergab, bis er das Kleinsche Haus im Stadtviertel Talbiye erreicht hatte, stieg einige Stufen hinauf und drückte auf den Klingelknopf. Nichts war zu hören. Es dauerte eine Weile, bis Klein ihm öffnete. Joel hatte seinen Freund, der ihn lächelnd begrüßte, schon lange nicht mehr gesehen: »Da ist ja mein Bevollmächtigter, der Erlöser, willkommen!« Joel trat ein und stieg über einen Koffer. Alles war schon Umzug und Veränderung. Sie gingen ins Wohnzimmer, setzten sich an einen in die Bücherwand eingelassenen Schreibtisch, auf dem Klein ihm Quittungen und Rechnungen für Strom und Wasser, den Kaufvertrag über die Wohnung und seine Kontoauszüge zeigte. Dann nahm er die Vollmacht zur Hand. Einige Papiere fielen zu Boden. Man sah ein Anerkennungsschreiben des Auswärtigen Amtes für Kleins hervorragende journalistische Tätigkeit und den letzten Brief seiner Eltern, den sie vor ihrer Verschleppung ins Todeslager abgesandt hatten: »Unser lieber Sohn, wir gehen an einen Ort, von dem man nicht zurückkehrt. Möge Gott im Himmel dich schützen.«

Joel besah sich die Vollmacht, die ihm erlaubte, in Kleins Namen zu unterzeichnen, die Wohnungsmiete einzutreiben und Geld von seinem Konto abzuheben, also all seine Belange wahrzunehmen. Die Vollmacht trug schon viele Unterschriften und Joel setzte seine hinzu.

Auf dem Weg zur Küche stiegen sie abermals über Koffer, dann tranken sie ein Glas Tee. Klein sagte: »Bitte, geh manchmal nach dem Rechten sehen. Die Amerikaner sind verschwenderisch und achten weder auf Möbel noch Geräte. Ich hab' dir noch nicht gesagt, daß sie Amerikanerin ist. Anfangs waren sie ein Paar, er irgendein Film- oder Pressemann, der hier einen Film drehen sollte, und sie eine Ärztin, die von irgendeiner Gesundheitsorganisation zu Forschungszwecken hergeschickt worden ist. Zum Schluß ist nur sie allein gekommen. Mit der Lebensweise der Amerikaner soll sich einer auskennen. Sie sind Christen. Guckst du das Bild an? Eine ziemlich erbärmliche Reproduktion. Blaue Pferde mit langen Hälsen.«

Schweigen breitete sich aus, weil die beiden einander nichts mehr zu sagen hatten. Man hörte den Kühlschrank brummen. Joel lehnte sich daran, und etwas vom Beben des Motors übertrug sich auf ihn. Die Tassen klirrten auf ihren Untertellern.

Plötzlich schrillte die Türklingel überlaut. »Die Klingel ist nicht in Ordnung!« sagte Klein und ging, um zu öffnen.

10

Schließlich endete auch dieser europäische Sommernachmittag, und mit hereinbrechender Dämmerung hörte das Nieseln ganz auf. Ich sah ein paar junge Mädchen, die sich die Tröpfchen aus dem Haar schüttelten. Auch ich wischte mir mit dem rechten Zeigefinger über eine Braue. Die Neonreklamen blinkten und blitzten auf Dächern und Wänden. Ich überquerte die Brücke, die das hohe Wasser des Flusses nur wenig überragte. Die Autos fuhren mit Licht, und die Berge hatten sich in ihre nächtliche Ferne zurückgezogen. Schon war mein langes Sitzen auf dem Lindenhof Erinnerung. Die Erinnerungen zersetzen die Tage eines Menschen meines Schlages wie Säure. Wenn es zu viele Erinnerungen und zu wenig Raum dafür gibt, verzehren sie nach und nach den Menschen selbst. Kommen keine neuen Erlebnisse hinzu, weiß man nicht, ob irgend etwas von ihm übrigbleibt.

In meiner Jackentasche raschelte Herrn Rosenbaums Umschlag. Er war noch verschlossen. Im Hotel würde ich mich in Ruhe hinsetzen und nachsehen, was darin war. Ich hütete diesen Umschlag wie einen geheimen Einsatzbefehl. Er war mir in der Holocaustgedenkstätte nach der eigentlichen Öffnungszeit übergeben worden. Still war es in dem Gebäude gewesen, dessen Architektur darauf zielt, das Gedenken zu erleichtern. An den Wänden hängen Bilder von den Greueltaten der Nazis und Photokopien von Deportations- und Vernichtungsbefehlen, damit auch die Aufseher des Gedenkens selbst dann nicht vergessen, wenn sie zum Essen oder zur Toilette hinuntergehen. Ich kehrte ins Hotel zurück. Unten im Kaffeeraum saßen noch Studenten aus allen möglichen Ländern. Nach Alter und Bildung war ich weit von ihnen entfernt, doch ihre Anwesenheit tröstete mich. Ich suchte mir einen leeren Ecktisch und zog Herrn Rosenbaums Umschlag hervor. Er enthielt einen Stadtplan von Weinburg, den ich sogleich mit Pfeilen und Kringeln versah: Hier war unser Haus, dort das von Rabbiner Dr. Mannheim, Ruths Vater, dort hatte die dann zerstörte Synagoge gestanden. Ich verteilte generalstabsmäßig noch weitere Zeichen auf der Karte, maß Entfernungen, zog Linien, als hätte ich ein Heer im Gefolge. Neben dem Stadtplan befanden sich einige Bilder und Dokumente in dem Umschlag, darunter die Eigentumsnachweise über Herrn Rosenbaums Grundstück am Vierzentaurenplatz, damit ich es veräußern und seine Wiedergutmachungsangelegenheiten regeln konnte.

Die Bilder zeigten die Synagoge sowie die letzte Gruppe von Juden vor ihrer Deportation aus der Stadt: Auf der Weinburger Bahnhofstreppe drängten sich die Unglücklichen zusammen, umringt von einer Menschenmasse. Einer lachte aus vollem Halse und deutete mit dem Finger. Den mußte ich in Weinburg ausfindig machen, um Rache für die kleine Ruth an ihm zu nehmen, damit er doch nicht zuletzt gelacht hatte. Bloß hatte er sich inzwischen sicher verändert, oder womöglich waren mir die Russen mit ihrer Rache bereits zuvorgekommen. Den Bildern lag eine Photokopie des Deportationsbefehls bei: »Die Juden haben sich einzufinden. Die Bahndirektion hat Waggons bereitzustellen. Die Justizbehörde hat einen Beamten für die Ausbürgerung der letzten Transportteilnehmer abzuordnen.«

Ich saß da und merkte gar nicht, daß die Studenten den Raum verlassen hatten. Schließlich faltete ich den Stadtplan zusammen und ging hinauf, um zu schlafen.

In jener Nacht wachte ich mehrmals auf. Was geschieht einem Menschen wie mir in solch einer Nacht? Träume belagern ihn scharenweise. Alle Tage seines Lebens ziehen vor ihm herauf. Und er selbst befindet sich in der Tiefe eines Abgrunds und sieht nicht, wer sich da über ihn beugt – Gesichter, die er gar nicht oder nur in Träumen oder auf verblichenen Photographien gesehen hat. Und dann fährt er mit einem einzigen Aufschluchzen hoch – wie die Anrufung eines Gottes, der über dem Abgrund ist.

Nach dem Frühstück setzte ich mich wieder hin und plante meinen Einzug in Weinburg, meine Invasion, eine erste Umgehung der Stadt. Wie sollte ich anrücken? Auf direktem Wege, wie geübte Invasoren oder auf den Schleichwegen eines Geheimagenten, in dessen Koffern sämtliche Hemden, Hosen, selbst Taschentücher wie Sprengstoff sind? Sollte ich mit der Trauer eines erwachsenen Menschen, der an den Ort seiner Kindheit zurückkehrt, ankommen oder wie ein Rachegott einfallen? Sollte ich sofort zum Gericht gehen? Und welche Forderung erheben? An wen mich wenden? Sollte ich in den Unterkünften der amerikanischen Truppen übernachten, die nach Herrn Rosenbaums Angaben in der Nähe stationiert sein mußten? Doch sooft ich mich meinen Plänen zuwandte, besänftigte mich die Stadt Zürich und erfüllte mich mit Freude. Die Glocken des Doms beschwichtigten meine Rachegedanken, die Wasser der Limmat schwemmten meine Vorhaben davon, der Nieselregen überdeckte alles, und das Grün der Berge dämpfte meine Pläne.

Eine Menge Material sammelte sich auf meinem Tisch wie auf der Arbeitsfläche eines militärischen Einsatzstabs: Prospekte des deutschen Fremdenverkehrsverbands über Weinburg, Busfahrpläne, Broschüren über historische Stätten, die Geschichte der Stadt und ihre Zerstörung am Ende des Krieges, als der Gauleiter den Verstand verloren und den Befehl gegeben hatte, bis zuletzt zu kämpfen, worauf die Stadt innerhalb einer Stunde in Schutt und Asche lag, und auch ein Bildband, in dem sich Photographien der zerstörten und der wiederaufgebauten Stadt gegenüberstanden. Haus um Haus, Straße um Straße, Auge um Auge, Zahn um Zahn. Und es hieß dort: »Weinburg ist wieder auferstanden. Gedenken wir der Toten. Gedenken wir der Zerstörung, die menschlicher Unverstand uns eingebracht hat.«

All dem legte ich einige Briefe der kleinen Ruth bei, darunter auch jenen letzten, den sie mit Hilfe des Roten Kreuzes auf dem Höhepunkt der Zerstörung abgesandt hatte: »Heute bin ich ruhig. Ich bin zu jenem letzten Schluß gekommen, auf den keiner mehr folgt. Ich lese immer unsere schönen Gebete. Bald gehe ich den Weg aller.«

Ich trat ins Freie und wußte, daß dies mein letzter Tag in Zürich sein würde.

II

Die Klingel, die nicht richtig funktionierte, läutete plötzlich schrill, viel lauter als Joel erwartet hatte. Während er so dastand, hoffte er, man werde nicht öffnen. Es war schon ein paar Tage her, daß er zum Unterschreiben hier gewesen war. Er kniff sich mit der einen Hand in die andere, wartete noch einen Augenblick und ging schließlich die Stufen wieder hinunter. Unten sah er den Briefkasten mit der Aufschrift *Klein* und über sämtlichen Briefkästen den Stromzähler mit seinem summenden, sich drehenden Rädchen. Als seine Schritte verhallt waren, blickte er zurück und stellte fest, daß ein Fenster der Wohnung etwas offen stand. Also ging er in den Hausgang zurück und klingelte ein zweites Mal. Jetzt tönte es dumpf von drinnen: »Herein, herein!« Und als er die Tür nicht öffnete, folgte lauter, mit deutlich amerikanischem Akzent: »Es ist offen!« Er trat ein und blieb im Flur stehen. Die

Stimme kam aus dem Bad und dirigierte ihn weiter: »Immer geradeaus, nur herein, wer immer es ist, nur herein.« Joel ging ein paar Schritte den Gang entlang und hörte jemanden im Wasser planschen. »Wer ist da?« fragte die Frau. Und als er seinen Namen genannt hatte, lachte sie fröhlich auf: »Ah, Sie sind's, der Bevollmächtigte, der Verantwortliche, der Agent, Mister Kleins Abgesandter. Ich komm' gleich.« Anschließend vermischte sich ihr Lachen mit dem Rauschen des Wasserstrahls in der Wanne.

Er betrat das Zimmer und setzte sich in den ausgeblichenen Sessel seines Freundes. Schon waren einige Veränderungen im Zimmer wahrnehmbar: Das Bett war mittels einer roten Wolldecke in eine Couch verwandelt worden. Ein amerikanischer Plattenspieler stand in der Ecke, und der alte Sessel war woandershin gerückt worden. Auf dem runden Tisch lagen dicke medizinische Fachbücher, ein dünner Gedichtband, ein paar Briefe und etliche Haarnadeln, solche, die eine Frau sich zwischen die Lippen schiebt, während sie sich kämmt.

Wieder schrillte die furchtbare Klingel, die ihm durch Mark und Bein ging, und bevor er noch wußte, was er tun sollte, hörte er die Stimme der Mieterin: »Machen Sie bitte auf. Es ist für mich.« Joel öffnete. Schon gehörte er hierher, zu ihr, er brauchte sie und wußte nicht, wie ihm geschah. Ein Rosenstrauß wurde abgegeben, und Joel bestätigte die Annahme. Die Blumen füllten Joels Arme, während er so dastand und zum Badezimmer hinüberrief: »Wo soll ich die Blumen hintun?«

»Was? Schon wieder Blumen?«

»Rote Rosen.«

Die Frau drinnen lachte und rief unter dem Rauschen des Wassers: »Legen Sie sie auf die Marmorplatte neben dem Spülstein.« Sie hatte amerikanisch gesprochen. Joel ging in die Küche. Der Ausguß stand voll schmutzigen Geschirrs, und die Marmorplatte war von offenen, halbleeren Konservendosen übersät, als traue die Frau den Jerusalemer Geschäften nicht und beziehe alles aus Amerika. An der Wand hing das Bild mit den blauen Pferden, und er mußte an seinen Freund Klein denken, der in der Welt umherreiste und einen

Ort suchte, an dem er Muße zum Denken haben würde. Plötzlich war Joel überglücklich in dieser Wohnung, es wurde ihm warm ums Herz, und eine dem Auge verborgene Frau sprach aus schaumigem Wasser zu ihm.

Als er sich im Wohnzimmer wieder hinsetzte, hoffte er fast, sie werde niemals dort herauskommen. Hoffnung und Furcht. Dann hörte er die Tür aufgehen, nackte Füße über die Fliesen laufen und die Tür des Nebenzimmers zuschlagen. Irgendwie hatte er sie nicht richtig gesehen, als er vor einigen Tagen hiergewesen war. Er erinnerte sich nur daran, wie sie ins Zimmer gekommen war: stolz und hoch erhobenen Hauptes wie ein siegreicher Feldherr. Und er erinnerte sich an das Klappern ihrer hohen Absätze und an ihren festen Händedruck und daran, wie sie sofort das ganze Zimmer durchquert hatte und wieder zur Tür zurückgekehrt war, und an das Rascheln ihres Kleides. Danach hatte er sie vergessen wie einen wunderbaren, herzzerreißenden Traum, nach dessen Deutung man aus Angst vor furchtbaren Entdeckungen nicht fragt.

Jetzt kam sie herein: »Hallo, gibt's was Neues? Eine Nachricht von unserem Freund?« Sie frottierte ihren Kopf mit einem Handtuch und sagte, nun auf hebräisch: »Entschuldigung, entschuldigen Sie bitte.« Sie bat um Entschuldigung, weil der Krankenhausgeruch nicht so leicht von ihr lassen wollte. Joel erhob sich aus dem Sessel, und sie nahm seinen Platz ein. Dann erinnerte er sie an die Blumen. Sie stand auf und kehrte mit einer Vase zurück. Sie trug sehr knappe Shorts, und ihre braungebrannten festen Schenkel waren etwas zu füllig für das herrschende Schlankheitsideal. »Riechen Sie nur, riechen Sie«, sagte sie und stellte die Blumen auf den Tisch. Joel steckte die Nase hinein und fragte, ob in der Wohnung alles in Ordnung sei. »Ja«, sagte sie, »die Stromrechnung ist gekommen und noch eine Drucksache für Mister Klein.« Joel nahm beides unbesehen entgegen und steckte es in die Tasche.

Nun kämmte sie sich, strich das ganze Haar nach vorn vor die Augen, bis sie dahinter verborgen war, und sagte: »Gut, daß Sie gekommen sind, Sie sind sehr nett, sehr rücksichtsvoll. Wie fühlt man sich so als Bevollmächtigter? Als Sekretär? Als Manager? Als Hausverwalter, Verantwortlicher und Agent? Und was möchten Sie trinken? Das Wasser kocht schon.«

Wieder fiel sein Blick auf ihre etwas zu vollen Schenkel. Was hieß hier zu voll! Wer entschied, daß die Beine von Frauen wie die von Störchen auszusehen hatten?

Sie lachte verschmitzt: »Ich sollte keine Shorts tragen. Das macht man nicht.« Ihr Haar trocknete langsam, und sie kämmte es bis auf die Schultern herab. Es war schwarz über den kühnen, etwas schräg stehenden Augen. Er meinte, ihr Bild gesehen zu haben, und sagte ihr das. Spontan antwortete sie: »Natürlich haben Sie mein Bild gesehen. Es hängt ja beim Photographen Seiger im Schaukasten. Und von ihm stammen auch die Blumen. Das heißt, von ihm und von Mister Cohen, dem Musikdirektor. Nie werden sie es an Blumen fehlen lassen. Armer Mister Cohen.«

Danach stand sie auf und brachte den Tee, und der Tee schmeckte nach Rauch, wie immer in der Wüste. Er hatte das Gefühl, sie kenne seine Vergangenheit, die Wüsten, in denen er stationiert gewesen war und wo der Tee immer nach Rauch schmeckte. Ihr Haar war jetzt fast trocken. Sie schloß das Fenster und zog die Gardinen zu. Irgendwie aus Höflichkeit sagte er: »Ich hoffe, ich störe Sie nicht« oder etwas Ähnliches.

»Gut, daß Sie gekommen sind.«

»Warum gut?«

»Einfach so...«, sagte sie vage. »Woran denken Sie?«

»Ich denke, Sie begegnen mir in einer Zeit des Grübelns.«

»Eine gute Zeit für Begegnungen, eine Zeit der Irrtümer.«

»Deswegen schweige ich viel.«

»Wer viel grübelt, vergißt seine Mauern zu bewachen. Er wird zur unbefestigten Stadt. Mein Haar ist trocken. Ich muß gehen. Ich habe Nachtdienst.«

»Ist das schwer?«

»Warum habt ihr in Israel nur einen Ruhetag pro Woche?«

»Sie haben dicke Bücher.«

»Die da? Dumme Bücher. Lächerlich.«

Sie schüttelte ihr Haar und legte einen Finger an die Nasenspitze, während er in einem der Bücher blätterte. Er sah einen mehrfarbigen Wundquerschnitt. Das Fett war gelb, das Fleisch rot und das Adernetz blau gezeichnet.

»Ich habe gehört, Sie sind Archäologe. Das ist interessanter, was?« Ihm war, als habe er sie gefunden, im Sand entdeckt, als müsse er sie nun vorsichtig säubern, vom Staub befreien. Wie sie jetzt ihm gegenüber im Sessel saß, blitzten ihre durchdringenden Augen fröhlich, aber ihre Lippen zitterten wie die eines Babys vor dem Weinen. Was würde sein? Was sollte er mit seinem Leben anfangen? Wo sollte er mit sich hin? Konnte er hier aufstehen? Er würde weder aufstehen noch weggehen. Würde ewig bleiben.

Sie war inzwischen hinausgegangen, um sich anzuziehen, und kam in einem blauen Kleid zurück.

»Wo haben Sie vorher gewohnt?« fragte er.

»Im Hotel Poriah.«

»Das mit dem Jasmin?«

»Ja. Ich schwelgte direkt in Jasmin.«

»Und wo davor?«

»In der Wohnung von Freunden, die zwei Jahre weg waren. Ich kehre immer ins Hotel Poriah zurück, wenn keine Wohnung frei ist.

»Nie was Festes?«

»Nie was Festes.«

»Wie lange sind Sie schon im Land?«

»Ich bin fertig, kommen Sie, begleiten Sie mich zum Krankenhaus ... Über ein Jahr.«

»Und wieso hab' ich Sie all die Zeit nicht gesehen?«

»Sie haben gegrübelt, waren in Ihre Ausgrabungen vertieft, haben in der Erde gesteckt.«

»Und Sie waren die ganze Zeit in Jerusalem?«

»Die meiste Zeit. In Krankenhäusern, in den Gassen, an der Grenze. Mir gefällt die Stadt.«

Sie gingen zusammen hinaus. Neben dem Haus erstreckte sich felsiges Hügelland. Sie wies ihn auf heitere und traurige Steine hin. Fragte ihn, ob er immer grüble und sich in Irrtümern ergehe. »Der Irrtum ist ein großes Land und ich ein alteingesessener ständiger Bewohner darin«, erwiderte er. Unterdessen gingen sie die Treppen hinunter. Sie schloß ihr Fahrrad vom Geländer los und schob es. Er ging neben ihr her, nur das Fahrrad trennte sie. Von der Seite schaute sie ihn an. Dann plötzlich fuhr sie mit leise flatterndem Haar davon und ließ ihn vor einem großen Schild mit der Aufschrift *Hier entsteht ein Haus mit Luxuswohnungen* stehen.

Joel machte sich auf den Heimweg. Er drehte ein paar Runden wie ein Flugzeug, das keinen Landeplatz findet. Traf Bekannte, kam an Geschäften vorbei, in denen er gewöhnlich einkaufte, und mit einemmal brach sein ganzes bisheriges Leben zusammen. Stürzte ein wie ein hohles, leeres Jericho, und eine neue Stadt stieg mit jubelnden Türmen aus seinem Herzen bis zum Himmel empor, und Nacht überkam ihn am Mittag.

Im Briefkasten fand er einen Brief von Mina. Der Umschlag trug eine französische Briefmarke, die in Paris abgestempelt war. »Ich habe mir ein Zimmer in einer kleinen Gasse gemietet. Habe mich in einen jungen Maler verliebt. Ich sehe die Bäckerei vor meinem Fenster. Ich bin glücklich. In zwei Wochen fahre ich nach Amsterdam. Eigentlich will ich nicht dorthin, aber man tut viele Dinge unwillentlich. Es gibt einen großen Willen und darin einen kleineren und immer so weiter. Du wirst mich schon verstehen. Bestimmt. Wann fährst du wieder zu Ausgrabungen?« Sie schrieb auch noch andere Dinge: Wie sie die Tage verbrachte und wie die Nächte die Tage aufhielten, gerade so wie die Terrassen am Berg die Erde aufhalten. Sie bremsten und stoppten, damit die Zeit nicht ins Meer geschwemmt werde. Er verstehe sie schon. Diesen Brief hatte sie zusammen mit vielen anderen geschrieben, als sie geistig noch klar war. Und jetzt, dachte Joel, würde er es wie sie machen. Und er wußte, daß er diesen Sommer nicht nach Weinburg zurückkehren würde.

12

Man kann unmöglich an den Ort zurückkehren, an den ich jetzt zurückkehrte. Ich war ja auch lediglich gekommen, um eine Tür zu schließen, die in meinem Leben nicht recht zugehen wollte. Eine Tür, die lose in ihren Angeln hing und in Jerusalem meinen Schlaf störte. Womöglich störte sie ihn nur dort. Wie oft sorgt sich der Mensch doch, weil er meint, eine Tür offen, einen Ofen brennen oder einen Wasserhahn laufen gelassen zu haben.

So saß ich nun also im Zug nach Weinburg. Draußen zog die Landschaft vorüber. Ein niedriger Baum und ein Pfosten und wieder ein Baum und dahinter niedrige, bedächtige Berge, wie Trauernde auf dem Rückweg von einem Totengeleit. Andere Dinge zogen an meinem inneren Auge vorüber. Ich saß allein im Abteil, bis ich entdeckte, daß es ein Sonderabteil für Behinderte war. Zwischen den Schildern, die einen anwiesen, nicht auf den Boden zu spucken und sich nicht aus dem Fenster zu lehnen, stand auch: *Behindertenabteil für Kriegsversehrte und Invaliden.* Der Schaffner kam und deutete auf das Schild. Ich ging wortlos hinaus und blickte aus dem Fenster. Ich hätte ihm alle Grade meiner Invalidität aufzählen können: Ich bin blind, habe eine Seelenprothese und bin nicht gekommen, um zu lieben, sondern um zu hassen. So stand ich am Fenster, und meine Gedanken sprudelten aus mir hervor wie Flüchtende, die von einem fahrenden Zug abspringen, ließen sich fallen und rollten bis an den Fluß hinunter. Das metallene Klicken des Fahrkartenknipsers entfernte sich langsam mit dem Schaffner, blieb mir aber im Ohr, so wie es auch Schritte gibt, die ich mein Leben lang sich entfernen zu hören meine. Wenn Menschen den engen Gang passierten, drückte ich mich ans Fenster, weil ich ihr Gesicht nicht sehen wollte. Sie riefen einander laut beim Namen und nannten die Stationen, die wir passierten. Schließlich setzte ich mich auf meinen Platz und betrachtete die Fahrkarte in meinen Händen. Sie sah genau aus wie die der anderen.

Und was die Tür anbetraf, die zu schließen ich zurückgekehrt war – womöglich hatte schon jemand anderes sie zugemacht? Zwar wußte ich, daß nur ich sie schließen konnte, aber vielleicht war das Haus eingestürzt? Es waren ja viele Häuser noch am letzten Kriegstag zerstört worden. Der Gauleiter hatte die Stadt in seinem irrsinnigen Wahn von Blut und Feuer verteidigt. Er hatte den amerikanischen Angriff auf dem Marienberg abgewartet. Die Festung dort hat drei Türme: einen runden, einen viereckigen und einen geschleiften. Während des Bauernaufstands kämpften die Ritter gegen die Bauern, die mit Heugabeln und Spaten hinaufstürmten. Später entdeckten sie vielleicht, daß Pflug und Forke gute Waffen sind, während Schwert und Lanze sich zum Pflügen eignen.

Die Stadt des Gauleiters wurde in einer einzigen Stunde zerstört, mit archäologischer Sorgfalt eingeebnet und in eine ordentliche, saubere Schicht verwandelt. Auch das Haus mit der losen Tür war zerstört. Im Traum sah ich manchmal das Haus als Ruine, in der die Tür auf einer verbogenen Angel hin- und herschlug. Vielleicht würde ich diese Tür von ihrem Fluch befreien, und sie würde mit einem letzten leisen Seufzer auf der Stelle zu Staub zerfallen und nicht mehr sein. Oder womöglich hatte man sie aus der Ruine weggeholt und in einem anderen Haus wiederverwendet?

Draußen wurden die Namen der Stationen ausgerufen, die Stationen meines Vaters. Er war ja Handelsreisender gewesen, der alles verkaufte, was Schneider brauchten, abgesehen vom Stoff selber: Knöpfe und Schnallen, Nadel und Faden, Spitzen, schwarze Bänder für die Trauer und farbige Bänder für alles nicht Traurige, Tücher und Schleier, Häubchen und Schmuckknöpfe, Haken und Reißverschlüsse und Druckknöpfe, Sicherheits- und Stecknadeln und kleine Fellstückchen als Kragenbesatz und Futter für Winteranzüge und Mäntel, Schneiderscheren und Fuchsschwänze und Hasenohren und schwarze Schneiderpuppen ohne Gliedmaßen und Geschlechtsteile, die, mit Stroh und Sägespänen gefüllt, auf einem Stelzen standen. All das hatte mein Vater in seinem Geschäft. Mein Onkel blieb im Laden, wo er auf einem hohen Stuhl an einer Säule saß und Buch führte. Und wenn es nichts für die Buchführung gab, saß er im Café und spielte Karten oder Schach. Mein Vater erzählte mir immer von den Stationen, die er machte, und die Namen stiegen jetzt in mir auf, als seien auch sie Namen meines Vaters. Zu jedem Ort hatte er eine andere Geschichte zu erzählen, damit nicht nur eine Erinnerung in meinem Kopf herrschte. Ich räumte die Erde von all ihren Bewohnern und ließ nur mich als Jungen, die kleine Ruth und noch ein paar Menschen aus meiner Kindheit übrig: Dr. Mannheim und die gute Henriette und deren Tante. Der Zug hielt, Pfiffe ertönten. Leute sagten: »Gut, daß es kaum noch qualmende Züge gibt. Die meisten fahren heute elektrisch. Es ist nicht gut, Rauch aufsteigen zu sehen.«

An einer der nächsten Stationen stieg eine Schulklasse junger Mädchen zu. Sie sangen von dem Wandersmann, der im fahlen Mondlicht mit seinem Stock in die weite Welt gezogen war. Fern von allem (wie ich) ließ ihm sein Herz keine Ruhe (wie mir). Immer auf unsteter Wanderschaft (wie ich), bat ihn seine Liebste, es zu lassen (wer bittet mich?), und danach etwas von einem einsam bellenden Hund und vom Mond und eine Andeutung von Tod oder Rückkehr. Bis sie zum Schluß ein Lied sangen, in dem sowohl ein Matrose als auch ein Wandersmann, ein Jäger mit Federhut und ein schönes Mägdelein mit weißen Brüsten vorkamen. Ich beobachtete die unermüdlichen Mädchen. Einige waren noch ungelenk, andere schon zu stiller Schönheit gereift.

Die Mädchen stürmten unaufhörlich durch den engen Gang, ihr Geschrei ließ die stille Landschaft erbeben. Von Zeit zu Zeit erschien der Schaffner und pochte mit dem Kartenknipser ans Abteilfenster. Ich wußte nicht, ob ich mich als ortskundiger Einheimischer oder als Fremder ausgeben sollte. Einerseits wußte ich, wie man den Klapptisch unter dem Fenster herausklappte, wie die jeweils nächste Station hieß und anderes mehr, andererseits stellte ich von Zeit zu Zeit eine naive Frage mit hartem, fremdem Akzent, damit man mich für einen ausländischen Touristen halten sollte. All das war nur Spurenverwischung und Tarnung, Taktik und Finte.

Als die Mädchen schließlich ausstiegen, schmetterten sie ein neues Lied: »Mein Vater war ein Wandersmann, und mir liegt's auch im Blut.«

Auch mein Vater war ein Wandersmann in jenem Land. Bis man ihm eines Tages auf der Straße sagte: »Isaak, geh nach Palästina«, so daß er meinte, seine Stunde sei gekommen, und mit totenbleichem Gesicht nach Hause kam.

Gegen Abend verkündete ein großes Plakat auf einem Bahnhof unterwegs: *Besuchen Sie Weinburg zur Internationalen Rollschuhmeisterschaft.* Meine Rückkehr nach Weinburg hatte also einen Zweck: Ich fuhr zur Rollschuhmeisterschaft.

13

Joel plante einen Ausflug in die Jerusalemer Berge, in die Wälder, zu der letzten Quelle, die nicht ausgetrocknet war. In diesen Tagen hatte er ein Gefühl, als sei das Zeitenmeer von ihm zurückgewichen und habe alle Tage seines Lebens wie Muscheln, einzelne Kiesel, herumwuselnde Krebse und tote Fische freigelegt. Er schrieb einen Brief an Mina, zerriß ihn und fing einen zweiten an. »Auch ich bin jetzt im Ausland«, schrieb er, ohne zu sagen, wo. Einmal hatte er Jizchak wieder zu dem Krankenhaus in den Bergen begleitet. Er war auf einer Bank am Eingang sitzen geblieben, während Jizchak sich in den Gängen verlor. Als er wiederkam, berichtete er: »Ich habe sie durch ein Fensterchen gesehen. Sie hat dagesessen und sofort deinen Brief gelesen, den man ihr übergeben hatte. Aber die Ärzte haben mir geraten, nicht hineinzugehen, weil sie sich in einem Umbruch befinde.« »Wir alle befinden uns in einem Umbruch«, sagte Joel. Jizchak legte ihm die Hand auf die Kippa. Das Käppchen war wie die segnende Hand des Vaters über dem Kopf. Die Freundschaft zwischen Jizchak und Joel wuchs, vielleicht wegen dieser Geste und gewiß wegen Mina, die im Krankenhaus saß und von dort Briefe und Karten aus aller Welt verschickte. Ein paar Tage später beschloß Joel, Patricia und ein paar gute Freunde auf den geplanten Ausflug mitzunehmen. Patricia würde sicher mit diesem breitkrempigen Hut kommen, den er an der Garderobe gesehen hatte, und seine Freunde würden Khakimützen zur Erinnerung an vergangene Tage tragen. Allerdings gehörte Joel nicht zu denen, die jener Zeit vor der Staatsgründung wehmütig nachseufzten.

14

An der nächsten Station stiegen ein paar junge Leute zu, die wie Tänzer aussahen. Ein hochgewachsener, kraushaariger junger Mann in Shorts, auf dessen Koffer Aufkleber aus vielen Ländern prangten, und zwei junge Mädchen. Eine von ihnen hatte braunes Haar und einen breiten, immer lachenden Mund. Sie trug enganliegende lange Hosen. Das Lachen saß ihr im ganzen Leib und manchmal platzte es heraus. Die zweite Tänzerin, mit goldblondem Haar und hohen Wangenknochen, stand mit dem Rücken zu mir und verhandelte mit einem Gepäckträger.

Nun kamen die Tänzer an meinem Abteil vorbei. Das Paar gegenüber tuschelte: »Das ist doch Binder, der berühmte Rollschuhläufer!«

Als der Schaffner weg war, beschloß ich, mich wieder in das ruhige Behindertenabteil zu setzen. Ein Mann saß darin, der jedoch nach draußen in die Landschaft blickte und keine Notiz von mir nahm. Ich ließ mich in der anderen Ecke des Abteils nieder und dachte über meine Aufträge nach. Außer Herrn Rosenbaum sind nur wenige Menschen aus meiner Vaterstadt in Israel. Und auch die sehe ich nur hin und wieder zufällig. Die Landschaft wurde mir nun vertraut. (Weine nicht um den Scheidenden, weine um den, der zurückkehrt.)

Weinstöcke rings auf den sonnenbeschienenen Hügeln, die vorüberzogen.

Der Zug hielt abrupt. Der Mann gegenüber blickte mich vorwurfsvoll an. Dann lächelte er plötzlich und sagte, er sei auch kein Invalide, fügte jedoch gleich hinzu: »Wir haben ja alle einen Schaden weg«, und tippte sich leicht mit dem Finger an die Stirn. Ich erhob mich und wankte mit leicht torkelnden Schritten, wie man in fahrenden Zügen geht, zum Speisewagen. Dort setzte ich mich. Das Tänzerpaar saß mir gegenüber. Die Dritte, die ich vorher nicht recht wahrgenommen hatte, kam hinzu. Neben ihren ausgeprägten Wangenknochen fielen ihre leeren blauen Augen auf. Sie redete aufgeregt. Ich wußte, daß die drei nach Weinburg fuhren. Vielleicht hätte ich nicht fahren sollen. Es war Torheit zurückzukehren, Flucht und Verrat. Sollten die Türen und Fenster doch offen bleiben, oder sollte die kleine Ruth sie schließen. Verwehre der Tür das Klappern. (Verwehre deiner Stimme die Klage.)

Jemand bemerkte, hier sei das Grenzgebiet zwischen der Wein- und der Bierregion. Die hiesigen Einwohner tränken alles, und ihre Trunkenheit sei derb und schwer, wenn sie Bier tränken, aber leicht und voller Witz und Lachen beim Wein. Bald würde ich den Fluß meiner Kindheit sehen. Und tatsächlich, dort, hinter der nächsten Hügelkette, kam er in fröhlichem Schwung wie ein nach mir ausgeworfenes Lasso auf mich zu. Dann entschwand er wieder, flüchtete sich hinter Wald. Doch ich wußte, daß er da war und wiederkehren würde, der Fluß meiner Kindheit, der mich als einziger willkommen hieß, mir in das verunstaltete, vom Leben entstellte Gesicht blickte, es freundlich empfing. Die Telegraphendrähte schwankten auf und ab. Die unteren schwangen sich auf, um mit den oberen zusammenzutreffen. Ich wartete auf die Begegnung. Doch dann kam ein hoher Pfeiler, der mit einem brutalen Schlag die unteren herabriß und die, die sich hätten begegnen sollen, trennte, so daß sie einander nicht begegneten. Die Drähte lernten nicht aus der Erfahrung, sondern näherten sich mit ergreifendem, sehnsüchtigem Schwung wieder aneinander an, bis der nächste Pfeiler sie erneut peitschend auseinanderriß. Die, die nicht bestimmt sind, zusammenzukommen, werden nie zusammenkommen. Wer lernt etwas dazu? Niemand. Wer kehrt wirklich zurück? Nicht einmal ich.

Die Bahn fuhr langsam, doch der Fluß war noch immer außer Sicht. Ein Inder mit dunklen, ernsten Augen und einer weißen Matrosenkappe ging vorbei. Inder kommen nach Europa, um Wissenschaften zu studieren und sie mit ihrer Geisteswelt zu vergleichen. Vielleicht fuhr er auch zu den Rollschuhmeisterschaften. Ich hatte ihn ja neben den Tänzern sitzen sehen. Wie kann man auf Rollschuhen dahingleiten, wenn die Augen so ernst sind? Fahrgäste machten sich zum Aussteigen fertig. Schwere Koffer schabten über den Boden. Ich hatte plötzlich das Gefühl, dies sei ein Zug, der an die Front fuhr. War jemand da, der zu mir hielt? Jetzt fuhren wir schon im Flußtal. Die Weinberge traten hier und da jäh zurück und machten einem kleinen Dorf mit roten Ziegeldächern Platz. Ein Steinbruch zeigte seine weißen Wunden. Rauch kräuselte sich aus Schornsteinen.

Ich dachte an die kleine Ruth. Einmal haben Nazibengel sie und mich zu Boden geschlagen. Ich werde sie finden. Vielleicht aber ist ein Wunder geschehen, und sie sind umgekommen oder Jungen wie früher geblieben, so daß ich sie wiedererkennen kann. Seinerzeit hatte ich geglaubt, das Ende der Welt sei gekommen, wie nur Kinder das Ende der Welt oder das Ende der Schöpfung spüren können. Einige Wochen nach diesem Vorfall nahmen wir Abschied, weil meine Familie nach Palästina, nach Erez Israel, übersiedelte. Ruths Vater, Dr. Mannheim, bestieg das Podest in der Synagoge und hielt eine Ansprache zu Ehren meines Vaters und sagte, er segne ihn und all diejenigen, »die ausziehen, neue Hoffnung im alten Land unserer Väter zu finden«. Die letzten Stationen vor Weinburg. Bauern aus den umliegenden Dörfern stiegen ein. Ich machte letzte Einsatzpläne. Was sollte ich nach meiner Ankunft als erstes tun?

Der Zug nahm die letzte scharfe Kurve. Dann gab das Tal die Sicht auf die Stadt frei, und die Tage meiner Kindheit lagen vor mir. Ich sah eine Anhöhe mit einem Pfad. Ich sah viele Türme. Verschlang alles mit weitem, hungrigem Blick, ohne die Namen von Straßen, Kirchen und Parks zu unterscheiden. Ein großer Schmerz überkam mich, den ich sofort von mir auf meine Außenwelt ablenkte, denn ich hatte mir geschworen, bei meiner Rückkehr nach Weinburg gleichgültig zu bleiben. »Geliebte, meine Geliebte, ich verlasse dich hier. Geliebte, meine Geliebte, Wagen und Lenker meines Lebens, ich kehre zurück. Kleine Ruth, deine Zeit ist gekommen!« Der Zug hielt. Der alte Bahnhof war zerstört, ein Teil der Ruine war noch zu sehen. Das neue Gebäude voller Farben und hellem Glas stand bereits. Nur wenige stiegen aus: die Tänzer und einige Bauern, ein paar Engländer, der Inder und ich.

15

Patricia würde plötzlich auftauchen. Nein, sie würde schon dasitzen wie seit aller Ewigkeit und warten, wie es schöne Tiere tun. Joel trug einen Militärsack aus den Überschüssen der US-Armee über der Schulter, fix und fertig für den Ausflug. Vorm Café Roma an der Ecke, in dem sie sich verabredet hatten, sah er sie nicht. Drinnen übergab man ihm eine Notiz: »Jizchak, der Arzt, kann nicht kommen.« Als er gerade wieder hinausgehen wollte, wurde er ans Telephon gerufen: Josske war beschäftigt, hatte Schwierigkeiten, auch er würde also nicht mitmachen. Jetzt hoffte er schon, außer Patricia werde keiner kommen. Ja, er erinnerte sich gar nicht mehr, wie viele Freunde er überhaupt eingeladen hatte. Ein junges Mädchen trat aus der Bank gegenüber, richtete ihm aus, der Chef könne an dem Ausflug leider nicht teilnehmen, und nahm ein Glas Kaffee für ihn mit.

Indessen fand Joel sich gefangen in einer Gegenwart ohne Zukunftshoffnung und ohne tröstende Vergangenheit. Die fernen Dinge hatte er vergessen, weil sie fern waren, und die nahen sah er nicht, weil sie so dicht vor seinen Augen standen und sich hinter seinen Gedanken versteckten.

Der Schneider gegenüber zog die Rolläden hoch. In seinem Schaufenster ist immer ein unfertiger Anzug ausgestellt. Kein vollendetes Stück würde den Blick so auf sich lenken wie dieses einärmelige Sakko voller weißer Heftfäden. Möglicherweise war auch Joel so unfertig. Aber nur Patricia, die Amerikanerin, die vor dem Fenster des Cafés stand, sah, daß sein ganzes Leben unfertig war, obwohl es seinem Alter und seiner gehobenen Position nach längst hätte fertig sein müssen. Sie betrat das Café, und als er sich umwandte, sah er ihren grauen Rock und die enganliegende ärmellose Bluse, die lässig mit einem Goldband zusammengehalten wurde. Sie kam wie ein Schiff mit vollen Segeln, und ihr Gesicht glich dem jener weiblichen Galionsfiguren aus bunt bemaltem Holz, die zu früheren Zeiten den Bug der Schiffe schmückten. Und tatsächlich sagte sie als erstes: »Dieser Rock ist aus Segeltuch.« Sie setzte sich neben ihn, lächelte spontan und hob zugleich fragend und drohend den Finger: »Wo sind die anderen? Die Clique? Die Freunde? Die Kameraden?« Er antwortete irgendwas, und sie lächelte allwissend und verschmitzt.

Damit standen sie auf und gingen zum Abfahrtssteig *Jerusalemer Berge,* wo sie einen Bus bestiegen. Zwei alte Kurdinnen saßen bereits darin, ein Junge mit Gipsarm und einem Datum drauf, eine dicke Frau mit überquellendem Gemüsekorb und zwei Gemeindeschwestern in grüner Tracht. Aus einer Werkstatt neben der Haltestelle trat von Zeit zu Zeit ein hagerer Mann, um im Sonnenlicht einen Rahmen zu prüfen. Patricias langes Haar war mehrfach lose um den Kopf geschlungen, ohne daß man es hätte nachlässig nennen können. Alles, was diese Amerikanerin tat, wirkte fertig und vollkommen. Sicher zog sie sich, im Gegensatz zu den meisten anderen Frauen, auch schnell an, ja gewiß stand sie schon unverknittert aus dem Bett auf, sofort hellwach und adrett. Ihre Frisur wurde von mehreren Haarnadeln und einem spangenähnlichen Kamm zusammengehalten. Der Bus fuhr an, und Joel öffnete seinen Rucksack und bot ihr ein grünes Bonbon an.

»Nicht jetzt, später«, sagte sie, »was ist denn an mir so komisch, daß du mich dauernd anschaust?«

»Daß du hier bist und wir einen Ausflug machen.«

»Und daß deine Freunde nicht erschienen sind.«

»Typisch amerikanisch. Weißt du, daß Amerika hierzulande ein Gütezeichen geworden ist? Auf dem Markt rufen die Händler ihre Waren selbst dann mit ›Amerika! Amerika!‹ aus, wenn sie Orangen und Gurken verkaufen. Dieser Schrei lockt die Kunden an.«

»Dich auch?«

»Ist dein Haar schon trocken?«

»Längst. Gut, daß ich rauskomme. Vielleicht verliert sich auf diese Weise der Krankenhausgeruch.«

»Bleibst du noch lange hier?«

»Ich glaube nicht. Ich muß diese Arbeit beenden, eine Studie über Krankenhäuser in Israel, im Rahmen einer umfassenden Untersuchung über Krankenhäuser in aller Welt.«

»Weltgesundheitsorganisation?«

»Ja, mein Freund, ich werde zurückgehen müssen.«

»Wohin?«

Sie gab keine Antwort.

»Ich bin im Krankenhaus gewesen und habe Blut gespendet«, sagte Joel.

»Komisch, ich hatte doch Dienst, hab' dich aber nicht gesehen.«

»Mein Blut wird sowieso nichts helfen. Es macht nur einen Ausflug in den Adern eines Menschen und kommt zurück. Es muß zurückkehren.«

Patricia lachte und hob die Hand. Jetzt wies er sie auf die Talsperre hin, die das Wasser nicht aufzuhalten vermag. Das Regenwasser entschlüpft ihr und versickert, so daß die große Mauer sinnlos aufragt. Dann zeigte er ihr das immer wieder erbittert umkämpfte Kastel, erzählte ihr von den ehemaligen Dörfern der Wegelagerer vor Jerusalem, von den Gefechten der Kreuzritter und denen der Soldaten im Unabhängigkeitskrieg. »Diesen Straßenabschnitt nennt man ›die sieben Schwestern‹, weil er sieben scharfe Kurven hat«, sagte er dann. Als die Straße bergan führte, stiegen sie aus und blieben allein am Straßenrand zurück. Die Sonne brannte erbarmungslos. »Die Sonne ist im Hebräischen männlich, keine sanfte Frau. Sie versengt. Und du hast keinen Hut dabei.

Weißt du als Ärztin denn nicht, daß man von der Sonne verrückt wird und einem das Gehirn verdampft?« tadelte er. Sofort setzte Patricia sich mit untergeschlagenen Beinen, die unter ihrem weiten Rock verschwanden, auf den Boden und entnahm ihrem bestickten Beutel zweifarbige Turnschuhe mit breiten weißen Schnürsenkeln, zog sie an und begann wie ein ausgelassenes kleines Mädchen zu hüpfen, bis sie vor einer Ruine standen. »Dort oben ist das Minarett von Nebi Samuel, das da sind die Gebäude der Radarstation, und über uns haben wir die Ruinen von Kastel«, erklärte er. »Ja, alles, aber auch alles ist hier aus grauem und rosa Stein.« Auf dem Weg hinab kamen sie an dem Autowrack vorbei, das die Polizei zur Warnung für die Autofahrer neben der Straße plaziert hatte. »Man hätte irrende Menschen dort hinstellen sollen, um die anderen zu warnen«, meinte Patricia, »aber ein gescheiterter Mensch sieht nicht immer gebrochen aus.«

Ein Wagen voll singender Kinder überholte die Wanderer. Joel zeigte ihr die neuen Bäumchen, die man zur Aufforstung gepflanzt hatte, und erklärte ihr, daß der natürliche Wald erst von Eroberern, dann von Ziegenherden, Feinden des Landes, vernichtet worden sei. Der Ausdruck »Feinde des Landes« gefiel ihr. Sie lachte, den Kopf in den Nacken gelegt, stellte viele Fragen über die Feinde des Landes und lachte abermals schallend.

Die einzelnen Bergschichten hoben sich klar voneinander ab, und der Blutgeruch des Landes wehte ihnen entgegen. Sie gingen nicht immer nebeneinander, denn Patricia machte von Zeit zu Zeit wilde Sprünge, die ihren abrupten Lachausbrüchen ähnelten. Dann rannte er ihr nach, holte sie ein, zeigte ihr Äderungen im Gestein und sagte zu ihr: »Da fliegen Samen durch die Luft, Dornpflanzensamen. Du mußt aufpassen, daß sie nicht auf dir landen. Auch Dornbüsche sind Feinde des Landes.« Schließlich wies er auf die Quellen in den Klüften ringsum, die fast alle ausgetrocknet waren. – Und woher stammte sie? Wer war sie? War sie eine Feindin des Volkes und des Landes? War sie wie die Dornstrauchsamen angeflogen gekommen? Unter Gelächter erzählte sie ihm allerlei verworrene Geschichten über sich: Der Vater sei Befehlshaber eines Kriegsschiffes, und die Mutter stamme von den Alaska-Eskimos ab. Nein! Sie sei die Tochter eines filmreifen Indianerhäuptlings am Lagerfeuer, hoho. Oder aber ihre Mutter sei Mexikanerin. In einem Dürrejahr sei sie ins fruchtbare Kalifornien hinaufgezogen, die kleine Patricia wie eine Bäuerin im Tuch auf den Rücken gebunden. Doch nein, ihr Vater sei ein schwarzhaariger irischer Priester, der entgegen seiner Gelübde eine Tochter jüdischer Eltern aus New York geheiratet habe. Aber eigentlich sei sie aus der Prärie, dem Land der wilden Pferde. Oder vielmehr ein Kind des Südens, aufgewachsen in einem alten, baufälligen Plantagenhaus. Zum Schluß fragte sie ihn, ob all diese Geschichten seine Neugier befriedigten. Genug. Genug. Genug. »Ein wunderbares Land habt ihr. Hier bleibe ich!«

Als sie bei der großen Wegbiegung angekommen waren, öffnete sich das Tal von Kiriat Anavim und Abu Ghosh vor ihnen. Ein altes grünes Tal, reich gesegnet, heilig, heilig, heilig, umgeben von bewaldeten Höhen, in Felder und Obstgärten geteilt, mit Häusern und Türmen gesprenkelt. Hier würden sie bleiben. Auf dem Hang über ihnen erstreckte sich ein abgestorbener Wald. Graue, fast weiße Kiefernzweige brachen das Licht zu Schattennetzen. Ein Mondwald, ein Wald des Todes. Wie war das passiert? Hatten die Feinde des Landes den Wald zerstört?

Sie bogen in einen schmalen Pfad zwischen Felsgestein ein, Richtung Aqua Bella. Zu Zeiten der Kreuzfahrer hatte hier ein Nonnenkloster gestanden. Jetzt standen nur noch die Ruinen, und die Quelle war ausgetrocknet. Er erzählte ihr von den Kreuzfahrerbauten, die im ganzen Land verstreut lagen, ja von allem, was längst erobert, verloren und zerfallen und nun Wind und Wetter ausgesetzt war. Wenn ein Ort erobert wird, stürzt die Decke ein. Vergebens ragen Pfeiler und Fensterbogen in die Luft. Sie bleiben als letztes, sammeln ein bißchen Erde, Gras, Moos und Dorngestrüpp. Joel und Patricia streckten sich im Schatten der Eichen aus. Der Teppich war weich, denn das welke Laub bleibt hier immer und zu jeder Jahreszeit liegen.

Sie unterhielten sich in gebrochenem Englisch und gestammeltem Hebräisch, und wenn sie von Herzensangelegenheiten reden wollten, kehrte jeder zu seiner Muttersprache zurück. Mal saßen sie sich in einem Bogenfenster gegenüber, wo ihnen die Dornbüsche ringsum fast über die Köpfe wuchsen. Dann wieder sah Joel plötzlich ihre Hand im Schatten des verdorrenden Grases und hob sie auf, und sie ließ ihn gewähren und hielt den Atem an. Es war die Hand eines sehr erwachsenen Menschen: von vielen Rissen und Schicksalslinien und Runzeln in wüstem Kreuz und Quer durchzogen wie der Garten eines wahnsinnigen Königs. Danach schwiegen sie lange, als habe der Anblick der Hand sie verstummen lassen. Und mit den Mittagsstunden erwachte eine große, fremde Leidenschaft in ihnen, die weder aus ihrer noch aus seiner Heimat noch aus diesem Land hier stammte, sondern aus einem fernen Ort tief in ihrem Innern.

16

Mit einemmal hatte sich der Bahnhof geleert. Das kommt nur selten vor. Alle Züge waren in verschiedene, entgegengesetzte Richtungen abgefahren, und auch der Lautsprecher war verstummt. Ja selbst die Widderhörner, die sonst immer ertönten, schwiegen, weil auf den Stationen jeder Tag ein Tag des Gerichts ist.

Es war Mittagszeit. Ich war in Weinburg angekommen. Schilder verkündeten, Persil wasche alles rein, Odol mache die Zähne weiß und töte die Bazillen ab. Die wenigen mit mir Ausgestiegenen waren in Richtung Unter- und Überführungen verschwunden. Ich blieb mit meinem Koffer allein, bar jeden Gefühls oder Gedankens, stellte das Gepäck auf dem leeren Bahnsteig ab, nahm es schließlich wieder auf und stieg zur Unterführung hinab. Der Klang meiner Schritte gebar ein Echozwillingspaar. An den glänzenden, gekachelten Wänden hingen Fahrpläne in verschiedenen Farben. Über mir war ein neuer Zug eingefahren, und sofort füllte sich der Tunnel wieder mit Menschen, die mich zu einem bunt erleuchteten Geviert mitspülten. Von dort ging es wieder hinauf. Abermals Reklameschilder, ein Stadtplan. Odol hält den Atem frisch, und Persil wäscht einfach alles. Außerdem ein Verzeichnis von Hotels, in denen ich nicht übernachten, eine Liste von Friseurläden, die ich nicht aufsuchen, und ein Kinoplan mit Filmen, die ich mir nicht ansehen würde. Die Polizei suchte eine Frau, die des Mordes an ihrem Mann verdächtig war. An einer Tür stand *Männer*. Ich ging hinein. Eine Frau in schwarz glänzendem Kittel begrüßte mich und überreichte mir ein hübsch gefaltetes Handtuch, als übergebe sie die Stadtflagge oder den Stadtschlüssel auf einem Samtkissen an den fremden Eroberer oder den Ehrengast. Ich gab ihr Münzen, deren Namen mir noch aus Kindertagen in den Ohren klangen. Als ich in den Spiegel blickte, sah ich, daß ich nicht zum Kampf bereit war. Mein Tänzerheer hatte sich schon in der Stadt verstreut, und das Heer meiner Toten war mit Tod und Auferstehungsillusionen beschäftigt. Auf die konnte man sich nicht verlassen. Als ich hinausging, schwang die Tür hinter mir hin und her. Ich dachte an die Tür, die zu schließen ich gekommen war. Hätte ich eine große Liebe gefunden, wäre dies die Gelegenheit zum Vergessen gewesen. Denn eine Tür vergessen, ist wie eine Tür schließen, ist wie die Zukunft vergessen, wie die Vergangenheit vergessen. Ich beschloß, meinen Koffer zu deponieren, um beweglicher zu sein, und fuhr die Rolltreppe hinauf. Menschen fuhren auf und ab wie traurige, stumme Engel. Ohne den Koffer konnte ich leichter agieren. Was war darin? Kleidung, Schuhe, ein paar Bücher. Ich konnte in der Stadt tun, was ich wollte, und die Weinburger täuschen, die nicht wußten, daß ich gerade erst eingetroffen war. *Ein Gruß den Ankommenden! Ein Gruß den Rückkehrenden!* verkündete das schmucke Schild, zu dem ich aus den Tiefen hinaufstieg. Friede deiner Rückkehr. Im oberen Gang saß ein Schuhputzer. Ich setzte mich auf den Thron, und der Mann verharrte in tiefer Verneigung, als wolle er mich krönen.

Mit dumpfem Donnern über unsern Köpfen fuhren weitere

Züge ein. Große Stille überkam mich. Ich würde alles von neuem prüfen müssen, denn diese unerwartete Stille brachte all meine Pläne durcheinander. Ich hatte gedacht, die Erregung würde mir als Brennstoff und Munition dienen, um die Stadt mit einem Schlag einzunehmen, sie zu vierteilen und ihre Zugänge abzuriegeln, um die Flüchtenden an der Flucht zu hindern. Erst danach, so hatte ich gemeint, würde ich still werden und könnte mich in Ruhe den Problemen der Eroberung zuwenden, mich um Versorgung und Transport, Abzug und Rückkehr nach Jerusalem kümmern.

Der Schuhputzer fragte, ob ich etwas gesagt hätte. Hatte ich nicht. Ich spürte die Bürste durch das dünne Leder. Dann zog er die beiden Kartonstücke aus meinen Schuhen, und ich stieg vom Thron herab. Eine schwarzgekleidete, offensichtlich verwitwete Frau nahm meinen Platz ein. Alles an ihr war schwarz. Auch ihre Unterwäsche mußte schwarz sein. Nur ist schwarze Unterwäsche kein Zeichen der Trauer. Ich hielt dem Schuhputzer das Geld hin, ohne sein Gesicht zu sehen, denn er putzte schon die Schuhe der schwarzen Königin und sagte: »Legen Sie das Geld in den Kasten.«

Ich verließ den oberen Tunnel und betrat die große Halle. Sofort sah ich, daß es Viertel nach eins war. In Deutschland gibt es überall Uhren. Sie sind an der Wand befestigt, hängen von oben herab oder ragen wie Arme in die Straße hinein. Man braucht fast nie auf die Armbanduhr zu schauen. Und wieder sagte eine hübsche Frau von der Wand herab, Persil wasche rein, und ein Kind mit blendend weißen Zähnen verkündete, Odol halte seine Zähne gesund. Ich hob den Kopf, um zu sehen, wer mich gerufen hatte, aber ich sah nur eine Uhr und die Zeit darauf. Da wartet man auf jemanden und sieht statt dessen eine Uhr. Alle Uhren sind voll Zeit, aber die Zeit wird nicht voll.

Ich gab meinen Koffer ab, bekam einen Abholschein und trat aus der Bahnhofshalle. So hatte ich sie nicht in Erinnerung – hell und modern –, sondern rußig und verraucht, nach Rost riechend und mit vielen sonderbaren altmodischen Schnörkeln und Verzierungen an Säulen und Simsen. Ich zog Urkunde Nummer eins hervor, eine Photographie unserer

Familie, aufgenommen an dem Tag, an dem wir die Stadt auf dem Weg nach Palästina verlassen haben: Bündel und Koffer ringsum, mein Vater hält eine kleine Tasche mit verschiedenen Dokumenten. Bei Auswandererfamilien sind die Kinder immer mit Päckchen und Mänteln bepackt. Es heißt dann: Der Junge kann die Mäntel und die kleine Tasche und den Korb nehmen. Zum Schluß verschwindet das Kind fast unter all dem Kleingepäck. Viele Verwandte und Bekannte waren damals gekommen, und alle bildeten ein Knäuel, so daß ein zufällig dabeistehender Fremder nicht mehr hätte sagen können, wer abfuhr und wer dablieb. Erst als der Pfiff ertönte, trennten sich Fahrende und Zurückbleibende. Wie die Milch sich beim Buttern vom Milchfett trennt. Eigentlich wollte ich das Bahnhofsgelände nicht recht verlassen. So fand ich verschiedene Vorwände, in die Halle zurückzukehren: schnell noch einmal den aufgegebenen Koffer überprüfen, nach einem Zug fragen, der an einen außerdeutschen Ort fuhr. Bahnhöfe sind das exterritoriale Heimatland der Wanderer aus aller Welt. Sie sind die Botschaftsgebäude derer, die kein Haus besitzen oder ihr Haus freiwillig verlassen haben und im großen Vergessen leben, das einer großen Kirche gleicht. Zwei Männer mit Armbinden kamen auf mich zu und fragten, ob ich aus dem kommunistischen Osten gekommen sei und Hilfe brauche. Ich gab ihnen keine Antwort, obwohl ich Hilfe nötig gehabt hätte. Als sie Ruth zum Krematorium trieben, sind diese zwei alten Männer sicher auch an sie herangetreten, nur waren sie damals jünger und haben eine andere Armbinde, mit Hakenkreuz, getragen. Ruth, die die Hilfe des Himmels gebraucht hätte, muß die Hilfe eines neben ihr Gehenden in Anspruch genommen haben, während sie auf ihrem einen Fuß hüpfte, denn die Krücke hatte man ihr wohl schon weggenommen. Die kleine Ruth hatte mehrere Leidenswege durchschritten, lange bevor die allgemeine Not ausbrach. Ihr eines Bein, das sie bei einem Unfall verloren hatte, war Jahre vor dem Rest ihres Körpers verbrannt worden. Ich sah die Tänzer hinter funkelnden Glastüren verschwinden. Große Schilder lenkten diejenigen, die zu den internationalen Meisterschaften gekommen waren, zu Registrierschaltern. Möchten Sie zu den Rollschuhmeisterschaften? Nein, ich bin wegen eines anderen Wettkampfes da.

Mit einemmal war ich auf dem großen Bahnhofsvorplatz. Mitten darauf stand, wie damals, der Stadtheilige, St. K., die Hände wie immer segnend den Herauskommenden entgegengestreckt. Hoch oben thronte er in einem Steinbecken, dessen Wasser in ein größeres Becken darunter strömte. In ruhigen, glatten Vorhängen fiel es herab, so daß man kaum die Bewegung wahrnahm. Nur das funkelnde Licht zeugte von dem stillen, kristallenen Fluß. Die Hände des Heiligen sind den Ankommenden immer zum Segen entgegengestreckt. So hat er sie auch erhoben, als die letzten Weinburger Juden fortgebracht wurden. Vielleicht jedoch floß damals kein Wasser, weil man es – eine Kriegssparmaßnahme – zum Löschen der Brände hütete.

Vier amerikanische Soldaten kamen vorbei. Ich freute mich, sie zu sehen, aber sie freuten sich nicht, mich zu sehen, sondern setzten ihren Weg zu einer Milchbar fort. Die Europäer haben beschlossen, gut zu sein und Milch zu trinken, und um sich daran zu gewöhnen, nennen sie diese Lokale Milchbar oder Milchstube. Dort sitzen Europas Jugendliche und Trinkbolde auf hohen Hockern und schlürfen geschäumte Milch mit allen möglichen bunten Säften, sonderbaren Eissorten und Früchten gemixt. Ich bestellte eine extrafeine Mischung und bekam ein Gebirge von Farben, Schaum und Aromen. Beim Saugen an dem Strohhalm beruhigte ich mich. Eine Straßenbahn fuhr kreischend vorüber. Es war ein alter Wagen, der sich sicher an mich erinnerte. Der Geist des alten Professors Freud saß auf dem freien Stuhl neben mir und sagte: »Du saugst und saugst ja schon wieder.« Ich antwortete ihm: »Du hast recht, sehr recht.« Liebend gern hätte ich ihn meinen Truppen angeschlossen, obwohl er vor lauter Deutung der Motive die Sache nicht vorangebracht hätte. Die vier Amerikaner, einer von ihnen ein Farbiger, würden gewiß nicht mit mir kooperieren. Was wußten die schon?! Bis ich denen alles erklärt hätte, wäre es schon Zeit für ihre Wehrentlassung und Heimkehr.

Über die Köpfe der Amerikaner hinweg sah ich durch ein

Fenster den kleinen Park mit dem Pestalozzidenkmal. Diesen ausgefallenen Namen hatten wir seinerzeit urkomisch gefunden. Ich hielt weiter den Strohhalm im Mund. Kirchenglokken läuteten zu Ehren des Himmels. Der Himmel hörte es, und als Kind hatte ich die Schritte der kleinen Ruth gehört. Da kam sie: die Augen grau und fröhlich und ihre beiden Zöpfe noch dünn und kurz. Was wollen wir heute spielen? Manchmal tobten wir so, daß Dr. Weininger das Dienstmädchen herunterschickte, um sich über den Lärm zu beschweren. Dr. Weininger war der Hausbesitzer. Das um die Jahrhundertwende erbaute Haus war ein einziger Stilmischmasch: Schnörkel, Türme und Türmchen, Säulen und Frauenköpfe, die Balkons trugen, andere Steinfiguren und Köpfe von Untieren, Vögeln und Greifen. Dazu noch und noch Vorsprünge und Simse, Fenster und Luken und Nischen, und Riesen, die mit den geduldigen, leidvollen Gesichtern von Arbeitstieren Türstürze abstützten. Durch all den Prunk war das Hausinnere immer dunkel. Dr. Weininger war Professor für Altgriechisch an der Universität. Seine einzige Tochter, ein hübsches Mädchen, besuchte das St.-Sophien-Lyzeum. Sie hatte eine geschmeidige Windhündin namens Sonja. An Schabbatnachmittagen, wenn ich in der Trübsal des Diasporaschabbats steckte und Dr. Weininger Kopfschmerzanfälle zu bekommen pflegte, ging diese Tochter, ganz in Weiß und stolz den Schläger schwingend, zum Tennisspielen aus dem Haus.

Einmal, bevor Hitler an die Macht kam, lud mich Frau Weininger zu einer Weihnachtsfeier ein. Ich sollte doch wenigstens mal dabei sein und zugucken. Ich wollte nicht hingehen, aber meine Eltern sagten, ich solle es mir ruhig anschauen; man werde mich schon nicht auffressen. Sie steckten mich in einen blauen Samtanzug mit Glasknöpfen und elfenbeinfarbenem Spitzenkragen. Alle Zimmer der Weiningerschen Wohnung waren hell erleuchtet. Ich blieb am Eingang stehen. Die Hand der hübschen Tochter ruhte auf meinem Kopf, als sie freundlich sagte: »Komm, komm herein, kleines Judenkind.« Ihre Hand war breit und kräftig und von vielen Falten und Furchen durchzogen, die gar nicht ihrem

Alter entsprachen. Ihre Freunde und Freundinnen füllten die Räume. Ein Tannenbaum stand in der Mitte, auf dem viele funkelnde Kerzen brannten, und von den mit Silberpulver bestäubten Zweigen hingen glänzende Kugeln und Engelchen herab, die im warmen Luftstrom schwankten. Ich saß mit aufgerissenen Augen da, und dann schuf ich mir mein eigenes Heim in dem Gewirr von Lichtern und Stimmen, wie Kinder es immer tun. Später stieg mir der Duft von Glühwein in die Nase, und ein wenig Silberpuder rieselte mir aufs Haar. Die kleine Ruth hat mich um diesen Abend sehr beneidet.

Die Soldaten erhoben sich und gingen. Ich hörte die Münzen klingen, die sie der Kellnerin als Trinkgeld auf die Theke knallten, und wußte, daß auch ich gehen mußte. Denn selbst hier, an diesem Ort, hatte ich mir schon ein Heim geschaffen, um nicht hinausgehen und meine Aktionen einleiten zu müssen, über deren Art ich mir noch nicht recht im klaren war. Den heiligen K. sah ich jetzt von der Seite. Nun streckte er die Arme nicht nach mir aus, ich interessierte ihn nicht mehr. Er war ganz und gar vom Schein des Wunders umgeben, das ihm am Tag der Stadtzerstörung geschehen war, als er all die Bombenangriffe ohne einen einzigen Kratzer heil überstanden hatte.

17

Noch immer hielt er ihre Hand und las ihr ganzes Leben darin. Nicht nur ihre Charakterzüge, sondern alle Tage ihres Lebens, die Nächte und die Tage, ja sogar sein Leben mit ihr wie auf einem Plan der Prophetie und der Liebe. »Warum hältst du meine Hand so ewig?« fragte sie. »Ist sie vielleicht was Antikes, ein altes Pergament?« Dabei lachte sie laut und aufreizend, bis Joel rief: »Du Mexikanerin, Irin, Mischling und Eskimo samt allen Pferden der Prärie!« und ihre Hand so heftig drückte, daß sie vor Schmerz aufschrie, den Kopf mit dem Weh eines furchtbaren Tieres in den Nacken warf und ihm einen Schlag auf die Brust versetzte. Stark war sie, konnte Pferde ohne Sattel zureiten. Er gab ihr ein Bonbon, wie einem kleinen Mädchen.

»Wohin möchtest du gehen?« fragte sie ihn.

»In einen größeren Wald, mit Pinien.«

»Tote Pinien? In einen toten Wald? Wie dort drüben?«

»Nein, in Kiriat Anavim gibt's einen großen Wald.«

»Weit weg?«

»Nein.«

»Das ist eine Falle, ich weiß es. Du stellst Patricia eine Falle. Aber trotzdem werde ich aufstehen und mitkommen. Ich weiß. Es ist mir ein Vergnügen.«

Dann erzählte sie von ihrem letzten Nachtdienst, und er erzählte von den Kongressen, die er vorbereitete, und sie lachten über all die Kongresse, Symposien, Seminare, Workshops und sonstigen Konferenzen, von denen dieses Land strotzt.

»Wie lange bleibst du hier?« fragte er noch einmal. Aber darauf antwortete sie nicht.

Sie rappelten sich auf und gingen den Pfad entlang zu der Quelle, deren Wasser kaum noch sprudelte, sondern sich in einen grünlichen, von Fliegen und Wasserinsekten wimmelnden Tümpel verwandelt hatte. Ringsum Brombeersträucher, deren Früchte erst gegen Ende des Sommers reifen würden. Es roch nach Staub und duftete nach Feigen. Patricias Lippen bebten. Sie beugte sich zu dem grünen Rinnsal hinab und nannte einige der Fliegen und Insekten bei ihren lateinischen Namen. Das machte ihr Spaß.

Sie wanderten die Talrinne an dem zwischen Büschen verborgenen Bachlauf entlang. Dienstag nachmittag, Viertel nach zwei. Der Duft der Salbeipflanzen verdrängte den Staubgeruch. Der Salbei wächst hier in Verzweiflung und Trockenheit, und sein Duft verwirrt die Sinne. Als sie aus dem tiefen Einschnitt heraustraten, öffneten sich vor ihnen am Hang Terrassenfelder. Grenzsteine markierten die einzelnen Grundstücke. Sie würden sich über die Grenzen hinwegsetzen, würden alle Schranken ignorieren, weder ihre Länder noch ihre Sprachen in Erinnerung behalten.

Sie verließen den Pfad und stiegen eine alte Römerstraße hinauf. Er erzählte ihr von all den Römerwegen im Land, die zum Teil zu neuen Straßen ausgebaut waren. In den alten Zeiten waren Legionen unter Fanfarenklängen und Trommelwirbel auf ihnen marschiert, Helme und Speerspitzen von der Sonne vergoldet. Auch Patricia war fremd. Wie eine sehr frühe Königin von Saba hatte sie die Gaben ihres Landes mitgeführt: Affen und Elfenbein, Coca-Cola und Collegezeit, Gold und Silber, Zwerge und Ungeheuer, die Erinnerungen an ihren Vater, den Kapitän, oder an ihren anderen Vater oder an all ihre Väter zusammen, und Papageien und Präriepferde und Bücher, die sie in ihrer Studienzeit, wie es bei amerikanischen Universitätsstudentinnen üblich war, vorm Bauch getragen hatte. Alles, alles hatte sie mitgebracht, die antike Königin aus der Ferne mit ihren lächelnden Schlitzaugen und den bebenden, etwas eckigen Lippen.

Auch von den Karawanen erzählte er ihr, über die die Wegelagerer aus den Räubernestern auf den Höhen von Kastel, Zuba und Abu Ghosh hergefallen waren, und von den Chans genannten Herbergen entlang den Römerstraßen. Straßen über Straßen – wie Liebe über Liebe. Im felsigen Grund neben der alten Straße lagen ein tiefes Wasserloch und eine Weinpresse, in der man einst die Trauben mit den Füßen getreten hatte. Und auch die beiden gingen wie die Traubentreter in der Kelter und wußten es nicht, der Wein quoll in Strömen hervor, und sein Geruch berauschte sie. Dann stießen sie auf zerstörte Häuser unter alten Bäumen, auf noch erhalten gebliebene Fenster- und Torbogen. Er benannte all die Orte ringsum und auch die, die weiter weg waren, und er zeigte ihr die alten Mühlstellen im Dorf, erklärte ihr die Funktion von Unter- und Oberstein, und sie fragte: »Welcher der beiden Steine ist der Mann und welcher die Frau?« Schließlich gelangten sie zu den Obstplantagen eines Kibbuz, dessen träge dreinschauende Kühe sich stumm der geheiligten Siestastunde hingaben. Joel fragte Patricia, ob sie müde sei, doch sie deutete nur lachend auf ihre kräftigen Beine. Sie kletterten eine Rinne hinauf, die sich in einen schmalen Pfad und dann in einen Waldweg verwandelte. Reisig und dünne Zweige krachten unter ihren Füßen. Als sie auf einmal Flaumfedern und einige tote Vogelküken verstreut liegen sahen, nannten sie die Gegend »den Wald der toten Küken«. Einige der Federn schienen vom Seewind aufgewirbelt, hatten sich in Zweigen und Poteriumdornen verfangen und markierten so den Weg. Anscheinend waren die Vogeljungen bei Tagesanbruch gestorben. Patricias gestickter Beutel fiel zur Erde, und Joel hob ihn auf. Später traten sie ins Dämmerlicht hochaufragender, dichtstehender Kiefern, verfingen sich hier und da in den Zweigen, aus denen sie sich vorsichtig befreiten, um weder den Zweig abzubrechen noch ihre Kleider zu zerreißen. Ein Vogel flatterte auf, eine Turteltaube gurrte traurig, ein Stein geriet ins Rollen.

»Der Wald ist uns böse.«

»Wir müssen ihn entschädigen.«

»Wie entschädigt man einen Wald?«

Sie fanden ein schmales ebenes Plätzchen zum Ausruhen. Patricia reichte ihm ein Stück Gebäck, doch es zerbröckelte zwischen ihren Fingern. Sie legten sich auf den Rücken und betrachteten von ihrem schattigen Plätzchen aus die im gleißenden Sonnenlicht vergoldeten Piniennadelspitzen. »Es ist ein Vergnügen und eine große Freude!« sagte sie. Sie hängten ihre Schuhe an Zweigen auf, faßten sich an den Händen und begannen ausgelassen herumzurollen und miteinander zu ringen. »Paß auf, ich bin stark und kenne viele Griffe«, warnte sie. »Macht nichts«, antwortete er, mußte sich aber trotzdem anstrengen, sie so zu umklammern, daß sie nicht fliehen konnte, ihre Arme festzuhalten und ihre Schenkel mit seinen Knien einzuschließen. »Feind des Landes«, zischelte sie und lachte so, daß ein Schuh herunterfiel. Er hörte sie heftig atmen und prusten, bis sie sagte: »Ich geb' auf.« Beinah tat es ihm leid, daß ihre Kräfte schon erlahmt waren und er sich von ihr losreißen mußte. »Du schwächliche Amazone«, spottete er. Sie wurde plötzlich ruhig, richtete sich auf und widersprach: »Nein, nein, ich weiß, wie solch ein Ringen ausgehen kann.« Nach einer Weile legte sie sich wieder auf die Seite, und er schob ihr ein bißchen Erde unter den Nakken, wie man es bei den Toten tut, aber das sagte er ihr nicht. Und wie zum Beweis, daß sie noch am Leben war, würgte sie ihn auf einmal mit ihren bösen alten Händen, bis er sie mit den seinen umschloß. »Du mußt Geduld mit mir haben«, sagte sie. Plötzlich sah er, daß sie schöner war als alle ägyptischen Königinnen, die er je gesehen, schöner als sämtliche Göttinnen, die er befühlt und in Büchern oder durch die Laterna magica betrachtet hatte.

Als sie sich ausgeruht und etwas gegessen hatten, spielten sie Verstecken, und ihr Blut geriet in Wallung. Während sie sich ein zweites und drittes Mal ausruhten, erzählte er ihr von Formationen und Brüchen, Falten, Gräben und Schichtfolgen in der Erde und von den Tonscherben, die er ausgrub, und von dem Erdöl, das man in der Nähe suchte. So lagen sie da, sogen wieder und wieder den Duft der verdorrten Erde und der Pinien ein, dann richteten sie sich ein wenig auf wie Papierfetzen oder Blätter, die der Wind verweht. In der Ferne führte die Straße in einer halsbrecherischen Haarnadelkurve bergab. Autos fuhren dort, schalteten, hupten, aber diese Geräusche kamen von fern, wohlgefiltert und geläutert bei ihnen an. Er hörte am Rascheln ihrer Röcke, daß sie sich zum Aufstehen und für die Rückkehr bereitmachte. Er mußte Geduld haben, mußte warten. Sie zog die Schuhe wieder an, stopfte ein paar Kleinigkeiten in ihren gestickten Beutel, und sie gingen den Pfad der toten Küken zurück. Der Tag neigte sich dem Ende zu, und im Kibbuz suchte sie plötzlich nach einer Toilette wie ein kleines Mädchen auf einem Ausflug. Er wartete allein und überlegte, daß die halbe Welt aus Frauen bestand und viel Liebe und Glück in sich barg, und als sie zurückgekehrt war, wanderten sie langsam dahin und ihre parallelen Schatten wurden länger und länger. In einer Staubwolke hielt neben ihnen ein Lieferwagen, und sie kletterten in den Laderaum. Lange Rohre ragten daraus hervor, an deren Ende ein roter Lappen flatterte. Die Rohre zitterten, seine Hand ruhte in ihrem Schoß. Sie hob die Hand an seine Stirn, und als sie so im Innern des Wagens saßen, spürte Joel, daß die Mauer in seinem Leben rissig geworden war. Andere fuhren, um Türen zu schließen. Er fuhr, und Türen taten sich ihm auf.

Durch das offene Ende des Wagens sahen sie, wie die Straße in die Ferne davonrollte, bis sie schmal und blau mit der Landschaft verschmolz, mit den Feigen- und Olivenbäumen, den Terrassen und Rebhängen und verlassenen Steinbrüchen. Auf dem Dach des ersten Hauses am Rande der Stadt, hoch oben auf einem Felsblock, erhob sich ein kleiner Junge, nackt und braun und vergoldet im letzten Sonnenlicht. Jeder, der nach Jerusalem kommt, betritt eine belagerte Stadt – immer, auch zu Friedenszeiten. Stets ist sie von einem Nebukadnezar, einem Titus, einem Kreuzfahrerheer umringt. Wer in dieser Stadt wohnt, ist immer belagert. Doch Joel wußte, daß die Belagerung nachließ, und als sie sich verabschiedeten, sagte er: »Ich hol' dich vom Krankenhaus ab.«

18

Ich ging die Königsstraße hinunter, in der es keine Könige mehr gibt, ich überquerte den kaiserlosen Kaiserplatz. Nach Ruth ist keine Straße benannt, und auch Ruth ist nicht mehr. Die Magdalenengasse mündet seitlich in die Kapuzinerstraße. Ich wanderte eine Straße entlang, die auch meinen Namen nicht trug, ich sah und hörte nichts, war wie ein Blinder, der sich in seinem Dunkel sonderbar sicher fühlt. Ich kreuzte die Schönbornstraße, die nach einem Intermezzo als Adolf-Hitler-Straße wieder so heißt wie früher. Auch vom Schönborn war nichts zu sehen. Die meisten Häuser waren nach der Zerstörung neu aufgebaut worden. Auf dem großen Residenzplatz jedoch plätscherte noch der Springbrunnen meiner Kindheit. Auch hier stand ein steinerner Mann, und seine Hände vergossen Wasser in Fülle, nur ein paar pausbäkkige Tritonen und wasserspeiende Fische halfen ihm dabei.

Den Hofgarten betrat ich nicht – ihn hob ich mir für ein andermal auf –, statt dessen bog ich in den Rennweg ein. In vielen mitteleuropäischen Städten gibt es eine Straße dieses Namens. Um ihren Namen zu rechtfertigen, rannte ich, um außer Atem zu geraten, um beschäftigt zu sein und müde zu werden, nicht wegen der Botschaften, die ich bei mir trug. Ein Verkehrspolizist stand an der Stelle, an der seinerzeit ein Spielplatz gewesen war – auch das ein Wandel. Er kam auf mich zu und rief: »Das ist doch der Gipfel, hier einfach rüberzulaufen. Sie haben mich doch gesehen!« Ich bezahlte das Bußgeld und gelangte zu dem Schreibwarengeschäft, wo ich als Junge Hefte und Bleistifte gekauft hatte. Je näher ich dem Ort kam, dem ich nahekommen wollte, desto mehr beschäftigten mich Fragen, die man sich in einer fremden Stadt stellt: Wo werde ich übernachten? Wie viele Tage soll ich bleiben? Wie komme ich wieder weg? Wohin dann? Sollte ich jede Nacht in einem anderen Hotel verbringen, um meine Spuren zu verwischen oder um die Stadt, gleich Bileam, von verschiedenen Anhöhen aus zu verfluchen? Am ersten Tag in einem Hotel wird man nach formalen Dingen, die der Reisepaß beantworten kann, gefragt, und man bekommt einen Schlüssel mit einer großen Kugel oder irgendeinem anderen Gewicht daran ausgehändigt. Am zweiten Tag steht man heimlich unter schweigender Beobachtung. Am vierten Tag folgt dann jenes freundliche Lächeln, mit dem das unvermeidliche Abgleiten in die Vertrautheit beginnt. Was nun die Flüche, die ich von den Höhen herab hätte ausstoßen mögen, betrifft: sie sind nicht mehr üblich. Die einzig wirksamen Flüche sind die, die der Mensch gegen sich selber richtet, und sie verstopfen die Zugänge zum Herzen.

Ich hastete durch die Straßen, die ich wie kurze Atemstöße hinter mir ließ. Es war ein Amoklauf ohne Opfer. Schlag, Flucht und Schlag. Die Getroffenen wußten von nichts. Man hätte ihnen sagen müssen: »Mein Herr, Sie sind getroffen, Frau SS-Offiziersgattin, Sie sind abgeschlagen!« Wie bei einem Manöver, wo man getroffenen Soldaten Zettel mit der Aufschrift *Verwundet* anheftet. Hier war die Statue des vogelfütternden Jungen, dort der Spielplatz, noch ganz wie früher, da der Zeitungs- und Tabakwarenkiosk und der kleine Park der klugen Jungfrauen. Im Vorbeihetzen schlug ich meine Zähne in jeden Ort, wie man nacheinander mehrere Äpfel anbeißt und in jedem den Abdruck seiner Zähne hinterläßt. Ein Mann fragte mich nach dem Namen der Straße, und ich wußte die Antwort. Das beruhigte mich. Plötzlich sehnte ich mich nach den Jerusalemer Bergen, wollte zwischen knorrigen Olivenbäumen im Sommer sein, über die trockene Erde gehen und dabei in den Aufschlägen meiner Hose Sandkörner, Steinchen und Dornpflanzensamen ansammeln!

Drei junge Amerikanerinnen gingen hinter mir und sangen ein Lied: »Honey, oh honey, / Don't meddle with the bees, / Come meddle with me.« Ich ließ sie mich einholen. Sie trugen enge Bluejeans mit weißen Steppnähten wie die Cowboys. Dann ließen sie mich aufholen, und ich wieder sie. Sie waren fröhlich. Ich versuchte ihr Alter zu schätzen. Als man Ruth verbrannte, waren sie sicher fünf oder sechs Jahre alt und spielten mit Puppen und Bällen.

Über meinen inneren Lautsprecher verkündete ich mir: »Wir nähern uns dem Ort meines Hauses!« Dann wiederholte ich dieselbe Ansage noch zweimal, wie es auf Schiffen und in Flugzeugen vor der Ankunft üblich ist. Zugleich wußte ich immer noch nicht, wohin ich ging, ich näherte mich meinem Ziel auf Umwegen. Die Gedanken schwirrten nur so auf der Kommandobrücke hinter meiner Stirn. Die jungen Mädchen verschwanden. Vielleicht hätten sie sich gern die Stadt von mir zeigen lassen. Aber dazu hätte ich ihnen erklären müssen, warum ich nach Weinburg gekommen war, und sie hätten sich gelangweilt. Ich war in der letzten Straße angelangt – der Laden, in dem meine Mutter immer eingekauft hatte, die efeubewachsene Hausmauer, die Apotheke. Ja, das war meine Straße.

Sie war menschenleer. Nach dem Gedächtnis meiner Füße meinte ich, sie müsse steil ansteigen, aber es ging nur leicht bergauf, und obwohl in meinen Beinen die Erinnerung an langes und ungeduldiges Gehen war, hatte ich die Stelle, an der Dr. Weiningers Haus gewesen war, schnell erreicht. Doch es gab weder Haus noch Türmchen oder Schnörkel, weder die Köpfe von Ungeheuern noch balkontragende Riesennakken. Statt dessen ein geradliniger moderner Bau mit breiter Treppe zum großzügigen Eingang, auf der viele junge Menschen wie Engel in Jakobs Traum auf und ab liefen. Es war nicht das Himmelstor. *Internationales Studentenheim* stand daran. Ich erwog, einzutreten, die Flure entlangzugehen, irgendwo ein Senkblei hinabzulassen und zu sagen: »Hier war das Schlafzimmer. Dort habe ich gesessen.« Aber wozu sollte ich das tun, wenn das Haus doch nicht mehr so wie früher war? Geradezu vulgär aufgeblühte rote Rosen standen in der Eingangshalle und daneben eine symbolträchtige Plastik: ein Chinese, ein Schwarzer und ein Europäer, engumschlungen wie in den Erscheinungen des Propheten Ezechiel. Vielleicht sollte ich hier übernachten? Aber ich war ja kein Student mehr, hatte mein Archäologiestudium längst abgeschlossen und lehrte selber.

Ich hörte arabische Laute. Zwei schwarzhaarige junge Leute diskutierten neben mir im Stehen. Ich hätte ihnen sagen mögen: »Kommt, laßt uns jetzt Frieden schließen.« Essensgeruch entströmte unsichtbaren Küchen. Die beiden Araber beachteten mich nicht. Offenbar war man es hier gewohnt, einen Menschen mit dem zögernden Ausdruck eines im Wald Horchenden auf der Treppe stehen zu sehen. Ich tat so, als sei ich Journalist, zog einen kleinen Notizblock hervor und schrieb dreimal Ruths Namen nieder. Die Küche war im Keller. Früher standen dort Stellagen, auf denen meine Mutter Äpfel lagerte, und nebenan lehnten die Kohlensäcke. Plötzlich entdeckte ich den Inder. Und auch in seinem Gesicht spiegelte sich Wiedersehensfreude. Er räusperte sich und fragte, ob ich auch bei den Rollschuhmeisterschaften mitmache oder ob ich Trainer sei. Ich war geschmeichelt, daß er mich für einen Trainer hielt, und antwortete weder mit ja noch mit nein, sondern sagte nur, ich suche etwas. »Wir alle suchen doch etwas«, erwiderte der Inder, und ich gab zurück: »Ich hab' mir gedacht, daß Sie das sagen würden. In Wirklichkeit studiere ich übrigens.« Daraufhin lud er mich ein, ihn im Universitätskrankenhaus zu besuchen. »Auf welcher Station?« Er antwortete lächelnd: »Auf allen Stationen. Ich führe eine Sonderstudie durch, so was zwischen Philosophie und Psychologie, zwischen Yoga und Synagoga. Ich erklär's Ihnen mal bei Gelegenheit. Warum schauen Sie eigentlich in den Keller?« Ich erwiderte, das sei eine Frage der Weltanschauung, die der Kelleranschauung entspreche. Er verstehe das gut, antwortete er. Eine Glocke läutete. »Das ist die Liebfrauenkirche.« »Nein«, sagte der Inder, »das ist die Dominikanerkirche.« Wir debattierten wie zwei Asiaten, die es auf Europas Stufen verschlagen hatte, bis eine Studentin mit feinem Haar vorbeikam und sagte: »Ihr irrt euch beide, das ist die Marienkirche.« »Eigenartig«, meinte ich. »Was ist eigenartig?« »Anscheinend hat man eine neue Glocke aufgehängt.« Die Studentin bestätigte meine Annahme, und wir drei versanken in allseitige Verwunderung, bis das Läuten aufhörte. Dann überließ ich den Inder sich selbst und machte mich zu Ruths Haus auf.

Ich ging ein Stück die Straße hinauf, an deren Ecke das Haus gestanden hatte, und fand eine Ruine vor. Es war das einzige Trümmergrundstück in der ganzen Gegend. Durch einen hohlen Fensterbogen streckte ein Baum einen einzelnen Ast wie zum Gruß hervor. Hinter diesem Bogen hatte Ruths Zimmer gelegen. Und nun wohnte ein Baum in ihrem Zimmer und begrüßte mich an ihrer Statt mit ausgebreiteten Ästen. Ich blieb eine Weile stehen. Dann umrundete ich die Ruine, bis ich wieder zu dem Fensterbogen kam. Es gab hier keine Fensterflügel, die ich hätte schließen können. Von dort, wo ich stand, hatten sie Ruths Fenster in der Kristallnacht mit Steinen eingeworfen, so daß ihre Bettdecke mit Glassplittern übersät wurde.

Der Zaun um den schmalen Vorgarten hatte nichts abgekommen, aber die Pforten waren durch Schutthalden versperrt. Sicher kamen Kinder zum Versteckspielen hierher. Warum baute man Ruths Haus nicht wieder auf? Eine Fensterhöhle war bis auf halbe Höhe mit Steinen blockiert. Ruths Haus liegt am Rand der Innenstadt, hier beginnen die äußeren Stadtteile, die Villenviertel, Frauenland, Rosenberg und Mönchshügel. Eine tiefe Senke trennt die Innenstadt von den Außenbezirken. Wenn die Eisenbahn den Bahnhof verlassen hat, fährt sie durch diesen Einschnitt im Bogen um die Stadt herum. Die Böschungen sind mit einem schier undurchdringlichen Dschungel von Brombeersträuchern, Nuß- und Kastanienbäumen und einigen Platanen bewachsen. Ich setzte mich auf eine Bank gegenüber der Ruine mit dem Rücken zur Talschneise. Züge fuhren vorbei, ohne daß ich sie sah. Als Kinder hatte uns dieses Dickicht als wundervoller Ort für erlaubte und verbotene Spiele gedient. Eltern haben immer Angst, wenn ihre Kinder sich einen Dschungel erküren.

Heinz fiel mir ein, der hübsche, verwöhnte Sohn einer reichen Witwe, dem ich Schutz vor Kindern, die ihm zusetzten, geboten hatte – nicht aus Gutmütigkeit, sondern um Heinz zu meinem Sklaven und Besitztum zu machen. Ich blickte mich nach allen Seiten um, sah, daß die Straße menschenleer war, und verschwand mit schnellem Sprung, wie damals, im Gestrüpp. Nach einigem Spähen und Herumsuchen stand ich vor einem hohen Baum. Heinz kam damals immer, um diesen Baum anzubeten und ihm Opfer darzubringen. Wir hatten ihn zu dem Glauben verleitet, dieser Baum sei ein Gott namens Holipotz, der, wie viele Götter, ewig zornig sei, so daß man ihn besänftigen müsse. Ich riet ihm, Schokolade darzubringen. Nußschokolade, sagte ich, möge der Gott am liebsten. Aber auch Spielzeug begehre der einsame, zornige Gott. Wie echte Priester veranstalteten wir feierliche Zeremonien. Mit murmelndem Gesang und erhobenen Händen umschritten wir den Baum in eindrucksvollen Prozessionen. Heinz legte sein Opfer auf den Wurzeln nieder und ging, von mir aus dem Dschungel hinausgeleitet, wieder fort. Dann setzten wir uns hin und futterten sein Opfer auf. Alles wie wirkliche Priester.

Ich erinnerte mich an Heinz' Gesicht. Er hatte einen zarten, olivfarbenen Teint, etwas schräge braune Augen, eine lange schöne Nase und üppiges, glattes, gepflegtes Haar, nicht wie wir anderen mit unserem spärlichen oder borstigen Schopf. Wo ist Heinz geblieben? Einmal habe ich seine Halbschwester getroffen. Man hat ihn verbrannt. Ein Zug fuhr vorbei. Ich hüllte mich in den Lärm und Hall des Echos. Jetzt wurde mir dieser Baum zur wirklichen Kultstätte, an der ich stehend dessen gedachte, was nie mehr sein würde. Ich legte meine Erinnerungen auf die Baumwurzeln. Der Baum war ein erster Bekannter in Weinburg. Bei ihm war ich, wie bei den jungen Amerikanerinnen, sicher, daß er keine Juden umgebracht hatte. Mir wurde klar, daß ich Heinz als Junge geliebt hatte. Ruth war immer bei mir gewesen, aber Heinz hatte ich geliebt, weil er hübsch und verwöhnt war. Oft hatten wir auf dem großen weichen Teppich im Haus seiner Mutter Ringkämpfe veranstaltet. Selbst als ich ihm sagte: »Heinz, such dir einen schwächeren Jungen aus, denn es ist kein Vergnügen für mich, ewig zu gewinnen. Ich kenn' doch all die Zangengriffe«, antwortete er nicht, sondern sah mich nur mit seinen flehenden braunen Augen an, denen ich nicht widerstehen konnte, so daß wir uns wieder und wieder eng aneinandergeklammert auf dem Teppich wälzten.

Ich kehrte zur Straße zurück. Die Erinnerung an die sonderbare Liebe zu Heinz erfüllte mich mit scharfem Schmerz. Damals, als Kind, hatte ich ja nicht gewußt, daß ich ihn liebte, und jetzt gab es kein Zurück mehr dorthin. In diese Wehmut drängte sich plötzlich eine andere Erinnerung, die an jene fremde Frau in Seigers Schaukasten – die langgestreckte Nase, die weitgeöffneten, irgendwie witternden Nasenlöcher, der zarte Teint und die dunklen, etwas schräg stehenden Augen.

Ich ging die Straße hinunter, zur einen Seite die Eisenbahnschneise, zur anderen eine Häuserzeile, bis ich an das halb verfallene Tor des ehemaligen jüdischen Krankenhauses gelangte. Ich betrat den Hof. Das Gebäude selbst war bis auf die Grundmauern zerstört, die Kellerräume lagen bloß. Der große Nußbaum wirkte höher denn je, weil das Haus niedergerissen war. Die Nüsse wurden grün. Ein Vogel raschelte im Laub. Ich stand so rein und still wie die Toten am Tag der Auferstehung, und wie sie war ich aufgestanden, eine Welt zu erforschen, die ich lange nicht mehr gesehen hatte. Ein kleines Mädchen sah mich durch sein Haar hindurch an, dann machte es einen wilden Satz und ward nicht mehr gesehen. Aus Gewohnheit nahm ich den Pfad, der um den früheren Gebäudekomplex herumführte. Ich hätte getrost quer durchlaufen können, denn die Ruine war sauber wie ein Knochen. Hier wuchsen keine wilden Sträucher wie in Ruths Ruine. Aber aus Pietät ging ich außen herum. Die Ausmaße des Krankenhauses kamen mir jetzt, da nur noch die Grundmauern übrig waren, klein vor. Genau wie bei einem Menschen, der zu Lebzeiten viel Raum einnimmt, nach dessen Tod man aber sein Fehlen kaum bemerkt, weil er und seine Taten plötzlich klein erscheinen.

Ich stieg Lufttreppen hinauf und Lufttreppen hinunter, bog um die Ecke eines nicht mehr vorhandenen Anbaus und stand schließlich im Garten des Altersheims, das so aussah wie früher. Oberhalb der Gartenmauer fuhr die Eisenbahn vorbei. Es war fünf Uhr nachmittags, der Garten wirkte hübsch und friedlich. Einige wenige Menschen saßen zwischen Obstbäumen und Blumenrabatten, jeder in sich selbst versunken, ohne Berührung zum nächsten.

Unter dem Apfelbaum entdeckte ich Henriette. Ich erkannte sie sofort, obwohl sie sehr gealtert war. Sie wußte, daß ich in den Sommermonaten irgendwann eintreffen würde, und saß nun jeden Tag in diesem Garten, um auf mich zu warten. Sie hatte sonst niemanden mehr, auf den sie hätte warten können.

Um sie nicht zu erschrecken, ging ich vorsichtig um sie herum. Sie trug ein schwarzes Schabbatkleid, ihre schweren Brüste hingen schlaff herab. Kinder hat sie keine gehabt. Ein Apfel fiel herab, aber Henriette regte sich nicht. Während des Krieges war sie in Theresienstadt gewesen. Unbemerkt betrachtete ich ihr Gesicht mit den schwermütigen jüdischen Augen, ihre dicken, massigen Beine, die schwer schienen von der ganzen Not des Exils. Henriette war eine Prophetin, die unterm Apfelbaum im Weinburger Altersheim saß. Statt von der Welt vernommen zu werden, kehrten all ihre Prophezeiungen in sie zurück und wurden zu Schmerzen. Aber sie gewöhnte sich an die Schmerzen und vergaß ihr Prophetentum, und auch Gott muß sie und ihre Leiden vergessen haben.

Wie in einem Märchen für Kinder sah ich sie jetzt unterm Apfelbaum sitzen. Sie hob den Kopf, sah mich vor sich, wollte aufstehen, beugte sich aber dem sanften Druck meiner Hand auf ihrer Schulter. Sie wollte etwas sagen und brachte doch nur meinen Namen heraus, viele, viele Male, und zwischen jedem Namensruf vergoß sie eine Träne, so daß eine merkwürdige Kette aus meinem Namen und ihren Tränen entstand.

Ich beugte mich über die alte Frau und schmiegte mein Gesicht an ihre feuchte Wange. Ihre Haut war rauh und von einigen Stoppelhaaren bewachsen.

»Tagtäglich habe ich auf dich gewartet.«

»Hast du gedacht, ich käme nicht?«

Ich hob den herabgefallenen Apfel auf. Wieder fuhr ein Zug vorbei, wie damals. Es schien, als fahre hier immer dieselbe Bahn entlang. Ein alter Mann mit einem Blechnapf in der Hand kam vorüber und guckte im Vorbeigehen, wer da bei der alleinstehenden Henriette saß. Sie flüsterte mir ins Ohr: »Das ist Herr Cohen. Er züchtet Hunde. Keiner spricht mit ihm. Er hat sich mit allen zerstritten. Er sammelt Essensreste für seine Hunde. Die Welpen verkauft er. Er war in Auschwitz. Seine Hunde bellen, aber keiner wagt, ein Wort zu sagen.«

Herr Cohen trat an einen kleinen Verschlag und öffnete die Tür. Gebell und das Winseln junger Hündchen drangen heraus. Henriettes Tuch fiel zu Boden. Ich wollte es aufheben, aber der Wind kam mir zuvor und wehte es fort, bis es am Fuß einer Bank hängenblieb. Auf der Bank saß eine bucklige Dame. Sie stieß gackernde Laute aus wie eine aufgebrachte Henne.

Als ich mit dem Tuch zu Henriette zurückkehrte, behauptete sie, ich hätte mich mit Frau Hildesheim unterhalten. »Sie ist gräßlich. Ist in keinem Lager gewesen. Kommt aus Erez Israel. Keiner redet mit ihr. Sie zankt sich mit allen. Wenn Doktor Selig noch lebte, wären solche Leute längst weg von hier. Er ist ein guter Mensch gewesen. Wir waren zusammen in Theresienstadt.«

»Wer ist jetzt Heimleiter?«

»Ruhig, ganz leise.«

Ich beugte mich zu ihr hinunter, und sie flüsterte mir ins

Ohr: »Herr Metzmann. Sag nichts. Herr Selig, der Doktor, war Heimleiter und Gemeindevorsteher und auch noch Rabbiner, Kantor und Arzt.«

»Und wie viele Mitglieder hat die Gemeinde, abgesehen von den Heimbewohnern?«

»Nur eines. Herrn Bensheimer, den Kaufmann. Er ist jetzt Gemeindevorsteher.«

»Das heißt ein einziger Jude, der auch Vorstand der jüdischen Gemeinde ist?«

»Ja.«

»Und das Altersheim – untersteht das nicht der Gemeinde?«

»Ja und nein. Darüber herrscht großer Streit. Nach dem Tod von Doktor Selig, der meinen Oskar, Friede seiner Seele, gekannt hat, haben die Auseinandersetzungen angefangen. Was? Du weißt nicht, wer Oskar gewesen ist? Das war mein Mann. Wir haben in Theresienstadt geheiratet, als wir beide schon über fünfzig waren. Er war zuckerkrank. Eine gute Woche lang habe ich ihn auf dem Dachboden gepflegt. Eine gute Woche waren wir Mann und Frau, und dann wurde er verschickt. Oskar, möge er in Frieden ruhen, und Doktor Selig sind Freunde gewesen. Er hat unsere Trauung vollzogen. Still, still, da kommt Metzmann.«

Herr Metzmann kam auf uns zu. Er war aus der Tür getreten, als suche er etwas, aber in Wirklichkeit trieb ihn die Neugier, wer der Mann neben Henriette war, denn noch nie hatte jemand sie besucht. Als er näherkam, erhob ich mich und streckte ihm die Hand entgegen, worauf er sagte: »Ich habe schon gewußt, daß Sie kommen würden«, und dann auf hebräisch hinzufügte: »Was hört man im Lande?«

Ich erwiderte lächelnd: »Man hört so dies und das.«

»Man tut und hört so dies und das«, verbesserte er mich vielsagend.

19

Joel betrat das Krankenhaus. Der Mann in der Aufnahme saß hinter einer Holzschranke und redete ununterbrochen mit Menschen und Telephonen: »Nein, noch nicht. Sein Zustand hat sich gebessert. Zwischen drei und vier.« Von Zeit zu Zeit kamen, wie auf einer Bühne, weißgekleidete Schwestern mit bleicher, ernster Miene vorbei. Joel erinnerte sich an das Krankenhaus in Weinburg, in dem er die katholischen Schwestern gesehen hatte, als man ihn zu der kleinen Ruth hineinführte. Und im Hof stand auch ein Nußbaum.

Patricia erschien, den Mund noch von dem weißen Mundschutz verdeckt, die Augen groß, liebevoll und ängstlich. Dann nahm sie den Mundschutz ab. Joel zog es förmlich vom Stuhl. Langsam stand er auf. Patricias Augen füllten sich mit Tränen. Sie wusch sich an einem Waschbecken in der Ecke die Hände. »Ich habe einen Augenblick Zeit«, sagte sie, während sie sich hinsetzten. Ein Mann in weißem Kittel kam, und Patricia sagte: »Wir können gehen. Der ablösende Arzt ist da.«

Sie gingen die Haneviimstraße hinauf am Leichenhaus vorbei. Neue Traueranzeigen wurden angeklebt. Das Ungestüm des Todes forderte immerzu neue Opfer. Das Ungestüm des Lebens führte Patricia und Joel in das kleine Café an der Ecke. Das Haus war völlig zerstört, aber der Kaffeehausbesitzer weigerte sich auszuziehen. Nachts leuchteten seine Fenster aus der Ruine. In einem Raum stand das Kuchenbuffet sowie eine Servier- und Zeitungstheke. Da der Hausherr niemals eine Illustrierte weggeworfen hatte, türmten sich unzählige Journale zu hohen Säulen auf, die den größten Teil des Raums füllten. Stolz wies der Wirt auf seine Stapel. »Diese zwanzig Zentimeter«, sagte er, »behandeln die arabischen Unruhen von 1936. Die neunzehn Zentimeter dort sind vom Spanischen Bürgerkrieg.« Schließlich deutete er auf einen kleineren Stapel. »Das dort«, sagte er stolz, »sind Schreiben, Verwarnungen und Drohbriefe der Stadtverwaltung in Sachen Hausabriß.«

Dann saßen Joel und Patricia einander gegenüber und träumten mit offenen Augen, die Arme auf den Tisch gestützt, so daß kaum noch Platz für die Tassen blieb, die die Bedienung abzusetzen versuchte.

»Es werden Bulldozer kommen und die Wände einreißen«, sagte Pat. Sie zog ein Röhrchen mit Kopfschmerztabletten aus der Tasche und schüttete dessen Inhalt auf die Tischplatte zwischen ihnen. Tabletten rollten keine heraus, dafür aber viele andere Kleinigkeiten: winzige Schneckenhäuser, Münzen, einige Perlen, ein grünliches Miniaturkupferpferdchen. »Das sind meine kleinen Tröster«, sagte sie, »die muntern mich auf, wenn ich traurig bin.« Und dann fügte sie hinzu: »Zum Schluß mache ich dich auch ganz klein und steck' dich in dieses Röhrchen, damit du immer bei mir bleibst und mich tröstest.«

»Wir treffen ein Abkommen. Du benutzt mich für deine medizinischen Versuche, und ich benutze dich in der Archäologie. Ich zeichne dich ab, bestäube dich mit Sand und führ' dich vor: Das ist die Göttin der galoppierenden Pferde, eine Fruchtbarkeitsgöttin aus Kleinasien. Beachten Sie ihre Schenkel und die vollen Brüste. Ein schönes Exemplar. Dann hefte ich einen Zettel neben dich, auf dem geschrieben steht: An dem und dem Tag von mir gefunden. Wie bei einem archäologischen Fund.«

Ein Telegramm traf ein: »Morgen wird das Café abgerissen.«

Dann erschien Jizchak, der Chirurg. Das heißt, eher sein Gespenst. Obwohl er keinen weißen Kittel trug, wirkte er wie ein Geist aus einer anderen Welt. Noch zu Lebzeiten hatte er ein Käppchen aufgesetzt, als sei er in Trauer, noch zu Lebzeiten war ihm Mina, seine Kindfrau, genommen worden, die eine Schlange oder ein unschuldiges Waldtier sein mochte. Und auch sie war nicht gestorben, sondern trieb sich zwischen Schneebergen und Venedig herum. Der Schnee war nicht echt. Venedig entsprang nur wilden Träumen, und sie war in einem Haus in den Jerusalemer Bergen eingesperrt.

»Wie geht's ihr?«

»Sie kommt bald zurück.«

»Setz dich zu uns.«

»Nur auf einen Kaffee.«

Ein Getöse erschallte, daß sie meinten, die Bulldozer hätten schon begonnen, den Rest des Hauses einzureißen. Aber es war nur eine der Zeitschriftensäulen zusammengebrochen. Die Wirtsleute kamen aus der kleinen Küche und schichteten den Stapel wieder auf.

20

»Schade, daß ich keine Zeit habe«, sagte Herr Metzmann und hob einen Apfel vom Boden auf. »In Israel sind schon die Trauben reif, nicht? Ich habe nie Zeit. Den ganzen Tag heißt es: Herr Metzmann, die Rechnungen! Herr Metzmann, ein neues Bett für Frau Grünfeld! Abrechnungen, Buchführung, Milch für den Schabbat, Kohlenanlieferung und Beschwerden über Herrn Cohens Hunde.«

Darauf entfernte er sich wieder mit gesenktem Kopf, als fürchte er, einen Kinnhaken abzubekommen. Henriette war kalkweiß. »Was hast du, Henriette?«

»Frag nicht, er ist ein Schuft. Ist doch gar nicht im Lager gewesen, sondern in Erez Israel. Er hat ein ungarisches Restaurant in Haifa gehabt. Dann hat er auf orientalische Küche umgestellt und ist pleite gegangen, und nun ist er nach Weinburg zurückgekehrt, zu Querelen und Gaunereien. Er hat alle hinters Licht geführt, sogar Bensheimer, der eigentlich Gemeindevorsteher ist. Geschieht ihm recht, weil er außerhalb des Heims wohnt. Er ist die Gemeinde und keiner sonst. Metzmann hingegen ist nur der Heimleiter, und das Heim untersteht der Gemeinde, und auch wieder nicht. Die Sache ist kompliziert, ich werd's dir noch erklären, mein Junge. Komm mit zu Tisch. Ach, wenn Doktor Selig noch lebte, und Oskar, mein Oskar, er ruhe in Frieden.«

Ein Zug fuhr ratternd vorbei. Henriette sprach lauter.

Einige graue Haarsträhnen lösten sich aus ihrer Frisur und fielen ihr über die Stirn.

»Ich habe früher gratis hier gekocht. Mir hat es Freude gemacht, und alle haben meine Küche genossen. Sämtliche Bewohner hier waren ehemalige Lagerhäftlinge: Bergen-Belsen, Buchenwald, Theresienstadt. Und jetzt? Vier sind aus Amerika übersiedelt und sieben haben Erez Israel den Rükken gekehrt, um in den Genuß der Pension dieses Staates zu kommen.«

»Es sind einsame Menschen, Henriette«, erwiderte ich, »einsam und allein, deshalb sind sie gekommen.«

»Ich bin auch allein. Komm, komm mit, mein Junge. Ich habe gehört, du hast eine Frau. Warum hast du sie nicht mitgebracht?«

Ein kleiner Junge stürzte plötzlich zwischen den Büschen hervor und prallte auf uns. Henriettes Miene veränderte sich: »Da ist ja Heini. Heini, komm her! Nun? Schon? Komm, komm!«

Heini, ein etwa Drei- oder Vierjähriger, zart und feingliedrig, mit seidigem Haar und flinken Augen, blieb reglos stehen.

»Heini, Heini.«

Das Kind trollte sich davon, und Henriette rief: »Ich hab' Bonbons!« Doch der Junge lief zu der buckligen Frau Hildesheim. Frau Hildesheim schenkte ihm ein kleines rotes Spielzeugauto. Heini riß es ihr aus der Hand und setzte es gleich auf dem Boden in Betrieb. Frau Hildesheim warf Henriette einen triumphierenden Blick zu. Henriette wurde traurig, und ich ärgerte mich über Heini, den kleinen Verräter, während ich ihre alten Wangen streichelte. Tränen rannen ihr aus den Augen.

»Jedesmal, wenn ich Heini sehe, denke ich an dich, wie du gewesen bist. Ich hab' doch sonst keinen Menschen im Leben. Heini ist ein kluges Kind. Ich habe ihm Deutsch beigebracht. Als er vor einem Jahr hier ankam, konnte er nur Polnisch. Seine Eltern sind hergezogen. Sie waren auf dem Weg nach Israel und sind hiergeblieben. Sein Vater hat gemeint, hier würde das Geld auf den Bäumen wachsen. Und Heini gehört uns. Nimm dich vor Herrn Metzmann in acht, damit er dir keinen Honig um den Bart schmiert und dich unversehens in die Gemeinde- und Heimangelegenheiten verstrickt. Da ist seine Frau!«

Eine mollige Blondine trat aus einer Seitentür, ganz und gar Grinsen, Kurven und Hintern. Sogar letzterer schien zu grinsen. Sie warf mir einen begehrlich verschmitzten Blick zu, ja ihr ganzer Körper schien mir gewissermaßen zuzublinzeln. Dann verschwand sie wieder, mit einem Schwung ihrer Hüften.

»Frau Metzmann ist seine zweite Frau. Er hat sie bei euch dort geheiratet. Sie ist in Erez Israel geboren. – Frau Metzmann! Frau Metzmann!«

Frau Metzmann erschien abermals. Sie hatte wohl darauf gewartet, daß man sie riefe. Henriette machte uns miteinander bekannt: »Ein Mann aus Israel ist mich besuchen gekommen. Ich habe ihn schon gekannt, als er so alt wie Heini war.«

Frau Metzmann klopfte mir auf die Schulter und rief exaltiert: »Ahalan.« Sie begrüßte mich auf arabisch. »Ahalan, ya Sheikh. Nun, was sagen Sie zu unserer Bude hier? Toll, was? Einfach Spitze! Und was sagen Sie zu diesen Leutchen? Fragen Sie nicht. Fragen Sie bloß nicht! Es sind Narren. Ein ganzer Narrenhaufen!« Darauf lachte sie mit schiefem Mund, daß ihr das Gelächter wie ein Getränk aus einer leicht verbeulten Tülle herausplatschte. Heini stand wie ein Hündchen neben uns und lauschte. Das Auto in seiner Hand war schon vergessen.

»Sag Ahalan, Heini! Nun sag's schon: A-ha-lan!«

Heini alias Henryk alias Zwi sagte: »Allalan, lallan« oder so ähnlich, bis wir alle lachten. Frau Metzmann bekam einen Lachkrampf, schwenkte ihre fülligen Arme, ihren Busen und Hintern, ja der ganze Körper geriet in Wallung, und ihr Gesicht lief blaurot an.

Ein Zug sauste vorüber. So viele Züge kamen hier durch, für Personen und für schwere Güter. Henriette erzählte, auf demselben Schienenstrang hätten die letzten Deportierten die Stadt verlassen. Und als sie am Bahnhof standen, habe die Kapelle ein fröhliches Wanderlied gespielt:

> Muß i denn, muß i denn zum Städtele hinaus,
> Und du, mein Schatz, bleibst hier.

Und zu der Zeit, als die Juden verschleppt wurden, spielten die jungen Amerikanerinnen, die ich zuvor gesehen hatte, mit ihren Bällen und wußten von nichts, und auch ihre Eltern hatten keine Ahnung. Und heute waren sie hübsch, trugen Cowboy-Jeans mit Männerschlitz, reisten nach Germany und sangen von ihren Honeys.

Heini wurde es langweilig. Er begann zwischen den Beeten und Bäumen umherzuflitzen, mal sichtbar, mal verborgen, und krähte immerfort: »Lallan, hallalan, lallalan!« Und plötzlich erschallten heisere Rufe im ganzen Garten. Ich hatte gar nicht gewußt, daß so viele Menschen hier saßen.

»Heini, komm! Komm her!«

»Heini, wer ist denn da gekommen?«

»Heini, sieh mal, was ich in der Hand halte.«

»Heini, guck mal, was ich in der Tasche habe.«

»Rat mal, was ich dir vom Markt mitgebracht hab'.«

»Heini, schau, die Eisenbahn!«

»Nimm die Schokolade!«

Und Henriettes leise Stimme sagte neben mir: »Dieser Heini bricht mir schier das Herz, er bricht es wirklich in Stücke, der kleine Räuber.«

Ein Auto fuhr durch die Toreinfahrt und stoppte auf dem Kies. Wagentüren wurden geöffnet und wieder zugeworfen. Herrn Cohens Hunde winselten vor Angst. Das war Herr Grünfeld, ein großer feister Mann mit rotem Gesicht und vollem grauen Haar. Den Schnurrbart hatte er wie Kaiser Franz Joseph zu beiden Seiten aufgezwirbelt. Seine schwarze amerikanische Limousine war hochmodern, das Heck aufgewölbt wie in der Brunstzeit. Auch Autos haben ihre heißen Zeiten. Herr Grünfeld war als einziger Landjude der Umgebung nach dem Krieg zurückgekehrt, ein Viehhändler, der trotz seiner rund siebzig Jahre noch rüstig, gesund und pausbäckig war. Mit dem Schlüsselbund klimpernd ging er an uns vorbei. »Der«, sagte Henriette und nichts weiter. Später erfuhr ich, daß er immer noch Viehhandel trieb und unter den Dorffrauen seine Freundinnen hatte, die er mit Geschenken überhäufte.

Ich geleitete Henriette bis zur Treppe. Sie lehnte sich an mich und war sehr stolz, daß Herr Cohen, Frau Metzmann,

Herr Grünfeld und die Bucklige sie so bei mir eingehakt gehen sahen. Ich sagte ihr, ich würde bald nachkommen, dann könnten wir gemeinsam essen, und kehrte in den Garten und von dort in den Hof des Krankenhauses zurück. Als man der kleinen Ruth das Bein abgenommen hatte, lag sie viele Tage und Nächte an diesem Ort, bis der Stumpf verheilt und die Prothese angepaßt war, die metallisch und hölzern quietschte. Damals saß sie auf einem Rasenfleckchen unter dem Apfelbaum wie eine weißhäutige, schwarzhaarige Königin, tief in ihren mit weißen Kissen und Federbetten ausgepolsterten Sessel gelehnt, und präsidierte über die Kinder um sie her. Das Haar trug sie offen und nicht mehr in strenge kleine Zöpfe geflochten. Der Körper steckte unter einer Decke, so daß man nicht merkte, daß ihr ein Bein fehlte. Ruths Vater, der Gemeinderabbiner Dr. Mannheim, pflegte in seinem schwarzen Talar in der prächtigen Synagoge zu stehen und seine Predigten, Bar-Mizwah-Ansprachen und Trauerreden zu halten. Die Toten bedachte er mit verschiedenen poetischen Bezeichnungen wie: »Die im Kreise unserer Väter sitzen«, »die in eine bessere Welt Eingegangenen« oder »die im Schoß des gerechten Gottes schlummern«. Für Ruth hat man in ihrer Todesstunde nicht siebenmal »der Ewige, er ist Gott« gesprochen und auch nicht das »Höre Israel«. Bevor das Unglück mit ihrem Bein geschehen war, sagten die Erwachsenen von der kleinen Ruth und mir, wir würden einmal Braut und Bräutigam. Auch Heinz, den ich geliebt habe, hat das gesagt. Und nach all dem kam so ein Hitlerjunge an und versetzte Ruth furchtbare Fußtritte, die mir noch immer in meinem Kopf und Blut nachhallen. Seitdem habe ich viele Male den schweren Aufprall von Leib auf Leib gehört, habe Eisen auf Erde, Metall gegen Metall, Eisen auf Stein, Stein auf Stein, Stahl auf Fleisch und Fleisch auf Fleisch treffen hören. All diese Töne haben sich in meiner Erinnerung abgeschwächt. Aber die Erinnerung an die Tritte dieses Braunhemds gegen Ruths verstümmelten Körper hat nicht nachgelassen. Ihr Echo ist im Gegenteil angeschwollen, bis es zum Donner meines Lebens wurde.

Einmal wartete ich mit Ruth vor der Garderobe ihres Vaters. Ich sah, wie er sich den schweren Talar über den Kopf streifte und in weißem Hemd und schwarzen, von Hosenträgern gehaltenen Hosen dastand. Das starre fünfeckige Barett legte er in eine besondere Schachtel. Der Synagogendiener würde später ehrfürchtig den weichen Samt abbürsten. Ruth und ich haben alle Kinderspiele miteinander gespielt: Räuber und Gendarm, Gemeinde und Kantor, Vater und Mutter und ähnliches, bevor die Todesspiele von Krieg, Brand und Asche einsetzten.

Ich stoppte die Gedanken an die Toten und deren Angehörige. Achtzehn, vielleicht neunzehn war sie, als sie sie fern von mir umgebracht haben. Manchmal stellte ich mir insgeheim vor, sie käme majestätisch mit ihrem Stock herbeigeschritten. Eine weiße Königin ist sie in diesem Garten gewesen. Erste Reife zeichnete sich bereits in ihren grauen Augen ab, und trotz ihrer erst elf Jahre war sie schon anders als wir alle. Ich war noch ein Kind, aber sie war schon groß und leidgeprüft, eine Botschafterin aus dem Reich der Erwachsenen.

Es war windstill, und der Nußbaum stand reglos. Plötzlich ertönten Trippelschritte wie kleine Münzen. Aus dem Garten kam Heini und streckte mir beide Ärmchen entgegen. Ich hob ihn hoch, und er sagte: »Onkel Lallan, Onkel Lallalan!« Ich strich ihm über den Kopf. Bonbons hatte ich nicht bei mir. Sein Haar war wie Seide. Ich sagte ein paar Worte auf hebräisch zu ihm, denn ich hatte vergessen, daß er ja nur etwas Polnisch und Deutsch konnte. Heini kniff vor Vergnügen die Augen zu, und ich sagte auf deutsch: »Wo ist das Auto?«

»Kaputt, kaputt.«

Ich hob die Augenbrauen: »Schon?«

Er lachte und wiederholte: »Onkel Lallan, Onkel Lallalan!«

Ein Zug donnerte vorbei. Ich tanzte mit dem Jungen auf meinen Schultern. »Heini«, fragte ich ihn, »was soll aus uns werden?«

»Kaputt, kaputt, Onkel Lallan!« antwortete er vergnügt. Ich trug Heini huckepack die Fußgängerbrücke, die über die Gleise führt, hinauf. Wir kamen an einem Kastanienbaum vorbei zu Herrn Grünfelds Straßenkreuzer. Der Junge glitt von meinen Schultern, strich mit der Hand über den glänzenden Lack, sah sein verzerrtes Spiegelbild darin und lachte prustend. Ich zog ihn weg, weil das Auto mich ärgerte. Vielleicht wegen des alten Viehhändlers, der in die deutschen Dörfer zurückgekehrt war, oder vielleicht weil es nicht mir gehörte.

Wir passierten das Tor, das nichts mehr schützte. So geht das mit Häusern, Mauern und Toren. Das Haus wird zerstört. Übrig bleiben die Mauern um den Hof. Wie bei der Westmauer, die eine der Außenmauern des Tempels gewesen ist und von Menschen aufgesucht wird, die dort weinen und beten. Ein Mensch stirbt zu Lebzeiten, und dennoch kommen Leute zu ihm, sprechen mit ihm, grüßen ihn, Frauen lieben ihn, obwohl er nur eine Außenmauer seiner selbst ist.

»Heini, komm, wir gehen auf die Bahnbrücke!«

»Onkel Lallan, Onkel Lallalan, ja, ja!«

Ich trug ihn auf den Schultern mit erhobenen Armen und faßte ihn an den Händen: »Jetzt sind wir ein Flugzeug und fliegen los!« Wir stiegen auf die Brücke, schauten hinab. Zwei schwarzglänzende Schienenstränge liefen unter uns entlang. Die Hänge waren mit dichtem Gestrüpp bewachsen, Bäume und Sträucher. Oft haben Ruth und ich hier an dieser Stelle gestanden. Wenn ein Zug durchkam, hüllte uns warmer weißer Dampf ein, so daß wir fast erstickten, und wenn die Wolke sich verzogen hatte, sahen wir einander aufs neue, und der penetrante Geruch der Dampflok hing in der Luft. Der Zug entschwand, und wir sahen ihm nach, beluden ihn mit unseren Sehnsüchten und Wünschen, bis er außer Sicht war.

Manchmal sagten wir: »Was wäre, wenn wir runtersprängen?«

»Und wenn wir mitführen?«

»Was würde man sagen?«

»Wir kämen ans Meer, kämen nach Paris!«

Damals wußten wir nicht, daß Ruth zu einer schwarzen Wolke dort im Osten werden sollte. Ein Zug kam. Er hatte eine Diesellok, und keine Wolke stieg von ihm auf. Es war ein sehr langer Güterzug. Die meisten Waggons hatten flache Ladeflächen. Auch Viehwagen waren darunter, aber es waren keine Menschen, die in den Tod geschickt wurden, darin.

Heini begann sich zu langweilen, der Zauber zwischen uns war gebrochen. Wir kehrten durch das überflüssige, kaputte Tor ins Altersheim zurück und kletterten imaginäre Treppen auf und ab. Das gefiel ihm so gut, daß er dieses Spiel noch einmal spielen wollte. Schließlich betraten wir das Heimgebäude, das nicht zerstört worden war. Ich setzte mich in den Vorraum, in dem einige Sessel und Tische standen. Auf den Tischen lagen Zeitungen verstreut. Durch eine Glaswand sah ich einige alte Leute am Abendbrottisch sitzen. Ich hängte den Kopf wie eine Laterne in den Saaleingang. Henriette war noch nicht da. Nun kam Herr Metzmann herein und begrüßte mich strahlend: »Kommen Sie essen!«

»Ich warte auf Henriette«, erwiderte ich.

»Richtig, richtig. Nun, was sagen Sie zu diesem Laden? Ich bin nur vorübergehend gekommen, um dieses ganze Durcheinander hier zu entwirren. Diese armen alten Leutchen, keiner kümmert sich um sie. Und unter uns gesagt, Doktor Selig ist auch kein Genie gewesen. Viel Unordnung, wie sagt man doch auf hebräisch? Balagan. Ein Chaos hat er hinterlassen. Man hat mich angefleht, mit meiner Liesel herzukommen, eine waschechte Sabre, die blonde Alisa, eine geborene Israelin, vom Mutterbauch an.«

Als er von Bauch sprach, strahlten und funkelten ihre Augen, denn sicher hatte sie einen Bauch so rund wie ein Weizenhügel, frei nach dem Hohenlied. Herr Metzmann steckte eine Hand in seine Hosentasche und zog ein Seidenkäppchen hervor: »Da haben Sie eine Kippa. Hier pflegt man mit Kopfbedeckung zu essen. Ich bin auch nicht fromm, aber ich weiß, was sich gehört.« Damit gab er mir das Käppchen, klopfte mir auf die Schulter und sagte: »Bis später!«

Heini sauste vorbei, ohne mich zu sehen. Seine Mutter rannte, einen Teller in der Hand und »Henryk, Henryk!« rufend, hinterher. Da Henriette noch immer nicht da war, studierte ich das Anschlagbrett und Dr. Seligs großes Porträt. Seine Miene verriet die seltene Mischung von Güte und Strenge. In meiner Kindheit saß er in der Synagoge neben uns.

Schon damals war er kahlköpfig. Mal kniff er mich zum Spaß, wie Erwachsene es gerne tun, mal schenkte er mir Süßigkeiten, wenn ich neben Vater stand. Er war nicht orthodox wie mein Vater, hielt sich aber an die Tradition. Sein Tallit war nicht so groß, daß er den ganzen Körper umhüllte, sondern er hing ihm wie ein breiter Schal um die Schultern, und in die Fransenenden waren Goldfäden gewirkt. Einen solchen Tallit nannte man Gebetsschal. Mein Vater hatte einen Gebetsmantel, in den er sich ganz einwickelte, und Onkel Moritz, der ein Kohen war, machte aus seinem eine Höhle, aus der er die Gemeinde beim Priestersegen segnete.

Henriette kam die Treppe herunter. Mir zu Ehren trug sie ein schwarzes Festkleid. Ich ging ihr ein Stück entgegen und bot ihr den Arm. Als sie sich unterhakte, sah ich die eintätowierte Lagernummer. Ich persönlich vergesse immer die Zahlen von Wehr-, Personal- oder anderen Ausweisen. Henriette sagte: »Laß uns auf Frau Münster warten«, und flüsternd fügte sie hinzu: »Sie ist die Ärmste von uns allen. Hat dreiunddreißig oder vierunddreißig Angehörige verloren. Als die Russen sie befreit haben, waren nur noch sie und ihre jüngste Tochter Klara übrig. Später ist auch Klara gestorben, im Zug oder im Schnee oder an einer Darmgeschichte. Sprich mit ihr. Sei nett.«

Frau Münster kam herunter. Ihre kleinen schwarzen Augen starrten immer noch in eine große furchtbare Ferne, in der ihre letzte Tochter, Klara, ewig und unendlich in den Tod sank. Ihre alten Äuglein steckten in vielen totenbleichen Fetttaschen, eine jeweils größer als die nächste. Und jede dieser Taschen warf einen Schatten, Schatten über Schatten, Leid über Leid. Sie war dick, die Frau Münster, eine Frau Lots, die zu Klara, ihrer letzten Tochter, zurückgeblickt hatte und zur weißen Fettsäule erstarrt war. Durch ein Wunder oder die Ironie des Schicksals war ihr Haar schwarz und glänzend geblieben. Sie trug es straff zu einem Nackenknoten zurückgekämmt. Schwerfällig watschelte sie zu uns herüber. Henriette schob mich auf sie zu, wie sie mich einst, als ich klein war, vorgeschoben hatte, um eine Verbeugung vor jemandem zu machen.

Während ich auf sie zuging, empfand ich weniger Erschütterung als Ehrfurcht vor dem großen Leid. Sie war dortgewesen und allein zurückgekehrt.

Frau Münster lächelte: »Ich habe schon von Ihrem Kommen gehört. Gut, daß Sie unsere Henriette besuchen. Als wir hierher zurückgekehrt sind, hat sie sich um uns alle gekümmert, hat für uns gekocht, nicht wahr, Henriette? War's nicht so? Und du sollst deinen Nächsten lieben wie dich selbst. Wer ist reich? Der mit seinem Leid zufrieden ist, nicht wahr?«

Ich drückte ihr die Hand, die in der meinen gleichsam lebendig zu werden schien.

»Sie sind aus Israel gekommen?«

Henriette atmete schwer, während ihre Augen mich warnend und ängstlich anschauten. Ich nickte.

»Sind sie hier in die Schule gegangen?«

»Ja, Frau Münster, bis zur fünften Klasse.«

»Ist der selige Herr Kleinmann Ihr Klassenlehrer gewesen?«

»Ja, ja.«

»Und Klara haben Sie gekannt?«

»Klara?«

»Meine Klara.«

»Ich fürchte, ich erinnere mich nicht.«

»Aber Sie haben doch dieselbe Schule besucht! Erinnern Sie sich wirklich nicht?«

Einen Augenblick schwieg ich. Henriette stubste mich in den Rücken, und Frau Münster starrte mich mit furchtbarer Erwartung an.

»Moment, Moment«, sagte ich und faßte mir an die Stirn. »Klara? Klara Münster? Die mit dem glatten schwarzen Haar?«

»Ja, ja, meine Klara! Sie erinnern sich!«

»Aber gewiß doch, gewiß. Bei den Schulfeiern hat sie in den Aufführungen mitgespielt.«

»Rebekka am Brunnen! Sie erinnern sich?!«

»Und Elieser.«

»Da haben sie ihr einen Bart angeklebt.«

Hier begann sie in befreiender Stille zu weinen: »Alles habe ich verloren. Ich lebe nur weiter, um dreimal am Tag diese Stufen hinauf- und hinunterzugehen. Das Treppensteigen fällt meinen Beinen schwer. Henriette hilft mir manchmal. Alle meine Angehörigen sind umgekommen. Auf jeder Stufe sitzt einer von ihnen, und es müßte noch eine weitere Treppe geben, damit jeder Tote seine Stufe bekäme. Meine Tochter Klara sitzt auf der untersten Stufe. Wie hat sie doch in der Aufführung gesagt: ›... Trink nur, und gib auch deinen Kamelen und auch deinem Herzen, und liebe deinen Nächsten...‹«

Der Speisesaal war modern. Die meisten Tische waren bereits besetzt. Durch ein großes Glasfenster blickte man in den Garten. Der Raum war frisch renoviert, aber die Menschen darin dämmerten dahin wie am Ende des Versöhnungstags, wenn man mit letzten Kräften ruft: »Öffne uns das Tor zur Zeit, da das Tor geschlossen wird, denn der Tag hat sich gewandt.« Alles wirkte groß und unpersönlich wie ein Wartesaal auf dem Bahnhof. Fast jeder saß für sich allein an einem runden Tisch. An manchen Tischen waren drei Stühle frei. Einige hockten über ihren Teller gebeugt, als speisten sie gemeinsam mit ihren Toten. Einen alten Mann sah ich in furchtbarer Stille sein Fleisch kauen. Die Toten waren stumm, und auch die noch Lebenden klirrten nur mit Gabeln und Porzellan und weiter nichts. An der Seite der guten Henriette war ich in eine Unterwelt mit großen Fenstern und bequemen, aber sachlichen Möbeln hinabgestiegen. Warum war ich gekommen? Ich dachte an den heldenhaften Odysseus, der in den Hades hinabtauchte, damit sich ihm die Geister offenbarten. Ich war gekommen, damit man mir meine Zukunft weissagte.

In einem Regal an der rechten Seitenwand standen ein Fernseher und zwei gerahmte Porträts: Präsident Chaim Weizmann und Theodor Herzl. Anscheinend waren sie das Werk eines Hobbymalers unter den alten Leuten, der sie nach Photographien gemalt hatte, wobei das Ganze unter seinen alten zittrigen Händen etwas krumm und schief geraten war. Über diesem Dreigestirn aus zwei Staatsmännern und einem Fernseher prangten eine israelische Flagge und ein paar welke

Kränze, die vom letzten festlichen Anlaß dort zurückgebliebenen waren. In einer Ecke stand eine Anrichte mit Tellern, Töpfen und Schüsseln, die in einem handbetriebenen Aufzug aus der Küche im Keller heraufkamen. Man hörte nur das Rasseln der Aufzugkette und das Klappern des Geschirrs.

Jedesmal, wenn der Speiseaufzug eintraf, drehten sich einige Köpfe mit neugierigen, neidischen oder mißtrauischen Blicken dorthin. Eine Nonne stand davor und verteilte beinahe lautlos das Essen auf die Teller. Dann wieder völlige Stille. Sie war es gewohnt, unter Toten zu leben. Sie büßte für das Verbrechen ihres Volkes und gab Nahrung an Tote und Alte aus. Wenn der Aufzug länger nicht kam, stand sie mit gefalteten Händen wie in einem besonderen Gebet davor, ohne den Kopf zu heben. Die Kohanim segnen mit gespreizten Fingern. Aber die Nonne faltete ihre Hände. Alt und runzlig war sie und noch bleicher als ihre Toten, die sie zur Sühne speiste. Ihr schwarzes Habit war ausgeblichen, und ihre dicke Brille schnitt ihr in die schmale Nasenwurzel. Das Essen hatte keinen Geruch. Das Essen hatte keinen Geschmack. Das Essen der Toten war tot, und für die Toten gibt es keine Sühne. Abermals kam der Aufzug scheppernd hoch. Sie entnahm die Schüsseln und teilte das Essen aus. Man hatte mir ihren Namen genannt. So ging ich zu ihr und sagte: »Schwester Maria – Schwester Maria.«

»Still, schreien Sie nicht«, antwortete sie erschrocken.

Ich schrie nicht, sondern flüsterte nur: »Schwester Maria, wo ist die Schwester Elisabeth?«

»Sie liegt im Krankenhaus«, erwiderte sie.

»In welchem Krankenhaus ist sie?«

Sie erklärte es mir flüsternd. Man hörte einen Stuhl rücken. Ein alter Mann stand auf und ging hinaus, ohne die anderen anzublicken, aber seine Lippen bewegten sich, weil er immer mit seinen Toten sprach. Die Toten waren ihm nahe und er ihnen, und so brauchte er nur zu wispern, damit sie ihn hörten.

»Warum möchten Sie wissen, wo Schwester Elisabeth ist?«

»Sie hat die kleine Ruth nach ihrer Beinamputation gepflegt.«

»Ich weiß.«

»Das ist lange her.«

»Ich weiß. Wir sind es wohl auch.«

Der alte Mann betrat erneut den Saal, kam an Henriettes Tisch und beugte sich über sie, um ihr etwas mitzuteilen. Henriette lauschte und schlug dann vor Staunen oder freudiger Verblüffung mit der flachen Hand auf die Tischplatte. Ich blieb neben Schwester Maria stehen.

»Wozu sind Sie gekommen? Ruth ist tot, und Schwester Elisabeth ist sehr krank.«

»Ich bin wegen des Hasses hier.«

»Sie haben einen langen Weg hinter sich vom Heiligen Land.«

»Woher wissen Sie das?«

»Ich kenne die, die aus dem Heiligen Land kommen.«

Wieder kam der Aufzug. Schwester Maria schöpfte stumm das Essen aus und begann lautlos zu beten. Auch wenn sie mit mir sprach, hob sie den Kopf nicht.

»Können Sie schon hassen?« fragte sie schließlich.

»Noch nicht. Erst einmal höre ich mir die Lebensgeschichte der alten Leute an.«

»Und denken an die der kleinen toten Ruth.«

»Sie ist verbrannt worden.«

»Wir haben auf der Brücke gestanden. Früher, als Kinder.«

»Setzen Sie sich jetzt und essen Sie. Auch für den Haß braucht man Kraft.«

Sie versank erneut in den Tiefen ihres Gebets und stieg nicht wieder daraus empor. Ich kehrte zu Henriette zurück. Schwester Maria brachte uns Teller. Ich sagte, die Teller seien aus Staub gemacht, und sie antwortete: »Zum Staub kehren wir zurück.« Henriette fing nicht gleich an zu essen, sondern murmelte vor sich hin. Sie wiederholte das Wort Undankbare, damit ich nachfragen sollte. Aber ich fragte nicht nach. Herzl und Weizmann sahen, daß wir aßen. Da ich mich vor ihnen schämte, beugte ich den Kopf über meinen Teller. Henriette erzählte mir, der Mann, der eben weggegangen sei, sei Herr Levinger gewesen, der die Leute, die hierher kämen, zu den Friedhöfen der Umgebung bringe. Er helfe ihnen, sich zu erinnern, und wisse die Namen aller ehemaligen Gemeindemitglieder auswendig.

Wie soll ich hassen, Henriette? dachte ich bei mir und versank in meine Erinnerungen wie in den Armen des Vergessens. Die Zeit verstrich, doch ich haßte immer noch nicht. Ich würde das Altersheim verlassen und mir die Gesichter der Passanten anschauen müssen. Alle, die über dreißig waren, hatten Juden ermordet. Ich überlegte: Wie viele Deutsche gibt es, und wie viele haben das von mir gesetzte Alter überschritten? Ich stellte Berechnungen an wie in der Pessach-Haggada: zehn Plagen auf dem Meer und all die anderen mystischen Geheimberechnungen. Ich hatte einen Willen, hatte Wünsche, war schon in dem Alter, in dem des Menschen Wille sich in sein Leben einmischt, seine Wünsche und Tage sich verweben und einander stützen.

Am Nebentisch erhob sich ein Mann. Henriette sagte mir, das sei Dr. Messer. Er ging, aber seine Frau aß weiter. Sie hatte ein feines, blasses Gesicht. Ihr Mann sprach schon seit Jahren nicht mehr mit ihr. Ihre Lippen zitterten leicht, während sie das süße Kompott löffelte.

Frau Metzmann kam herein und fragte: »Was halten Sie von denen hier? Das sind Typen, was? Halbe Portionen allesamt!«

Henriette murmelte noch immer etwas über jene namenlose freche Undankbare. Frau Metzmann sagte: »Jetzt werden wir Ihnen ein Hotel suchen. Ich habe eine Kartei im Büro. Wir wollen doch sichergehen, daß die betreffenden Hotelbesitzer nicht zu den Synagogenanzündern gehört haben und daß es im Parterre keine Kneipen gibt, in denen Jäger- und Landserlieder gesungen und Hurrarufe gebrüllt werden.«

Haß überkam mein Herz nicht, dafür aber große Müdigkeit. Dr. Messers Frau ging wie eine Tote an mir vorüber und brummelte dabei wie ein Schwarm erstickender Bienen. Ich streichelte Henriettes Wangen. Sie sagte, sie werde in ihrem Zimmer auf mich warten und Tee und Gebäck bereitstellen. Aber bis dahin würde es dunkel sein, meinte ich erst, doch nein, in Europa wurde es im Sommer ja spät dunkel. Die Europäer können sich freuen, daß sie zwei glückliche Dämmerstunden haben. Hier steigt die Dunkelheit von Wäldern und Flüssen auf, nicht aus der schroffen Wüste wie in Israel.

Ich betrat Frau Metzmanns Büro. An der Wand standen viele Regale mit Ordnern. Auch hier Weizmann und Herzl, Photos diesmal. Das waren sicher die Bilder, die jenem Hobbymaler als Vorlage gedient hatten. Die zwei Staatsmänner blickten streng auf Frau Metzmann herab. Sie benahm sich tatsächlich sonderbar: Sie wackelte auf ihrem Stuhl hinter dem Schreibtisch hin und her, wippte mit den Knien, sagte »heiß, heiß« und öffnete einen Knopf ihres blauen Kittels, so daß der Ansatz eines rötlich glänzenden Busens sichtbar wurde. »Wenn Sie nur wüßten, wie froh ich bin, daß ein Erez-Israeli hier ist, einer noch von damals, aus jenen Zeiten! Sie wandte mir erwartungsvoll ihr Gesicht zu. »So, so«, fuhr sie dann fort, »Sie sind zum Erinnern und Hassen hergekommen, aber Sie wissen ja, vom psychologischen Standpunkt sind Hassen und Lieben ein und dasselbe.«

»Richtig, Frau Metzmann, aber ich ziehe es vor, mit dem Haß anzufangen und erst danach zur Liebe fortzuschreiten.«

»Das heißt, Sie möchten den Namen eines Hotels«, sagte sie pikiert und schloß den Knopf wieder. Sie zog Ordner heraus und blätterte darin. Alles, was es auf der Welt und im Leben gibt, endet, in Ordnern abgeheftet, in einem Büro. Die Kartei eines solchen jüdischen Altersheims beispielsweise ähnelt der Ersatzteilkartei einer Fabrik. Frau Metzmann entfaltete nun eine vehemente Aktivität mit Seitenumblättern und Höreraufnehmen, wobei die Telephonate sich in kurzen Fragen und Antworten erschöpften: Mit oder ohne Bad? Schade. Was? Nichts frei? Für wie lange? (Ich wußte nicht, was ich antworten sollte.) Gut. (Telephongespräche umspannen die Welt wie ein Netz.) Ja? Gewiß. Die Hotels Vier Heilige, Löwe, Russischer Hof sowie Prinz, Central und Franziskaner hatten ehemalige Parteimitglieder im Betrieb. Schließlich empfahl sie mir das Savoy-Hotel am Bahnhof, dessen Eigentümer nicht von hier waren. Ich willigte ein, weil ich in einer fremden Stadt gern in der Nähe der Ausfallstraßen oder des Bahnhofs schlafe. Das gibt mir das Gefühl der Sicherheit, notfalls fliehen zu können. Der Stuhl war bequem, aber ich rappelte mich doch auf, denn Henriette erwartete mich ja in ihrem Zimmer. Frau Metzmann startete eine letzte Offensive: Sie entblößte feiste Schenkel, schwang mir die Brüste nahe vors Gesicht und zog dabei ein kleines Photo hervor mit der Frage: »Erkennen Sie die?« Ich sah ein blondes junges Mädchen in der Uniform des britischen Frauenhilfscorps neben einem englischen Offizier vor den Pyramiden von Gizeh. Als ich hinausging, hauchte sie: »Kommen Sie mich doch wieder besuchen. Ich dürste einfach nach einem hebräischen Wort.« Dann wandte sie sich wieder energisch ihren Ordnern zu.

Herr Cohen kam mit einem Welpen auf dem Arm an mir vorbei, sagte, »ich habe Ihren Vater gekannt«, ging weiter, kehrte aber zurück und sagte noch einmal: »Ich habe Ihren Vater gekannt.« Ich wollte ihm erzählen, daß mein Vater inzwischen gestorben war, aber er kam mir zuvor: »Ich weiß, Ihr Vater lebt nicht mehr. Wir sind zusammen im Krieg gewesen. Am letzten Versöhnungstag habe ich seiner gedacht.«

Am Versöhnungstag hielt man im Altersheim eine Gedächtnisfeier ab. Die Liste der Toten war derart lang, daß man auf einen Teil des Zusatzgebets und alle Bußgebete des Nachmittagsgottesdienstes verzichtete. Hier nennt man die Gedächtnisfeier »Seelenfeier«. Als ich klein war, hat man uns Kinder während der Seelenfeier aus der Synagoge geschickt. Nur mein sanftblickender, zarthäutiger lieber Heinz durfte bleiben, weil er schon seinen Vater unter den Toten hatte. Wir beneideten ihn ein bißchen, denn wir wußten nicht, was bei dieser Seelenfeier vor sich ging. Ruths Vater ist sicher auf das Podest gestiegen und hat beruhigende, tröstende Worte gesprochen, und wenn wir vom Spielen im Synagogenhof wieder hereinkamen, sahen wir vom Weinen gerötete Augen.

Das war der vergebliche Versuch des Herrn Cohen, mit mir ins Gespräch zu kommen. Ich hätte mich mit ihm über meinen Vater, über den Krieg und über die Aufzucht von Hunden unterhalten können, über ihre Ernährung und ihre Paarung, ihre Rassen und Promenadenmischungen. Aber ich wußte, daß meine Tage gezählt waren. Ich dachte: Meine Tage sind gezählt in der Stadt, die einmal grün und fröhlich mit Wein und Glockenklang war und jetzt für mich grauenhafter als die Hölle ist. Meine Tage waren gezählt, und ich hatte noch kein Schicksal berührt, war noch in keine Tat verwickelt worden. Ich war wie ein Detektiv, der noch keine Verbrecher entdeckt hat. Ich kehrte in den leeren, sauberen Speisesaal zurück und rückte die Bilder an der Wand gerade. Die wehenden Lüfte aßen, und die Toten kamen wieder. Ich hörte ein Mäuserascheln: Heini erschien auf der Bildfläche.

»Wo warst du denn, Heini?«

»Unten, unten.«

»Wie heiße ich?«

»Onkel Lallan.«

»Was gibt's dort unten?«

»Schwester Maria.«

»Was macht sie?«

»Hat mir ein Bonbon geschenkt.«

»Und was tut sie jetzt?«

»Betet.« Dabei kniete er nieder und schloß die Augen, um ihre Gebetsstellung nachzuahmen. Dann legte er den Finger an seinen niedlichen Mund und flüsterte: »Schschsch.«

Ich hob Heini hoch, er breitete die Arme aus und war ein Flugzeug. Ein engelhafter Ausdruck trat auf sein Gesicht. Seine Züge wurden ernst und seine Augen hell. Mir wurde traurig ums Herz, und ich flüsterte: »Bald, bald, kleine Ruth.« Dann setzte ich Heini ab, und er lief davon. In Gedanken sagte ich mir, daß ich ebenfalls in die unterirdischen Tunnel des Kellers gehen müsse.

Doch erst mal ging ich zu Henriette hinauf. Aus einem anderen Zimmer war ein erbitterter Streit über einen abhanden gekommenen Brief aus Amerika zu hören. Sie beschuldigte ihn und er sie.

Ich klopfte an Henriettes Tür und trat ein. Frau Münster saß bei ihr. Ihr Gesicht leuchtete auf, als sie mich erblickte. Dann überreichte sie mir einen Steckkamm. »Nehmen Sie das als Andenken«, sagte sie. »Er hat Klara gehört.« Ich versuchte zu protestieren, aber sie drängte ihn mir mit der Behauptung auf, das stehe mir zu, weil ich mich an Klara erinnert habe, die Elieser am Brunnen gewesen sei. Ich trat auf den Balkon hinaus. Herr Cohen kniete im Garten zwischen seinen Hunden und Welpen. Frau Münster sagte: »Wir sprechen nicht mit Herrn Cohen, er verdreckt das ganze Haus mit seinen Hunden.« Eine Lokomotive fuhr draußen vorbei, eine Lok, frei von Waggons und Verantwortung.

Die beiden alten Frauen begannen, sich erregt über jene Undankbare zu unterhalten. Ich erfuhr von einem ganz kleinen Mädchen, einem Findelkind ohne Vater und Mutter, das sie im Lager aufgelesen und hierher gebracht hatten. Sie hätten die Kleine hochgepäppelt und erzogen, und der selige Herr Selig habe sich wie ein Vater um sie gekümmert. Mit zwölf Jahren habe man sie dann mit einem Kindertransport nach Israel geschickt, wo sie in einem Kibbuz aufgenommen wurde, deren Name ihnen plötzlich entfallen war. Eines Tages hätten sie jedoch einen Brief erhalten, in dem stand, daß sie aus dem Kibbuz weggelaufen sei. Und nun sei sie, dem Vernehmen nach, nach Deutschland zurückgekehrt. Ja es hieß sogar, sie habe sich einem Wanderzirkus angeschlossen, als Akrobatin und Clown. Herr Cohen, mit dem man nicht sprach, weil er Hunde züchtete, habe geschworen, sie als spärlich bekleidete Tänzerin gesehen zu haben. Ein weiteres Gerücht besagte, sie sei hergekommen, um Deutschland bei den Internationalen Rollschuhmeisterschaften zu vertreten. Was für eine Scham, für eine Schande, eine Lästerung Gottes! Ich erzählte ihnen nicht, daß ich sie zweifellos auch gesehen hatte. Nach ihren Beschreibungen mußte sie jene Tänzerin sein, die mit mir im Zug gekommen war, mit hohen Wangenknochen, schönem blondem Haar und kräftigen Beinen. Mit einemmal erfüllte mich Freude: Jetzt geht's los! Der Wirrwarr erreicht mich. Dinge berühren einander, und eine sonderbare Vorahnung künftiger Ereignisse stieg in mir auf.

Ich saß da, trank Tee und aß von dem Gebäck. Plötzlich spürte ich ein Pochen im rechten Oberschenkel. Das Blut pulsierte auf einmal an unerwarteter Stelle wie ein Vogel, der jäh im Dickicht zu singen beginnt. Ohne jeden Grund, außer der Ungeduld, pochte mir das Blut in den Adern. Ich beruhigte mich mit dem Gedanken, das Bein sei mir eingeschlafen, und verlagerte das Gewicht auf die andere Seite, aber das Pochen wollte nicht aufhören.

Glocken läuteten. Die der Liebfrauenkirche und die des Doms, die von Schönborn und die des heiligen Michael.

Ich verabschiedete mich von Henriette und von der Mutter der heiligen Klara. Ich versprach den beiden Frauen, bald wiederzukommen, ging in den Garten hinunter und von dort in den Krankenhaushof, stieg imaginäre Treppen auf und ab, die nicht mehr waren, und sah Heini in den Trümmern der Grundmauern versteckt. Da verbarg er sich, und kein anderes Kind suchte ihn, und die alten Leute hatten sich in ihren Zimmern verriegelt. Der Junge wollte zu mir rennen, aber ich winkte ihm zu, er solle bleiben, bleiben, bleiben.

21

Ich sah wieder Pferde auf Kleemanns Hof. Kleemann war der assimilierteste Jude der Weinburger Gemeinde gewesen und hatte viele Pferde in seinen Ställen stehen gehabt. Man erzählte sich damals von ihm, er habe eine Freundin unter den jungen Adligen der Gegend, die ihn wegen seiner edlen Pferde liebe. Wie Wipfelrauschen huschten nachts gemurmelte Gerüchte über mein Bett, wenn die Erwachsenen sich noch flüsternd unterhielten, zum Beispiel über Herrn Kleemann, dessen Tochter Lore mit mir in dieselbe Klasse ging. Sie hatte grüne Augen, sonnengebräunte Haut und konnte sogar auf den Pferden ihres Vaters reiten. Glocken begannen zu läuten.

»Das ist die Magdalenenkirche, dort ist eine Hochzeit«, sagte ein kleines Mädchen neben mir. »Hier gibt's Pferde!«

»Wie heißt du, Kleine?«

»Ich heiße Liesel, und manchmal werde ich auch Liese gerufen. Da sind braune Pferde und schwarze und auch ein weißes.«

Nun schlugen viele Glocken, und ich sagte: »Heute gibt es aber viele Hochzeiten«, aber das Mädchen war schon weg. Ich bemühte mich, nicht im Takt der Glocken, sondern meinem eigenen Rhythmus entsprechend zu gehen, aber das Läuten schwoll immer mehr an, von der Klosterkapelle und von der Kirche Unserer Lieben Frau, von der Franziskanerkirche und von der Herzjesukirche, so daß ich nicht dagegen ankam und meine Beine unwillkürlich dem Tempo der Glocken folgten. Deshalb blieb ich stehen, bis alle ausgeläutet hatten. In ein oder zwei Stunden würde es vollends Abend sein, sogar im europäischen Sommer. Was würde aus mir werden? Was hatte ich bisher herausgefunden? Daß es in Herrn Kleemanns Ställen Pferde gab, daß Schwester Elisabeth im Krankenhaus lag, daß man ein neues Bahnhofsgebäude an Stelle des alten errichtet hatte und das Photo von damals auf den Eingangsstufen nicht mehr der Gebäudewirklichkeit entsprach. Meine Zeit war vorüber, mein Opfer vergebens, vergebens mein Opfer, meine Zeit vorüber. Hinter der Wand spielten Kinder Versteck. Ich hörte sie umhertollen und Unterschlupf suchen, hörte eines laut zählen: »Achtundneunzig, neunundneunzig, ich komme!« Die ängstlich angespannte Stille des Gesuchtwerdens erfüllte die frühe Dämmerstunde. Ich befühlte den Kamm in der Tasche, der einst Klaras Haar gehalten hatte. Frau Münster hatte ihn ihrer toten Tochter vom Kopf genommen, und als sie ihn herauslöste, brach Klaras schwarze Haarfülle zusammen wie zuvor ihr toter Körper, und man begrub sie an der Straße, auf der die Fahrzeuge der Roten Armee westwärts rollten. Klara, die Elieser am Brunnen gespielt hatte, mit angeklebtem Bart, und Rebekka am Brunnen mit Zigeunerohrringen, und Hannah mit ihren sieben Söhnen oder Antiochus und Judas Makkabäus bei den Chanukkafeiern. Nun stand ich wie jener Elieser an der Wand. Ich hatte weder ein Gelübde getan noch suchte ich eine Frau, sondern alte Nazis, zum Beispiel den, der Ruth getreten hatte, und den, der ihr die Beinprothese abgenommen hatte, den, der gelacht, und den, der geschwiegen, und den, der die letzten Juden photographiert, und den, der gesungen hatte: »Muß i denn zum Städtele hinaus, und du, mein Schatz, bleibst hier.«

Ich betrat den Hof. Der Boden schien von vielen Pferden zertrampelt zu sein. Aus der dem Eingang gegenüberliegenden Tür kam mir ein alter Mann entgegen: »Ja bitte?«

»Ich wollte mich nur mal umschauen.«

»Sie sind nicht von hier?«

»Nein.«

Ein paar Pferde steckten die Köpfe über ihre Boxen. »Wozu brauchen Sie die Pferde jetzt?« fragte ich.

»Für Polizisten und einige von der neuen Aristokratie«, antwortete er. »Die kommen zum Reitenlernen. Die Töchter des Bauunternehmers Eckmann, des Vertreters Wenkele und des Eigentümers der Motorradersatzteilfabrik Mayer. Diese jungen Mädchen kleiden sich wie amerikanische Cowboys, und in den Pausen trinken sie Gin-Tonic. Ich bin alt, meine Zeit ist vorüber.«

Während er noch sprach, schob ein altes Pferd den Kopf neben seinen vor. Erst wollte er das Tier wieder zurückdrängen, aber dann strich er ihm über die Nase: »Das ist die Stute Fallada!« (»O Fallada, Fallada«, sagte die Königstochter im Kindermärchen zu dem abgehackten Pferdekopf, der am Torbogen angeschlagen war.) »O Fallada, Fallada, was ist denn aus Herrn Kleemann geworden?« Als ich das sagte, begann der alte Mann bittere Tränen zu vergießen: »Sie wissen alles. Sie kommen von weit her, und alles ist Ihnen bekannt, alles liegt klar und offen vor ihnen ausgebreitet. Diese Stute ist an jenem furchtbaren Tag zur Welt gekommen. Sie war gerade erst geboren und stand sofort auf ihren dünnen Beinen neben der Mutter Farina, zitternd, wie es ein junges Fohlen tut. Meine Hände waren noch schleim- und blutverschmiert, als das Hoftor mit großem Lärm aufging. Ich hob die Hände, und zwei Sturmtruppleute polterten herein. Sie befahlen mir, ihnen die Stallschlüssel auszuhändigen. Dann beschimpften sie mich, nannten mich einen Judenhund, einen dreckigen Schweineknecht. O Jesus, Jesus, Maria und Josef. So haben sie gesagt und noch hinzugefügt, von diesem Tag an würde alles anders. Und da ist der Herr Kleemann hinten aus der Futterscheune rübergekommen, ein stolzer, couragierter Herr mit weißem Haar. Den haben sie auf der Stelle erschossen. O Jesus, Jesus, vergib mir all meine Sünden! Von der linken Seite her flog plötzlich die Tür des Hauptstallgebäudes auf, und das junge Fräulein Lore preschte auf dem wilden Braunen heraus. Grüne Augen hat sie gehabt. ›Vorsicht, das Pferd ist wild geworden!‹ hab' ich ihr zugerufen, aber sie ist geradewegs auf die beiden SS-Männer losgaloppiert – einer stürzte, von den Pferdehufen getroffen, zu Boden – und weiter aufs Tor zu. Sie hatte das Pferd nicht mehr in der Gewalt. Ihre hübschen Haare sind hochgeflogen, und als sie das Seitentor passierte, haben sich Strähnen am Oberbalken verfangen, während das Pferd unter ihr wegglitt und weiterstürmte. Der SS-Mann, der von den Hufen des durchgegangenen Pferdes nicht verletzt worden war, hat das ganze Magazin seiner Mauser-Pistole auf die aufgeknüpfte Lore abgefeuert. Und so hat sie wie im Metzgerladen dagehangen, und ihr Blut ist in Strömen auf die Erde geflossen. Sie haben uns nicht erlaubt, sie abzunehmen. Wie heißt es doch im Alten Testament? ›Den Vögeln des Himmels und den wilden Tieren‹. Den anderen SS-Mann hatte das Pferd zwischen die Beine getroffen. Haha, der wollte bald heiraten, und nun war's aus mit der Hochzeit. O Jesus, Jesus, vergib uns diesen furchtbaren Witz. Blut und Boden! Kraft durch Freude! Fallada, Fallada, was sagst du dazu? Dieser Mann kommt aus dem Heiligen Land und weiß von dir.« Ich erinnerte den alten Mann an die vielen Bibelverse, in denen von Pferden die Rede ist. (Der König soll sich aber nicht zu viele Pferde halten. Mit der Stute an Pharaos Wagen vergleiche ich dich, meine Freundin. Damals stampften die Hufe der Pferde im Jagen, im Dahinjagen der Hengste.)

»Ich kenne mich aus in der Bibel«, gab er zurück. (Deren Glieder wie die Glieder der Esel und deren Erguß wie der Erguß der Hengste waren. Öffne uns das Tor zur Zeit, da das Tor geschlossen wird, denn der Tag hat sich gewandt!)

Der alte Mann öffnete das kleine Seitentor. Ich hob den Kopf zum Torbogen. Der Mann gab mir eine Visitenkarte mit der Aufschrift: *Anton Schieding, Pferdeexperte, diplomierter Reitlehrer. Unteroffizier der Kavallerie im Ersten Weltkrieg.* »Fallada, Fallada, was für ein Ende für meine Klassenkameradin Lore?«

»Was flüstern Sie da, werter Herr?«

»Ich erinnere mich«, gab ich zur Antwort.

»Sie erinnern sich flüsternd?«

Ich versuchte mich zu erinnern, ob Herr Kleemann Mesusot an seinen Scheunen-, Büro- und Stalltüren angebracht hatte, denn er wohnte ja auch dort. Lore hatte einen Freund, der ebenfalls in unsere Klasse ging. Franz hieß er, und auch er ist tot. Mit verbrannt, wie ich gehört habe. Dieser Franz war ein zarter dunkler Typ. Seine Eltern stammten von spanischen Juden ab und trugen den Namen Laredo. Er war ein eher fremdartiger Junge, der gewissermaßen aus einer anderen Welt zu kommen schien. Die grünäugige Lore, die so stark wie ein Junge war und muskulöse Beine hatte, umsorgte ihn mit eigenartiger Liebe. Wie Abschalom war Lore an ihren Haaren baumelnd gestorben. Abschalomitin. Der Alte stampfte mit den Füßen auf und sagte: »Hören Sie? Hohl dort unten. Die Weinkeller liegen unter der Stadt. Einige Juden hatten sich zwischen den Fässern verborgen. Ihr Blut ist zusammen mit dem Blut der Trauben verströmt.« Dann ging ich hinaus, und das Seitentor wurde hinter mir geschlossen.

Jetzt hatte ich die letzte Gelegenheit zu vergessen verspielt. Es gibt eine Zeit zum Vergessen und eine Zeit zum Erinnern, eine Zeit, Türen zu schließen, eine Zeit, Türen zu öffnen, und eine Zeit, die Türen sich selbst zu überlassen. Aber die letzte Gelegenheit zum Vergessen war, wie gesagt, vorüber. Alle Einzelheiten stiegen in mir auf. Mein Herz verwandelte sich in einen Zauberkasten, aus dem es unablässig quoll. Selbst das Gesicht der fremden Frau in Seigers Schaukasten hatte sich auf einmal wie mit furchtbaren Haken in meinem Herzen festgekrallt.

So ging ich also wieder, war nicht weit vom Altersheim entfernt und hatte fast Lust, noch einmal dorthin zurückzukehren. Aber ich war ein Racheengel, Gabriel und Michael und Schlemihl, das Schwert hielt ich in der Hand, der Wind trieb mich an, und mein länger werdender Schatten, der mir vorauseilte, zog mich fort. Ruth, Ruth, Ruth, Lore und Fallada und die übrigen Heiligen. Ich mußte zum Fluß. Der Racheengel war ein nervöser Engel. Neben mir hielt der

Omnibus. Ich stieg ein, die Tasche der Fluggesellschaft über die Schulter gehängt, und als wir in der Nähe des Flusses ankamen, stieg ich wieder aus.

Ich gelangte in ein sehr altes Viertel, das sich zwischen Festungshügel und Fluß drängt. Das war der ursprüngliche mittelalterliche Kern, von dem die Stadt später auf das andere Flußufer, auf dem sie heute zum größten Teil liegt, übergegriffen hat. Ich schlenderte durch eine schmale Gasse zwischen alten Häusern. Frischer Brotgeruch drang aus einer verborgenen Bäckerei. Ich überquerte ehemalige Festungsgräben. Am Ende der Gasse wurde das Ufer breiter. Unweit vom Stadtrand, zwischen dem grünen Dickicht am Flußufer, sah ich in der Ferne die Wimpel einzelner Sportvereine auf den Bootsschuppen, und auf den dämmrigen Pfaden meinte ich das Rascheln von Kleidern zu hören. Auf einigen Büschen lagen bunte Sommersachen. Ein Jeep stand in der Nähe. Frauenfüße ragten aus der offenen Tür. Musik schallte aus einem nahen Haus. Glucks *Feenballett.* Mit der Dämmerung stieg Dunst vom Fluß auf. In Jerusalem steigt die Kühle aus den Zisternen und aus den Felsrinnen der Umgebung hoch. Vor lauter Sehnsucht verlieren die Berge im Sommer ihre letzte Feuchtigkeit. Als ich den Weg weiterging, hörte ich Kinderstimmen: »Wirf hierher! Weitergeben! Lauf!« Und unten im Fluß sah ich die kleine Insel mit den hohen Bäumen. In meiner Kindheit hatte es als Heldentat gegolten, dort hinüberzuschwimmen. Ich ging auf die Bootsclubs zu. Schmale Boote waren an Land gezogen. Ein Mädchen saß barfüßig auf einem Baumstumpf und aß etwas. Ein Fischernetz hing zwischen Weiden aufgespannt. Heute sind die meisten Fischernetze an Kneipen verkauft, um dort für Atmosphäre zu sorgen. Der Geruch von Moder und faulendem Holz hing in der Luft. Ich fürchtete, während ich weiter über den Uferkies schritt, dies sei wohl kaum die rechte Stunde für Rachepläne, weil ich zu versöhnlich und ruhig geworden war.

Ich sah einen Schädel auf dem Wasser schwimmen und zitierte die *Sprüche der Väter* erst auf aramäisch, dann auf hebräisch und deutsch: »Weil du ertränkt hast, haben sie dich ertränkt, doch schließlich werden die, die dich ertränkt haben, ertränkt werden.« Darauf wandte sich mir der Schädel mit schwarzem Mund zu und sagte: »Ich kenne die heilige Sprache.« »Bist du Ruth?« fragte ich. Aber der Schädel schwamm mit der Strömung weiter.

Ich werde zum Bahnhof gehen, dachte ich, und von dort zum Hotel. Die Stadt ist schon hell erleuchtet in dieser glanzvollen Sommernacht. Wo soll ich anfangen? Was soll ich tun? Ist jemand da, der zu mir hält?

22

Der Wind übte sich, wie ein Kleinkind, das seine Zähne zu benutzen lernt. In Jerusalem hat auch der Wind Zähne, besonders entlang des Niemandslands, das selber mit den Zähnen von Ruinen, Stacheldraht und Panzersperren gespickt ist.

Vicky saß an einem windgeschützten Plätzchen. Das war ihr Reich mit dem Blick auf die Altstadtmauer und den Davidsturm.

Sie lebte mit ihrer Familie in einem heruntergekommenen, ehemaligen Hotel in der Nähe des Niemandslands. Seit dem Aufstand der Brüder und Schwestern unter Vickys Leitung, schliefen die Eltern nicht mehr miteinander. Die Geschwister hatten damals beschlossen, mit acht lebenden Kindern, drei toten und drei Abtreibungen sei es genug, und jedesmal, wenn die Eltern von nun an zusammensaßen, sich auch nur miteinander unterhielten, vor allem nachmittags und an Feiertagen, organisierte Vicky einen Wachdienst. Die Betten reichten sowieso nicht für alle. Alle Kinder beteiligten sich an dieser Wache, außer der Kleinsten und dem Bruder beim Militär. Er war damit beschäftigt, die Grenzen des Landes zu bewachen, und er war es auch gewesen, der Vicky die Wach- und Aufsichtsregeln beigebracht hatte, denn er war Gefreiter. Vicky selbst schlief nicht in dem Familienzimmer, sondern in einem außen gelegenen Raum, durch dessen zum Teil eingebrochene Wände sie die Altstadt sehen konnte.

Joel überraschte sie, da er von hinten um die hohen Schutzmauern herum kam, die gegen Heckenschützen errichtet worden waren und Sehschlitze für die Touristen aufwiesen, die gern ins feindliche Gebiet hinüberspähten und einander hinterher neben dem Schild *Achtung Grenze!* photographierten. Auf hebräisch, englisch, französisch und jiddisch stand das da, um es allen klarzumachen. Um auch die letzte Möglichkeit eines Irrtums noch auszuschließen, hatte man sogar noch einen Totenkopf mit zwei gekreuzten Knochen darunter gemalt. Vicky hatte den Schädel einmal mit Schnurrbart, Brille und ein paar Haaren ausstaffiert, aber die Gefahr blieb dieselbe. Über die Jahre gewöhnte man sich jedoch an den Totenschädel, und er verlor seinen Schrecken. Joel klopfte sich seine Hosenaufschläge ab, stieg auf einen Abfallhaufen und rief laut nach Vicky, aber sie entwischte ihm. Eines Tages würde sie nicht aus dem Niemandsland zurückkehren, so daß man Major Patterson, Minas Freund, alarmieren müßte, um sie wieder herauszuholen, wenn sie dort nicht überhaupt auf eine Mine trat. Nun rief sie Joels Namen. Ihr Kopf ragte aus einem Ruinenfenster, ihre Hände hielten sich am Sims fest. Drüben über der Stadtmauer erschien das junge Gesicht eines Beduinen im Dienst der Arabischen Legion. Joel mahnte sie mit erhobenem Finger, ja von dort wegzugehen. Er wollte sie gerade eigenhändig aus der Ruine herausholen, als er verblüfft feststellte, daß nur noch eine einzige Wand von dem einstigen Haus übriggeblieben war, wie eine Bühnenkulisse, und als er darum herumgegangen war, sah er Vicky mit herabbaumelnden Beinen wie eine Marionette im Fenster hängen. Auf seinen Pfiff hin sprang sie herunter, und ihr weiter Rock bauschte sich zum Fallschirm. Ihre Hose darunter war aus dem Tuch einer britischen Flagge mit dem Doppelkreuz. (Vickys Vater hatte im Unabhängigkeitskrieg irgendwann einen Lagerposten solcher Flaggen gefunden und Unterwäsche für seine sämtlichen Kinder daraus genäht.) Vicky umschmeichelte Joel wie ein Kätzchen und bestürmte ihn, ihr seine Geschichten zu Ende zu erzählen. Zwei hatte er einmal zu erzählen angefangen und mittendrin unterbrochen: eine über den Gott Osiris, der ermordet und zerstückelt worden war, und eine über die kleine Ruth seiner Kindheit, die einen Verkehrsunfall erlitten hatte.

»Deine Frau heißt auch Ruth?«

»Woher weißt du das?«

»Ich weiß alles. Auch, daß die Ärztin bei Mainzer ist.«

Sie gingen auf Vickys Zimmer, das am äußersten Ende des ehemaligen Hotels lag und nach drei Seiten hin offen war wie die Kommandobrücke eines Schiffes. Sie setzten sich in alte Sessel, bei denen nur noch die quietschenden Sprungfedern intakt waren. Vicky brachte ihm ein Glas Wasser und stellte es auf eine Kiste mit der Aufschrift *Suleiman Bros., Damascus,* dann kramte sie verschiedene Sachen hervor – einen verbeulten, rußigen Wasserkessel, eine Puppe mit kaputtem Kopf und ein Buch, das er ihr einmal zum Lesen gegeben hatte. Sie begann zu fragen: »Was war, nachdem sie Ruth das Bein abgenommen hatten? Hat sie eine Prothese gekriegt? Und wie ist das passiert, daß Osiris' Stücke wieder zusammengewachsen und zum Leben erwacht sind? Und was ist zum Schluß mit Ruth geschehen?« Die Kinder unten brüllten und tobten, daß man sich kaum unterhalten konnte. Sie spielten Verstecken und Fangen, Krieg und Frieden, Hüpfen und Ringelreigen. Eines Tages würden sich die Kinder am Niemandsland derart vermehren, daß sie gegen die Erwachsenen aufstanden und sie umbrachten.

Vicky zeigte Joel ihre eine Handfläche, auf der *Nein* geschrieben stand, dann hob sie lächelnd die andere, auf der *Ja* zu lesen war. Joel schwieg, und die Welt stimmte mit ihm überein und blieb ebenfalls stumm. Jetzt sah er, daß sie sich etwas auf die Oberschenkel schrieb. Auf dem einen Schenkel hieß es: *Geh weg.* Doch als er sich anschickte, eben das zu tun, zupfte sie ihn am Hemd und entblößte auch den zweiten Schenkel, auf dem stand: *Bleib.* Schließlich gingen sie zusammen den Korridor entlang und Joel verabschiedete sich.

Joel betrat ein riesiges altes Gebäude, in dem Mainzer sein Atelier hatte. Dieser Bau streckte sich wie ein Riesenwal zwischen modernen Häusern hin, die überwiegend Schulen und Kinos beherbergten. Wo war der Eingang? Wo der Korridor? Vielleicht kann mir jemand Auskunft geben? Wohnt er hier? Es war ein verwinkeltes Bauwerk, dessen Räume wie die Waben eines Hornissennests aneinanderklebten. Zweifellos waren in einigen dieser Waben Tote im Sitzen oder Stehen beigesetzt. Durch ein Fenster sah man in einem Zwischengeschoß die Beine eines Schneiders, dessen Kopf in den nächsten Stock ragte. Joel passierte eine Stempelwerkstatt. Dort saß ein alter Jude, der Buchstaben spiegelverkehrt in Gummiplatten schnitt. »Wo ist das Dach?« »Oben.« »Wo ist der Aufgang zu Mainzer?« Nun folgte eine langatmige Erklärung, so verzwickt wie das Gebäude selber. Erschrockene Katzen flitzten davon. Eine Kinovorstellung war zu Ende, und eine Menge Menschen trappelten in seiner Nähe, ohne daß er sie sah. Joel sagte siebenmal »Verzeihung« zu verdatterten Leuten, hob zwei Kinder auf, über die er fast gestolpert wäre, brach ein Stück morsches Geländer ab und hörte zwei Streitende mit Grabesstimme irgendwo aus den Tiefen des Gebäudes.

Schließlich gelangte er zu einem kleinen Hof, wo Mainzers Studio war. Er öffnete die Tür, die einen Buddhakopf als Klingel, ein griechisches Karnies und einen schwankenden Blechhahn darüber aufwies. Beim Eintreten erklang ein wahres Konzert von Glöckchen, Pfeifen und Schalmeien. Joel durchquerte einen Raum mit afrikanischen Speeren, chinesischen Masken und japanischen Harakiridolchen an den Wänden. Leise Musik ertönte in den Zimmern, wie aus verborgenen Lautsprechern – unter dem Sofa, in der Badewanne, zwischen den Sprungfedern der Sessel. Die tiefen Töne schienen zwischen dicken Büchern, die mittleren aus dem Kühlschrank hervorzukommen. Wenn man ihn öffnete, um sich ein Glas kaltes Wasser zu holen, wurden sie sofort lauter. Gäste saßen im Halbkreis um Mainzer, der ihnen im Stehen seine neuesten Bilder zeigte. Jedesmal, wenn er eines aufgestellt hatte, wich er leicht zurück wie am Ende des Alenu-Gebets oder wie ein General, der die Wirkung seines Bombardements auf der gegenüberliegenden Gebirgskette prüfen möchte. Und tatsächlich stiegen von jener Kette staunend aufgerissener Münder und weit geöffneter Augen Bewunderungsrufe wie Geschützstaubwolken auf: »Wunderbar! Von wann ist das? Und was stellt es dar? Wie ist das bloß möglich! Diese Farbkomposition! Und die räumliche Anordnung! Wie plastisch das hervortritt!« Joel wußte sofort, daß dies eine drittklassige Bilderschau war. Mainzer zeigte die Früchte seines Schaffens auf drei Stufen. Bei der untersten saß man auf dem Teppich (gut für romantische junge Leute), und er führte moderne, ungestüme abstrakte Bilder zu Klängen von Tschaikowsky und Brahms vor, wobei er der begeisterten, unbequem sitzenden Menge billige Zigaretten, Sprudel und Erdnüsse in Hülle und Fülle anbot. Diese Leute kauften seine Bilder ja sowieso nicht.

In der mittleren Kategorie zeigte er auch einen Teil seiner Sammlung chinesischer Bilder und indischer Statuen, untermalt durch seltene Weisen aus dem Mittelalter. Danach bat er die Herren zum Bücherregal in der Ecke, aus dessen hinterstem Winkel er pornographische Klassiker von den fernen japanischen Inseln hervorzog, zum Beispiel das Bild eines Japaners, der von zwei japanischen Mädchen in die Zange genommen wird, auf eine Art, die furchtbare Gedanken weckt, oder die Abbildung eines anderen Japaners, dessen Glied ihm wie das Heft eines Dolches nach vollendetem Harakiri aus dem Bauch hervorragt. Die Damen fragten dann: »Was ist da? Was geht da vor?« Worauf die Herren verschwörerisch grinsten. Später beehrte Mainzer sie mit englischen Zigaretten und gebrannten Mandeln und auch mit seinen Abenteuer- und Heldengeschichten aus Paris, wo er einmal gewesen war, und aus dem Krieg, in dem er niemals war. Auf diese Weise empfing er hauptsächlich geistig hochstehende Menschen, die zwar Kunstverstand, aber nicht genug Geld besaßen, um ein Bild zu erwerben.

Die Reichen, und vor allem die Touristen darunter, bekamen eine erstklassige Schau präsentiert. Zu diesem Anlaß warf Mainzer sich in eine mittelalterliche schwarze Mönchskutte, setzte sich einen eisernen Ritterhelm mit rotem Federbusch auf den Kopf, schnallte auf Schritt und Tritt bimmelnde Südseesandalen an seine Füße und nahm afrikanische

Puppen in beide Hände. Mit unheimlicher, historische Ehrfurcht weckender Stimme verkündete er dann, die Ausstellung sei eröffnet. Durch einen ausgeklügelten Mechanismus schlossen sich die Jalousien, und gleichzeitig leuchtete ein rotes Licht im Haupt des antiken chinesischen Drachen auf. Nun gab Mainzer den verblüfften Anwesenden lange, dünne Kerzen aus Mexiko in die Hände und warnte sie, ihm ja nicht die Wohnung in Brand zu stecken. Die Kerzen verbreiteten Weihrauchgeruch wie in einer Kirche. An diesem Punkt nahm er auf dem Boden zwischen den staunenden Gästen Platz, setzte den Eisenhelm ab, begann sich zu wiegen und stimmte chassidische Weisen an, denn auch er ist ein begeisterter Chassid, und jedesmal wenn er mit Professor Oren zusammentrifft, umarmen und küssen sie sich, da sie derselben chassidischen Sekte angehören. Jetzt kam das Schauspiel der versteckten bunten Lichter an die Reihe, die den Geladenen ein wahres Feuerwerk an Bewunderungsrufen entlockten. Damit wurde es Zeit für Whisky, Wodka und alle möglichen Mixgetränke sowie für die abstrusesten Tonaufnahmen: Stimmen am Operationstisch, ein Zwiegespräch im Beichtstuhl und so weiter. Und dann, wenn die Gäste vom Alkohol stimuliert waren, erzählte Mainzer ihnen von dem Kibbuz, dem er einmal angehört hat, und von seinen Heldentaten, obwohl er im Krieg eigentlich nur zum Tarnfarbenpinseln eingesetzt war.

Wenn Mainzer seinen Angriff auf den Magen sowie auf die zionistischen und religiösen Empfindungen seiner Besucher beendet hatte, nahm er ihre übrigen Sinne unter Beschuß. Er zeigte ihnen noch aufreizendere pornographische Bücher mit den kompliziertesten Bildern: drei Männer und eine Frau oder aber zwei Männer und zwei Frauen in einem sonderbaren Knäuel, aus dem schwer zu zählende Gliedmaßen munter herausragen. Doch nie ließ er diese Bücher zu lange in ihren Händen, sondern er nahm sie ihnen gleich wieder weg, wie ein Synagogendiener nach dem Gottesdienst die Gebetbücher einsammelt. Dann kamen die arabischen Kaffeekannen mit den kleinen Tassen, begleitet von Beduinen- und Palmachromantik. »Es geht ein kühler Wind, hu-ha ...«, und der Kaffee kocht über, und das Feuer knistert, und eine Frau schreit auf, weil sie nicht weiß, daß das Überschäumen zur Vorstellung gehört. Dann pflegt Mainzer, wie zufällig, hinauszugehen und auf der Toilette einen kleinen Wandschrank zu öffnen, in dem er Kopfhörer versteckt hat. Mit ihnen lauscht er nun dem Getuschel der Gäste, das ihm über ein verstecktes Mikrophon übertragen wird. Aufgrund des Gehörten weiß er dann, wann er zum Endangriff auf ihre Brieftaschen ansetzen kann. Auch seine Toilette ist durchgestylt. Überall aufgemalte Köpfe und lustige Schildchen an den Wänden. Ein origineller Mann. Ein wahrer Künstler. Ein Bohemien.

Mainzer malt zahllose Bilder aus enttäuschter Liebe, und so verdient er viel Geld, und durch dieses viele Geld hat er neue Liebschaften. Er sät eine enttäuschte Liebe und erntet viele Liebeleien an ihrer Statt. In Sommernächten führt er seinen Gästen Jerusalem vor. Er sagt dann: »Hinter diesem Vorhang verbirgt sich meine Geliebte!« Die Anwesenden warten äußerst gespannt auf den Anblick einer nackten Schönheit, während er, mit beiden Armen zu grandioser Geste ausholend, den Vorhang beiseite schiebt und ihnen die nächtliche Stadt, die elend Darniederliegende, offenbart. Das Schicksal ist ihm hold. Es liebt die Gerüche seiner Farben und Hölzer, seine Staffelei und auch seine sonderbaren Masken, seine Götterstatuen, die Glöckchen aus Burma, Angola und von den Bermudas, die Zähne aus dem Kongo, die Tigerkrallen, die Antilopenhörner, die Stabpuppen aus Java, den ausgestopften Falken, seinen Pinselkrug, seine Arbeiten, bei denen er immer mittendrin unterbrochen worden ist, und seine Sammlung chinesischer Gedichte, in denen es zum Beispiel heißt: »Ich sitze, die Feder in der Hand. Der Kirschbaum blüht. Im letzten Sommer habe ich überlegt, was in diesem Sommer sein wird. In diesem Sommer überlege ich, was wird im nächsten Sommer sein? Was wird sein, was wird sein?«

»Wo ist Pat?« fragte Joel Mainzer im Nebenzimmer und bedrohte ihn mit einem westafrikanischen Speer, den er von der Wand genommen hatte. Mainzer tat erst so, als wisse er von nichts, gab aber schließlich auf und sagte: »Dort drüben.«

Joel betrat Mainzers Atelier nebenan. Der Raum war dunkel. Nichts bewegte sich darin außer einer Schallplatte, auf der ein Lichtstrahl von draußen wie Mondlicht auf Meereswellen schimmerte. Nur das leise Kratzen der Nadel war zu hören, der Lautsprecher stand im anderen Zimmer bei den Gästen. Joel knipste das Licht an – eine Glühbirne in einem Totenkopf. Patricia schlief auf der Couch unter einer afrikanischen Decke. Ihre Kleider hingen über einem Stuhl. Einige Bilder standen auf Staffeleien: alles Akte von Patricia, ihre kräftigen Schenkel und Waden im Sitzen und Liegen, das lose fallende Haar mit dem dunklen Hintergrund verschmelzend, die Brüste mädchenhaft klein. Die Bilder waren alle in eher konventioneller Manier gemalt, weshalb Mainzer sie wohl nicht vorführte.

Joel setzte sich, und als er sie aufwachen sah, zog sich sein Herz zusammen. Ihre eine Faust fuhr zur Schläfe hoch und öffnete sich dann langsam wie eine wunderbare Blume in Zeitlupe – Strandlilie, Königin der Nacht. Auf ihren Zügen verbreitete sich ein Lächeln erwachenden Glücks. Joel erhob sich, und sie schlug die Augen auf.

»Du hier?«

Sie erbleichte, und ihr Mund begann zu zittern: »Ich liebe dich ... Mainzer? Der malt mich nur. Würde es nicht wagen, mich anzufassen. Er ist hohl.« Sie lachte auf: »Er ist hohl wie ein ausgeblasenes Osterei, dem man ein Gesicht aufgemalt hat. Warum setzt du dich nicht?«

Dann stand sie auf, nur in das afrikanische Tuch gehüllt, ging stolz und aufrecht an einen Wandschrank und entnahm ihm eine Flasche. Stark und selbstbewußt war sie, wie am ersten Abend in der Kleinschen Wohnung. Ihre Blicke trafen sich, und er berührte sie mit der Hand. Doch sie flüsterte: »Warte, bis wir bei mir sind. Ich habe es dir versprochen. Du kennst mich noch nicht. Ich werde deine Sklavin sein, werde dir die Füße waschen, du Erzorientale. Delikatessen bereite ich dir zu, binde dir eine Serviette um den Hals, damit du dich nicht bekleckerst. Du wirst mein König sein und ich deine Geisha.«

Patricia lachte, und sie tranken.

»Und du läßt dich vor dem Hintergrund der Altstadt photographieren.«

»Du Dummer. Bist du auch noch auf Seiger eifersüchtig?«

»Und wer weiß, mit wem du im Niemandsland herumhängst.«

»Ich darf dorthin, ich bin Amerikanerin und Christin.«

»Wie lange noch?«

»Ein paar Wochen.«

»Pat!«

»Was?«

»Nichts. Bist du müde?«

»Du meinst dauernd, ich sei müde. Ich werde nicht müde. Ich habe dich heute morgen an meinem Haus vorbeigehen sehen und dich gerufen, aber die Betonmischmaschinen haben solchen Krach gemacht, daß du mich nicht gehört hast.«

»Die Bauwut.«

Pat, die von weit her Gekommene, Unermüdliche, die ihm eine Nacht versprochen hatte, die eine Christin und in Jerusalem ist, in ganz Jerusalem mit all seinem Niemandsland.

23

Eine Stadt am Fluß ist ganz anders als eine ohne Fluß. In Jerusalem gibt es keinen Fluß. Aber Weinburg, die Stadt meiner Kindheit, hat einen. Zwar hatte ich beschlossen, über den Bahnhof zu meinem Hotel nebenan zu gehen, aber ich blieb an dem dahinfließenden Wasser stehen. Wohin gehen die Liebenden und die Liebesmüden in Jerusalem? Über welches Brückengeländer soll sich ein Mensch beugen, der keinen anderen Menschen hat, von wo soll er in dunkle Ströme unter ihm starren? An welchem Ufer sitzen, um alles unwiederbringlich auf und davon treiben zu sehen? In Jerusalem stellt man sich, das Gesicht zur Wüste gewandt, an die Ränder der trockenen Wadis, in Jerusalem lehnt man sich an Fels.

Der Fluß in Weinburg gehört nicht zu den größten Flüssen der Welt und mündet auch nicht direkt ins Meer, sondern in einen größeren Fluß, und erst dort füllt er seinen Teil in das niemals voll Werdende. Schallplattenklänge kamen und gingen, als öffne und schließe jemand eine Tür. Als Kind legte ich mir gern die Handflächen auf die Ohren, preßte, ließ nach und preßte wieder, so daß eine sonderbare Melodie mit eigenartig stolperndem Rhythmus entstand. Der Schädel schwamm nicht mehr im Wasser. Auf diesem Fluß, dachte ich, hat man im Krieg keine Menschen in den Tod geschickt, weil er westwärts fließt. Er ist also unschuldig. Nicht wie die Eisenbahnschienen, die nach Osten führen.

An diesem Abend floß das Wasser rasch. Mir schien, im Dunkeln werde die Strömung schneller und das Gurgeln und Murmeln am grasbewachsenen Ufer zwischen den Bootsvereinen schwelle an. Das Strömen des Flusses vermittelte ein wundersames Gefühl, es war, als begegneten Hören und Sehen einander, so daß man fast sagen könnte, die Ohren sähen und die Augen hörten. Dieser ganze Fluß ist von fruchtbaren Hängen, von Städten und Dörfern gesäumt und von Hunderten Brücken überspannt – alten auf vielen Pfeilern und modernen mit nur einem kühnen Bogen. Manche sind gesprengt und repariert, andere dank dem Wirtschaftswunder neu erbaut worden. Seit vielen Generationen schon ist dieser Fluß von Geschichte und Kultur gezähmt. Burgen, Kirchen und Klöster an seinen Ufern haben ihn mit Legenden umwoben. Da waren die Raubritterburgen, deren Bewohner ein Seil von Ufer zu Ufer spannten, damit Boote bei Nacht daran stießen und eine Glocke auf der Burg zum Klingen brachten. Das war das Signal für die Lauernden, bewaffnet hinabzustürmen zu Raub, Mord und Ertränken. Ich hörte einen Menschen nach einem anderen rufen, einen Hund bellen und bellen. Diese Laute brachten mir die Breite des Flusses zu Bewußtsein. Und dazu war ich doch hergekommen, Entfernungen zu messen, zu gedenken, mich und auch andere zu erinnern, die Laute meiner Kindheit zu hören, an denen ich den wahren Abstand zu damals und dort würde messen können, die Stimme der toten Ruth und die Stimme Henriettes, die noch in ihrem langwierigen Sterben lebte. Ich hörte die Stimmen, ungewiß, ob sie mich riefen oder ich sie rief, und ich wußte, während ich lauschte, daß die Entfernung größer war, als ich gedacht hatte.

Während ich so dastand, war ich kein Rächer, ich glich vielmehr jedem Menschen, der in die Landschaft seiner Kindheit zurückkehrt. Mein Rachewerk ähnelte einem Wachsschwert. Große Traurigkeit senkte sich über mich, weil kein Vergeltungsdrang in mir steckte. Dabei war ich doch deshalb aus Jerusalem hierhergereist, hatte deshalb meine Frau und meine Arbeit verlassen. Ja, man hatte mich regelrecht von Jerusalem hierhergeschickt, alle meine Freunde und Bekannten, meine Kollegen und Schüler hatten behauptet, ich müsse fahren. Ich war verärgert, gereizt und düsterer Stimmung gewesen. Wie König Saul. Meine Frau sagte mir immer wieder: »Du bist schwermütig.« Und sie sah ein, daß ich für einige Zeit nach Weinburg zurückkehren mußte, um meine Rache zu nehmen. Mein bester Freund sagte zu mir: »Entweder fährst du endlich dorthin und reagierst deine Spannung ab, oder du betrügst zum Schluß noch deine Frau, verstrickst dich in Liebesaffären, in Abenteuer, die nur in Scherben, Tränen und im unnatürlichen Tod enden können. Angespannt und verbittert hatte ich vor meiner Ankunft über finsteren Plänen gebrütet.

Ich beschwor die kleine Ruth aus den Tiefen des Flusses herauf, und sie ging neben mir, so traurig wie an jenem Tag, als sie nach ihrer Beinamputation aus der Narkose erwachte. Die Nerven in ihrem Kopf täuschten ihr damals noch Schmerzen in dem Bein vor, Phantomschmerzen. Zusammen mit den übrigen Schemen der Kindheit ließ ich sie aus dem Fluß auferstehen.

Die beleuchtete Brücke blieb menschenleer außer den einsamen, ihre Insignien oder Schwerter schwingenden Heiligen. Nicht einmal verliebte Pärchen waren da. Plötzlich sah ich dort das kühne Gesicht der mutigen Reiterin Lore Kleemann und das meines schwermütig dreinblickenden Freundes Jossel, der im Lager war und dessen Unterlippe der Oberlippe irgendwie nicht richtig angepaßt ist, so daß seine Lippen ständig ein schmatzendes Geräusch abgeben, als hätten sie im Säuglingsalter nicht genug gesaugt. Ich sah auch die Züge meiner Frau, ihre braunen Augen und den glatten Teint, und Dr. Mannheims mageres, runzliges Gesicht, das ich in dem langsam wie ein auf Grund gelaufenes Schiff versinkenden Talpiot gesehen hatte. Gesichter von Lebenden und Toten stiegen vor mir auf der Brücke auf. Einige waren erleuchtet, andere dunkel, in einen ewigen inneren Dialog von Tod und Vergessen vertieft. Manche wandten sich einander zu, andere verharrten allein im honigsüßen Schmerz und dem Gesumm der Trauerbienen. Schemen von Liebenden und Hassenden.

Ich verließ die Brücke und schlenderte am Ufer entlang bis zu der Stelle, an der einmal ein kleiner Hafen gewesen war. Jetzt hatte man ihn weiter flußaufwärts verlegt und statt dessen Sportplätze am Ufer eingezäunt. Sie waren dunkel bis auf einen erleuchteten in der Ferne.

Auf einem großen Schild stand: *Schmidt & Söhne – Holz- und Kohlenhandlung*. Hier erben Söhne. Selbst wenn die Väter umkommen, bleibt ihr Name erhalten. Hier werden elterliche Eigenschaften auch nach Krieg und Zerstörung auf die Kinder übertragen. Alles wird vererbt, Geschäfte und Augenfarben, Gewohnheit und Begabung. Bei uns verleihen jeweils die Wirren und Nöte und die Art des Sterbens jedem sein eigenes Gesicht. Ich sehe keinem ähnlich. Der Photograph Seiger ebenfalls nicht. Auch Mina nicht. Und selbst wenn Jossel seinen Eltern ähnlich sehen sollte, können wir das nicht beweisen, weil sie verbrannt worden sind und ihre Photos auch.

Vorbei an *Schmidt & Söhne* kam ich zu dem erleuchteten Sportplatz. Ein paar Leute standen um den hohen Zaun und guckten stumm zu. Der große ebene Platz war lichtüberflutet. Eine Frau glitt auf Rollschuhen dahin, zog gemächliche Runden, drehte sich dann langsam wie im Traum auf einem Bein, die Augen geschlossen, setzte den Fuß wieder auf und fuhr weiter im Kreis, fast ohne die Beine zu bewegen, wie vom Wind getragen, wie auf den Schwingen ihrer Träume. Sie trug einen kurzen roten Faltenrock und eine gleichfarbige Hose darunter. Ihre Bewegungen im scharfen Scheinwerferlicht hypnotisierten die wenigen Zuschauer. Die Drehungen der Träumenden wurden gewagter, und das Publikum schrie bewundernd. Pliés, Pirouetten. An der Wand eines Holzhäuschens lehnte ein junger Mann, ein Handtuch lässig um den Hals gelegt. Ich kannte ihn von der Bahn her und hob die Hand zum Gruß, aber wegen des grellen Lichts sah er es nicht, und so blieb meine Hand erhoben und klammerte sich wie ein Rankengewächs in den Maschendraht, der den Platz einzäunte. Jetzt kamen neue Leute in einem Lastwagen an und luden Bretter ab. Jedes auf den Boden fallende Brett hallte wie ein Schuß. Neben mir sagte jemand: »Die arbeiten die ganze Nacht durch, um zusätzliche Tribünen zu errichten.« Die Fahnenstangen waren schon aufgestellt. Die Rollschuhläuferin drehte weiter verträumt ihre Runden. Nachdem ich von Henriette ihre Geschichte gehört hatte, nannte ich sie »das Mädchen aus dem Land Israel«, wie jenes, das Naaman dem Aramäer vom Jordan erzählt hatte, der seinen Aussatz heilen werde. Meine Hand pflückte geistesabwesend ein Blatt. In meiner unmittelbaren Nähe floß der Fluß, der mir Kraft verlieh, mich erinnern und vergessen machte. Ich ging in die Küche mit den Arbeitern, die bald loszuhämmern begannen. Das Mädchen kam mir entgegen, die Rollschuhe wie ein israelisches Schulkind über die Schulter geworfen. Wegen des blendenden Scheinwerfers hinter mir sah sie mich nicht. Nervös faßte ich mit der Rechten nach meiner linken Hand, als wollte ich mich vergewissern, daß ich nicht allein war. Dann sagte ich: »Schalom.« Sie hob den Kopf und fragte, ebenfalls auf hebräisch: »Wer sind Sie?« Und ein wenig später sagte sie: »Kommen Sie mit in die Ankleidebaracke.« Wir betraten einen Raum voller Gerüche: nach frischem Holz, Gummi und Seife. Einige Wettkampfteilnehmer saßen an Tischen, in eigenartig langen, anliegenden Kleidungsstücken oder in dicken Wollpullovern mit allerlei Strickmustern – von Tier- und Pflanzenmotiven bis zu solchen, die dem Brustschild des Hohenpriesters ähnelten. Sie beachteten mich nicht. Wir setzten uns auf eine Holzbank, die an die Bänke in Berggasthöfen erinnerte. Ihre Haare waren goldblond und lang, die Augen ein bißchen grün und ein bißchen blau. Das Gesicht eines furchtbaren Engels hatte sie und lange, kräftige Beine.

»Was wollen Sie von mir?« fragte sie. »Sind Sie auch einer von denen, die mich auf den rechten Weg und nach Israel zurückbringen möchten?«

»Ich gehöre nicht zu den Rücksendern, sondern zu den Rückkehrern.«

»Rückwanderer?«

»Gott behüte.«

»Wozu dann die Philosophiererei? Möchten Sie etwas trinken?«

»Ein Bier.«

Sie ging an die Theke, brachte das Bier und sagte, ich sei ihr Gast, obwohl sie den Verdacht hege, die Damen des Altersheims hätten mich ausgeschickt, um auf sie einzuwirken. »Wie lange werden Sie in Weinburg bleiben?«

»Nicht lange. Meine Tage sind gezählt.« Ich erschrak über meine eigenen Worte. Eigentlich hatte ich sagen wollen, daß ich vieles in wenigen Tagen erledigen müsse. Jedenfalls war mir vollkommen klar, daß es mir nie gelingen würde, dieses Findelkind zurückzuschicken, das nun frei in der Welt umherschwirrte.

»Wie viele Tage?«

»Vier oder fünf.«

»Werden Sie mir bei den Wettkämpfen zuschauen?«

»Für wen werden Sie antreten? Das heißt für welches Land?«

»Ich trete für mich selbst an.«

»Und wovon leben Sie?«

»Wenn ich nicht schon gewußt hätte, daß Sie aus Israel sind, hätte ich es an dieser Frage gemerkt. Aber ich will es Ihnen trotzdem sagen. Ich arbeite als Model. Sicher haben Sie mich auf dem Plakat gesehen, wo ich am Rhein stehe, eine trutzige Burg im Rücken, das Haar flattert im Wind, und darunter die Zeile: *Besuchen Sie das romantische Deutschland.* Ab und zu trete ich bei Rollschuhschauläufen auf. Ich habe das in Israel gelernt und mich hier weiter fortgebildet. Nun beherrsche ich es. Sie haben es selbst gesehen. Trinken Sie noch etwas mit mir.« Ich willigte ein, und sie holte zwei Gläser, und als ich den bitteren Schaum auf den Lippen spürte, sagte sie: »Man lernt, sich im Traum zu drehen.«

»Auch ich drehe mich im Traum«, sagte ich.

»Aber Sie treten nicht öffentlich auf«, erwiderte sie.

Unvermittelt erzählte ich ihr, ich sei gekommen, um mich zu versenken. Auf ihre überraschte Frage hin erklärte ich ihr, ich wolle in mir selbst versinken. Sie warnte mich, nicht etwa vor lauter Philosophieren in mir selbst zu ertrinken. Dann stand sie abrupt auf, schüttelte ihr Haar, dessen Goldton dem alter Bilderrahmen glich, und flüsterte mir zu: »Sie können mich hier immer erreichen. Fragen Sie nach Leonore.« Ich wollte wissen, wie sie in Israel geheißen habe. Tamar. Und wer hatte ihr den romantischen Namen Leonore gegeben? Sie sich selbst. Von Henriette sei sie Rosi und von Frau Münster »meine Klara« genannt worden. Außerdem habe Henriette Rosilein im Guten und Rosalie im Bösen benutzt, zuweilen auch Rosichen oder Rosirosi.

Leonore stand noch immer. All ihre Namen und Koseformen schwirrten ihr im Kopf. Sie setzte mit der Hand die Rollschuhräder in Bewegung, die metallisch schnurrten. Dann begann sie aufs neue: »Sie haben gewiß vor, mir Ihre Hilfe anzubieten. Wollen mir sagen, meine Augen hätten so was Hilfloses an sich, das nach Beistand rufe. Aber Sie müssen wissen, daß das völlig überflüssig ist.« Ich erwiderte, daß ich derartiges gar nicht beabsichtigt habe, sondern genug mit mir und meinen eigenen Angelegenheiten beschäftigt sei. Ich sei eben nur am Fluß spazierengegangen und zufällig hier vorbeigekommen. Danach standen wir einander schweigend gegenüber, den Tisch zwischen uns. Beinah hätte ich ihr mit der Hand übers Haar gestrichen. Sie hätte fast meine Älteste sein können, wenn ich Töchter gehabt hätte.

Leonore rollte unter dem Beifall der wenigen Umstehenden auf den glatten, erleuchteten Platz zurück und versank sofort wieder in ihre Drehungen. Auch sie war ein Fluß, der strömte, wenn auch im Kreis. Ich ging wieder ins Dunkel hinaus.

Leonore hatte mich mein künftiges Tun gelehrt. Ich stieg die Stufen vom Kai zur Heiligenbrücke hinauf. Eine Glocke schlug ihre späte Stunde. Die meisten Menschen waren schon in ihren Häusern und wußten nicht, daß ich unten vorbeiging: ein Mann, der zurückgekehrt war und seine Rache in der Hand führte wie das goldene Schwert in der Hand des Heiligen im Kampf gegen die Heiden. Ist jemand da, der zu mir hält?

Fast wäre ich wie Leonore in kreisende Träume versunken. Eine hellerleuchtete gelbe Straßenbahn fuhr leise bimmelnd vorbei. Die alten Häuser dieser Straße waren restauriert und wieder aufgebaut worden. Nur an der Ecke war ein großer dunkler Klotz übriggeblieben, ein Berg von Steinen, die Trümmer zweier Häuser. Als ich darauf zuging, kam ich mir vor wie ein Spion oder Detektiv, der jeden verdächtigen Ort absuchen muß. Aber ich fand nichts, und so kehrte ich an den Brunnen der vier Zentauren zurück, der nur noch drei Zentauren hat. Aus dem Bierkeller im alten Rathaus trat ein dunkler, angetrunkener Mann und schlenderte zu dem Brunnen. Das ist Herr Mandelkern, dachte ich, der Direktor der jüdischen Schule, der manchmal zum Trinken hierhergekommen war. Dieser dicke Lehrer pflegte dort zu sitzen, umgeben vom Qualm seiner Zigaretten, inmitten breitarmiger Mädchen, die das kühle Naß in niemals zuklappende Trinkmäuler gossen. Das Wasser sprudelte aus den drei Zentauren, während Männer aus dem Bierkeller herauskamen und an der Rückseite des Brunnens wie sechs, sieben oder acht Zentauren pinkelten. Der dunkle Mann steckte den Kopf ins Brunnenbecken, schüttelte ihn dann wie ein Hund und stieß gurgelnde, stammelnde und prustende Laute aus. Es war nicht der gute, dicke Direktor, denn den hatten sie im Lager verbrannt, seine Freundschaft mit vielen christlichen Bewohnern Weinburgs hatte ihm nichts geholfen. Auch er wurde mit dem letzten Transport fortgeschickt.

Als ich wieder an dem Trümmerhaufen an der Ecke vorbeikam, sah ich plötzlich Licht hervorschimmern. Ich betrat das Grundstück durch einen erleuchteten Tunnel wie eine Untergrundbahn in den großen Städten. Schaufenster säumten ihn zu beiden Seiten: Gutgekleidete Herren standen reglos da, die Hand lächelnd erhoben, wie die versteinerten Leichen Pompejis. Einer, im schwarzen Abendanzug, hielt den grazilen Arm in segnender Gebärde wie der heilige K. auf dem Bahnhofsplatz. Noch ein Segen wurde mir also in dieser Stadt erteilt, die zu verfluchen ich gekommen war.

Im nächsten Schaufenster stand ein kleiner Junge im Sportanzug, ein Flugköfferchen in der Hand, das freudestrahlende Gesicht dem Vater zugewandt, der ebenfalls einen Sportanzug trug und dazu einen größeren Koffer nebst Schirm. Im Hintergrund waren Flugzeuge, ein Kontrollturm und geblähte Windsäcke aufgemalt. Daneben warteten Frauen auf die Abreise, Damen in Flanell- oder Tweedkostümen. Eine beschattete die Augen mit der Hand, eine andere trug eine Jacke überm Arm. Weitere Schaufensterfiguren sah man aus Zugfenstern winken.

Zu einem Schaufenster gehört immer das Abbild des Betrachters. Und so erschien auch meine Gestalt zwischen all den Wegweisern, Koffern und fernreiselustigen Damen, doch sie war verschwommen und durchsichtig. Meine Reiseutensilien hätten andere sein müssen: Dolch, Revolver und Maschinenpistole, Giftflaschen, Landkarten, Ruths letzter Brief, Photos und die Glassplitter, mit denen ihr Bett am Tag nach dem Novemberpogrom übersät gewesen war.

In der Archäologie gibt es nur Ausgrabung und Rekonstruktion. Man findet eine zerstörte Stadt, entdeckt schwarz verfärbte Bausteine und Ziegel und sagt: »Da ist Eroberung gewesen, Brandschatzung und Gemetzel.« Aber es gibt weder Erbarmen noch Rache. Auch ich war zu der Ansicht gelangt, mein Hiersein diene allein dazu, Ruths letzte Lebenszeit zu rekonstruieren.

Im dritten Schaufenster stand ein Mann von Fleisch und Blut mit Filzschuhen an den Füßen und dekorierte die Auslage neu. Menschliche Gliedmaßen und Köpfe lagen um ihn her verstreut wie bei Ezechiels Vision von den ausgetrockneten Gebeinen. Keine der Puppen, auch nicht die intakten, hatten Geschlechtsteile. Engel waren sie.

Ich ging weiter durch den Tunnel und vergaß, daß ich mich

in einem Ruinenfeld befand. In einem Fenster sah ich Ruths Gesicht mir zugewandt, wie damals, als wir beide auf dem Boden lagen und Hitlerjungen mich festhielten, während ich hörte, wie einer auf sie eintrat und ihre Beinprothese schreckliche Geräusche abgab, Knarren von Scharnieren, Schnallen und Leder. Als sie Ruth verbrannten, verbrannten sie auch ihre Rache, und das Land blieb bar jeden Erbarmens, bar jeder Rache, bar aller Menschen. Ruths Gesicht ist das ewige Licht meines Tuns. Doch wie ein ewiges Licht begann auch ihr Gesicht mich zu beruhigen, mich mit Musik und Glück und Trauer zu erfüllen, statt zu Rachetaten zu drängen.

Ich erwachte aus meiner Trance und entdeckte, daß gegenüber den Schaufensterpuppen – den Engeln des Wirtschaftswunders – in einer Höhle des Trümmerbergs ein Café untergebracht war. Das ganze Lokal glänzte von Glas und blankem Metall und modischen Stoffbezügen, eine Treppe führte zu einem zweiten Stockwerk empor, in dem ebenfalls Leute saßen. Ein Springbrunnen versprühte Wasser, das in ein hübsches Mosaikbecken herabrieselte. An den Wänden hingen Käfige, in denen Vögel hüpften, und in einem Aquarium schwammen farbenprächtige Fische ziellos umher. Eine große Theke stand diagonal, wie die neue Mode es verlangte, und bot ausreichend Platz für das Mixen und Ausschenken der ausgefallensten Getränke. Eine funkelnde Kaffeemaschine und einige andere blinkende Geräte standen wie die Utensilien in einem Operationssaal nebeneinander, am Rand ein Käfig mit einem schnabelspreizenden Papagei und einige Zapfhähne für Bier und Milch und blitzende Metallspieße, auf denen Brötchen zum Rösten staken. Und ringsum Spiegel aus Messing und Glas, Spiegel in Spiegel, Glückshall in Glückshall. Die Tische des Cafés waren so klein und niedrig, daß man mühelos einen hätte mitgehen lassen können, unter dem Rock einer Frau zum Beispiel. Solche Tische taugen nicht dazu, große Pläne auf ihnen zu erarbeiten. Es sind existentialistische Tische, von der Hand in den Mund, Tische der Philosophie: »Laßt uns essen und trinken, denn morgen sind wir tot.« Ich ging zwischen den Tischen und Stimmen hindurch. Eine Frau sagte auf englisch: »Listen, Darling, listen to me.« Und einen Mann hörte ich arabisch sprechen. Über dem Geländer der Galerie reihten sich einige Mädchenköpfe mit gefärbtem Haar und grünblau geschminkten Augen aneinander. Außer den Köpfen sah ich nur die Füße – in Sandalen mit einem einzigen Querriemen oder in Stöckelschuhen mit Pfennigabsätzen, so hoch und spitz wie jene Dorne, auf denen die armen Brötchen aufgespießt waren. Studentinnen sehen wie Dirnen aus, Dirnen wie Hausfrauen, Provinzmädchen wie Adelstöchter, und allesamt wirken sie amerikanisch. Mir schien, als kenne hier jeder jeden, als ersetze dieses Lokal das Familienleben.

Nachdem ich Platz genommen hatte, kam eine Kellnerin mit einem weißen Spitzenschürzchen auf mich zu. Dieses Etwas würde sie nicht gegen Schmutz schützen. Ich dachte an die reich verzierten Schilde und Rüstungen der Renaissancezeit, die man so prächtig ornamentierte, weil sie nicht mehr imstande waren, Kugeln abzuhalten. Ich bestellte Johannisbeerwein, wobei ich mir einen fremden Akzent zulegte, damit man nicht merkte, daß ich von hier war. Sie brachte mir einen großen, halbkugelförmigen Römer. Einst war die Kugel ganz gewesen, doch nun war sie in zwei geteilt: einen Kelch für die Trauer und einen für die Freude, und ich wußte nicht, welchen ich bekommen hatte. Sie schenkte das Getränk ein, das schwer und dunkel wie Blut floß. Ein Schuh fiel neben mir herunter.

Ein Mädchen mit braunen Mandelaugen und blauem Lidschatten setzte eine flehende Kindermiene auf und sagte: »Bitte, bitte, werfen Sie mir den Schuh herauf!« Ich beförderte den Schuh nach oben auf die Galerie, und sie warf mir einen Kuß zu, den ich mit der Hand auffing und in die Tasche steckte. Das Mädchen lachte mir über das Geländer zu, und ich wußte, daß ich mitlachen durfte, denn sie mochte zwei oder drei gewesen sein, als man Ruth verbrannt hatte.

Ein junger Priester kam herein und sprach fließend italienisch. Der Springbrunnen im Eingang sprudelte. Gegenüber standen die Scheinmenschen auf dem gemalten Flughafen und warteten. Von meinem Platz aus sah ich ein weiteres

Fenster, in dem ein Mittelmeerstrand aufgebaut war. Der gelbe Sand und ein paar Muscheln waren echt. Männer und Frauen in Badeanzügen (DM 29.–) vergnügten sich mit einem bunten Ball (DM 12.–), aber ich wußte, daß sie keine Geschlechtsteile hatten. Strandandrogyne waren sie. Auch Delphine waren aufgemalt, und nur einer war aus Gummi (DM 18.–). Gelbes elektrisches Licht gab sich als Mittelmeersonne aus. Die Leute, die durch den Tunnel kamen, guckten abwechselnd auf die Cafégäste und in die Schaufenster. Mir fiel Herrn Rosenbaums Grundstückssache wieder ein. Ich hatte diesen Glückwunschkartenhändler, der auch die Klöster und Fremdenverkehrsämter Jerusalems beliefert, nicht vergessen. Morgen würde ich mich danach erkundigen. Ich hob den Kugelkelch und nahm noch einen zweiten und dritten Schluck. Dann lehnte ich mich zurück wie in der Sedernacht, aber die Stuhllehne war hart und unbequem. Ich streckte die Hand nach dem Römer aus, aber ich hatte die Entfernung nicht richtig geschätzt und griff nur in die Luft. Wärme und eine furchtbare Süße, schlimmer als die Hölle, erfüllten mich. Erst jetzt merkten meine Beine, wieviel sie gelaufen waren. Erst jetzt spürten meine Gedanken, wieviel sie gedacht hatten. Ein schweres Gewicht wanderte mir im ganzen Körper herum. Ein schweres Gewicht im Innern versuchte ins Gleichgewicht zu kommen.

Die kleine tote Ruth setzte sich mir gegenüber, und ich bat sie, auch von dem Wein zu trinken. Die Halbkugel des Glases trennte uns.

»Weißt du noch, wie wir uns einmal beim Murmelspielen gestritten haben? Du hast gesagt, ich würde mogeln.«

»Zwei Tage bin ich damals nicht zu dir gekommen.«

»Aber ich zu dir. Ich bin am Arbeitszimmer deines Vaters vorbeigegangen. Er saß auf seinem ledergepolsterten Stuhl und bereitete eine Predigt vor, und das christliche Dienstmädchen hat ihm starken Kaffee gebracht.«

»Ich habe seinerzeit Flöte gespielt.«

»Gequietscht hast du wie ein unmusikalischer Vogel.«

»Wie ist das so – zurückzukommen? Wie ist es, hierher zurückzukommen?«

»Man kann nicht zurückkehren. Ich habe alle deine Briefe aufgehoben, Ruth.«

»Quatsch habe ich geschrieben.«

»Ich seh' deine strenge, akkurate Handschrift vor mir.«

»Ich bin immer noch so. Streng und akkurat.«

Danach ging sie, und ich sagte ihr alle Abschiedsgrüße, die mir einfielen: »Schalom, Lehitraot, Servus, gute Nacht, Good bye, Ruth.« Dann kam ein Mann, der den freigewordenen Platz einnehmen wollte. Ruth ging mit ihren Krücken davon und verschwand zwischen den reisefertig gekleideten Fluggästen auf dem Flughafen im Schaufenster.

Der Mann setzte sich auf den Stuhl, auf dem eben noch Ruth gesessen hatte. Es war der Inder aus dem Zug. Ich drückte ihm erfreut die Hand: »Das ist aber schön.« Er sagte, das gefiele ihm an den Europäern: Sobald sie ein bißchen angeheitert und ein bißchen einsam seien, würden sie nett. Er bestellte Tomatensaft. Ich sagte ihm, er sei ein Soldat in meinem Heer, und ich verließe mich auf ihn. Er lächelte mit seinen weißen Zähnen und versicherte mir, er werde tatsächlich treu sein und mich weder belügen noch betrügen. Da beförderte ich ihn. Er erzählte mir, er sei nach Europa gekommen, um eine Arbeit über »das Wesen der westlichen Verzweiflung« zu schreiben. Dazu besuche er alle Kirchen und prüfe, ob die dargestellten Heiligen einen Anflug von Verzweiflung aufwiesen. Nicht Leid, sondern Verzweiflung suche er. Danach vergleiche er deren Gesichtsausdruck mit dem der Passanten auf der Straße. Deutschland erscheine ihm ein passender Ort für seine Studien. Das Radio begann Musik zu spielen. Einen Erfolgsschlager im Jazzrhythmus, dessen Refrain so ähnlich lautete wie:

O Varus, Varus,
Wo sind meine Legionen?
Hier ißt und trinkt man und liebelt mit Frauen.
O Varus, Varus,
Gib mir meine Legionen zurück.

Varus, der römische Feldherr, war einst ausgesandt worden, um einen Aufstand der Teutonen niederzuschlagen, war jedoch ohne seine Truppen zurückgekehrt. Auch das ist Verzweiflung – ein Feldherr, der seine Soldaten verliert wie ein kleines Kind, dem ein Spielzeug abhanden kommt. Ich ging, immer noch gerade, zur Toilette. Einige Männer standen im Vorraum. Einer kämmte sich. Einer betrachtete sich vor seinem letzten Ansturm auf ein hartnäckiges Mädchen prüfend im Spiegel. Einer zählte Kleingeld. Als ich wiederkam, fiel mir auf, daß der Inder enge weiße Hosen und ein indisches weißes Hemd trug.

Wir verstrickten uns in ein seltsames Zwiegespräch. Die Innenwelt nach außen gewandt. – Das Äußere nach innen. – Verzweifeltes Handeln. – Verzweifelte Untätigkeit. – Buddha sagt, es ist herrlich, dieses irdische Geschöpf zu betrachten, aber furchtbar, eines zu sein, furchtbar, zu handeln. – Yoga und Synagoge, Herz und Schmerz. – Das jüdische Volk befindet sich gewissermaßen in einer ständigen Psychoanalyse. Es liegt auf der Weltcouch und erzählt von seiner Vergangenheit. – Synagoge und Yoga. Die Gewißheit der Chassidim. Glaube und Gewißheit.

Das junge Mädchen, dessen Schuh von der Galerie gefallen war, stand auf. Sicher studierte sie Jura. Später als Richterin würde sie den Schuh ausziehen, damit auf den Tisch klopfen und schreien: »Ruhe im Saal!« Zwei junge Männer folgten ihr. Alle drei blieben lachend und albernd vor einem der Schaufenster stehen.

Die wirre Unterhaltung mit dem Inder ging weiter: Der rettende Engel und der verzweifelte Engel. – Das Innere wird nach außen gekehrt wie ein hastig abgestreifter Handschuh. – Die Verzweiflung treibt zum Handeln an und verhindert es auch. – Der Mensch muß außerhalb von Handlungsbilanzen leben. – Wo ist die Gerechtigkeit? Wo die Gleichheit? Wo die Ungleichheit? – Und was ist mit den Kasten in Indien? – Das ist was anderes. – Und was mit den Verhungerten? – Das ist was anderes.

O Varus, Varus,
Wo sind meine Legionen?

Der Inder erzählte mir, sein Vater liege auf einem Hügel Jerusalems begraben, denn er sei Sergeant in General Allenbys Armee gewesen. (O Allenby, wo sind deine Legionen?) Wie heißt es doch bei Shakespeare? »Verzweifle und stirb.« Verzweiflung ist da. Eine ganze Installation der Verzweiflung gibt es hier. Ein Schaufenster der Verzweiflung. Kirchen der Verzweiflung. Das Handeln annulliert den Grund des Handelns. Die Verzweiflung wischt alles wie auf einer Tafel aus. Die Deutschen haben ein Märchen von einem, der auszog, das Fürchten zu lernen.

Ich erzählte ihm ein wenig von den Motiven, die mich hergeführt hatten, und von Henriette, dem Schädel, dem Fluß und anderen Dingen. Der Inder versicherte mir, eine um Jahre verspätete Rache wie meine gehöre unbedingt in sein Buch über die Verzweiflung. Auch Orpheus betrachtete er als einen Inbegriff der Verzweiflung. Als er in die Unterwelt hinabstieg, um seine Frau zurückzuholen, habe er ja im Herzen gewußt, daß alles vergebens war. Wie die umherwirbelnde Leonore hat er sich im Kreis gedreht.

»Auf Ihr Wohl und das Wohl Ihres Vaters, des Sergeanten im 29. Ulanenregiment, das dem schottischen Regiment angeschlossen war.«

»Sehen Sie den jungen Mann dort.«

»Ja.«

»Das ist der Sohn eines der größten Weinburger Nazis. Sein Vater hat sich ins Ausland abgesetzt, und der Sohn selber ist schwarzhaarig und nervös und hat Ähnlichkeit mit einem jungen jüdischen Intellektuellen. Und was Orpheus anbelangt: Woher wissen Sie, daß die Unterwelt nicht hier ist? Auch so ein weiser Spruch. Eine Verzweiflung unter ferner liefen.«

Wir sprachen englisch. Ich wünschte mir inständig eine Freundin, mit der ich englisch sprechen konnte. Vielleicht, weil die meisten Filme, die ich in Israel gesehen hatte, in englischer Sprache gelaufen waren. Wenn doch mein Freund

Seiger hier wäre, dachte ich, denn als ehemaliges Untergrundmitglied hätte er mir raten können, wie ich meine Aktivitäten einleiten sollte. Wie ein Schulkind, das den Lehrer anbettelt: »Sagen Sie mir doch wenigstens den ersten Satz für den Aufsatz. Den Rest mach' ich schon.« Ich zahlte meinen Johannisbeerwein. Der Inder begleitete mich bis zum Ausgang des Tunnels. Ich empfahl ihm für seine Studie über die Verzweiflung, auf die Brücke zu gehen, die Gesichter der Heiligen zu betrachten und dann das jüdische Altersheim aufzusuchen, um mit Frau Münster über ihre Tochter Klara zu reden. Und er riet mir, meine Rachetaten folgendermaßen zu beginnen: »Setzen Sie sich häufig auf denselben Platz. Kehren Sie zu verschiedenen Tag- und Nachtstunden an ihn zurück. Dadurch bekommen Sie die Stadt in die Hand. Fahren Sie systematisch alle Straßenbahnlinien in Weinburg ab. Es sind ja nur neun.«

Ich kehrte vorerst zu dem Café zurück, das sich schon geleert hatte. Ein junges Mädchen saß noch da und füllte einen Fragebogen aus. Das Haar hing ihr wild ums Gesicht. Ich nannte sie Sonne, und sie nannte mich Mittelmeermond. Ich nannte sie böses Sonnenmädchen vom Sonntagsklo. Ich nannte sie Astarte von Weinburg. Sie nannte mich asiatischer Wilder. Jesus aus dem Land der Jesusse.

Sie war mit ihrem Fragebogen fertig. Das Radio wurde abgeschaltet, das Licht im Aquarium verlosch, der Wasserstrahl des Springbrunnens fiel in sich zusammen.

Jetzt sagte sie, und diesmal laut: »Sie können den einheimischen Tonfall gut nachmachen.« Ich fragte: »Macht ihr hier zu?« Und sie antwortete: »Das ist ein langwieriger Vorgang, eine Stunde mindestens. Man kann nicht einfach abschließen und weglaufen.«

Ich ging die Domstraße hinauf. Ein paar Arbeiter kehrten die Straße. Andere löteten einen Riß in den Straßenbahnschienen. Ihre Gesichter waren wie die mittelalterlicher Ritter geschützt. Stiebende Funken erleuchteten die Züge der Knienden. Morgen würde ich fahren können, denn die Schienen waren ja repariert. Aus den Seitengassen drang dumpf weinseliges Gegröl. Ich lief die Straßenbahnschienen entlang und überquerte den Marktplatz. Die ersten Lieferwagen rollten an. Später am Morgen würde ich zurückkommen, würde ich handeln. Ich kam zum Bahnhof und holte meinen Koffer ab. Dann ging ich über den Bahnhofsvorplatz und wurde vom heiligen K. gesegnet, der den Märtyrertod von Ungläubigenhand erlitten hatte. Schließlich erreichte ich das Hotel. Der Nachtportier übergab mir einen schweren Schlüssel. Vielleicht würde auch ich so schwer werden, daß ich endlich handeln würde. Selbst eine rollende Schneelawine ist gewissermaßen in Aktion. Ich putzte mir die Zähne, fürchtete mich vor den nächtlichen Träumen, denn ich wußte, daß Ruth darin erscheinen würde. Im Spiegel sah ich mein Gesicht und die Tapeten mit ihrem Muster: Ein Mann trug zwei Koffer. Hinter ihm rannte eine Frau mit einem Blumenstrauß in den erhobenen Händen, beide befanden sich vor einer Reihe von Wolkenkratzern. Dieses Szenario kehrte immer wieder, und wo die Tapetenbahnen an den Nahtstellen aneinanderstießen, war es abgeschnitten oder verdoppelt. Ich öffnete das Fenster und blickte auf den Bahnhofsvorplatz: Der heilige K., den ich nun von hinten sah, ließ sein Wasser strömen. Schon hatte der zweite Tag begonnen. Ich ging ins Bad und überraschte meinen Körper mit heiß-kalten Wechselduschen. Prickelnde Wärme begann meinen Körper zu durchströmen, und mein Mund brüllte viele Namen, die ich lange nicht mehr gerufen hatte.

Ich rubbelte mich trocken, bis die Haut rot war, und legte mich rücklings aufs Bett, schlief jedoch nicht ein. Die Verzweiflung kam mit der Schlaflosigkeit. Ich versuchte, Erinnerungen erstehen zu lassen, aber die, die aus den Tiefen aufstiegen, waren schlecht getarnt. Ihre Masken fielen ab. Ich sang ein Klagelied auf die kleine Ruth, über den Tod und das Mädchen in einem einzigen Leib. Hätte sie tanzen können, wäre sie vielleicht ihrem Schicksal entronnen. Erneut betrachtete ich die Tapete. Sie wurde im Lichtwechsel der Ampel vor dem Hoteleingang angestrahlt: grün, gelb, rot und zurück. Die ganze Nacht über arbeitete die Ampel sinnlos. Nur einmal hörte ich ein Auto halten und wieder anfahren. Die Schotten in mir brachen langsam ein. Jeder Mensch hat innere Trennwände wie ein Schiff, bei dem etwa eindringendes Wasser nicht auf die abgegrenzten Räume übergreifen kann. So ist es auch beim Menschen, der ja dauernd dem Versinken nahe ist, bis er schließlich ganz untergeht. Viele meiner Freunde segeln wie tote Schiffe in voller Beleuchtung dahin. Grünes Licht: der koffertragende Mann. Gelbes Licht: die Frau. Wehe dem Menschen, dessen Schotten undicht sind: Liebe vermischt sich mit Rache, der Traum überflutet die Wirklichkeit, alles vermengt sich – nicht wie die Ampellichter, die wohlgetrennt voneinander bleiben, weil es sonst ein Unglück auf der Kreuzung gäbe. Morgen würde ich Henriette besuchen, mit dem kleinen Heini an den Fluß gehen, die Stelle besichtigen, an der früher die Synagoge gestanden hat, Leonore wiedersehen. Selbst der Traum wollte sich meiner nicht erbarmen. Grün, gelb, rot. Ich hörte die Wasserfontänen des heiligen K., lag in der Welt. Nach dem Gesetz des Archimedes verdrängte ich einen Weltraum entsprechend dem Volumen meines Körpers. Ich stand auf und urinierte, dachte, es sei gut, mich zu entleeren, so daß ich nun wie ein Fesselballon aufsteigen könne. Mal schwingt man sich in den Schlaf auf, mal versinkt man in ihm. Der Schlaf war überall, nur nicht in mir. Auch vor den Gefechten, an denen ich teilgenommen habe, habe ich vorher uriniert, um beweglich zu sein und mich nicht zu bepinkeln, falls eine Kugel oder ein Splitter mich zerreißen sollte. Warum hatte sich die 2. Kompanie damals verspätet, so daß die 3. Kompanie draufging? Eigentlich war es die Schuld des anderen Regiments, das an der Aktion mitgewirkt hatte. Die kleine Ruth wäre sicher sehr stolz auf mich gewesen, wenn sie mich damals in Erez Israel für unser Volk und Land hätte kämpfen sehen. Der Gedanke an die Kämpfe beruhigte mich, und ich schlief endlich ein.

24

Ich werde langsam meinem Vater ähnlich, dachte Joel. Als ich geboren wurde, soll ich ihm ähnlich gesehen haben. Später bin ich meinen eigenen Weg gegangen, ohne zu merken, daß ein langes Seil mich an ihn band. Und je mehr ich mich im Kreis drehe, desto näher komme ich ihm und desto ähnlicher werde ich ihm wieder. Jizchak hatte sich neben ihn gesetzt, nachdem Mina mit einem Schlafmittel in ihrem großen Haus eingeschlummert war. Schweigend saß er da. Bald würde er sein Morgengebet sprechen. Mina, die er gerade erst nach Hause geholt hatte, würde in ihrem eigenen Bett erwachen und sich fast nicht mehr daran erinnern, daß sie am Vorabend noch nicht hier gewesen war. »Die Ränder des Ostens verblaßten«, heißt es bei Homer und anderswo. Andere schreiben von den rosafarbenen Fingern des Morgens. Die zarten rosafarbenen Finger ermorden die Nacht.

Joel war allein auf Einats Party. Weder Ruth noch Pat waren mitgekommen – ein Fingerzeig auf das, was ihm bevorstand. Einat wollte die Fete so originell wie möglich gestalten. Die Bücher waren aus der Bibliothek geräumt worden, und alle Gäste lagen auf dem Rücken. Dann lasen sie mit schönen Stimmen Abschnitte aus dem Buch Hiob. Jemand schlug vor: »Kommt, wir ziehen uns aus!« (Bist du verrückt?) Und der Dichter Amron meckerte wie ein Ziegenbock. (Laßt uns Auferstehung der Toten spielen! Wie?) Danach benahmen sie sich wie Kinder auf einem Ausflug. Sie schalteten alle Lichter aus und begannen einander mit Lippenstift und Lidschatten anzumalen. Einer rief: »Nach Hause! Nach Hause!« Schließlich aßen sie Chumus und Brathähnchen in der viel zu engen Küche. Dagegen war das Bad geräumig. Der Thron machte seinem Namen alle Ehre, und an den Wänden hingen Bilder und Zeichnungen von Geistern, Dämonen und Ungeheuern. Jemand sagte: »Ich habe gehört, Minister S., ist gestorben.« Der Dichter Amron ging auf allen vieren und bellte wie ein Hund.

Dr. Mannheim nahm seine Gebetsriemen ab. Die Lederbänder waren warm an diesem Sommermorgen. Man hatte ihn auf den Stationsbalkon gesetzt. Er sah nur weiße Schemen. Allein Schwarz war für ihn wirklich und greifbar. Er erkannte lediglich drei Menschen: den Arzt, der zuweilen vorbeikam, um ihn zu fragen, wie er die Nacht verbracht habe, Schwester Jona und den Arzt Jizchak, mit dem er manchmal ins Gespräch kam. Jizchak würde später kommen, um ihm die Gebetsriemen aufzurollen, denn die Hände des alten Mannes zitterten zu sehr. Wie oft hatte er Bar-Mizwah-Jungen beigebracht, sie nach dem Morgengebet wieder ordnungsgemäß zu verstauen. Beim Armgurt windet man den Riemen um die Kapsel, verknotet das Ende und zieht alles fest. Den Riemen für den Kopf wickelt man von jedem Ende her auf, so daß das Ganze zum Schluß wie ein Traktor aussieht. So pflegte er es den Jungen zu erklären, um ihre Phantasie anzuregen. Schrecklich, diese Vergleiche, die er damals angestellt hatte. Joel hatte er nicht mehr für die Bar-Mizwah vorbereiten können, denn er war damals schon ins Heilige Land übersiedelt, aber die Ansprache war fertig gewesen. Warum kam Joel nicht öfter? Man mußte doch über diese und all die anderen Predigten sprechen, die dort in Weinburg zurückgeblieben waren. Vielleicht ließen sie sich auffinden.

Joel betrat das Knessetgebäude und reihte sich in die schweigende Schlange derer ein, die am Sarg des toten Ministers vorbeizogen. Er hatte sich eine Kippa aufgesetzt. Einige Männer rezitierten mit leiser, gedämpfter Stimme Psalmen – in diesem Haus, das sonst an hitzige Debatten, laute Zwischenrufe und die Hammerschläge des Vorsitzenden gewöhnt war. Herr Sand, der Zeitungsverkäufer, ging hinter Joel vorbei und flüsterte ihm zu: »Sehen Sie den da? Der war ein erbitterter Gegner des Toten, und der dort hat ihn insgeheim unterstützt.« Er kannte alle, weil sie zu ihm kamen, um ihre eigenen Worte in den Parteizeitungen zu lesen. Angesichts der energischen, vernünftigen, scharfsinnigen Wendungen, die ihnen über die gewählten Lippen gekommen waren, konnten sie sich ungemein begeistern. Herr Sand trug kurze, weite

Hosen, die an seinen mageren, behaarten Beinen wie Fahnen an Masten wirkten. Diese knielangen Shorts stammten noch aus der britischen Armee. Ein origineller Mann ist er, der Herr Sand. Nachts schreibt er an einer Autobiographie, aber er kommt nur langsam damit voran, fast so langsam wie der Steinmetz mit seinen Grabinschriften in der Werkstatt neben dem Zeitungsstand. Joel sog den Duft der Kiefernzweige begierig ein und erinnerte sich an die schöne Laubhütte, die sein Vater in Weinburg alljährlich zum Laubhüttenfest aufgebaut hatte. Am zweiten Tag begann sie nach frischem Holz, nach Kiefern- und Fichtennadeln zu duften. Einmal, als kleiner Junge, war Joel auf der Schwelle der Laubhütte photographiert worden, in der Hand einen kleinen Lulaw – sein ganzer Stolz – und auf den Zügen ein künstliches, etwas angespanntes Lächeln. (Pat sagt: »Dein Lächeln bringt mich um den Verstand, reißt mir das Herz in Stücke.«) Als Hitler schon an der Macht war, hatte Herr Garcht, der SA-Mann, einen Blumentopf auf die Laubhütte geworfen, und seitdem hatten sie sie nur noch auf dem Hof des Altersheims gebaut, bis sie nach Palästina übergesiedelt waren. Am Tag der Vergeltung verwandelten sich die fallenden Blumentöpfe in Bomben, und die Stadt Weinburg wurde zerstört. Der Duft des feuchten Grüns berauschte Joel, und sein Herz wogte wie Ebbe und Flut.

25

Ich erwachte und wußte sofort, wer und was ich war, an welchem Ort ich mich befand und woher ich kam. (Mach langsam, beweg dich nicht, bleib auf dem Rücken liegen, steig vorsichtig aus.) Ich erinnere mich, daß ich auch im Krieg dort, wo ich wenig geschlafen hatte, auf offenem Feld vor dem Gefecht, sofort beim Aufwachen wußte, worum es ging: Schützengraben und kaltes Gewehr, schnell aufstehen und bald auf das furchtbare Ziel losstürmen. In meiner normalen Umgebung weiß ich nicht immer gleich, wo ich bin und wessen Kopf neben mir liegt. Dann benutze ich das Fenster, den Schrank, das erste Licht und die Gardine als Orientierungshilfe.

Jetzt lag ich auf dem Rücken, die Arme über der Brust verschränkt, das Gesicht offen und vergoldet wie auf den Abbildern toter Ägypterkönige. Der Mann stand noch immer mit den Koffern in der Hand auf der Tapete, hinter ihm die Blumen schwenkende Frau. Draußen regnete es. Woher kam der Regen hier? Welcher Wind brachte ihn? In unserem Land, an dessen Küste sich das grüne Meer schmiegt, kommen die Wolken von Westen, überfliegen Dünen und Strand, Küstenebene, Hügel und Höhen, bis sie ins Gebirge aufsteigen und von dort nach Jerusalem. Ich lag wach. Die Ampel warf weiter ihre Lichter auf die Wand wie eine Serie von Genehmigungen und Verboten. Die Ampel trennt uns, Liebling, dachte ich und wußte nicht, zu wem ich das sagte. Ich versuchte, mich zu erinnern, aber das Erinnern war wie eine Krankheit. Der Regen fiel dünn und traurig. Das war kein Regen, der hohe Bäume und große Pläne sprießen ließ. Alle meine Taten sind Taten des Herzens, Taten der Liebe. Meine Biographie ist die Geschichte der Dinge, die warme Liebe in mir geweckt, mir Lust und Vergnügen bereitet haben. Als Kind genoß ich es, wenn Henriette mich streichelte und kitzelte, und so ist sie in meine Lebensgeschichte eingegangen. Die andere Seite meiner Biographie sind die Schmerzen und Schmerzverursacher, die Leiden und Nöte, denen ich aus dem Weg zu gehen versuche. In dieser frühen Morgenstunde fragte ich mich abermals, wie ich zum Handeln kommen sollte. Mußte ich mein Herz schwer und hart machen und mit einem Panzer umgeben oder es ganz ignorieren? So lag ich, eine Art Ramses oder Thutmosis oder eine andere Mumie, und lauschte den Geräuschen. Gab es zwischen den Geboten, etwas Bestimmtes zu tun oder zu unterlassen, auch ein Niemandsland der Untätigkeit? Gedämpfter Lärm von Lastwagen und fernen Stimmen im Regen drang an mein Ohr. Ich meinte, Befehle zu hören, knappe, scharfe Sätze.

Ich zog mich an und trat auf den Korridor. Schwaches Licht hatte die ganze Nacht gebrannt, und die Schuhe standen schon blankgeputzt vor den Türen wie Engel mit aufgesperrten Mündern, die die Nacht über gesungen hatten. Zu beiden Enden der Gänge hingen Spiegel, die mir mein Konterfei im Vorübergehen flüchtig zeigten. Es war halb fünf. Bald würde es hell werden. Der Nachtportier war eingenickt und wachte nicht auf, als ich über den Teppich an ihm vorüberging. Draußen regnete es noch immer. Ich wartete am Straßenrand, denn meine Ampel stand auf Rot. Ein Milchwagen fuhr vorüber. Dann überquerte ich den Platz und hörte St. K.'s Wasser plätschern. Der Regen verwandelte sich in einen dünnen Schleier. Vor dem Eingang zum Bahnhof hatte man zwei Ehrentore errichtet: *Willkommen zum Imkertreffen! Willkommen zu den Internationalen Rollschuhmeisterschaften!* Ich betrat den Wartesaal. Die Morgenzeitungen wurden gebracht. Noch konnte ich abfahren, mich absetzen, falls es nötig werden sollte.

Ich ging wieder auf den Platz hinaus in die Richtung, aus der der Lärm kam. Schon gestern hatte ich flüchtig bemerkt, daß ein Seitenflügel des Bahnhofsgebäudes so geblieben war, wie ich ihn in Erinnerung hatte: aus rußigen, regengepeitschten Backsteinen. Ich betrat den kleinen Pestalozzipark und sah einen Trupp Menschen mit gesenkten Köpfen, in den Händen schäbige Koffer und Bündel aller Art. Ein Mann in schwarzer SS-Uniform kam auf mich zu und sagte höflich: »Verzeihen Sie, mein Herr, Sie dürfen hier nicht durchgehen.« Im Schirm seiner Mütze und in seinen Stiefeln spiegelte sich gelbes Laternenlicht. Ich trat zur Seite. »Vorsicht Kabel!« Ich trat über dicke Stromkabel. Ein anderer Mann eilte herbei und schnaubte wütend: »Wir wollten doch um Punkt vier anfangen! Warum kommen Sie zu spät? Jetzt schließen Sie sich aber schnell den anderen an.« Ich fand mich also unter diesen Menschen wieder, die niedergeschlagen im Nieselregen standen. Ich kannte keinen von ihnen, aber die Männer waren alle unrasiert wie ich. Nun entdeckte ich eine etwa Zwölfjährige mit schwarzen Zöpfen, sie hatte eine Puppe in der Hand. (Ruth spielte nicht mit Puppen.) Ich half ihr, ein schweres Bündel zu tragen. Jemand lachte. Jemand anders rief: »Bist du verrückt? Wir zahlen euch keinen Pfennig, wenn ihr lacht!« Das Lachen verstummte. Ich wandte mich wieder der Kleinen zu, streichelte ihre Hand, worauf sie in Tränen ausbrach. »Das hört alles wieder auf. Du mußt nicht weinen«, tröstete ich sie. Ihre Hand war trocken und heiß. »Ja«, sagte sie und heulte wieder los. Eine Stimme irgendwo aus dem Park rief: »Sehr gut, sehr gut. Mach weiter, Mädchen, nur weiter geweint!« Das Mädchen klammerte sich angstvoll an mich, und die Stimme hinter den Linden sagte: »Sehr gut, dort drüben«, und dann »cut!«. Die meisten Scheinwerfer verloschen sofort, und jemand zündete sich eine Zigarette an. »Nicht rauchen! Wir drehen weiter.« Die Menschenmenge begann sich unter Püffen auf den alten Bahnhof zu zu drängeln. Ein paar schwarzuniformierte SS-Leute erschienen und brüllten: »Vorwärts! Los! Saujuden!« Gleich darauf kam ein Mann in buntem Hemd und einer kleinen Mütze mit großem, hochgeklapptem Schirm vorgestürzt und rief in amerikanischem Tonfall: »Not like that!« Dabei riß er einem der Schwarzhemden die Peitsche aus der Hand und begann buchstäblich auf die in seiner Nähe Stehenden loszuknallen. Sofort packten die SS-Männer ihre Peitschen und taten es ihm nach. Die Leute versuchten, den Schlägen auszuweichen, in der Menge unterzutauchen. Es entstand ein wirres Geschiebe und Gedränge, begleitet von lauten Flüchen. Ich hob einen Stein auf und warf ihn auf einen der Schläger. Ein kleinwüchsiger Mann, der sich mit beiden Händen an den Kopf faßte, kam angerannt und schrie mich an: »Das steht nicht da. Was machen Sie denn, Sie Idiot!« Doch die Stimme aus dem Park rief: »Wonderful, that's the spirit!« Und jemand anders sagte: »Zum Teufel mit dem alten Theater. Das ist ein Film der neuen Welle. Freier Ausdruck!« Der SS-Mann konterte: »Was schert mich neue oder alte Welle. Ich will keine Steine an den Kopf kriegen. Das ist glatter Vertragsbruch!« »Du bist versichert wie alle anderen«, knurrte ein anderer, auf dessen Brust *Windmeier* stand, auf deutsch. Zu mir gewandt sagte er: »Sachte, sachte, kommen Sie nicht zu sehr in Rage. Aber alles in allem sind Sie großartig. Wie Sie das Mädchen angefaßt haben!« Jemand aus der Menge mischte sich ein: »Damals haben sie keine Steine geschmissen. Da hätte man dich gleich liquidiert!« So oder so wurden eine Kaffeepause von zehn Minuten und heißer Kaffee ausgerufen. »Ihr könnt die Bündel und Koffer stehenlassen!«

Wir saßen alle im Park, tranken dampfenden Kaffee aus Pappbechern und aßen leckere kleine Brote. Der Mann mit *Windmeier* auf der Brust saß neben mir. »Dieser Nebel ist herrlich«, schwärmte er, »der Eisenbahnrauch und die Menschen in Nebel und Regen! Wunderbar! Wonderful! Sind Sie neu? Ich habe Sie bei den letzten Aufnahmen gar nicht gesehen. Wie heißen Sie?« »Earl Winter«, gab ich zur Antwort. »Woher?« fragte er. »Ich bin aus München und zum Imkertreffen hier«, erwiderte ich.

»Sie züchten Bienen? Das muß eine philosophische Beschäftigung sein. Vergil! Was? Wie Vergil.«

»Ja, wie Vergil.«

»Sie hätten Schauspieler werden sollen.«

Damit ging er. Eine Frau neben mir sagte: »Sie können Gagenaufbesserung verlangen. Sie stecken voller Geld, diese Amerikaner.«

Herr Windmeier, der Deutsche, kehrte zurück und hielt eine kleine Rede: »Jetzt wird's ernst. Denkt daran, die meisten von euch wissen, daß ihr in die Krematorien wandert. Ich möchte Todeserregung sehen, möchte euch seufzen und weinen hören. Seid ihr denn gefühllos? Ihr geht in den Tod! Merkt euch das. Und denkt auch daran, daß wir euch gutes Geld bezahlen. Wenn jemand lacht, muß das ein hysterisches, wildes Lachen sein, das langsam in Schluchzen und Schreien übergeht.«

Er untermalte seinen ganzen Vortrag mit entsprechendem Mienenspiel und Armeschwenken, während der Amerikaner schweigend neben ihm stand. Ich merkte, daß ich auf dem Sockel des Pestalozzidenkmals saß. Als Kinder hatten wir manchmal hier gespielt, und über den Namen Pestalozzi gelacht. (Du Pestalozzi, du! Selber ein Pestalozzi!) Ich erhob mich von den Knien des gütigen Pädagogen, dessen steinerne Augen alles sahen, und schloß mich wieder den anderen an.

Ein Dieselmotor dröhnte laut, und die vielen Elektriker und Techniker hatten alle Hände voll zu tun. Plötzlich kam das Mädchen auf mich zu und sagte: »Kommen Sie, Herr, wir spielen wieder zusammen!« Ich willigte gern ein. Diesmal agierten die SS-Leute mit der gebotenen Brutalität, bis plötzlich die Kirchenglocken zu läuten anfingen. »Damn the bells!« fluchte der Amerikaner, worauf der Mann, der wirklich beim Abtransport dabeigewesen war, erwiderte: »Die Kirchenglocken haben damals tatsächlich geläutet, und die guten Christen haben für ihre Seelen gebetet und dem Herrn gedankt.« Ich fragte ihn flüsternd auf hebräisch: »Jehudi? Sind Sie Jude?« Aber er verdrückte sich. Das Mädchen begann zu weinen, die SS-Männer schwangen fluchend ihre Peitschen, und so wurden wir auf den alten Bahnhofsflügel zugetrieben. Nebel und Eisenbahnrauch vermischten sich im Scheinwerferlicht, bis wir auf dem Gütergleis ankamen. Dort standen ein paar deutsche Soldaten, die an die Ostfront zurückkehrten und von ihren Frauen Abschied nahmen. Einige dieser Paare wurden aufgenommen, uns ließ man in Ruhe. »Nicht rauchen! Auf keinen Fall!« Dann fiel das furchtbare Licht wieder auf uns.

In diesem Augenblick glitten wie durch Geisterhand Güterwaggons in die Halle, und sofort kamen SS-Leute und begannen uns hineinzustoßen. Kinder und Eltern wurden getrennt. Herzzerreißende Schreie erfüllten den Raum. Das Mädchen klammerte sich an mich und riß mir den Jackettaufschlag ein. Plötzlich schwenkte die gesamte Beleuchtung auf den Lagerhauseingang über. Dort erschien, einem bösen Engel gleich, eine Frauengestalt hoch zu Roß, das offene blonde Haar in Kaskaden auf die Schultern wallend. »Leonore! Leonore!« schrie ich, aber sie hörte es nicht. Der Rappe schritt langsam voran, während sie mit kalter Neugier auf das armselige Häufchen hinabblickte. Ich schwang die Faust nach ihr und drängelte mich auf sie zu, das Mädchen an der Hand hinter mir herziehend. Hinter der Reiterin stand: *Odol hält den Atem frisch. Persil wäscht alles rein.* Der SS-Ortsgruppenleiter trat zu Leonore und küßte ihre weiße Hand. Sie rümpfte angewidert die Nase, beugte sich zu dem hochdekorierten

Offizier hinab und flüsterte ihm etwas ins Ohr, worauf er in schallendes Gelächter ausbrach. Ich beschimpfte sie auf hebräisch und auf deutsch. Sie lachte vulgär auf, drosch mit der Peitsche auf die neben ihr Stehenden ein, die sich die Hände schützend vors Gesicht hielten, und verschwand endlich hinter dem gräßlichen Licht, das einen ans Ende der Welt erinnerte. Erneut stürzten sich die Uniformierten auf uns. Man hörte ihre Fußtritte, man hörte Kleider reißen, sah verzerrte Gesichter. Echtes Weinen schallte durch den Nebel. Das Mädchen barg den Kopf an meiner Brust. Ein Mann wollte sie mir mit Gewalt entreißen, aber ich ließ es nicht zu. Das Mädchen rief: »Nein, nein, laß sie's nicht tun!« Sie zitterte am ganzen Leib. Ich schrie: »Aufhören! Aufhören! Das Kind wird ja krank! Das ist verboten!« Doch in dem Geschrei ging meine Stimme unter. Zwei SS-Männer schlugen mich zu Boden. Ich sah noch, wie einer das wild um sich schlagende und tretende Mädchen packte. Dann wurde sie in einen Wagen gestoßen. »Ruth! Ruth! Ruth!« schrie ich mit tränenerstickter Stimme und versuchte mir einen Weg zu ihr zu bahnen. Sofort wurde ich aufgegriffen und in einen anderen Waggon verfrachtet, wo wir enggedrängt standen. Jemand sagte: »Nicht rauchen jetzt. Hier wird's eng!« Der Zug setzte sich in Bewegung. Mir zitterten vor Aufregung die Hände. Ich dachte an die kleine Ruth, die so gefahren war. Einige Minuten später hielt der Zug, die schweren Türen gingen auf. Alles stürzte hinaus, auch aus den anderen Waggons. Wir hatten uns gar nicht weit vom Bahnhof entfernt und redeten nun alle aufgeregt und erleichtert durcheinander: »Gib mal 'ne Zigarette. Hast du Feuer? Diesmal war's gelungen. Wir sind früh fertig geworden.« Odol hält den Atem frisch, Persil wäscht die Unterwäsche, und auf dem Werbeschild stand eine große Frau mit den Armen bis zu den Ellbogen in weißem Schaum. Der Nebel riß auf, eine angenehm sommerliche Morgensonne schickte ihre schrägen Strahlen herab. Herr Windmeier kam mit Bewunderungsrufen auf mich zu, er lobte mich und bat mich sogar, beim nächsten Drehtermin wieder mitzumachen: »Sie müssen einfach kommen! Die Synagoge brennt ab, und der Gemeinderabbiner stochert hinterher in den Trümmern herum. Würden Sie den Rabbiner übernehmen? Der vorgesehene Mann wird wahrscheinlich noch krank sein.«

Das Mädchen kam dazu und machte einen Knicks vor mir. Ich wunderte mich, daß das noch immer üblich war. Dann sah sie mit ihren braunen Augen zu mir auf und flüsterte: »Warum haben Sie mich Ruth genannt? Ich heiße nicht Ruth.« Ich schwieg, legte ihr nur die Hand aufs dunkle Haar. Die Kleine schlüpfte davon, und ich sah, daß am Rand des Parks eine Frau auf sie wartete, die sie nun in die Arme schloß. Dann entschwanden die beiden zwischen den sich lichtenden Nebelfetzen. Die Akteure verliefen sich, während die Techniker darangingen, Kabel aufzurollen, Gestelle zusammenzuklappen und ihr hochbeiniges Gerät abzutransportieren. Die SS-Leute stiegen in einen Kombi. Ein Weilchen später kamen zwei in amerikanischer Armeeuniform wieder heraus. Der Regisseur hatte, so erfuhr ich, die Hilfe der hier stationierten US-Truppen für die Arbeiten an seinem Film erbeten, der unter anderem auch zur politischen Bildung der Deutschen beitragen sollte. Er hatte einfach keine Deutschen gefunden, die bereit gewesen wären, brutale SS-Leute zu spielen.

Ich saß wieder auf Pestalozzis Knien. Jetzt brachte Herr Windmeier verschiedene Dokumente herüber. »Wir drehen alles nach historischen Quellen«, sagte er. Das erste Blatt war ein offizielles Schreiben in Sachen der Aktion »Heimat« – der Deportation der letzten Weinburger Juden ins Lager. Der Befehl enthielt Order an Polizeidirektor Kleinrot, neun Polizisten und fünf Hilfspolizisten zur Aufrechterhaltung der Ordnung zu entsenden, sowie Anweisung an das Weinburger Amtsgericht, in der genannten Sache drei Gerichtsbeamte und einen Richter abzuordnen. Letzterer sollte die zu Deportierenden offiziell davon in Kenntnis setzen, daß sie keine deutschen Staatsbürger mehr seien. Das Erscheinen dieses Richters sei unabdingbar, da sonst die juristische Legitimation fehle, ohne die die ganze Aktion nicht durchgeführt werden könne. Ferner solle das städtische Gesundheits- und Hygieneamt drei Reinigungsarbeiter und zwei Putzfrauen schicken. Alle hätten sich um 4.30 Uhr im Pestalozzipark einzufinden. Das Schreiben trug drei Unterschriften: von Zeitlos, Dieters und Schmitt.

Auf einem weiteren Blatt waren die Buchstaben stark verwischt, als habe jemand den Brief in der Hemdentasche vergessen und mit in die Wäsche gegeben. In diesem Schreiben, das den Aufdruck *Dringend* trug, wurde die Weinburger Bahndirektion (mit Abschriften an die Gestapo, Reichsbahndirektion, Verkehrsministerium usw.) angewiesen, einen Viehwagen des Güterzugs B-746 freizugeben, ihn dem Zug L-647 anzukoppeln und Verpflegung für den Transportleiter bereitzustellen, der sich um 11.37 Uhr auf dem Bahnhof Nürnberg-Ost einzufinden habe.

Das letzte Schriftstück, das er mir zeigte, war die Reisekostenrechnung des Bahnbeamten, der den Transport begleitet hatte. Er forderte Kostenvergütung für zwei auswärtige Übernachtungen, vier Wirtshausessen und eine Sonderzulage für Kaffee. Letztere wurde von seinem Vorgesetzten »in Anbetracht des schweren, nervenaufreibenden Auftrags« befürwortet. »Und dieser Mann ist heute stellvertretender Bahnhofsdirektor«, sagte er, ehe er ging.

Der Tag war angebrochen. Züge fuhren ein und aus. Ich hörte sie hinter der roten Wand vorbeifahren. Ein einsamer Filmtechniker mühte sich mit zwei Einzelteilen ab, die nicht auseinandergehen wollten. Fahrräder klingelten, Kirchenglocken läuteten, Passanten plauderten auf dem Weg zur Arbeit. Ich stand auf und ging zum Hotel. An der Ampel war der Verkehr nun lebhafter geworden, so daß sie ihren Zweck erfüllte, statt ihr Licht, wie in der Nacht, auf Hoteltapeten zu verschwenden.

»Der Herr reist schon ab?« Sofort wurde der Hotelboy gerufen, um mir den Koffer an den Bahnhof zu tragen. »Die Leute fahren und fahren. Jetzt läuft ein neuer Kongreß an und in einer Woche noch einer. Die Menschen sind Brüder und Kongreßfritzen geworden.« Wir überquerten den Platz, der Junge und ich. »In zwei Wochen beginnt der Kongreß katholischer Frauenverbände«, sagte der engbehoste Boy mit breitem Grinsen. Wir passierten die Ehrenbanner für die Rollschuhläufer und die Imker. Dann stellte der junge Mann meinen Koffer vor dem Gepäckschalter ab, und ich gab ihm ein Trinkgeld. Gleich darauf kaufte er sich am Bücherstand den Band *Das Wesen des Existentialismus*. Ich hob die Hand zum Abschied, und er winkte mit dem Taschenbuch zurück. Ich hievte meinen Koffer auf den Blechtresen der *Gepäckaufgabe – 24 Stunden Dienst*. Die Schicht hatte gewechselt; der neue Beamte kannte mich nicht. Meine ganze Habe verwandelte sich in einen kleinen Zettel mit Nummer. Der Zettel war mein Besitz, mein Ersatz, meine Freiheit. Ich freute mich über meine wiedergewonnene Beweglichkeit, sah Menschen die jetzt sonnendurchflutete Halle füllen. Reisende gingen in blanke Tunnels und kamen durch Flügeltüren. Ein Mann auf einer hohen Leiter reparierte die Riesenuhr am Ende der Halle. Ich fragte nach dem Büro des stellvertretenden Bahnhofsdirektors und wurde auf die breite Treppe links verwiesen, über die ich an eine Tür mit der Aufschrift *Zutritt nur übers Sekretariat* gelangte. Ich ging also zum Sekretariat. Eine junge Beamtin mit schwarzen Manschetten bis zu den Ellbogen fragte mich nach meinen Wünschen. »Ist Herr Weberlein zu sprechen?« fragte ich. »In welcher Angelegenheit?« Ich wußte nicht, was ich antworten sollte, und sagte dann, ich sei von der Filmgesellschaft. Sofort leuchtete ihr Gesicht auf. »Einen Moment bitte«, sagte sie und verschwand im Nebenzimmer. Einen Augenblick später kehrte sie zurück und sagte: »Bitte schön, treten Sie ein.« Ich ging hinein.

»Nehmen Sie bitte Platz. Zigarette? Zigarre?«

»Danke, nein.«

»Verzeihen Sie die Unaufmerksamkeit meiner Vorzimmerdame. Sie ist nur eine Vertretung. Die eigentliche Sekretärin ist im Urlaub. Die ist hübsch und gescheit wie die Sekretärinnen bei Ihnen in Amerika.« Ich hatte meinem Deutsch durch Verschieben des Kinns einen amerikanischen Beiklang verliehen. Der stellvertretende Bahnhofsdirektor erzählte mir noch weiter von seiner ersten Sekretärin, die jetzt trägerlose BH's trage. Da ich nicht reagierte, wurde sein gutgelauntes Gesicht besorgt. Ich sagte ihm unumwunden, daß ich gekommen sei, um Einzelheiten über die letzte Deportation zu erfahren. Als er erbleichte, fuhr ich fort: »Es fehlen uns authentische Zeugnisse, ohne die wir die Szene kaum drehen können. Ich habe gehört, Sie waren bei der letzten Aktion dabei.« Sofort erwiderte er, er habe nur im Dienst der Reichsbahn gestanden und es sei ihm völlig egal gewesen – pardon – er habe gar nicht gewußt, was die Züge eigentlich transportierten. Die Tür ging auf, die zweite Sekretärin steckte den Kopf herein und fragte: »Ja?« »Ich habe nicht gerufen.« »Aber es hat geklingelt.« Gleich stimmte Herr Weberlein das passende Kinderlied an: »Es läutet das Glöcklein, bim, bam, bum.« Er lachte. Dann bekam er sich wieder in den Griff: »Was trinken Sie, Kaffee oder Tee?« »Kaffee oder Tee«, antwortete ich. Die Sekretärin wurde ärgerlich: »Entscheiden Sie sich, meine Herren, Tee oder Kaffee!« Nun stand mein Gastgeber auf und zog einen Vorhang beiseite, der sich über eine ganze Wand erstreckte. »Sehen Sie, das ist eine Karte des Hauptbahnhofs mit allen Nebenbahnhöfen und Kreuzungen. Obwohl die Stadt Weinburg nicht gerade zu den größten zählt, ist sie doch – eisenbahntechnisch gesprochen, was Lokomotiven, Schienenstränge und internationale Verbindungen betrifft – ein wichtiger Knotenpunkt. Viele Linien gabeln und überschneiden sich hier, so daß der Nichteingeweihte gar nicht wissen kann, was hier woher und wohin ein- und ausfährt.«

Dann öffnete er ein großes Fenster, von dem wir auf das Gewirr der Schienen und Züge blickten. Mit einem Schlag erwachte in mir all mein kindliches Sehnen, Bahndirektor zu sein, mich mit dem System der Bremsen und Schranken, den Leucht- und Flügelsignalen, Griffen und Weichen, Drähten und Hebeln auszukennen, auf Knopfdruck Weichen zu stellen, damit die Züge sanft, aber entschieden von einem Schienenstrang auf einen anderen gleiten konnten. Auch den Kontrollraum nebenan bekam ich zu sehen: große Tafeln, auf denen Lichter aufblitzten und verloschen wie die Urim und Tummim auf dem Brustschild des Hohenpriesters. Ich hörte Geschirrgeklapper. Die Sekretärin brachte ein Tablett mit vier Tassen, zwei mit Tee und zwei mit Kaffee. Lautsprecher sagten unten eingelaufene, noch zu erwartende und verspätete Züge an. Auf einem Bahnsteig stand zu beiden Seiten ein Zug. Die Reisenden hinter den Fenstern blickten sich in der Gewißheit an, einander nie wiederzusehen. Dann setzten die zwei Züge sich gleichzeitig in entgegengesetzte Richtungen in Bewegung. Mit sanftem Rucken an den Kupplungen und langsam gleitend, wie nach einer Verbindung in Liebe, lösten sie sich voneinander. Wir saßen beim Tee oder Kaffee, und ich fragte ihn weiter, ob bei der Deportation auch Soldaten und Polizisten dabeigewesen seien oder nur SS-Leute. Die Tasse zitterte ihm in der Hand, so daß er ein wenig verschüttete: »Was soll das Spiel? Sie sind nicht wegen des Films gekommen, sondern um mich zu verhören. Vor ein paar Wochen war schon diese blonde Schauspielerin hier, die die Ehefrau des SS-Kommandanten spielt, und hat mich ausgefragt. Ich habe Ihnen doch gesagt, daß ich nur ein kleiner Bahnbeamter gewesen bin.« Mit diesen Worten sackte er ohnmächtig in seinen Polstersessel. Sofort erschien die Sekretärin mit einem Gerät, das an einen Feuerlöscher oder eine Klistierspritze erinnerte, besprühte ihn daraus mit einem würzig scharfen Mittel und sagte: »Das passiert ihm manchmal. Von der ersten Sekretärin habe ich die Anweisung, dann dieses Gerät einzusetzen.« Als das Spray nicht wirkte, öffnete sie ihm hastig ein paar Knöpfe und begann, ihn am Bauch zu kitzeln. Der Direktor kam zu sich, und sie kehrte in ihr Zimmer zurück, aus dem sogleich wieder Schreibmaschinengeklapper zu hören war. »Sie will mich täuschen. In Wirklichkeit tippt sie gar nicht, sondern horcht nur und spioniert hinter mir her«, sagte er. »Unsinn«, erwiderte ich, aber er beruhigte sich nicht. Ich zog das Photo heraus, auf dem einige Deportierte die Waggonstufen hochgetrieben wurden, während ein paar Bahnhofsbedienstete etwas abseits standen, so wie auf Kreuzigungsszenen oft Menschen und Tiere teilnahmslos an der Seite stehen. Schweiß trat ihm auf die Stirn. Mir hüpfte das Herz. Da klappte der Schuft doch wahrlich vor meinen Augen zusammen! Wie der böse König in *Hamlet*. Ich ärgerte mich über mich selbst, daß mir immer nur literarische Assoziationen kamen, und lachte. Herr Weberlein sah aus, als werde er gleich wieder in Ohnmacht fallen.

Ich nahm das Löschgerät zur Hand, aber er winkte ab und sagte: »Nicht nötig. Und was das Photo betrifft, mich werden Sie unter den Bahnbeamten nicht finden, denn ich war auf der Toilette, als der Photograph knipste. Und mein Bruder ist auch in Rußland im Schnee umgekommen. Glauben Sie nicht, bei uns war alles schön und gut.«

Auch der Bruder meiner Mutter ist im verschneiten Gebirge ums Leben gekommen. Im Ersten Weltkrieg war das, und sein Name steht im Buch der Kriegstoten, das der Jüdische Frontkämpferbund herausgebracht hat, mit einem Vorwort des Feldmarschalls von Hindenburg. Im Zimmer meiner Mutter, neben dem Fenster mit dem ewig schwankenden Eukalyptusbaum, hängt ein Bild des toten Onkels in einem ovalen Rahmen. Es hieß immer, ich sähe ihm ähnlich. Von Zeit zu Zeit, wenn meine Mutter die Wand neu streichen läßt, nehmen wir das Bild des Onkels ab und blicken in seine dunklen Augen.

Mein Gastgeber begann von neuem: »Unser Herr Jesus hat uns schon gerichtet. Ganz Weinburg war ein Venedig mit Feuerströmen, Feuerbächen.« Er bekreuzigte sich und atmete schwer. Die Sekretärin steckte den Kopf in die Tür, aber es passierte nichts. »Das ist bloß wegen meiner Haare«, sagte er. »Sie sprießen mir in der Nase, über den Augen, in den Ohren, erwürgen mich regelrecht. Ich werde ihrem Wachstum nicht Herr. Rücken, Bauch und Beine bedecken sich rapide mit Haaren, und alles verfilzt so, daß ich noch bei lebendigem Leib ersticken werde. Ganze Häuserreihen sind an jenem Tag der Vergeltung im Flammenmeer versunken. Stattliche Gebäude gingen wie Ochsen im Schlachthaus in die Knie. Gottes Mühlen mahlen langsam und stetig. Wir sind Mehl, feines Mehl, in Gottes Mühlen trefflich kleingemahlen, wie das Sprichwort sagt. Und jetzt hat man Kuchen, Brötchen und Brote aus uns gebacken. Mehl, Mehl, Mehl aus Gottes Mühlen. Ihr in New York habt Wolkenkratzer, und wir haben Abgrundkratzer. Ich hätte Pfarrer werden können. Ich habe damals eine Reisekostenrechnung vorgelegt. Ich war im Hotel und habe auswärts gegessen, weil sie die leeren Wagen aufgehalten haben, um gebrannte Ziegel von dort zurückzutransportieren. Sie haben mich ausgelacht. ›Du armseliger kleiner Beamter‹, haben sie gesagt. Aber ich habe auf meinem Recht bestanden und alles bis auf den letzten Pfennig ersetzt bekommen. Ein paar Wochen, nachdem ich von dort zurück war, wurde die Stadt zerstört, und die Wagen, in denen die Ärmsten deportiert worden waren, sausten von der Druckwelle der Detonationen bis nach Schweinfeld. Als dann eure Amerikaner kamen, habe ich am Wiederaufbau des Bahnnetzes mitgearbeitet.«

Ich fragte ihn, ob er sich an ein kleines jüdisches Mädchen mit einem künstlichen Bein erinnere. Nein, das nicht, er erinnere sich nur, ein großes Mädchen mit nur einem Bein, das an Krücken ging, gesehen zu haben. Ich hatte vergessen, daß Ruth damals schon groß gewesen war. Man mußte ihr die Prothese wohl noch vor der Deportation weggenommen haben. Nach Herrn Rosenbaums Worten sammelten sie künstliche Gliedmaßen auf einem großen Haufen und brachten sie nach Deutschland zurück. Dabei fiel mir wieder ein, daß ich mich nach seinem Grundstück erkundigen mußte. Aber vorher würde ich das künstliche Bein suchen, denn dieser behaarte Esau, der an seinen Haaren erstickte, hatte ja gesagt, das Mädchen habe nur ein Bein gehabt.

In der Haupthalle klappten die Arbeiter, die die Uhr repariert hatten, ihre Riesenleiter zusammen. An dem Bücherstand lag ein neuer Band anstelle des von dem Hotelboy gekauften aus: *Die im Finstern wandeln*. Die ganze Halle war aus leichtem Material erbaut, die Wände leuchteten in ansprechenden Pastelltönen. Die Lautsprecher tönten ruhig und verständlich. Auch wer eine weite Reise antritt, wird hier ruhig. Bei uns zu Hause bereitet man selbst dem, der beispielsweise von Jerusalem nach Rechovot fährt, einen Riesenabschied, denn es gibt keine Sicherheit. Man trennt sich vor der öffentlichen Toilette auf dem großen, häßlichen Platz des Busbahnhofs in Jerusalem. Die Sonne schält die Menschen mit grausamen Fingern. Dornen und Disteln sprießen aus dunklen Motorölflecken. Die Schreie der Händler verheißen Böses. Auf meinem Rückweg nach Jerusalem würde ich verbrannte Wälder passieren. Man hatte Bäume zum Gedenken an unsere verbrannten Brüder gepflanzt, doch in diesem furchtbaren Sommer kam der heiße Wüstenwind und verbrannte die Bäume, die zum Gedenken an die Verbrannten gewachsen waren. Alles war nun verbrannt, Menschen und Tiere und die Bäume zu ihrem Gedächtnis.

Ich summte im Innern: Meine Liebe, meine Geliebte, wir fahren. Ich sage gerne den Namen einer Geliebten und sage dazu »wir fahren, wir fahren«. Ein kleiner Junge kam zu mir, zupfte mich am Ärmel und rief »Papa«. Einige Erwachsene traten hinzu und sagten lachend: »Das ist nicht Papa, das ist ein Onkel!«

Ich würde ins Altersheim gehen, mit Henriette sprechen, Ruths Bein suchen, Rosenbaums Grundstücksangelegenheit regeln, mit allen Straßenbahnen fahren, wie es mir mein indischer Freund geraten hatte, zum Fluß hinuntergehen und Leonore beim Training zugucken – Leonore das Findelkind, die Tänzerin und Schauspielerin aus dem Kibbuz, das Photomodell mit den leicht bebenden Nasenflügeln. Ich ging zu einer Straßenbahnhaltestelle und wartete. Eine Bahn hielt, und ich setzte mich auf eine glattgewetzte Holzbank im Innern. Weitere Fahrgäste stiegen zu, und der Schaffner sagte: »Bitte aufrücken!« Im stillen erwiderte ich ihm: »Als Sie Ruth und ihren Bruder in den Waggon trieben, haben Sie sicher geschrien: ›Mal ein bißchen ruckzuck, ihr stinkenden Juden!‹« Die Klingel ertönte, und leicht bebend wie ein Ruderboot im Wasser fuhr die Bahn an. Ein junger Mann stand neben mir, ein Transistorradio umgehängt, das im Fahrtrhythmus vor meiner Nase pendelte. Hätte die kleine Ruth ein solches Radio gehabt, hätte sie es vielleicht in ihre Beinprothese stecken können. Was hätte sie gehört? Hitlers Stimme und vielleicht die Stimme meines Herzens. Kranke Gedanken waren das. Die Straßenbahn glitt mit hohlem Gurgeln sanft schwankend wie über Wogen dahin. Dann hielt sie abrupt. Die Leute murrten: »Hier ist keine Haltestelle!« Ich sah gegenüber das St.-K.-Krankenhaus, in dessen Kellern ein weltberühmter Wein lagert. Jemand stieß ärgerlich hervor: »Wegen dem Film. Alles wegen dem Film. Sollen sie doch endlich weggehen!« Ein anderer Mann sprach demgegenüber von dem wirtschaftlichen Vorteil solcher Filme. Ein dritter bemerkte: »Wirtschaftswunder« und blinzelte mir dabei zu. Die Bahn ruckte wieder an und fuhr jetzt durch die Königs- und eine andere Straße, die nach irgendeinem Prinzen benannt war. Neben einer Ruine stand eine glitzernde neue Bankfiliale. Dann passierten wir das Trümmergrundstück, in dem das Café liegt, wo ich am Vorabend war. Tatsächlich waren die Schienen über Nacht repariert worden, so daß wir sie heil passierten.

Plötzlich schoß mir ein Gedanke durch den Kopf: Als die kleine Ruth in dem Viehwagen stand, hatte sie vielleicht mit geschlossenen Lippen vor sich hin gesummt. Ja, sie mußte wohl gesummt haben. Die Straßenbahn erreichte die Augustinerstraße. Die ist fröhlich und traurig zugleich wegen des Lieds »O du lieber Augustin, alles ist hin«. Womöglich hatte Ruth dieses Lied gesummt. An der Haltestelle stieg ich aus. Das Wetter war umgeschlagen. Es hatte zu regnen begonnen. Ich suchte Schutz in einer Nische eines alten Hauses. Menschen hasteten an mir vorbei, doch niemand blieb bei mir stehen. Eine weitere Straßenbahn, die wegen des Nieselregens Licht eingeschaltet hatte, fuhr vorüber. Aus der Nischenwand sprossen Grashalme. Vielleicht hatte hier einmal eine Statue des heiligen K. gestanden.

In diesem Haus bin ich geboren. Jetzt war nur noch eine grasbewachsene Mauer davon übrig, hinter der schon ein modernes Haus aufstrebte. Die Mauernische, in der ich mich verbarg, ging auf den Hinterhof. Ich war zu Hause, nicht im Krankenhaus zur Welt gekommen, hatte meiner Mutter fast den Leib zerrissen. Wie das wilde Bauen war ich gewesen. Schon damals war das Haus alt. Wegen der Wohnungsnot in der Inflationszeit nach dem Krieg lebten meine Eltern mit Henriette und ihrer alten Tante zusammen. Die Tante trug eine braune Perücke, die größer als ihr Kopf und ihr runzliges Gesicht wirkte. Jede Runzel war ein Lächeln, ein Kreuz und Quer von lächelnden Fältchen, über die das Licht wie auf Schienen glitt. Und all die Runzeln führten am Ende zu ihrem Herzen. Viel Vergnügen haben mir die beiden alten Frauen in ihrer kleinen Wohnung und ihrer großen Einsamkeit bereitet.

»O du lieber Augustin, alles ist hin.« Ich erinnerte mich nicht mehr an das Haus, nur an die Häßlichkeit seiner engen dunklen Korridore. Heute baut man die Hausgänge schöner als die Zimmer – ein Zeichen unseres Lebens, in dem fast alles Vorraum ist und es keine kommende Welt mehr gibt. Auch die Gerüche des Lebensmittelgeschäfts von Henriette und ihrer Tante waren mir noch gut in Erinnerung, der Duft nach Zucker und Zimt, Einwickelpapier, neuen Säcken und Holzkisten. Und über allem – der Geruch nach Seife. Einige Jahre später waren wir in eine neuere Gegend umgezogen und die beiden Frauen hatten sich eine Wohnung in einem alten Viertel am Fluß gemietet. Nicht weit von hier mußte auch Muschlers Bäckerei und Konditorei sein, in die man mich zum Brötchenholen geschickt hatte. Es wollte nicht aufhören zu regnen. Da war ich gekommen, Rache zu nehmen, versteckte mich aber sogar vor dem Regen und dachte an den Duft frischer Brötchen. Ich hörte eilige Schritte auf dem regennassem Asphalt. Mir genügte das Schrittgeräusch, die Menschen brauchte ich nicht zu sehen. Wer kann Wirklichkeit ertragen? hat Rilke gefragt. Ein paar Schritte nur und ich stand vor der Bäckerei Muschler. Das kleine Haus stand noch. Flankiert von neuen Häusern, die in ruhigen Farben gestrichen waren, noch ruhiger als der gemächlich fallende Regen.

Als ich die Tür öffnete, klingelte es, aber es hob sich kein Kopf, und es kam auch kein Kellner auf mich zu. Auf den einfachen Tischen lagen schwarzweißkarierte Decken. Ich setzte mich an einen solchen Tisch, neigte den Kopf und spielte mit meinen Gedanken und Erinnerungen Schach, jene Partie, die in meiner frühesten Kindheit begann und mit meinem Tod enden wird. Meine Gedanken spielten gegen meine Erinnerungen, Liebe gegen Taten, Wandel gegen Bewahrung. Einige Gäste saßen da und blätterten in Illustrierten. Es herrschte völlige Stille, die nur durch das Rascheln der blanken Seiten gestört wurde. Neben mir saß ein Straßenbahnkontrolleur in Dienstuniform. Auf den Ellbogen hatte er Lederflecken. Die Dienstmütze baumelte an einer alten Garderobe aus Hirschgeweihen, an denen drei Regenmäntel hingen, einer noch vor Feuchtigkeit glänzend. Aus der Backstube kam ein junges Mädchen und mit ihm Brötchen- und Kuchenduft, so daß das Schachspiel in meinem Herzen von neuem begann. Sie stammte vom Dorf, hatte den Zopf zu einem Kranz um den Kopf gelegt. Ich bestellte Kaffee und den Kuchen meiner Kindheit, hörte mich selbst mit der Stimme meines Vaters sprechen. Das Mädchen trat an das Fenster zur Hofseite und sagte zu sich selbst: »Jetzt hat es aufgehört zu regnen. Den ganzen Sommer Regen.« Auch ich sah den Hinterhof mit dem Schild *Schmitt – Kaminfegermeister*. In diesen Gegenden der Welt sieht man noch Schornsteinfeger in schwarzen Hochzeitsanzügen und Diplomatenzylindern. Es heißt, sie brächten Glück. Aber sie verschwinden so nach und nach und das Glück mit ihnen.

Der Kaffee war heiß, das Porzellangeschirr hatte das Zwiebelmuster: blaue Ranken auf weißem Grund. Da der Kuchen meiner Kindheit mir unter der Gabel zerbrach, nahm ich die Finger meiner Kindheit. Man hörte ein Husten hinter der Garderobe. Eine Frau stand auf, nahm ihren Mantel und ging in die Kirche. Jetzt sah ich den Hustenden selbst. Eine furchtbare Narbe zog sich über sein ganzes Gesicht. Ein Auge war aus Glas. Vor das andere hielt er ein Vergrößerungsglas zum Lesen. Er sah aus wie ein Wissenschaftler, für den seine gesamte Umgebung großen gemästeten Bakterien ähnelte. »Sie kommen von weit her«, sagte er mir in seinem Schweigen. »Schalom, Friede den Fernen und den Nahen«, erwiderte ich ihm in meiner Stummheit. Er verstand mich nicht, sondern machte sich wieder daran, seine Illustriertenseite mit wissenschaftlicher Akribie zu prüfen. Ich nahm ebenfalls eine Illustrierte, die wie eine Fahne an eine Stange gespannt war, besah mir die Bilder, um meine Gedanken zu stoppen, Isolationsabstände von einer Erinnerung zur anderen einzuschieben. Ich versank in Photos: stand von einer Party auf Deck eines Vergnügungsdampfers auf und fiel in ein Eisenbahnunglück, rappelte mich aus den Wagentrümmern hoch und landete neben einer jungen Frau, die ein neues Badeanzugmodell vorführte.

Eine Frau betrat hinkend das Lokal. In diesem Café saßen nur Invaliden. Die Bedienung kam und ging in ihrem eigenen

Rhythmus, ohne sich um die Klingel zu kümmern, die beim Öffnen der Türe anschlug. Als sie wieder einmal aus der Backstube herausgekommen war, erzählte sie mir, nur die Alten seien hiergeblieben. Die jungen Muschlers hätten schon das Weite gesucht. Der eine führe ein elegantes Café in der Kaiserstraße, der zweite sei Direktor einer bedeutenden Bank, der dritte leite die Kantinenbetriebe der amerikanischen Armee, und die Tochter habe ein modernes Studentencafé unter den Trümmern am Vierzentaurenplatz eröffnet. Ich dachte, ich werde Rosenbaum bei meiner Rückkehr mitteilen: »Ich bin in Ihrem Haus gewesen, habe unter Ihren Trümmern gesessen. All Ihre Zimmer haben über mir gelegen.« Der Mann mit dem Glasauge rührte in seiner Tasse. Der Zucker war längst aufgelöst, aber er rührte immer noch. Ein Einarmiger kam herein und stellte seinen Schirm in den Ständer. Der Mann mit der Narbe trank nun unter furchtbarem Schluchzen seinen Kaffee. Auch mein Herz schluchzte, daß ich hierher gekommen war. All diese Invaliden machten mir klar, daß ein Teil meiner Rache schon von anderen geübt worden war. »Durch einen Mord bist du Erbe geworden?« Dieser Bibelvers erstickte all meine Taten. Wie Krebsgeschwüre tauchten Verse auf und zerstörten die Zellen meiner Tatkraft. Und all das unter dem Einfluß der Schriftsteller Mendele und Brendele und Sindele. Und wenn ich nun aufstände und dem Mann mit der Narbe ins Ohr flüsterte: »Warum haben Sie getan, was Sie getan haben?« Dann würde er gewiß antworten: »Ich habe nicht getan, was ich getan habe.«

Ich stand auf und zahlte, die Krümel des Kuchens meiner Kindheit noch auf den Lippen. Die Türglocke läutete, als ich hinausging. Alles klingelt und bimmelt: Geld, Kirchen, Straßenbahnen und Türen der Kindheit. Ich konnte die ganze Augustinerstraße entlangsehen. Eine Wolke stand dort wie ein grüßender Mensch. Sie würde gewiß keinen Regen mehr bringen. In einer Seitengasse zogen Leute um. Möbel standen auf dem nassen Gehweg. Ich sah mich in einem Schrankspiegel: ein Auge hellwach, das andere ein wenig gleichgültig und der Mund noch von den süßen Kuchenkrümeln übersät. Ich ging zum Postamt. Menschen klebten Briefmarken auf – einige nahmen die Zunge, andere feuchteten einen Finger an. Wie Gideon würde ich mir mein Heer unter ihnen auswählen – wer die Briefmarken wie ein Hund mit der Zunge anfeuchtete und wer mit dem Finger. Ist jemand da, der zu mir hält? Ich fragte, ob ein postlagernder Brief für mich angekommen sei. Diesmal benutzte ich so etwas wie einen französischen Akzent, worauf der Beamte mir auf französisch antwortete und ich nichts verstand, aber zustimmend nickte. Die Halle des Postamts war licht und modern. Ich lehnte mich an einen Briefkasten und schmiegte das Ohr an den Schlitz. Mir schien, als hörte ich Wasser rauschen wie in einer Muschel. Plötzlich überkam mich eine unerträgliche, fast verliebte Sanftheit wegen dieses Ortes, an dem Verbindungen zusammen- und auseinanderliefen, Menschen miteinander Kontakt aufnahmen. Ich dachte an die Briefe der kleinen Ruth, die sie in ihrer sauberen, gestochenen Handschrift zu schreiben pflegte, bis sie einmal schrieb: »Wenn du nicht mit mir korrespondieren möchtest, hören wir auf.« Immer drängte sie auf eine endgültige Entscheidung, und dabei war sie doch noch ein Kind, und ich war ein Junge, der tagsüber auf Jerusalems Straßen spielte, während nachts die sommerlichen Sterne meinen Schlaf durchlöcherten.

Ich schrieb meiner Frau eine Karte. Ich sei wohlauf und äußerlich ruhig, aber mein Herz schreie. Zum Schluß würde sich die Rache mit Zähnen und Klauen und wie mit lauter kleinen Messern gegen mich selbst richten. Weinburgs Gassen sind schmal. In vielen Höfen stehen Fässer, denn es ist eine Weinstadt, ganz und gar unterhöhlt von Kellern, in denen Wein lagert. Ich kam von hinten auf den rötlichen Sandsteinbau des Doms zu, dessen frühgotischer Stil grauenerregend ist. Bei der Bombardierung war er zerstört, danach aber kunstvoll restauriert worden. So wirkte er neu in altem Stil, und die Tauben hatten ihn noch nicht verdreckt. In allen Kirchengemäuern gibt es zahllose Tauben – wie Engel. Nur bekleckern Engel die Gotteshäuser nicht. In Synagogen gibt es keine Tauben, weil die Bauten keine Nischen und Figuren haben, aber sie wimmeln von Fliegen. Der Dom wirkte fast wie eine Filmkulisse. Vielleicht hatte man ganz Weinburg für diesen Film über die Deportation seiner letzten Juden wieder aufgebaut und restauriert. In der Ferne sah ich die große Residenz mit ihrem schönen Vorplatz. Ich wäre gern überall gleichzeitig gewesen.

Ich sah eine Gruppe junger Leute in einem alten Tor verschwinden und ging ihnen nach. Sie trugen Sommerkleidung, und das Haar der Mädchen wehte im Wind. Ich betrog mich selbst, empfand Erleichterung wie nach getaner Rache. Am Torpfosten war ein Kupferschild angebracht: »Hier strauchelte der Ritter von Tuchtolz.« Ich erinnerte mich an diesen Ritter und die Umstände seines Todes. In der Schulzeit haben wir Rundgänge gemacht, um die Stadt kennenzulernen. Ich passierte das Tor und ging eine Gasse entlang bis zu einem Haus, an dem geschrieben stand: »Hier traf den Ritter von Tuchtolz der zweite Pfeil.« In allen Gassen der Weinburger Altstadt gibt es Tafeln, die vom Befinden jenes Ritters berichten. Wenn ich diese Gassen nicht wie der Ritter auf seinem letzten Weg, sondern umgekehrt entlangging, würde ich doch die Geschichte umkehren, ich würde mit seinem Tod beginnen und mit dem Augenblick aufhören, in dem er erstmals sein Schwert im Bauernaufstand erhob. Meine Rache würde damit enden, daß ich sie rückwärts durchlief, bis mich die Eisenbahn verschluckte und ich zu meinem früheren Leben in Jerusalem zurückkehrte, dessen Steine mir auf dem Herzen lasten. Manche sagen, die Steine Jerusalems heilten, wie Watte, die einen Blutstrom zum Stillstand bringt. Vielleicht stoppen sie das Blut, aber danach drücken sie weiter, werden immer schwerer, bis sogar ein Mensch wie ich zu Taten gedrängt wird.

Der Ritter von Tuchtolz ritt und ritt. Die kleine Ruth, die eine fleißige Schülerin war, kannte seine Geschichte in allen Einzelheiten: wie er an der Spitze der aufständischen Bauern gestanden hatte, die Heugabeln, Dreschflegel, Sensen und Sicheln schwangen, während er selbst ein großes Schwert führte, das man mit beiden Händen umfassen mußte. Und daß er ganz und gar Gutherzigkeit und ganz von Eisen bedeckt war. Sogar sein Hodensack saß in einem schützenden Kettenbeutel aus feinem Drahtgestrick. Warum hatte er sich an die Spitze der aufständischen Bauern gestellt, die gegen Feudalismus und seinesgleichen rebellierten? Vielleicht lag auch ihm eine persönliche Rache am Herzen. Ich kehrte an das Tor zurück, an dem er strauchelte und vom Pferd stürzte und durch das die jugendlichen Nachkommen der Bauern verschwunden waren. Die Statue des Ritters sah mich an. Daneben stand ein lebendiger Mann in Uniform. Ich fragte ihn nach einer Toilette.

26

Was geschieht in einem leeren Haus? Ein Tropfen sammelt sich am Rand des Wasserhahns und schwillt, bis er fällt. Doch so wenig man die Naturgesetze verfolgt, so wenig achtet man auf die Urteile, die tagtäglich gefällt werden, oder auf Vollstreckungen, die stündlichen Enthauptungen gleichkommen. Das Wasser sammelt und dehnt sich am Hahn, bis der Tropfen dahängt und auf das Fallurteil wartet. Denn die Richter verhandeln eigens und ernsthaft über jeden fallenden Tropfen, ohne den Analogieschluß auf andere Tropfen heranzuziehen, die ebenfalls zum Fallen verdammt sind. Als habe es nie Präzedenzfälle gegeben. Und es gibt keine Berufung gegen die Urteile über fallende Tropfen, ebensowenig wie gegen die über Liebe und deren Zerbrechen. Und immer noch sagen manche, für die menschliche Liebe gälten solche Gesetze nicht, hier sei die Wahl noch wirklich frei. Die Menschen stimmen darin überein, daß man die Gesetze der Liebe aus der Allgemeinheit der bestehenden Gesetze herauslösen müsse. Denn Liebende sind naturgemäß altmodisch. – Das waren Joels Gedanken.

Und auch Pat, die allein in ihrem Zimmer stand, liebte die Idee, einmal der Generation des ausgehenden letzten Jahrhunderts anzugehören. Das bewiesen auch einige ihrer Kleidungsstücke, wie die langärmlige Bluse, deren weiche elfenbeinfarbene Spitzenmanschetten mit zwei Glasknöpfen geschlossen wurden. Diese Bluse war nicht rückenfrei, wie man es derzeit trug, sie bot keinen Einblick in die Achselhöhlen und offenbarte keine Handbreit ihrer kräftigen, sonnengebräunten Schultern, sondern wurde bis in den Nacken mit Glasknöpfchen zugeknöpft. Einen Rock hatte Pat noch nicht angezogen, doch die Bluse reichte ihr bis zu den Hüften und ließ einfache weiße Slipränder hervorblitzen, die ein wenig einschnitten. Die Sonnen aller Meere, an deren Stränden sie gelegen, hatten ihre Beine gebräunt – Pazifik, Atlantik und Mittelmeer. Und wer weiß, an welchen Gestaden ihre Eltern und Vorfahren weilten, an den Küsten Mexikos oder Irlands, Schottlands oder Kaliforniens. Barfuß war sie, so daß sich ihre Schritte wie die eines Kindes oder Tieres anhörten, als sie ins Bad lief, um eine Haarklammer von der Glaskonsole zu holen und ihr ungebärdiges schweres Haar zu bändigen. Sie sah sich im Spiegel. Joel hatte ihr einmal gesagt, ihre Lippen seien so wild wie ihr Haar, aber letzteres vermöge sie zu kämmen, zu ordnen und zu zähmen. Und sie hatte damals geantwortet: »Meine verfluchten Lippen. Siehst du nicht, daß sie zu groß und zittrig sind? Der Mund muß eine gute Verpackung für das Herz sein. Bei meinem Mund sieht man alles, was das Herz sagt. Mein Mund ist der Stellvertreter meines Herzens, wie der Papst Gott auf Erden vertritt.«

Wie verhält sich ein Mann ohne Haus? Er leitet zum Beispiel die Eröffnung eines Archäologenkongresses, hält vielleicht sogar eine kurze Ansprache. Was geschieht mit einem Haus, das allein ist? Laute sickern ein wie Wasser in ein verlassenes Schiff – Kinderstimmen, das Schaltgeräusch eines Autos, Hundebellen und Radioklänge. Sie alle dringen ein und füllen das Haus, obwohl dort niemand sie hört. Und vor lauter Einsamkeit beginnt das Haus Laute von Menschen nachzuahmen, die einmal in ihm gewesen sind. Das Holz des Tisches knarrt, geradeso wie wir es im Physikunterricht in der Schule an dem Versuch mit einer metallenen Kugel gelernt haben, die nach dem Erhitzen nicht mehr wie vorher durch einen Ring paßt. Ein Haus imitiert die Geräusche seiner Bewohner, weil es keine anderen kennt. Das Meer kennt andere Stimmen und die Wüste ebenfalls. Und alles, was im Haus ist – Buch und Flasche, Tasse und Bleistift, Schüssel und Seife –, wird einander gleich, wenn man es nicht benutzt. Ruth, Joels Frau, war zu ihren Eltern und Geschwistern gefahren, wie einst Frauen in ihr Vaterhaus zurückkehrten.

Pat war noch barfuß, hatte aber inzwischen einen Rock übergezogen. Sie schloß den Reißverschluß auf dem Bauch, drehte dann den Rock auf ihren breiten Hüften, damit der Verschluß nach hinten kam. Zuvor hatte sie sich gründlich gebadet, um den Krankenhausgeruch loszuwerden, sie hatte sich das Haar gewaschen und dabei ein bißchen Schaum auf Brauen und Nasenspitze getupft und sich so im Spiegel betrachtet. Sie blickte in ein Clownsgesicht.

Pats Schritte tappten durch die Wohnung. Ihre Füße waren noch naß. In der Badewanne stand noch eine kleine Pfütze. Pat sauste, ein paar Haarnadeln zwischen die Zähne geklemmt, umher. Waren die Blumen an Ort und Stelle? Die Schallplatten? Die Gardine war frisch gewaschen und gestärkt, das Bett neu bezogen. Mit ihren bloßen Füßen kickte sie die Sandalen unter die Couch.

Durchs Fenster sah man die Jerusalemer Berge, und auf einer dieser Anhöhen, im Amphitheater der Universität, ging die Eröffnungsfeier des Archäologenkongresses langsam zu Ende. Joel hatte die Veranstaltung schon verlassen, war unauffällig von der Bühne geklettert und den Ereignissen der Nacht entgegengegangen. Mina saß zwischen ihrem Mann Jizchak und Major Patterson. Es war kurz vor Sonnenuntergang. Jizchak glich einem Kapitän, der ruhig am Bug eines Schiffes wacht. Mina glitt auf dem Schiff ihrer Phantasie dahin, und der Major segelte mit. Nur seine Mütze wies ihn als Soldaten aus. Seine Uniform war übersät mit allerlei bunten Abzeichen, Bändern und zahlreichen Tressen. Ein hellblauer Chiffonschal lag ihm lässig um den Hals.

Von seinem pochenden Herzen getrieben, vertraute Joel weder Autos noch asphaltierten Straßen, sondern wanderte querfeldein über zwei Anhöhen und durch ein Tal auf alten Pfaden, er hüpfte und sprang buchstäblich über Hügel duftender Kräuter. Wie das Hohelied singt, rannte er den kleinen

Marathonlauf seiner untragbar großen Liebe. So passierte er das Kreuzkloster, lief dann nach Rehavia hinauf, vorbei an Dr. Mannheim, der ihn von seiner Bank aus gar nicht erst sah, er war eingeschlafen. Neben ihm saß eine weißgekleidete Schwester, die ihn seit seiner Entlassung aus dem Krankenhaus versorgte. Nachts schlief der alte Mann nicht viel. Sein Wachen zerriß die Nachtglasur über Jerusalem. Joel kehrte um, und die Schwester begrüßte ihn freudig. Joel kam zu ihm zurück, weil er Ruths Vater war. »Ich sehe, Sie sind in Eile. Soll ich ihn aufwecken und ihm sagen, daß Sie da sind?« Joel fürchtete, Dr. Mannheim könnte die pochende Hast in ihm spüren. (Die Sünde, die wir vor dir begangen haben durch den Lauf der Füße zum Bösen.) Sein toter Vater hatte ihm Dr. Mannheim als Botschafter gesandt. Seine Mutter schickte ihm Frauen. Er befürchtete auch, der alte Mann könne sich an seine Tochter Ruth erinnern. Es hieß, man habe sie ihm am Tag des Abtransports, einem Regentag, aus den Armen gerissen. Der Rauch der Toten schwebte in der Weltenhöhe, und Joel setzte seinen Weg zu Pat fort. Er bog in eine normalerweise belebte Straße ein, auf der Motorräder sonst die Welt in Stücke rissen, die die Liebenden dann wieder zusammenfügen mußten. Jetzt war sie jedoch leer und verlassen. Seine Frau Ruth war weggefahren und Pat womöglich auch. Alles flog ihm auf und davon, und er blieb einsam und allein zurück.

Joel fand Pat auf den Eingangsstufen der schon geschlossenen Wäscherei neben ihrem Haus sitzen. Ungeduldig und schwer atmend saß sie auf der Treppe. Sie trug die Spitzenbluse, die sie von ihrer Großmutter bekommen hatte: streng und akkurat an Ärmeln und Hals, aber weich fallend um die Brust. Sie sah Joel die enge Gasse herunterkommen, und die Beine wurden ihr schwach. Sie lachte bei sich und dachte: Was bin ich denn? Ein dummes Schulmädchen? Und bei diesem Gedanken lächelte sie, Joel sah das Lächeln und blieb stehen.

27

Ich betrat den Laden, aber es war niemand drin. Ich hustete, aber keiner kam. So setzte ich mich in dem Dämmerlicht, das trotz des Sommermorgens hier herrschte, auf einen Stuhl. In Regalen und Wandschränken lagen künstliche Gliedmaßen, Arme und Beine, neben Bruchbändern und Krücken aller Art. Ich hörte ein Picken wie von einem Specht in diesem Wald der künstlichen Glieder. Ich fühlte mich beobachtet, ohne zu wissen von wem. Einige der Beine waren gebeugt, als würden sie laufen. Plötzlich ertönte aus der Ferne eine Stimme: »Moment, Moment, ich komme runter.« Ich antwortete schwach: »Ist gut. Ich habe Zeit.« Von weitem hörte ich das gedämpfte Summen einer Maschine. Das Summen brach ab, und statt dessen vernahm ich das Geräusch von Schritten auf der Holzstiege.

Anfangs, als die kleine Ruth gerade aus dem Krankenhaus entlassen war, trug ich ihr auf dem Schulweg die Tasche, aber als sie das neue Bein bekommen hatte, wurde ihr dessen Holz gewissermaßen zum blühenden Baum, der ihr Kraft gab. (Die Schritte auf der Stiege entfernten sich wieder, und das Maschinengesumm begann erneut.) Eines Tages fragte mich Ruth an dem Teich im Hofgarten, wo eine steinerne Nymphe sitzt und ihr Wasser in ein Marmorbecken gießt: »Was, meinst du, wird in Zukunft werden?« Ich erinnere mich, daß ich damals erschrak. Bis heute schrecke ich zurück, wenn ich solche Fragen höre. Wir können wahre Prophezeiungen schwer ertragen, und selbst die Gegenwart ist uns ein unfaßbares Schauerbild.

Ich erwiderte Ruth damals, wie ich es von den Erwachsenen gehört hatte, daß eine Körperbehinderung heutzutage kein Problem mehr darstelle und daß ein Mensch, dem ein Bein fehle, im zwanzigsten Jahrhundert durchaus einen ehrbaren Platz in der Gesellschaft finden könne. Und ich fügte eine Reihe Berufe an, mit denen die beinamputierte kleine Ruth sich würde ernähren können. Ruth hörte mir bei all dem zu, und ihre Stimme war ruhig wie das Wasser, das die

Nymphe am Teich ausgoß: »Natürlich! Kein Problem. Wieso hab' ich dich überhaupt so was gefragt.« Zwölf Jahre war sie damals alt. Wir erhoben uns, ich half ihr bis zu dem schwarzen schmiedeeisernen Tor des Hofgartens, doch ich spürte vage, daß etwas Neues zwischen uns getreten war. Mein Vater begann damals, seine Geschäfte zu liquidieren, seine Knopf-, Garn- und Reißverschlußbestände zu verkaufen, bis der Laden geschlossen wurde. Das Wasser der Nymphe sprudelte sanft murmelnd weiter, und ich ließ alles zurück. Als Jüdin durfte Ruth einige Zeit später den Garten nicht mehr betreten. Ich konnte jetzt wieder dort hingehen, hatte es aber noch nicht getan. Nur die tote Ruth ging überall frei ein und aus.

Jetzt erklangen energischere Schritte als vorher. Ein Mann tauchte zwischen den düsteren Geräten auf. Er hatte langes Haar, wie ein Künstler. Später erfuhr ich, daß er in seiner Freizeit Geigen baute. Er schob seine Brille auf die Nasenwurzel und entschuldigte sich. Der eine Geselle sei in Urlaub, sein Hauptmitarbeiter befinde sich auf einem internationalen Fachkongreß, der Lehrling kenne sich nicht genug aus, und er selbst sei sehr beschäftigt, weil die Wunden des Krieges noch immer zahlreich seien. Ich trug ihm meine Bitte vor: ein künstliches Bein für ein etwa sechzehnjähriges Mädchen. »Wo ist sie denn?« fragte er. Ich sagte, sie werde kommen, sobald die Preisfrage geregelt sei. Er breitete auf dem Tisch einige Prospekte mit Bildern von glücklichen Menschen aus, von denen einer sagte: »Ich bin wie alle anderen«. Als der Meister sah, daß ich nicht begeistert war, bot er mir etwas Billigeres an. Als ich weiterhin schwieg, meinte er, ich sei ein schüchterner, stolzer armer Schlucker, und fragte: »Vielleicht was Gebrauchtes?« Da nickte ich begeistert. Der Mann verschwand. Ich hörte ihn im Lager stöbern. Schwere Gegenstände fielen um. Nach einer Weile tauchte er wieder auf, den Kopf hinter Beinen verborgen, die er in seinen Armen schleppte. Ein Bein lag ihm gebeugt um den Hals wie ein Schäfchen auf dem Nacken des Hirten. Ich half ihm beim Abladen seiner Fracht. Er seufzte leise und sagte: »Das ist Vorkriegsware. Manche Patente gab's damals zwar noch nicht, aber dieses zum Beispiel ist ein stabiles Bein aus gutem

Material. Ich werde ihrem Mädchen eine feine Prothese daraus machen.« Damit legte er mir ein Bein vor, pries das Holz, die Schnallen, Schrauben und Scharniere und stellte fest, daß es 1935 hergestellt worden sei. »Gut, ich nehme es«, sagte ich. »Was heißt, Sie nehmen es?« fragte er verwundert. »Das Mädchen muß zum Anpassen herkommen.« Ich sagte: »Erst möchte ich es ihr zeigen.« Achselzuckend wickelte er mir das Bein in mehrere Zeitungsbögen, auf denen Friedens- und Abrüstungskonferenzberichte standen. Ich fragte ihn, ob bei ihm verzeichnet sei, wem das Bein gehört habe. Sogleich zog er eine Karte aus einem Karteikasten und las vor: »Nummer 22704, Nickel, 2. Wahl. Josef Kalter.« Dieser Junge (armer Josef) war bei dem großen Bombenangriff verletzt worden. Mit achtzehn Jahren hatte er das Bein ausgewechselt. Der Mann wickelte noch je eine Lage Feuilletons und braunes Packpapier darum, verschnürte das Ganze mit Bindfaden und übergab mir, nachdem ich bezahlt hatte, das Bein. Es war leichter als erwartet. Jetzt würde ich in die Karolinengasse gehen, um des Beines Rätsel zu lösen.

Ich fuhr nicht mit der Straßenbahn, sondern ging durch mehrere Gassen bis zum ehemaligen Fischmarkt. Ein junger Bursche auf einem Motorrad lachte, als ich vorbeiging. Ich schwenkte drohend das Bein, und er suchte knatternd das Weite. Vor einer Boutique rief eine Frau: »Da kommt ja das Bein!« Ich erklärte ihr, sie müsse sich geirrt haben. Sie hielt es für die georderte Schaufensterdekoration. Der Trend ging dahin, keine kompletten Puppen, sondern nur mehr einzelne Teile auszustellen: einen Arm, der eine elegante Tasche hält, ein Bein mit Seidenstrumpf oder eine behandschuhte Hand. Ich fragte nach der Karolinengasse, und man schickte mich über den Fischmarkt zurück. Ich erinnere mich noch, wie Herr Messner, der Fischhändler, die Fische mit einem Holzhammer tötete, der so ähnlich war wie der, mit dem man Zeltheringe in den Wüstenboden treibt. Die toten Fische wickelte er dann in Zeitungspapier, genau wie Ruths Bein, das ich unter dem Arm trug. Ich ging eine Gasse hinunter und sah plötzlich den Vierzentaurenplatz aus einem völlig neuen Blickwinkel. Weil so viele Häuser zerstört waren, verkürzten sich die Entfernungen in Weinburg. Gelobt sei der gerechte Richter. Der einzig gerechte Richter ist der Richter des Todes. Eine alte Frau, die mich beobachtet hatte, sagte: »Früher hat man den Platz von hier aus nicht gesehen.« Ich erwiderte, man müsse viele Häuser zerstören, um hübsche Ausblicke zu erhalten. Dabei stand ich auf die Prothese gelehnt. Was sollte ich damit anfangen? Aus Gewohnheit nannte ich sie Ruths Bein und schleppte sie wie ein Pilger seine Last. Die alte Frau sagte: »Sie können mit mir gehen. Sicher wollen Sie zu Josef, dem Musiker. Es ist nicht mehr weit bis zum Fluß.«

Die Alte führte mich durch eine Gasse und über einen Hof. Auf dem Hof stand eine Schneiderpuppe, in die Kinder ein Loch gebohrt hatten, aus dem trockenes Seegras stak. Die alte Frau fragte mich, ob ich ein Flüchtling aus dem Osten sei. Eine Katze rieb sich am Zaun. Ein Gipsengelchen lag auf dem Rücken und guckte in den Himmel. Seine Flügel waren abgebrochen, ebenso wie ein Arm, an dessen Stelle ein dicker Eisendraht hervorlugte. Ich hörte Oboenspiel. Die alte Frau sagte: »Das ist Josef! Hören Sie? Sicher sind Sie einer von den Heimkehrern und Flüchtlingen. Die meisten sind schon zurückgekommen, außer den Toten.« Ich sagte ihr, ich sei von den Toten zurückgekehrt und meine Augen hätten den Rauch gesehen. »Der Rauch macht die Augen kaputt«, gab sie zurück, »und nicht nur die Augen. Hier, das ist Josefs Tür.« Ich klopfte mit dem Bein an. Josef öffnete, aber der Flur war so dunkel, daß ich ihn nicht sah. Ich lehnte das Bein an die Garderobe. »Setzen Sie sich, mein Herr. Ich komme sofort«, sagte Josef und schwenkte seine schwarze Oboe mit den silbernen Klappen. Als ich Platz nahm und auf ihn wartete, merkte ich auf einmal, daß das die Wohnung von Henriette und ihrer Tante gewesen war. Ehe ich den Gedanken noch verarbeitet und ausgesponnen hatte, war der verkrüppelte Josef schon zurück. Ich erklärte ihm, daß ich in einer merkwürdigen Angelegenheit gekommen sei. Dabei stand ich auf, holte das Bein und schälte es aus den Zeitungshüllen. Dann legte ich es auf den Tisch, und er legte die Oboe nieder. Ich sagte, ich wolle ihn gern über die Qualität des Beins befragen, das für meine arme Tochter bestimmt sei. Er hob es auf, drehte es in den Händen, legte es wieder ab und fing an zu weinen. Ich wußte, dies war Henriettes Wohnung. Auf dem Flur hatte eine Garderobe mit mehreren Holzhaken und einem großen Spiegel gestanden, der die Inschrift trug: *Mit Gott fang an, mit Gott hör auf! Das ist der beste Lebenslauf.* Blumen und Rankengewächse hingen dort in Wandtöpfen, und darunter stand eine Pflanze, die man bei uns in Israel »Wandernder Jude« nennt, obwohl sie Wurzeln hat. Das kleine Fenster versteckte sich hinter Spitzengardinen, auf denen pausbäckige Engelchen einander umschwirrten. Die Wände neigten sich ein wenig wie aus großer Sehnsucht. Auf einem hochbeinigen Gestell stand eine große kugelförmige Glasvase, in der Goldfische schwammen. Das Zimmer, in dem ich mit Josef, dem Invaliden, saß, war der Salon gewesen. Das Fenster bildete einen kleinen Erker, in dem Henriettes Tante mit ihrem Strickzeug gesessen und mir Geschichten erzählt hatte. Von Zeit zu Zeit kitzelte sie mich mit ihrer langen Stricknadel. Ich mochte es, wenn diese kalte Nadel mir zwischen Haut und Hemd fuhr. Damals begann ich die Welt nach dem Maß des mir bereiteten Vergnügens zu beurteilen. Auf den Regalen und in den dunklen Schränken standen Glaswaren und alte blaue Tongefäße, so rissig wie die Haut einer alten Frau, außerdem matt glänzendes Zinngeschirr. In diesem Haus war das Licht stets gedämpft, herrschte ständige Dämmerstunde, und immer gab es Freude und Vergnügen. Eine traditionelle Schabbatlampe, wie sie in den jüdischen Häusern in Deutschland üblich war, hing von der Decke. Die Lampe bildete einen fünfzackigen Stern und konnte mittels einer Stange beliebig höher oder niedriger gehängt werden. Doch angezündet wurde sie nie.

In dem kleinen Nebenzimmer schliefen die beiden Frauen in zwei Betten, die wie hohe Federberge aufragten. Es war schön, in diesen Kissen und Federdecken herumzurollen und zu toben. In meiner Phantasie verwandelten sie sich in Ungeheuer, Helden und Riesen, die mir den Durchgang verwehrten, so daß ich mit ihnen kämpfen mußte. Die Königstochter wartete dann mit Tränen in den Augen auf den Ausgang des Ringens. Zuerst überwältigten sie mich und warfen mich zu

Boden, bis ich – mit Armen und Beinen zappelnd wie ein verlorener Käfer – unter ihnen lag und röchelte, als sei ich dem Erstickungstod nahe. Doch in einem bestimmten Augenblick raffte ich mich in grauenhafter Verzweiflung auf, drehte und wandt mich, bis ich zuoberst auf die Federbetten zu liegen kam, sie mit Armen und Beinen umklammerte und mit fürchterlichen Griffen, aus denen es kein Entrinnen gab, niederzwang. Schließlich beendete ich die Schlacht mit Faustschlägen auf die zerdrückten Kissen, während mir die Königstochter zulächelte.

In der kleinen Küche standen ein roter Backsteinherd und ein Eimer mit Kohlen. Das Küchenfenster ging auf einen bescheidenen Hof hinaus, auf den niemand außer die Katze der Hauswirtin durfte. Die kleine Ruth hatte ich zu Henriette und ihrer Tante niemals mitgenommen. Trotz aller Liebe zwischen uns wollte ich diesen Ort des Vergnügens für mich allein behalten.

Josef weinte, dann spielte er auf seiner Oboe, dann weinte er wieder. Erst lange nachdem er hinausgegangen war, merkte ich, daß er die Wohnung verlassen hatte. Und plötzlich wurde mir auch klar, daß er gar kein Krüppel war, sondern zwei gesunde Beine hatte.

28

Auch Patricias Wohnung war jetzt verlassen. Auch sie ist inzwischen aufgehoben in einem Traum. Am Hauseingang wirbelten trockene Blätter zusammen, die dann auf einmal ins Treppenhaus stoben. Die Wohnung fing bei der schrillen Türklingel an. Dann kam der quadratische Flur. Jetzt in den Abendstunden füllte sich das ganze Haus plötzlich mit berauschendem Jasminduft. An der Tür stand: *Klein*. Auf dem Flur befand sich ein Schrank, und an dem Schlüssel, der im Schlüsselloch steckte, baumelten zwei Schürhaken aus gehämmertem Kupfer zum Schüren des Feuers in einem brennenden Kamin. In Kleins Wohnung gab es keinen Kamin, sondern Zentralheizung. Immer wenn man den Schrank öffnete, klimperten die Kupferhaken. Allerdings ließ man das besser sein, denn all die gebündelten Zeitungen und Briefe drohten sonst herauszufallen und sich über den engen Flur zu verstreuen. »Diese Nacht habe ich dir versprochen«, hatte Patricia gesagt, und ihre Augen waren feucht vor Trauer und Leidenschaft geworden. Auch ein paar persönliche Sachen von ihr waren in diesem Schrank: einige zerknitterte Kleidungsstücke und eine mit Blumen- und Blätterranken besetzte Gummibademütze. All die in den Schrank gestopften Sachen lehnten aneinander, stützten sich gegenseitig: Kästen und Briefe und ein nach Mottenkugeln riechender Pullover. Alles darin war provisorisch und zufällig, nahe daran, herauszufallen, aufgehoben zu werden oder im Wind davonzuwehen wie der Haufen trockenen Laubs im Eingang.

Auch im Schlafzimmer stand ein großer Schrank. Und auch hier schienen die Dinge so arrangiert, daß man schnell abreisen konnte. Unterwäsche und Pullover in Plastikbeuteln, etwas nachlässig gefaltete Kleidungsstücke und mehrere Hüte, die sie noch nie aufgesetzt hatte. Auch hier zahllose Briefe, die mit bebenden Lippen gelesen worden waren, Briefe, die sie in ihren uralten Händen gehalten hatte, während die Worte gleich Regen in unterirdischen Quellen in ihrer Seele versikkerten. Das Bett war mit einem frischen, kühlen, gestärkten Laken bezogen gewesen. Auf der Fensterbank darüber lag ein Steinbrocken mit der Versteinerung eines sehr alten Blattes – ein Bruder von Pats Händen. Am Ende des Winters sah man vorm Fenster einen violett blühenden Baum, im Sommer einen ansteigenden Felshang. Die Wolken kamen von dort. Wenn sie über Pats Haus hinwegzogen, hielten sie ein wenig inne, wie in Erwartung und Sehnsucht. Auch andere Briefe lagen noch herum, Kleins Brief zum Beispiel, in dem er fragte, ob alles in Ordnung sei und ob sein Freund sich um alles kümmere. Falls nicht, solle sie sich an ihn selber wenden. Der Wind öffnete knarrend eine Tür. Ein Klingeln erschallte an der Haustür, dann ein zweites, und danach hörte man, wie ein Blatt Papier abgerissen und unter der Tür durchgeschoben wurde.

Pats Lieblingsstück war der rötliche amerikanische Teppich. Ihn nahm sie bei allen Umzügen mit. Auf diesem Teppich kam sie zur Ruhe. Neben dem Teppich war die Balkontür. Vom Balkon aus sah man die gegenüberliegende Hauswand, die blind und fensterlos war wie eine Wand, an die man Menschen zur Hinrichtung stellt. Durch diese Tür hörte man auch die Beschwerden und Proteste der Nachbarn, wenn Pat spät nachts noch Musik spielte.

Das war Pats Wohnung, über die Joel eine Vollmacht besaß. Hinter dem Nachbargrundstück lag das Hasmonäergrab. Arbeiter hatten es bei den Ausschachtungsarbeiten für ein neues Haus entdeckt und Oren und Joel benachrichtigt, auf deren Intervention hin die Bauarbeiten eingestellt wurden. Das Grab wurde restauriert. Es bestand aus zwei Räumen wie die Kleinsche Wohnung. (»Ich werde eine Nacht ganz dein sein und dann nicht mehr.«) An den Wänden der Grabkammern fand man bunte Bilder von Vögeln und Fischen. Es hatte damals viel Aufruhr um das Grab gegeben. Die Orthodoxen demonstrierten, und der Bauherr machte überhöhte Entschädigungsforderungen geltend. Heute ist die Stätte eingezäunt mit Stacheldraht, der in Jerusalem immer bereitliegt.

Wenn es dunkel wurde, Pat nicht zu Hause war und die Fenster offenstanden, zeichneten sich, sobald die Laterne neben der Treppe anging, die Schatten des Fenstergitters auf der gegenüberliegenden Wand ab. Der gelbe Schein berührte auch den Kragen von Pats Wintermantel, der immer noch auf seinem Bügel an der Schranktür hing. Das Licht vergoldet alles, was ihm in den Weg kommt. Alles andere bleibt im Dunkel und in Erwartung. Wenn es Winter wurde und Pat diesen weichen, wolligen Mantel anzog – wo würde sie dann sein? Wie viele Zeitalter würden vergehen, bis es Winter wurde? Zum letzten Winter konnten sie nicht gemeinsam zurückkehren, denn damals kannten sie einander noch nicht. Und bis zum nächsten Winter war der Weg noch weit. Wie gut es wäre, auch im Winter zu lieben und nicht nur in dieser einen versprochenen Nacht. Nach dem kühlen Abendwind würde die Nacht in der Hitze der Steine, Felsen und Häuser versinken.

29

Ich sagte mir, es sei an der Zeit, das Holzbein auf dem Bahnhof aufzugeben, und bestieg eine Straßenbahn der Linie 6. *(Die kluge Hausfrau wäscht alle Wäsche mit Persil.)* Neben der Statue des heiligen K. stand eine Blaskapelle und spielte zu Ehren derer, die gerade mit Sonderzügen zu den Meisterschaften eingetroffen waren. Ich blinzelte dem heiligen K. einen Gruß zu, während die Wettkampfteilnehmer vorbeiparadierten. Die Fahnenträger der Teilnehmerländer marschierten an der Spitze. Ich sah auch Leonore am Ende des Zuges, denn dort gingen die Staatenlosen (»Menschen, die nichts zu verlieren haben und zu allem fähig sind«, heißt es im Buch der Richter). Ich winkte ihr mit dem Bein. Sie erkannte mich und warf mir einen flehenden Blick zu, der mir zu sagen schien: Wart auf mich! Warte! Ich wartete, und wir gingen gemeinsam ins Bahnhofsrestaurant. Wir waren die einzigen Gäste, die übrigen waren hinausgegangen, um die Parade der Teilnehmer zu sehen. Sie bat mich, dem Wettkampf beizuwohnen.

»Wenn Sie gewinnen.«

»Kommen Sie, damit ich gewinne.«

»Ich kann nicht wegen des Beins.«

Sie nahm es und zog ihm einen Rollschuhstiefel an. »Ich bin müde.«

»Ich sehe, daß Sie müde sind, das ist nicht gut vor einem Wettkampf. Lächeln Sie, Leonore, seien Sie nicht so ernst.«

Leonore ließ das Bein auf den Rollen hin- und herfahren. Dann fuhr sie auf einmal auf und fing an, mich zu beschimpfen: »Ausgelöscht sei Ihr Name!«

»Was ist denn? Was haben Sie plötzlich?«

»Sie spionieren mir nach. Beschatten mich. Dringen in meine Seele. Sie und dieser Inder, den Sie angeheuert haben.«

»Er schreibt an einer Forschungsarbeit. Lassen Sie ihn, Leonore. Kehren Sie nach Israel zurück.«

»Was soll ich da? Mir geht's hier gut.«

Ich legte meine Hand auf die ihre und schaute ihr in die kalten Augen. Sie schüttelte ihren goldblonden Schopf und sagte leise: »Überwachen Sie mich nicht. Hören Sie?« Ich sah, daß sie eine erwachsene Frau war, über die ich keine Macht besaß, außer vielleicht, wenn ich sie geliebt hätte. Ich betrachtete ihr Haar und ihre etwas geblähten Nasenflügel und wußte, daß sie ihres Lebens Königin und ein furchtbarer Engel war. Als sie weggegangen war, blieb ich allein zwischen den zwei Flaschen sitzen.

Dann ging ich die Königsstraße hinunter und gelangte schließlich zu dem Trümmergrundstück, auf dem das Café lag. Ich betrat den Tunnel. Der kleine Springbrunnen sprudelte, alles war wie am Tag zuvor. Aber der Inder war nicht da. Dabei wollte ich doch über die schwierigen zwischenmenschlichen Beziehungen mit ihm sprechen. Jeder Mensch hat, ähnlich wie ein Land, seine Territorialgewässer, in die man nicht eindringen darf. Dann trifft man sich besser auf dem offenen Meer.

Ich setzte mich an einen Tisch. Und plötzlich fiel mir das Bein wieder ein. Es war gestohlen worden, oder ich hatte es irgendwo vergessen. Ruths Bein. Wo war es nur?

30

»Steh auf, steh auf«, sagte Joel wie in der Bibel. Dann streckte er ihr die Arme entgegen, und sie zog sich an ihnen hoch, lächelnd über die Anstrengung, die keine war. Nun stand sie vor ihm, aber sie war fern und fremd. Joel legte ihr die Hände auf die Schultern, doch Pat entzog sich und flüsterte: »Noch nicht.« Er begriff nicht, sah nur ihre Augen und den dunklen Schimmer darin. Sie strich sich den engen Rock glatt und fragte: »Gefällt dir meine neue Aufmachung?« Joel betrachtete ihre Spitzenbluse, berührte mit den Fingern die Glasknöpfe auf dem Rücken, blickte in ihr großflächiges Gesicht, in dem sein ganzes Leben lag, mit all den Weiten, die sich ihm in diesen Tagen aufgetan hatten. Sie trug das Haar hochgesteckt; mit ihrer alten Hand rückte sie die Spange zurecht. Ihre Haut war braungebrannt, und ihre vollen Lippen bewegten sich wie in ständigem Gebet oder dauerndem Rausch. Er nahm ihre Hand, und sie gingen zusammen. »Meinst du nicht, daß die Bluse etwas altmodisch ist?« fragte sie. »Ich bin selber ein bißchen von damals und von dort, nicht von hier.«

Als sie die Straße hinuntergingen und an einem Olivenhain vorbeikamen, sagte sie: »Ich bin dein.« Sie sagte es ruhig, als stelle sie eine Tatsache fest, und fügte hinzu: »Ich liebe dich«, in demselben Tonfall, als verkünde sie eine ärztliche Diagnose. Ihre übrigen Worte trug der Wind davon, der aus der Altstadt herüberwehte. Sie gingen spazieren, aßen in einem kleinen orientalischen Restaurant und machten sich anschließend wieder auf den Heimweg. Unterwegs trafen sie Herrn Rosenbaum, den Eigentümer des Grundstücks in Weinburg. Ohne Pat zu beachten, hielt er Joel an und zog aus der Aktentasche ein Bündel Glückwunschkarten, die er schon hatte drucken lassen, obwohl es noch einige Wochen bis zum Neujahrsfest waren. Der Entwurf war originell: Ein Mann fuhr zum Mond und sagte: »Ein gutes neues Jahr auch auf dem Mond.« Patricia stand im Schatten, und Joel lächelte sie an, während Rosenbaum im Licht der Laterne auf ihn einflüsterte: »Ich habe neues Material über Weinburg, einen Brief der Gestapo an das zuständige Gericht mit der Anweisung, einen Urkundsbeamten zu entsenden, der den Deportierten den Verlust der deutschen Staatsbürgerschaft mitteilen sollte. Der Name des Beamten war Erwin Schneid. Ich habe nicht viel Zeit, weil die Neujahrsgeschäfte vor der Tür stehen, und auch die Nachfrage der Nonnen ist gestiegen. Schalom, mein Freund. Grüßen Sie mir Ihre Mutter und Ihre Frau. Schade, daß Sie nicht wie geplant nach Weinburg gefahren sind. Gute Nacht.«

Damit verschwand er in der Dunkelheit. Pat trat aus dem Schatten heraus. Ihre vollen Lippen schienen über den weißen Zähnen dahinzuschmelzen, als sie Joel anschaute. Aus Herrn Rosenbaums Tasche waren einige der Glückwunschkarten zu Boden gefallen.

31

Mal wartete ich auf den Inder, mal wartete er auf mich. Wir brauchten einander, waren uns gegenseitig nützlich. Ich bot ihm eine reiche Fundgrube für Fälle der Verzweiflung, ein Labor für die Pflege einer Verzweiflungskultur, und er diente mir zur Tarnung meiner Rache und meiner Detektivtätigkeit. Er versorgte mich mit wertvollen Informationen über Leonores Verbleib und über die Gaststätte, in der der stellvertretende Bahnhofsdirektor seine tägliche Bierration trank. Außerdem spielte er mir einige Dokumente und interessante Einzelheiten über den Philosophieprofessor Kunz zu, bei dem er ein Privatseminar belegt hatte. Und er riet mir auch, eine Anzeige wegen des verschwundenen Beins in die Zeitung zu setzen. Oft saßen wir uns mit aufgeschlagenen Notizheften und gezücktem Bleistift gegenüber, um alles zu notieren, was uns von den Worten des anderen wichtig erschien. Gelegentlich brachte er mir das eine oder andere Dokument, einen Deportationsbefehl oder den letzten Brief eines Weinburger Juden, und beobachtete, wie die Lektüre eines solchen Verzweiflungsschreibens meinen Gesichtsausdruck veränderte. Nach einiger Zeit bezeichnete er mich als die personifizierte Verzweiflung, denn er meinte, ich sei verzweifelt über das hier Geschehene, aber auch über mich selbst, weil ich zu spät gekommen sei und nichts mehr tun könne.

Dann tröstete er mich. Er lehrte mich, lange und tief durchzuatmen, und wer weiß, ob er mich nicht auch noch in die Geheimnisse des Yoga einführen wollte, obwohl er kein Spezialist dafür war.

Ich wohnte jetzt in dem Hotel am Marktplatz. Von meinem Fenster aus sah ich vis-à-vis die ausgebrannte Marienkirche. An ihre noch verbliebenen Außenmauern duckten sich viele kleine Läden, es sah aus wie im Mittelalter. Ich wohnte in einem der oberen Stockwerke. Manchmal öffnete ich das Fenster, um auf den Marktplatz hinunterzuschauen. Die Gaststube im Parterre wimmelte von Menschen, die, von Rauchschwaden umnebelt, schäumendes Bier tranken und Weißwürste aßen.

Ja, sie habe Post für mich, sagte die Bedienung an der Theke und händigte mir einige Briefe aus. Der erste war von meinem Freund Klein, der in der Welt herumreiste, ohne daß die Schwerkraft ihn zu halten vermochte. Er schrieb mir über ein bevorstehendes Blutbad; das ganze Problem des Menschen bestehe darin, das Ende hinauszuzögern. Außerdem berichtete er, er und seine Frau hätten sich getrennt.

Der zweite Brief war eine der vielen Antworten, die ich auf meine Anzeige wegen des Holzbeins in der Zeitung erhielt. Ein Mann mit einem etwas eigenartigen Sinn für Humor riet mir, mich unter den Meisterschaftsteilnehmern am Fluß umzusehen, ob sich nicht jemand für die Endrunde ein drittes Bein zugelegt habe.

Ich beschloß, mir Schuhe zu kaufen. Bisher hatte ich es vermieden, in Weinburg irgend etwas außer Nahrungsmitteln einzukaufen. Die Verkäuferin brachte verschiedene Modelle. Ich saß auf einem Polsterstuhl und konnte mich nicht entscheiden. In dem Augenblick, in dem ich mir Kleidungsstücke in Weinburg kaufte, verband ich mich mit der Stadt und durfte keine Rache mehr an ihr nehmen. Das war meine Auslegung des Beduinengesetzes, das für mich als Nomade galt: »Spucke nicht in den Brunnen, aus dem du getrunken hast.« Ich wußte, daß das dumme Gedanken waren und daß ich Schuhe brauchte, denn ich war sehr viel gelaufen, am Fluß entlang und in dem Viertel namens Frauenland und in der Altstadt. Ich hatte unzählige Male die Brücke der Heiligen überquert, hatte das Wasser sich wie Mädchenhaar am Brükkenpfeiler kräuseln sehen. Und immer noch waren die Podeste zweier Heiliger leer. Anscheinend hatte man beschlossen, sie zum Gedenken an die Zerstörung so zu lassen. Durch all diese Wanderungen waren die Sohlen durchgelaufen. Zum Schluß kaufte ich aschgraue Schuhe, der Tarnung wegen. Neben mir weinte ein kleiner Junge. Seine Mutter versuchte ihn zu beruhigen: »Schau, der Onkel kauft auch Schuhe und weint nicht.« Aber das Kind sah mich an und erwiderte: »Das stimmt nicht. Der Onkel weint auch.« Von meinem Sitzplatz aus sah ich zwischen den Schuhen in der Auslage hindurch den Vierzentaurenplatz und den alten Rathausturm, auf dem hübsche Sprichwörter stehen, wie: »Gott ist meines Lebens Gerechtigkeit« oder »Er ist mir Rettung und Heil« oder »Gott weilt, die Zeit eilt.« Wie auf dem Krug meiner Großmutter. Neben dem Turm stand ein Lieferwagen, aus dem Bierfässer zu der berühmten Kellerwirtschaft hinabgerollt wurden. Menschen traten aus dem Eingang, als hätten die Fässer ihnen unten keinen Platz mehr gelassen. Und wieder sah ich verschwommen meinen alten Lehrer und Schuldirektor dort herauskommen, Jahre vor seiner Verbrennung, engumschlungen mit seinen Trinkgenossen, dem Klavierlehrer am Konservatorium und dem Studienrat vom städtischen Gymnasium, Dr. Rommler, dessen Wange ein schräger Schmiß zierte. Den hatte er noch von der schlagenden Verbindung an der Universität, in der Studenten einander wie ekstatische Baalspriester die Gesichter zerhieben. Diese einem Kainsmal gleichende Narbe galt hier als Ehrenzeichen. Da kamen die drei vor meinen Augen heraus, während ich noch auf dem Stuhl des Schuhgeschäfts thronte: mein Lehrer und Meister, den Bauch voran, auf dem eine goldene Kette schwankte, als sei ein Schiff daran verankert und nicht die Uhr, die er hervorzuziehen und auf der flachen Hand zu halten pflegte, während er durch einen Druck des Daumennagels den Deckel hochschnellen ließ. Er unterrichtete mich in der dritten Klasse, und sein Lieblingsausspruch war: »Das ist symbolisch gemeint.« Es gab nichts in seinem Lehrstoff, was nicht symbolisch gewesen wäre: die Quelle des Flusses,

Josefs Verkauf und die bösen Schwestern im Märchen vom Aschenputtel. Um ihm zu gefallen, antworteten wir oft: »Das ist symbolisch.« Obwohl wir die Bedeutung des Wortes nicht verstanden, löste es uns viele Probleme mit dem Mysteriösen. Im Lauf der Zeit haben wir es auch als Spott- und Schimpfwort verwendet: »Du bist auch so ein Symbol.« »Dich werd' ich bald mal symbolisieren.« »Du symbolisiertes Symbol!«

Derselbe Lehrer nahm manchmal einen Bleistift in die Hand, ließ ihn mit hoher Geschwindigkeit im Ohr kreisen und blies wie ein Kröterich die Wangen auf, um die Luft dann mit pfeifendem Prusten wieder aus beiden Backen auszustoßen. Deshalb nannten wir ihn Blasebalg. Auch er ist tot. Tot und verbrannt, und sein Rauch ist vom Wind dahin getragen worden, wo aller Rauch hingeht. Die kleine Ruth mochte er gern. Was hätte Ruth zu meinem Schuhkauf gesagt? Für jemanden, der kein Mensch der Tat ist, wird sogar ein Schuhkauf zur Aktion.

Die neuen Schuhe an den Füßen, ging ich hinaus und stand alsbald wieder vor dem Trümmerhaufen, der einst Herrn Rosenbaums Haus gewesen war. Sein Vater, der Metzger, hatte hier im Laden gestanden, Fleisch geschnitten, es abgewogen und eingewickelt, und manchmal hatte er mir eine dünne Scheibe Wurst geschenkt.

Eine Straßenbahn hielt, und eine nach Jasmin duftende Frau stieg aus. Ich erinnerte mich an den Jasminduft in Jerusalem, der aufkam, wenn die Erde schon an der Hoffnung auf Regen verzweifelt war. Persil wäscht alles. Das Wirtschaftswunder wogte und schäumte wie das blonde Bier. In einem Schaufenster türmten sich späte Orangen aus Israel hinter der Aufschrift: *Jaffa-Apfelsinen aus dem Heiligen Land.*

Ich ging durch den Tunnel. Der Inder saß schon an einem der Cafétische und spielte mit sich selber Schach. Ich nahm alle schwarzen Figuren weg, er hörte auf zu spielen, und wir sprachen offen über alles, was wir auf dem Herzen hatten. Es war still um uns. Der Tag war noch lang. Man hörte nur das Aufschlagen der Schachfiguren, die eine nach der anderen in die Schachtel gelegt wurden, klick und klack, bis das Brett leer war und die Figuren im Karton durcheinandergewürfelt lagen, der Springer Kopf an Kopf mit der Königin, Turm und Bauer kopfüber nebeneinander. »Wie in den Viehwagen, die dort hingeschickt wurden«, entfuhr es mir. »Schon wieder?« fragte der Inder.

32

Joel und Patricia kamen auf Ihrem Rückweg bei dem Steinmetz vorbei, der noch bei Schweinwerferlicht an seiner Arbeit saß. Er mußte noch ein paar Marmorplatten gravieren für die Leute, die für den jüdischen Nationalfonds Bäume gespendet hatten. (Joels und Pats Name zusammen in Marmor!) Joel beschrieb Pat die Grabsteine der Kohanim, auf die man zum Segnen gespreizte Priesterhände graviert, er erzählte ihr von seinem Onkel Moritz, der ebenfalls die Hände zum Priestersegen gespreizt hatte und nun auf dem vorläufigen Friedhof in Scheich Badr ruhte. Auch sie hatte einen Onkel Maurice, aus dem französischen Zweig der Familie. Ein fröhlicher, rotgesichtiger Zecher.

»Du erzählst nie deine Geschichten zu Ende«, sagte sie.

»Damit du mir nicht wegläufst«, gab er zurück.

Und auf einmal überkam Joel ein Gefühl des Abschieds, ein Gefühl vom Ende seiner Liebe und des Sommers. Pat sagte, sie sei an solche Empfindungen gewöhnt und habe sich mit ihnen abgefunden. Sie gingen nun wieder auf Patricias Haus zu, und Joel wurde von einer Hitzewelle überrollt, nicht nur wegen Pat, sondern auch wegen dieser ganzen Stadt und all seinen Freunden. Möge der gute Gott sie alle auf all ihren Wegen beschützen, dachte er (wie in Dr. Mannheims Predigten), nebst allen, die ihre Taten mit Mut verrichteten, nicht nur die Wächter an den Grenzen, nicht nur seine geliebte Patricia, sondern alle, die gewissenhaft handelten, und alle, die in dieser Nacht vielleicht zusammenkamen, um die Zukunft zu planen oder die Vergangenheit heraufzubeschwören, und all die, die wußten, daß es vor der bösen wie vor der guten Tat kein Entrinnen gibt, sie alle, alle seine Freunde, die es in diesem Staat zu etwas gebracht hatten, die Römer jener Party damals, und all seine Kameraden, die im Krieg gefallen waren oder lebendig begraben in ihren reichen Häusern saßen, all jene, die von Erfolg zu Erfolg hasteten, von Amt zu Amt und so die Stufenleiter gesellschaftlichen Ansehens erklommen. So segnete Joel sie in seinem Herzen.

Und immer noch ging die Predigt in seinem Innern weiter, während er seiner Liebesnacht in Patricias Haus entgegenging: Und all die, die mit der Kühnheit von Brückenbauern lebten, die mit dem Bau einer Brücke am einen Ufer begannen, ohne die Breite des Flusses zu kennen. Minas Mann Jizchak und Josske, der in seinen Kibbuz zurückgekehrt war, nachdem man sein altes Wohnhaus in der Jaffastraße abgerissen hatte, und Seiger, der die dunklen Wege und Kanäle des Untergrunds im Land kennengelernt hatte. Alle, alle, die um Tische saßen, in Pläne und den Bau ihrer Zukunft vertieft. Er möge sie schützen. All die, die sich noch nicht an das Sprichwort gewöhnt hatten, daß die Welt überall gleich ist, daß auf Revolution und Befreiung eine Ära der »Betten aus Elfenbein« folgt, eine Zeit der Korruption und Bestechung, der Rechtsbeugung und des Unrechts, der Intrige und des Betrugs, wie der Prophet Amos es beschreibt. Alle, alle, die Lebenden und die Toten, die vom gelben Löß des Negev Bedeckten, denen Dornen- und Distelsamen in den Haaren hingen, die Kühnen und die Wissenden und die Unwissenden. Die, die in den Tunneln des Versagens umherirrten oder sich im furchtbaren Dickicht des Erfolgs verfangen hatten. Er möge sie schützen. All seine Freunde, alle, die in Flucht oder Furcht begriffen waren, die sich selbst Verfolgenden und von sich selbst Verfolgten, alle, die im Sog des Untergangs oder des Aufstiegs wirbelten, alle, die mit fester siegesgewisser oder mit leiser verzagter Stimme sprachen. Die Tanzenden und die, die am Rand des Kreises saßen, bis sich der Unterschied zwischen Ruhenden und Bewegenden verwischte im ewigen Loslassen und wieder An-den-Händen-Fassen, im Fallen und Erheben, im leichten Schweben und im schweren Absacken.

Ihr Mut war unverändert, und ihre Zähne knirschten auch jetzt noch, da sie schon auf den »Betten aus Elfenbein« hingestreckt lagen. Ja, so hätte Dr. Mannheim es ausgedrückt: »Die betrunkenen Ephraimiter auf Betten aus Elfenbein.«

Fast wären sie über einen im Weg liegenden Ast gestolpert. Das Elektrizitätswerk ließ überlange Zweige absägen, damit sie nicht die Hochspannungsleitungen berührten.

»Pat, hörst du? Ich werde sie alle nie verlassen.«

»Warum sagst du das so zornig? Über mich brauchst du dich nicht zu ärgern. Nicht ich bin zu dir gekommen, sondern du zu mir. Mein ganzes Leben hast du schon durcheinandergebracht. Außer dir ist mir nichts geblieben.«

»Und warum schenkst du mir nur eine Nacht?«

Sie gab keine Antwort, als sie nun unter einem Baum stehenblieben. Pat würde ihn zum Schluß aus dieser Stadt herausholen. Ihr Herz war grenzenlos weit. Irgendwo im nächsten Haus schlug jemand ein Ei auf. Deutlich hörte man eine Gabel gegen ein Porzellangefäß klirren.

»Pat, Pat, deine Arme ... deine Schenkel.«

»Laß meine blöden Schenkel, was findest du denn daran?«

Joel drückte Patricia mit Macht gegen den Baumstamm, bis sie schwer atmend hervorstieß: »Komm, komm nach Hause, laß uns gehen, schnell.«

»Pat...«

»Hör zu. Nenne mich Patrice. Nicht Pat oder Patricia. Sondern Patrice. Mit der französischen Endung.«

Ein Zeitungsverkäufer mit der Spätausgabe kam ihnen entgegen. Sie kamen an einer Metzgerei vorbei, in der ein riesiger Kühlschrank ein Wiegenlied für das geschlachtete Tier in ihm summte.

»Wir sind bald da, Patrice.«

»Ja.«

Nicht den Tod wollten sie abschaffen, sondern Niedergang und Vergessen. Daher all die Gedenktage, Jad Waschem, Gefallenenehrungen, Jad Labanim und andere Einrichtungen zur Pflege des Totengedenkens. Sie wollten erhaben sein wie ihre Taten und ständig gelobt werden wie ein Kind, das etwas Gutes getan hat. Alle, alle. Mochte Gott sich ihrer erbarmen. Über die Wirklichkeit niederbeugen wollten sie sich, Auge in Auge, Mund auf Mund, um sie mit ihrem Atem wiederzubeleben. Aber die Wirklichkeit ist ein furchtbarer, eifernder Gott, dessen Rücken allein man sehen darf, denn niemand kann sein Antlitz schauen und am Leben bleiben. Die Wirklichkeit ist ein furchtbarer Engel, eine schreckliche Mischung aus Vergangenheit und unreinen Sehnsüchten, Begierde, Macht und schmutzigem Verlangen. Und auch der Tod ist ein Bastard, Sohn vieler Irrtümer und Leidenschaften und Abwegigkeiten, denen man nicht nachspüren kann. »Möge Gott sich ihrer erbarmen. Möge Allah sich ihrer erbarmen«, wie einer von ihnen – ein hoher Militär – am Vorabend der grauenhaften Tat von Kafr Kassem gesagt hatte.

»Fertig?« fragte Patricia. »Hast du nun über alles nachgedacht?«

Eine hohe Laterne wölbte sich über ihnen wie Gott – Licht, aber keinen Schutz spendend.

Joel betrachtete Patricias Gesicht, das im Schein der Laterne leuchtete wie das einer sich spät in einem großen, leeren, hallenden Bahnhof Verabschiedenden. Und da sie schon bei ihrem Haus angelangt waren, sagte sie, »beruhige dich, sei ruhig«, denn auch sie hatte, wie er, das Ende ihrer kreisenden Gedanken erreicht.

Das Kleinsche Haus war aus lauter Würfeln zusammengesetzt. Die meisten Fenster waren zu dieser Zeit noch erleuchtet, und manchmal ging ein Licht aus, um gleich darauf in einem anderen Zimmer wieder anzugehen, wie bei einem Staffellauf, vom Bad zum Schlafzimmer, von der Küche zum Flur.

Langsam, wie ein sich wiegender Kopf, schwankte die Hängelampe überm Eingang und warf vom Wind verwehte Schatten. Sie betraten das Treppenhaus. Der Geruch einer Sommernacht in den Jerusalemer Bergen wurde von draußen hereingetragen, der fast schmerzende Duft wilden Dills, dornigen Poteriums, würzigen Salbeis, der Geruch ferner Brände und bereits verschlungenen Gestrüpps, der Hauch stiller, anhaltender Verzweiflung, die Ahnung von immer zuwenig Wasser. Und all das vermischte sich mit der Ausdünstung langsam abkühlender Steine, dem Aroma ausgedörrter staubbedeckter Kiefern und dem Geruch der Jerusalemer Erde, dieser sich in den langen Sommern kasteienden Nonne. Demgegenüber verkörperte Patricia Üppigkeit, Fülle und Glanz, war wie die Inseln und mächtigen Ströme, die Wasserfälle und die dunklen Wälder ihres Landes.

Aus purer Gewohnheit schloß Patricia ihren Briefkasten auf. Joel bemerkte kaum, daß sie einen Zettel herauszog, der ihren Atem stocken ließ, als sie ihn las. Resigniert sagte er sich, sie würden niemals diese ihre Nacht erreichen. Die Götter waren zu eifersüchtig, um sie zueinander kommen zu lassen.

Vor der Wohnungstür fanden sie zwei Blumensträuße: Nelken und Rosen. Sie bat ihn aufzuschließen.

Patricia trat ein und verschwand im Badezimmer. Joel stand noch in der Tür, als er Schritte auf der Treppe hörte. Er steckte den Kopf hinaus, um zu sehen, wer es war, und schon fand er sich in einer Abschiedsszene mit Jossel, der gekommen war, um auf Wiedersehen zu sagen.

»Ich fahre weg.«

»Wohin?«

»Du weißt doch, ich habe verschiedene Angebote, in Orchestern zu spielen. Was ist das, Blütenblätter auf dem Hemd? Sicher Patricias Blumen.«

»Komm rein, bitte, komm rein.«

»Nein. Einat wartet unten auf mich.«

Tatsächlich stand Einat unten und drückte jedesmal, wenn das automatische Treppenhauslicht ausging, wieder auf den Lichtschalter. Warum hielten Jossels Freunde ihn nicht zurück? Seine Geige würde brechen und sein Herz dazu. Aus der Wohnung hörte man Patricias barfüßige Schritte, während Jossel und Joel noch im Treppenhaus standen und Einat unten leise weinend wieder und wieder auf den Lichtschalter drückte.

»Also Schalom, Jossel. Komm wieder, komm ja zurück.« Jossels Schritte entfernten sich, bis sie sich draußen im offenen Raum der Nacht verloren. Pat kam, zog ihn herein, schloß die Tür und umfing ihn wie ein großes Meer, so daß all seine Leidenschaft in ihm erwachte, von zorniger, gewalttätiger Begierde bis zur Sanftheit weichen Sandstrands hinterher. Sie hatten kein Licht in der Wohnung gemacht, und im Dunkeln berührte er ihr Gesicht und ihre vorspringenden Hüftknochen. Sie wisperte »ich bin hart hier«, und er beugte sich weiter hinunter, ging in die Hocke, um ihre Knie zu umfassen, doch sie nahm ihn bei den Haaren, brachte sein Gesicht vor das ihre wie vor eine Lampe, um ihn in dem schwachen Schein, der durch die Läden drang, zu betrachten, sah seine Züge und wurde fast ohnmächtig vor alles sprengender Lust. Gemeinsam verließen sie den Flur, stießen im Dunkeln an den Schrank, dessen Tür aufsprang und alles darin Verstaute und Aufbewahrte herausstürzen ließ: Päckchen, Briefe, Bücher und Hefte und Pullover mit leichtem Naphtalingeruch. Patrice lachte lange an Joels Brust, und sonderbare amerikanische Sätze sprudelten aus ihr hervor, von denen er nicht wußte, ob es Gedichtzeilen oder ihre eigenen Worte waren. Sanft versuchte er sie ins Zimmer zu drängen, aber ihre Waden verkrampften sich jäh, seine Hände spürten es, und sie flüsterte: »Du bringst mich um, du versklavst mich«, und schon rollte eine zweite Lawine aus dem Schrank wie ein Aufschluchzen, das die tieferen Dinge hervorspült – Gefäße aus verschiedenen Ländern, Ansichtskarten, spanische Kastagnetten, kleine Krüge aus Griechenland, einen Miniatureiffelturm aus Metall und noch einen Pullover, der voller Erinnerungen an einen Winter in den französischen Alpen steckte. Plötzlich meinte er, es habe an der Tür geläutet, doch er spürte ihren flachen Bauch und wußte, daß er nichts gehört hatte. Sie würden sowieso nicht aufmachen. Dann klingelte es wieder, und schon sprang Patricia auf und rief: »Ich komme, ich komme sofort. Moment.« Sie sagte das mit angstzitternden Lippen, stieß Joel ins Zimmer, schaltete Licht an und warf ihm zu: »Bring dein Hemd in Ordnung! Kämm dich!« Damit war sie auf dem Flur. Er hörte das Klickklack ihrer Absätze, legte die Hände an die Stirn, um sein Blut zu beruhigen, und beschwor alle möglichen Gedanken herauf, um seine Leidenschaft zu besänftigen, zu vergessen, Gedanken an das Leid seiner Frau Ruth, die – das weinende Gesicht ans Busfenster gedrückt – in den Kibbuz zurückgekehrt war, und an den Tod der kleinen Ruth im Vernichtungslager und an seine Mutter, die ihn nicht sehen wollte, und an Dr. Mannheim, der auf dem Sessel saß und sich wie ein kenterndes Schiff dem Tod entgegenneigte. All diese fieberhaft aneinandergereihten Gedanken beschwichtigten ihn und sein Verlangen. So war er ruhig, als er es noch einmal läuten hörte, dann das Öffnen der Tür und Patricias Stimme, der eine männliche in amerikanischem Tonfall antwortete. Schließlich ging die Tür zu dem Zimmer, in dem er saß, auf, und er sah Patricias bleiches Gesicht mit furchtglitzernden Augen und einem Mund, der ihn anflehte, er möge Geduld mit ihr haben, nur Geduld, denn trotz allem sei sie sein.

33

So vieles stand mir bevor: wieder ins Altersheim gehen, die kranke Nonne besuchen, um von ihr etwas über die kleine Ruth zu erfahren, nach dem Holzbein und nach Leonore Ausschau halten. Sie hatte bei den Rollschuhmeisterschaften eine Niederlage erlitten, und seither verschwand sie dauernd. Mal tauchte sie auf, war aber im nächsten Moment wieder weg. Wie ich hörte, hatte sie jedoch Erfolg beim Film. Zuletzt hatte sie sich einem Gestapooffizier hingegeben, während jenseits der Wand ein Jude gefoltert wurde. Wie hatten sie das gemacht? Windmeier, der Assistent des amerikanischen Regisseurs, erzählte mir alles. Sie besorgten ein Stück Fleisch von einem geschlachteten alten Pferd. (Einige Tage später erfuhr ich, daß es Fallada, die treue Stute aus Kleemanns Stall, war.) Jemand setzte seine Tasse ab, nahm einen Riemen und drosch damit – bei laufendem Ton – auf das Fleisch ein. Jemand anders saß daneben und stieß nach jedem Peitschenhieb ein Ächzen und Stöhnen hervor. Der eine prügelte das

Pferdefleisch, der andere seufzte. Sie mußten das mehrfach wiederholen, bis die Aufnahme gelungen war. Dann spielten sie dieses Tonband den beiden im Nebenzimmer durch die Wand vor. Leonore lag auf einem Sofa, die Tränen ihrer Niederlage noch nicht gänzlich getrocknet. Der Regieassistent sagte, sie dürften bleiben, es könnten ja auch Tränen der Liebe oder der Leidenschaft sein, die man nun nicht künstlich zu erzeugen brauche. So lag Leonore auf der roten Couch, und ein Mann, dessen schwarzes Hemd über einem Rokokostuhl hing, hielt ihren Kopf. Der Regisseur rief »264 – die erste«, und der Mann beugte sich zu einem Kuß nieder, worauf sie ihm eine Ohrfeige versetzte und zu weinen begann. Also 264 – die zweite. Dann sagte der Assistent »265«. Die Tür ging auf, und zwischen zwei stämmigen SS-Leuten wurde ein halbnackter Mann hereingeführt, dem Blut aus dem Mundwinkel rann. »Wo ist der Maskenbildner?« schrie der Regisseur. »Soll das etwa Blut sein? Der sieht ja eher aus wie einer, der Marmelade gegessen und sich den Mund nicht abgewischt hat! Und der soll eben gerade all die Hiebe abbekommen haben?! Neu schminken, aber ein bißchen plötzlich!« Danach sprach er von »unserer Leonore«, die bei Film und Fernsehen etwas werden könne, wenn sie nicht, stur wie sie sei, ihre Begabung auf Rollschuhmeisterschaften vergeudete. Ich solle mir doch nur mal ihre blauen Augen und diese herrlichen, etwas geblähten Nasenflügel anschauen. Aber Leonore habe ihm geantwortet: »Man hat schon einmal meine blauen Augen und mein blondes Haar gepriesen – als ein Offizier mich mit den Worten vom Tod errettete, er werde den Fluch des Führers auf sich ziehen, wenn er solch ein nordisches Kind mit den übrigen Juden umbringe.« Wie alt war sie damals? Etwa sechs Jahre. Jetzt wurde der Geprügelte erneut hereingebracht, und diesmal hatte der Maskenbildner ganze Arbeit geleistet. Die Peitschenstriemen auf dem Rücken wirkten echt, das ganze Gesicht war blutüberströmt, und die Augen klagten so himmelschreiend an, daß einer der SS-Männer auf amerikanisch sagte: »Wie Jesus, mein Gott, wie Jesus!« Italienischer Abstammung war er und katholisch. Man hat es ja schon oft gesagt, daß die gemarterten Juden wie Jesus seien, und das stimmt auch wirklich.

Wieder traten die langen Leitern und Kabel, die Winden und die Mikrophone in Aktion. Leonore zog ihren Kommandeur an sich, der die SS-Leute anbrüllte: »Den Dreckskerl abführen!« Und so zerrten sie den Schmerzensmann hinaus, eine schwere Tür fiel ins Schloß, und die Schläge im Nebenzimmer setzten abermals ein.

Ich vergaß Leonore, weil der Kaffee neben mir gluckste. In diesen Tagen vergaß ich mit erschreckender Geschwindigkeit. Es konnte mir passieren, daß ich, wenn ich mit dem Inder zusammensaß und seine Hände mit den abgeknabberten Nägeln betrachtete, sein Gesicht vergaß. Seine Hände führten mich in weite Fernen, und so entglitten mir sein Mund und seine Augen. Bei einer meiner Verfolgungsjagden hatte ich in einem Weinkeller neben einem großen Faß einmal abrupt angehalten, weil ich nicht mehr wußte, wem ich da eigentlich nachstellte. Ein einziger jagt hinter tausend her. Wem jagst du nach? (Der junge David zu König Saul.) Und so kam es auch, daß ich Ruths Bein vergaß. Manchmal hinterließ man mir eine Nachricht im Hotel oder in dem Café unter den Trümmern. Einmal verabredete ich mich sogar mit Jemandem am Pestalozzidenkmal, weil mir kein Ort geeigneter erschien als die Statue dieses guten Mannes, aber dann wußte ich anfangs gar nicht mehr, wegen welchen Beins dieser Jemand gekommen war, bis die alten Linden rauschten und ein Zug in der Nähe pfiff und mir alles wieder in Erinnerung brachten. Sofort jagte ich ihm hinterher, doch er entwischte. Bei dieser Verfolgungsjagd verstauchte ich mir den Knöchel. Die Jagd führte mich zu dem Lokal, in dem ich nach meiner Ankunft etwas getrunken hatte, von dort über die Frauentoilette auf den Hof und weiter in den Kohlen-, dann in den Weinkeller. Wir stürzten beide in eine Weinlache und wurden berauscht, aber vorher hatte ich noch laut Ruths Namen rufen können. Ja, ich rief Ruths Namen und er den des heiligen K.

Als Leonore in die Sportplatzbaracke kam, in der ich auf

sie wartete, waren der aufgesetzte Kaffee und auch mein anfänglicher Zorn verdampft. »Wo warst du?« »Ich habe ein bißchen am Fluß gesessen und geträumt.« Der Fluß strömte, und ihre Gedanken flossen mit. Ich nahm ihre Hände in meine. Wie hatten sich Leonores Körperteile doch zu einem Menschen zusammengefügt. Ihre Hände stammten von woanders her, ihr Kopf war auf einem anderen Fluß angeschwemmt, und auch ihr Rumpf war aus weiten Fernen hergelangt. Wir schlossen die Baracke und den Drahtkäfig des Rollschuhplatzes ab und gingen zur Brücke der Heiligen hinauf. Der Lärm einer gerade aufgebauten Kirmes am einen Ufer und die Stille des gegenüberliegenden Ufers trafen sich auf der Brücke und wehten aneinander vorüber. Ein anderer Wind trug die Düfte der Muschlerschen Bäckerei herbei. Dort wurden jetzt die Brötchen und Kuchen meiner Kindheit gebacken. Abends hatte meine Mutter immer einen leeren Beutel an die Türklinke gehängt, und früh morgens kam einer von Herrn Muschlers Botenjungen und füllte ihn mit Mohn- und Kümmelbrötchen.

Leonore stand neben mir auf der Brücke und klopfte einem Heiligen auf den Rücken. In der einen Hand hielt er ein Schwert, in der anderen einen Hirtenstab. Etwas gebeugt stand er da, die spitze Bischofsmütze auf dem Kopf. Hirte, Hirte, wo ist deine Herde? Solltest du nicht wissen, daß du die ganze Zeit Wölfe und andere böse Tiere gehütet hast? Unten schäumte der Fluß an den Pfeilern, die das Wasser für kurze Zeit trennten, dann vereinigte und beruhigte es sich wieder. Lastkähne und Schlepper ankerten am alten Güterkai. Spontan hob ich Leonore hoch, als wollte ich sie in den Fluß werfen. Sie leistete keinen Widerstand, war sanft und gefügig. Als wollte sie mir sagen: Du bist der Tod und ich bin das Mädchen. Glühend flüsterte ich ihr zu: »Leonore, Leonore, weißt du, daß dein Name Löwin bedeutet?« Sie hätte sich mir mühelos widersetzen können. Dann hätten wir auf der Brücke gekämpft und gerungen. Der Inder wäre gekommen, um zwei Verzweifelte aus dem Lande Israel, in Haß umschlungen, mit seiner Kamera aufzunehmen.

Leonore zog ein Stück Stoff aus ihrer Handtasche. Es war eine Armbinde, wie sie von SA-Leuten getragen wurde: schwarzes Hakenkreuz in weißem Kreis auf rotem Grund. Ehe ich noch reagieren konnte, kletterte sie zu einem der Heiligen hinauf und legte ihm die Binde um den steinernen Arm. Dann rannte sie an mir vorbei, und ihre Schritte verhallten auf der Brücke, aber nicht in meinem Herzen.

Auch ich machte kehrt und ging in die Stadt zurück, die schon in Schlummer versank. Häufig sah ich im Geist die Zerstörung dieser Stadt vor mir: all die berstenden, aufklaffenden Häuser, aus denen Geister und Gespenster entflohen. In Shakespeares Dramen traten Dämonen und die Geister von Ermordeten auf und versetzten die Bösen in Angst und Schrecken. Was konnte ich tun, der ich weder Geist noch Gespenst war? Ich war Fleisch und Blut. Die Zerstörung der Stadt ging weiter. Kirchtürme klappten wie Taschenmesser zusammen. In der Nische einer Ruine hielt eine steinerne Madonna ihr Kind, von einer kleinen Lampe beleuchtet. Was sollte ich rächen, wo Gott nicht gerächt hatte? Das Geschehene würde nicht wieder geschehen. Mir blieb nur, denen zu danken, die die Stadt zerstört hatten, wie es geschrieben steht »an einem Tag von Sünde, Gericht und Zorn«. Ich würde aufstehen und ihnen von der kleinen Ruth erzählen, damit sie ihre Taten nicht bereuten. Ich betrat eine stille Gasse am ehemaligen Fischmarkt. Die Häuser hier waren weder zerstört noch restauriert worden. Der Putz bröckelte, und die Farbe blätterte in langsamem natürlichen Verfall. Hinter zwei Fenstern brannte Licht. Das war das Haus meiner ehemaligen Geigenlehrerin. Ihr rundes Gesicht war von Kräusellöckchen umrahmt gewesen wie die Sonnenscheibe in Bilderbüchern. Auch in Jerusalem habe ich Geigenstunden gehabt, bei einer schönen Frau, die eher einer Hexe glich. Wenn ich ihr so im Stehen vorspielte wie der arme David vor Saul, piesackte sie mich mit den Lanzen ihrer Ungeduld. Bogen und Saiten wollten ebensowenig zu mir passen wie meine Taten zu meinen Händen. Diese hexenhafte Lehrerin saß dann in einem weichen Sessel und streichelte den neben ihr hingestreckten Kater, der boshaft und grünäugig wie sie war. Von Zeit zu Zeit rief sie spitz: »Unrein! Unrein!«, wie zu einem Aussätzigen, bis ich aufhörte zu spielen.

Aber Frau Lewison, meine erste Lehrerin, hatte ein rundes Gesicht und ein rundes Herz. Sie ließ mich damals bei Haydns Kindersinfonie mit all dem Rasseln, Pfeifen, Zwitschern und Geklingel mitspielen. Im Hausflur hatte der süße Duft von Geigenholz vermischt mit etwas Milchgeruch gehangen.

Am Ende einer Stunde sagte Frau Lewison immer: »Und jetzt noch mal den Vivaldi.« Im Nebenzimmer saß dann schon die Schülerin, die nach mir dran war, und durchs Fenster sah ich die Fische, die am Markt angeliefert wurden.

Eine Bachmelodie schallte aus dem Haus gegenüber. O dieser Johann, dieser Sebastian, dieser Krausgelockte mit dem Doppelkinn, mein Freund und Seelentröster, der mir Erinnern und Vergessen schenkte! Klar sprudelten die Flöten, das Cembalo erwiderte die Anträge der Geigen, sie wiederholend und ergänzend, dann schuf das Cello eine Tatsache, und die Flöte trällerte begeistert. Schließlich begann die Fuge eine Verfolgung, die nicht gewunden war wie meine, sondern erfüllt von dem »Meine Geliebte, nie werden wir uns treffen«.

Ich ging durch die Schustergasse, in der es keinen einzigen Schuhmacher mehr gab, und gelangte auf den leeren Marktplatz. Als ich das Hotel betrat, wogten in der Gaststube noch Bierschaum und Rauchschwaden. Im Eingang standen mehrere Koffer. Ich stieg zu meinem Zimmer hinauf, legte mich rücklings aufs Bett und sah durchs Fenster die reichverzierten Türmchen der Marienkirche. Einer der Heiligen stand mir gegenüber, die Hände zum immerwährenden Gebet aneinandergelegt. Ich vergaß, wach zu bleiben, und schlief ein.

34

Sie saßen zu dritt zusammen: Patricia, der Mann, den sie ins Zimmer gebracht hatte, und Joel. Pats Ohrringe, die die Form winziger Vogelkäfige hatten, schwankten, als sie aufstand. Joel roch nach den Pflanzen dieses dürren Landes, der Mann, der mit Pat verheiratet war, roch nach Nelken. Unter dem Tisch herrschte Dunkelheit, unter dem Sofa Finsternis. Jeder grübelte. Mal sah Joel das Gesicht des Fremden, mal war es verborgen wie der Mond, bis es wieder voll wurde, und manchmal war nur die Kontur einer Wange oder des Mundes oder das Funkeln seiner Brillengläser zu sehen. Sie würden wohl lange so dasitzen. Joels Haar würde grau werden, und man würde ihn hier in Patricias Wohnung begraben. Schließlich erhoben sie sich alle drei und gingen im Zimmer umher, als sei es ein großer Saal. Zuweilen sagte der Mann etwas, worauf Patricia hinausging und mit Tränen in den Augen zurückkehrte. »Lassen Sie sie nicht viel trinken«, riet er Joel. Er hatte ein wohlgeformtes, griechisch anmutendes Gesicht, in dem Leid eine Spur hinterlassen hatte. Das Gesicht des Mannes zeigte, daß er Soldat gewesen war; jetzt war er ein leidender Mensch. Er stellte sein Glas klirrend ab. Patricia ging wieder hinaus, streifte Joel und berührte leicht sein Haar. Seine Trübsal verflog. Patricia verglich die beiden, als sei es möglich, Vergangenheit und Gegenwart zu vergleichen, zwischen Vergangenheit und Gegenwart zu wählen. (»Ich geh sofort.«) Warum konnte sie weder mit ihm leben noch sich von ihm befreien? (»Etwas nagt an ihm, irgendwas in seinem Leben frißt ihn auf.«) Man konnte das langsame Mahlen des ihn Verzehrenden fast hören, den düsteren Rachen dessen, das sie alle auffraß, fast sehen. Patricia schlüpfte wieder und wieder hinaus – um zu weinen, um in den Spiegel zu schauen, vor lauter Verlegenheit ein Bonbon zu holen oder einen Schluck zu trinken. Ihre vollen Lippen bebten. (»Ist sie nicht wunderbar?« – »Wie der Tod.«) Sie fürchtete sich, erneut das Zimmer zu betreten, in dem die beiden Männer saßen. Wären sie jeder an seinem Platz geblieben, hätte sie sich vielleicht daran gewöhnt, aber sie wechselten ständig die Plätze: Joel berührte die Gardine, ihr Mann blätterte am Regal in einem Buch, Joel steuerte auf den Sessel zu, ihr Mann war beim Plattenschrank angekommen. Wie Schildwachen marschierten sie aneinander vorbei, und Patricia schloß die Augen, um dabei nicht zusehen zu müssen. Ihre Leidenschaft war nicht abgeebbt. Joel hingegen hatte schon aufgegeben. Man hätte diesen Mann lieben können. Ein Orpheus, der gekommen war, seine Frau, seine bleiche, zitternde Verlorene, zurückzuführen. Ein umgekehrter Orpheus war er, selber tot, der Patrice ins Land der Toten mitnehmen wollte. Ihre Augen waren schön und angstvoll. Jetzt saßen sie wieder zu dritt, sahen einander schweigend an, jeder mal den einen, mal den anderen. Sie richteten ihren Blick auf das Gesicht des anderen, wie man eine Schachfigur abstellt, mal wild entschlossen, mal zögernd. (Pat erklärte: »Er ist nicht gekommen, um mich abzuholen, er weiß, daß ich nicht mitgehe.«) Joel saß in den Sessel mit den kaputten Sprungfedern versunken, der seinem Freund Klein gehörte, den Kopf zur Seite geneigt. Patricia stand auf, legte ihre Hand auf seine und flüsterte: »Vertrau mir. Du mußt Geduld mit mir haben.« Der Mann, der einen Augenblick hinausgegangen war, kam ins Zimmer zurück. Wer war er? Was würde er tun? Wann würde Joel sein volles Gesicht sehen? Schade, daß er ihm so begegnet war, unter anderen Umständen wären sie vielleicht enge Freunde geworden. Das spürte er deutlich. Orpheus erhob sich und nahm seine verborgene Leier mit. Patricia stand da und hielt ihm die Zimmertür auf. Als man die Wohnungstür hinter ihm zuknallen hörte, begannen ihr die Knie zu zittern, und die Kräfte verließen sie. »Die Tür«, sagte sie. Die Tür sagte alles. Wenn die Menschen nicht reden können, fangen die unbelebten Gegenstände zu sprechen an – Tür, Fenster, Schrank, das Wasser in den Rohren.

Als Patricia zurückkehrte, war ihr Gesicht noch immer angsterfüllt.

»Das Schicksal ist blind, Joel, Darling, my Love.«

»Wenn das Schicksal blind ist, muß man eine Augenoperation an ihm vornehmen.«

Da wußte sie, daß sie nichts zu erklären brauchte. Und sie wußte auch, daß es wirklich Liebe war, wenn Erklärungen sich erübrigten. Ihr Leben lang hatte sie alles, was sie empfand und tat, erklären und begründen müssen. Jetzt, bei Joel, nicht mehr. Er akzeptierte sie, wie sie war. Autos fuhren draußen vorbei. Die Hausbewohner gingen zu Bett. Sofas wurden gerückt und in Betten verwandelt, Laken schwungvoll entfaltet, bevor man sie über die Sofas breitete.

Sie löschten das Licht, damit keine Besucher mehr kamen. Und als sie im Dunkeln standen, sagten sie fast wie aus einem Mund: »Laß uns Krieg spielen!« Denn sie wußten nicht, wie sie zueinanderkommen sollten, nachdem Orpheus, ihr Mann, erschienen war. Joel duckte sich, legte die Hände wie Stierhörner an die Schläfen und stieß sie ihr in den Bauch. »Toro! Toro!« lachte sie, den Rumpf in der Dunkelheit schnell zur Seite schwingend, faßte sich wieder und rief: »Olé! Olé!« Eine Stierkämpferin war sie. Matadorinnen hatte es schon gegeben, aber noch nie war der Stier ein Mensch und die Arena das enge Kleinsche Zimmer gewesen. Joel versteckte sich wieder hinter dem kaputten Sessel. Patricia entdeckte ihn und lachte nervös im Finstern. Sie waren wie zwei tobende Kinder – derart verlegen, daß ihnen kein anderer Ausweg blieb, als wieder wie irre »Toro! Toro!« zu brüllen. Pat zog ihren Rock aus und hielt ihn wie das rote Cape der Toreros. Das gab auch ihre kräftigen Beine für den Kampf frei. Der Stier schnaubte und lachte bedrohlich, was die kühne Stierkämpferin mit Angst und Freude erfüllte. Höchst gewandt wich sie seinem nächsten Stoß aus, so daß seine Hörner Kants *Kritik der reinen Vernunft* im Bücherregal aufspießten.

»Wird dir nicht gelingen«, prustete Patricia, ohne zu wissen, was sie meinte. Doch Joel, der Stier, lachte. Dann verhöhnten sie einander wie David und Goliath und ermunterten sich gegenseitig wie ein großes Publikum; schließlich ruhten sie sich aus, jeder in seiner Ecke lauernd, wie zwei böse Tiere. Sobald sie sich an die Dunkelheit gewöhnt hatten, sahen sie im Dämmerlicht das Gesicht des anderen und die Umrisse der Möbel. Joel war innen rot und außen weiß. Patricia war golden von innen und weiß von außen.

Unheimlich still schlichen sie aufeinander zu, und es kam zu einem neuen Zusammenstoß: Pferd und Reiter, Stier und Matadorin oder zwei Raubkatzen. Und seine Hände vergaßen, daß sie Hörner waren, und er umfaßte ihre Knie und fiel mit ihr zu Boden, und sie wurden zu einer tobenden Masse aus Leibern und Gliedern, während sie einander in Liebe und Haß packten, wie es im Heiratsversprechen heißt: »zum Guten und zum Bösen, zu Segen und Fluch.« Von Zeit zu Zeit trafen sich ihre Köpfe in stiller Liebe, wie zwei Menschen, die sich im Wald begegnen, und dann ergab sie sich. Schließlich überkam eine große Ruhe die beiden, und sie standen auf und setzten sich nebeneinander. Er wischte ihr den Schweiß von der Stirn. Sie atmeten immer noch schwer und kehrten zueinander zurück und schwiegen müde und glücklich beeinander. Sie zog eine Schachtel Kleenex hervor, die sie immer zur Hand hatte, typisch Amerikanerin. Nun lachten sie, und sie sagte »schreckliches Wüstentier« zu ihm, und er roch nach Anis, der Pflanze, die sogar in den Wüstengebieten des Negev wächst, und sein Duft war streng und trocken und ließ ihren Sinnen keine Ruhe, bis sie die Nase in sein Brusthaar steckte und daraus sein ganzes Land einsog.

Ihre Spitzenbluse, das Familienerbstück, zerriß mit lautem Ratsch, nicht wie man bei Trauer die Kleider zerreißt, sondern in unbändiger Lebensfreude.

»Meine Bluse, meine gute Bluse, die Großmutter all meiner Blusen«, jammerte sie, abwechselnd lachend und weinend. »Aber ich hab' noch mehr Blusen. Ich zeig' sie dir alle. Möchtest du? Ich habe eine mit tiefem Ausschnitt und eine schwarze, eng anliegende, ohne Ärmel.«

Gemeinsam lehnten sie in dem durchgesessenen Sessel. Joels Hand ruhte auf ihrem Bauch. Was gab es zu sagen? Zärtlich strich sie ihm über das braungelockte Haar und über die Schultern. »Du bist der Gladiator, und ich bin das Tier, das du überwältigt hast. Diese Nacht wird nie zu Ende gehen«, sagte sie und zog wieder eine Schachtel Kleenextücher unter dem Sessel hervor, denn sie weinte abermals. Dann stupste sie ihn an die Brust, stand auf und brachte Marmelade aus vor Tagesanbruch gepflückten Früchten. Und sie stand vor dem Kühlschrank, von seinem Licht und seiner Kälte beschienen, holte Äpfel heraus, und sie aßen und ließen noch übrig.

Den Apfelgeschmack noch auf den Lippen, kamen sie wieder zusammen, Mund an Mund, und ihre Lippen wurden so weich und breit, daß sein ganzes Leben darin versank.

Später sagte sie: »Ich habe keinen Ehemann, Darling. Es ist vorbei. Er ist nur eine theatralische Figur, Kulisse und Beleuchtung. Hörst du? Du mit deinem Anisduft, dem Geruch trockener Erde, ich bin dein für immer.« Sie brachte ein raschelndes gefaltetes Laken, breitete es über die Couch und sagte: »Schau, wir sind ja noch halb angezogen.« Er streifte ihr die zerrissene Bluse und den Slip ab, und sie trat darauf, trampelte darauf herum, und ihrer beider Kleidungsstücke lagen im Halbkreis um die Couch verstreut. Und dann kamen sie zueinander, voller Ruhe, Haut an Haut, Auge an Auge, Schenkel an Schenkel. Und sie öffnete sich sanft und er drang mit majestätischem Stolz in sie ein, wölbte sich wie ein Firmament über ihr und spürte, wie ihr Leib sich zu ihm hob und wieder senkte, zu seinem Himmel aufstrebte und wieder herabschwebte, immer und immer wieder, im stillen Sichrunden, ihr schwarzes Haar auf dem weißen Laken ausgebreitet, die Arme nach oben geworfen, als suche sie einen festen Halt.

Nachdem er zum letzten Mal in sie eingedrungen war, lagen sie nebeneinander wie Schwimmer, die die Brandung überwunden hatten, Kopf an Kopf auf dem stillen Wasser mit leichten, unwesenhaften Körpern. Sie würden nicht wieder an die Orte zurückkehren, von denen sie ausgezogen waren. Wer so dahintreibt, treibt für immer.

Irgendwo im Haus wurde ein Rundfunkgerät eingeschaltet, dann, mit einemmal noch mehrere andere. Die beiden konnten nicht genau verstehen, aber die Sprecher schienen ihre Zuhörer auf wichtige Meldungen vorzubereiten. Joel legte das Kinn auf die Fensterbank und blickte in die Nacht. In dem Maschenzaun vor dem Haus hatte sich ein Zeitungsblatt verfangen und flatterte, als wolle es sich losmachen. Der Nachtwind wehte auch einen Zementsackfetzen, einen Lappen und einen zweiten alten Zeitungsbogen herbei, die allesamt an das Gitterwerk gedrückt wurden und dort hängenblieben.

Im Rundfunk wurde Professor Orens Name genannt, aber für Joel war es weit entfernt, interessierte ihn nicht mehr. Er legte seine Hände auf die mädchenhaft kleinen Brüste, ließ sie dann über Hüften und Schenkel gleiten, die die einer stattlichen, reifen Frau waren. Sie strich ihm über seine buschigen Augenbrauen und atmete ruhig, dem Einschlummern nahe. Draußen drängte sich die ganze Welt ans Gitter und wollte herein. Auf dem Neubaugrundstück hockte ein Wächter an einem kleinen Feuer, die Arme lose herabhängend. Bretter waren exakt aufgestapelt, dünne Eisenstücke lagen zwischen Kalktonnen und einer Mischmaschine über den felsigen Boden verstreut. Und auch Türen waren ordentlich aufgeschichtet. So viele Türen, die sich Menschen schicksalhaft öffnen und schließen würden, lagen hier auf einem Haufen: Türen der Rückkehr und des Zuschlagens, Fenster zu Abschied und Willkommen. Schicksal aus Menschenhand.

»Hör mal«, sagte Pat und richtete sich im Bett auf, als wolle sie eine Rede halten, »wir begehen eine Sünde, wenn wir nicht für immer zusammenbleiben, eine schwere Sünde.«

»Du predigst schon wieder, Patrice, jetzt mitten in der Nacht. Pfarrerin Patricia als Moralpredigerin, genau wie der kranke Doktor Mannheim. Ich liebe dich.«

»Siehst du, jetzt habe ich diese große Liebe und weiß nicht, wo ich sie hintun soll. Sag's mir, sag's mir, Darling.«

Zur Antwort küßte er ihren Schoß, aber sie sagte: »Nein, nein, jetzt mußt du mich anhören. Ich möchte dich etwas fragen.«

»Was?«

»Warum hast du geflucht, als du zum erstenmal in mich eingedrungen bist?«

»Hab' ich geflucht?«

»Ja, du warst irgendwie wütend, als wolltest du Rache nehmen. Was für eine Rache?«

»Ich war mir dessen nicht bewußt.«

»Was tust du mir an? Du weißt, daß ich nie wieder lieben werde, nie so geliebt habe. Was machst du mit mir?«

Sie sank an seine Seite zurück, und abermals hörten sie im Radio wichtige Ankündigungen und Meldungen des Tages. Dann fuhr sie abrupt wieder auf, schnellte richtig hoch, wie eine Schlange bei Flötenklängen.

»Mel, das heißt Melvin, mein Ehemann, behauptet, ich sei destruktiv. Alles, was ich anfaßte, ginge in die Brüche. Und er sagt auch, ich sei kindisch. Armer Mel! Und dann hab' ich angefangen, Medizin zu studieren, und das mit Auszeichnung. Darling, ich bin nicht destruktiv. Weißt du, manchmal kommen mir Menschen entgegen, einfach so auf der Straße, und ihre Augen flehen: Hilf mir! Sie flehen mit den Augen, und meine tun's sicher auch. Sei nicht böse auf all die, die zu mir kommen. Sie kommen von sich aus. Sie brauchen mich. Ich bin weder destruktiv noch kindisch, und ich habe noch nie so geliebt wie jetzt.«

Er ließ sie nicht weitersprechen, sondern zog sie an sich, aber sie setzte sich wieder auf, und ihr dunkles Haar berührte fast sein Gesicht. Unvermittelt sagte sie: »Ich bring' dir Eis aus dem Kühlschrank. Sexy icecream!« Sie erhob sich, er hörte die Kühlschranktür, und dann kam sie zurück, setzte sich vor ihn auf den Teppich, und während er liegenblieb, fütterte sie ihn löffelweise.

35

Ich saß am Bett der guten Henriette, denn sie war krank. Ihr Haar war grau und hart wie aus Gras, mit dem man Puppen und billige Matratzen füllt, und trocken wie das Gras auf den Feldern meines Landes im Sommer. Es war ihr nicht vergönnt gewesen, das Heilige Land zu besuchen, aber all seine Wüsten hatte sie im Kopf. Die judäische Wüste und der Negev hatten ihr Haar ausgetrocknet. Ich schob ihr ein weiteres Kissen unter, damit sie den Garten mit seinen Bäumen und den auf der Mauer entlangfahrenden Zügen sehen konnte, erzählte ihr von Jerusalem, von dem großen Stadtpark, der einmal ein moslemischer Friedhof gewesen war, vom orthodoxen Mea-Schearim-Viertel, von meiner Mutter und von meiner Frau, von der Altstadt und von den Kibbuzim.

»Gehst du dorthin zurück?«

»Natürlich. Ich kann doch nicht hierbleiben.«

»Und wozu bist du gekommen? Erzähl mir nicht, du seist bloß hier, um die alte Henriette zu besuchen.«

»Um Rache zu üben.«

»Jetzt?«

Ich antwortete nicht gleich, sondern schaute auf die Uhr. Es war Nachmittag. »Ja, jetzt.«

»Du wirst tatsächlich alle vorfinden. Es sind viele übriggeblieben. Aber was willst du tun? Du wirst nur Schwierigkeiten bekommen.«

»Henriette, soll ich dir was zu trinken holen?«

Ich ging hinunter, fand aber im ganzen Haus niemanden. Im Speisesaal saßen ein paar alte Leute gebannt vorm Fernseher: Da glitten sie immer noch vor sich hin, Tag und Nacht, bei Sonnenschein und bei Flutlicht. Wurden sie denn niemals müde? Mädchen in kurzen Röcken, die ihnen um die muskulösen Oberschenkel wirbelten, und junge Männer, denen enge schwarze Hosen am Leib klebten. Einzeln, paarweise oder zu viert fuhren sie. Und immer rund und rund. Das Publikum wechselte, aber sie blieben.

»Das ist grausam!«

»Tierquälerei!«

»Gojim Naches« – Belustigung für die Gojim –, spöttelten die Alten, ohne den Blick von den Kreisenden zu wenden. Ich sagte zu Schwester Maria: »Bitte geben Sie mir Kaffee für Henriette.« Die Nonne freute sich, daß ich gekommen war, ging zu dem Schacht, der in die Tiefe führte, öffnete die Aufzugstür und rief in die Unterwelt hinab: »Noch Kaffee!« Und gleich darauf: »Zwei Portionen, bitte!« Dann rasselten die Fahrstuhlketten, und das Tablett kam herauf. Ich fragte sie nach Schwester Elisabeth. Sie sei schon aus dem Krankenhaus entlassen und erhole sich in ihrem Kloster in Oberbach, erfuhr ich. Nach einer Pause fügte sie hinzu, Schwester Elisabeth habe sich Schweigsamkeit auferlegt, und dies Gelübde gelte auch für das ganze Kloster. Ich erschrak, denn ich hatte doch mit ihr über die kleine Ruth sprechen wollen. Schwester Maria sagte, nicht einmal Besuche seien dort gestattet. Ja, selbst wenn die Mutter einer der Nonnen gestorben sei, würde man es ihr nicht mitteilen. Die Äbtissin sage dann einfach während des Gebets: »Laßt uns für das Seelenheil einer unserer Verwandten bitten.« Anscheinend machte ich ein ziemlich bekümmertes Gesicht, denn sie sagte: »Vielleicht kann Pater Johannes Ihnen helfen, dort wenigstens hinzukommen und sie durch ein schmales Fenster zu sehen.«

»Wo ist Pater Johannes?«

»Zur Zeit unterweist er Priesterseminaristen in der Magdalenenkirche oder im Dom.«

Die Stimme des Sportreporters im Fernsehen wurde immer schriller und höher, und das Publikum stimmte johlend ein. Die Wogen des Lärms wetteiferten miteinander, bis sie in einen Abgrund des Schweigens, der Enttäuschung und der Stille stürzten wie die Schwester Elisabeth in ihrem Kloster.

Erst jetzt setzten die alten Fernsehzuschauer ihre Tassen auf die Unterteller, die ein leeres Klirren von sich gaben, wie die Körper der alten Leute. Schwester Maria blickte auf ihre Armbanduhr. Dann schaltete sie das Fernsehgerät ab und verkündete in gebieterischem Ton: »Bald beginnt der Schabbat!« Sofort standen die alten Leute auf, und ihre schleppenden, schlurfenden Schritte hallten durch die Flure. Ich stieg mit dem Tablett in der Hand zu Henriette hinauf. Sie saß immer noch in ihrem Bett, den Kopf in den Kissen, und wandte sich nur mit der Stimme an mich. Wir tranken Kaffee. Herrn Cohens Hunde jaulten. »Jetzt füttert er sie«, sagte Henriette. »Hol mir bitte die Kerzen. Sie liegen auf dem Regal hinter der Sammelbüchse für den Jüdischen Nationalfonds.« Ich gab sie ihr und merkte, daß die Büchse voll war. Henriettes Stimme nörgelte weiter: »Nicht mal eine saubere Tischdecke zum Schabbat kriegt man. Die Waschfrauen wechseln dauernd. Würde der selige Doktor Selig noch leben, wäre die erste geblieben. Die war nämlich gut.« Ich fragte, wie lange sie schon weg sei, und Henriette sagte es mir, da fiel mir ein, daß ich es schon gewußt hatte. Welchen Wert haben meine Kenntnisse, welchen Wert hat die Zeit? Unterscheidungen, Tag und Nacht verschwimmen für den Untätigen. Ich erzählte Henriette von meinen Schwächen. Sie war überrascht: »Du bist doch immer ein Held gewesen, hast als Kind Siegfried und Samson gespielt und stets all deine Feinde besiegt, einschließlich schrecklicher Drachen. Und Soldat in zwei Kriegen warst du auch.« Das habe ich nicht gemeint, dachte ich. Dann erzählte sie von Oskar, ihrem seligen Ehemann, den sie auf einem Dachboden in Theresienstadt kennengelernt hatte. Sie hatte damals ihren Kofferschlüssel verloren, und er war in all dem Gedränge und der Aufregung zu Hilfe gekommen und hatte den Koffer aufgekriegt. Dann hatten sie geheiratet: »Doktor Selig hat alles geregelt, und Doktor Mannheim hat die Trauung vollzogen. In seiner Predigt hat er gesagt: ›Möge Gott euch segnen, mögen die Balken dieses Hauses der Hochzeitsbaldachin für euch sein, möge Trauer uns in Fröhlichkeit umschlagen, und möge in den Straßen Jerusalems noch Jubel zu hören sein.‹ Da haben wir alle geweint.« Hier brach Henriette plötzlich ab und fragte: »Warum erzählst du nichts von deiner Frau?« Ich wußte nicht, was ich antworten sollte. Nach meiner Heimkehr würde auch das Zusammenleben mit meiner Frau wieder ins Lot kommen. Jetzt war alles weit weg, und ich tappte in dem Nebel, der aus meinem Innern aufstieg. Henriette fuhr fort, von Oskar zu berichten, zog sogar eine vergilbte Photographie aus ihrer Handtasche: Oskar sah genauso aus, wie er aussehen mußte – kahlköpfig, dick und gutmütig. Oskar, Oskar, nur eine Woche war er ihr Mann gewesen. Nur eine Woche hatte sie ihn gepflegt, als er krank war. Mithäftlinge sparten sich Essen vom Munde ab, um ihnen ein Hochzeitsmahl zu bereiten. Dr. Selig dichtete ein fröhliches Lied nach der Melodie des Kinderlieds »Ein Vogel wollte Hochzeit machen«, und alle waren sie zur Feier erschienen, Amsel, Drossel, Fink und Star und die ganze Vogelschar. Dr. Selig hatte die Worte nur wenig abgeändert, so daß Henriette, Oskar und all die Freunde, die sich auf dem engen Dachboden zusammenduckten, nun die Stelle der heiratslustigen Vögel einnahmen. Henriette sang mir das Lied wie in meiner Kindheit vor, und fügte einige israelische Vögel hinzu: die Bachstelze und den Bülbül, Bialiks Gedichtvogel und die Vögel meines Herzens.

»Oskar, Oskar«, seufzte sie, indem sie sich im Bett aufrichtete, um ihre Kerzen anzuzünden. Dann bedeckte sie die Augen mit den Händen und sprach den Segen. Wir hörten einen Wagen auf dem Kies im Hof halten: »Herr Grünfeld kommt zum Schabbatgottesdienst.« Die ganze Woche über war er mit seinem Viehhandel beschäftigt, reiste zwischen den Dörfern herum, soff mit Betrunkenen im Wirtshaus, verfluchte sie insgeheim, ebenso wie sie ihn im stillen verfluchten, und trieb es auch hier und da mit einer hübschen Bauerntochter in der Scheune oder auf dem Rücksitz seines Autos, um sie anschließend mit wertvollen Geschenken zu überhäufen. Siebzig Jahre war er alt, aber immer noch ein höchst vitaler Mann. Nur dank seiner Mithilfe kam ein Minjan zum Beten zustande. Er war der einzige, der keine Angst vor Herrn Metzmann hatte. Und er war ihnen zum Schiedsrichter und Streitschlichter geworden, wenn es darum ging, wer im Lager mehr gelitten hatte, wem was zustand, wer besondere Rechte besaß, wer vorbeten durfte und wem im Speisesaal ein Fensterplatz gebührte.

»Geh jetzt in die Synagoge«, sagte Henriette. »Hier wird früher gebetet, damit man früh schlafen kann. Danach kommst du wieder, und wir essen zusammen.«

»Nein, Henriette, ich kann nicht zum Essen bleiben.«

»Du verstrickst dich.«

Selbst wenn ich die Stricke zerreißen und mich befreien würde, würde ich meine Fesseln nicht los. Ich hob Oskars Bild auf, das heruntergefallen war, durch den Luftzug meiner Bewegung flackerten die Kerzen, und ich versprach Henriette, nach dem Gottesdienst noch einmal heraufzukommen und Ihr Gut Schabbes zu wünschen. Als ich hinaus auf den Flur trat, stand Schwester Maria an der Ecke, wies mir den Weg zur Synagoge und trieb mich zur Eile an.

Die alten Leute sangen »Auf, mein Freund, der Braut entgegen«. Als ich eintrat, brachen sie ab und schauten mich an. Ich bedeutete ihnen mit einer Handbewegung, nicht auf mich zu achten, und so sangen sie weiter nach der Melodie Lewandowskis.

Nach dem Gottesdienst traten zwei alte Männer auf mich zu, die sagten, sie hätten meinen Vater gekannt, und eine alte Frau, die meine Tante gekannt haben wollte. Dann blieb ich allein zurück, denn alle hasteten in den Speisesaal hinunter, damit nur jeder seinen Teil der Challa, des Schabbatbrots, abbekam. Durch die großen Fenster drang noch Licht, und die Baumwipfel bewegten sich sinnlos. Warum fuhren die Züge? Warum schwankten die Bäume? Wozu all das? Ich betrachtete das Rasenstück, auf dem Ruth, in Kissen und Federbetten gehüllt, gethront hatte, während ihre ganze Klasse wie das Gefolge einer Königin um sie herumsaß. Couragiert bis zum letzten Tag war sie gewesen. Sie hatte gewußt, daß Feuer und Messer zur Hand waren, und sie wußte auch, wer das Lamm für das Brandopfer war. Alles war in der Welt vorhanden, es mangelte an nichts. Meine Augen füllten sich mit Tränen. Ich wurde langsam meinem Vater ähnlich, nur daß er Menschen wie mich, denen viele sonderbare Pläne im Kopf herumspukten, mit allen möglichen Namen bedacht hatte, an die ich mich gut erinnerte: Wirrkopf, Wolkenschieber, Phantast und Luftmensch.

Im Erdgeschoß wurde schweigend gegessen. Was, wenn Schwester Elisabeth sich weigerte, ihr Gelübde zu brechen, um mit mir zu sprechen? Ich ging noch einmal zu Henriette zurück. Frau Münster brachte ihr das Essenstablett und ging wieder hinaus. Die Kerzen waren heruntergebrannt, eine flackerte noch, die andere war schon ganz aus. Dann verlosch auch die zweite. Henriette erzählte weiter von Oskar. Eines Tages war er von seinem Krankenlager aufgestanden, um an der Beerdigung eines guten Freundes teilzunehmen. Die Toten wurden außerhalb des Ghettos begraben. Henriette achtete darauf, daß er sich warm anzog. Auf dem Rückweg hielt man ihn am Tor an. Da er keine Rückkehrbescheinigung für das Ghetto hatte, stieß man ihn sofort in einen Waggon auf dem Weg nach Osten. Und als Henriette einen der Lagerkommandanten aufsuchte, antwortete ihr der SS-Mann, ihr Mann sei zu seiner eigenen Beerdigung gefahren und werde künftig gewiß nicht mehr vergessen, eine Rückkehrbescheinigung fürs Ghetto zu beantragen. »Der gute Oskar, mein einziger Ehemann. Nie haben wir auch nur ein Zimmer für uns gehabt. Ich habe ihn nur besucht und gepflegt, und er hat meine Hand gehalten. Wenn ich aufstand, habe ich mir den Kopf an den niedrigen Dachbalken gestoßen.« Dabei strich sich Henriette über das graue, trockene Haar. Ich fütterte sie mit dem Huhn, dem Gemüse und dem weißen Schabbatbrot. Das meiste ließ sie übrig. Ich erinnerte sie daran, wie sie mich in meiner Kindheit zum Essen angetrieben hatte: »Iß, damit du ein Mann wirst. Wenn du schön ißt, erzähle ich dir eine Geschichte!« Dann bat sie mich, hinunterzugehen, um auch etwas zu essen. Ich streichelte ihre rauhen Wangen und schlüpfte aus dem Haus.

36

Lange lag Joel auf dem Rücken, den Arm übers Gesicht gelegt, um ruhig zu werden, aber er wurde es nicht. Patricia schlief, das schwarze Haar übers Kissen gebreitet, mit dem Schwarz der Nacht verschwimmend. Ihr Handrücken lehnte leicht wie eine Lilienknospe an der Schläfe.

Was hätte sein Vater wohl zu dieser Patricia gesagt, dieser Tochter eines fremden Stammes, dieser Christin, der Geisel von gemischter Abkunft? Sicher wäre sein Gesicht, ohnehin dem eines greisen römischen Senators ähnlich, ganz versteinert. Und gewiß hätte der Vater sich von ihm abgewandt wie von einem Toten.

Als Kind hatte Joel gern neben seinem Vater in der Synagoge gestanden, obwohl die meisten Gebete ihn langweilten. Nur einige Teile des Gottesdienstes an den hohen Feiertagen regten seine Phantasie an, wie die Schilderung des Hohenpriesters beim Tempeldienst oder die Aussendung des Sündenbocks in die Wüste oder die Hymne, in der vom »Steppenreiter« die Rede ist. Dabei hatte er sich Gott wie einen der Präriereiter des Wilden Westens vorgestellt. Und nun war diese Steppenreiterin zu ihm gekommen, diese Kindfrau, Pferdefrau, eine antike Frau aus alter Zeit, wie ihre Hände und Lippen bezeugten. Hätte sein Vater das gewußt, wäre ihm das Herz gebrochen.

Er stand auf, schaltete aber kein Licht an und trank Wasser, das nach Chlor schmeckte. Im Mittelalter hatte man seine Vorfahren der Brunnenvergiftung bezichtigt, und nun trank er Chlorbrühe in Jerusalem. Dabei dachte Joel an all die Unordnung in Patricias Leben, all die letztwilligen Verfügungen, wie sie die Briefbündel in ihrem Schrank nannte. An einem Tag vermachte sie ihr komisches Haus in der Wüste von Nevada dem Tierschutzverein, am nächsten beschloß sie, es für gutes Geld zu veräußern und sich in Paris viele Hüte zu kaufen, und zum Schluß stellte sich heraus, daß sie weder ihr Haus vermacht hatte, noch nach Paris oder sonst wohin entflohen war, sondern hervorragende Arbeit in einem Jerusalemer Krankenhaus leistete und allen Augen nachgab, die »hilf mir, hilf mir« flehten. So war sie nun mal.

»Wasser!« rief sie plötzlich heiser. »Darling, bitte, Wasser. Wo bist du? Du darfst mich nicht verlassen. Darfst mich nicht ... Mich muß man ... Du mußt mich ...«

Er stand auf und brachte ihr ein funkelndes Glas Wasser, durch das er sie wie am Ende eines langen Weges sah, obwohl das Zimmer klein war.

»Chlorwasser. O ihr Wasser Jerusalems, ihr Wasser des heiligen Jordans schmeckt nach Chlor!«

»Du als Ärztin mußt es wissen.«

»Ich weiß gar nichts. Komm zu mir zurück.«

Sie reckte sich ein bißchen, schlug aber die Augen nicht auf. Joel sah sie mit geschlossenen Lidern trinken. Ihr Teint war glatt und braun ohne ein einziges Fältchen, und ihr Haar störte sie, während sie wie ein kleines Kind das Glas mit beiden Händen hielt. Da wußte er plötzlich, daß er sie genau so vorausgesehen hatte. Genau so hatte er sein ganzes Leben von ihr geträumt, und fast wünschte er, er würde sterben.

Patrice trank ein zweites Glas, immer noch zwischen Schlafen und Wachen hin- und hergerissen. Dann beugte sie sich über seinen Nacken und murmelte erstickt wunderliche Dinge über den Flüsterwald, in dem tote Jungvögel am Weg lagen, über seine Bonbons und über ihr Haus an einer Oase in der Wüste von Nevada. Die ganze Zeit über waren ihre Augen geschlossen.

»Du bereust es, daß du hiergeblieben bist, statt an den Ort deiner Kindheit nach Deutschland zu fahren.«

»Sei ruhig, sei still.«

»Joel, dein Ich wird immer dicker. Wie ein fetter, satter Kater. Du denkst nur an dich.«

Joel erwachte aus seinem Halbschlaf. Das Radio in der Nachbarwohnung war lauter gestellt worden, so daß er deutlich hörte: »Wo steht zweimal...« »Wer sagte erstmals zu wem...«. Die übrigen Fragen beachtete er nicht mehr.

Ach ja, wir sind an unserem Bruder schuldig geworden, dachte er in den biblischen Worten von Josefs Brüdern und zwang sich, an seine Frau Ruth zu denken, aber er empfand keine Schuld. »Meine Geliebte, Patrice.«

Mit einem Schlag wurden zwei, drei weitere Rundfunkgeräte eingeschaltet, so daß das Bibelquiz nun von allen Seiten zu hören war. Patricia wälzte sich herum, und sie lagen nun Rücken an Rücken, während die Fragen, eine nach der andern, durch die klare Jerusalemer Nachtluft schallten.

»Das bringt Ihnen zwei Punkte ein!«

»Der Nächste bitte.«

Joel fuhr in diesem Sommer nicht nach Weinburg, wie geplant, fuhr nicht zum Stelldichein mit den Toten seiner Geburtsstadt. Wer weggeht, hat die Oberhand. Wer, um zu lieben, in Jerusalem bleibt, kommt nicht mehr weg, nicht aus der Stadt und nicht von seiner Liebe. All seine Handlungen – eine Jalousie hochziehen, sich im Bett aufsetzen, in die Nacht horchen, Wasser trinken – werden Taten der Liebe sein. Und es gibt keinen Ausweg, außer die Liebe oder die Liebenden oder die Stadt werden zerstört.

Eine scharfe Stimme erklang im Radio: »Der Nächste. Die Frage, die ich Ihnen jetzt stellen werde, ist kompliziert...«

Pat nahm seine Hand und legte sie sich auf die Stirn.

Patricia warf sich im Bett herum, denn die Nacht war heiß. Joel schlief nur flach, erwachte leicht, betrachtete sie in ihrem Schlummer und mußte plötzlich an den Morgenkaffee denken, der ihn erwartete. Amerikanischen Kaffee würde sie ihm kochen, den sie aus Übersee geschickt bekam – in roten Dosen mit einem lächelnden Mohrengesicht und der Aufschrift *Doppelt geröstet.*

Joel faßte sie um die Taille, betastete wieder und wieder die vorstehenden Hüftknochen und strich die lange Mulde ihres Rückens entlang. Sie schien auf dem Wasser zu schwimmen und war schon wieder eingeschlafen. Für immer würde sie ihm gehören. Ein angestammtes Besitzrecht nach uraltem Gesetz besaß er an ihr, ein Anrecht auf ihre Fußsohlen, ihr langes Haar, ihre Hände.

Ihre Kleidungsstücke lagen über die ganze Wohnung verstreut, und im Lauf der Stunden – bei jedem Gang zum Bad, ins Wohnzimmer oder in die Küche – waren sie noch heilloser durcheinandergeraten: Ein Fuß blieb im Rock hängen und schleifte ihn mit, ein Schuh wurde barfuß beiseite gekickt, verträumte Hände hängten den herabgefallenen Büstenhalter über eine Türklinke, ein anderer Schuh wurde aufgehoben und auf einen Tisch gestellt. Ein plötzlicher Luftzug wirbelte auch ein paar Briefe auseinander, darunter einen von Klein:

Sehr geehrte Frau Doktor,
ich hoffe, es ist alles in Ordnung und die Jalousie repariert. Ferner hoffe ich, daß mein Bevollmächtigter und Freund die Wohnung des öfteren aufsucht und sich um etwa anfallende Probleme kümmert.

Mit freundlichen Grüßen
Ihr A. Klein

Der Teppich war gewellt wie mitten im Sturm gefrorene Meereswogen. Es klopfte an der Tür. Pat stand auf, schlang das Laken wie eine Toga um sich und weckte Joel. »Wer kann denn das sein?« fragte er. »Der Telegrammbote? Dein

Mann? Jossel schon wieder? Mister Cohen mit um Mitternacht gepflückten Blumen?«

»Wir stellen uns einfach tot. Wie kleine Tiere bei Gefahr.« Damit drückte Joel ihr ein Kissen auf den Mund, damit man ihr Lachen nicht hörte, beförderte sie aufs Bett und ging zur Tür. Es war Jossel bei einer seiner zahlreichen Verabschiedungen in dieser Nacht. Die beiden Freunde unterhielten sich flüsternd im Stehen.

»Schalom, mein Freund, entschuldige, daß ich um diese Zeit noch einmal komme. Ich habe mich von Ruth verabschiedet. Du mußt dich entscheiden, Joel, so oder so. Du bist verhext.«

»Jossel, sprechen wir nicht darüber.«

»Du mußt Patricia einfach lieben. Sie hat in der ihr eigenen Art so wunderbare Dinge über dich gesagt.«

»Mach das Licht an, was sollen wir im Dunkeln stehen?«

»Es ist besser so.«

37

Plötzlich fiel mir Herr Rosenbaum ein – wie ein strenggläubiger Jude auf einmal merkt, daß es längst Zeit für das Nachmittagsgebet ist, weil es schon dunkel wird. Wie konnte ich sein Grundstück vergessen? Während er nachts die Gedenkstätte in Jerusalem bewachte, zwischen den Regalen mit den Holocaustakten und den Karteien des Grauens hindurchging und am nächsten Morgen mit Glückwunschkarten handelte. Jetzt, da das Neujahrsfest näherrückte, war er sicher sehr beschäftigt, klapperte die Schreibwarengeschäfte und die Zeitungsstände mit seiner Ware ab. Am Tag ernährte ihn der Segen, bei Nacht der Fluch. Er bewohnte eine Dachwohnung im Haus meines Freundes Klein, der in der Welt herumreiste.

Vom Frühstücksraum im Erdgeschoß meines Hotels sah ich den Markt zum Leben erwachen, mit all den Kisten und riesigen Gurkenhaufen. Die Sonne drang durch die rustikalen, rotweiß karierten Vorhänge, und die Glocken der Marienkirche begannen aufs Geratewohl zu läuten. Ich strich mir Marmelade aufs Brötchen – Hagebuttenmarmelade, dem Duft nach zu urteilen. Meine Gedanken kletterten über Simse und Heiligenfiguren den Kirchturm hinauf und sprangen von dort nach Jerusalem. Gleich nach dem Frühstück würde ich zum Grundbuchamt gehen! Die Zeitung hatte an diesem Morgen einen schwarzen Trauerrahmen. Es war der Gedenktag für die Toten des großen Bombardements. Ab zwölf Uhr mittags würde alles geschlossen sein. Ich eilte die Treppen hinauf, um meine Vollmacht und Herrn Rosenbaums Papiere zu holen.

Auf dem Weg zum Gericht kam ich an einem der Hofgartentore vorüber. Es war wegen Reparaturarbeiten mit Brettern vernagelt. Ein eiserner Engel war abgebrochen. Ich war noch nicht im Hofgarten gewesen. Auch nicht dort, wo die Synagoge gestanden hatte. Über der Straße wurde gerade ein Spruchband mit der Aufschrift *Schluß mit Krieg und Zerstörung!* ausgerollt. Diese Straße war fast nicht beschädigt worden. Als habe man sie aufgespart für einen wie mich. Hier war der Bote durchgerannt, der mir von Ruths Unfall berichten sollte. An der Mauer war er entlanggelaufen, an der Außenwand des Stadtgefängnisses, in dem einige Jahre später Ruths Vater, Dr. Mannheim, einsitzen sollte. Und hier war Ruth zwischen zwei Autos geraten, wobei ein Kotflügel ihr das Bein abtrennte, während ihr Fahrrad fast unbeschädigt blieb. Ich würde Schilder an Ruths Leidensweg anbringen müssen wie die, die man zum Andenken an den Ritter von Tuchtolz angeschlagen hatte.

Schließlich gelangte ich zum Justizgebäude, das auch das Grundbuchamt beherbergte. Über dem Eingang stand die Göttin Justitia mit verbundenen Augen, in der einen Hand ein Schwert, in der anderen eine Waage. Ihre Augen waren verbunden, damit sie nicht sah, was sie tat. All die Menschen, die da geschäftig die Treppen auf und ab hasteten, waren wie sie: »Wir haben nichts gewußt, nichts gesehen, nichts gehört.«

Wozu das gezückte Schwert in der Hand der Göttin der Gerechtigkeit? Um den Bösen die Köpfe abzuhacken. Aber da ihre Augen verbunden waren, hieb sie größtenteils auf Unschuldige ein. Die Bösen wußten, daß sie blind war. Und wozu die Waage? Was sollte sie abwägen? Die Waage sollte sie lieber den Krämern überlassen.

Ich trat in die Drehtür, und ließ mich mehrmals rein und wieder raus wirbeln. Solche Türen sind gut für unentschlossene, zaudernde Menschen wie mich. Zum Schluß wurde ich in eine große Marmorhalle expediert. Ich ging an Menschen vorbei, die mich nur deshalb um Verzeihung baten, weil sie mir im Weg gestanden, aber sonst gar nichts Böses getan hatten. Die Weinburger sind höfliche Leute. Hätte mein Vater uns nicht Anfang der dreißiger Jahre aus dieser Stadt herausgeholt, hätten diese höflichen Menschen uns in die Krematorien geschickt. Auch die Göttin der Gerechtigkeit ist höflich, möchte nichts sehen und sich nirgends einmischen.

Die Türen entlang des Korridors waren alphabetisch gekennzeichnet. Für Rosenbaum war eines der letzten Zimmer zuständig. Vorsichtshalber sagte ich mir im Kopf das ganze Alphabet auf. Weil ich ständig meine gesamte Lebensgeschichte von meiner Geburt bis zum heutigen Tag im Kopf habe, vergesse ich immer das Alphabet.

Die Wände des Zimmers, das ich nun betrat, bestanden aus Aktenregalen. Nachdem wir Kafkas Erzählungen gelesen haben, kennen wir sämtliche Ämter der Welt. Wo war dieser Kestler, Nestler oder Bestler, der die kleine Ruth getreten hatte, während seine HJ-Kameraden mich auf dem Boden festhielten? Welches Haus gehörte ihm? Wo lag es?

38

Joel und Patricia schliefen traumlos, denn sie hatten einander alles offenbart, alles ausgeschüttet, was Qual und Laster, was Lust, Trauer und Niedergeschlagenheit bedeutete, alle Kindheitserinnerungen, sei es an den amerikanischen Vater, den rotgesichtigen Kapitän, sei es an den untersetzten jüdischen Vater mit dem Gesicht eines gütigen Römers, der doch streng auf die Einhaltung der religiösen Gebote achtete. (»Warum hast du den Segen nicht gesprochen? Wo ist dein Arba Kanfot?«) Alle Angstgefühle waren verflogen. (»Kleines Judenschwein! Nimm gefälligst die Mütze ab, wenn das Kreuz vorübergetragen wird!«) Selbst das Gesicht von Patricias schweigsamem, innerlich verwirrtem Ehemann verschwand, ebenso wie das seiner guten Frau Ruth, mit der er friedliche Zeiten gekannt hatte seit jenem frühen Morgen, an dem sie sich im gelben, von Sonne und Krieg glühenden Negev begegnet waren. Das alles war aus ihrem Innern und aus der Welt verschwunden und würde ihnen keine Träume mehr verursachen. So schliefen sie ohne Vertreter ihrer Vergangenheit, ohne Gaukler ihrer Frustration, ohne die Kulissen ihrer Kindheit oder die Ungeheuer ihrer Leidenschaften.

Sie beide ersehnten einen Hafen und erreichten ihn, selbst so groß wie das offene Meer. Seine eine Hand ruhte auf seinem Bauch, die andere auf ihrer Hüfte. Ihre eine Hand lag wie eine geschlossene Lilie an ihrer Schläfe, die andere auf seiner Schulter. Sie waren keine getrennten Leben mehr, miteinander vermischt waren sie, zweifach verbunden, siebenfach verknüpft.

Jemand kam auf das Haus zugerannt. Es war eine Frau in einem weißen Morgenrock, so leicht, daß sie mit den Papierfetzen herbeizuwehen schien und am Zaun hängenblieb. Joel stand auf und flüsterte ihr vom Fenster aus zu: »Was machst du hier?«

Aber sie erkannte ihn nicht und fragte: »Wie geht's dir, Regen?«

»Ich bin nicht der Regen, Mina, ich bin Joel.«

»Wie geht's dir, Regen?«

»Ich bin Wolken.«

Mina freute sich, daß er Wolken war. Aber sie erkannnte ihn nicht, sie erinnerte sich weder an die Säulen ihres Hauses noch an Übereinkünfte, die sie früher mit ihm getroffen hatte, weder an die Züge ihres Mannes Jizchak noch an den Eukalyptusbaumwipfel vor ihrem Fenster. Sie streifte einfach den Krankenhausmorgenrock ab und drückte sich mit ihrem ganzen geschmeidigen kleinen Körper ans Gitter. Joel war schon im Begriff hinauszugehen, als er mehrere Menschen mit Taschenlampen über das leere Grundstück auf sie zueilen sah – eine Krankenschwester, zwei Pfleger und ein Arzt. Sie redeten behutsam auf sie ein, doch sie sagte: »Ich möchte im Meer baden, warum laßt ihr mich nicht?« Sanft stimmten sie ihr zu, daß das Meer angenehm sei, aber die Wellen seien zu kalt, wobei sie sie abrubbelten, als hätte sie tatsächlich im Meer gebadet. Ein Auto hielt. Major Patterson war eingetroffen. »Noch ein bißchen! Noch ein bißchen!« bettelte Mina. Doch als der Major ihr sein dünnes blaues Tuch über den Kopf legte, beruhigte sie sich.

»Wir werden noch alle verrückt werden in diesem Land«, sagte der Major, während er sie vom Zaun zu lösen versuchte. »Ein Glück, daß sie nicht über die Grenze gegangen ist. Viele Geisteskranke flüchten über die Grenze.« Wo war Jizchak? Am Vortag hatte Mina einen überraschenden Anfall erlitten, der nicht genug Zeit ließ, um sie in das Krankenhaus in den Bergen zurückzubringen. Deshalb hatte man sie in die Nervenklinik in der Stadt gebracht. »Nicht mit Gewalt«, warnte der Arzt, »die Finger könnten im Krampf brechen.« Nachdem er ihr eine Beruhigungsspritze gegeben hatte, trug Major Patterson sie auf den Armen wie ein kleines Mädchen zum nahegelegenen Krankenhaus.

Joel trat vom Fenster zurück, betrachtete wieder Patricia. Sie hatte im Schlaf das Laken weggeschoben und lag jetzt nackt da. Er sinnierte über den weiblichen Körper, der ganz auf Schwangerschaft zugeschnitten schien: wie eine Glocke oder ein Kelch oder irgendeine andere Art Behältnis, um ein Kind darin wachsen zu lassen.

Wenn er daran dachte, daß er Patricia beinah gar nicht begegnet wäre. Fast hätten sie einander ja verpaßt, denn es hatte nicht viel gefehlt, und er wäre in seine Geburtsstadt Weinburg gefahren, so daß sie womöglich buchstäblich aneinander vorbeigelaufen wären, auf dem Flughafen zum Beispiel: er auf dem Weg dorthin und sie auf dem Weg von irgendwoher. Dieser Gedanke verursachte ihm einen jähen, scharfen Schmerz. Vielleicht wäre sie in eine Unterführung gegangen, einen kleinen Koffer in der Hand und einen Reisehut auf dem Kopf, und er in eine andere, und sie hätten einander nie gesehen. Der Augenblick der Gnade wäre vorübergegangen, und sein ganzes Leben und ihr ganzes Leben wären von nun an vergeudet gewesen. Ein kleiner Irrtum, eine winzige Abweichung, eine Erwägung, eine Entscheidung so oder so, eine Laune, das Wetter, ein Brief – sie alle hätten die Begegnung vereiteln können. Und wieder fuhr ihm das Messer der Angst vor dem Zufall, vor dem Sie-nie-und-nimmer-gesehen-Haben, ins Mark. Denn genau in diesem Augenblick wäre er doch sonst in Weinburg gewesen, ohne auch nur etwas von dem Verlust seines Lebens zu ahnen. Aus dieser Angst heraus beugte er sich über sie, und sie erwachte halb: »Sprich Englisch mit mir. Lieb mich oft, oft. Bist du mein? Liebst du mich?«

»Sehr, sehr.«

Und sie sprachen ein bißchen Hebräisch und ein bißchen Englisch, mal Hebräisch mit Fehlern und mal Englisch mit Fehlern, gestammelte Worte, Gewisper, unartikulierte Laute und viele vage Sätze mit »mein«, »mein«.

39

Es würde wohl noch einige Zeit dauern, bis Rosenbaums Haus- und Grundstücksangelegenheiten geregelt waren, denn es fehlte irgendeine Urkunde über jemanden, der das Haus kurz vor dem Bombenangriff gekauft hatte. Selbst die Dinge anderer ließen sich also nicht schnell und glatt abwikkeln, aber ich bedauerte das keineswegs, da die Verzögerung mir Gelegenheit gab, auch im Amtsgericht einen Fuß in die Tür zu bekommen. Ein Angriff von dieser Seite auf das arglose Weinburg würde mir helfen, meine eigentlichen Absichten zu vertuschen und verwirrte Verblüffung in den Herzen derer zu stiften, denen ich ebenso nachspürte wie sie mir.

Ich stieg in eine Straßenbahn und fuhr los. Funken stoben dort, wo der Stromabnehmer die Oberleitung berührte. Mit hohlem Gurgeln rollte die Bahn dahin und hielt an jeder Station, obwohl ich der einzige Fahrgast war und niemand ein- oder aussteigen wollte. Persil reinigt. Odol reinigt. Der katholische Jugendkongreß reinigt. »Wären eure Sünden auch rot wie Scharlach, sie sollen weiß werden wie Schnee«, hat Jesaja verkündet. Was kann ich da hineinreden? Der Schaffner klingelte, und das elektrische Gefährt setzte sich wieder in Bewegung. Ich sah keine Menschen, dafür aber Reklame. Leonore lächelte mir zu, weil der Büstenhalter Marke *Zauberkreuz* ihr so bequem saß. Leonore hielt eine Kaffeedose in der Hand. Ich hatte sie schon lange nicht mehr gesehen, außer auf Werbeplakaten. Der Schaffner blickte mich vorwurfsvoll an, als ob ich ihm extra Arbeit mache und er nur meinetwegen fahren müsse. Meinen Fahrschein hatte er schon zweimal gelocht. Ich stieg am Marktplatz aus, wartete einen Augenblick, bis es grün wurde, und überquerte die Fahrbahn. Bald werden die Menschen auf der Straße jegliche Willensfreiheit verloren haben. Sie dürfen sowieso nur zwischen weißen Linien oder auf Anweisung von Ampeln gehen. Demnächst wird jemand nach Hause gehen wollen, von Streifen, Lichtern und Schranken jedoch zu einem anderen Haus und zu einer anderen Frau dirigiert werden. Bald sind wir nicht mehr freier als Züge, die auf Schienen rollen, die sie sich nicht ausgesucht haben.

Ich fragte den Portier, ob ein Brief für mich angekommen sei. Post war nicht eingetroffen, aber statt dessen bat mich der Mann unter zahlreichen gemurmelten Entschuldigungen um meinen Paß. Bei der Anmeldung sei ein Irrtum unterlaufen, nicht weiter schlimm, meinte er mit verlegen gesenktem Kopf. Ich übergab ihm meinen blauen Reisepaß und eilte hastig, mehrere Stufen auf einmal nehmend, die Treppe hinauf. Sorge und Mißtrauen machten sich in meinem Innern breit. Das Zimmer war sauber. Zu sauber und aufgeräumt. Ich machte den Koffer auf. Es schien alles in Ordnung zu sein.

Ich band mir eine Krawatte um und ging wieder hinunter. Der Portier gab mir meinen Paß zurück. Draußen hatten die Geschäfte bereits geschlossen. Schwarzgekleidete Menschen gingen zwischen den pastellfarben gestrichenen Häusern entlang. Einige schleppten Kränze, deren Schleifen die Namen der Spender trugen: Weinburger Bootsklub, Winzergenossenschaft, Liederkranz, Männerchor »Waldeslust«, Männerchor »Fröhliche Jäger«, Persil reinigt alles, Einzelhandelsverband, Verein katholischer Mädchen, Odol reinigt Zähne, Berufsgenossenschaften, Bundesbahndirektion.

Der Blumenduft berauschte mich. Festlich herausgeputzte Kinder liefen stolz neben ihren Eltern her. Ich ließ mich von dem Strom mitreißen, ohne zu wissen wohin. In einem Park unweit des Altersheims setzte ich mich auf eine Bank, um etwas auszuruhen und nachzudenken. Wenige Minuten später sah ich Frau Münster kommen. Wann immer sie sich nicht um Henriette kümmerte, saß sie in öffentlichen Anlagen. Sie ähnelte einer Statue, auf die niemand mehr achtgab. Die Fettsäckchen unter ihren Augen glichen großen Gräbern. Sie war ganz weiß. Ich fragte sie: »Wohin strömen diese Leute?« Und sie antwortete mir: »Wer im Glashaus sitzt, soll nicht mit Steinen werfen.« In letzter Zeit beschränkte sie sich mehr und mehr auf Sprichwörter, die sie gelegentlich um- und verdrehte. »Wer im Steinhaus sitzt, soll kein Glas zerbrechen.« »Ein Steinhaus ist ein Mausoleum.« Oder: »Wessen Haus aus Stein gebaut ist, der kann noch und noch Steine werfen. Es wird nichts nützen.« »Wer zuletzt lacht, soll keine Steine ins Glas werfen.« »Wer zuerst weint, lacht zuletzt.« Dann begrüßte sie mich mit dem Satz: »Spinne am Morgen – ein Freudenbot', Spinne am Abend – bald bist du tot.«

Frau Münster war wie Hannah, deren sieben Söhne umgebracht wurden, während sie selbst am Leben blieb. Sie war Niobe, die in ihrem furchtbaren Leid in Stein verwandelt wurde.

»Da liegt der Hund begraben.«

»Wer nie sein Brot mit Tränen aß, der kennt euch nicht, ihr himmlischen Mächte«, zitierte sie Goethes *Harfenspieler*. Und nach diesem Zitat begann sie zu weinen, daß ihr die

Tränen aus den Fettsäckchen unter ihren Augen rannen und nicht wieder aufhören wollten. Eine vorüberkommende Mutter erklärte ihrem kleinen Sohn: »Sicher hat sie ihre ganze Familie an dem schrecklichen Tag damals verloren.« Plötzlich kam Heini angerannt und hängte sich an mich. Er war hinter der Bank im Sandkasten gewesen, demselben Sandkasten, in dem auch ich in seinem Alter gespielt hatte. Um Frau Münster ein wenig zu trösten, rezitierte ich ihr ein anderes Sprichwort: »Geteiltes Leid ist halbes Leid.« Und ein eigenes: »Was vielen Trost ist, ist des einzelnen Leid.«

»Der Herr hat genommen und genommen.«

Doch Frau Münster hörte nicht auf zu weinen. Heini stand verstört neben ihr wie ein Junges neben dem leblosen Körper des Muttertiers. »Geh und ruf Henriette oder jemand anders vom Haus. Dann bekommst du ein Bonbon.« Heini, der die Verlockung zu schätzen wußte, rannte davon. Erst war er ein ratterndes Auto, dann ein Flugzeug mit ausgebreiteten Armen, dann entschwand er meinem Blick. Ich blieb neben Frau Münster sitzen. Zwei Männer näherten sich uns. Der eine war Herr Windmeier, der Regieassistent. Er blieb stehen und stellte mir seinen Begleiter vor, einen Mann in dunklem Anzug mit ergrauendem, kurz geschorenem Haar und tiefliegenden Augen. Er war eine eigenartige Mischung: halb Militärtyp, halb ein Mann der Schmerzen. Etwas fesselte mich an ihm, als sei ich ihm schon einmal begegnet. Irgend etwas sagte mir: »Das ist dein bester Freund. Wir haben etwas gemeinsam.« Wir drückten einander die Hand. Der Assistent verließ uns, um die Filmaufnahmen zu leiten. Der amerikanische Regisseur sagte, er habe durch seinen Mitarbeiter und durch Leonore von mir gehört. Er erklärte, sie wollten die erregte, in eine Richtung strömende Volksmenge für die Szene der Synagogenverbrennung aufnehmen. »Aber wie geht das?« fragte ich. »Dieser Menschenauflauf ist doch ernst und traurig.« Sie würden aus der Ferne filmen, meinte er; von weitem gebe es keinen Unterschied zwischen einem Gedenkzug und einem haßerfüllten Menschenauflauf. Und was den Ausdruck wilder Erwartung und gelösten Freudentaumels betreffe, habe er bereits Aufnahmen von der Menge, die zur Eröffnung der

Rollschuhmeisterschaften herbeigeströmt sei. Schließlich fragte er, wer die weinende Frau neben mir sei, und ich erklärte es ihm. Während ich noch sprach, fing Frau Münster wieder an, ihre Sprichwörter und Zitate von sich zu geben.

»Sage mir, wer deine Freunde sind, und ich sage dir, wer du bist.« »Wirf Steine im Glashaus, bis es in Scherben geht.«

Wir blickten in ihr Gesicht, das wie ein leise wassersprudelnder, runder weißer Stein aussah. Dann fragte Frau Münster, wer der Herr sei, und als ich ihr sagte, er sei Filmregisseur, erzählte sie ihm von ihrer Tochter Klara, die ebenfalls Schauspielerin gewesen sei und Rebekka am Brunnen gespielt habe. Dabei schaute sie mich an und wisperte: »Mein lieber Freund, sie hat Rotkäppchen gespielt, und Sie waren der Wolf.«

»Ja, ich erinnere mich, und das Bett, in dem ich lag, ist unter mir zusammengekracht.«

»Nachdem Sie die gute Großmutter verschlungen hatten.«

»Die den Kuchen gegessen und den Wein getrunken hatte.«

»Die kleine Ruth ist die Großmutter gewesen.«

»Nein, sie war Rotkäppchen.«

»Sie irren sich.«

»Irren ist menschlich.«

Heini kam angesaust, landete auf dem Flugplatz zwischen mir und dem Regisseur, stellte den Motor ab und sagte: »Sie ist krank.« Und schon sah ich Frau Metzmann mit hochrotem Gesicht herbeieilen und hinter ihr, wie ein schwächliches altes Vögelchen, Schwester Maria. Sie setzten sich neben Frau Münster und beruhigten sie. Die Straße hatte sich schon geleert, und man hörte eine Blaskapelle näherkommen, die getragene Trauermärsche spielte. An der Spitze der Prozession zog der Erzbischof vorüber, der mit Dr. Mannheim befreundet gewesen war. Ich hatte ihn noch als Schachpartner des Rabbiners in Erinnerung. Er war sehr alt, und obwohl er in einer Sänfte saß, schien das schwere Ornat auf ihm zu lasten. Funkelnde Bilder und Statuen wurden vorbeigetragen. Der Regisseur bekreuzigte sich nicht. Offenbar war er protestantisch wie die meisten Amerikaner. Mir fiel wieder die Ohrfeige ein, die ich einmal bekommen hatte, als eine Prozession vorübergezogen war und ich meine Mütze nicht abgenommen hatte. (»Kleines Judenschwein! Nimm gefälligst die Mütze ab, wenn das Kreuz vorbeigetragen wird!«) Rotwangige junge Meßknaben folgten in ihren weißen und roten Chorhemden mit den Spitzenkragen. Hinter ihnen schritten weißgekleidete Mädchen mit Kerzen.

»Alles Gras ist verwelkt«, sagte Frau Münster und weinte. Die beiden Frauen beruhigten sie. Schwester Maria blickte mich durch ihre dicke Brille an, die sie wie ein schweres Kreuz trug.

»Zu meiner Rechten Michael«, sagte Frau Münster.

»Und über meinem Haupte die Gegenwart des Ewigen«, ergänzte Heini, der das Nachtgebet kannte, weil Henriette es ihm beigebracht hatte. Jetzt defilierten Mönche und Seminaristen vorbei und sangen lateinische Choräle. Der Erzbischof in seinen schweren Kleidern erschien zum zweitenmal. Mir war, als habe er mich angeschaut, aber das schien sicher allen so.

Nun folgten die Studenten in ihrer Verbindungskluft: runde bunte kleine Federkäppchen auf dem Kopf und glänzende breite Seidenschärpen schräg über der Brust.

Es hieß, der damalige Rektor habe als erster die Synagoge in Brand gesteckt, wie jener römische Legionär, der die erste Brandfackel in den Tempel schleuderte. Die Prozession bewegte sich langsam und mit schwerfälligem Ernst auf den Hofgarten zu, dessen Tore eiserne Engel überragen, die mit ihren ausgebreiteten Flügeln den Garten und meine Kindheit beschirmen.

Feuerwehr-, Polizei- und Dorfkapellen zogen vorbei und spielten »Ach Herr, bring doch Hilfe!«

Frau Münster wisperte: »Wer zuerst weint, weint immer.«

Frau Münster hatte Erfindergeist. Henriette erzählte mir, in Theresienstadt habe sie Gesellschaftsspiele erfunden, um die Zeit bis zu Abtransport und Tod zu vertreiben. Es waren Würfelspiele, bei denen man je nach der gewürfelten Augenzahl und den eingezeichneten Stationen vor- oder zurückzog, zur Strafe aussetzen mußte oder zur Belohnung einen großen Sprung vorwärts machen durfte. »An einem dieser Abende werden wir sie spielen«, versprach ich ihr. Und als Heini das Wort »spielen« aufschnappte, rief er: »Ich auch! Ich auch!«

Schwester Maria sagte: »Wir bringen sie lieber zurück.« Die Kapellen spielten Hymnen auf den großen, furchtbaren Gott und auf unseren lieben Herrn Jesus. Die Trompeten schmetterten Wiederauferstehungsfanfaren. Ich flüsterte Frau Münster zu: »Ich öffne eure Gräber, wie es geschrieben steht.«

»Ein lieber Schwindler sind Sie«, erwiderte sie, »ein netter Lügenbold, genau wie Ihr Onkel, Friede sei mit ihm, den ich gekannt habe. Klara hat doch gar nicht das Rotkäppchen gespielt, sondern nur bei der Aufführung des Judas Makkabäus mitgewirkt.« Dabei drohte sie mir mit dem Finger und lächelte ein verschmitztes, allwissendes Lächeln.

Nun wandte sich Schwester Maria an mich: »Ich habe wichtige Neuigkeiten für Sie. Ich habe erfahren, daß Ruth in den letzten Tagen vor ihrer Verschickung dorthin viel gesungen hat.«

»Gesungen?«

»Ja. Choräle, aber es war niemand da, der die zweite Stimme gesungen hätte.«

»Und was noch?«

»Auch Kanons, aber sie konnte nur einstimmig singen, weil sie nur einen Mund hatte.«

»Einen Mund zum Weinen und einen Mund zum Lachen. Derselbe Mund.«

Mit mächtigem Schall setzte Glockengeläut ein. Frau Münster saß mit offenem Munde da, bereit, aufs neue ihre Sprichwörter zu verkünden. Heini spielte im Sandkasten. Zuerst hatten die entfernten Glocken zu läuten begonnen, dann die im Zentrum, und schließlich setzte auch die Glocke in unserer unmittelbaren Nähe mit ein. Das Läuten brandete nun hin und her, auf und ab wie Meereswellen. Ich beobachtete den amerikanischen Regisseur, dessen Namen ich bei der Vorstellung nicht verstanden hatte. Graue Strähnen blitzten in seinem Haar. Sein eines Auge leuchtete voller Aktivität und militärisch kühler Entschlußkraft, das andere wirkte versonnen und traurig. Frau Münster blickte von einem zum andern, während der Regisseur einem Techniker neben dem Sandkasten noch einige Anweisungen zurief. So standen wir wie eine Gruppe Sänger am Ende einer italienischen Oper, wenn alle gemeinsam singen, alle aus vollem Hals, jeder einzelne aber, was ihn freut oder bedrückt.

Die Kirche neben uns hatte einen halb eingebrochenen Turm. Man ließ den Stumpf zum Gedenken an die Zerstörung stehen. Frau Münster stöberte weiter in ihrem Sprüchevorrat: »Alles Sterbliche ist wie Gras, und alles Geschehen ist Gras. Der Krug geht so lange zum Brunnen, bis er bricht.«

Mir fielen die Krüge meiner Großmutter ein, die ich im Museum gesehen hatte. Es hatten Sprüche darauf gestanden. Ich erzählte es Frau Münster.

»Dieser Regisseur ist ganz und gar symbolisch – Hamlet und Fortinbras in einer Person.«

»Wer sind die? Sie sind nicht mit mir im Lager gewesen.«

»Das sind Schauspielfiguren, der eine ein eher tatenloser, der andere ein tatkräftiger Typ.«

Plötzlich verstummte die alte Frau, und auch die Straße wurde still und leerte sich. Schwester Maria und Frau Metzmann nahmen die schwergewichtige Frau Münster in die Mitte und gingen. Frau Metzmann rief mir noch zu: »Also, Sie kommen mich besuchen, ja?«

»Inschallah!« erwiderte ich, während sie sich entfernten und Heini ihnen wie ein Herold vorausrannte.

Der Abend senkte sich, und wir, der Regisseur und ich, gingen zum Friedhof hinunter. In Jerusalem liegen die Friedhöfe auf den Anhöhen ringsum: auf dem Ölberg, dem Hamenuchotberg oder der Ramhöhe, wo – vorläufig – Onkel Moritz begraben liegt, der einst als Kohen die Hände zum Segen ausgebreitet hatte. Nur in Sanhedria gibt es keinen Hügel. Dort ruht mein Vater, und dort sinkt die Erde ein, die Grabsteine neigen sich, und der Stein wird rissig. An der nahen Grenze spießen Stacheldrahtrollen jeden fliegenden Papierfetzen und jede weggeworfene Zigarettenschachtel auf. Wenn der Wind von Osten oder Westen weht, bewegen sich die Papierschnitzel wie Mobiles.

Wir kamen am Institut der Englischen Fräulein vorbei und standen schließlich vor dem Friedhofstor. Auf vielen Gräbern flackerten Flämmchen in roten Laternen. Auf einer großen Rasenfläche standen zahlreiche verschieden große Steinkreuze. Ich habe vergessen, ob *Damit wir gedenken* oder *Damit wir nicht vergessen* darauf stand. Ist mir entfallen. Die Seelen der Toten flackerten auf den Gräbern, und der Himmel bezog sich langsam mit einer Wolkenschicht. Leichtes Nieseln setzte ein und umhüllte uns. Das Haus meines neuen Freundes in den amerikanischen Südstaaten sank genauso ab wie die Gräber in Sanhedria. Ich sollte alles über ihn und sein Leben erfahren. In Friedhofsgesprächen würde er mir alles über sich offenbaren, und ich ihm über mich. Ich wunderte mich selbst über mein fließendes Englisch. Wenn ich einen Menschen gern habe, lerne ich seine Sprache schnell. Ein Mann mit einem Jägerhut auf dem Kopf kam uns entgegen. Seinen Spazierstock trug er wie eine Flinte geschultert.

»Ich war einer von ihnen«, verkündete er.

»Einer von wem?«

»Von den Toten. Ich bin der wiederauferstandene Lazarus. Ich habe in dem zischelnden Trümmerhaufen meines Hauses gelegen. Heute ist dort ein Café, und die Ruine ist geblieben.«

»Rosenbaums Haus? Sie haben sich das Haus des Juden Rosenbaum angeeignet?!«

Doch er wandte sich ab, schulterte erneut seinen Stock und wiederholte: »Ich bin Lazarus, von den Toten auferstanden.«

Darauf sagte der Regisseur zu mir: »Fragen Sie ihn nicht weiter. Er ist doch nicht ganz bei sich. Orte der Zerstörung ziehen Irrsinnige an. Gedenktage lassen die Verrückten wie Pilze aus dem Boden schießen.«

Wir gingen in tiefem Schweigen dahin, wie nur Freunde stumm nebeneinander gehen können, stiegen die Eisenbahnüberführung hinauf und auf der anderen Seite wieder hinunter. Was mich antrieb, trieb auch ihn an.

Wir kamen zum Südbahnhof, einer kleinen Nebenstation, von der aus die Züge in die benachbarten Ortschaften abfuhren. Die Straße führte jetzt unter den Schienen hindurch. Donnernd raste ein Zug über uns hinweg, als mein Freund mir gerade etwas Wichtiges über seine Frau erzählte. Schließlich gelangten wir zur Friedenstraße. Dort hatte mein Onkel Jakob gewohnt. Auch sein Haus war eine Ruine geblieben, wie viele andere Stätten, die Erinnerungen für mich bargen. Ich empfand es als gütiges Entgegenkommen der Stadt, daß sie die meisten dieser Häuser nicht wiederaufgebaut hatte. Ich erzählte meinem Freund von Dr. Mannheims Haus und von der kleinen Ruth und von Ruth, meiner Frau, und von all dem, was mich hergetrieben hatte.

Wir blieben stehen, und er sagte plötzlich: »Ich habe das alles angerichtet.«

»Was?«

»Ich habe die Stadt zerstört... Ich war der Kommandant der Einheit... Wir haben ihnen ein Ultimatum geschickt. Aber der örtliche Gauleiter hat es zurückgewiesen. Da haben wir die Stadt bis auf den Grund zerstört. Kein einziger Soldat meiner Einheit wurde verletzt.«

»Gut, daß Sie das getan haben.«

»Warum sagen Sie das?«

»Sie wissen doch, mein Freund, warum ich nach Weinburg gekommen bin.«

»Sag Melvin zu mir.«

»Warum bist du zurückgekommen, Melvin?«

»Kein Mensch weiß, wer ich bin. Ich bin zurückgekehrt, um diesen Film zu drehen. Um zu beweisen, daß ich nur gerechte Rache genommen habe.«

»Die haben Schlimmeres getan.«

Wir gingen und gingen, spürten nicht, daß es unablässig weiternieselte. Dann setzten wir uns an den Fluß. Die meisten Lichter ringsum waren schon verlöscht, die Scheinwerfer des Rollschuhplatzes ebenfalls. Eine einsame, schwache Laterne spiegelte sich im strömenden Wasser. Gegen Mitternacht fragte ich ihn, ob er allein auf der Welt sei. Nein, er habe ja eine Frau, aber eigentlich auch wieder nicht. Sie lebten nicht zusammen. Und dann fügte er plötzlich mit sich aufheiternder Miene hinzu: »Du wirst es nicht glauben – sie ist in deiner Stadt, in Jerusalem.«

»Israelin? Jüdin?«

»Nein, amerikanisch und christlich wie ich. Vielleicht kennst du sie sogar.«

Er zog seine Brieftasche hervor und entnahm ihr ein Photo. Seine Hände zitterten, ein leiser Windstoß kam, und das Bild wehte in den Fluß, bevor ich es noch betrachten konnte. Das weiße Papier mit dem Frauenkopf war einen Augenblick im dunklen Wasser zu sehen, ehe es in nächtlicher Finsternis verschwand.

40

Ein Gerücht jagte das andere. Es hieß, Mina sei weggefahren, sie habe sich in einen der UN-Offiziere verliebt. Andere wiederum behaupteten, ihr Liebhaber sei irgendein Skifahrer, den sie in dem Wintersportort, wo sie hingefahren sei, kennengelernt habe.

Von Jossel erzählte man sich, er sei nach Deutschland gegangen und habe den Gedanken, seine im Krematorium verbrannten Eltern zu rächen, vergessen und spreche nur noch im Zusammenhang mit ihren Ehestreitigkeiten von ihnen, bei denen sie einander mit Tellern und Teekesseln bombardierten.

Über Jizchak tuschelte man, er sei derart fromm geworden, daß er einen festen Minjan in seinem Haus eingerichtet und das große Säulenzimmer in eine Synagoge verwandelt habe. Außerdem gingen Talmudschüler bei ihm ein und aus.

Von Joel hieß es, er sei einer Frau aus Übersee verfallen, irgendeiner Lilith, einer fremden Nichtjüdin. Mit ihr mache er den Tag zur Nacht. Er komme nicht von ihr los, habe sich ihr mit Haut und Haaren verschrieben, sei ihr hörig. Deshalb vernachlässige er seine Arbeit, gebe seine glänzende Zukunft für eine Liebesnacht mit dieser Fremden hin.

Dann wieder hörte man, Mina habe sich im Zustand geistiger Umnachtung umgebracht und sei ohne Aufhebens am

Abend beigesetzt worden, damit niemand etwas davon erfahre.

Es hieß, der Photograph Seiger habe Israel verlassen und sei homosexuell geworden. Sein gegenwärtiger Favorit sei irgendein junger Schwarzer.

Es hieß, Mina sei von einem UN-Offizier schwanger, und Jossel habe den Verstand verloren, treibe sich in Tel Aviv herum und spiele auf der Straße seine Fiedel.

Es hieß, Mina habe nie existiert, sie sei nur ein Hirngespinst der Freunde Jizchaks gewesen, der in Wirklichkeit Junggeselle war.

Es hieß, Joel sei in den Kibbuz gefahren, um seine Frau Ruth zu ermorden. Auf dem Weg zur Bananenpflanzung habe er ihren Vater getroffen, und sofort hätten die alten Debatten über die Gefechte, in denen sie während des Krieges gekämpft hatten, wieder angefangen. (»Was willst du?« »Meine Frau.« »Sie ist schon nicht mehr deine Frau.«)

Mina, sagte man, sei sehr, sehr krank. Zusammengerollt wie ein Kätzchen liege sie zu Hause auf der Fensterbank.

Es hieß, Joel habe Professor Oren auf dem Flur eines Universitätsgebäudes geohrfeigt, den berühmten Archäologen dann am Bart gepackt und ihn mit dem Kopf gegen eine Tür geschlagen, auf der ein Männerkopf zum Zeichen dafür abgebildet war, daß es sich um eine Herrentoilette handelte.

Von Einat hieß es, sie ziehe ständig um, aus der Wohnung eines verstorbenen Frauenarztes in die eines Bibelgelehrten auf Vortragsreisen. Sie weine niemals, und man brauche sich um sie keine Sorgen zu machen, denn sie sei stark und zäh wie alle Sabres.

Jossel, sagte man, habe völlig den Verstand verloren und laufe mit einem bluttriefenden Bündel herum. Er habe sich wohl, wie jener holländische Maler, einen Körperteil abgeschnitten, vermutlich den Arm mit der tätowierten Meerjungfrau, die die Lagernummer verdeckte. Dann wieder hörte man, er sei zu seinem Schiff zurückgekehrt und habe die Mäuse und Vögel von dort vertrieben. Man wollte ihn in Eilat gesehen haben.

Von Klein und abermals von Jossel munkelte man, sie erfüllten Geheimaufträge für den Nachrichtendienst.

Dr. Golgolos, den alle für einen Karrieristen gehalten hatten, sei der einzig anständige und normale Mensch.

Klein sagte man Probleme mit der Selbstfindung nach. Er habe sich drei Liebhaberinnen zugelegt und bei jeder von ihnen eine Zahnbürste deponiert.

Seiger suche sich selbst.

Joel habe sich selbst gesucht und sei dieser Frau auf den Leim gegangen, die ihn nie wieder loslassen werde, es sei denn, der Tod träfe einen von beiden.

Es hieß, er habe seinen Lehrer Oren geschlagen, weil der ihm den Weg zur Selbstfindung versperrt habe.

Josske sei in den Kibbuz zurückgekehrt.

Es sei Jossels Geige, die von Blut triefe. Deshalb habe er sie in Zeitungspapier gewickelt.

Mina habe sich im Keller ihres Hauses eingeschlossen.

Seiger habe Sprengstoff in dem Neubau gelegt, der jenes alte Gebäude ersetzte, das – als es noch das Wasserversorgungsamt der britischen Mandatsverwaltung beherbergte – bei den Kämpfen in die Luft gejagt worden war.

Jizchak versenke sich in das Studium der Kabbala.

Jossel sei weggefahren.

Klein werde nicht wiederkommen.

Mina sei verschwunden.

Joel verstricke sich in den Fesseln sinnlicher Lust.

Josske habe sich in seinem Kibbuz eingeigelt.

Professor Oren habe seinen Bart abrasiert und sei auf neue Eroberungen und neuen Ruhm aus.

Jossel werde nicht zurückkommen.

Joel sei für immer verloren.

Alle seien dahin.

41

Heftiger Donner riß die Stadt aus ihrer Trübsal. Meine Trübsal blieb, weil ich nicht zur Stadt gehörte. Ich hatte zahlreiche wichtige Bekanntschaften in den letzten Tagen gemacht, seit der Regisseur Melvin mir offenbart hatte, wer er war und was ihn hergeführt hatte. Ich hatte ihn zwar ein paar Tage nicht gesehen, aber seine Freundschaft bewirkte, daß andere mir mehr Vertrauen entgegenbrachten. Donnerhall erfüllte den Stadtkessel, und der Regen prasselte mitten im Sommer. In meinem trockenen Land ist die Erde spröde und rissig wie die Lippen eines Sterbenden, und ich, der sie hätte küssen und zum Leben erwecken sollen, war auf der Suche nach Rache davongelaufen. Wie gern ich Melvin habe, dachte ich, in der typischen Haltung eines Fremden in einer fremden Stadt an einen Torpfosten gelehnt. Das heißt, es war kein Tor, sondern der Eingang zu dem Tunnel bei Rosenbaums Ruine. Ich würde dem Beamten im Grundbuchamt mitteilen müssen, daß der Grundstückskäufer sich gefunden hatte, aber geistesgestört war.

Fröhliches Gelächter von Jugendlichen, die mit langen Sprüngen vor dem Regen flüchteten, drang an meine Ohren, aber ich sah sie nicht, weil ich den Blick auf die Pfütze heftete, die sich vor mir auf dem Gehweg bildete. Wo mochte Leonore sein? Ich mußte mich um sie kümmern. Blitz und Donner gingen nieder wie in einem Shakespeare-Stück, aber es geschah nicht wirklich etwas. Niemand war von meiner Hand gestorben, und die Geister hausten noch in mir. In der ganzen Stadt gab es keinen Platz für die Geister der Toten. Mein Freund Melvin hatte seinerzeit Blitz und Donner mit seinen Geschützen erzeugt, die die Stadt zerstörten. Ich mochte ihn.

Ich betrat den Tunnel, zog meinen dünnen Regenmantel aus und schüttelte ihn. In dem Schaufenster, in dem die Badenden an einem Mittelmeerstrand standen und lagen, ging das Licht für einen Moment aus und gleich wieder an. Richtiger Sand lag da.

Von einer Telephonzelle aus rief ich Frau Metzmann an.

»Ahalan, Schalom, wie geht's? Alles in Ordnung? Fein. Was macht Henriette? Liegt immer noch?«

»Wann kommen Sie?«

»Ich werde kommen.«

»Hier ist Frau Münster. Sprechen Sie mit ihr.«

»Schalom, Sie netter Schwindler.«

»Wie geht es Ihnen, Frau Münster.«

»Ich wollte Ihnen erzählen, daß Klara bei der Chanukka-Aufführung mitgespielt hat.

»Das weiß ich.«

»Der Krug geht so lange zum Brunnen, bis er bricht. Als die Russen uns befreit haben, war meine Klara ganz blaugefroren. Da ist ein Offizier von denen gekommen und hat ihr Wodka eingeflößt. Sie hat gehustet. Ich habe ihm gesagt, meine Tochter sei nicht an scharfe Sachen gewöhnt. Er hat sie die ganze Flasche austrinken lassen. Das hat ihr geholfen, noch ein paar Tage weiterzuleben. Sie ist auf meinen Knien gestorben. Wir saßen in einer kleinen, verlassenen Bahnstation. Alle übrigen von der Station waren schon vor der Typhusepidemie westwärts geflüchtet. Ich erinnere mich nicht mehr, wie der Ort hieß. Das Schild war heruntergefallen, und Schnee rutschte vom Dach. Sie starb auf meinen Knien. Meine Knie wurden zum Altar. Wer nie sein Brot mit Tränen aß, der kennt euch nicht, ihr himmlischen Mächte. Kommen Sie, kommen Sie zu uns zum Spielen. Wir setzen uns in Henriettes Zimmer und spielen die Würfelspiele von Theresienstadt.«

Ich streichelte besänftigend den Hörer, sie beruhigte sich, und das Gespräch endete. Ich betrat das Café, dort saß Leonore im Gespräch mit einem Ägypter. Ich bat ihn um Verzeihung und nahm Leonore mit. Sie knöpfte sich den Mantel im Hinausgehen zu. Letzte Donner grollten noch auf dem Rückzug. Der Regen ließ nicht nach, es war kein Mensch auf der Straße.

Über Pfützen hüpfend gelangten wir zu der Kirche, in der Pater Johannes sein sollte. Das Gebäude war aus rötlichem Sandstein. Alles auf der Welt sollte am besten rot sein, alle Bauwerke, Pflanzen und Steine, damit man das Blut auf ihnen nicht sieht. Wir sprangen die breiten Kirchentreppen hinauf, bis wir schnaufend unter dem verschnörkelten Sandsteindach des Eingangsportals standen. Leonore nahm den Regenhut ab und schüttelte ihr schweres Haar. So stand sie wie ein herrlicher Engel an der großen Säule. Wir drückten die mächtigen Flügel des Portals mit dem Gewicht unserer Körper auf. Nur wenige Menschen waren in dem großen Kirchenschiff. Hier und da kniete jemand zwischen den verlassenen Reihen, bewegte sich ein Kopf in dem Meer leerer Bänke. Leises Orgelspiel erklang sanft, wie aus der Ferne. Wir näherten uns, von Säule zu Säule fortschreitend, den Lichtern und dem funkelnden Gold. Junge Priesteranwärter schritten gemeinsam auf und ab und murmelten ihre Liturgien. Eine alte Frau flüsterte uns zu: »Das sind Seminaristen, die sich in den heiligen Offizien üben.«

Die jungen Männer senkten ihre Häupter, knieten nieder und bekreuzigten sich. Ein älterer Priester überwachte sie wie ein Ballettmeister: »Sie haben vergessen, die Hand zu heben! Langsamer! Noch einmal! Immer wieder!« Flüsternd erteilte er seine Befehle oder begnügte sich zuweilen auch mit einem Fingerzeig oder einer Kinnbewegung.

Ich fühlte mich an das Achtzehngebet erinnert, an die drei Schritte vor und zurück am Ende, an das Wippen bei der Heiligung, die leichten Verbeugungen zu Beginn des Gebets und auch an das große »Wir knien nieder, bücken uns und danken« an den hohen Feiertagen, wenn der Kantor Hildesheim, ein schwerer, rotgesichtiger Mann, sich singend niederkniete und mit der Stirn den Boden berührte. Weil er die Füße nicht auseinandernehmen durfte, klang seine Stimme erstickt. Zwei Vorsteher der Gemeinde von Weinburg standen ihm zur Seite und halfen ihm, wieder hochzukommen, worauf er wie ein Fisch auf dem Trockenen nach Luft schnappte, um dann mit lauter, befreiter Stimme zu verkünden: »Er ist unser Gott, in Ewigkeit und in Wahrheit!«

Ein Priesteranwärter verhaspelte sich jetzt und stolperte über seine lange Soutane. Zwei seiner Kameraden kicherten leise. Der Lehrpriester klatschte in die Hände, und sie verstummten prompt. Dann sah er uns und hob fragend eine Augenbraue. Ich nickte ihm zu. Offenbar hatte er begriffen, denn er sagte ein paar Worte zu den Seminaristen, die verhalten schwatzend zwischen den Bänken verschwanden. Eine Frau erhob sich und ging hinaus. Die Bank knarrte noch nach.

Der Priester trat zu mir. Ich sagte ihm, ich suche Pater Johannes. Mit reglosem Gesicht fragte er, wer mich geschickt habe. Ich sagte es ihm. »Sie können ihn im Beichtstuhl sprechen«, erklärte er mir und führte mich dorthin.

Großes Unbehagen befiel mich, aber um Ruths willen wollte ich nicht schweigen. Ich setzte mich auf das Kissen, das zum Knien gedacht war. Dann hörte ich das Rascheln von Kleidern und Papieren hinter der Trennwand. Ich räusperte mich höflich, und der verdeckte Priester murmelte ein Gebet.

»Ich komme aus dem Land, in dem Jesus geboren wurde.«

»Ja, mein Sohn.«

»Man hat mich hergeschickt. Ich bin Jude.«

»Viele Heilige waren Juden.«

»Auch die kleine Ruth. Ihretwegen bin ich hier.«

»Ja, mein Sohn.«

Ich erklärte ihm meinen Wunsch.

»Sie äußern eine schwierige Bitte, ersuchen um einen Verstoß gegen Ordnungen und heilige Gelübde.«

»Bitte tun Sie es um der kleinen Ruth willen.«

Nach kurzem Schweigen sagte die Stimme: »Seien Sie morgen früh um zehn Uhr am Südportal. Dort wird Sie jemand erwarten, der Sie führen wird. Und nun gehen Sie, gehen Sie!«

Die Stimme begann für die Sündenvergebung zu beten, wie nach der Beichte üblich.

Leonore erwartete mich an einer Säule. Der Regen hatte offenbar aufgehört, und nach und nach betraten einige Menschen das hallende Kirchenschiff. Leonore erklärte, sie müsse sich beeilen, um rechtzeitig zum Training zurück zu sein, und verließ mich.

»Dieses schreckliche Training!«

»Warum sagst du das?«

Damit war sie weg, durch den Lufthauch wurde eine Kerze ausgeblasen. Die Orgel begann eine feierliche Melodie zu spielen. Ich ging ebenfalls hinaus. Draußen jagten die Wolken einander, aber es regnete nicht. Der Tag versank langsam in sein wahres Dunkel. Eine erleuchtete Straßenbahn wartete, ich sprang mit einem Satz hinein. Leonore saß schon drin. Die Geschäfte streckten einander wirtschaftswunderlich erleuchtete Fenster entgegen. Leonore saß ihrem Werbekonterfei gegenüber, auf dem sie fröhlich Wein trank. An der Brücke stieg sie aus, ohne mir auf Wiedersehen zu sagen.

Ich fuhr zum Altersheim, um mit Frau Münster und Henriette Theresienstadtspiele zu spielen.

Bald nach Beginn des Spiels kam es zum Streit.

»Ich darf noch einmal würfeln!«

»Stimmt nicht!«

»Doch. Ich bin ja auf Feld siebzehn. Ich muß es doch wissen. Schließlich habe ich mir das Spiel selbst ausgedacht!« Damit zog Frau Münster die Spielregeln heraus und las vor: »Bist du auf Feld siebzehn, stellt sich heraus, daß du mit dem Kapo verwandt bist. Du wirst in eine wärmere Baracke verlegt und darfst noch einmal würfeln.«

»Langsam. Nur zwei Nummern weiterrücken zur wärmeren Baracke.«

»Das wollen Sie mir weismachen?«

Herr Cohen schwieg. Notgedrungen hatten sie Herrn Cohen zu dem Spiel hinzugezogen, obwohl sie sonst nicht mit ihm sprachen. Henriette mischte sich in den Streit ein. Sie durfte das Bett nicht verlassen, richtete sich aber auf und versöhnte die Parteien. Wir saßen um ein etwas wackliges Tischchen. Herr Cohen stand auf und blickte in den Garten. Sein Gesicht entspannte sich, bis er sogar lächelte. Sicher hatte er seine Hunde und Welpen fressen und freudig mit den Schwänzen wedeln gesehen.

»Herr Cohen! Sie sind dran!«

Der alte Mann setzte sich und würfelte, während die Köpfe der beiden Frauen wie die von Raubvögeln dräuend überm Brett hingen. Frau Münster war selig. Von Zeit zu Zeit strich sie mir über die Wange. Ich saß auf Henriettes Bettkante und achtete darauf, daß die Würfel nicht ihr Gesicht trafen. Ihre Augen wurden immer trüber. Nur ein vorüberfahrender Zug ließ noch einen Funken Licht in ihnen aufblitzen. Jetzt war Frau Münster an der Reihe. Sie legte die Handflächen zu einem geschlossenen Gehäuse zusammen, schüttelte darin vehement die Würfel, klappte die Hände wie den Bauch eines Lastflugzeuges auf und ließ die Würfel auseinanderkullern. Sofort zählte sie: »Siebzehn!« Dann nahm sie die kleine Pappfigur, die einen Lagerhäftling im Streifenhemd mit einem winzigen gelben Stern auf der Brust darstellte und auf ein Stückchen Holz montiert war, sprang aber nicht mit einem Satz auf Platz 17, sondern hüpfte gemächlich von Kreis zu Kreis und schaute uns dabei mit unverhohlenem Vergnügen an. Sie kannte die Regeln eines jeden Feldes, all die Strafen, Gewinne und Preise, wußte also schon, wohin sie nach siebzehn Sprüngen gelangen würde und was sie dort erwartete. Trotzdem freute sie sich an jeder Station und verkündete deren jeweilige Bedeutung:

»29 – die Latrine ist besetzt. Eine Runde aussetzen.«

»30 – du hast dich beim Munitionsverpacken ausgezeichnet und darfst drei Felder vorrücken.«

»31 – dein Pritschennachbar ist gestorben. Da du jetzt mehr Platz für dich hast, bist du gut ausgeschlafen. Rücke auf 34 vor.«

»32 – du bist verlaust. Zurück auf Feld 20 in Quarantäne.«

»33 – nichts Besonderes.«

»34 – nichts Besonderes.«

»35 – fehlgeschlagener Fluchtversuch. Die Hunde zerfleischen dich.«

»Aber es gibt eine Möglichkeit zur Wiederauferstehung, wenn ich mich recht entsinne.«

»Richtig, Herr Cohen, aber nur wenn Sie einen Berechtigungsschein haben.«

»Ich habe nur einen Zettel mit ›reuige Umkehr und Gebet wenden das böse Verhängnis ab‹!«

»Das ist gut.«

»Ich habe einen Zettel mit ›für die Wunder‹.«

»Taugt nicht viel.«

»37 – du hast dir den Fuß gebrochen. Du mußt einmal aussetzen.«

Herr Cohen rief plötzlich aus: »Du bist verbrannt. Du bist im Krematorium verbrannt!«

42

Wie steigt die Zeit in den Menschen an – nicht die abgemessene Zeit, nicht die Zeit von Tag und Nacht und Jahreszeiten. Dem Wasser gleich wallt die Zeit in den Menschen auf, wie der in den Brunnen nach eigenen Gesetzen – den Gesetzen der Erdtiefen – steigende und fallende Wasserspiegel. Geschichtsempfinden. Nicht die Geschichte des Schulunterrichts, der Daten, Zeitalter, Königschroniken und Völkerwanderungen ist hier gemeint, sondern das allumfassende Geschichtsempfinden, das ganz ohne Worte und Taten auskommt, ein Empfinden, das weder Bewußtsein noch Unterbewußtsein, sondern ruhiges, blindes Wissen ist – untätig, handlungsvergessen, wortlos: das Zusammengehörigkeitsgefühl einer Generation, gewachsen in soundso vielen Kriegen, in denselben Ängsten, in gemeinsamen Hoffnungen, in der bei allen gemeinsam einsetzenden Verzweiflung daran, und im daraus folgenden Rückzug auf das eigene Ich.

Dieses Empfinden steigt nur in traumlos Schlafenden auf, denn bei den Wachenden, die mit ihren Gedanken und Taten und ewigen Umtrieben beschäftigt sind, kann es nicht aufkommen, und auch bei Träumenden nicht, denn auch Träume sind Umtriebe.

Und so ließ Joels schlafender Körper in dieser Liebesnacht seine Freunde und Zeitgenossen erstehen, während er traumlos neben Patricia lag.

Joel lag hinter dem vergitterten Fenster der Kleinschen Wohnung im Bett und hatte das Gefühl, seine Liebe zu der Amerikanerin Patricia sei in diesem großen Geschichtsempfinden enthalten.

Wir, dachte der Körper ohne Worte und Bilder, wir in unserer Generation haben gehandelt, bevor wir noch reif waren, und nun durchleben wir eine verspätete Jugend. Wir sind wie die Söhne der Stämme Gad und Ruben und des Halbstamms Menasse, die ihr privates Leben in den fruchtbaren Gebieten östlich des Jordans niederlegten und mit ihren Brüdern auszogen, das Land im Westen zu erobern. Doch dann, als die Eroberungen vorüber waren, fanden sie den Weg zurück nicht mehr.

Patricia umklammerte im Schlaf mit einer Hand einen der eisernen Bettpfosten, als suche sie trockenen Halt im großen weißen Meer.

Auch Patricias Körper dachte. Die Gegenstände im Zimmer dachten – der Schrank, dessen Tür leicht offen stand, der große schwarze Koffer, über den Patricia eine geblümte Decke gebreitet hatte, auf der ein kleiner Blumentopf stand. Ja alle dachten sie – das fröhliche Kleid und das traurige Kleid und der Rock aus Segeltuch. Und all die Falten dachten und Joels schwarze Schuhe, die weit klaffend vorm Bett standen. (Er hatte sie seinerzeit in Barcelona, nicht weit vom Kolumbusdenkmal am Hafen gekauft.) Der Stein auf dem Fensterbrett dachte und ebenso das versteinerte Blatt darin.

Joel entfernte sich immer weiter von seinen Freunden, von den Menschen um ihn. Das war an seinem befreiten Gesichtsausdruck abzulesen, wenn er an der Seite seiner Geliebten war. Die Freunde spürten das, betrachteten ihn zum Teil sogar als eine Art Verräter. Jizchaks Gesichtsausdruck wurde streng und strenger, und das fromme Käppchen auf seinem Kopf schien von alleine größer zu werden. Seigers Lippen waren aufgesprungen.

»Du mußt sie eincremen. Der Wind ist trocken in Jerusalem.«

»Was machst du dir Sorgen um mich?«

»Nur um deine Lippen.«

Solche Gespräche gab es gewiß, und auch Patricia sagte gelegentlich zu ihm: »Deine Lippen sind spröde, Darling«, wobei sie eins der vielen Döschen von der Glaskonsole im Bad nahm und ihm die Lippen einsalbte, denn die trockene Hitze wollte nicht aufhören in diesem Sommer.

Patricias schlafender, denkender Körper lag zusammengerollt da, die Knie bis an die Brust hochgezogen. Gedanken und Erinnerungen senkten sich in ihren Leib und stiegen wieder daraus auf wie Jakobs Engel. Viel, viel Bedeutung würde dem Innenleben dieser irdischen Patrice zukommen, der Zauber- und Unterwelt in ihr, den Schemen und Gespinsten ihrer Träume, oder dem, wie sie selbst es nannte, »Herzinnersten«. Auch ihre schwarzen Haare, die ihre etwas breiten Schultern bedeckten, dachten. Ihre mädchenhaften Brüste (ihr großer Komplex!) lagen bloß, weckten Erinnerungen an die Collegestudentin mit weißen Wollsocken in schwarzweißen Tennisschuhen, die Bücher vorm Bauch, was aussah, als sei sie schwanger.

Der eine Ellbogen war im Schatten ihres Schoßes verborgen, ihre Hüfte ragte hoch und knochig auf, und ihr ganzer Körper bekam etwas bedrohlich Krebs- oder Skorpionartiges mit scherenhaften Armen und Schenkeln wie Zangen, die Schaden zufügen, aber auch heilen können. Wer hier fiel, fiel immer weiter, versank ohne Vorwarnung, ohne Stütze, ohne Halt in ihr, rutschte und stürzte und sackte weiter von Sanftheit zu Härte und noch weiter zu ursprünglicherer, älterer Sanftheit, ins keimzellenhafte, träumerische, unendliche Ende – ungehemmt, ohne Aufenthalt oder Ruhe, rettungslos.

Irgendwann in der Nacht setzte sie sich auf, um eine Rede zu halten, wie Joel diese Erregungen nannte. Doch als sie sich aufgerichtet hatte, sagte sie nur: »Beautiful, beautiful.« Joel wußte nicht, ob sie ihn meinte oder ihr Liebeserleben oder diese Nacht im ganzen. Denn dies war ja die Nacht der Nächte, eine Nacht im Pluraletantum.

Dann äußerte sie sonderbare Lobsprüche auf ihrer beider Liebe in der Mitte des zwanzigsten Jahrhunderts in Jerusalem, eine schwere, verzweifelte, aber auch sanfte und vergessen machende Liebe. Und sie murmelte im Halbschlaf etwas von einer Gardine, die sie morgen wechseln würden, und über eine Klobrille, die Joel als Bevollmächtigter der Wohnung auswechseln mußte.

Wo mochte Ruth jetzt zu dieser Stunde sein? Die Ruth, der er während des Krieges an einem im Sand versinkenden Tal begegnet war. Ihre Zöpfe waren braun und ihre Augen hell und leuchtend und ohne Höllengrund gewesen. Später hatte sie ihn im Militärkrankenhaus Dedschani in Jaffa besucht, als er sich von seiner Beinverletzung erholte.

Patrices Hände streichelten seine Narbe am Bein. Joel war sich bewußt, daß er seine innere Biographie umschreiben, seine Lebenserinnerungen im Licht seiner Liebe zu Patricia beleuchten, manche Dinge vergessen und andere dem Vergessen entreißen mußte, wie man nach einer Revolution die Geschichtsbücher umschreibt und den Werdegang des Volkes anders betrachtet. Fälschung? Vielleicht, aber es gab für ihn keine andere Wahrheit als die seiner Liebe. Deshalb vergaß er beim Aufwachen plötzlich seine Freunde nebst seinem Wortkrieg mit ihnen und ließ anderes, aus der Kindheit, auferstehen. Die kleine Ruth – würde sie dieser Liebe zustimmen? Und seine übrigen Schulkameraden, von denen die meisten verbrannt worden waren? Lore Kleemann, die Tochter des Pferdehändlers, Heinz, der ein hübscher Junge gewesen war und, wie Joel jetzt mit freudiger Überraschung plötzlich feststellte, Patricia ähnlich gesehen hatte. Die langen Wimpern, die Haut, die leichte Stupsnase, die dunklen, etwas schräg stehenden Augen.

Die Nacht ging in die Dämmerung über – ferne Rufe und Hundegebell. Irgendein Wildvogelschwarm flog mit raschem Flügelschlag draußen vorbei. Wildtauben vielleicht. Hastige Schritte von Schichtarbeitern und fernes Milchflaschenklirren.

Auch ein Windzug kam von den Hügeln herab, bauschte den Vorhang, wehte eine Haarsträhne über die Stirn der Frau. Andere leichte Dinge im Zimmer wirbelten auf und sanken wieder nieder: ein Brief auf dem Koffer, ein Ärmel an Joels Hemd. Sie alle zeigten für einen Moment die Windrichtung an, wie auf einem Flughafen, wo ständig Windrichtung und -stärke gemessen werden. Dann wurde wieder alles still.

43

Nachdem ich das Altersheim verlassen hatte, lief ich die Böschung zur Eisenbahnschneise hinab und ging die Schienen entlang, denen sich auf dem Weg zum Bahnhof neue hinzugesellten. Einige verschwanden wieder in Tunneln, andere mündeten in den Hauptschienenstrom. Gleise verzweigten, überschnitten, gabelten sich. Längliche Lagerbaracken lagen im Streckennetz wie in einem Spinngewebe gefangen. Rußige graue Wände drängten sich. An vielen Eisenpfosten sah ich Schilder: *Eingang verboten, Streng untersagt, Für Unbefugte gesperrt, Für Kinder verboten, Nur für Bundesbahnbedienstete, Gefahr, Zuwiderhandeln wird bestraft, Mit Geldbuße zu rechnen hat jeder, der ...*

Dieses ganze Gewirr strömt, durch Signale gelenkt, dem Bahnhof zu. Betritt man ihn von der Straßenseite, kann man nicht sehen, wie die Gleise hinein- und wieder hinausführen, bis nur noch das eine Schienenpaar übrigbleibt, auf dem man an seinen Zielort befördert wird. In Jerusalem, wo es nur eine Richtung, nach Westen, gibt, kann man den einzig einlaufenden Zug gut verfolgen. Man geht einen Abkürzungsweg quer über ein paar Gestrüpp- und Distelfelder und durch einige Olivenhaine, vorbei an einem streunenden Hund und zwei alten Frauen, und schon sieht man den Zionsberg und die Mauer der Altstadt, und dann liegt auch schon die kleine Bahnstation vor einem.

Ich kam an der Lokomotivwerkstatt vorbei, jenem Ort, der immer wie ein Schlachthaus wirkt, in dem Loks ausgeschlachtet werden und ihr schwarzes Blut verspritzen, während ihr furchtbares Fauchen und Schnaufen zwischen den schwarzen Wänden hallt. Eine Lokomotive drehte sich langsam auf einer runden Scheibe wie ein Traumtänzer in schwerfälligem Tanz.

Zwischen Zäunen und Eisentoren hindurch gelangte ich in den Pestalozzipark und von dort zum Bahnhofsvorplatz. Wie oft war ich auf diesen Platz gegangen, um den heiligen K. segnend dastehen zu sehen, während das Wasser zu seinen

Füßen von Stufe zu Stufe rieselte. Fluß und Erinnerung, Fall und Vergessen. Endlose Stufen des Erinnerns und Vergessens. Ein großes Schild kündigte eine Konzertwoche für alte Musik in der Residenz und im Hofgarten an. Ich blieb stehen und las die Namen der Musiker, die überwiegend aus dem Ausland kamen. Es war gut, die französischen und italienischen Namen der Komponisten zu lesen. Ich liebe alte Musik. Herzlich willkommen, Orlando di Lasso, Schalom dir und all deinen Kollegen, Palestrina. Ich werde euch hören kommen.

Tauben flatterten auf und verschwanden in den Weinbergen hinterm Bahnhof.

Ich stieß die klirrenden Glastüren zur Bahnhofshalle auf. Menschen mit Koffern in der Hand, eine Zeitung unter den Arm geklemmt, kamen an mir vorbei. Aus dem Tunneleingang strömte eine Reisegesellschaft. Zur Nazizeit lief so was unter dem Schlagwort »Kraft durch Freude«. Die meisten Reisenden trugen grüne Hüte mit Federn, einige auch dicke, harte Lederhosen. Hosen, die nicht speckig und abgewetzt sind, haben keinen Wert. Ihre Vorderklappe ähnelt der Zugbrücke einer mittelalterlichen Burg. Will der Mann pinkeln, läßt er die Brücke runter, und der Ritter kommt heraus. Die Älteren sangen Jägerlieder mit viel Falleri, Fallera, die Jüngeren amerikanische Songs. Ein Lautsprecher kündigte den Rom-Mailand-Expreß an. Der Zug weiß immer, was vor ihm liegt. Ich kaufte eine Zeitung. Im Sportteil stand etwas über die Rollschuhmeisterschaften. »Wie lange noch«, schrieb da jemand, »wie lange wird diese Tierquälerei noch zugelassen? Das ist kein Sport mehr.«

Ich sehnte mich nach Leonore, meinem Mädchen. Sicher drehte sie noch immer mit geschlossenen Augen ihre Runden auf dem Platz. Eine Frau wie sie würde nicht aufgeben. Sehr stolz war sie und bereit, für Aufrichtigkeit und Recht zu kämpfen. Selbst wenn sie wegen ihrer Schönheit und ihrer gut geformten Beine Siege davontrug, wehrte sie sich dagegen.

Ich würde mir eine Lederhose mit Zugbrücke und einen Jägerhut kaufen und überraschend auf dem Rollschuhplatz auftauchen. Dort würde ich zu ihr sagen: »Wenn du in Rom bist, handle wie die Römer.« Und sie würde mir erwidern:

»Auch wenn du in Rom bist, handle nach eigenem Gutdünken.« Man würde mich nicht auf den Platz lassen, so daß ich, mit den Fingern im hohen Gitter verkrallt, draußen hängen bliebe.

44

Die lange Liebesnacht ging ihrem Ende entgegen. In der Ferne bellte ein Hund. Ein Auto nahm quietschend eine Kurve. Leichte, fast windstille Kühle breitete sich aus. Die Hinrichtungsmauer färbte sich schon grau. Die Papierfetzen, die sich im Gitter verfangen hatten, waren heruntergefallen. In den Häusern hörte man schon hier und da das Rauschen eines Wasserhahns. Die Wogen der Nacht hatten Patricia und Joel im Schlaf an das Gestade des Tages getragen, und nun lagen sie wie Strandgut der schwarzen See auf dem zerknitterten Laken, auf dem ihre Körper die Bewegungen der langen Nacht verrieten wie die Körper der toten Einwohner Pompejis, die bei ihren letzten panischen, aber vergeblichen Fluchtbewegungen von Lava erfaßt und dann versteinert worden waren.

So lagen die Körper der beiden Liebenden da: ein Bein wie zum Sprung an die Brust gezogen im Gedenken an die Nacht, an Pferd und Reiter, ein Arm zum Streicheln und Umfangen ausgebreitet, ein Kopf dem Kuß entgegengestreckt.

Patricia wachte zuerst auf. Ihr Handrücken ruhte noch immer an ihrer Schläfe, die Handfläche wie ein Blütenkelch halb geöffnet. Mit geschlossenen Augen rollte sie sich sanft auf den Rücken und winkelte das linke Bein an. Während das Fleisch der Wade noch schwer und entspannt herabhing, begannen die Oberschenkelmuskeln bereits zu spielen wie die feinen Zuckungen lächelnder Lippen vor dem Erwachen. Doch noch schlug sie die Augen nicht auf, sondern ließ ihren Körper sich an all das erinnern, was in der Nacht gewesen war.

Joel erwachte mit nur einem Wort im Kopf: Venedig! Diese golden fließende italienische Stadt. Venezia! rief sein Herz im Schmerz des Lichts und des Erwachens. Er mußte wohl von dieser Jerusalem so konträren Stadt geträumt haben, diesem genauen Gegenteil der heiligen Stadt der Steine und der sengenden Wüstenwinde: Venedig, Venezia! Patrice ist Venezia! Eine Königin von Saba, die auf sonderbare Weise plötzlich aus Venedig zu ihm gekommen war, übers Meer an Bord eines schwarzgoldenen Schiffes. Und auch sie am ganzen Körper schwarz und golden.

»Venezia«, flüsterte er, »ich werde dich Venezia nennen!« Noch immer hatten die beiden nicht die Augen aufgeschlagen. Langsam und schwerfällig kam er zu ihr, und sie öffnete sich ihm schläfrig. Noch einmal konzentrierten sich in ihm all die Felddüfte von Rosmarin und Poterium, Minze und Dill, dürrer Erde und Pinien, Terebinthe und Salbei. Und mit der erwachenden Leidenschaft erwachten auch die beiden. Jetzt waren ihre Bewegungen verhalten und ruhig. Sie lag auf dem Rücken, breit und empfangsbereit in uralter weiblicher Hingabe. Er wölbte sich über ihr in kaum merklicher Berührung, schwer und leicht zugleich. Seine Zehen krallten sich an die untere Bettkante, während seine Beinmuskeln sich abwechselnd spannten und entspannten. Wieder und wieder drang er in sie ein, bis er alle Tore überwunden und zu grenzenloser Freiheit, zu unendlicher Befriedigung gelangt war.

Patricia begann mit offenem Mund zu stöhnen und stieß nur ein einziges Wort aus: »Du, du, du.« Dabei füllte sich die dunkle Öffnung zwischen ihren Beinen mit unglaublicher Süße, und aus der Tiefe ihrer Mundhöhle drangen schluchzende Rufe: »Jetzt, jetzt, jetzt!« Und er gab ihr Jetzt, Jetzt, gab ihr Heute und Gegenwart, Gegenwart ohne Vergangenheit und Zukunft, ohne Anfang und Ende, Lust über Lust, weite Meere des Glücks.

Licht fiel ins Zimmer. Die Doppelreihen von Kleins Büchern begannen sich langsam abzuzeichnen, sozialwissenschaftliche und philosophische Werke von anderen denkenden, anderen liebenden Menschen und eine Reihe wertvoller

Erstausgaben in alten Ledereinbänden. Auch die kleine Leiter war zu sehen, mit deren Hilfe man ein Buch von den obersten Borden herunterholen konnte.

Der Morgen nahm seinen Lauf. Man hörte Husten und vorwurfsvolle Stimmen, Eltern, die sich über ihre Kinder, und Kinder, die sich über ihre Eltern beschwerten. Ständig Beschwerden über Beschwerden wie in der Wüstengeneration, Beschwerden, die nur Liebe stoppen kann. Schritte gingen durchs Haus, Betten wurden gerückt, Toiletten waren besetzt. Morgendliche Flüche wurden laut wie die Flüche Jeremias und Hiobs, die nur Liebe in Segen zu verwandeln vermag. Und wieder spannte sich Joel im Bogen über Patricia und lauschte ihrem unkontrollierten Seufzen: »Please... please...«

Dann drang er zum letzten Mal in sie. Die Schranktür stand offen, und der Spiegel sah alles. Draußen unter den Olivenbäumen saßen die Nachtwächter und tranken Kaffee. Die ersten Arbeiter trafen ein. Der kleine Milchmann klapperte im Treppenhaus mit den leeren Flaschen. Der Milchwagen mit seinem Kühlaggregat fuhr weiter. Arbeiter vom Elektrizitätswerk kürzten Eukalyptuszweige, die der Hochspannungsleitung zu nahe kamen. Familien erwachten wie Vogelnester.

Patricia ging ins dämmrige Badezimmer und blieb eine Weile dort. Als sie zurückkam, wallte ihr seidig gekämmtes Haar zu beiden Seiten des Gesichts herab. Jetzt sahen sie einander mit geöffneten Augen an. Er betrachtete ihren sonnengebräunten Körper und die vom Badeanzug bedeckten Stellen, die hell geblieben waren. Sie ließ ihn in ihren Augen versinken, durch alle Stadien des Versenkens hindurch – von Fall zu Fall, Fall zu Schmerz, Schmerz zu Glück, Glück zu Vergessen, Vergessen zu Erinnern, Erinnern zu Schweben, Schweben zu Hölle und Unterwelt und von dort zu Tod und Auferstehung. All das in ihren dunklen, etwas irren Augen.

»Patrice.«

»Du bist mein.«

»Ja, Patrice.«

Und plötzlich sagte sie wieder wie ein verängstigtes Kind:

»Daß du mich nur nicht verläßt. Ich bin von weit her gekommen, sehr weit. Du darfst mich nicht verlassen.«

Joel nahm ihr Gesicht zwischen seine Hände, um wieder diese große Freiheit, diese Weite in Patricias Gesicht zu sehen.

»Woher stammen diese Schuhe?«

»Aus Barcelona. Ich hab' sie am Hafen gekauft.«

»Warum fürchtest du dich, glücklich zu sein, Joel?«

»Bald fürcht' ich mich nicht mehr.«

Patricia sprang mit einem Satz ihrer geschmeidigen braunen Beine davon. Er hörte die Küchentür ins Schloß fallen, Wasser rauschen und ihr leises Singen, während er auf dem Rücken liegen blieb. Nach einer Weile schnupperte er Kaffeeduft. Die Kinder des Hauses kamen die Treppen herunter auf dem Weg zur Schule. Patricia rief: »Der Kaffee ist fertig!« Er ging in die Küche. Sie stand mit dem Gesicht zum Herd, in eine knappe Frotteebadejacke gehüllt, die kaum ihre Blößen bedeckte. Vor Glück berauscht setzte er sich unter das Bild der blauen Pferde mit dem Schwanenhals. Sie stellte erst ihm, dann sich eine Tasse hin. Das Marmeladenglas stand in der Mitte. Patricia nahm ihm gegenüber Platz, das ganze Gesicht offen, ein Lächeln in den dunklen Augen, die Lippen geöffnet, als wolle sie etwas sagen. Aber sie sagte nichts. Und plötzlich schrie sein Herz mit schrecklicher Freude: »Unser Vater, unser König, unser Vater, unser König.« Es war dieses Gebet der hohen Feiertage, das in seinem unendlichen Glück aus ihm hervorbrach, sein Herz hatte keine anderen Worte.

45

Unser Vater, unser König! schrie ich plötzlich in meinem Innern. Unser Vater, unser König, handle für mich! Was war das für ein schrecklicher Tagtraum, in den ich mich da verfangen hatte! Ich stand in der funkelnden Bahnhofshalle, den Geschmack aufgestoßenen Biers im Mund. Dann ging ich zu der ein Halbgeschoß tiefer liegenden Imbißstube hinab, deren eine Glaswand dem großen Tunnel zugewandt war, und trank einen Fruchtsaft, um den schlechten Geschmack loszuwerden. Unser Vater, unser König, handle für Hingemetzelte und für mich.

Mein Freund Melvin kam herein, nahm einen doppelten Weinbrand an der Bar, entdeckte mich und setzte sich zu mir an den Tisch.

Der gute Melvin. Seine komplizierte Liebe zu seiner Frau hatte ihn wie Kain in die Welt hinausgetrieben. Diese Liebe bedrängte ihn, ebenso wie die von ihm eingeleitete Zerstörung der Stadt. Er schritt von der Liebe zur Tat und von der Tat zur Liebe, wie es einem Mann geziemt. Nie würde er eine andere Frau lieben können. »Wenn du sie kennengelernt hättest, würdest du mich verstehen.« Warum blieb er dann nicht bei ihr? Und warum blieb auch sie nicht an einem Ort, sondern schwirrte in der Welt umher? »Wir können nicht zusammensein, uns aber auch nicht endgültig trennen.«

Mein Freund Melvin ist kein typischer Amerikaner, sondern etwas Besonderes. Auch der Inder ist kein typischer Inder, ebenso wie ich kein typischer Jude bin. Deshalb sind wir uns begegnet.

Wir tranken schweigend. Durch die Glaswand sah ich den hell beleuchteten Tunnel. Ich hob die Hand, um den Schuhputzer zu grüßen, und er winkte zurück. Am Tag meiner Ankunft hatte er mich zum König gesalbt, und nun salbte er die Schuhe eines dicken Mannes, der ihn daran hinderte, mich zu sehen.

»Was hast du gesagt?« fragte Melvin unvermittelt.

»Ich habe nur gemurmelt«, antwortete ich.

»Was denn?«

»Unser Vater, unser König. Denn dein ist das Reich, und du wirst in Ewigkeit walten.«

Er fand es eigenartig, daß ich Gebete murmelte, während er zum Bahnhof gekommen war, um einen amerikanischen Militärrabbiner abzuholen, der im Krieg seinem Regiment angehört hatte. Er habe ihn treffen wollen, um sich mit ihm über jüdische Gebete und Kulthandlungen für den Film zu beraten, erklärte er.

Da war mein Freund Melvin, dem die Stadt eine Bühne seines Gewissens geworden war. Da war Leonore, der Engel, die am Fluß ihre Kreise drehte. Und da war ich. Wie eine Balletttruppe waren wir. Jeder hatte seinen eigenen Choreographen und tanzte seinen eigenen Tanz. Aber da es dieselbe Bühne mit denselben Requisiten war, schien es von weitem, als gehörten wir demselben Ensemble an.

Menschen drängten sich in der Unterführung. Männer schleppten große Koffer, Frauen trugen bunte Körbe und Taschen. Ich musterte alle von meinem erhöhten Sitz aus, Schuldige und Unschuldige. Mit einem Teelöffel schlug ich ans Glas: schuldig, nicht schuldig, nicht schuldig, schuldig, schuldig, hat alles gewußt, hat irgendwas gehört, hat viel gehört, hat gewußt und geschwiegen. Der Dicke, dessen Schuhe geputzt wurden, streckte jetzt den anderen Fuß aus.

Ich riet meinem Freund, einen Film über die Rollschuhmeisterschaften zu drehen. Die Läufer einzeln oder zu zweit bei träumerischen Paarlauffiguren aufzunehmen. Das ständig wechselnde Publikum solle er filmen, den Fluß, auf dem ein Schädel oder ein Photo seiner Frau in der ruhigen Strömung auf die Heiligenbrücke zutrieb, und Leonore, die noch lange, nachdem die Zuschauer gegangen waren, allein zurückblieb, dann die Umkleideräume und Leonore dort, nur mit einem Slip bekleidet auf dem Bauch liegend, während ein stämmiger Masseur sich über sie beugte und ihre Schenkel und Waden massierte. Danach solle er sie bei neuen Runden zeigen, solle die Wirrnisse ihres Lebens aufzeichnen, wie sie als Baby im Krieg von zwei alten jüdischen Frauen aufgelesen und schließlich nach Erez Israel in einen Kibbuz geschickt worden und wieder von dort geflohen war, um sich auf Rollschuhen im Kreis zu drehen.

Melvin lächelte und lobte meine Phantasie. Er drängte mich, mit ihm nach Amerika zu kommen und selbst das Filmen zu lernen.

»Und was hältst du von Israel?«

»Ich komme immer nur für ein paar Stunden dorthin,

meistens bei Nacht, und kehre gleich wieder zu meiner Arbeit zurück. Ein Freund bei der Luftwaffe stellt mir ein Flugzeug dafür zur Verfügung.«

»Das muß wie ein Traum für dich sein – in ein fremdes Land zu kommen, mit deiner sonderbaren Frau zu sprechen und gleich wieder zurückzufliegen. Wirst du denn nie zu einer Entscheidung gelangen?«

»Ich weiß es nicht. Du hättest sie kennenlernen sollen.«

»Vielleicht ist sie bei meiner Rückkehr noch in Jerusalem.«

»Nein, schon nicht mehr. Sie sucht die wahre Liebe.«

Wir verstummten. Meine Zeitrechnung war noch mehr durcheinander geraten. Die Frau war in Jerusalem, er hier, und ich selbst schwer beweglich. Manchmal meinte ich, alles, was mir zustieß, geschähe im Verlauf einer Nacht voll wilder, wirrer Träume. Wäre ich in Jerusalem geblieben, hätte ich einen ruhigen Sommer verlebt und genau gewußt, was ich alles tat. Unser Vater, unser König. Denn dein ist das Reich.

Ich mußte zur alten Synagoge gehen. Ich wußte, daß sie zerstört war – 1938, in der sogenannten Kristallnacht abgebrannt, jener Nacht, in dem die Glassplitter auf Ruth gefallen waren. Der Rektor der Universität habe die erste Brandfackel hineingeworfen, hieß es, gefolgt von einem Mann, den ich auf einem alten Karnevalsphoto im Büro des Grundbuchbeamten sich eine dicke Zigarre anstecken gesehen hatte.

Von der Zerstörung der Synagoge hatte mir auch Dr. Lewi berichtet, als er nach dem Krieg meine vom vielen Laufen entstandenen Hühneraugen behandelte. Eigentlich war Dr. Lewi in Weinburg Zahnarzt gewesen – ein großer, kräftiger, respekteinflößender Mann. Zur Zeit seiner Einwanderung herrschte jedoch kein Bedarf an Zahnärzten. Einige seiner Kollegen lernten Beton für Neubauten zu gießen, und er selbst lernte orthopädische Fußpflege. So kam ich nach dem Krieg zu ihm mit meinen Hühneraugen, die wie erstarrte Tränen der Füße sind. Ich erzählte ihm von der frühmorgendlichen Eroberung Be'er Schevas und davon, daß ich einen Freund auf den Schultern getragen hatte, von dem ich meinte, er sei nur verwundet, obwohl er längst tot war. Und Dr. Lewi erzählte mir von der zerstörten Synagoge. Als Kind hatte ich im Synagogenchor gesungen, während Dr. Lewi mit seiner mächtigen Baritonstimme hinter mir aufragte. Der Chorleiter hatte Mehlmann geheißen. Einmal hatte er vor Zorn seinen Geigenbogen auf meinem Rücken zerbrochen, weil ich bei der Probe seine Anweisungen nicht beachtet hatte.

»Hast du Leonore letzthin gesehen?«

»Nein.«

Auch Herr Bergner hatte mir von der Zerstörung der Synagoge erzählt. In der Pogromnacht war seine Frau niedergekommen. Jetzt wohnte er in Jerusalem und leitete eine staatliche Behörde. Er hatte dem Vorstand einer kleinen Synagoge angehört, in der mein Vater zu beten pflegte. In diesem Bethaus befand sich damals ein eigenartiges Stuhlsammelsurium, weil jeder sich seinen eigenen Stuhl von zu Hause mitbrachte. Nach dem Tod meines Vaters ging ich dorthin, um seinen Stuhl zur Reparatur abzuholen. Es war während der zehn Bußtage. Ich hatte es eilig, zu einer wichtigen Sitzung in der Universität zu kommen, sah aber, daß die Leute noch beim Gebet standen. Deshalb trat ich an Herrn Bergner heran und flüsterte ihm zu, ich wolle den Stuhl meines Vaters zur Reparatur bringen. »Unser Vater, unser König, handle für die Niedergemetzelten«, antwortete er und flüsterte mir dann zu: »Nimm und bessere, das ist eine große Mizwah.« Ich sah, daß sein Gebetsmantel angesengt war. Und er erzählte mir, wie er ihn aus der brennenden Synagoge gerettet habe und deshalb ins KZ gekommen sei.

Auch Herr Rosenbaum hatte mir von jener Nacht erzählt, ebenso wie Herr Mendelssohn, der Margarinegroßhändler, dessen Tochter Tuba bläst.

Melvin stand auf. Ich begleitete ihn zu seinem Wagen. Der Zug, mit dem der Militärrabbiner hätte eintreffen sollen, hatte Verspätung. Melvin fuhr mich bis an den Eingang der Torgasse in der Nähe der einstigen Synagoge.

In jener Torgasse hatte ein früherer Rabbiner der Weinburger Gemeinde, Rabbiner Rosenheim, gewohnt – ein berühmter Thoragelehrter, der in jüdischen Kreisen weithin großes Ansehen genoß. Meine Großmutter war als junges Mädchen Haushälterin bei ihm gewesen, was als große Ehre galt. Einmal, während des bayerisch-preußischen Krieges von 1866, ging sie am Freitag weg, um die Schabbatbrote vom Bäcker zu holen. Obwohl die Stadt unter Beschuß war, fürchtete sie sich nicht, durch die Gassen zu gehen. Die damaligen Geschosse hatten keine große Sprengkraft, und sie gelangte heil zur Bäckerei und zurück. Doch Rabbiner Rosenheim empfing sie tadelnd: »Rachel, Rachel! Wegen Challe hast du dein Leben gefährdet?!« Und er rührte die Brote an diesem Schabbat nicht an.

Ich kam an der unversehrt gebliebenen Spenglerwerkstatt vorbei. An der Hauswand standen Liederzeilen in verschnörkelter gotischer Schrift, deren Lettern seit der Bombardierung offenbar einmal nachgezogen worden waren. Dann gelangte ich an ein kleines Tor, das früher einen Seitenzugang zur Synagoge versperrt hatte. Es stand wie damals, mit einer eisernen Faust als Klopfer versehen. Ich hätte statt dessen Ruths Holzbein zum Klopfen daran gehängt. Ein Schild am Torpfosten trug die Aufschrift: *Hier hat Ritter Tuchtolz seinen letzten Kampf ausgefochten.* Eine Frauenstimme rief: »Sibylle! Sibylle! Komm nach Hause!« Aber ich konnte niemanden entdecken.

Ich klopfte mit der eisernen Faust ans Tor, aber nur ein dumpfer Nachhall antwortete mir. Also ging ich zu einem anderen Eingang weiter, der offenstand. Ich hörte Klavierspiel von drinnen. Ein alter Mann sagte zu mir: »Vielleicht haben Sie sich geirrt, mein Herr, das ist eine Ballettschule hier.« Worauf ich ihm erwiderte: »Ich bin ein Ballettmeister aus dem Ausland und möchte gern einen Blick hineinwerfen.« »Tun Sie das nur«, sagte er und ging weg. Erst als ich die unter meinen Schritten knarrenden Holzstufen erklomm, merkte ich, daß ich mich in der früheren jüdischen Schule befand. Mir brannten die Augen von den Tränen, die ich mir nicht zu vergießen erlaubte. Aus mehreren Zimmern drang Klaviermusik. Auf den Korridoren herrschte, wie damals, durch schwache gelbe Birnen spärlich erhelltes Halbdunkel. Ich blieb stehen und strengte meine Augen an. Schulgeruch hing im Flur. Meine Hand glitt über das vom vielen Gebrauch glattgewetzte Geländer. Als Junge bin ich es immer rittlings hinuntergerutscht, bis der Direktor mich einmal dabei erwischte und mir mit dem Rohrstock eine Tracht Prügel verabreichte. Ich öffnete die Tür meines ehemaligen Klassenzimmers und sah einige Mädchen verschiedenen Alters in schwarzem Ballettdreß. Sofort hielten sie inne, und eine schlanke Frau kam mit geschmeidigem Gang auf mich zu: »Ja bitte?« Ich sagte, ich sei Señor de Rosario Gallerda de la Cioca Cica, worauf sie ohne zu zögern erwiderte: »Es ist unserer Schule eine große Ehre, Sie willkommen heißen zu dürfen.« Dann wandte sie sich den Kindern zu und ließ sie einige Arm- und Beinübungen vorführen. Ich lobte alle Beteiligten, und sie bemerkte: »Schade, daß Sibylle nicht da ist. Sie ist meine beste Schülerin.« Alle Mädchen riefen aufgeregt durcheinander: »Sie hat schon bei Aufführungen mitgemacht und kann ganz lange auf einem Bein tanzen!« Die Lehrerin bestätigte das: Sybille könne so schnell die Beine wechseln, daß man meine, sie habe nur eines. Ich erklärte ihr, daß ich mich besonders für Tänze auf einem Bein interessiere. Plötzlich sagte sie lächelnd: »Ich habe vergessen mich vorzustellen: Maria von Tuchtolz-Baldheim.« Auf meine Frage bestätigte sie, eine Nachfahrin jenes kühnen Ritters zu sein, und ich drückte ihr die Hand mit der Freude von Adligen, die einander in dieser kleinbürgerlichen Welt erkennen. Dann erklärte ich ihr, ich hätte eine Schwäche für alte Häuser mit knarrenden Holztreppen wie dieses, besonders, wenn ich es mit den modernen Glasbauten vergliche. Ein solches Haus sei humaner. Seine Stufen gäben menschliche Klänge ab, und seine Wände seien mit Trauer und Freude vollgesogen. So sei es geradezu für eine Tanzschule prädestiniert. Sie lächelte, rief dann plötzlich »Ruhe Kinder!« und lächelte mich erneut an: »Wenn Sie wüßten, was hier früher gewesen ist, Señor!«

»War es denn nicht immer eine Tanzschule?«

»Eine Schule schon, aber von Tanzen konnte keine Rede sein.«

»Was heißt das?«

»Eine Schule für kleine Juden ist hier gewesen.«

»Was Sie nicht sagen!«

»Auf diesen knarrenden Holztreppen sind die armen kleinen Beschnittenen auf und ab gelaufen. Jetzt tanzen sie nicht mehr, die Ärmsten. Und direkt vor dem Fenster hat ihre Synagoge gestanden.«

Damit führte sie mich ans Fenster und schob die Gardine zurück. Ich sah ein Riesenloch, in dem sich drei Bagger abmühten, und darüber einen hohen Kran, dessen Glaskabine auf unserer Fensterhöhe hing. Jetzt schwenkte die Kabine auf uns zu, und der Kranführer darin winkte. Frau von Tuchtolz winkte zurück. »Ein netter Mann«, sagte sie.

»Was wird hier gebaut?«

»Ein Kaufhaus.«

Die Mädchen begannen herumzualbern. Die Lehrerin zog die Gardine wieder zu. Dann ordnete sie die Kinder in zwei Reihen an, die nun im Kreis wirbelten. Mir brannten die Augen. Ich erklärte der Ballettmeisterin, wann immer ich tanzende Mädchen sähe, fühlte ich mich an meine kleine Anna erinnert, die mit elf Jahren bei einem Verkehrsunfall ums Leben gekommen sei. Darauf beschrieb ich ihr die kleine Ruth – ihr weiblich feines Kinn, die lustigen Zöpfe, die Stupsnase mit den Sommersprossen darauf und das ballerinahaft sorgfältig in der Mitte gescheitelte Haar. Die Lehrerin schlug überrascht die Hände zusammen: »Das ist ja genau unsere Sibylle! Ein kleiner Star ist sie, der eine große Zukunft vor sich hat.«

Hätte Ruth tanzen gelernt, wäre sie vielleicht ihrem grausamen Tod entgangen.

Die Mädchen fingen an, übermütig herumzuhopsen, so daß die Lehrerin sich ihnen zuwenden mußte. Ich nützte die Gelegenheit, um mich unbemerkt über die knarrenden Treppen davonzumachen. Hier war die Aula gewesen, in der die Aufführungen stattfanden: Elieser, Rebekka und Judas Makkabäus. Hier war der große Streit zwischen mir und dem rothaarigen Siegfried ausgebrochen, weil man uns beiden die Rolle des Judas Makkabäus versprochen hatte und die Lehrer sich nicht trauten, für mich einzutreten, weil er der Sohn des Direktors war. Am Morgen der endgültigen Entscheidung hatte Ruth zu mir gesagt: »Gib doch nach und verzichte, schmeiß ihnen die Rolle vor die Füße.« »Was? Ich soll verzichten, nachdem ich den ganzen Text auswendig gelernt habe?« »Du verstehst nicht. Du verstehst einfach nicht. Zeig ihnen, daß du Charakter hast.« »Was heißt Charakter, Ruth?«

Dieses Zwiegespräch fand morgens, als wir durch den Hofgarten zur Schule gingen, statt. Es war ein kalter Tag, und es begann dicht zu schneien. Ein Tag des Unheils, kurz und bitter.

46

Die Straßenlaternen brannten noch immer, obwohl es schon heller Morgen war. Irgend jemand in einem fernen Amt hatte vergessen, auf den Schalter zu drücken. Joel lief die Stufen hinunter, um zu seinem Haus zu gehen, das kein Zuhause mehr war. Die Nachtwächter waren weg. Nur Glut und Asche bezeichneten noch die Stelle, an der sie um das Feuer gehockt hatten. Rolläden wurden hochgezogen wie Fallbeile, die man für das Abhacken weiterer Köpfe bereitmacht. Immer mehr neue Gebäude wuchsen in die Höhe, die arabischen Häuser dazwischen verschwanden nach und nach. Joel ging bis zum Salameplatz hinauf, der sich nach allen Seiten hin öffnete, eigentlich aber nur nach Westen offen war. Denn im Osten, Norden und Süden verlief die Grenze.

Er hatte das Haus seiner Geliebten verlassen. Ein Hemdenknopf war ihm bei dem wilden Gerangel zu Beginn der Nacht abgerissen. Lieferwagen für Eisbarren, Milch und Petroleum begannen die Durchgangsstraßen der Stadt zu füllen. Schwere Busse rollten zu Tal. Menschen lösten einander von ihren Posten ab, denn alle hatten ihren Schichtdienst. Ziellos und endlos lösten sie einander ab – vor der Altstadtmauer, beim Niemandsland und an der Straße, die unter dem Beobachtungsposten auf dem hohen Turm von Nebi Samuel nach Jerusalem hinaufführte. Die Lebenden lösten einander ebenso ab wie die Toten auf dem Hamenuchotberg. Wären die schweren Grabplatten nicht, würden die Toten hinabrollen und das Tal füllen.

Joel ging auf sein Haus zu. Die Sonne war bleich und weiß wie ein Albino. Eine solche Sonne war nicht gut für Patricia und Joel.

Joel schaffte es vorerst nur bis an den Briefkasten. Er wollte die leere Wohnung nicht sehen. Im Briefkasten fand er einen Zettel von Frau Gutmann, der Sendbotin und Freundin seiner Mutter, auf dem sie ihn mit einer einzigen Zeile an den heutigen Jahrzeittag seines Vaters erinnerte. Joel blickte auf die Uhr und ging in die Wohnung hinauf, um seine Gebetsriemen zu holen. Erst blieb er horchend vor der Tür stehen, dann platzte er mit einem Satz hinein wie ein Soldat, der eine Durchsuchung vornehmen will, sah aber sofort, daß die Betten über Nacht unberührt geblieben waren. Er suchte die Gebetsriemen. Jedes Jahr vergaß er, wo sie waren, es war schwer, einen festen Platz für Dinge zu bestimmen, die man nur einmal jährlich benutzt.

Fieberhaft kramte er herum, bis er das Samtsäckchen mit seinem aufgestickten Namenszug fand. Er ließ die Finger über die erhabenen Goldbuchstaben gleiten und verließ das Haus in Richtung auf die kleine Synagoge zwischen den Eukalyptusbäumen, die einst beim Bau des Hauses gesetzt worden waren und es nun hoch überragten.

Die meisten Teilnehmer des ersten Minjan waren schon fort. Joel ging in Gedanken die Reihenfolge des Riemenanlegens durch: erst sieben Runden um den linken Arm, dann die Kapsel für den Kopf. Die Synagogenbänke waren niedrig und die Säulen überdimensional hoch. Man sah nur die Käppchen der Sitzenden. Schon mischten sich die ersten Gebete des zweiten Minjan mit den letzten des ersten, denn die besonders Eifrigen fügen nach dem »An uns ist es«, das eigentlich den Gottesdienst beendet, noch mehr Gebete an, lesen verschiedene Psalmen, um dazwischen möglichst viele Kaddische, Bußgebete und Lieder zu verteilen – noch ein Rabbinerkaddisch, noch ein Waisenkaddisch, noch ein halbes Kaddisch –, so wie eine Köchin erpicht ist, eine Speise mit vielen Zutaten und Gewürzen zuzubereiten, um sie möglichst schmackhaft und reichhaltig zu machen.

Der alte Gabbai blickte auf die Wanduhr, zog dann eine Taschenuhr hervor und fragte Joel schließlich mit seiner schnarrenden Stimme: »Was, ist schon wieder ein Jahr vergangen?« Der feste Minjan des Bethauses war klein. Die meisten übrigen Betenden waren Trauernde, die das Kaddischgebet sprechen wollten, oder heranwachsende Jungen, die sich im Anlegen der Gebetsriemen übten. Da die erforderlichen zehn Männer noch nicht beisammen waren, beschloß Joel, die Synagoge noch einmal zu verlassen und schnell bei Jizchak vorbeizuschauen. Er fand ihn an seinem Arbeitstisch. Neuerdings beschäftigte er sich mit mathematischer Philosophie. Jetzt hatte er eine kleine Stange vor sich, an der ein mit verschieden großen Löchern versehenes Blechdreieck baumelte. Daneben stand ein quadratisches Stück Blech, von dem sonderbare Fäden herabhingen. Jizchak erklärte ihm, das große Blechstück sei der »Kern der Sache«, die übrigen Formen und Fäden seien Projektionen und Vereinfachungen.

Joel, der davon kein Wort verstand, bat Jizchak, sich dem Minjan anzuschließen. Jizchak tippte lächelnd seine mathematisch-philosophische Konstruktion an, die darauf metallisch klimperte. Dann öffnete er eine Schublade, entnahm ihr die Tasche mit Tallit und Gebetsriemen und erhob sich, um Joel zu begleiten. Gut, daß es Menschen wie ihn und die anderen der Sechsergruppe gab. Immer standen sie einander bei, halfen sich gegenseitig aus der Klemme, waren Retter in der Not – früher schon bei Klassenarbeiten in der Schule, später dann bei Frauengeschichten und im Krieg. Nur einer der Freunde war nicht durchgekommen.

»Das war eine lange Nacht«, murmelte Jizchak. »Viermal hat man mich zu Mina gerufen. Ich glaube nicht...« Er sprach den Satz nicht zu Ende. Jizchak ging schnell, obwohl er hinkte. Der Gottesdienst für Joels Vater hatte inzwischen begonnen. Die beiden versanken in den Bankreihen wie in Meereswellen, und tatsächlich rezitierte man bereits leise Moses' Danklied nach der Rettung am Schilfmeer: »Rosse und Wagen warf er ins Meer.« Der Gebetsriemen für den

Kopf saß Joel zu stramm. Sein Schädel mußte wohl von Jahr zu Jahr größer werden, dachte er. Vor dem Vorbeter stand ein vergoldeter siebenarmiger Leuchter aus Holz mit eingeprägter Traubenrebe.

Joel hörte seine Mutter hinter sich hüsteln, denn er saß nicht weit von dem dünnen Vorhang, der die Frauenabteilung abtrennte. Er hustete zurück, damit sie wußte, daß er da war. Als eines der Kaddischgebete an die Reihe kam, sagte der Gabbai zu ihm: »Schreien Sie, sonst übertönt Sie Herr Wurms jüngster Sohn.« Herr Wurm war ein paar Wochen zuvor im Bett seiner Geliebten gestorben, war in ihr versunken wie ein Schiff. Der Vater war tot, und der Sohn betete für die Erhebung seiner Seele.

Joel schlug das Gebetbuch auf. Ein runder Stempel verkündete, wer diesen zerfledderten Band einmal gespendet hatte. Herr Mosner, der ebenfalls aus Weinburg stammte, kam zu ihm herüber und löste den Knoten des Kopfriemens im Nakken ein wenig. Herr Mosner handelte mit Schulbüchern. Jetzt hatte er Zeit, denn all seine gebrauchten Bücher waren verkauft. Der ganze Laden existierte nur für die paar Wochen zu Schuljahrsbeginn. Während dieser Zeit wurde die Tür nie richtig verschlossen. Hätte Herr Mosner in diesen Tagen das Eisengitter herabgelassen, wären mehrere Kinder, die sich an der Tür drängten, geköpft worden. Im Laden wimmelte es von Armen, Köpfen und sonstigen kindlichen Körperteilen. Sobald ein Kind seine Bücher gekauft hatte, schoß es wie ein Pfeil wieder hinaus. Alle Kinder sind wie Sprungfedern. Über diesem ganzen brodelnden Gewoge, das einer stürmischen See glich, wurden manchmal Ranzen und Bücher weitergereicht – wie Gegenstände, die auf schäumender Flut schwimmen, oder wie kleine Strohhalme auf einem Ameisenpulk. Und über dieses ganze Gewirr regierte Herr Mosner, dessen Kleidung bald zerrissen war, so viel wurde er an Ärmeln und Hosenbeinen gezupft: »Herr Mosner, ein Rechenbuch für die fünfte Klasse, ein Geschichtsbuch, ein Naturkundebuch!« Dieser eine Monat ernährte ihn das ganze Jahr über.

Joels Vater und Herr Mosners Vater waren Freunde gewesen. Als der alte Mosner während der Bombardierung Jerusalems im Unabhängigkeitskrieg eines natürlichen Todes starb, kam Joels Vater unter schwerem Beschuß als einziger, um ihn zu beerdigen. Man begrub ihn im Garten seines Hauses, wo unbenutztes Kinderspielzeug verstreut lag.

Beim »Höre Israel« bedeckte Joel, wie üblich, die Augen. Zum Achtzehngebet erhob er sich mit den anderen, wobei die federnden Sitze quietschten. Von Jahr zu Jahr behielt er alles im Gedächtnis, ja er vergaß nicht einmal, sich beim »Verzeihe uns« mit der Faust leicht an die Brust zu klopfen.

Die kleinen Fenster der Synagoge saßen fast unter der Decke, so daß man, um sie zu öffnen, einen komplizierten Mechanismus von Scharnieren und Eisendrähten in Bewegung setzen mußte, wie bei einem künstlichen Glied, wie bei Ruths Beinprothese.

Patricia kam jeden Tag, um nach Ruths Vater, Dr. Mannheim, zu sehen. Die behandelnden Ärzte fragten nicht nach, wußten aber, daß sie ein besonderes Interesse an dem alten Mann hatte, der im Sterben lag. Sie besuchte ihn immer zu einer Zeit, in der keine anderen Besucher oder Ärzte in dem großen Krankenzimmer waren. Das Husten kranker alter Männer erfüllte dann den Raum bis zu den Bogenfenstern.

Joel blätterte in dem Gebetbuch und bemerkte wieder einmal, daß darin das ganze Jahr beisammen war: Gebete für Purim und Pessach, Tau und Regen, Sommer und Winter, hohe Feiertage und sonstige Feste. Gleich nebeneinander standen dort Trauergebet und Psalmen für die Einweihung eines neuen Hauses, Tischgebet und Lesungen für Fast- und Bußtage, Nacht und Tag, Morgen und Abend, ohne zeitliche oder sonstige Ordnung, wie in Joels Innerem. Und auch er verspürte den starken Wunsch, alles in sich zu vereinen, nichts zu verlieren, alles in eins zu fassen – Kindheit und Jugend, Mensch und Tier, Kriegs- und Friedenszeiten, Erinnerungen an die Vergangenheit und Zukunftsvisionen.

Seine Mutter hüstelte. Das bedeutete, daß er mit ihr zum Frühstück nach Hause kommen und sie danach zum Friedhof in Sanhedria begleiten sollte. Die Bettler begannen in die

Synagoge zu strömen, und die Betenden zogen Münzen hervor und legten sie ans Ende der Bankreihe. Wohlerzogen nahm jeder Bettler nur eine Münze, nicht mehr. Mit ihnen kam auch ein junger Talmudschüler, der sich auf diese Weise in Barmherzigkeit, Demut und Selbsterniedrigung üben sollte. Sein Gesicht zwischen den schwarzen Schläfenlocken war blaß. Patrices Zauberhände mußten ihn berührt haben. Die Synagogenuhr schlug leise in der tiefen Stille des großen Bittgebets an.

Jetzt war die Zeit für die Kaddischgebete gekommen. Herr Mosner zeigte ihm, welches er sagen mußte. Danach rollte Joel sorgfältig seine Gebetsriemen zusammen und steckte das schwarze Lederbündel in das Samtsäckchen.

Er begleitete seine Mutter zu ihrem Haus, um bei ihr zu frühstücken. Im Garten des Präsidentensitzes übten Soldaten eine komplizierte Zeremonie ein. In ein, zwei Stunden würde der Botschafter irgendeines Staates eintreffen, um sein Beglaubigungsschreiben zu überreichen. Auch die Militärkapelle hatte bereits Aufstellung genommen, inklusive der pausbäckigen Tochter von Mendelssohn aus Weinburg mit ihrer großen Baßtuba, die sich wie eine Schlange um sie wandt, während der klaffende Rachen über ihren Kopf hinausragte. Ihre Züge glichen denen eines Engels in der Kapelle des himmlischen Heers. Als Joel vorbeikam, blies sie ein paar »Bu-bu ba-ba«, und er winkte ihr mit seinem Samtsäckchen zu.

Während des Frühstücks schaute Joel aus dem Fenster, und seine Mutter stellte fest, daß er zunehmend seinem Vater glich.

Dann standen sie schweigend auf und gingen zum Friedhof. Wegen der Kriege liegen die Jerusalemer Friedhöfe über die ganze Stadt und Umgebung verstreut. Neben dem alten Friedhof auf dem Ölberg wurden ständig und überall neue Friedhöfe eingerichtet. Onkel Moritz, der Kohen mit den segnend gespreizten Händen, ruhte in Scheich Badr, wo man die Toten während des Unabhängigkeitskriegs beigesetzt hatte. Dieser seinerzeit provisorische Friedhof befindet sich jetzt an der geschütztesten Stelle Jerusalems. Die Völker anderer Länder bilden Schutzringe um Frauen und Kinder. In Jerusalem hat man einen Friedhof verteidigt, der neben einem ehemaligen Steinbruch liegt.

Das Haupttor, das nur bei Beerdigungen geöffnet wurde, war geschlossen. Joel und seine Mutter traten durch eine Seitenpforte, und Joel setzte sich ein Käppchen auf. Manche legen sich ein Taschentuch mit vier Knoten an den Ecken auf den Kopf, eine Art Narrenkappe für Beerdigungen, Beschneidungen und Hochzeiten.

Seine Mutter war still. Hier war sie ganz ruhig, während sonst immer ihr ganzes Leben in ihrem Innern umhertrieb, so daß ihr faltiges Gesicht aussah wie ein großes Schienennetz aus der Vogelperspektive.

Als sie den gepflasterten Pfad entlangschritten, entdeckte er Vicky. Urplötzlich war sie aufgetaucht und lief nun vor ihnen her, sich gelegentlich wie ein Hund nach ihnen umblikkend. Vicky ging zu dem verfallenen Haus am Niemandsland. Der Friedhof lag an der Grenze. Und wo es eine Grenze gibt, gibt es auch Niemandsland. Vicky war Expertin darin. Die gesamte Erwachsenenwelt galt ihr als Niemandsland. Deswegen hatte sie weder vor Professor Oren noch vor ihren Eltern oder der Sozialhelferin Respekt. Aber Joel liebte sie, was ihre erhebliche Eifersucht auf die amerikanische Ärztin erklärte. Für sie war die ganze Stadt Niemandsland, den Winden, Feinden und Liebhabern ausgesetzt.

Vicky verschwand zwischen den Gräbern, deren Steine zum Teil schon schief auf geborstenen Betonsockeln standen. Die Erde senkte sich auch hier.

Der Friedhof stieß wie eine kühne Halbinsel ins Niemandsland vor. In einigen Monaten würde die Erde hier mit bunten Blumen und hohem Gras überwuchert sein, aber genausogut konnte sie auch mit explodierenden Geschossen übersät oder von kämpfenden Soldaten überrannt werden, oder aber Nachzüglertruppen könnten hinter den Grabsteinen oder in Schützengräben Schutz suchen.

Wann hatte die große Wende in Joels Leben eingesetzt? Diese Frage stieg in ihm auf und sank sogleich wieder in Vergessenheit. Joel blickte zum Skopusberg hinüber und sehnte sich auf einmal danach, dort zwischen den verlassenen Gebäuden in jener verschlossenen, verbotenen Welt zu sein und die judäische Wüste wie Meereswellen vom Amphitheater zum Toten Meer hinabbranden zu sehen. Sollte er darum ersuchen, mit einer Abordnung in diese Exklave geschickt zu werden, um die Verpackung der noch dort oben verbliebenen archäologischen Funde zu überwachen? Ja, dort zwischen den Gebäuden zu sein, in denen er einst studiert hatte, während sie nun leer standen und langsam zu verfallen begannen, durch die leeren Korridore zu gehen, ein leeres Zimmer zu betreten, Echo um Echo zu hören, dort zu sein und dort zu entscheiden – das wünschte er.

Wann also war die große Wende in seinem Leben eingetreten? Jener Scheideweg, der in den Abgrund oder vielleicht in große Freiheit führte? Joel fragte seinen toten Vater und seine lebende Mutter neben sich, ohne Antwort zu erhalten. Was hatte am Anfang dieser Umwälzung in seinem Leben gestanden? Der erste Anblick eines Toten? Das Ende der Kindheit? Das erste Gefecht? Seine Verwundung? Das erste Mädchen, das er im Packhaus inmitten der Orangenhaine Rechovots liebte und das ihn später verließ? All das hatte ihn zu seiner Zeit erschüttert und erhoben, ihn dann aber auch wieder auf seinen alten Platz und in sein altes Selbst zurückgeworfen. Davon war die große Wende nicht ausgelöst worden.

Er betrachtete den quadratischen, einer anglikanischen Kirche ähnelnden Turm des englischen College und die Türme des Krankenhauses im florentinischen Stil, das so aussah, als habe man es in Italien abgetragen und in der heiligen Stadt wieder aufgebaut. Denn Jerusalem ist wie eine Frau, die sich mit den Geschenken all ihrer Liebhaber aus aller Welt schmückt.

Seine Mutter war nach Hause gegangen. Joel betrat einen ungarischen Laden, erstand eine Flasche Wein und ging damit zu Patricia. Vielleicht war sie gar nicht da? Vielleicht hatte sie gewartet und gewartet und endlich aufgegeben und war hastig atmend die Treppen zu ihrer eulenartigen Freundin hinaufgehetzt? Oder die Wohnung wimmelte womöglich von Menschen, amerikanischen Überraschungsgästen in geblümten Hemden, die Kaugummi kauten und Gitarre spielten – Individualisten und Ekzentrikern? Vielleicht waren auch Mr. Cohen mit seinen Blumen oder der Maler Mainzer mit dabei?

Er hatte einen Wohnungsschlüssel an einem blauen Band von ihr bekommen, läutete aber trotzdem an der Tür. Er hörte keine Schritte, doch die Tür öffnete sich, und wie im Traum versank er in ihrer Stimme und Umarmung.

»Darling, Darling. Ich hatte solche Angst, du würdest nicht kommen.«

»Warum?«

»Ich war mir ganz sicher. Ich weiß, du hast deine Frau getroffen. Ich weiß es. Lüg bitte nicht. Das brauchst du nicht. Ich weiß alles. Ich darf mir einfach nicht erlauben, dich zu verlieren. Sag nichts, Liebling, nein, nein.«

Damit zog sie ihn in die Küche, und er sah sie, wie sie mit ihrer Schürze dastand und ihre Hände daran abwischte, und auch das war eine geliebte, endgültige Geste wie all ihre Bewegungen – die für immer und ewig in Joels Gedächtnis eingeschrieben sein würden.

Auf dem Herd blubberte und brodelte es. Ein Steak wurde in siedendes Fett gelegt, daß es spritzte. Bratengeruch begann die Küche zu durchziehen.

Hingerissen faßte Joel sie um Hüfte und Bauch, und sie rief lachend: »Paß auf, das Fleisch brennt an!« Und er erzählte ihr von Venedig, wo sie zusammen sein würden, und sie sagte, sie seien doch schon dort gewesen. Überall seien sie schon gemeinsam gewesen. Und sie erzählte ihm von Paris und von dem kleinen ruhigen Hotel am Montparnasse. Dann kam eine Nachbarin und brachte Blumen von Mr. Cohen.

»Cohen, dieser dumme Cohen. Ich habe ihm gesagt, er solle damit aufhören, aber er macht weiter, obwohl er genau weiß, daß es aussichtslos ist.«

Nun zerrte Joel sie mit sich, hob sie hoch und setzte sie aufs Bett, auf dem sich ihre sämtlichen Kleider häuften. Manchmal wurde sie von einem Kleiderfimmel befallen, und sie holte alles, was sie besaß, aus dem Schrank.

Doch Patricia wehrte ihn ab und sagte: »Warte doch, laß uns erst etwas essen.« Sie kehrten in die Küche zurück, und Patricia sang einen amerikanischen Schlager, in dem viel von Baby und Liebe die Rede war, wendete das Steak und schickte ihn ins Wohnzimmer. Er setzte sich auf den federmüden Sessel, lehnte den Kopf zurück, betrachtete den Lampenschirm, der wie ein afrikanisches Baströckchen aussah, und die Papiere und Berichte auf der Schreibplatte und fürchtete, sie könnte ihn verlassen. Aber gerade da kam sie herein, deckte den Tisch vor ihm, band ihm eine große Serviette um den Hals und legte ihm Messer und Gabel hin. Dann kam sie zum zweitenmal zurück und trug das Fleisch auf, das mit Petersilie und gebräunten Zwiebeln garniert war. Und ein drittes Mal kam sie mit ihren bloßen Füßen und brachte den Reis in einer kleinen Schüssel, perfekt zubereitet, jedes Korn einzeln und golden wie Honig. Dann schenkte sie von seinem und von ihrem Wein ein, und er war wirklich ein König. Er aß viel und derb. Und seine Königin und Geliebte saß mit ihm zu Tisch, sehr nah und doch fremd, wie nur Königinnen es sein können. Er war ihr König und ihr Volk. Bevor sie ihre Mahlzeit ganz beendet hatten, fielen sie gemeinsam in den Sessel und versanken im Wirbel ihrer Leidenschaft. Als sie wieder ruhig waren, aßen sie Eis, und danach holte sie ein Kästchen mit Photos hervor: »Das bin ich in der Wüste Nevada vor unserem Haus. Und hier in meinem Tennisdreß. Ich spiele gut Tennis.« Als sie auch davon genug hatten, saß sie mit süßem, verschmitztem Blick ihm gegenüber, und wieder redeten sie ohne Verben: »Du – mich, Joel?«

»Ja.«

»Auch mein Haar? Und meine zu dicken Schenkel?«

»Ja.«

»Für immer?«

»Hast du nicht gesagt, du würdest mir nur eine Nacht –?«

»Auch das gehört zu dieser Nacht. Es ist eine lange Nacht.«

»Ohne Ende?«

Sie nickte, und er erinnerte sich plötzlich an seinen postlagernden Brief und an die zwei geflügelten Löwen auf dem

Generaligebäude neben dem Postamt, erinnerte sich an Dr. Mannheims Vortrag und an seine Krankheit, an die kleine Ruth und an die große Ruth, seine Frau, und zum Schluß auch an seinen Vater, dessen Todestag zu Ende ging, und großer Schmerz überkam ihn, ohne daß er wußte, ob das Gedenken an seinen Vater oder die Liebe zu Patrice ihm so weh tat.

47

»Sibylle! Sibylle!« hallte die Frauenstimme abermals durch die enge Gasse. Ich stand halb verborgen im Eingang eines alten Hauses, so daß Sibylle mich nicht sehen würde, wenn sie käme. Ich lauschte auf ihre Schritte. Sibylle, Sibylle. Sonderbar, daß man einem kleinen Mädchen den Namen einer Endzeitverkünderin gab. So stand ich, doch keine Schritte waren zu hören, und auch die Stimme der Mutter war verstummt. Dafür fing es an zu regnen. Ich schlug meinen schmalen Mantelkragen hoch. Das vermochte zwar nichts gegen Regen und Wind auszurichten, aber ich tat es aus Gewohnheit. Wenn einmal die Atombombe eingesetzt werden sollte, werden die Menschen die Kragen hochschlagen, was dann auch nicht weniger hilft, als sich in Kellern zu verbergen. Wo war die kleine Sibylle, die Weissagerin meines Endes? Ein junger Mann mit einer Aktentasche betrat den Hauseingang und fragte: »Warten Sie auf Professor Laufers Seminar? Er kommt heute nicht.« Das tue mir sehr leid, erwiderte ich. Ich sei nämlich extra aus dem Ausland angereist, um seine Seminarvorträge zu hören. Würde er lange abwesend sein? Der Student verwies mich auf die Anschlagtafel drinnen. Dann fragte er, woher ich käme. Ich sagte lächelnd, »von weit her«, worauf er begann, mir von Professor Laufer zu erzählen, der als Psychoanalytiker nicht seinesgleichen habe. Ich erkundigte mich nach der Zuverlässigkeit des Laufertests. Immerhin wußte ich von ungefähr, daß jeder Seelendoktor irgendeine nach ihm benannte Untersuchungsmethode besitzt, und tatsächlich hatte ich mich nicht getäuscht. Der Student gab mir erschöpfend Auskunft. Nachdem er gegangen war, wandte ich mich dem Anschlagbrett zu. *Psychoanalytisches Institut der Universität Weinburg* stand darüber. Zwischen den übrigen Zetteln, Mitteilungen und Aufrufen fand ich folgende Notiz: »Professor Laufer wird seine Vorlesungen bis auf weiteres aussetzen.« Plötzlich fiel mir eine Münze aus der Tasche. Als ich mich nach ihr bückte, stieß ich mit dem Rücken gegen das Anschlagbrett, und es fiel herunter. Ich hob es auf und suchte nach den Haken. Da sah ich meinen Namen. Er war mit einer Nagelspitze in die Wand geritzt, und ich erriet, daß das der Eingang zu Vaters früherem Geschäft war. Mein Name, den ich als Kind hier eingeritzt hatte, war noch nicht ausgelöscht. Ich befühlte die eingravierten Lettern, ehe ich das Brett wieder an seine Stelle hängte.

Im Innenhof stand ein großer Lastwagen, von dem stämmige Männer Weinfässer in ein Gewölbe rollten. Auch unter diesem Gebäude befand sich ein geräumiger Weinkeller. Plötzlich legten sich mir zwei kleine warme Hände über die Augen. Ich befreite mich sanft und drehte mich um.

Eine etwa Elfjährige stand da und lachte: »Erkennen Sie mich nicht?«

»Nein, mein Kind, ich erkenne dich nicht.«

Die Kleine war enttäuscht. »Sie sind doch der amerikanische Schauspieler. Wir haben am Bahnhof gemeinsam in dem Film gespielt.«

»Ruth, Ruth!« rief ich.

»Auch damals haben Sie Ruth gerufen. Aber ich heiße Sibylle. Und meine Freundinnen nennen mich Bille, Bille, und der nette Regisseur, Mr. Melvin, nennt mich Sibyl.«

»Warum bist du nicht zum Ballettunterricht gegangen?«

»Woher wissen Sie das?«

»Ich weiß alles, Sibylle. Deine Mutter hat nach dir gerufen.«

»Sie ruft dauernd nach mir. Ich wohne hier in dem alten Haus.«

»Über dem Institut?«

»Ja. Manchmal bringen sie Verrückte hierher, richtig Irre.«

Dann erzählte sie mir, Melvin wolle einige Szenen wiederholen, aber sie habe genug davon. Gestern sei sie weggelaufen und habe sich in einem Geräteschuppen versteckt, bis zwei SS-Männer gekommen seien und sie mit Gewalt herausgeholt hätten. »Ich hab' leise geweint, wirklich geweint. Melvin sagte mir, ich solle nicht schreien, ich mache es sehr gut. Vor einer Woche hat er verlangt, ich solle ›Vater‹ und ›Mutter‹ brüllen, aber später hab' ich ihn mit seinem Assistenten darüber reden hören, daß er meine Rolle ändern wollte, wegen irgendeines Gesprächs, das er mit einem Mann aus Jerusalem geführt hatte. Deshalb solle ich von nun an still sein und nur leise weinen und zum Gott der Juden beten. Und er hat auch noch gesagt, ich wäre jetzt die Tochter des Rabbiners.«

Danach erzählte sie mir alles durcheinander – von ihrem Tanzen und von der Schule und von den Zöpfen, die sie gern abschneiden wolle, und von dem hübschen amerikanischen Kleid, das ihr einer von Melvins Assistenten mitgebracht habe. Und wieder versicherte sie mir, sie habe wirklich geweint, als eine alte Frau ihr sagte, »man würde sie alle vergasen«.

Der Regen hatte aufgehört. Sibylle strich sich das Haar aus der Stirn und begleitete mich bis an eine Ruine. Seinerzeit war hier ein elegantes Café namens Alhambra gewesen, ein reines Männercafé, die Wände aus Marmor, die hohe Decke von Säulen getragen, Stühle und Tische aus Metall und Marmor. Dort verkehrte mein Onkel, der älteste Bruder meines Vaters. Das Geschäft hatte den beiden ja gemeinsam gehört. Mein Onkel war für den Lokalverkauf und die Rechnungen zuständig, während mein Vater die ganze Woche über als Vertreter umherreiste. Da mein Onkel jedoch nicht zu den Fleißigsten zählte, mußte Vater sich sonntags zu Hause hinsetzen und mit der Sekretärin, Frau Holz, die Abrechnungen durchgehen. In jenem Café verbrachte mein Onkel den Großteil des Tages beim Schachspiel mit dem Direktor des humanistischen Gymnasiums von Weinburg, während im Nebenraum hemdsärmelige Männer mit Generalstabsmiene über die Billardtische gebeugt standen.

Nur ein paar Säulen waren von diesem eleganten Café übriggeblieben, deren Bruchstücke rührend romantisch aus den Steinhaufen ragten. Sibylle ließ plötzlich meine Hand los und verschwand, um sich zwischen den Trümmern zu verstecken. Hier und da tauchte sie zwischen Säulen auf und rief ausgelassen nach mir. Wir gingen auf den sogenannten Bruderhof zu, und nachdem wir einige angrenzende Ruinengrundstücke überquert hatten, standen wir vor der Schlosserei über deren Tür eine Inschrift stand, die ich jetzt zum erstenmal las:

Als Schlosser weiß ich munter zu feilen
Schloß und Schlüssel soviel's mag bequemen.
Könnt' ich aber den Mündern Riegel verteilen,
Wär' das wohl das trefflichste Unternehmen.

Plötzlich sah ich wieder den hohen Kran an der Stelle, an der einst die Synagoge gestanden hatte. Sibylle erklärte mir, dort werde ein riesiges Kaufhaus wie in Amerika gebaut. Wir näherten uns der Baugrube, doch Sibylle schreckte plötzlich zurück. Die Tanzlehrerin könne sie womöglich vom Fenster aus sehen. Ich beruhigte sie: »Ich kenne deine Lehrerin. Ich werde dir schon aus der Patsche helfen.« Sibylle verdrehte absichtlich den Namen ihrer Lehrerin: von Tuchholz, von Ruchholz, von Ruchstolz. Dann sagte sie mit funkelnden Augen wie eine Erwachsene zu mir: »Sie sind ein so netter Mensch.«

Wir gelangten an die Außenmauer des Synagogenhofes, die wie die Westmauer des Tempels stehengeblieben war. Ein Schild warnte uns: *Vorsicht! Einsturzgefahr!* Wir sahen uns vor, und die Mauer stürzte nicht ein. Sibylle ging mit mir, Sibylle, die Prophetin der Endzeit und des Jüngsten Gerichts. (Zu jener Zeit wird man das große Widderhorn blasen, und die Toten werden sich aus ihren Gräbern erheben. Wenn die Zeit gekommen ist.) »Wenn die Zeit gekommen ist.«

»Was ist, wenn die Zeit gekommen ist? Wovon sprechen Sie denn?«

»Hab' ich was gesagt? Ich rede mit mir selber.«

»Macht nichts. Sie sind ein so netter Mensch.«

Mir schnürte das Weinen die Kehle zu, und ich ließ Sibylles Hand fallen – wie man ein Stück Obst fallen läßt.

Vorsichtig stiegen wir in die Baugrube hinab. Die Arbeiter an den Preßlufthämmern riefen uns fröhlich zu. Sie kannten Sibylle schon. Die Kleine wollte meine Hand nehmen, aber ich hatte sie zur Faust geballt. Sie sah, daß ich traurig war, und wurde ebenfalls traurig. Plötzlich stolperte sie über eine Holzkiste, die die Arbeiter beiseite geworfen hatten. Ich stützte sie, damit sie nicht fiel, und trat versehentlich dagegen. Der Deckel sprang auf, Papiere wurden herausgewirbelt. Sibylle bückte sich nach einigen Blättern. Obwohl die Schrift vom Regen verwischt war, hielt sie inne und las laut vor: »›Ewiger, Herr des Himmels, schütze uns in der Zeit der Not, denn das Wasser steht bis zum Halse.‹« Sie unterbrach, denn die folgenden Sätze waren ausgelöscht, doch dann fuhr sie fort: »›Beim Klang des Widderhorns wird das Herz jedes einzelnen zu völliger reuiger Umkehr erwachen ...‹ Hier ist es furchtbar undeutlich. ›Möge es dein Wille sein ...‹ Und hier steht was in komischen Buchstaben.«

Rabbiner Mannheims Predigten! Ich lief los und klaubte die Bögen auf, die in eine Pfütze geweht worden waren. Aber der Wind hatte die übrigen schon ergriffen und alles auseinandergewirbelt. Als Sibylle meine Aufregung bemerkte, sprang auch sie davon und faßte, soviel sie konnte. Für sie war es ein lustiges Spiel, zwischen den Arbeitern umherzurennen und jedes fliegende Blatt einzufangen. Eine Sirene verkündete den Beginn einer Arbeitspause, worauf die Arbeiter sich hinsetzten und ihre in Zeitungspapier gewickelten belegten Brote aßen. Nachdem wir alle Blätter aufgesammelt hatten, die wir zu fassen bekamen, setzten auch wir uns wortlos hin. Dr. Mannheims Predigten! Großer Gott! Ich strich die Blätter glatt, während Sibylle mich mit trauriger Verwunderung ansah. Um sie zu trösten und abzulenken, wandten wir uns an den Kranführer, der uns bereitwillig in die Glaskabine half und versprach, mit uns nach oben zu fahren, so daß wir bald über der Ruine schwebten. Ich dachte bei mir: Jetzt bin ich auf der Höhe der Frauenabteilung, jetzt auf der Empore des Chors, in dem ich als Kind gesungen habe. Wir schwebten von Ort zu Ort in dem Raum, der einst die Synagoge gewesen war. Wie ein Engel flog ich umher, aber die Synagoge drum herum war nicht mehr. Wolken zogen über mir hin, Rauchschwaden umgaben mich. Wohl den Toten und Wohl den Lebenden. Nicht die Toten rühmen Gott. Ein Blatt Papier blieb von außen an der Kabinenscheibe hängen. Doch als ich das Fenster öffnete, um es zu ergreifen, flatterte es fort. Jetzt schwebten wir vor der Tanzschule und hörten schwach einige Töne von Glucks *Feenballett.* Schemenhaft sah ich kleine Mädchen tanzen.

Schließlich wurden wir wieder auf dem Boden abgesetzt. Die Männer vom Bau machten sich wieder an die Arbeit. Vielleicht würde ich noch die Predigt finden, die Dr. Mannheim für meine Bar-Mizwah verfaßt, aber nicht mehr nach Jerusalem abgesandt hatte. Oder vielleicht war es albern, weiter hinter fliegenden Blättern herzurennen? Gab es denn etwas Lächerlicheres als jemanden, der auf offener Straße einem vom Kopf gewehten Hut oder aus der Hand gewirbelten Papieren nachjagt?

Ich setzte mich hin und vertiefte mich in die Lektüre der geretteten Predigten. In einer Ansprache zu Chanukka hieß es: »An diesem Fest der Makkabäer schlägt das Herz eines jeden Juden mit Stolz. Das Lichtwunder ist uns über die Generationen hinweg zum Symbol für den Geist des jüdischen Volkes seit dem Sinai geworden...« Für uns Kinder gab es hier kein Symbol für den Geist des jüdischen Volkes. Uns interessierten vor allem die großen Anführer und die Kämpfe. Denn zu Chanukka konnten wir nicht nur griechische Helden oder Indianerhäuptlinge spielen, sondern auch Judas Makkabäus und seine Brüder oder Nikanor und Antiochus. Und am Vorabend eines Chanukkafests geschah das Unheil. Am Morgen jenes Tages war erneut der Streit zwischen Lehrern und Schülern darüber ausgebrochen, wer die Rolle des Judas Makkabäus spielen sollte: der rothaarige Siegfried, der Sohn des Direktors, oder ich. Wir waren beide zur Entscheidungsprobe angetreten. Am Holzgeländer der Schule, die jetzt eine Tanzschule für Mädchen war, versuchte

Ruth mich zum letztenmal zu überreden, ehrenvoll zu verzichten, ihnen die Rolle hinzuschmeißen, aber ich wollte nicht nachgeben. Wir trennten uns in Unfrieden, und sie fuhr auf Franz' Fahrrad davon, um mich zu ärgern. Wieder hatte es angefangen zu schneien. Franz ist einige Jahre später verbrannt worden. Ruth also radelte auf seinem Stahlroß durch Schnee und Kälte. Es war ein harter Winter. Die kleinen Bäche im Dorf meiner Großmutter waren zugefroren, und es schneite unentwegt. In wenigen Tagen verwandelte sich die ganze Stadt in eine große Wohnung. Die Straßen wurden zu Korridoren, die Plätze zu Zimmern. Autos fuhren nicht mehr. Weiche Schneeteppiche verschluckten die Stimmen der Passanten, und alle übrigen Geräusche bekamen einen sonderbaren Widerhall.

So saß ich auf den Trümmern der Synagoge, abwechselnd von Erinnerungen und Vergessen überrollt. Allein die Erinnerung an den fallenden, alles bedeckenden Schnee ließ mich mein ganzes jetziges Leben und Jerusalem vergessen. Mit großer Wucht kamen die Erinnerungen und mit derselben Heftigkeit auch Anfälle lähmenden Vergessens. Jetzt, da sich mein gesamtes Heer schon zerstreut hatte, brauchte ich es nicht mehr. Ich stand Vergessen und Erinnern allein gegenüber. Vergessen und Erinnerung verzehrten mich gemeinsam, brachten mich, zwei bösen Krankheiten gleich, dem Tode näher.

Das Knattern der Preßlufthämmer, die die Grundmauern der zerstörten Synagoge einrissen, setzte von neuem ein, und ich erwachte. Sibylles Gesicht neben mir entnahm ich, daß der ganze Abgrund von Erinnern und Vergessen sich nur einige Sekunden lang aufgetan hatte. Sie sagte unvermittelt, das Geknatter erinnere sie an Maschinengewehrsalven.

»Was weißt du denn von Maschinengewehrsalven?« fragte ich.

»Alles«, antwortete sie. »Sie haben uns in einen verlassenen Steinbruch gefahren, und da mußten wir uns halb ausziehen. Nur unsere Unterwäsche durften wir anbehalten. Am Anfang habe ich mich furchtbar geschämt, aber Melvin hat mich wütend angeschaut, und ich kann ihn nicht wütend sehen. Dann kamen diese Salven, und wir stürzten in eine Grube. Zuerst fand ich das lustig. Wissen Sie, mit einemmal kippen alle um. Und Herr Windmeier hat einige angeschrien, die nicht richtig wegsackten: ›Was ist das denn? Seid ihr besoffen?‹ Und mich hat er angebrüllt: ›Hör auf zu lachen, oder ich jag dich hier weg!‹ Also habe ich das Lachen unterdrückt, und sie haben mich sogar von nah aufgenommen. Melvin hat mir alles erklärt, und da habe ich geweint und mich später mit meinen Eltern gestritten. Melvin hat mir auch gesagt, die Aufnahmen am Bahnhof kämen am Anfang des Films und die an der Grube beinah am Ende, aber bei einem Film könne man schneiden und Zeiten wechseln und Zeit korrigieren.«

Jetzt deutete Sibylle auf den Hauseinangang, in dem sie sich versteckt hatte, bis sie geschnappt worden war. Vielleicht hatte auch Ruth sich dort verborgen. Wir standen auf, kletterten aus der Baugrube hinauf und setzten uns am Westende des Grundstücks wieder hin. Hier hatte die Chorempore dem prächtigen Thoraschrein gegenüber gehangen. Sibylle summte ein Kinderlied:

Fuchs, du hast die Gans gestohlen.
Gib sie wieder her!
Sonst muß ich den Jäger holen
Mit dem Schießgewehr.

Das erinnerte mich an den Chor und an die Ohrfeige, die mir der Chorleiter verpaßt hatte, weil ich falsch gesungen und, wie er sagte, das »Unser Vater, unser König« verhunzt hatte. Herr Mendelssohn, der Margarinegroßhändler aus Jerusalem, war damals noch jung gewesen und hatte hinter mir gestanden, während Herr Goldschmitt, der Schneider mit dem totenkopfartigen Dreiecksschädel, zu meiner Rechten seiner eingefallenen Brust einen mächtig schallenden Baß entlockte. Diese Chorempore zog sich an der Westwand entlang, in halber Höhe zwischen Halle und Frauengalerie. Über uns hing, wie das Auge eines strengen, ewig zürnenden Gottes, eine große Uhr. Wir sangen nach den Melodien von Lewandowski, Sulzer und anderen Komponisten liturgischer Musik des neunzehnten Jahrhunderts. Der Chorleiter stand etwas erhöht vor uns, und wir wandten ihm unsere Gesichter wie Notenhefte zu, deren große Seiten sich gleichzeitig öffneten. Unsere Herzen schlugen höher beim Singen, unsere Münder waren rot und dunkel wie Muscheln unter dem grünen Wasser der Zeit, und Zauberstimmen drangen von den unten über ihre Gebetbücher gebeugten Vätern herauf. Vor der heiligen Lade sah ich den riesigen Thoravorhang mit den aufgestickten Gazellen, die vor den Löwen flüchteten, die über ihnen auf den Marmorsäulen des Thoraschreins thronten. Die Jäger der Löwen und Gazellen konnte ich nicht sehen; sie blieben außerhalb des Vorhangs. All das hatte der Rektor der Universität in der sogenannten Kristallnacht niedergebrannt, bis von Dr. Mannheims Synagoge nur noch vier verrußte Wände übrig waren und Gras zwischen den Trümmerhaufen zu wachsen begann. Diesen Rest hatte mein Freund Melvin dann mit seinen Geschützen innerhalb einer Stunde zusammen mit der ganzen Stadt zerstört. Melvin, mein Freund und Zwillingsbruder, der das getan hatte, was ich lange vor ihm hätte tun sollen, hat mir nicht viel Raum für Rache gelassen.

»Warum nennen Sie mich Ruth?«

»Ich habe einmal ein kleines Mädchen gekannt, das so geheißen hat.«

»Nennen Sie mich ruhig Ruth statt Sibylle. Wir werden keinem etwas davon verraten. Das ist dann unser Geheimnis. Bitte, nennen Sie mich Ruth!«

»Du mußt heimgehen, kleine Ruth.«

»Noch ein bißchen.«

»Deine Mutter wird sich Sorgen machen, kleine Ruth.«

Das Knattern der Preßlufthämmer setzte wieder ein.

Und der Priestersegen war so wunderbar und geheimnisvoll gewesen! Die deutschen Juden vollzogen diese Zeremonie nur an Feiertagen und nicht täglich wie die Juden Erez Israels, wo sie durch die ewige Wiederholung langweilig wird. In Weinburg stiegen die Kohanim in feierlicher Prozession zu beiden Seiten des Thoraschreins auf das leicht erhöhte Podest. Dann wandten sie sich der Gemeinde zu, die

Gebetsmäntel bis über die Köpfe gezogen. Sie hatten etwas Heiliges und zugleich Beängstigendes an sich, wenn sie uns wie aus Gebetsmantelhöhlen heraus mit tiefen Stimmen und ausgestreckten Armen segneten, die Finger paarweise, wie in einer Trance von Liebe und tiefster Ehrfurcht, gespreizt. Der Kantor stimmte das »Er segne dich« an, und die Priester antworteten ihm mit einem langgezogenen Oooh. Auch das war ein Zauberton, eintönig und klangvoll, der, wie der mehrstimmige Chorgesang mir vor Süße das Herz schmelzen ließ.

Und all das ist verbrannt. All das ist gefallen und eingestürzt in jener großen Nacht des Rachegottes in Gestalt des amerikanischen Artilleriekommandeurs Melvin.

All diese Greuel hatte Ruth vor ihrem Tod gesehen. Tote wie sie haben viel Grauen aus der Welt genommen, denn sie haben furchtbare Dinge gesehen und ihren Anblick in ihr großes Vergessen mitgenommen, die Blutbilder, die Nebelbilder, die Fratzenbilder ihrer Mörder.

Vergebens wird mein Freund Melvin die hervorragendsten Schauspieler dazu anhalten, sich wie menschliche Bestien zu geben. Es wird ihm nicht gelingen. Bestenfalls mag er es fertigbringen, Sibylles Herz wahre Angst einzuflößen und ihren Augen echte Tränen zu entlocken, weil sie ein empfindsames, gutmütiges Kind ist.

Als ich etwa drei Jahre alt war, wurde ich zu einer der schönsten Zeremonien der deutschen Juden in die Synagoge mitgenommen. Mein Vater führte mich zum Vorlesepult in der Mitte der Synagoge, von wo aus die Thoraabschnitte rezitiert wurden. Mein Vater hob mich beim Wiedereinrollen der Thora hoch und ließ mich ein breites Stoffband um die beiden Pergamentrollen wickeln. Mein Name und Geburtsjahr, der Name meiner Väter und einige Verse waren auf dieses Band gestickt. Es war eine Art erster Personalausweis. Zwischen all den Buchstaben waren Fähnchen, Blumen und andere bunte Verzierungen, die meine Mutter liebevoll an vielen Abenden gestickt hatte, am Fenster sitzend, ein Weidenkörbchen mit buntem Garn zu ihren Füßen.

Ich umwickelte also die Thorarollen mit diesem Band, und

jemand von den Älteren zog es fest, damit es nicht wieder aufging. Dann wurde der Thora eine Art weißes Gewand übergestreift und dann noch ein schwerer, prächtiger Samtmantel, der mit Gold- und Silberfäden und winzigen Perlen bestickt war. Schließlich kam die Krone mit den vielen kleinen Glöckchen, und die Zeremonie der heiligen Einkleidung und Krönung war beendet. Der Oberkantor Ruben Moses Hildesheim, ein gelehrter Mann, der über einen mächtigen Tenor verfügte und dazu noch als Mohel, Thoraschreiber und Schächter fungierte, hatte die Thorarollen vorher in den Armen hochgehoben und dazu gesungen: »Rühmet Gott mit mir, wir wollen vereint seinen Namen preisen!« Zu Beginn des jüdischen Jahres war die Thora leicht auf der Genesisseite und schwer auf der Deuteronomiumseite. Im Lauf des Jahres verlagerte sich das Gewicht von Woche zu Woche mehr auf die andere Seite. So geht es auch mit meinem Leben, das sich zwischen Vergangenheit und Zukunft hin- und herbewegt. Der Pergamentstreifen bleibt derselbe, und auch der Text ändert sich nicht. Am Ende der Zeremonie führte mein Vater mich zum Aufgang der Frauengalerie, an dem meine Mutter schon stand, um mich mit offenen Armen in Empfang zu nehmen und nach Hause zu bringen.

Der Oberkantor Hildesheim war vielseitig begabt. Er hatte die Buchstaben und Figuren vorgezeichnet, die meine Mutter ausstickte, und in seine liturgischen Darbietungen fügte er gelegentlich Arien von Verdi und Mozart ein. So sang er beispielsweise das »Ich bete zu Gott« nach der Melodie von »O wie so trügerisch sind Frauenherzen« aus Rigoletto. Manchmal empörten sich die Gemeindemitglieder, wenn er es übertrieb und zum Beispiel ein Kaddisch nach der Melodie von »Auf in den Kampf« aus Carmen sang oder Mozarts »Kleine Nachtmusik« in den Morgengottesdienst des Neujahrsfests einschmuggelte. Er war ein hünenhafter Mann von rosiger Gesichtsfarbe und mit kugelrundem, kahlem großen Schädel und etwas hervortretenden wasserblauen Augen. Etwas von einem verrückten Genie haftete ihm an, und wenn er am Vorabend des Versöhnungstags das Kol Nidre in der Synagoge sang, jagte seine Donnerstimme den Kindern einen

Schauer der Angst und Ehrfurcht ein. Herr Rosenbaum wußte zu erzählen, er sei, als man ihn 1938 ins Konzentrationslager Dachau brachte, seelisch und körperlich zusammengebrochen, er habe sich einfach hingesetzt und wie ein kleines Kind geschluchzt. Der magere kleine Schneider Goldschmitt habe seinen riesigen Kopf in die Arme genommen und ihm wie einem weinenden Baby beruhigende Worte ins Ohr geflüstert.

»Und was haben Sie gemacht, als das Schiff zu sinken begann?« fragte Sibylle auf einmal.

Ich erwachte aus meinen Grübeleien und schloß aus ihrer Frage, daß ich ihr die ganze Zeit über eine erfundene Geschichte erzählt haben mußte, die mir nun mit einem Schlag entfallen war.

Ich nahm Sibylle bei der Hand und sagte: »Komm, laß uns gehen. Die Geschichte ist zu Ende.« Ich schickte Sibylle nach Hause. Anschließend ging ich in meine Lieblingsstraße. Sie war sehr fein und nachkriegseuropäisch. Die erlesenen, elegant dekorierten zartfarbigen Waren in den Geschäften waren eine Freude fürs Auge. Freundlich blickende, sommerlich gekleidete junge Leute schlenderten vorbei. Junge Mädchen trugen große Kunstbände unterm Arm oder auch Schallplatten mit sehr alter oder sehr moderner Musik. Die Tonaufnahmen werden immer billiger, während die echten Stimmen teuer und selten werden. Eine Boutique verkaufte unter Arkaden ausgefallene Mode und Kunstwaren: afrikanische Figuren, Glasperlen, asymmetrische Ohrgehänge aus Porzellan und gewagte Wollröcke – eine bunte Mischung bäuerlicher Kultur aus Schweden, Schottland und Bikini sowie indianisches Kunsthandwerk. Neben diesem Laden befand sich eine Buchhandlung. Im Fenster lagen neben philosophischen Werken und Kunstbüchern einige Gedichtbände aus, außerdem Ankündigungen für einen Abend moderner südkoreanischer Dichtung und für ein Treffen des Studienkreises für Zen-Buddhismus und Yoga.

Ich war stehen geblieben und hatte mich an eine Säule gelehnt, als eine Hand auf meiner Schulter mich aufblicken ließ. Es war mein indischer Freund, der erfreut sagte:

»Ich habe dich im Café und überall gesucht, weil ich dachte, es würde dich vielleicht interessieren, daß hier Buchstaben in deiner Sprache draufstehen.« Damit reichte er mir ein zerknittertes Blatt Papier, das wieder glattgestrichen worden war. Ich nahm es an mich, trat an das Schaufenster der Boutique und las im Licht der Schaufensterbeleuchtung eine von Mannheims Predigten: »Wir wollen zu dieser Stunde unserer Toten gedenken. Mögen sie in Frieden ruhen, bis der Tag kommt, an dem sie aus ihren Gräbern aufstehen, wie es geschrieben steht, ›und ich werde eure Gräber auftun‹. Amen.«

Ich fragte ihn, wo er das Blatt gefunden habe, und er erwiderte: »In dem Geröllhaufen über dem Café. Es hatte sich dort verfangen. Ich suche manchmal nach Briefen, die weggeworfen und davongetragen worden sind. Auf diese Weise habe ich schon viele Zeugnisse der Verzweiflung gefunden. – Ist in diesem hier Verzweiflung?«

»Nein«, antwortete ich. Ich dachte an Henriette, an Ruth und an die Vergangenheit, und je mehr ich mich erinnerte, desto mehr vergaß ich. Ja, der weiße Schnee meines ganzen Lebens türmte sich über mir, während ich an diesem Sommerabend auf der feinen, neugestalteten Weinburger Straße stand.

48

Ich wartete auf dem Weinburger Bahnhof auf Jossel und spürte plötzlich, daß auch ich bald wieder reisen würde. Was hatte ich erreicht, und was sollte aus meinen Plänen werden? Löste ich das mühsam gewobene Gespinst meiner Racheplane nicht wieder auf? Mir ging auf, daß die Vergangenheit der Leute hier jetzt meine Gegenwart war, daß meine Feinde von gestern meine Freunde von morgen sein würden. Möglicherweise würde mein Kommen den Prozeß meiner Rache überhaupt nicht vorantreiben, selbst wenn es mir gelungen war, ihn einzuleiten.

Die meisten Bahnsteige waren menschenleer, und der Verkehr war mäßig. Gepäckträger schoben gemächlich ihre Wagen. Ein Zug lief ein, lud Zeitungen, Brötchen und Flaschen auf und spie leere Flaschen aus, aber keine Menschenseele. Durch die Fenster sah ich Leute, die ich niemals wiedersehen würde. Ich hätte in Jerusalem bleiben sollen, um mir diesen Schmerz zu ersparen. Wer wegfährt, liefert sich dem Schmerz der Entfernung aus, den Leiden des Nimmerwiedersehns, die denen der Liebe gleichen. Der Lautsprecher kündigte die Einfahrt des Zuges aus Frankfurt an. Wie die Wache meines Schmerzenspalastes marschierte ich auf und ab.

Ich hatte Jossel lange nicht mehr gesehen. Der Zug war schon da, wartete aber außerhalb der Bahnhofshalle. Ich trug einen tadellosen Anzug, wie es sich für die Angehörigen meiner Generation schickt, die jetzt überall in der Welt die leitenden Stellungen besetzen. Wir hätten in jüngeren Jahren an die Macht kommen sollen, als wir noch zuversichtlicher waren. Doch erst jetzt, da wir zu begreifen beginnen, daß die Dinge auf der Welt nicht so sind, wie wir geglaubt hatten, haben wir das Sagen. O meine traurige, geschlagene Generation, zwei Kriege pro Kopf, mindestens. Meine Altersgenossen in Deutschland sind so alt, daß sie noch Juden ermordet haben. Meine Altersgenossen anderswo sind jetzt Generäle, Minister und Industriekapitäne.

Gut, daß es solche Menschen gibt. Sie ermöglichen es Menschen wie mir, wie ein vom Geschichtsunterricht freigestellter Schüler ohne Verantwortung für Taten und Zeit in der Welt herumzureisen, seiner Zeit vorauszusein oder nachzuhinken – manchmal verträumt und ein bißchen abseits vom Weg, aber immer in Bewegung. Trotzdem bin ich stolz auf meine Altersgenossen, die jetzt allerorten die Weichen stellen.

Endlich glitt der Zug langsam in den Bahnhof. Einige Leute stiegen aus. Ich blieb stehen, damit wir uns leichter finden konnten. Schon sah ich Jossel auf mich zukommen. Er schien mir etwas zugenommen zu haben. Dann stand er vor mir, über seinem Kopf ein Schild mit der Aufschrift: *Paris-München-*

Rom-Expreß. Mein guter Freund Jossel, in der einen Hand einen Koffer, in der anderen den Geigenkasten. Die ganze Wärme meiner Freundschaft zu ihm wallte in mir auf, und plötzlich erinnerte ich mich an alles, was ich in Jerusalem zurückgelassen hatte, all das, von dem ich immer fürchtete, es könne zerfallen. Wir stiegen in die Unterführung hinab. Ein freundschaftlicher Streit brach zwischen uns aus, auf Grund dessen der schwere Koffer von einer Hand in die nächste wechselte. Wir gingen zum Bahnpostamt, wo bereits Briefe für Jossel angekommen waren. Die kleine Halle war fast menschenleer. Wieder und wieder setzte ich zu Fragen an wie: »Hör mal, Jossel, was eigentlich...?« oder »Sag mal, welche Pläne...?« Aber ich vollendete keine.

Gemeinsam fuhren wir mit der gelben Straßenbahn durch die Stadt meiner Kindheit. Dann führte ich ihn in das Café unter dem Trümmerhaufen von Rosenbaums Haus. Der Inder erwartete uns dort, und die beiden waren sofort in ein Gespräch vertieft. Die Espressomaschine zischte, und die Vögel an der Wand zwitscherten wie in Schulaufsätzen, die bekanntlich gern mit Vogelgezwitscher beginnen. Jossel berichtete von Mina, die nur noch im Garten sitze, Eukalyptusblätter zwischen ihren Fingern zerreibe und Gedichte rezitiere.

Irgendwann sagte die Kellnerin unvermittelt zu mir: »Die beiden sind schon weg.« »Ich bin auch schon weg«, erwiderte ich, zahlte und ging. Draußen stand ein alter Bauer, der Kirschen verkaufte. Er wog mir welche ab und füllte sie in eine Tüte. Ich setzte mich auf die Trümmer und aß. Ein paar Kirschen hängte ich mir über die Ohren, wie ich es als Kind getan hatte. Als ich die leere Tüte gerade wegwerfen wollte, entdeckte ich, daß sie aus einer von Dr. Mannheims Predigten bestand. Das Papier war mit Kirschsaft gesprenkelt, als hätte es Blutflecken. Den wenigen noch lesbaren Sätzen entnahm ich, daß es sich um die Ansprache für meine Bar-Mizwah handelte: »Mein lieber Junge... du hast uns vorgelesen... Als unser Stammvater Jakob mit dem Engel rang... Das ist ein Symbol... Reinheit und Unreinheit... Enge Bande verbinden mich mit deinem Vaterhaus... Ja, wie furchtbar ist doch dieser Ort...« Hier war das Papier gerissen, denn es war sehr feucht.

Ich ging und wusch mir das Gesicht im Vierzentaurenbrunnen. Dort traf ich zufällig den Grundbuchbeamten, der mir mitteilte, die Angelegenheit mit Rosenbaums Ruinengrundstück sei nun endgültig geklärt. Er zog einen kleinen, in Papier eingeschlagenen Ordner hervor. Das Einwickelpapier enthielt eine weitere Predigt von Mannheim, die ich mir erbat. »Herr Rosenbaum wird viel Geld bekommen. Wozu möchten Sie das Papier haben?« »Um es zu lesen.« »Und was steht dort?« »Geh nicht mit uns ins Gericht, denn du bist ein barmherziger Gott.« »Wir alle brauchen die Barmherzigkeit des Himmels, mein Herr. Wann fahren Sie nach Jerusalem zurück?« Damit lüpfte er seinen Hut und ging davon.

Ich lief zum Fluß hinunter, um zu fragen, wann ein Boot zum Oberbacher Kloster fuhr. Am Landesteg studierte ich den Fahrplan. Ich hatte meine Route schon festgelegt und mit dem Pater abgesprochen. Ich wollte vom Fluß her kommen.

Als ich ein Blatt Papier auf dem Wasser treiben sah, wußte ich, was es war. Mit Hilfe eines in meiner Nähe spielenden Jungen fischte ich es heraus. Die Schrift war völlig ausgelöscht. Seit die Kiste in der Baugrube bei der Synagoge aufgebrochen war, fand ich überall Mannheims Predigten.

Ich betrat einen Laden und kaufte eine Flasche Wein für Henriette. Der Händler wickelte die Flasche in Dr. Mannheims schöne Predigt über den Auszug aus Ägypten. Der Auszug aus Ägypten, hieß es dort, bedeutete sowohl die physische Befreiung aus der Sklaverei, als auch die Befreiung der Seele für den Bund mit Gott am Berg Sinai.

Ich war müde und hielt den Mann nicht davon ab, die Flasche in die Predigt zu wickeln.

49

Der Drang zu handeln, der mich immer wieder überkommt, ist wie ein Streichholz: Ich reibe ihn an meiner Erinnerung, um ihn zu entzünden. Doch es besteht die Gefahr, daß die Flamme den Drang selber verzehrt. Deshalb hatte ich es eilig, meine Aktivitäten in Weinburg zu beenden. Ein wichtiges Unternehmen stand mir noch bevor: der Besuch bei Schwester Elisabeth im alten Kloster Oberbach. Da hatte ich mir eine große Tat vorgenommen, die vielleicht meine letzte sein würde.

Ich stand an der Anlegestelle und wartete auf meine Truppen. Zu dieser Aktion hatte ich sie sämtlich einberufen. Alle sollten mir helfen, das Schicksal der kleinen Ruth aus dem Mund der Nonne oder über eine Mittelsperson zu hören. Der Bootsmann stand schon auf dem Deck des unter seinem Gewicht schwankenden Bootes. Er überprüfte den kleinen Motor und rasselte mit der Ankerkette. Ich fragte ihn, wie viele Pferdestärken sein Motor habe. Er sagte es mir und erzählte, er sei viele Jahre Seemann bei der Handelsmarine gewesen, jetzt im Alter befördere er nur mehr Touristen auf dem Fluß. Er trug eine Kopfbedeckung, die bestenfalls entfernt an die prächtige weiße Mütze mit goldenem Anker von einst erinnerte. Sein Gesicht war gerötet, und er atmete schwer. Schließlich wischte er etwas auf der Fahrplantafel aus und schrieb statt dessen etwas anderes hin. Er hatte die Abfahrtszeit verschoben, weil meine Truppen noch nicht angetreten waren. Ich dankte ihm.

Leonore kam den Steg entlang. Ein hübscher kleiner Matchbeutel hing ihr über der Schulter und schwankte im Takt ihrer Schritte. Als sie bei mir angelangt war, fiel sie mir wie ein übermüdetes kleines Mädchen in die Arme. Dann nahm sie aus ihrem Beutel ein mit Nüssen und Mandeln verziertes Lebkuchenherz, auf dem in weißer Zuckerschrift *Ich liebe dich* stand, und überreichte es mir. Ich brach es entzwei und gab ihr die Hälfte. Wir setzten uns und ließen die Beine verträumt über den Landesteg baumeln. Warum drehte sie sich weiter um sich selbst wie die Erdkugel? Sie war noch schöner als sonst und abfahrbereit. Ich wußte, daß sie auch bald wegfahren würde, und zwar nicht nur nach Oberbach, sondern in weite Fernen, in denen nicht einmal so routinierte Reisende wie ich anzutreffen waren. Eine Brise kam auf und raschelte in den Kronen der Linden, die das Flußufer säumten. Der Kapitän hatte jetzt den Motor angelassen. So konnte keiner mehr hören, ob Leonore weinte oder lachte.

Ich sprang an Bord, reichte ihr die Hand, und als sie hineinhüpfte, schwankte das Boot. Der weißgestrichene Aufbau hatte große Fenster. Auf dem offenen Hinterdeck neben der traurig herabhängenden Flagge standen Bänke. Der Kapitän bat, wir möchten uns einander gegenübersetzen, wegen des Gleichgewichts. Ein schwarzer GI tauchte über uns auf dem Landesteg auf. Ich winkte ihm einzusteigen, worauf er seine Zähne zu einem Lächeln entblößte. Er ging ein Stück zurück und brachte dann einen Kameraden mit. Leise kamen sie auf ihren Kreppsohlen heran. Ich hätte auch solche geräuschlosen Schuhe anziehen sollen, Schuhe des stillen Bluträchers. Denn in den Abgrund der Vergangenheit kann man nur leise hinabsteigen.

Flache, lange, mit Kohle und Sand beladene Flußkähne glitten, von kleinen starken Schleppdampfern gezogen, sachte vorbei. So folgen dem quälenden Gedanken leise Taten. Der Schlepper ließ ein dumpfes »Bu-bu« ertönen. Die beiden Schwarzen saßen da und unterhielten sich und waren in meinem Heer, ohne es zu wissen. Sobald wir ablegten, würde ich ihnen den Einsatzplan auseinandersetzen. Vorerst erteilte ich ihnen im Geist Befehle.

Leonore wußte, wohin wir fuhren. Wir unterhielten uns leise, weil meine Truppen noch nicht vollständig beisammen waren.

»Du wirst dich nie von dem System, das du dem Leben aufzwingst, befreien können, dem System von Belohnung und Strafe«, sagte sie.

»Schau da hinauf zur Marienburg«, erwiderte ich. »Die Reben auf den Hängen werden bald reif. Wenn du im Spätsommer hier bist, wirst du das Winzerfest erleben, bei dem die ganze Stadt von dem Wein dort oben betrunken ist.«

»Rache läßt sich in alles verwandeln, in Wein, Blumen, Honig.«

»Meine nicht.«

Leonore zog einen Kamm hervor und kämmte sich. Jetzt kam Jossel. Der Kapitän plazierte ihn mir gegenüber. Ich beschwerte mich bei ihm, daß er einfach aus dem Café verschwunden war, worauf Jossel ärgerlich erwiderte: »Du hast überhaupt kein Interesse an meiner Freundschaft. Du hängst dich bloß an mich, weil einer wie du gern gut Freund mit jemand ist, der ein Bohemeleben führt. Das gibt dir ein Gefühl der Aufregung und Spannung in deinem geordneten Leben.«

»Mein Leben soll geordnet sein?«

Der alte Bootsmann läutete die Schiffsglocke. Sechs schwatzhafte junge Nonnen kamen trippelnd angerannt und kicherten auf den Stufen zum Boot, wie nur junge Nonnen kichern. Auf einige »Pack-pack-pack«-Laute des Motors folgte ein »Puck-puck-puck«, das in schnelles Tuckern überging. Die Nonnen waren wie Engel auf der Leiter die Stufen zum Boot herabgestiegen und hatten, des Gleichgewichts halber, zu drei und drei einander gegenüber Platz genommen. Zuletzt traf auch der Inder noch ein. Beinah wäre er zu spät gekommen. Er trug eine Aktenmappe. Ich war stolz auf mein Heer. Das Blut reifte in mir wie das Blut der Trauben auf dem Weinberg am anderen Ufer.

Ein Boot fuhr an unserem vorüber und versetzte es in leichte Schwankungen. Der Inder flüsterte mir zu: »Ich habe das Gefühl, heute werde ich meine Arbeit über die Verzweiflung abschließen.« Der Kapitän blickte auf die Uhr und fragte: »Wo bleibt er denn?« Und da kam er auch schon, der Pater Johannes, dessen Vermittlung das Treffen mit Schwester Elisabeth überhaupt erst ermöglicht hatte. Er hob die Hand zum Segen wie der heilige K., aber ich konnte seine Gedanken nicht lesen. Der Inder machte sich fieberhaft Notizen. Leonore sang leise vor sich hin und tauchte die Finger ins Flußwasser.

Der junge Gehilfe des Kapitäns machte die Leine vom Poller los und sprang in das ablegende Boot. Ich hielt meinen Truppen eine Ansprache, wie es sich für einen Feldherrn gehört, aber meine Leute hörten mich nicht, denn die Worte blieben in meinem Inneren. So glitten wir nun durch den Fluß, Leonores Hand immer wie ein zusätzliches Steuerblatt in der Strömung. Schön war sie dabei in ihrer verträumten Gelassenheit, und ihre Lippen bewegten sich, als wolle sie etwas sagen.

Was birgt der Fluß, Vergessen oder Erinnerung? Ich wußte es nicht, aber einmal hatte ich einen Schädel in seinen Fluten schwimmen gesehen. »Alles in Ordnung!« sagte Jossel wie ein Adjutant, der seinem Befehlshaber Bericht erstattet. Wir fuhren auf die Brücke der Heiligen zu. Ihre goldenen Insignien funkelten in der Sonne: Schwert und Bogen, Waage, Kreuz, Speer und gekrümmter Hirtenstab.

Wir glitten unter der Brücke hindurch. Die beiden schwarzen Soldaten photographierten. Mit meiner Erlaubnis taten sie das. Leonores Hand zog eine kleine Bahn durchs Wasser. Ich flüsterte ihr ins Ohr: »Leonore, komm doch mit mir nach Jerusalem zurück. Versuch's aufs neue.« Und sie antwortete: »Ich hab's schon aufs neue und aufs alte versucht. Ich geh' nicht zurück.«

Der Kapitän stand am Steuerrad, die Matrosenmütze lässig in den Nacken geschoben. Bei Leonores Anblick hatte er gesagt, es sei besser, die schöne Loreley in seinem Boot als auf dem Felsen über dem Fluß zu haben.

Und das hat mit ihrem Singen
Die Loreley getan.

Danach hatte der alte Seebär sich den Nacken gekratzt und mir zugezwinkert.

Unser Boot glitt nahe am Ufer entlang. Wir passierten die Tennisplätze. Das sei die Verzweiflung in Weiß, bemerkte der Inder. Langsam ließen wir die Stadt und ihre Randbezirke hinter uns, freie Felder öffneten sich zu beiden Seiten des Ufers. Die Weinberge waren zurückgetreten. Die Eisenbahnschienen verliefen mal näher, mal ferner, einmal fuhr ein Zug auf einer Bahnbrücke über uns hinweg.

Ich bat den Kapitän, das Steuer ein Weilchen übernehmen zu dürfen. Er stimmte zu. Doch als der Fluß sich zu winden begann, übergab ich es ihm wieder.

Kaum hatte ich mich gesetzt, ging heftiges Schneetreiben auf mich nieder. An einem Sommertag auf dem Fluß meiner Kindheit wirbelte Schnee auf mich herab. Das Gedächtnis hat Wolken und Wind, Regen und Schnee, wie eine Theaterbühne. Aus irgendeinem Grund waren meine Erinnerungen mit Schneefall verbunden. Mein Herz versank in der weißen Decke.

Anfangs, als Ruth im Krankenhaus lag, hatte es viel geschneit. Die Geschäfte in Weinburg waren zu Weihnachten festlich mit Engeln, Sternen und Silberpuder geschmückt. Damals teilte sich die Welt in das, was drinnen in den Schaufenstern, und das, was draußen im Schnee war. Ich hatte meinen Rollentext schon gut auswendig gelernt: »Ich bin der Makkabäer, das Schwert in der Hand, wer mit Gott ist, der komme zu mir!« Und auch das Chanukkalied »Zuflucht, meiner Hilfe Hort« erklang in den Zimmern, die ebenfalls der Schaufensterwelt angehörten. Henriette hatte mir seinerzeit etwas Schönes zu Chanukka geschenkt: ein Spiel, das Fragen beantwortete, eine Art Vorläufer der Elektronengehirne. Wenn die Antwort auf die Frage paßte, leuchtete ein Birnchen auf. Nie wieder habe ich ein solches Spiel bekommen, und nur selten leuchten mir Lämpchen für die richtige Antwort auf. Allerdings sind Fragen und Antworten für mich im Bereich des Spiels geblieben, und das ist mein Problem.

Jossels und Leonores Gesichter verrieten, daß auch in ihrem Innern der Schnee der Erinnerung fiel.

Wir kamen an Fabriken mit roten Dächern vorbei. Waldstücke näherten sich dem Fluß. Schwimmer ließen sich auf unseren Bugwellen schaukeln.

Auch der Synagogenchor hatte damals für das Chanukkafest geübt. Wir probten die alten Lieder »Zuflucht, meiner Hilfe Hort« und »Diese Lichter« vierstimmig: Herr Mendelssohn, der Jerusalemer Margarinegrossist, sang die Tenorstimme, Herr Goldschmitt mit dem Totenschädel den Baß; und auch Herr Rosenbaum mit seiner heiseren Stimme war dabei und all die anderen.

Der Fluß hat als einziger nicht an der Verschleppung der Weinburger Juden mitgewirkt. Alle meine Nachforschungen haben ergeben, daß auf ihm keine Juden deportiert worden sind. Er fließt ja westwärts. Von Westen her ist auch Melvin, der Kommandeur des Artillerieregiments gekommen. Zwei Stunden lang sind all seine schweren Fahrzeuge über die Pontonbrücke gerollt, die das Pionierkorps gebaut hatte. Und sicher hat Melvin dort gestanden, den Stahlhelm mit dem Adler als Rangabzeichen auf dem Kopf, hat ruhig gesprochen, die Hände in die Hüften gestützt. Mein Freund Melvin war nicht zu der Bootsaktion erschienen. Er war ein sonderbarer Mensch. Verträumte Verworrenheit vermischte sich in ihm mit der Fähigkeit zu kühl-effizienter Planung. All das machte ihn zum erfolgreichen Filmregisseur. Nur war er zu geradeheraus und zu unabhängig, um die Hollywood-Stufenleiter zu erklimmen. Er hatte meine Vergeltung geübt, ohne es zu genießen, hatte seine Frau geliebt und seine Liebe nicht genossen.

Ein schöner Nadelwald erstreckte sich am Ufer. Ich weiß nicht, ob er unschuldig ist wie der Fluß oder ob man in ihm entflohenen Juden nachgestellt hat.

Alle Chanukkafeiern wurden damals ebenso abgesagt wie das vierstimmige »Zuflucht, meiner Hilfe Hort«, denn die kleine Ruth lag schon im Krankenhaus, wo man ihr an jenem verschneiten Chanukkaabend das Bein amputierte. Was für ein Kindskopf war ich doch damals! Es erfüllte mich tatsächlich mit eigenartigem Stolz, daß Ruths Name in einem besonderen Gebet für ihre Genesung genannt wurde.

Zu Hause sangen wir an jenem Abend »Zuflucht, meiner Hilfe Hort« mit schwachen und erstickten Stimmen. Und es gab weder Frage-und-Antwort- noch Kreisel- oder Hammer-und-Glocke-Spiele.

Am Ufer standen Badende. Im Gebüsch zogen sie sich um. Von Zeit zu Zeit flatterten Kleidungsstücke wie sonderbare große Schmetterlinge zwischen den grünen Sträuchern hervor.

Jossel fragte mich: »Wie weit ist es noch bis dort?« Ich gab die Frage an Pater Johannes weiter, aber er war in sich versunken und antwortete nicht. Darauf drückte ich Jossel die Hand vor Dankbarkeit, daß er mit mir gekommen war.

Der Fluß brachte mich weiter voran. So schien es. Doch ich hatte Zweifel: Näherte ich mich wirklich der großen Tat? Oder befand ich mich etwa auf dem Rückzug? Vielleicht war mein Heer schon geschlagen, bevor es in Aktion getreten war, bevor es noch wußte, wieso und warum, bevor es überhaupt merkte, daß es mein Heer war?

50

Der Kapitän läutete die Glocke, das Boot näherte sich langsam dem Ufer. Auf den Steinstufen stand ein Mann, um das Ende des Taus aufzufangen, das der junge Gehilfe ihm zuwarf. Wir kletterten auf den Landesteg. Das Städtchen Oberbach döste in der Mittagshitze.

Auf einmal ging ein Platzregen nieder. Ehe ich noch wußte, wie mir geschah, liefen meine Truppen auseinander, um Schutz vor dem Schauer zu suchen. Die Nonnen waren als erste verschwunden. Ich hörte ihr albernes, kristallenes Kichern in den Gassen verhallen. Obwohl sie nicht dem Schweigeorden angehörten, hätten sie mir helfen – zum Beispiel Waffen oder Geheimdokumente unter ihren Habiten schmuggeln – können.

Ein Bauernmädchen rannte mit fliegenden Zöpfen vorüber, nach einer Nische oder einem Hauseingang Ausschau haltend, doch alle Unterstände waren von meinen Truppen besetzt. Sie lachte laut und rannte weiter durch den Regen.

Ich sprang von einem Unterschlupf zum nächsten. Unter einer ausladenden Linde stand mein Freund Melvin. Ich freute mich, ihn hier zu treffen, und erzählte ihm von Jossel, dem Geiger, der nach Weinburg gekommen war. Gemeinsam rannten wir von einem Hausgang zum nächsten, fanden aber niemanden von meinen Truppen. Ich blickte zu den Wolken hinauf und sah, daß der Schauer bald vorüber sein würde.

Wir kamen an ein kleines Wirtshaus, in dem Jossel und die beiden GIs bereits beim Zechen saßen. Melvin sagte mir, solche schwermütigen jüdischen Augen wie Jossels suche er schon lange. Wozu? Für seinen Film? Nein, um das leichtgewichtige Weltgewissen zu beschweren, das wie ein Fähnchen im Wind flattere.

Melvin gab mir eine dicke amerikanische Zigarre. Ich dachte im stillen: Ich werde wie in der Bibel das Widderhorn blasen, um mein Heer zu sammeln. Doch laut sagte ich: »Laßt uns noch ein Bier bestellen.« Der Tumult der Zecher und Raucher umbrandete uns. Vor mir saß ein roter Stiernacken mit breiter Querfalte. Ich orakelte: Nacken, Nacken, der du die Verbrennung der Juden gesehen hast, du wirst zum Schluß vom Rumpf abgetrennt werden. Als ich Melvins Gesicht betrachtete, beruhigte ich mich. Seine Gesichtszüge wirkten angenehm männlich, seine Augen verrieten seine innere Verwirrung und Sanftheit. Ein merkwürdiger Amerikaner. Eine Frau mit üppigem Hinterteil brachte uns Bierkrüge.

Zwei Leute kamen herein und hängten ihre Regenmäntel und Schirme an die Hirschgeweihhaken.

Ich blieb mit Melvin allein inmitten der Rauchwolken.

»Ich glaube, ich habe es dir noch nicht erzählt: Meine Frau und ich lassen uns scheiden.«

»Ist das endgültig?«

»Ja, das ist es. Sie hat etwas Endgültiges an sich.«

»Und was wirst du machen, Melvin?«

»Ich muß den Film beenden. Danach werde ich in Japan drehen.«

»Und sie bleibt in Israel?«

»Das ist noch nicht ganz klar. Ich habe den Eindruck, sie hat endlich ihre große Liebe gefunden, wie sie es ausdrücken würde.«

Danach sagte Melvin »cut«, als gäbe er dem Kameramann Befehl aufzuhören, und brach das Gespräch ab.

Mit nervösen Fingern ließ ich einen Bierdeckel auf dem Tisch kreiseln, bis er hinunterfiel. Melvin nahm einen anderen und kritzelte sonderbare Zeichnungen darauf. Dann sagte er versonnen: »Weißt du, daß ich im Krieg hier in diesem Wirtshaus gesessen habe?

Auf einem der Tische hier haben wir unsere Karten ausgebreitet. Auf der hohen Theke dort stand die Telephonzentrale. Hier traf plötzlich der Befehl ein, sofort die Fünfundsiebziger- und Hundertzwanzigergeschütze und die Haubitzen auszurichten. Ich erinnere mich, daß mein junger Adjutant mich aus dem Schlaf geweckt hat. Ich hatte schon gedacht, das Waffenstillstandsabkommen sei unterzeichnet, denn in den vorangegangenen Tagen waren wir bereits ohne Gegenwehr vorgerückt. Alle meine Leute, Offiziere wie Soldaten, waren wie Kinder, die man gezwungen hat, auch nach dem Läuten noch in der Schule zu bleiben. Um Punkt sechs Uhr wurde das Feuer eröffnet. Das war ein großes Konzert, und meine Geschosse tanzten in den Straßen. Ich verlegte meinen vorderen Befehlsstand in die Marienburg, sah aber nichts wegen des Rauchs. Wir sind erst am nächsten Tag, als die meisten Brände bereits gelöscht waren, in die Stadt einmarschiert.«

Es hatte aufgehört zu regnen. Ich hob die Hand, um meinen Truppen das Startsignal zu geben, merkte jedoch, daß nur Melvin bei mir geblieben war. Wir gingen hinaus. Die beiden Schwarzen knipsten die alten Häuser und beachteten mich nicht. Der Grundbuchbeamte lag betrunken unter einer Kneipenbank.

Der Wirt trat aus der Tür und rief mir nach: »Er ist bei mir.« Ich schrie zurück, wir würden ihn danach abholen. »Wann?« fragte er. »Was heißt danach?«

Mein Heer war tatsächlich sehr geschrumpft. Und vielleicht war es gut so, wie bei Gideon, der seine Truppen dem Trinktest unterwarf, um sie zu verringern. Ein Heer, das im Regen auseinanderläuft, von einem bißchen Bier besoffen wird, ist sowieso kein Heer. Wir gingen durch einen kleinen

Park, der einst einem Landadligen gehört hatte und nun in eine öffentliche Anlage verwandelt worden war. Auf dem Teich schwammen Schwäne. Nachdem wir den Park durch ein Tor wieder verlassen hatten, erreichten wir eine Pappelallee am Fluß, die wir bis zur Klostermauer entlanggingen. An der Pforte stand Pater Johannes und begrüßte uns mit ernstem Lächeln. Ich war müde und dachte, meine Truppen müßten es ebenfalls sein. Wie im Krieg: Da war ich einmal bei einer Einheit, die die ganze Nacht durch Sand marschiert war, um den Feind bei Tagesanbruch anzugreifen. Doch als wir frühmorgens ankamen, waren wir zu erschöpft. Wir waren wie eine kraftlose Faust an einem zu langen Arm und konnten den Feind nicht schlagen, sondern mußten unter schweren Verlusten den Rückzug antreten.

51

»Und dann bin ich nach Hause gerannt. Ich konnte den Anblick des vielen Blutes, das aufs Pflaster geströmt war, nicht ertragen. Hören Sie, Schwester Elisabeth?« Die Greisin nickte zustimmend. »Ich wußte, daß diese ganze Feier nicht stattfinden, daß es weder Judas Makkabäus noch seinen Vater Mattathias geben, daß alles abgesagt werden würde.« Ich las eine Frage in Elisabeths alten Augen. Sie durfte ja nicht sprechen. »Weder Judas noch Mattathias, weder St. Nikolaus noch die Heiligen Drei Könige, die nach Bethlehem gekommen sind.« Ihre Augen leuchteten auf, und ihr Blick wurde klar. Jetzt hatte sie verstanden. Sehr alt war sie und ihre Sehkraft nicht mehr gut. Von diesem Lager würde sie wohl nicht mehr aufstehen.

»Schnee«, sagte ich nun, »immer fällt Schnee und will mir nicht aus dem Sinn.« Die alte Frau nickte zustimmend und deutete auf ihr Herz, als wolle sie sagen, auch darin schneie es ewig. Sie wirkte sehr glücklich in ihrem Bett. Man hatte ihr ein paar Kissen unter den Kopf geschoben, damit sie mich sehen konnte. Schon über eine Stunde saß ich bei ihr und erzählte ihr die Geschichte der kleinen Ruth.

»Sie sind eine alte Frau voller Erinnerungen.« (Sie nickte.)

»Die Erinnerungen verwischen sich mehr und mehr.« (Erneutes Nicken.)

»Im Schnee.«

Sie nickte heftig, so daß ich das Wort mehrmals wiederholen mußte: Schnee, Schnee. Wie ich sie so sah, alt und zerbrechlich, war auch sie ein weißer, tüchtiger, präziser Engel – wie Sibylle, wie Leonore. Wo mochte sie stecken, Leonore, dieser kreisende Engel?

Die Nonne, die zwischen uns vermittelt hatte, kam herein und brachte Dunkelheit mit, denn es war schon Nacht geworden. Sie bat mich, ein Weilchen draußen zu warten, bis Schwester Elisabeth ihre Gebete gesprochen habe. Ich ging in den Kreuzgang hinaus und setzte mich auf eine niedrige Mauer, während mein Freund Melvin in meiner Nähe an einem Rosenstock stand. Gedämpft hörten wir die Nonnen singen.

»Bist du fertig?«

»Bald.«

»Ist die Vergangenheitsparade noch immer nicht zu Ende?«

»Sie beten jetzt.«

»Erzähl mir noch mehr von der kleinen Ruth. Ich denke an einen Film. Ärgert dich mein Pragmatismus?«

»Nein, Melvin.«

Wir verstummten. Dann fuhr ich fort, ihm von Ruth im Krankenhaus zu erzählen. »Nach einigen Tagen kamen sie und sagten mir, Ruth wolle mich gern sehen. Große Angst befiel mich. Meine Mutter drückte mir einen Strauß weiße Nelken in die Hand und sagte: ›Den bringst du ihr.‹ Ich nahm den Strauß, der in Seidenpapier eingeschlagen war, und ging zum Krankenhaus, blieb einen Augenblick davor stehen, bis ich mich wieder gefangen hatte und das Tor passierte, das sich hinter mir schloß. Ein weißer Kiesweg führte zwischen Kastanienbäumen hindurch. Ich tappte ihn entlang wie man bei Nacht geht. Ein Zug fuhr oben jenseits der Mauer vorbei.

Am oberen Ende des Wegs klopfte ich an der Pförtnerloge, denn es war keine Besuchszeit. Doch der Pförtner war über mein Kommen informiert und öffnete mir. Nun stand ich mitten in dem Klinikgeruch. Eigentlich war dies ein verwunschenes Schloß, in dem man Ruth verhext hatte. Bahren wurden geräuschlos an mir vorbeigerollt. Dann kam Schwester Elisabeth, legte mir die Hand auf den Kopf, und ich wußte, daß sie mich geleiten würde.«

Als man mir sagte, das Gebet sei beendet, trat ich wieder in Schwester Elisabeths Kammer, während Melvin in dem Kreuzgang zurückblieb. In der Zelle der alten Nonne hatte man ein kleines Licht angezündet. Ich fuhr fort, ihr zu erzählen, verlieh, da sie nicht sprechen durfte, ihren Erinnerungen Ausdruck.

»Sofort wußte ich, daß Sie mich zu der verwunschenen Ruth führen würden. Heute weiß ich nicht mehr immer, wer für mich und wer gegen mich ist. Sie werden sich sicher erinnern, daß Sie mich gefragt haben: ›Du möchtest zu Ruth?‹ und ich mit dem Kopf genickt habe, weil ich nicht sprechen konnte, wie Sie es jetzt nicht dürfen. ›Komm mit‹, haben Sie gesagt, und ich bin mit Ihnen gegangen. Ich stellte mir vor, ich sei tatsächlich in einem verwunschenen Schloß und die Blumen in meiner Hand besäßen die Kraft, den Zauber zu brechen und die bösen Geister einzuschläfern. Sie haben sich damals über die Nelken gebeugt und ihren Duft eingesogen. Und dann haben Sie leise gesagt: ›Was für ein guter Duft. Ruth wird sich sicher freuen. Rede ganz normal, wenn du bei ihr bist. Hab keine Angst. Erzähl ihr von der Schule und von den anderen Kindern.‹ Sie haben mich damals bis an die Tür geleitet, haben angeklopft und mich hineingelassen. Ich hatte Ruth nicht rufen gehört. Ich nahm das große Fenster wahr. Die Tür schloß sich hinter mir. Dann sah ich ein großes weißes Kissen, auf dem Ruths schwarze Haare um ihr irgendwie klein wirkendes Gesicht gebreitet lagen. Ich legte ihr die Blumen aufs Bett wie auf ein Grab: ›Hier, die hab' ich dir mitgebracht.‹ Dann habe ich mich an ihr Bett gesetzt, aber bevor ich noch etwas sagen konnte, sind Sie wieder hereingekommen. (Die alte Frau nickte heftig.) Sie sind eingetreten und haben gesagt: ›Hier möchte ich euch eine hübsche Vase für die schönen Blumen bringen. Weiß wie Schnee sind sie. Bald wirst du ihr schon Rosen schenken können, die so rot wie die Bäckchen unserer kleinen Ruth sind.‹ Dann sind Sie wieder gegangen, und Ruth und ich haben uns unterhalten.

›Wie nett Schwester Elisabeth ist. Ich mag sie gern‹, hat Ruth gesagt.

›Der Schnee wird bald schmelzen.‹

›In Weinburg bleibt er nie liegen. Wie gut die Blumen duften.‹

›Du wirst viele schöne Geschenke bekommen, Ruth.‹

›Besuch mich jeden Tag. Ich hab' schrecklich schöne Spiele!‹

Dann sind Sie abermals hereingekommen, Schwester Elisabeth, und haben gesagt: ›Ich fürchte, unser Freund muß jetzt gehen und morgen wiederkommen. Denn unsere Ruth muß ihr Bad nehmen.‹ So haben Sie gesagt. (Vehementes Kopfnicken der alten Frau.) Da fing die kleine Ruth leise an zu weinen: ›Ich möchte noch kein Bad. Er soll noch ein bißchen bleiben.‹ Und Sie haben mir lächelnd die Hand auf den Kopf gelegt, und ich bin aufgestanden, habe Ruth die Hand hingestreckt und hab' auf die Bettdecke gestarrt, um zu sehen, ob es auffiel, daß ein Bein fehlte. Warum wollte Ruth kein Bad nehmen? Hatte sie Angst, den verbundenen Stumpf zu sehen? Ich erinnere mich, daß ich durch die Korridore gerannt, die Treppen hinunter und über den Kiesweg zwischen den Kastanienbäumen gesaust bin. Erst als ich außerhalb der Krankenhausmauer war, bin ich stehengeblieben und habe beim Rauch eines vorbeifahrenden Zuges geschworen, Ruth nie, nie im Stich zu lassen.«

Die alte Nonne hob die Hand, als wolle sie etwas sagen, tat es aber nicht.

Also fuhr ich fort: »Die Zeit ist vergangen. Erinnern Sie sich, daß die kleine Ruth vorzeitig erwachsen geworden ist? Es wurde Frühling und Sommer, und sie hat im Garten gesessen. Ich durfte sie jederzeit besuchen und auch noch bleiben, wenn die anderen Kinder wieder gingen. Eine weiße Königin war sie, in weiße Decken gehüllt. So thronte sie auf dem Rasen, und die übrigen Kinder saßen wie ihr Hofstaat um sie herum. Die alten Männer und Frauen aus dem Altersheim kamen, um sie zu unterhalten, und wie die meisten alten Leute wußten sie viele Geschichten zu erzählen.«

Die Kehle wurde mir trocken. Eine Nonne brachte mir ein Glas Milch, das ich austrank.

Die Augen der alten Elisabeth blickten mich liebevoll an. Ich erzählte ihr von Ruths Haus, dessen Ruine noch immer stand, und von dem Baum, der einen Zweig aus ihrem früheren Zimmerfenster streckte. Ich berichtete ihr von dem ehemaligen Standort der Synagoge, wo jetzt ein großes Kaufhaus gebaut wurde. Sagte ihr, es sei furchtbar daran zu denken, daß alle, die zur Generation der Täter gehörten, immer älter wurden und daß das Alter ihren Gesichtern einen unschuldigen, leidenden, friedlichen Ausdruck verleihen würde. Da fing Schwester Elisabeth an zu weinen und nickte so heftig, daß das Eisenbett wackelte. Dann rief sie plötzlich mit heiserbrüchiger Stimme: »Alle! Alle! Alle sind so gewesen. Alle haben mitgemacht. Möge Jesus mir vergeben!« Darauf bekreuzigte sie sich und verstummte wieder. Um sie und mich zu beruhigen, erzählte ich ihr vom Heiligen Land, vom Kreuzigungskloster in dem gleichnamigen Tal, vom See Genezareth und von Nazareth. Sie wurde ruhig und schlummerte still ein. Ich ging auf Zehenspitzen hinaus, und zwei Nonnen traten ein. Das gedämpfte Singen der Klosterschwestern war wieder zu hören. Vom Fluß klangen ferne Bootsmotorengeräusche und das Tuten schwerer Lastkähne herüber.

An einem Rosenstock stand Pater Johannes.

»Wo ist Melvin, der Amerikaner?« fragte ich ihn.

»Er ist weggegangen. Erwartet Sie in der Stadt.«

»Gibt es noch eine Verkehrsverbindung dorthin?«

»Ja, den Bus.«

Ich verabschiedete mich von Pater Johannes und verließ das Kloster.

52

Tosender Applaus weckte mich – nicht aus dem Schlaf, sondern aus einer Art Nebel, in dem ich seit meinem Besuch im Kloster gefangen war. Als ich jetzt aufschreckte, wußte ich nicht, wieviel Zeit inzwischen vergangen war.

Die Konzertbesucher neben mir erhoben sich, um während der Pause hinauszugehen. Einige klatschten im Stehen noch weiter, ehe auch sie den Saal verließen. Ich blieb auf meinem Platz sitzen. Ein Platzanweiser in einer Art Rokokolivree kam an mir vorbei, und ich fragte ihn, wo die Künstlergarderobe sei. »Garderobe? Künstlergarderobe?« murmelte er, ohne zu antworten.

Noch immer saß ich in dem leeren Saal. Die großen Fenster wurden geöffnet, durch die ich den weitläufigen Hofgarten im letzten Licht des Sommertags sah. Obwohl ich schon lange in Weinburg war, hatte ich den Besuch in diesem Park hinausgeschoben. Vielleicht wollte ich ihn mir für den Schluß meines Aufenthalts aufsparen, denn ich war mir bewußt, daß er das Aufbruchsignal sein würde, von hier wegzugehen und nach Jerusalm zurückzukehren. Ich sah den Hofgarten jetzt vor den hohen Fenstern hingestreckt. Eine breite Allee führte in die anbrechende Dämmerung hinaus. Die griechischen Statuen nachempfundenen Figuren erweckten den Eindruck großer Weite. Am Ende der Allee sprudelte ein Springbrunnen, der nachts abgestellt werden würde.

Ein anderer Platzanweiser, ebenfalls im Rokokokostüm, sagte: »Möchten Sie nicht hinausgehen? Gleich werden wir hier die Kerzen in den Lüstern und Silberleuchtern anzünden.« Ich rührte mich nicht, lehnte nur den Kopf zurück und betrachtete das Deckengemälde im Residenzsaal, in dem das Konzert für alte Musik stattfand. Schäfer und Schäferinnen lagen in süßer Liebe umschlungen in einer romantischen Wiesenlandschaft zwischen Zypressen. Halbnackte, rosigüppige Frauen lagerten unter abgestellten Sänften, während kleine bocksfüßige Faune ihnen auf der Flöte vorspielten. Andere Frauen, Königinnen und Prinzessinnen, trugen prächtige Kleider mit langen Schleppen, in deren Falten sich Licht und Schatten, Tag und Nacht mischten. Pausbäckige Putten schwebten zwischen ihnen umher, und ein kleiner Liebesgott richtete seine Pfeile aus.

Ich war in einer Rokokowelt erwacht. Dienstbare Geister mit weißen Perücken begannen mit langen Stäben ringsum Kerzen zu entzünden und die Illusion einer fernen, verspielten Welt zu schaffen.

Wieder blickte ich die Allee mit ihren Statuen und den sorgfältig beschnittenen Bäumchen entlang. Ich wollte, ich hätte meine Gedanken so in Reih und Glied ordnen können, aber seit ich im Kloster gewesen war, herrschten Verwirrung, Betäubung und Ohnmacht in mir. Und als ich meinen Blick wieder auf die pausbäckigen Putten mit ihren dicken Pobakken und weißen Flügelchen richtete, schienen auch sie ins Unendliche abzustürzen.

Was sollte ich noch hier? Menschen gingen die breiten Stufen in den Hofgarten hinunter. Am Horizont über den Platanen grollte ferner Donner. Die Bediensteten entzündeten weitere Kerzen – vergeblicher Zauber einer doppelt falschen Welt. Ich ging hinaus, denn ich ertrug die Flammen nicht. Herren im dunklen Abendanzug flanierten mit Damen im Garten und riefen: »Wunderbar! Herrlich!« Aber ihre Augen waren kalt. Ein jäher Windhauch wehte mir den Geruch sprühenden Wassers von dem Springbrunnen zu, der an der Grenze zwischen Nacht und Tag noch immer sprudelte. Ich ging durch einen Seitenausgang hinaus, in der Hoffnung, die Künstlergarderobe zu finden, fand sie jedoch nicht und blieb im Torhaus unter dem Festsaal stehen, das einem unterirdischen Tunnelgewölbe glich. Hier waren einst die Kutschen eingefahren. Eine stand noch dort, versehen mit einem Schild: *Bitte nicht berühren.* Ferner hieß es, einer der Könige sei mit dieser Kutsche in die Flitterwochen gefahren.

Leonore saß auf dem Kutschsitz und schüttelte ihren Schuh aus. Die Federn des Gefährts bebten. Als sie mich bemerkte, sah sie mich mit tränenerfüllten Augen an. Das war mein Heer. Leonore, Leonore, du hochwangige, blauäugige Heldin meiner Armee! Lachende, rauchende, Schlemmerhäppchen kauende Menschen kamen an uns vorbei. Und wieder unternahm ich meine geheime Personenfahndung: Das ist ein ehemaliger Gestapo-Mann, der ein Schweiger, der ein Mörder, der ein Angsthase, der ein Vergeßlicher, die hat gelacht und jene zugeschaut, und dieser Rokokoengel da hat drei Juden umgebracht und jener Bedienstete in Seidenkleidung hat eine Jüdin geschlagen.

Aus einer schmalen Tür kam Jossel. Ich lobte sein Spiel, sagte ihm, er habe es mir süß ums Herz werden lassen und allen anderen auch. Leonore schwieg. Leonore, ich möchte auf einmal unter grauen Olivenbäumen sein!

Die Pause war zu Ende, doch ich war nicht auf meinen Platz unter der Schäfer- und Schäferinnendecke zurückgekehrt. Die Harfentöne würden ohne mich erklingen, der Chor würde singen, aber nicht für mich.

Ich ging durch den Hofgarten und von dort weiter in jenen Park, wo man mich und die kleine Ruth niedergeworfen hatte. Wo ich zwei, drei Hitlerjungen auf Ruth eintreten gehört hatte, während zwei andere mich fest auf die Erde drückten. Jemand, der Zeuge furchtbarer Dinge wird, während er selbst unter Schmerzen am Boden liegt, vergißt diesen Anblick nie. Unsere Schultaschen lagen rüde zur Seite geworfen. Meine war aufgeplatzt, und die Schulbücher quollen wie die Gedärme eines getöteten Soldaten daraus hervor. Ich sah damals die Eichenstämme und die weißbesockten Beine der Rowdies. Ruth konnte ich nicht sehen, aber die Tritte hörte ich. (Gieß deinen Zorn aus über die Völker, die dich nicht anerkennen! Gieß deinen Zorn aus! Wo ist Melvin mit seinen starken Artillerieeinheiten? Salve auf Salve für jeden Fußtritt, den sie Ruth versetzt haben!)

Zu Beginn der Nazizeit kehrte mein Vater – er war Vorsitzender der ehrenamtlich tätigen Beerdigungsbruderschaft der Weinburger israelitischen Gemeinde – eines Tages vom Krankenhaus zurück und berichtete, es sei ein Dorfjude aus der Umgebung eingeliefert worden, den man totgeprügelt habe. Meine Eltern tuschelten viel untereinander, und einige Wochen später begann Vater mit den Vorbereitungen für die Auswanderung nach Palästina.

Ich ging in den Hofgarten zurück. Ich lehnte die Stirn an den flachen Bauch der Jagdgöttin Diana. Da standen wir, ihr steinerner Hund zur einen und ich aus Fleisch und Blut zur anderen Seite. Dann schritt ich wieder auf die Residenz zu. Von drinnen her hörte ich Applaus. Warum war Leonore weggegangen? Vielleicht hätte ich meine Rache an diesem Abend in Liebe umgewandelt. Wir hätten an der Fontäne gesessen und sie mit ihren Wasserstrahlen an unserer Statt denken lassen, während wir uns gedankenlos liebten. Aber ich vermag meine Taten nicht zu bündeln, weder zu wirklicher Rache noch zu Liebe. Ich trat unter den Torbogen und setzte mich auf den Kutschsitz. Plötzlich hörte ich einen furchtbaren Schrei aus der Künstlergarderobe. Ich rannte zu der kleinen Tür, aber sie war verschlossen. Ich hörte ein Auto halten und eine Frau mit hämmernden Stöckelabsätzen davonlaufen. Der Wagen fuhr ab. Aus dem Saal drang Stimmengewirr und Stühleknallen. Da überkam mich ein eigenartiger Rausch. Ich hob einen Stein auf und zertrümmerte das Glas der Kutsche. Dann verließ ich den Torbogen und warf erst die eine der beiden Lampen am Eingang ein, die von einem still ergebenen Löwen gehalten wurde, und dann die zweite. Als entsetzte und zornige Schreie erklangen, floh ich. Seit meiner Kindheit kannte ich den Geheimausgang aus dem Park. Eine Straßenbahn kam, und ich stieg ein.

Die Lampen waren zerbrochen. Die kleine Ruth war gebrochen. Die Taten meines Herzens waren aufgebrochen. Ich schrie innerlich, während mir all mein Blut zu Kopfe schoß: »Ruth! Es geht los!«

53

Aufwachen! Aufwachen! Aus all dem erwachen! Unter furchtbaren Windungen tauchte ich endlich aus meinem Schreckenstraum auf, versank aber gleich wieder in Tatvorstellungen, die schlimmer als Alpträume waren: Ich mußte für Ruths Leiden Vergeltung üben! Leonore war völlig verschwunden. Und seit dem Abend des entsetzlichen Schreis in der Garderobe des Konzertsaals war auch Jossel nicht mehr in das Hotel am Marktplatz zurückgekehrt.

Von meinem Hotelzimmer sah ich die Statue eines Heiligen, dessen Arme am Körper herabhingen, während die Hände in einer Geste der Hilflosigkeit flach und offen vorgestreckt waren: Was kann ich machen? Deshalb gibt man den Heiligen gewöhnlich etwas in die Hand: ein Schwert, ein Kreuz, eine Fahne, einen Hirtenstab oder ähnliches. Wenn sie etwas in der Hand halten, sieht man ihre Ohnmacht nicht.

Ich erwachte vom Anblick des Heiligen, war aber nicht im Hotel. Mein Kopf ruhte auf meiner Faust und meine Faust auf dem Tisch des Cafés unter der Ruine, den Trümmern meiner Erinnerung. Die gute Kellnerin brachte mir ein Glas mit einem schäumenden, prickelnden Getränk. Lieb sah sie aus mit ihrem spitzenverzierten Schürzchen und dem weißen Diadem in den Locken. Vielleicht sollte ich sie meinem Heer einverleiben, sie auf die Bibel, eine Pistole und Ruths Bein vereidigen. Und tatsächlich war es ein anregendes Getränk. Ich trank es aus und bestellte noch ein Glas. Als es vor mir stand, stiegen die Blasen darin hoch und platzten an der Oberfläche. Ein langhaariger, schlaksiger Student in engen Hosen betrat das Café und begann, allen aus einer Abendzeitung vorzulesen. Die Kellnerin saß hinter ihren funkelnden Geräten und lauschte, während in den Aquarien an der Wand die rotschillernden Goldfische schwammen. In dem Artikel ging es um Ausschreitungen, Hakenkreuzschmierereien, einen tätlichen Übergriff auf einen jüdischen Musiker und eingeworfene Lampen an der alten Residenz. Es hieß, es sei Zeit, die Zügel straffer anzuziehen.

»Habt ihr gehört? Das ist ihr Heilmittel! Die Zügel straff ziehen!«

»Riemen der Verzweiflung.«

Plötzlich überkam mich Vergessen, kein absorbierendes, sondern ein wirbelndes Vergessen, das mich in gurgelnden, glucksenden Windungen wie der Sog am Badewannenabfluß hinabriß. Nur die Gesichter meiner Mutter, der kleinen Ruth, meiner Frau und Henriettes waren zu sehen. Ihre Züge im wirbelnden Abgrund waren klar, ich sah sie ganz deutlich, und doch glichen sie Totengesichtern.

In jener Nacht ging ich wieder zu dem Haus der kleinen Ruth. Später zerbrach ich die Flöte des Pan im Park, schwärzte das Pestalozzidenkmal mit Ruß und ging zum Bahnhof weiter, wo ich mir in der fast menschenleeren Halle verschiedene Abfahrtszeiten auf einer Zigarettenschachtel notierte:

Frankfurt	7.31
Hannover	8.19
München–Zürich–Mailand	16.40

Ich bereitete alles vor. Bloß weg von hier. Fertigmachen und abfahren. Vielleicht über Paris. Zum Flughafen Orly. Die ganze Nacht träumte ich von Orly, obwohl ich noch nie dagewesen war.

Am nächsten Morgen schlenderte ich den Fluß entlang, fuhr ein Stück mit der Straßenbahn, ging durch die gepflegte Straße mit den feinen Geschäften und kehrte beim alten Muschler ein, wo ich verstört ein Hörnchen aß. Ich fürchtete, in eine Art Racheroutine zu verfallen.

54

»Lieber Mann der vielen Geburtstage«, sagte Patricia zu Joel, als sie in der Krankenhauskantine saßen. Sie schenkte ihm ein antikes kleines Silberkästchen aus Persien mit dem Relief eines galoppierenden Wildpferdes auf dem Deckel. In dem Kästchen fand Joel eine Locke ihres Haars.

»Warum bist du zusammengezuckt, als du mich gesehen hast?«

»Vor lauter Freude. Mein Herz bringt mich um, so furchtbar pocht es, wenn ich dich sehe.«

»Wir vergessen alles. Ich habe nichts im Leben, außer dem Zu-dir-Kommen.«

Joel erinnerte sich, wie er während eines Exkursionstages im Negev an einem Höhleneingang gestanden und sie mit offenem, staubbedecktem Haar drinnen gesehen hatte. Wie die Königin seines ganzen Lebens hatte sie dagestanden.

»Wenn du mich verläßt, ist es mit deinem Leben vorbei«, sagte sie.

»Ich könnte dich nicht verlassen, selbst wenn ich wollte. Ich will dich nicht verlassen, selbst wenn ich könnte.«

Patricia stand auf und ging für einige Minuten hinaus. Als sie zurückkam, sagte sie: »Ich glaube, du kannst jetzt zu Mannheim hinaufgehen.«

»Sind die Ärzte weg?«

»Ja. Geh jetzt zu ihm und dreh dich nicht um. Ich bitte dich.«

»Warum? – Wenn ich bei Mannheim gewesen bin, komme ich hierher zurück. Wart auf mich.«

»Dreh dich nicht um. Please, Darling. Geh rauf! Geh!«

Dr. Mannheims Tage waren gezählt. Doch wer hatte sie gezählt und beschlossen, daß sie gezählt waren? Er glitt langsam dem Ende entgegen. Seine dicke Brille lag wie eine abgenommene Ritterrüstung auf seinem Nachtkästchen. Joel setzte sich an sein Bett und sah den alten Mann förmlich in den Tod sinken. Obwohl er der Vater der kleinen Ruth war, hatten sie nie von ihr gesprochen.

»Sag, mein junger Freund, wolltest du diesen Sommer nicht in Weinburg sein?«

»Ich hab' meine Reisepläne aufgegeben.«

»Gut. Es ist gut, daß du nicht gefahren bist. Obwohl du vielleicht meine Predigten hättest finden können.«

»Ich bin sicher, die Erzdiözese wird das gern für Sie tun, Doktor Mannheim.«

»Ich habe von all den zerstörten Häusern gehört. Nur unseres steht noch als Ruine.«

Dann verstummte der alte Mann und sank wieder dem Tod entgegen. Der Tod mußte sehr tief sein, denn der alte Rabbiner glitt schon lange in ihn hinunter, ohne seinen Grund erreicht zu haben. Die Schwester kam herein und bedeutete mir, für einige Minuten hinauszugehen.

Dr. Mannheim schlief nach einer Spritze, die Patricia ihm gegeben hatte. Sie und Joel saßen zu beiden Seiten seines Betts. Der alte Mann lag wie ein Mittelsmann zwischen ihnen, als übersetze er ihnen ihre Gefühle. Die beiden sprachen nicht miteinander, und die Seele des dahingehenden Rabbiners war bei ihnen. Dann flüsterten sie.

»Wie lange wird er noch leben?«

»Ich weiß es nicht. Liebst du deine Frau noch?«

»Liebst du deinen Mann noch?«

»Nein. Ich bin ihm nur verbunden. Er braucht mich, wegen der Dinge, die ihm im Krieg geschehen sind. Liebst du deine Frau?«

»Wir sind uns während des Krieges in einem Wadi im Negev begegnet. Ich kam von einem Nachtgefecht zurück, und sie war da. Sie hat das Recht auf ein Kind von mir.«

»Und wenn sie erst ein Kind von dir hat, wirst du sagen, du kannst sie deshalb nicht verlassen.«

»Meine Geliebte, meine einzige. Das ist ganz unlogisch.«

»Ja. Es ist unlogisch. Liebst du Ruth noch?«

»Aberwitzigerweise.«

Dr. Mannheim versank, und seine Gedanken stiegen wie Blasen an die Oberfläche. Hätte Joel doch nur, wie versprochen, seine Predigten aus Weinburg mitgebracht! Dann könnten die beiden ihm seine Brille geben, und er würde sie lesen. Diese wunderbare amerikanische Ärztin, die einem weißen Engel glich, würde ihm seine Predigten bringen. »Denn er befiehlt seinen Engeln, dich zu behüten.« In wie viele Gewänder kleidet der Ewige doch seine Engel! Er hätte der Ärztin gern von Ruth erzählt, aber er verzichtete darauf. Ruth, die auf den furchtbaren Stationen verlorengegangen war. Ich gehe ja zu ihr, dachte er, aber sie wird nicht zu mir zurückkehren.

Joel, mit dem er nie über seine verbrannte Tochter gesprochen hatte, dachte ganz anders: Sie kommt zu mir zurück, und ich werde nicht dort hingehen. Es sind nicht die Lebenden, die zu den Toten gehen, es sind die Toten, die zu den Lebenden zurückkehren und unter ihnen leben.

»Wo ist deine Frau jetzt?«

»Im Kibbuz.«

»Wirst du zu ihr zurückkehren?«

»Nein. Wir lassen uns scheiden. Und wo ist dein Mann?«

»Wir sind übereingekommen, uns scheiden zu lassen. Er ist über die ganze Welt zerstreut. – Kennst du das Märchen von der Meerjungfrau, die aus Liebe zu einem Mann ihren Fischschwanz gegen zwei Beine eintauschte und nun bei jedem Schritt Schmerzen litt, als schritte sie über Messerklingen?«

»Ja.«

»So geht es mir. Du hast die Geschichte von der kleinen Ruth nicht fertig erzählt.«

»Das tue ich noch.«

Sie merkten, daß der alte Mann tief eingeschlafen war, standen auf und gingen durch die klosterartigen Korridore hinaus. »Doktor Mannheim ist einer der wichtigsten Zeugen meines Lebens«, sagte Joel. »Er war Zeuge meiner Kindheit.«

»Ist das Leben für dich denn immer ein Prozeß, daß du Zeugen brauchst? Das ist doch furchtbar. Und wer ist der Richter?«

»Du.«

»Ich bin ein korrupter Richter.«

55

Es regnete, und die Weinburger blieben zu Hause. Es war Sonntag, überall herrschte Ruhe. Doch ihre Ruhe war nur scheinbar, denn in meinem Racheplan hatte ich sie zu ewigem Umherirren verdammt.

Frau Metzmann empfing mich im Büro. »Sie sind in einer schweren Stunde gekommen.« »Henriette?« fragte ich. Sie nickte. »Ist der Arzt bei ihr?« »Er war es«, entgegnete sie und fragte mich nach meinen Unternehmungen. Ich antwortete ihr dies und das, damit sie nicht weiterfragte. Ich bin dazu erzogen worden, zu glauben, es sei ungehörig, spektakuläre, dramatische Taten in eigener Sache zu unternehmen. Für die tote kleine Ruth, für das Photo einer fremden Frau in einem Schaufenster trete ich schon eher in Aktion. Späte Liebe und späte Rache sind reine Taten. Davon war ich überzeugt und deshalb bin ich in diese Stadt mit ihren reifenden Weinbergen gekommen.

Wenn es mir gelänge, meine Taten wie einen Faden ins Nadelöhr zu fädeln, würden sie einander folgen, so daß ich mich bald nur noch zurückzulehnen und ihre Kettenreaktion zu beobachten brauchte – einfach zusehen, wie eine die andere nach sich zieht. Eine Mine zu legen, wäre die perfekte Tat. Man legt die Mine, geht dann fort und weiß später nicht einmal, wer ihre Explosion ausgelöst hat, Feind oder Freund, Mensch oder streunendes Tier. Man stelle sich eine Mine vor, die in einem Krieg gelegt worden ist, aber erst im nächsten Krieg oder womöglich während des Friedens danach losgeht. All das sind »saubere Taten«, weil der Abstand zwischen Handelndem und Handlung groß ist.

Ich stieg die Holztreppe hinauf. Schwester Maria nahm mich in Empfang: »Leise, leise. Sie können hereinkommen. Die Ärzte beraten sich.« Leonore ging auf und ab. In dem Matchsack auf ihrem Rücken klirrten die Rollschuhe. Sie trug ein rotes Kleid und sah darin aus wie ein Purpurengel. »Gut, daß du gekommen bist. Henriette wird sich freuen«, sagte sie, »aber du wirkst traurig, mein Lieber.«

»Traurigkeit ist aus einem festeren Stoff als Freude. Sie ist nicht so schnell abgewetzt«, gab ich zurück.

Ich schüttelte ihr die Hand und betrat das Zimmer. Frau Münster, die in einer Ecke saß, murmelte irgend etwas über die Welt vor sich hin: Sie sei wie eine Hühnerleiter – man rutscht wieder und wieder zurück und kommt nicht weiter.

Die alte Nonne kam und ging, unaufhörlich unverständliche Dinge murmelnd. Ich hörte Henriette hauchen: »Du bist noch hier? Hast du denn kein Heimweh?«

»Ich habe Fernweh, Henriette.«

»Und ich hab' Himmelsweh. Ich sehne mich nach dem Himmel. Du wirst dich erinnern, daß ich dir zu jedem Geburtstag etwas geschenkt habe, und jetzt schulde ich dir viele Geschenke für all die Geburtstage, an denen du fern von mir warst und ich dir nicht gratulieren konnte.«

Frau Münster flüsterte mir ins Ohr, sie dürfe sich nicht aufregen, aber Henriette war über Aufregungen hinaus.

»Was macht Onkel Moritz?« fragte Henriette plötzlich.

»Er ist in Jerusalm gestorben und vorläufig begraben.«

»Vorläufig begraben? Was heißt das?«

»Bis seine Gebeine überführt werden.«

»Und wie geht es deinen drei ledigen Tanten – Rosalia, Amalia und Frieda?«

»Sie sind gestorben. Schon vor dem Holocaust.«

»Mach bitte das Fenster auf, damit ich die Bahn hören kann. Jetzt muß der Expreß Kopenhagen–Hamburg–Rom durchkommen.«

»Henriette kennt alle Linien und Zeiten.«

Ich öffnete das Fenster, und der Zug brauste heulend vorbei. Auch der Zug war ein Engel, ganz Pünktlichkeit, ganz feuriger Wagen und Reiter, gänzlich rational und zweckgerichtet. Der Regen hatte wieder aufgehört.

»Warum bist du nach Weinburg gekommen?«

»Um dich zu besuchen und mich an meine Kindheit zu erinnern.«

Wieder legte ich ihr meine Hand auf die Stirn und ihre rauhen Wangen. Henriette schlief ein. Auch Frau Münster nickte ein, wie in die Ecke eines Abteils in einem fahrenden Zug gedrückt. Ihre Fleischmassen quollen über die Stuhlkanten, und ihr Gesicht wirkte groß und schwer mit seinen zahllosen Säcken weißen gepeinigten Fleisches.

Schwester Maria kam erneut und ging gleich wieder. Ich dankte ihr, daß sie mir geholfen hatte, ins Kloster zu gelangen.

Dann ging ich die Treppen hinunter. Frau Metzmann döste

über ihrer Schreibmaschine. Dr. Messer stand ins Nachmittagsgebet vertieft und verbeugte sich mittendrin leicht zu mir, als wäre ich Gott. Ich setzte mich hin, um auf Leonore zu warten. Um mich herum erschallten die toten Unterhaltungen toter Menschen.

Ich flüchtete in den Garten, um mich davor in Sicherheit zu bringen.

Heini warf einen zu Boden gefallenen Apfel nach Leonore, verfehlte sie aber. Ich sagte zu Leonore: »Die Zeugen meines Lebens sterben einer nach dem anderen.« Heini kam freudig auf mich zugelaufen. Ich wirbelte ihn zweimal durch die Luft.

»Meine Zeugen sterben, Leonore. Geh zu Henriette hinauf.«

»Ich war doch schon oben. Wozu brauchst du Zeugen im Leben?«

»Wegen der Anklage.«

56

Von Sibylle hatte ich erfahren, daß ihre Tanzlehrerin, Frau von Tuchtolz-Baldheim, ein Intellektuellen- und Studententreffen auf ihrer alten Burg neben dem Trappistenkloster veranstaltete. Obwohl ich nicht eingeladen war, schmuggelte ich mich ein.

Vom Fluß her hörte man Froschquaken. Dann vernahm ich menschliche Stimmen, knipste die Taschenlampe aus, ließ die Lageskizze in meiner Hosentasche verschwinden und legte mich hinter einem Apfelbaum auf die Lauer. Als die Stimmen sich entfernten, robbte ich auf den spärlich beleuchteten Eingang zu. Ein junges Pärchen trat engumschlungen in die Sommernacht hinaus. Eine Tür öffnete sich, und aus dem Haus hörte ich die Stimme eines Mannes. Er hielt eine Rede, und draußen bellte ein Hund. Da niemand in der Nähe war, traute ich mich weiter heran. Auf einem kiesbedeckten Platz parkten einige Mopeds und Fahrräder sowie drei Autos, von denen eines über und über mit Reiseaufklebern aus verschiedenen Ländern gesprenkelt war. Sogar die Windschutzscheibe war vollgeklebt, so daß nur noch ein schmaler Sehschlitz übrigblieb. London, Paris, Tunis, Barcelona, Kairo, Belgrad, Stockholm – ich las all diese Städtenamen, und war doch nicht beruhigt. »Ich habe gefehlt und bin in die Irre gegangen«, sagte ich mir und fuhr mit einem Satz aus dem Sündenbekenntnis des Versöhnungstages fort: »Wir sind irregegangen und haben irregeführt.« Aber die übrigen Sünden aus jenem Gebet hatte ich vergessen. »Kleine Ruth, ich bin irregegangen.« Plötzlich fiel mir ein, wie ich im Krieg einmal mit meiner Abteilung eine Anhöhe erklommen hatte, auf der den Karten zufolge der Feind hätte sitzen müssen. Doch als wir oben waren, fanden wir das Gelände menschenleer vor. Mein Freund hingegen hatte einen anderen Hügel bestiegen, den wir für ungefährlich hielten. Dort jedoch verbarg sich der Feind, und mein Freund und die meisten seiner Kameraden kamen um.

Ich hörte die Wasserspülung einer Toilette, verbarg mich hinter einer Tür, klopfte mir den Staub von der Hose, fuhr mir durchs Haar und prüfte, ob meine Hosenknöpfe auch alle zu waren.

Ein junges Mädchen, das am Eingang stand, raschelte mit den Röcken und antwortete auf meine Frage, wer dort drinnen spreche: »Professor Niederstättner referiert über das Thema: »Der Antisemitismus – eine Plage des Christentums«. Etwa zwanzig bis dreißig Personen saßen im Saal, einige auf Kissen, die über den Boden verstreut lagen, manche Rücken an Rücken gelehnt, andere auf schweren Eichenstühlen. Antike Möbel mit Kupfergeräten säumten die Wände. Ein mächtiger Kronleuchter, einst für viele Kerzen bestimmt, war für elektrische Kerzen umgearbeitet worden. Die bunten Fenster wirkten wie Kirchenfenster. Plötzlich sah ich Jossel im Saal sitzen, den Arm bis zum Ellbogen verbunden. Ich blieb an der Tür stehen, schnappte dabei einige Worte des Theologieprofessors auf: »Und wo sind wir hingekommen?« fragte er. »Die Antwort ist wohlbekannt. Lassen Sie es mich an einem Beispiel illustrieren ...« Ich wartete das Beispiel nicht ab, sondern ging, diesmal durch eine andere Tür, wieder in den Garten hinaus. Es war eine warme Sommernacht. In der Ferne pfiff eine Lokomotive. Bald würde sie am Bett der kranken Henriette vorbeifahren, die im Schlaf murmeln würde: »Nachtexpreß Paris–Athen.«

Der Garten war groß und verwildert. Auf einmal hörte ich fröhliche Stimmen und im Wasser planschende Körper. In einem kleinen Swimmingpool vergnügten sich junge Männer und Frauen und riefen mir zu, ich solle doch auch mitmachen. Ich antwortete, ich hätte keine Badehose. »Hier hat niemand eine«, lachten sie, »dies ist doch ein Nudistenkongreß.« Ich zog mich aus. Ich hoffte, das Wasser werde mich beruhigen und mich meine Enttäuschung vergessen lassen. Ich sprang hinein. Zwei Arme umfingen meine Lenden und versuchten mich weiter hineinzuziehen. Als ich mich wehrte, flüsterte mir eine Mädchenstimme ins Ohr: »Was ist mit dir? Was machst du? Wir sind doch alle in diesem Schwimmbecken hier, um das Gesetz des Archimedes unter Beweis zu stellen.« Dann stieg sie aus dem Wasser und rief: »Heureka! Heureka!« Auch ich kletterte aus dem Becken. Das Mädchen hatte sich auf meinen Kleidern niedergelassen, ihre nackte, nasse Haut glänzte im Mondlicht. »Bist du einer der Vortragenden?« »Ja«, sagte ich, worauf sie mich sofort in eine Existentialismusdiskussion verwickelte, bis mir kalt wurde. Ich kitzelte sie, um sie von meinen Sachen zu vertreiben. Nachdem ich mich angezogen hatte, setzten wir unsere Unterhaltung fort. Wie sich herausstellte, schrieb sie an einer Doktorarbeit über die Verzweiflung jenseits der Verzweiflung im zwanzigsten Jahrhundert. Dann sprang sie wieder ins Wasser und tobte wie ein Pferd darin herum.

Ich hörte männliche Stimmen. Zwei Männer spazierten in sokratischer Manier zwischen den Bäumen und unterhielten sich. Ihrem Gespräch entnahm ich, daß ich in eine Konferenz der Gesellschaft für Wissenschaft und Religion geraten war. Auf einem Balkon spielte ein Plattenspieler vorgregorianische Musik – ein Nebeneinander und Ineinander von Tönen, die sich doch nie berührten, sondern rein und vollkommen blieben, ohne von einer nivellierenden Harmonie zerstört zu werden. Ein Kopf schob sich zwischen Kastanienästen über die Balkonbrüstung vor und rief: »Da kommt Doktor Geiger, der Musikologe!« Ich freute mich, daß man mich für diesen Mann hielt.

Eine Tür öffnete sich. Lebhaft diskutierende Menschen strömten heraus. Sie debattierten über die Freiheit der Völker. Ein Mann hielt eine Mappe mit der Aufschrift *Internationaler Studentenkongreß für Völkerbefreiung* in der Hand. Ich war ganz durcheinander angesichts all der Namen, die diese Zusammenkunft hatte. Anderen schien es ebenso zu gehen, denn sie drängten zum Schwimmbecken, um ihre Gedanken abzukühlen und vielleicht, um herauszufinden, auf welcher Konferenz sie sich nun wirklich befanden. Ich hob ein Weinglas in die Höhe und rief: »Als Vertreter des algerischen Volkes hebe ich mein Glas auf die Freiheit!« Ein junger Mann stammelte verwirrt: »Ich dachte, Muslime trinken nicht!« Worauf ich ihm antwortete, für die Freiheit sei alles erlaubt. Journalisten trafen ein und befragten die Umherstehenden nach ihren Ansichten über vegetarische Ernährung, denn dies war ein Vegetariertreffen.

Eine Frau in weitem Faltenkleid kam auf mich zugeschwebt und landete wie ein wundersamer Engel neben mir. »Hat man Ihnen schon einen Schlafplatz zugewiesen?« fragte sie. Als ich das verneinte, bat sie mich mitzukommen. Also folgte ich ihr auf den stöckelbeschuhten Fersen. Unterwegs erzählte sie, sie sei die Organisatorin dieser Völkerverständigungskonferenz unter der Schirmherrschaft der UNESCO, des Katholischen Studentenbundes und des Verbands für Demokratie.

Wir betraten einen dämmrigen Korridor. Erst im Halbdunkel merkte ich, wer sie war: die Gräfin von Tuchtolz.

»Ihr Inder seid ein sonderbares Volk«, sagte sie. Der Rest ihrer Worte verlor sich im Dunkeln. Ich stieß gegen eine leere Ritterrüstung. Die Gräfin von Tuchtolz führte mich in einen großen Raum mit niedriger Balkendecke. Auf einem Bett lagerte eine große Bulldogge. Als wir eintraten, sprang sie herunter und rieb sich an den Beinen der Gräfin, die sie streichelte und dabei flüsterte: »Pimpinelle, arme Pimpinelle!

Was? Hat man dich vergessen? Wart nur, bald werden wir auch ein Hundetreffen veranstalten.« Die Hündin beschnüffelte mich, während ich am Haar der Gräfin schnupperte.

Wir setzten uns nebeneinander aufs Bett, wobei einige Broschüren zu Boden fielen. Während ich auf einem Programm des »Internationalen Philatelistentreffens« saß, las ich einen der Titel: »Friedenskongreß der Baptisten«. Die Gräfin zog ein kleines Heft über das »Seminar für Probleme Haftentlassener« hervor. Müde streckten wir uns auf dem Bett aus, das ganz von Broschüren, Photokopien, Aufrufen und Proklamationen übersät war. Ich rollte mich auf den Bauch und las: »Ein Ruf an die Vegetarier in aller Welt.« Ich konnte nicht weiterlesen, denn die Gräfin hatte sich ebenfalls auf den Bauch gelegt. Ich kniff sie in den Po, dessen üppiges Fleisch bebte, und sagte: »Der Unterzeichnete«, worauf sie erwiderte: »Die Gekniffene.«

Die Tür ging auf, und zwei hoch aufgeschossene Jünglinge kamen herein, die sich auf holländisch unterhielten. Sie legten ihre Matchbeutel auf ihre Betten, ohne uns beide zu beachten. Ich bedeckte die Gräfin mit einem großen Plakat, das den »Ökumenischen Kongreß für Verständigung zwischen den Religionen« ankündigte.

Die beiden Holländer zogen sich aus und legten sich in Unterhosen auf die Betten, den Blick zur Decke gerichtet. »Die Jungs sind nett«, sagte ich zur Gräfin, doch sie lachte nur verächtlich. Ich stand auf und ging mir im Bad das Gesicht waschen. Als ich in den Spiegel schaute, fiel mir die kleine Ruth ein.

Ein untersetzter, kurzatmiger Mann trat ein, begann sich zu rasieren und sagte dabei wie zu sich selbst: »Einen feinen Namen haben sie für diese Konferenz gefunden, wirklich fein.«

»Wie heißt sie denn jetzt?« fragte ich.

»Symposium über das Vergessen der Vergangenheit.«

Ich ging auf den Flur hinaus und die knarrende Treppe hinunter. Im großen Saal wurde getanzt. Der Kongreß tanzte. In einer Ecke saß ein hagerer, betrunkener Mann, der ununterbrochen murmelte: »Vergessen, nicht vergessen, vergessen, nicht vergessen.« Bis ihm der Kopf auf die Brust sank und er einschlief und vergaß und erst im Traum wieder erinnert wurde. Ein älterer weißhaariger Mann fragte mich: »Haben Sie schon das Tagungsprogramm?« Ein hochgewachsenes Mädchen mit langen Zöpfen verteilte Flugblätter. »Abendseminare der Gesellschaft für das Gedenken der Vergangenheit« stand darauf. »Wir dürfen nicht vergessen, was unsere Väter getan haben«, sagte sie. »Auch mein Vater ist Obersturmbannführer bei der SS gewesen. Wir dürfen nicht vergessen.«

Ich forderte sie zum nächsten Tanz auf. Es war ein Cha-Cha-Cha. Die Stimme des Gewissens entsprach dem Rhythmus des Schlagzeugs, die Stimme des Vergessens dem Klarinettenklang. In einer Ecke stand ein Israeli und dozierte über das Leben im Kibbuz. Zum Abschluß reichte er Photos aus dem Kibbuzalltag herum, deutete dabei auf einen Schnappschuß, der einen Mann beim Geschirrspülen zeigte, und verkündete: »Dieser Tellerwäscher ist ein israelischer Kabinettsminister.« Sofort wurde beschlossen, eine Begegnungs- und Sühnereise nach Israel zu veranstalten. Als die Leute mich im Tanz näher herankommen sahen, verstummten sie, weil sie mich für einen Libanesen hielten. Ein junger Japaner sprach über Zen-Buddhismus. Ich erkundigte mich nach dem Geiger mit dem verbundenen Arm, aber niemand wußte, ob er zu der Konferenz auf die Burg gekommen war.

Ich schlenderte zu einem Flügel des Gebäudes, der zerstört worden war, hinüber. In Ruinen hat man Muße und Raum, nachzudenken, Getanes zu bedauern und neue Taten zu planen. Ich entzifferte in die Mauersteine geritzte Daten. Viele Eroberer waren hier durchgezogen. Minnesänger hatten den Ort im Mittelalter besucht, die Laute über den Rücken gehängt, eine wehende Feder auf dem Hut. Ein Turm war zur Instandsetzung eingerüstet und mit einem Schild versehen, auf dem stand: *Besichtigungszeit von 10–12.*

Ich war müde. Die Müdigkeit beginnt manchmal in den Beinen und strahlt von dort über den ganzen Körper aus, oder sie fängt bei den Augen an. Ein amerikanisches Zwillingsschwesternpaar saß neben der Ritterrüstung im Flur und unterhielt sich abwechselnd lachend und ernst über einen jungen Mann, der auf der Jagd nach einer von ihnen in einer Pfütze gelandet war, über den wieder auflebenden Militarismus in Deutschland, über einen verrückten Maler in Paris und über florentinische Statuen. Wenn sie gemeinsam losprusteten, entblößten sie schöne weiße Zähne.

Sie zogen mich in einen dunklen, nur von einer Fackel spärlich beleuchteten Raum. Eine Frau las Gedichte aus einem schwarzen Heft vor. Ich trank Apfelwein und lauschte den Worten. Ein Laden knarrte beim Zumachen. Alle wisperten: »Sch-sch-sch.« Man stellte mir einen jungen Mann namens Klaus von Tuchtolz vor, ebenfalls ein Nachfahre jenes gestrauchelten und langsam zu Tode getaumelten Ritters. Er war Medizinstudent, jung und enthusiastisch. Angeblich hatte er sich einmal für die Ehre eines Mädchens in einem Duell geschlagen. Im vorigen Jahr sei er in Israel gewesen, erzählte er mir.

Später wurde Glühwein serviert. Einige spielten Verstekken, wenn sie die Vorträge langweilig fanden. Es wurde hierhin und dorthin gelaufen in der alten Burg. Lichter flackerten allerorts. Jähe Rufe und Schritte hallten. Schrank- und Zimmertüren knallten, und Mädchenlachen durchwehte das ganze Haus wie gutes Parfüm. Esperantoheftchen schwirrten wie weiße Gespenster durch das dämmrige Gebäude. Dr. Meinrads Vortrag über »Das wahre Wesen der Demokratie« fiel aus. Kuchenreste verschmierten die Möbel, und Wein wurde verschüttet. Ein Student saß vor dem kalten Kamin und erklärte: »Der Glaube an Gott ist ein rührender menschlicher Versuch, Gott – ein Phantasieprodukt des Menschen – wie eine Rakete ins All zu schießen, ihn unwiederbringlich hinauszukatapultieren, auf daß er uns ewig umkreise.«

Während des Versteckspiels fand ich mich plötzlich mit einem Studenten in einem Schrank voller Frauenkleider wieder. Wir sprachen miteinander, bis er sagte: »Still, man sucht uns.« Dann hörte man die große Bulldogge bellen und gleich darauf die Stimme der Gräfin: »Pimpinelle, Pimpinelle, du weißt doch, daß du dich nicht aufregen darfst.«

Jemand öffnete die Schranktür, leuchtete hinein und rief:

»Da sind sie! Wir haben sie gefunden!« Und das Versteckspiel war vorüber. Auf dem Korridor wandelte ein Gespenst. Ich packte zu und hielt ein weißes Laken in der Hand, in das sich die Gräfin gehüllt hatte. Viele verwirrte Rufe schallten durcheinander, bis eine energische Stimme sich Gehör verschaffte: »Zur Tagesordnung! Schluß mit dem Gelächter. Sind wir etwa dazu zum Kongreß für deutsch-jüdische Verständigung gekommen?«

Aus dem Vortragsraum wurden die Stühle weggeräumt. Der junge Graf von Tuchtolz stand in engen schwarzen Hosen mit nacktem Oberkörper da und hielt einen langen Degen in der Hand. Bleich und ernst war er, und am ganzen Körper wuchs ihm kaum ein Haar. Ihm gegenüber hatte sich ein älterer grobschlächtiger Mann aufgebaut, der eine Pferdepeitsche in der Hand hielt. Auf ein Zeichen der Gräfin ging der Zweikampf los. Die meisten Besucher achteten jedoch gar nicht auf die beiden. Bevor der junge Graf noch seinen feinen Degen einsetzen konnte, hatte der Alte ihn schon gepackt, hochgehoben und in seinen Armen halb zerquetscht. Von Tuchtolz rief schnaufend: »Das verstößt gegen die Regeln, du Nazi, du Judenschlächter!« Und sein Erdrücker gab zurück: »Und dein Vater? Was ist denn dein Vater anderes gewesen als ein Massenmörder? Und jetzt gibst du auf, du armseliger gerupfter Vogel!« Hier mischte sich die Gräfin ein, indem sie den starken Mann kitzelte, so daß er vor Lachen seinen furchtbaren Griff lockerte und der Medizinstudent von Tuchtolz aufs Sofa sank.

Ich ging hinaus, ohne zu wissen, welchem Thema dieser Kongreß nun eigentlich wirklich gewidmet war, spazierte wieder durch den Garten, den ich schon bei meiner Ankunft durchquert hatte. Ich hörte zahllose Gesprächsfetzen zwischen den Bäumen und Büschen, und das verwirrte mich noch mehr.

»Jetzt berühr mich hier, ja, hier.«

»Die Form des Kibbuz wandelt sich. Sie ist flexibel.«

»Und jetzt hier.«

»Der Sozialismus dient vielleicht als sittliche Grundlage.«

»Eine schwere Schuld lastet da ...«

»Tu mir nicht weh.«

»Das Christentum hat auf bedauerliche Weise versagt, natürlich hat es das.«

»Du tust mir weh, sei doch ein bißchen vorsichtig.«

»Und woher kommt es, daß es so viele blonde Kinder im Kibbuz gibt?«

»Jedesmal, wenn du ›alle‹ sagst, quetschst du meine Hand.«

»Das ist aber merkwürdig.«

»Wann fährt die nächste Gruppe nach Haifa ab?«

»Eigenartig, wie sehr die israelische Jugend von heute den Altersgenossen in Deutschland und in Europa überhaupt ähnelt.«

Ich ging hinauf in mein Zimmer, das man mir zugeteilt hatte. Unten wurde noch immer getanzt. Dann erhob sich ein Tumult, doch ich legte mich rücklings aufs Bett, den Blick zur Decke gerichtet. Die Decke ist mein ganzes Leben.

57

Jetzt brauchte ich nur noch zur Ruhe zu kommen, um gesund und selbstzufrieden zu meiner wartenden Frau nach Jerusalem zurückzukehren. Manchmal befiel mich große Sehnsucht nach den Häusern Jerusalems und den duftenden Eukalyptuszweigen. Wozu blieb ich noch länger in Weinburg? War es, um mich ganz allmählich zu beruhigen, ähnlich wie man Glas keinen abrupten Temperaturschwankungen aussetzt, sondern es langsam abkühlt? Damit meine Seele keinen Sprung bekam? Wenn ich nachts in meinem Hotelzimmer auf dem Rücken lag, mir gegenüber die Heiligenfigur an der Marienkirche, packte mich zuweilen die Furcht, ich könne womöglich nie mehr nach Jerusalm zurückkehren. Doch beim ersten Morgenschimmer verflog diese Anwandlung. Dann dachte ich an mein Haus und alles, was darinnen war, an meine Arbeit, meine Studenten, meine zahlreichen Freunde und an die Kinder, die ich einmal haben würde.

Am meisten besänftigte es mich, mit der Straßenbahn zu fahren. Ich fuhr hierhin und dorthin, stieg um, wechselte von einem gelben Wagen in den nächsten. Die rüttelnde Fahrt beruhigte wie jedes Schaukeln und Wiegen auf der Welt. Am liebsten fuhr ich bei Regen. Manchmal schlug ich die Augen auf, um altbekannte Plätze oder Gebäude zu betrachten, aber meist hielt ich sie geschlossen, um das Weinburg meiner Kindheit, in das allein ich wirklich zurückgekehrt war, Revue passieren zu lassen.

So saß ich einmal in der Linie sieben, die vom Bahnhof aus in den nördlichen Teil der Stadt fährt und wieder zurück. Es regnete. Manche Zusteigenden schüttelten wie Hunde die Tropfen von sich ab, andere klappten ihre Schirme zusammen, wieder andere setzten sich einfach schweigend hin. Vor uns fuhr eine andere Bahn. An ihrem rückwärtigen Fenster lehnte ein Mädchen, während ich am Vorderfenster meines Wagens stand. Wir beide wischten die beschlagenen Scheiben ab. Mir schien, als wolle sie mir irgend etwas mitteilen, doch gerade da bog ihr Wagen in eine andere Richtung ab. Ich blieb neben dem Fahrer stehen. Funken sprühten von Zeit zu Zeit am Berührungspunkt des Stromabnehmers mit der Oberleitung. Der Regen, der an die Scheiben schlug, ließ die Bilder der Stadt verschwimmen. Wirkliche Taten kann man nur in trockenem Klima vollbringen. Regen schwemmt alles davon. In der Wüste hebt sich jeder Stein, jeder Pfeiler, jeder Mensch klar ab. Nichts ist verschwommen. Alles bleibt in ewigem Gedächtnis. Regen und grüne Pflanzen überdecken und machen vergessen.

Am Bahnhofsplatz stieg ich aus. Die Wasser des heiligen K. strömten mit dem Regen und waren nicht zu erkennen. Ich hob nicht einmal den Kopf, um seinen segnenden Arm zu sehen, ging an den Anlagen mit Pestalozzi vorbei, der nicht am Menschen verzweifelt war. Aus einem Fenster der Bahndirektion winkte mir enthusiastisch der stellvertretende Bahnhofsdirektor zu. Ich floh in ein Gewirr von Brücken, Schienen, Weichen, Unter- und Überführungen und Güterzügen, lief durch Qualm und Regen. Schienen funkelten, Züge wurden unter dem metallischen Klirren von Eisenstangen und Stahlteilen hin- und herbewegt, das an das Geklirr eines uralten Schwerterkampfes erinnerte. Kleine Rangierloks zogen große leere Waggons von Strang zu Strang – nach einem Plan, den der stellvertretende Bahnhofsdirektor ausgearbeitet hatte. Die Personenzüge rangierten stumm, nur an den Weichen ratterten sie. Ich überquerte eine rostige Eisenbrücke mit verrußtem Geländer und gelangte zu einer fast menschenleeren Straße, auf der nur ein paar Arbeiter standen. Es hörte auf zu regnen, und Kinder kamen langsam wieder aus ihren Verstecken hervor, um das unterbrochene Spiel fortzusetzen. Ich kehrte in das Schienengewirr zurück. Ein Kühlwagen stand in meiner Nähe und ein anderer mit der Aufschrift *Vorsicht Chemikalien* und mehrere mit seltsamen landwirtschaftlichen Geräten beladene Flachgüterwaggons. Möglicherweise hatte man mit all diesen Wagen Juden deportiert.

Das Leben hatte die kleine Ruth zum erstenmal an einem Schneetag im Winter geschlagen. Und jetzt war Sommer, ein herrlicher Sommer, in dem es ab und zu regnete, ein Sommer des Glücks mit strömenden Flüssen und geschmückten Vergnügungsschiffen. Und zu einem solchen Sommer war ich aus dem dürren Jerusalem gekommen, um Rache zu nehmen. Da ich nicht Zeuge von Ruths weiteren Leiden gewesen bin, wollte ich wenigstens Vergeltung für die Fußtritte üben, die man ihr versetzt hatte. Ich würde sie suchen – den Treter, den Beißer, den Brandleger, den Schläger, den Peitscher, den Trampler und den Zerfleischer. Doch meine Suche würde kein Ende finden. Ich habe Ruth so in Erinnerung, wie sie in unserem Hof an der Mauer mit dem Spalierapfelbaum gestanden hat. Ihre Augen waren grau. Ich weiß nicht mehr, wie sie bei Abend oder Nacht ausgesehen hat. Kinder behalten einander nur bei Tageslicht im Gedächtnis. Elektrisches Licht gehört zu den Gesichtern der Erwachsenen, macht sie traurig und glänzend – Henriette und ihre gute Tante zum Beispiel, die bei gelbem Lampenlicht warme schwarze Sachen strickten.

Ein Rußkörnchen flog mir ins Auge, und ich rieb es zur Nasenwurzel hin heraus. Eisenbahnrauch umhüllte mich mit dem weißen Gewand weiter Fernen, den weißen Leichentüchern all dessen, was nie mehr sein würde. Ich betrat einen kleinen Laden, um mir Rasierklingen zu kaufen, was ich schon tagelang vergessen hatte. Dann stieg ich wieder Treppen hinauf, passierte Brücken und Gänge, vorbei an zerstükkelten Zügen, die wie ein zerrissener Regenwurm aussahen, dessen einzelne Teile sich noch weiter bewegten. Rätselnd hielt ich vor Türmen und Brücken, auf denen *Signalstation Weinburg 7* oder *Weinburg – Hauptbahnhof 6* stand. Flügelsignale hingen schlaff herab oder waren ausgeklappt.

Ich wandte mich von den Schienensträngen ab und schlenderte an den Stadtgastanks vorbei. Neben den riesigen Rundtanks glänzten die Kohlenhalden vom Regen. Ich hörte den heiseren Pfiff eines Zuges, der wie aus einem wunden Herzen kam, danach Stille, dann ein heulendes Auto, ein Polizeiwagen oder eine Ambulanz. War etwas passiert, das nicht ich getan hatte? Hatte jemand anderes in diesem Augenblick meine Rache verübt?

Hinter den beiden Gastanks kletterte ich eine schmale Rinne hinauf, die zu beiden Seiten mit Haselnuß- und Brombeersträuchern überwuchert war. Jenseits der Böschung standen hohe Bäume mit schönen Kronen: Linden und Kastanien, Platanen und Nadelbäume, so finster wie mein Herz. Farbig gestrichene Zäune kamen in Sicht. Sie umfriedeten die Gärten halb versteckter Villen, die, wie die Häuser der Reichen in aller Welt, viel Ausblick und wenig Einblick boten. Hier und da lugte eine Terrasse hervor. Ein Kind rannte hinter einem Ball her und war wieder verschwunden. Ein Hund bellte. Und schon wurden auch all die Schilder sichtbar, die die Privatsphäre der Besitzer schützen sollten: Herr Kron warnte mich vor einem bissigen Hund. Herr S. untersagte mir, an den Türen zu werben. Ein anderer erlaubte mir nicht, meinen Wagen vor seinem Tor zu parken. Frau Dr. Flussinger zeigte an, daß sie Seelenärztin sei. Hier verbat man mir, rechts abzubiegen, weil es sich um einen Privatweg handelte. Die Bösewichte fügten ihren Schildern Drohungen unterschiedlichen Grades hinzu, von den Bissen scharfer Hunde bis zu Schlimmerem: hohe Geldstrafen, Strafanzeige und so weiter.

Schließlich stand ich inmitten von Gemüsegärten, die nach und nach Gerstenfeldern Platz zu machen begannen. Von hier aus erklomm ich eine fruchtbare Anhöhe, von der sich Hügel wie sanfte Wellen ausbreiteten, manche bewaldet, andere bewirtschaftet. Genußvoll schritt ich aus. Erinnerte mich an die Pünktlichkeit der kleinen Ruth und an den sicheren Gang, den sie sich auch nach der Beinamputation bewahrt hatte. Wie ein Gewand hatte sie das Leben auf ihrem kurzen Weg getragen. Das Gewand war verbrannt, aber ich kannte seine Fasern, sein Gewebe. Es gibt viele Formen des Erinnerns, ebenso wie es viele Formen des Vergessens gibt. Man kann sich mit viel Lärm, Wirbel und Aufruhr erinnern, und man kann auf ebensolche Weise vergessen.

Die Hügel schienen fast ein wenig zu atmen, sich leicht zu heben und zu senken wie die Brust eines Schlafenden – Feld an Feld, Hügel an Hügel, unendlicher Segen. Wunderbar anzusehen, wie die Stadt sich hier nahtlos in freies Gelände verlief. Sachte führen die Straßen aus der Stadt hinaus. Die Häuser werden spärlicher, versinken mehr und mehr in grünen Gärten, bis auch diese in weite Äcker übergehen. So fügen sich Dörfer sanft und heiter an Felder und diese wieder an neue Städte: Der Straßenverkehr nimmt zu. Die Reklameschilder am Wegesrand werden zahlreicher. Dann folgen Vorstadthäuser, Fußballplätze und wieder eine neue Stadt und so weiter ohne Ende. In meinem Land ist alles abrupt, zerrissen, zerklüftet und freudlos. Kuhställe und Hühnerhäuser finden sich plötzlich von den Gebäuden einer lärmenden Stadt eingekreist. Die Wüste beginnt hinter dem letzten Haus. Ein Hochhaus ragt unvermittelt in einem Dorf empor. Generationen von Jahren müssen noch vergehen, bis die Übergänge auch in Israel sanft werden.

58

Joel vergaß langsam, woher er kam. Aber er wurde sich immer stärker bewußt, wohin er ging: zu Patricia, die sich am Ende Jerusalems, am Nabel der Welt, in der Tiefe seines Lebens, auf dem Grund all seiner Tage befand.

An nichts mehr zu denken als an das Aufgehen der Tür, an die erste Berührung, nichts zu kennen als ihr Gesicht. All seine übrigen Zusammenkünfte mit seinen alten Freunden, mit Verwandten und Bekannten waren schemenhaft wie Gespenstertreffen. Alles Fleisch und Blut auf der Welt war Patricias Fleisch und Blut. *Wisse, woher du gekommen und wohin du gehst – Wisse, vor wem du stehst,* wie es in der Synagoge seiner Kindheit am Thoraschrein gestanden hatte. »Wisse, zu wem du fließt. Erkenne das Meer, auf das du haltlos zugeschwemmt wirst und aus dem du nur noch als Dunst und Wolke aufsteigen wirst. Erkenne die Wolken, die dir entgegentreiben. Erkenne die Engel. Geh, geh zu Patricia.«

Stimmen und Rufe dieser Art hörte und wiederholte Joel in seinem Inneren. Er vermischte Heiliges und Profanes, denn der Festreigen dauerte unendlich in ihm fort. Ja, er lief und lief durch die Straßen Jerusalems, wohlwissend, daß er zum Schluß bei Patricia landen würde. Oder er spielte geheime Spielchen, stellte sich beispielsweise vor, sie sei abgereist, zurück zu ihrem gepeinigten Ehemann. Und war dann plötzlich von Freude durchströmt, zu wissen, daß er sie im Kleinschen Haus bald sehen, oder sie ihm unvermutet aus einer der Nischen und Höfe Jerusalems entgegentreten würde.

Die Tage waren heiß, ein unbarmherziger Spätsommer. Die Steine Jerusalems heizten sich auf wie Ofenkacheln. Manchmal dachte Joel, wenn das Wetter milder, sanfter wäre, würde er seine Probleme leichter lösen – die endgültige Trennung von seiner Frau Ruth. Hitze und Trockenheit, die ausgedörrte Erde und das Dornengestrüpp verstärkten jeden Schmerz, linderten ihn nicht durch Schatten, Kühle und Grün.

Joel schlenderte weiter. Voller Glück spürte er die Stadt mit ihren Häusern und freien Plätzen und das Niemandsland dahinter, ja sogar all die Scherben und Trümmer, das verrostete Blech und den Stacheldraht, an dem sich, je nach Windrichtung, flatternde Papierfetzen von beiden Seiten fingen. Das Niemandsland hatte eine Art Siebfunktion, diente als Filter für Haß und Vergangenheit und für die ferne Geschichte. Dort war auch der Ort der Minen, deren Lagepläne längst verloren gegangen waren, so daß kein Mensch mehr wußte, wo sie verlegt worden waren. Und hinter all dieser Geschäftigkeit und den Gebäuden und Mauern öffnete sich übergangslos die Wüste – mit einem Schlag hügelige Wüste, deren Falten über Falten sich schwer und still bis zu den Bergen Moabs hinzogen.

Woher komme ich, und wohin gehe ich? fragte er sich, als er auf den quadratischen Park zusteuerte, der für ihre Treffen ausersehen war, von dort weiter zum Russischen Platz hinaufging, an dem auch einige Labors lagen, und, an die Zacken der ehemaligen Panzersperre aus dem Unabhängigkeitskrieg gelehnt, wartend stehenblieb. Ihm fiel ein, wie Patricia einige Tage zuvor aus der Tür eines Labors gekommen war, sich aufs Rad geschwungen hatte, beim Abbiegen mit dem Segeltuchrock in den Speichen hängengeblieben und gestürzt war, wobei sich ihr Tascheninhalt aufs Pflaster verstreute, so daß ringsum Bilder, Ausweise, Photos, Lippenstifte, Spiegel, Notizblöcke, Briefe und Schreibutensilien verstreut lagen, und Patricia das Lachen aus dem verdutzt offenen Mund perlte. Je mehr sie sich dann abmühte, wieder freizukommen, desto mehr verhedderte sie sich in den Speichen, bis sie zu dem erschrockenen Joel sagte: »So muß ich nun bis an mein Lebensende ans Fahrrad wie ans Kreuz geschlagen gehen. Ja, schlimmer noch, wir werden auch so schlafen müssen, dauernd von dem Rad gestört.« So sei er wenigstens sicher, hatte er erwidert, daß sie hierbleiben werde, worauf sie, noch immer im Rad verfangen, zurückgab: »Du willst gar nicht, daß ich hierbleibe. Du möchtest am liebsten, daß ich eines Tages verschwinde und du die Entscheidung los bist.« Dabei hatte sie erneut aufgelacht. Zu dritt waren sie, Patricia, das Fahrrad und Joel bis zum Tor des Gerichtsgebäudes weitergegangen – ein seltsames Gefährt mit zwei Rädern und zwei Köpfen – und hatten sich beim Gehen berührt. Rechtsanwälte mit schwarzen Talaren über dem Arm kamen vorbei, während Patricia sich unter einer Treppe aus ihrem Rock schälen und dort verborgen bleiben mußte, bis Joel den Stoff aus den Speichen befreit hatte, sie viele Male küßte und liebevoll ankleidete, worauf sie sofort wieder davonradelte und dabei fast einen Pater umgeworfen hätte, der auf dem Weg zum Gericht war.

Das war vor Tagen gewesen, aber Patricias Lachen klang Joel noch immer in den Ohren.

Joel betrat das Café Roma, das als erstes der Stadt die jetzt allgegenwärtige funkelnde Espressomaschine erworben hatte.

Joel setzte sich auf einen hohen Stuhl, legte den Kopf zurück und blickte auf die Theke vor sich, über die Lebensmittel und Delikateßwaren an Verspätete und Vergeßliche verkauft wurden, außerdem Getränke für Veranstalter von Überraschungspartys oder Opfer von Melancholieanfällen, die im Alkohol Vergessen suchten. Neben ihm saß ein gequält dreinschauender Mann, der an Schabbat- und Festtagen als Vorbeter fungierte und im übrigen als Wandersänger bei verschiedenen kulturellen Veranstaltungen auftrat. Er sang in Gefängnissen, auf Hochzeitsfeiern, bei feierlichen Zusammenkünften der Nationalfonds und bei Diaspora-Ehemaligentreffen. Er sang auf hebräisch, jiddisch und arabisch und ließ dabei aufgestaute Tränen laufen, befreite also gewissermaßen Gefangene, wie es geboten ist.

Als Joel sich zum Gehen erhob, sah er plötzlich Patricia, und sein Herz bewarf sein Inneres mit Steinen. Patricia saß mit Mr. Cohen, dem Blumenmann, zusammen, und tatsächlich lagen Blumensträuße vor ihr auf der Theke und auf ihren Knien.

Auch Patricia erschauerte, wurde bleich, ihre Lippen begannen zu zittern, und ihr Blick drang in den seinen.

Mr. Cohen erhob sich und verließ das Café.

Der Cafébesitzer kurbelte die Fensterläden herunter, um das baldige Schließen anzudeuten. Sie merkten, daß sie allein waren.

»Du betrügst mich mit deinem Imkerfreund.« Joel hatte Patricia erzählt, er fahre für zwei Tage zu einem befreundeten Bienenzüchter. »Man kann kaum sagen, daß du dich wie ein erwachsener Mensch benimmst. Darling, please, verlaß mich nicht, kehr nicht zu deiner Frau zurück. Red jetzt nicht.«

»Wir treffen uns auf dem Rückzug.«

»Auf der Flucht.«

»Wir sind zusammen.«

»Man trifft sich auf der Flucht. Und was ist, wenn sie zu Ende ist?«

»Sie wird nicht zu Ende gehen.«

Wie Fallbeile rumpelten die Läden herunter. Auch sie zwangen ihn zur Entscheidung, denn die Zeit verging. Die Kassiererin erstellte die Tagesabrechnung. Der Delikateßwarenverkäufer ordnete seine Konservendosen und Flaschen. Patricia und Joel glitten von ihren Stühlen und schlüpften gebeugt unter dem letzten, nur halb herabgelassenen Laden hindurch.

»Darling, ich möchte zum Judentum übertreten«, sagte Patricia. »Ich werde Gebetsriemen anlegen, hörst du?«

Die beiden saßen in Golgolos' leerer Anwaltskanzlei auf dem Tisch.

»Du Dumme, Liebe, Frauen müssen keine Gebetsriemen anlegen.«

»Ich werde deine Sprache gründlich lernen.«

»Wozu? Ich bin kein Dichter.«

»Du bist einer.«

»Du bist eine Dichterin.«

»Mein beschnittener Bräutigam, mein ganzes Leben, Herz aller Herzen, Erdinneres, liebster Mann und Nachfahre vieler lieber Männer.«

»Patrice, Patrice!«

»Ja, Darling.«

»Ich ertrage es nicht.«

»Bin ich zuviel für dich?«

»Beinah, Patrice. Schau, sogar jetzt, wo du hier neben mir auf dem Tisch sitzt, wage ich nicht, daran zu denken, daß wir zusammensein werden.«

»Aber wir sind zusammen. Du suchst in meinem Körper, suchst und suchst.«

»Ich werde niemals satt werden.«

»Laß uns zu mir nach Hause gehen. Hier könnte jemand kommen. Du mußt dich entscheiden. Entweder ich oder Ruth. Sonst gehe ich eines Tages auf und davon.«

»Tu das nie im Leben!«

»Ich werde nach New York verschwinden und mir ein kleines Apartment in der Park Avenue mieten – mit grünem Fußboden, einer funkelnden Küche in Gelb und einem kleinen Balkon, auf dem eine rankenüberwucherte Buddhastatue steht. Viele Schallplatten und Bücher und Freunde werde ich haben, Theaterleute und Dichter. Hörst du, du Mann der tausend Zweifel? Das werde ich machen. Aber nie wieder werde ich eine Liebe wie deine finden.«

»Du wirst sehen, Patrice, alles wird für immer gut zwischen uns werden.«

»Joel, Darling, du mußt Doktor Mannheim besuchen. Er liegt im Sterben.«

»Ja, Patrice. Das werde ich tun.«

»Warum weinst du nicht? Das ganze Leben bewegt sich zwischen der Fähigkeit und der Unfähigkeit zu weinen. Erzähl mir von der kleinen Ruth.«

59

Ich hörte Schüsse und erschrak, beruhigte mich aber sofort wieder, denn ich wußte ja, daß hier, zwischen Linden- und Kastanienbäumen, Jahre nach dem Krieg und mitten in der Wirtschaftswunderzeit, nicht geschossen wurde. Doch wieder erschallte so etwas wie Geschützlärm. Ich stieg ein Stück weiter den Hang hinan, bis ich entdeckte, daß man auf dem gegenüberliegenden Flußufer Latten auf Lastwagen verlud und der Aufprall der hochgeschleuderten Bretter sich wie

Gewehrknallen anhörte. Trotzdem blieb mir jäh das Herz stehen. Leonores Rollschuhbahn wurde abgebaut! Mit einemmal schnürte es mir die Brust zusammen. Ich würde Leonore nicht wiedersehen, Schluß, aus. Irgendwie hatte ich geglaubt, die Arena werde ewig hier stehenbleiben, wenigstens für die Ewigkeit meines Aufenthalts in Weinburg, und nun wurde alles abgerissen. Was sollte ich tun ohne die Kreise, die Leonore Tag und Nacht gezogen hatte, so ausdauernd wie Henriettes Krankheit langwierig war?

Ich wandte mich um und stieg weiter den Wallfahrtspfad zu der Kapelle empor, die dem Stadtpatron, dem heiligen K., geweiht war. Während ich an den rötlichen Steinwänden des Treppenwegs vorbeiging, berührte ich geistesabwesend die Quader, wie die kleine Ruth es getan hatte. Die Wand war rauh. Ruth war unermüdlich gegangen. Seit dem Unglück, das ihr an jenem Wintertag auf der Straße zugestoßen war, hatte sie mehr und mehr das Bedürfnis verspürt, allein spazierenzugehen, sich selber ihren Weg zu bahnen, und dabei war sie mit den Fingern der freien Hand an der Wand entlanggeglitten, während die andere den Stock umfaßte und sie selbst stolz und aufrecht ausschritt.

Der Weg bis zu der kleinen Kapelle war lang und steil. An Feiertagen kommen Pilger aus der ganzen Umgebung hier herauf. Nach jeweils dreißig Stufen öffnet sich die Treppe zu einem kleinen Platz mit Steinhäuschen, in denen Figurengruppen die jeweilige Station auf dem Leidensweg Jesu – oder wie es hier heißt, »unseres lieben Herrn Jesus« – darstellen. Als ich am Fuß des Kalvarienbergs haltgemacht hatte, stand plötzlich Pater Johannes, der mich zu Schwester Elisabeth gebracht hatte, neben mir. Ich wunderte mich nicht darüber. Der Mann in der schwarzen Mönchskutte lächelte mir zu, und gemeinsam begannen wir die Stufen der Passion, der Leiden Jesu, emporzusteigen. Im ersten Häuschen stand dieser Sohn Bethlehems von römischen Legionären umringt. Einer der Soldaten hielt eine Dornenkrone in der Hand, die er meinem gemarterten Landsmann auf den Kopf drücken sollte. Im Hintergrund sah man, im Halbrelief, Zimmerleute das Kreuz anfertigen. Vom anderen Flußufer klangen Hammerschläge herauf, noch immer verlud man mit lautem, schußartigem Knallen die Holzbretter der Arena.

»Erzählen Sie mir mehr von Ruth.«

»Sie hat in der Zeit zwischen den beiden Kriegen gelebt...«

»Immer leben die Menschen zwischen zwei Kriegen.«

»Ein jüdisches Mädchen. Wir sind zusammen in den Kindergarten und in die Schule gegangen. Und wie in den friedlichen Märchen friedlicher Völker sagten die Leute: ›Die beiden sind einander fürs ganze Leben bestimmt.‹«

Langsam stiegen wir empor. Ich zählte die Stufen und erzählte weiter von Ruth. Ich berichtete von dem Unfall, den Ruth an jenem Wintertag erlitten hatte, an dem wir das Makkabäerstück in der Schule aufführen sollten. »Das Schicksal hat ihr übel mitgespielt«, sagte ich.

»Unserer Ruth.«

»Zweimal wurde sie getroffen. Beim erstenmal hat sie sich wieder erholt, wenn sie auch behindert geblieben ist, doch beim zweitenmal hat sie's nicht durchgestanden, sondern ist mit all den anderen in den Krematorien verbrannt.«

Wir erreichten die zweite Leidensstation Jesu. Wir blieben am Geländer hoch über der Stadt stehen, blickten auf den Fluß und hörten das Aufeinanderknallen der Holzlatten nurmehr gedämpft. Pater Johannes bekreuzigte sich selbstvergessen, und auch ich versenkte mich in mich selbst. Ich war wie ein Schiff, das im Meer versinkt.

In dem Häuschen dieser Station saß die Dornenkrone Jesus schon auf die Stirn gedrückt. Zwei Soldaten hoben das Kreuz auf, und der schöne Mann aus Nazareth beugte sich demütig, um diese Last auf den Rücken zu nehmen. Im Hintergrund sah man spottende und lachende Soldaten. Ich sagte, Ruths Leben sei von der großen Dunkelheit verschlungen worden und ich müsse ihren Leidensweg nun bis zu ihrem Tod rekonstruieren.

Alle hätten bei der Judenverfolgung und bei den Deportationen mitgemacht, meinte der Pfarrer. Sogar der Uhrmacher, der die Uhren gerichtet habe, damit die einzelnen Aktionen pünktlich koordiniert werden konnten, sei Mittäter gewesen, denn er hätte sie ja auch falsch einstellen können; dann wären die Züge ohne Juden abgefahren. Alle hätten sie mitgewirkt: Justizbeamte; die Bäcker, die die Stadt nicht mit dem Feuer ihrer Öfen in Brand steckten; die Fahrer bei den Transporten; die Arbeiter, die Maschinen in Gang setzten; die Drucker, die Formulare druckten; und die Universitätsdozenten, die weiterhin griechische Geschichte und Archäologie lehrten.

»Auch Sie haben mitgemacht«, sagte ich zu ihm.

»Ja, auch ich«, erwiderte er.

Je weiter wir hinaufstiegen, desto schwächer wurde der Geschützhall der Bretter vom Flußtal her, bis er ganz verstummte.

Wieder eine Station. Man sah Jesus zwischen Soldaten schreiten, die ihn verhöhnten und schlugen, während ihm schon in Stein geschnittene Blutstropfen auf der Stirn standen.

»Alle haben mitgemacht«, wiederholte der Pfarrer. Zum Beispiel dieser alte Mann dort auf der Bank, der den Stock zwischen den Knien hält. Weinverkoster ist er, einer der größten Experten. Seine Zunge weiß zwischen den einzelnen Jahrgängen der Trauben zu unterscheiden, möge der heilige K. uns behüten. Ja, er kann herausschmecken, ob es ein regenreiches Jahr oder ein heißer Sommer gewesen ist. Sogar ein Krieg wirkt sich auf die Rebgüte aus. Doch auch er ist in seinem Keller geblieben. Obwohl er die Angst der Verschleppten und den Rostgestank der Transportzüge witterte, hat er weiter an Weinen gerochen.«

Der Alte grüßte den Pfarrer und sagte: »Jedermann muß das tun, was ihm aufgegeben ist. Ich verkoste Wein, und Jesus hat das Kreuz getragen.«

Bei der nächsten Station sank Jesus auf die Knie, bei der nächstfolgenden hob man ihn wieder auf, damit er seinen Leidensweg fortsetzte und das Kreuz, an dem er sterben sollte, weitertrug. Und dann wurde der Nazarener ans Kreuz geschlagen und rief: »Mein Gott, mein Gott, warum hast du mich verlassen?« Die kleine Ruth hat solchen Vorwurf nie erhoben. Selbst ihr letzter Brief, den sie schon in dem Wissen schrieb, daß man sie ins Krematorium bringen werde, war von Glauben erfüllt und erhielt keine Beschwerden gegen Gott.

Ich erzählte dem Pater von Ruths Hand, die das Fehlen des Beins zuerst entdeckt hatte. Sie hatte diese Hand ausgestreckt, um die wehe Stelle zu berühren, und dabei gemerkt, daß dort, wo es weh tat, nichts war. Ihre Nerven hatten sie getäuscht.

»Der Schmerz bleibt, auch wenn der Körper nicht mehr da ist.«

Wir standen am Ende des Kreuzweges. Eine steinerne Pietà hielt den toten Jesus auf den Knien und wischte ihm mit der einen Hand Blut und Todesschweiß ab.

»Der Schmerz bleibt, auch wenn der Körper nicht mehr ist.«

Pater Johannes stand an der nördlichen Kapellenwand an einem weißen Waschbecken und wusch sich die Hände. Ich ging zu ihm hinüber und packte ihn an der Kutte. Als er sich befreien wollte, riß der Stoff. Er wusch sich erneut die Hände. Ich hob einen Stein vom Boden auf und schlug den Wasserhahn ab. Pater Johannes wusch sich abermals die Hände unter dem wild sprudelnden Strahl. Ich nahm einen weiteren Stein und zertrümmerte das Becken. Ich wandte mich wieder an den Pfarrer: »Was haben Sie sonst noch zu sagen?«

»Ich habe nichts mehr hinzuzufügen. Ich weiß nicht.«

Ich hob ein Stück des zerbrochenen Waschbeckens auf – es war leicht – und schleuderte es ihm ins Gesicht. Erschrokken griff er sich mit beiden Händen an Mund und Nase. Blut rann ihm zwischen den Fingern hindurch. Keiner war da außer uns. Die Glocken läuteten. Ich wandte mich von ihm ab, ging zu der kleinen Molkerei, die, wie in meiner Kindheit, noch immer nicht weit von der Kapelle stand, bestellte ein Glas Milch und wickelte mein belegtes Brot aus. Zwei Leute saßen dort und lachten: »Der Kirchendiener hat sich schon wieder einen angetrunken. Er läutet und läutet. Alle sind sie besoffen, sogar der Pfarrer. Ich habe ihn torkelnd die Stufen herabkommen gesehen.«

Ihr Lachen zerriß mir das Herz, und die Glocken tobten weiter wie durchgegangene Pferde. Innerlich leer und bestürzt saß ich da und kaute mein Brot. Die Stadt lag unten im Tal. Ein schöner Sommertag war es auf der Welt.

60

»Jetzt wacht er auf«, sagte die Schwester. »Gehen Sie nahe heran und sprechen Sie in sein Ohr, damit er es hört.«

Aber Dr. Mannheim hörte nicht zu, sondern murmelte: »Denn dein ist das Reich, und du wirst in Ewigkeit walten.«

Danach redete er allerlei Seltsames auf deutsch. Er zitierte aus seinen festlichsten Predigten: »Segne die Alten und die Jungen nebst ihren künftigen Sprößlingen, deren Seelen deinen heiligen Thron umschweben. Richte die Gebeugten auf, tröste die Trauernden, und lasse die Seelen der Hingeschiedenen in Frieden ruhen.« Dann sagte er unvermittelt: »Scheu dich nicht, mit mir über Ruth zu sprechen. Manchmal frage ich mich, ob ich genug zu ihrer Rettung getan habe. Oder vielleicht hätte ich mit ihr sterben müssen. Doch jetzt, da ich zu ihr gehe, macht es nicht mehr viel aus. In Gottes Zeitrechnung gibt es kein Früher und kein Später. Ich erinnere mich, mein lieber Junge, wie du den Judas Makkabäus gespielt hast, oder war es der behaarte Esau? Irre ich mich? Du hast doch verzweifelt aufgeschrien: ›Segne auch mich, Vater.‹ Erinnerst du dich an unsere Wohnung am oberen Ende der Straße?«

»Ich erinnere mich an die Ledersessel und daran, daß die Zimmer von dickem Zigarrenrauch erfüllt waren.«

»Ich habe gehört, es sei dort alles zerstört und bis auf unser Haus auch alles wieder aufgebaut worden. Wer hat mir das erzählt? Ich weiß es nicht mehr. Manchmal bin ich im Traum dort.«

»Ruth hat auf einer schwarzen Flöte gespielt.«

»Ruth ist in jener Novembernacht achtunddreißig mit

Glassplittern übersät gewesen. Da liege ich nun, und anstatt dich zu segnen, rede ich von Glassplittern, die meine Ruth bedeckt haben. Dieses Buch gehört der amerikanischen Ärztin, die hier arbeitet. Bitte gib es ihr zurück. In einer meiner Predigten habe ich einmal eine schöne Auslegung gefunden. Der Vers lautet: ›Suchen wir unsere Wege, und kehren wir um zum Ewigen.‹ Das heißt, man muß erst einen Weg suchen, ja ihn vielleicht erst bahnen oder instandsetzen, um darauf zurückkehren zu können. Denn die wahre reuige Umkehr umfaßt zwei große Taten – sich einen Weg bahnen und ihn dann auch begehen. Gehen muß man, nicht in Ledersesseln sitzen und Zigarren paffen. Wärst du diesen Sommer nach Weinburg gefahren, wie du es vorhattest, wärst du reuig zu deiner Kindheit zurückgekehrt und hättest nebenbei vielleicht sogar meine abhanden gekommenen Predigten entdeckt. Aber ich rede ja lauter Unsinn, eitles Geschwätz eines alten Mannes.«

Die Schwester trat ein und bedeutete Joel zu gehen, da der alte Patient mehr als genug geredet habe. Sanft drängte sie ihn fort von Mannheims Bett, der vor Erschöpfung eingeschlafen war. Eine andere Schwester kam und meinte: »Ich fürchte, er wird heute nacht sterben. Es ist ein Wunder, daß er überhaupt noch am Leben ist.«

Joel ging wie im Traum hinaus. Ruth in ihrer Todesstunde. Ruths Vater in seiner Todesstunde. Siebenmal würde man sprechen: »Der Ewige, er ist Gott«, wie im Schlußgebet des Versöhnungstags. »Öffne uns das Tor zur Zeit, da das Tor geschlossen wird, denn der Tag hat sich gewandt.« Immer schließen sich Tore, und neue werden aufgetan.

Dr. Golgolos erschien endlich in seiner Kanzlei. Trotz der späten Stunde war er frisch und gutgelaunt und erging sich in allerlei Witzeleien.

»Nun im Ernst«, erklärte er schließlich, »die Scheidungssache.«

Er begann mit diversen Änderungsvorschlägen zur Verfahrensordnung. So könne man, statt mit der Hand auf der Bibel zu schwören, wieder den biblischen Brauch einführen, die

Hand unter die Hüfte dessen zu legen, der den Schwur bezeugte. »Im Namen unserer Freundin aus Amerika beispielsweise würde ich gern öfter schwören.« Niemand lachte.

Joel blickte auf einen Abreißkalender. Sein Leben teilte sich in die Nächte, die Patrice, und in die Tage, die seinen ziellosen Wanderungen gehörten.

Golgolos ließ sich vom Strom seiner Geistesblitze davontragen. Dem Anwaltsberuf stehe eine glänzende Zukunft bevor. Bald werde kein Mensch mehr einen Schritt ohne Rechtsanwalt tun. Selbst wer ein Pfund Margarine im Laden kaufe, werde einen schriftlichen Vertrag abschließen: »Ich, der Unterzeichnete, nachstehend Käufer genannt, erhalte ein Pfund Margarine von Soundso, nachstehend Verkäufer genannt.« In jedem Lebensmittelladen würden mehrere Advokaten sitzen, um diese Kaufverträge aufzusetzen.

Patricia machte sich aus dem Staub.

Als Joel ihr schließlich folgte, hatte er nur einen Gedanken: Zu ihr zu gelangen. Sich von allem zurückzuziehen. Sich einzurollen, nach außen wie ein Igel zu sein und sich nur in Patricias Zimmer zu öffnen. Sich von allem abzuschotten. Den Kontakt zum Feind abzubrechen. Sich in die befestigte Stadt einzuschließen. In den Stadtturm, die Akropolis, die verbarrikadierte Oberstadt zu gelangen und dort abzuwarten, bis die Staubwolken des Feindes am Horizont auftauchten. Die schweren Tore zu verriegeln und bei Patricia zu sein, für immer zu sein.

In den frühen Morgenstunden dieser Nacht starb Dr. Mannheim, sanft und lautlos.

61

Die gute Henriette war heute früh gestorben, und wie sich herausstellte, etwa um die Zeit meines Aufstiegs zur Kapelle.

Die gute Henriette, die mir so viele Geschichten erzählt und mich mit ihrer langen Stricknadel gekitzelt hatte, bis ich vor lauter Lust und Wonne die ganze Welt um mich vergaß.

Ich mußte Weinburg verlassen. In dieser Erkenntnis klapperte ich verschiedene Geschäfte ab, um Mitbringsel für meine Frau, meine Mutter und meine Freunde zu kaufen – ein Pfeifenetui für meinen Freund Jizchak, einen raffinierten Faltschirm für meine Frau, einen hübschen Teller für meine Mutter und noch viele weitere Dinge.

In plötzlichem Entschluß, der für entscheidungsschwache Menschen typisch ist, hielt ich ein Taxi an und ließ mich auf den Rücksitz fallen. Draußen ging ein leichter Sommerregen nieder. Die Scheiben waren beschlagen. Anfangs wischte ich sie ab, um hinauszugucken, dann legte ich die Hände in den Schoß. Was gab es schon zu sehen? Ich hatte genug gesehen. Beim Hotel angekommen, wartete das Taxi mit laufendem Motor. Ich rannte in mein Zimmer, warf meine Sachen in den Koffer, wie ich mich vorher selbst in das Taxi geworfen hatte, beglich meine Rechnung und ging. Im Hinausgehen schnappte ich mir noch einen gerade eingetroffenen Brief von der Theke, ehe ich mich erneut in das vorm Eingang wartende Taxi fallen ließ: »Zum Hauptbahnhof!«

Auf dem Bahnhofsplatz angelangt, nahm ich einen flüchtigen Segen des heiligen K. entgegen, bezahlte den Fahrer und eilte zur Gepäckaufgabe. Wieder gab ich meinen Koffer auf, um für meine letzte Aktion frei zu sein.

Schon war ich von Weinburg losgelöst, hatte telephonisch einen Flug ab Frankfurt gebucht. Heim, nichts als heim! Im Augenblick besaß ich gar kein Zuhause. Das Hotel hatte ich bereits verlassen, und Jerusalem war noch weit. Ich kam mir schwere- und wertlos wie Mannheims vom Winde verwehte Predigten vor.

Ich stieg in ein anderes Taxi: »Zum Friedhof, bitte!«

»Welcher? Katholisch oder protestantisch?«

»Zum jüdischen.«

Da kannte sich der Fahrer nicht aus. Ich dirigierte ihn nach der Erinnerung, und wir verfuhren uns prompt. Schließlich fragten wir einen Polizisten, der uns in den Süden der Stadt schickte. Vorbei an den Fabriken und roten Backsteinkasernen aus Kaiser Wilhelms Zeiten, gelangten wir schließlich an ein rostiges Eisentor mit einem Davidstern, an dem ein Zettel heftete: *Bin im Gasthaus zum Roten Löwen*. Ich bezahlte das Taxi und betrat das Lokal. Der alte Wärter saß dort allein und freute sich, daß jemand den jüdischen Friedhof besuchen wollte. Als er das Tor aufmachte, rasselte die Kette wie die eines Schiffs. Bald würde Henriette hier begraben werden, und ich wollte sie empfangen, sie willkommen heißen. Der Wärter wußte nichts von einem bevorstehenden Begräbnis. Man habe ihm nichts mitgeteilt. Und schließlich gebe es nicht viele jüdische Beisetzungen. Aber man beerdige Henriette, insistierte ich. Da lief er zu seinem über und über mit Ranken bewachsenen Haus und kam ein Weilchen später mit vor Erleichterung strahlendem Gesicht zurück: »Das ist morgen! Morgen!«

Nur selten komme jemand aus Amerika oder aus Israel, um das Grab eines Verwandten aufzusuchen, erzählte er. Und auch die Besucher würden von Jahr zu Jahr weniger. Die Alten stürben nacheinander weg. Jedesmal werde der Trauerzug kürzer. Der letzte schließlich müsse dann allein vom Wärter ohne Geleitzug und ohne Nachrufe begraben werden. Einmal hätten sie einen Toten in einem Zinnsarg nach Israel überführen müssen, berichtete er und im übrigen besitze er eine Abschrift einer Grabpredigt von dem Rabbiner Dr. Mannheim.

Er forderte mich auf, ein bißchen zwischen den Gräbern umherzugehen und zu sehen, ob alles in richtigem Zustand sei. Er war stolz auf die mustergültige Ordnung und makellose Sauberkeit, auf den schönen Wuchs der Bäume und die sorgfältig gestutzten Sträucher. Auch unter den Toten mußte Ordnung herrschen, damit am Tag des Jüngsten Gerichts jeder seinen Platz kannte. Alle Toten hier waren eines natürlichen Todes, an Krankheiten oder gewöhnlichen Unfällen gestorben. Kein einziger war von den Nazis ermordet worden.

Später erzählte er mir, früher habe er an den hohen Feiertagen dem Synagogendiener in der großen Synagoge geholfen. Eigens mit einer Amtstracht versehen, habe er die Garderobe bewachen und erfrischendes Kölnischwasser versprühen müssen, während alle aufs Gesicht fielen. Die, die vom Fasten ohnmächtig wurden, habe man in die Garderobe gebracht, wo der Arzt sie versorgte. Ich sagte ihm, auch mein Vater sei unter den Betenden gewesen. Da bat er mich um Verzeihung, daß er ihn nicht gekannt habe, weil am Versöhnungstag ja alle auf dem Gesicht gelegen hätten, wenn er kurz hereinkam.

Ich schlenderte zwischen den Gräbern umher. Auf den Grabsteinen der Kohanim waren die zum Segen gespreizten Finger eingemeißelt. Alles war gut gepflegt, kein einziges Blättchen lag auf den Wegen, obwohl der Sommer sich schon dem Ende zuneigte und das Laub zu fallen begann. Wenn die Lebenden vernachlässigt werden, kümmert man sich um die Wohnstätten der Toten. Ich kam an das Grab des Barons von Passen. Das war ein Konvertit aus altem preußischem Adelshaus. Sein Bruder war ein großer General gewesen, dessen strategische Lehren sämtliche Offiziere, einschließlich derer der israelischen Armee, ebenso studieren wie die Strategien von Clausewitz, Rommel und diversen chinesischen Feldherren, die alle im Kampf unterlegen sind, während ihre Theorien die Generationen überdauern. Obgleich er bei seinem Tod mit Leib und Seele gläubiger Jude war, wollte man ihn nicht auf dem jüdischen Friedhof begraben. Erst nach dem Niedergang der Nazis hat man, seinem testamentarischen Wunsch entsprechend, ihn hierher überführt.

Der Wärter folgte mir. Ich lobte seine treue, hingebungsvolle Arbeit. Er benannte die Grabsteine nach den Vornamen der Begrabenen. »Dieser Moritz hier hat einen kleinen Sprung bekommen, aber ich habe ihn mit Zement wieder gekittet. Und neben dem guten Ignaz dort wollten die Blumen nicht so recht wachsen, und Sie haben Siegfried und seine Frau Mathilde, geborene Hochmann, noch nicht gesehen. Morgen wird also auch Henriette hier sein. Wo sollte ich ihr einen Platz aussuchen? Neben der Fichte? Oder näher am Tor?«

Was sollte ich bis zu Henriettes Beerdigung machen? Mein Hotelzimmer hatte ich ja bereits geräumt, und der Koffer war auf dem Bahnhof. Ich betrat ein Gasthaus. Zahlreiche Gäste aßen und tranken. Große Platten mit Wildgerichten standen auf den Tischen: Hirsch, Reh und Hase – alle, die angstvoll geflohen, in Flucht und Angst geschnappt worden und verfolgt gestorben waren. Ich esse nur Lamm, das zur Schlachtbank geführt wurde, ergeben muhendes Rind und dummes Huhn, das manchmal noch nach dem Schächten – kopflos – umherflattert.

62

Joel stand in einem Hauseingang und löste die vier Knoten an den vier Ecken des Taschentuchs, das ihm während Dr. Mannheims Beerdigung als Kopfbedeckung gedient hatte. Im letzten Augenblick hatte man ihn gebeten, das Kaddischgebet zu sprechen, da der Verstorbene keinen Sohn hinterlassen hatte und seine einzige Tochter, Ruth, verbrannt war. »Der Ewige hat gegeben, der Ewige hat genommen.« Joel spürte, daß er Schriftsteller werden müßte. Langsam und spät stiegen die gewichtigen Worte in ihm auf. Er würde seine Sätze gemächlich und schwerfällig schreiben. Wenn man ihm nur Muße lassen und ihn nicht zu Entscheidungen drängen wollte, denn die waren die Feinde bedächtiger Sätze. Rosenbaum, der ebenfalls auf der Beisetzung gewesen war, erzählte ihm, Herr Metzmann vom jüdischen Altersheim in Weinburg habe ihm telegraphisch Henriettes Tod mitgeteilt. Die Zeugen von Joels Leben starben weg – die Gefährten seiner Kindheit, die Abgesandten seines Vaters und die Botschafter seiner Mutter. Mannheim und Henriette waren zur selben Stunde gestorben. Joel blieb allein in dem Hausgang stehen.

Eine Gruppe Blinder war an dem Trauerzug vorbeigegangen, drei oder vier Menschen, die sich eng aneinandergedrückt an den Händen hielten, auf den Gesichtern ein Ausdruck ewigen Lächelns. Einer diente ihnen als Anführer, während sie sich wie Reigentänzer vorwärtsbewegten.

Joel spürte, daß die Wende seines Lebens eingetreten war. Nachts nahm ihn Patricias Königreich in Empfang. Jeden Tag in der Abenddämmerung fiel die Scheidewand, und wie in den Märchen von Zauberern und Verzauberten fand tagtäglich zur gleichen Stunde der Wandel in ihm statt. Er wußte, daß die Wand zwischen Tag und Nacht nur sehr dünn war. Bald würde er Patricia auch am Tag haben, während alles übrige versank. Doch an dieses vollkommene Glück zu denken, wagte er noch nicht.

So beobachtete er sich täglich und notierte (ein Überbleibsel des Wissenschaftlers, der in ihm steckte) die einzelnen Stadien der Wende: »Um zwei Uhr begannen mir die Hände zu zittern. Um drei ist Jizchak an mir vorbeigegangen, und ich habe vergessen, ihn zu grüßen. Um vier sah ich mich schon mit Patricia in Venedig. Um sechs Uhr noch einmal die Züge Ruths, meiner geliebten Frau, ihre Zöpfe, das Gesicht tränenüberströmt an die Autobusscheibe gedrückt. Und danach das Hineinfallen in Patricias Wohnung, und alles ist vergessen.«

Auch Mannheims Tod bedeutete eine weitere Loslösung von der Vergangenheit, von Vater und Mutter, von seiner Frau Ruth und von all seinen gewesenen Tagen. Jetzt war er für Patricia frei.

Joel ging zu seiner Wohnung. In dem Lebensmittelladen nebenan brannte noch Licht. Noch immer hing die Traueranzeige vom Tod des greisen Inhabers zwischen den Werbeplakaten für Margarine, Nudeln und Seife. Er war schon sehr alt und eine Behinderung der Geschäftstätigkeit gewesen, eine Art Hindernis zwischen seinen nervösen Söhnen und den nervösen Kunden. Langsam und nicht von dieser Welt war er mit seinem langen weißen Bart gewesen. Ernst dreinschauende Katzen saßen neben den Mülltonnen. Als Joel den Briefkasten öffnete, fiel ihm ein Zettel mit der dringenden Bitte seines Lehrers Oren entgegen, an seiner Stelle über die neuesten Ausgrabungsergebnisse zu referieren, da er krank sei. Worüber sollte er sprechen? Nur über seine Liebe zu Patricia hätte er Worte finden können, die die Zuhörer wirklich erreichten.

In der Wohnung des Hausbesitzers brannte Licht. Er klingelte, bezahlte die Miete und war froh, daß die Frau nicht nach Ruth fragte.

Vor seiner Tür blieb er stehen und horchte. War Ruth zu Hause? Plötzlich wollte er sie streicheln und ihr Worte der Liebe und Treue sagen: »Ruth, Ruth, meine Frau und Freundin seit eh und je, was tue ich dir an?«

63

Ich ging mir eine Unterkunft für die eine Nacht suchen. Man hatte beschlossen, noch einen Tag mit der Beerdigung zu warten, um ihren Verwandten die Möglichkeit zur Anreise zu geben. Aber ihre Verwandten würden nicht anreisen, denn sie waren alle tot, die meisten in einem Wagen aus Feuer und Rauch zum Himmel aufgefahren.

Fast alle Hotels waren ausgebucht, und die, die noch Zimmer frei hatten, wollten sie nicht für nur eine Nacht vermieten. Ein Gast für eine Nacht ist unerwünscht. Man muß eigens ein Bett für ihn beziehen, und dann kehrt er meist erst in den frühen Morgenstunden ins Hotel zurück und will auch noch früh geweckt werden, um wieder weiterzufahren. Manchmal übergibt er sich dazu noch, oder er weint oder vergießt sein Blut.

Irgendwie machte ich mir keine Sorgen um diese eine Nacht, ja, ich genoß die Absagen, die man mir erteilte, und die Ausreden, die ich zu hören bekam: Bezirkstreffen der Rinderzüchter, katholisches Jugendseminar, Hundeschau. Ich hatte meine Freude an all diesen Entschuldigungen, dem Achselzucken und den Verbeugungen.

Ich schlenderte zur neuen Hauptpost und betrachtete die in Stein gehauene Botin, ein Symbol der Post. Fast rührte es mich zu Tränen, daß es einen weltweiten Postdienst gibt, und daß überall Frauen hinter Schaltern Briefe und Pakete aushändigen. Tatsächlich war auch für mich ein Brief da, aber er war nicht wichtig.

Ich setzte mich auf eine Steinbank vor einer neuen, nach dem Krieg erbauten Kirche und zog den Flugplan aus der Tasche. Gerade Linien in Schwarz und Rot verbanden Kontinente und Inseln. Dann faltete ich den Plan zu einem Papierhut für Heini. Vielleicht sollte ich ihn zu einem kurzen Spaziergang abholen, damit er nicht im Altersheim war, solange dort noch eine Tote lag. Als ich beim Heim ankam, spielte der Junge tatsächlich an der Mauer. Ich setzte ihm den Falthut auf und ging mit ihm ein weiteres Paar Schuhe für mich kaufen, nur um irgendwo sitzen zu können. Beim Friseur war ich schon gewesen, und die Schuhe hatte ich mir auch putzen lassen, aber der Tag wollte kein Ende nehmen. Also nahm ich in einem Schuhgeschäft Platz. Weiße Schachteln, denen frischer Ledergeruch entströmte, türmten sich vor mir auf. Heini ritt auf einem Elefanten, und ich schritt probehalber den Läufer auf und ab. Dabei erinnerte ich mich verschwommen an den Traum, den ich von der kleinen Ruth und dem Schuhkauf gehabt hatte. Es wurde Zeit, wieder an meinen Ursprung zurückzukehren – nach Jerusalem, und zu meiner Frau, neben der ich ihn geträumt hatte. Die Zeit der Rückkehr war gekommen.

64

Joel wusch sich das Gesicht im Bad seiner eigenen Wohnung. Seine Frau Ruth war drüben im Zimmer eingeschlafen. Ihr Gesicht war glücklich, obwohl die Tränen darauf noch nicht getrocknet waren. Noch einmal gab es die Möglichkeit der Umkehr, es sich anders zu überlegen: Er lehnte die Stirn an den kalten Spiegel über dem Waschbecken, und während das Wasser noch aus dem Hahn floß, geschah ihm das Wunder der weiteren Chance. Er konnte seinen Schritt rückgängig machen, die Uhr ein paar Stunden zurückstellen, seine jähe Heimkehr auslöschen und erneut in die Gnade der Dämmerstunden mit Patricia sinken.

Da – er wartete, ging in dem kleinen Park am Rathaus, der noch zur britischen Mandatszeit angelegt worden war, auf und ab. Park? Es war ein Geviert aus behauenen Steinen, das eher einem steinern Podest am Ostrand der Stadt denn einem Park glich. Nur das Rathaus und die medizinische Fakultät schirmten ihn gegen die Trümmer des Niemandslands ab.

Dort, an den steinernen Säulen des Eingangs, hatte er auf Patricia gewartet, dank der wundersamen weiteren Chance, dank der gewährten Rückkehr zu dem, was hätte sein können. Es war ein Augenblick humorvoller Güte des Schicksals, das das Gesicht einen Moment abwandte, damit diese beiden sich treffen konnten, ein Augenblick des Zurücksetzens der Grammophonnadel, um wieder und wieder mit geschlossenen Augen einer geliebten Tonfolge zu lauschen. Das Schicksal mag kunstvolle Inszenierungen, auch wenn sie zuweilen etwas theatralisch und sentimental sind.

So ging Joel am Stadtrand auf und ab, der eigentlich im Zentrum lag, denn erst die Teilung Jerusalems gab einem mittendrin das Gefühl, am Ende der Stadt oder gar am Ende der Welt zu sein, ähnlich wie bei den Alten, die sich die Erde als flache, von endlosem Ozean umgebene Scheibe vorgestellt hatten. An einem kleinen Becken im Park hielt Joel ein Weilchen inne. Wasser war keines darin, und auch der Springbrunnen sprudelte nicht. Über dem Becken erhob sich ein Stadtplan von Jerusalem aus Mosaiksteinen, keine Karte, nach der man sich in der Stadt zurechtfinden konnte, sondern ein schmückendes Element. Auch für Joel war die Stadt ein Mosaik. Ein Mosaik seiner Liebe, bei der man sich nicht auskannte: Hier waren sie gemeinsam spazierengegangen, dort hatte Patricia gelacht, da war sie gehüpft, dort wieder hatten sie nebeneinander auf Betonröhren gesessen. Hier war der Platz der Offenbarung, dort die Straße der Wahrheit, das da war die Schweigegasse, das der Hof der plötzlichen Begegnung und des tiefen, verschlingenden Kusses.

Hier würde er auf Patricia warten. Nur wenige Menschen

waren im Park, ein paar verspätete Frauen mit Beuteln und Taschen beladen, einige letzte spielende Kinder, die nach und nach in die Hauseingänge und Hofschlünde der Umgebung gesaugt wurden. Ein paar letzte Lichter brannten in einem Bürogebäude. Und Joel wartete.

Manche warten, nervös auf und ab marschierend unter häufigen Blicken auf die Uhr, andere in sicherer Gelassenheit, so daß die Erwartung ihnen zum stillen Selbstzweck wird, und manche in noch größerer Ruhe, wie die, die auf die Ankunft des Erlösers warten. (Aus dem Labor, in dem er gelegentlich auf Patricia gewartet hatte, drangen scharfe Säure- und Desinfektionsmitteldünste. Einmal hatte er sie dort im weißen Kittel spätnachts allein am Labortisch stehen gesehen.) Da der kleine Park über dem Straßenniveau lag und von Lorbeerbüschen umgeben war, konnte man nur die Köpfe der Passanten draußen sehen. Aufgeregte Kinderstimmen klangen jäh wie Feuerwerk herauf und verebbten wieder. Erneut wurde es still. Ein Vogel rief gedehnt, und andere Vögel antworteten ihm, berauschten sich langsam an ihren eigenen Stimmen. Schon oft hatten sie sich hier getroffen. Einmal hatte Patricia ihn ärgerlich angefahren: »Wo warst du denn? Du treibst dein Spiel mit mir. Du bist nicht bei deinem Bienenzüchterfreund gewesen. Was tust du mir an?«

Und wieder Vögel. Einer war ein Fremdling. Man hörte, daß er nicht von hier stammte, daß er lauter als die anderen rief. Ein prophetischer Vogel war das.

Patricia tauchte plötzlich auf, als der Prophetenvogel von neuem zu weissagen begann, hielt am anderen Ende des länglichen Parks einen Augenblick inne und kam dann langsam und gemessen heran, als stehe sie im Begriff, irgendeinen Ehrentitel entgegenzunehmen.

Eine Locke fiel ihr unendlich sanft in die Stirn wie die letzte Welle einer sich beruhigenden See, ein zartes Kringellöckchen, das ihr Gesicht so weich und ihre Augen so sanft machte, daß er wie ein Schiff auseinanderzubrechen meinte – nicht etwa im Sturm, sondern plötzlich, mitten auf ruhiger See –, zu bersten und glücklich langsam zu versinken.

Sie setzten sich auf eine Steinbank, müde wie nach einer

langen, anstrengenden Wanderung und mit weichen Knien wie in neuer Verliebtheit. Patricia schüttelte den Kopf. »Das kann nicht sein«, sagte sie, »es kann gar nicht sein, so gut.«

Plötzlich wieder der Prophetenvogel, ein Baum rauschte, und ein Kind rief.

Sie flüsterte: »Volksfeind, ich habe ein junges zartes Hähnchen für dich. Das werde ich dir auf amerikanische Art grillen. Da vergaß Joel Ruth mitsamt ihrem tränenüberströmten Gesicht, als sei er nicht zu sich nach Hause zurückgekehrt, habe nicht ihr glückliches Lächeln im Schlaf gesehen, müsse sich nicht entscheiden, sondern als sei die Entscheidung bereits gefallen.

Und er spürte, daß all seine berauschten Entscheidungen in eine Richtung, zu Patricia, gehen würden.

»Was hast du gemacht? Wann kommst du ganz zu mir? Ich weiß, du wirst es nicht tun. Du hast Angst, alles zu verlieren«, sagte Patricia.

»Bisher habe ich kein volles Leben gelebt, wie ein Mensch, der nur zwei seiner fünf Finger zu gebrauchen gelernt hat, bis er plötzlich andere beobachtet und von ihnen lernt, wie man die ganze Hand benutzt. Erst jetzt lebe ich mit meiner ganzen Kraft. Alles vorher war künstlich.«

»Dem Anschein nach.«

»Patrice!«

»Was?«

»Ich bin hungrig. Gehen wir das Hähnchen essen.«

Der Augenblick der Gnade verrann. Kinder spielten wieder ihre wilden Spiele im Park. Ein Junge fuhr auf Rollschuhen.

Woher kam er, und wohin sollte er gehen? Wie oft noch würde er die Chance haben, sich die Dinge hin und her zu überlegen, die Zeit zurückzudrehen, seine Entscheidungen zu widerrufen und Getanes ungeschehen zu machen?

65

Am Ende dieses Tages, als in der Stadt und auf dem Fluß bereits die Lichter aufleuchteten, wußte ich plötzlich, daß ich nicht mehr nach Weinburg kommen, daß ich nie mehr hier sein würde, auch nicht mit meinem künftigen Sohn. Die Taten waren von mir und zum überwiegenden Teil von anderen aus meinem Heer vollbracht worden – Menschen, die gar nicht gewußt hatten, daß sie meine Soldaten waren, und die selbst ich nicht gekannt hatte. Ein sonderbarer Befehlshaber war ich gewesen. Aber die Taten waren geschehen. Die Gerechten waren gestorben und einige der Täter ebenfalls. Nicht alle Bösen sind mit einem Zeichen versehen. Die meisten Menschen hier tragen das Mal des Zweifels, das schlimmer ist als das Kainsmal.

Ich stand in einer modernen Passage, in der ich noch nicht gewesen war, eine Art Durchgang zwischen zwei Banken, gesäumt von kleinen Läden und einem Café, in dem zwei steinerne Kinder neben einer steinernen Ente von Blumen umgeben saßen – echten Blumen mitten in der Stadt zwischen Bürohäusern. Die Kinder beugten sich über den Hals der Ente, die stilles Wasser aus dem Schnabel spritzte, das letzte stille Wasser meiner Kindheit.

Wer viele Jahre später an den Ort seiner Kindheit zurückkehrt, hackt sie von seinem Leben ab. Denn der Mensch trägt den Ort seiner Kindheit ein Leben lang in sich. Sucht er ihn aber wieder auf, so löscht er das Bild seiner Erinnerung mit dem Radiergummi der Gegenwart. Vielleicht war ich genau dazu hierher gekommen. Vielleicht war das meine wahre Rache – nicht mehr die Schönheit Weinburgs im Herzen zu tragen, sondern die Erinnerung an sie auszulöschen.

Ich würde in das Jerusalem der vielen Steine und der vielen Tage meines Lebens zurückkehren.

Spätsommer war es dort, und das Licht lag wie ein Schluchzen auf Straßen und Plätzen. Bald würde die Meerzwiebel zwischen den Felsen erblühen, aber wie ein Krebsgeschwür überwucherte das wilde Bauen alles in der Stadt.

Jerusalem war mir in diesen letzten Tagen auf seltsame Weise im Gedächtnis aufgestiegen, als hätte ich den Jerusalemer Stadtplan auf den Weinburger gelegt, um Wege und Gebäude abzumessen und zu vergleichen – die Landkarte meines Lebens über der meiner Kindheit. Ich stieg in eine Straßenbahn und fuhr zu Orten, an denen ich noch nicht gewesen war. Unterwegs kam ich an der Schokoladenfabrik vorbei, deren Duft mir noch aus meiner Kindheit vertraut war. Wie mochte dieser Duft sich verhalten haben, als der Parfümgeruch der während des Novemberpogroms zertrümmerten jüdischen Parfümerie und später der Brandgeruch durch die Luft zogen?

Zu Fuß schlenderte ich durch Gartenviertel, sah Mädchen seilhüpfen und Erwachsene an offenen Fenstern mit üppigem Blumenschmuck sitzen. Einige Minuten blieb ich vor der Taubstummenanstalt stehen, die mir als Kind große Angst eingeflößt hatte.

Später kam ich an der prächtigen Villa des Herrn Laredo vorbei, dem seinerzeit einzigen sephardischen Juden der Weinburger Gemeinde. Sein Sohn hatte schwarzes Haar, edle Züge und dunkle Haut. Wir waren zusammen in die Schule gegangen. Das Haus war unversehrt, und die Straße führte, wie damals schon, von hier aus bergab. Die wohlhabende Familie Laredo jedoch wohnte jetzt in der Luft, zwischen den Rauchwolken.

66

Es klopfte an der Badezimmertür, und Patricia rief: »He, du da drin, daß du mir nicht einschläfst und in der Badewanne ertrinkst. Und laß mir auch noch warmes Wasser übrig. Komm, komm raus, ich mach' Kaffee.« Joel ließ das Wasser ablaufen und spülte den Schaum aus der Wanne. Patricia kam hereingestürmt wie beim erstenmal, als er sie gesehen hatte:

mit Schwung und Energie, den Kopf leicht vorgeschoben und den Oberkörper etwas nach vorn gebeugt wie ein Rammbock zum Einreißen einer belagerten Stadtmauer.

»Biest! Alaskabär! Esau!« Sie begann sich auszuziehen, und er sah gebannt zu, wie sie sich die schwarze Bluse über den Kopf streifte. Ihre Stimme klang gedämpft. Wenn sie nur ewig in dieser Haltung der Selbstbefreiung, des unendlichen Flehens und der Hilflosigkeit verharren würde. Dann rasierte er sich, während sie in dem neu eingelassenen Wasser saß und kleine Wellen auf ihren Hals zuschwappen ließ. Im Spiegel sah er ihren Kopf mit geschlossenen Augen über dem Wasser und wisperte zu sich selbst: »Weil du geliebt hast, wirst du geliebt werden, doch schließlich werden deine Liebhaber ertrinken.«

»Was flüsterst du da?«

»Nichts weiter.«

»Sag es mir.«

»Auf dem Gipfel meines Glücks werde ich mich an Jerusalem erinnern.«

»Was bedeutet das?«

»Es steht auf Hochzeitsanzeigen und heißt, daß das Gewicht Jerusalems bei fröhlichen Anlässen besonders schwer wiegen sollte.«

Einen Augenblick lang hörte man nur das Plätschern des Wassers, dann sagte Patricia ruhig: »Ich weiß, daß du deine Frau besucht hast. Du mußt sie lieben; sie hat den gleichen Namen wie die kleine Ruth. Ich beklage mich nicht. Ich verstehe dich, aber ich hasse deine Schwäche, und meine auch!«

Patricia stieg triefend aus der Wanne. Ihr Körper war groß und stark wie bei den alten Griechinnen. Das Haar hatte sie auf dem Kopf zusammengefaßt.

Nachdem sie sich abgetrocknet hatte, saßen sie sich nackt in der Küche gegenüber. Der Kaffee gluckste in der amerikanischen Kaffeemaschine. Patricia setzte ihre Tasse ab und tippte ihm mit dem Finger auf die Nasenspitze: »Immer noch Krüge und Tonscherben und Statuen und Ausgrabungen in deinem Kopf da!«

Joel spann den Gedanken fort: »Auch Säulenfragmente und Kupfergeschirr, all diese Dinge, deren Wert steigt, wenn sie lange Zeit in der Erde gelegen haben.« Doch Patricias Kopf, der in seinen Armen ruhte, war nur für diese Tage und allein für ihn da. Das war der Augenblick. Es wäre wunderbar, mit ihr zusammenzubleiben, über alle Wünsche erhaben. Aber es wäre auch wunderbar, sie jetzt zu verlassen. Das wäre eine Gelegenheit zum Weiterleben nach dem Tod. Gleich würde sie sich steil aufsetzen und wieder mal einen Vortrag über die Einsamkeit halten, die vor ihrer Begegnung mit ihm ihr ganzes Leben erfüllt habe, als sie einsam war, ohne allein gewesen zu sein. Auch die Einsamkeit ist eine wunderbare Frucht des Lebens, der Ertrag langer Jahre, süße Einsamkeit wie eine süße Frucht am Ende eines Zweiges. »Du bist naiv«, würde er zu ihr sagen. »Ich und naiv?« würde sie fragen. »Ja, trotz allem!«

Später ging Joel durch die sich leerenden Straßen zur Busstation, wo der Boden von schwarzem Motorenöl bekleckert war. Im Depot wurden bereits Wagen gewaschen. Man hörte den Wasserstrahl gegen die Blechwände prasseln. Der Stationsbeamte saß über seine Fahrpläne gebeugt. Der letzte Bus für diese Nacht stand mit warmlaufendem Motor am Abfahrtssteig, nur zur Hälfte besetzt, mit schweigsamen müden Fahrgästen.

Joel half Ruth beim Einsteigen und hob ihren Koffer ins Gepäcknetz. Ein Mann, der auf einem Auge blind war, verkaufte Erdnüsse: »Simsons Stärke für die Fahrt!«

»Ich fahre«, sagte Ruth, »und diesmal fahre ich endgültig. Du hast mich zurückgewiesen. Hast genug von mir.«

»Weder hab' ich dich zurückgewiesen, noch hab' ich genug von dir.«

»Ich weiß nicht, was mit dir los ist. Du bist nicht mehr wie früher.«

»Ich gehe zum Skopusberg rauf.«

»Hast du mir schon erzählt, Joel. Nimm dich in acht.«

Tränen begannen ihr still über die Wangen zu rollen. Der Motor dröhnte lauter. Der Schaffner stieg ein und fragte:

»Fahren Sie nun mit oder nicht?« Einige Leute rannten, weil sie meinten, der Bus führe schon ab. Joel stieg langsam aus, als wolle er es gar nicht und werde nur von dem Schaffner dazu genötigt. Das schwere Fahrzeug setzte sich mit dröhnenden kleinen Rucken in Bewegung. Joel blieb stehen und blickte Ruth ins Gesicht – ihr, die mit ihm in einem kleinen Zelt im Negev gewesen war, die am Eingang des Wadi auf ihn gewartet hatte, die aus dem heißen Jordantal stammte, die die Tochter seines geschätzten Befehlshabers, seine Geliebte und Zeugin war. Jetzt fuhr sie ab, »Tränen auf ihren Wangen«, zitierte sein Herz aus den Klageliedern. Der Bus fuhr vorüber, war weg und verschwunden.

Joel sprang in ein Taxi wie in ein letztes Rettungsboot und fuhr zu Patricia.

»Du bist gekommen, du bist da«, flüsterte sie und sah dabei aus wie ein Tier, das lange in dunklem Hinterhalt gelauert hat. Sie trug viele Kleidungsstücke und Unterröcke, um sie alle ablegen zu können. »Du Bösewicht. Du bist kein guter Bevollmächtigter, sondern ein grauenhafter Mann voller Schlechtigkeiten. Du bist deinen Aufgaben nicht nachgekommen. Das Schloß ist kaputt, die Klobrille wackelt und die Rolladengurte sind gerissen.«

»Ich gehe zum Skopusberg rauf.«

Patricia antwortete nicht, zog ihn nur weiter in die Wohnung hinein, und hinterher saßen sie einander gegenüber und hörten Musik. An der Wand über ihnen hing ein Holzschnitt von einer alten Jerusalemer Gasse, durch die ein greiser gebeugter Mann zu seinem Bethaus ging. An der Wand gegenüber hing ein chinesischer Druck: Ein chinesischer Fischer träumte beim Angeln zwischen Schilfrohr und Mond. An der dritten Wand baumelte eine Gitarre.

»Meine verrückte Freundin, von der ich dir erzählt habe, kauft sich nach jeder enttäuschten Liebe eine Gitarre!«

Dann erzählte Patricia alles mögliche durcheinander – was sie tagsüber im Krankenhaus erlebt hatte und daß sie eine Nerzfarm betreiben wolle, und, und, und – lauter phantastische Hirngespinste. Und ihr Lachen perlte wie Wein.

Schließlich setzte sie sich an den Sekretär und ging einige

Notizen durch, die sie für die internationale Gesundheitsorganisation zusammengestellt hatte. Joel wartete geduldig, bis sie fertig war, schlenderte durch die Wohnung, sah, daß der hervorquellende Inhalt eines Koffers noch immer verstreut umherlag. Und dann sagte Patricia, ohne sich nach ihm umzuwenden: »Ich wußte, daß es so kommen würde, daß du mich in Stücke reißen würdest.«

67

Ich ging an den von überhängenden Baumwipfeln gesäumten Mauern öffentlicher Anlagen entlang. Auf den Türmen zeigten Wetterfahnen die Windrichtung an. Heute war Henriettes Beerdigung. Die Nacht hatte ich allein im Freien am Fluß verbracht. Nun streifte ich ziellos umher, einfach, um die Müdigkeit zu vergessen. Hätte ich mich irgendwo hingesetzt, wäre ich sofort eingeschlafen. Ich fragte Leute auf der Straße nach allen möglichen Wegen, sonderbaren Orten und der Bedeutung irgendwelcher Inschriften, verwickelte sie damit in Debatten untereinander, wie sie mich am besten dirigieren sollten, und machte mich mitten im Eifer des Wortgefechts davon.

Die Zeit zog sich hin, und die Stadt schrumpfte zusammen, denn ich hatte sie ja als Kind mit dem Gedächtnis kurzer Beine und kurzer Zeitspannen in der Erinnerung aufgezeichnet. Von einer Telephonzelle aus rief ich das Altersheim an, um zu erfahren, wann Henriettes Beisetzung stattfinden sollte, erhielt aber konfuse, einander widersprechende Auskünfte. Frau Metzmann sagte mir schließlich, die Beerdigung werde wohl noch einen Tag aufgeschoben. Ich begriff nicht, warum.

Endlich gelangte ich ans Ende meiner Wanderungen – den Hofgarten. Aus irgendeinem Grund hatte ich diesen Besuch von Tag zu Tag aufgeschoben. In diesem Park hatte man mir die Nachricht von Ruths Unfall überbracht. Durch ihn führte unser täglicher Schulweg. Nun, da ich endlich angekommen war, würde sich der Kreis meiner Kindheit schließen und mein Blut zur Ruhe kommen.

Das große schmiedeeiserne Eingangstor ist reich verziert: Krone, Kreuz und Hirtenstab als Zeichen der weltlichen Herrschaft der Fürstbischöfe, dazu eiserne Hirsche und Löwen, eingeflochten in ein Gewirr von Blumenrosetten, Rädern, Disteln und Lorbeerzweigen. Ich blieb vor dem Tor stehen, legte die Hand aufs Herz und blickte in den Park hinein. Er war wie damals, aber ich war es nicht. Gegen Abend klingelte eine Glocke, um den letzten Besuchern die baldige Schließung anzukündigen. Es wurde lange geläutet, damit auch die in den lauschigsten Winkeln oder im tiefsten Dickicht Steckenden es hören konnten. Dieser Glockenton erfüllte uns als Kinder stets mit wohligem Schauder. Was wäre, wenn wir die ganze Nacht im Park blieben? Doch dann kam schon der alte Wächter mit seinem schweren Schlüsselbund. Die Allerletzten zwängten sich durch den engen Mittelspalt des Tors. Oh, nur einmal hier die Nacht verbringen, eingeschlossen und zwischen den Bäumen vergessen werden!

Mir schien es an jenem letzten Tag, als sei meine Rückkehr in den Hofgarten meiner Kindheit ein weiterer vergeblicher Versuch, nach der Vertreibung ins Paradies zurückzukehren. Viele Gärten Eden zeichnen sich im Gedächtnis des Menschen ab, aber vor allen stehen Cherubim mit lodernden Flammenschwertern. Jetzt, da ich langsamen Schritts den Garten betrat, wußte ich, daß es keine Rückkehr gab. Jedesmal weiß ich das schon vorher, und doch bin ich jedesmal von neuem überrascht.

Der Inder hat mir einmal erzählt: Unsere Erinnerung sagt uns, daß die Nazis soundso viele Juden umgebracht haben und daß die Stadt zum Schluß von den Amerikanern zerstört worden ist. Schuld und Sühne. Die Geschichte wird sagen: In den Jahren des großen Krieges sind soundso viele Juden und soundso viele Deutsche umgekommen. Verfolger und Verfolgte, alles eins. Und die fernere Geschichtsschreibung, die viele Kriege und Epochen umspannen muß, wird sagen:

In der Mitte des zwanzigsten Jahrhunderts kam es zu einem großen Krieg, bei dem sich soundso viele Menschen gegenseitig getötet haben. Noch später wartet dann die Archäologie mit der Feststellung auf, Ende des zweiten oder Anfang des dritten Jahrtausends habe offenbar eine große Katastrophe mit weitläufigen Bränden stattgefunden. Davon zeugten die schwarze Erdschicht und einige zerbrochene Eisengeräte, die man gefunden habe. Die Stadt sei danach offenbar wieder aufgebaut worden.

Ich drehte mich um, um das Tor noch einmal zu sehen. Es stand weit offen. Sobald es sich hinter mir schloß, würde ich mit einem Schlag wissen, daß die kleine Ruth hier im Garten unserer Kindheit eingeschlossen bleiben würde – zwischen Todesspringbrunnen und Flammenrasen und unter den Wolken, von denen eine, die bei ihrer Verbrennung aufstieg, ihr gehört. Ich schritt eine Allee entlang, die von Zitronenbäumen in riesigen Kübeln gesäumt war. Nur selten setzen sie Früchte an, reif werden sie nie. Ich freute mich an diesen Bäumchen, die – wie Jesus – aus meinem Land stammten.

Kinderstimmen bettelten ihre Eltern an: »Noch ein bißchen, nur noch ein bißchen länger dableiben!« Langsam wie ein Sorgenkönig in erhabener Trauer stieg ich die breiten, auf beiden Seiten von roten, reich verzierten und bewachsenen Sandsteinsäulen flankierten Stufen hinab. Meine Füße erinnerten sich, trugen mich zu einem von einer dichten Hecke umgebenen Geviert. Ringsum Steinbänke und in der Mitte ein umzäuntes Podium, auf dem gelegentlich eine Militärkapelle zum Vergnügen der Touristen und Parkbesucher aufspielte. Ich nahm auf einer Steinbank Platz. Als kleiner Junge hatte ich einmal beim Spielen neben dieser Bank einen grausamen Kampf zwischen einer Hornisse und einem Schmetterling beobachtet. Anfangs hatten die beiden Insekten ein wildes Knäuel vehement schlagender Beine und Flügel gebildet. Dann riß die siegreiche Hornisse dem Schmetterling die Flügel aus. Die sanft schwankende Krone des Kastanienbaums darüber warf hübsch gesprenkelten Halbschatten auf die Kampfarena. Die gnadenlose Heftigkeit dieses Ringens, der

Anblick des herabtaumelnden Knäuels in all seiner Grausamkeit hat sich mir tief eingeprägt.

In jenen Tagen glaubte ich noch an Lohn und Strafe, an die ausgleichende Gerechtigkeit. Unweit dieses Gevierts erstreckt sich ein Gewirr schmaler Pfade. Dort hat man mir von Ruths Unfall berichtet. Und auch damals dachte ich im ersten Schreckmoment, dieses Unglück sei integraler Bestandteil des Systems von Lohn und Strafe. Denn Ruth hatte den schönen Heinz, meinen Freund, zur Chanukkafeier eingeladen, mich aber nicht, weil ich die Rolle des Makkabäus angenommen hatte, statt sie stolz zurückzuweisen.

Ich ging an dem Brunnenbecken vorbei, in dessen Mitte sich ein bemooster Felsen erhebt, aus dem Wasser rieselt. Oben auf seiner Spitze werden Frauengestalten von bocksfüßigen Faunen geraubt. Die üppig schwellenden Nymphen schlagen vor Entsetzen und Lust furchtbar mit den Armen in der Luft, fast wie der Schmetterling in jenem grausamen Kampf. Einmal kam der Schuldirektor hier vorüber, und ich war derart in den Anblick der Räuber und Geraubten vertieft, daß ich es versäumte, ihn zu grüßen und meine Mütze abzunehmen. »Komm her!« herrschte er mich an. Auf eine Ohrfeige gefaßt, ging ich zu ihm hin. Doch statt die Hand gegen mich zu erheben, fragte er mich lächelnd, ob ich etwa Spatzen unter der Mütze hätte, daß ich mich fürchtete, sie zu lüpfen.

Die ganze Zeit über spielten Kinder ringsum – einfache Spiele wie Fangen und Verstecken und kompliziertere, bei denen man einen Ball in die Luft werfen und dabei einen Namen rufen muß, der mit dem letzten Buchstaben eines vorausgegangenen Namens beginnt, oder bei denen man bis zum Wiederauffangen alle möglichen Schritte, Bewegungen oder Aussprüche zu tun hat.

Ich spielte als Kind am liebsten Heldenrollen, vor allem die griechischen Helden wie Achilles und Patroklos regten meine Phantasie an. Ich gefiel mir in dem anhaltenden primadonnenhaften Zorn des schönen, furchtbaren Achilles in seinem Zelt, bis der Gefechtslärm und der anstürmende Feind mich herauslockten und ich mit einem Löwengebrüll vorpreschte, den runden Schild in der Linken, das kurze Griechenschwert in der Rechten. Besonders mochte ich Kriege, in denen der Feind scheinbar die Oberhand gewann. In den fernsten Winkel, an die letzte Wand zurückgedrängt, ja schon auf dem Rücken liegend, vom feindlichen Heer eingekreist, konnte ich mich da im allerletzten Augenblick aufrappeln und sie alle besiegen. Mich faszinierte der Umschwung des Schicksals – von höchster Höhe in tiefste Tiefen und umgekehrt. Ich berauschte mich an der jähen Wende, der Rettung in letzter Minute.

Ich holte ein paar Brotkrumen aus der Tasche und blieb reglos mit ausgestrecktem Arm stehen. Bald kam ein Rotkehlchen auf mich zugeflogen, umflatterte mich vorsichtig einige Male, ehe es mit seinen kleinen, nervösen Beinen auf meiner Handfläche landete. Dann legte es in typischer Vogelhaltung das Köpfchen schief und kitzelte mit seinem Schnabel meine Hand. Mein Vater war ein großer Experte im Vogelfüttern gewesen und hat mir beigebracht, wie man sie nicht verschreckt.

Jemand rief meinen Namen. Frau Metzmann kam auf mich zu und brachte mir Heini. Der Zeitpunkt der Beerdigung stehe noch immer nicht fest. Vielleicht kämen doch noch Verwandte. Heini streckte die Hand aus, und ich streute ihm ebenfalls einige Krumen darauf. Aber der Junge hatte Angst vor den Rotkehlchen, und so flog keines zu ihm. Ich schloß die Augen und döste ein wenig im Stehen, denn ich hatte seit vierundzwanzig Stunden nicht geschlafen. Heini zupfte mich am Mantel. Wir schlenderten am Ententeich und an den Eichen vorbei, deren Früchte wir früher gesammelt hatten, um die Eichhörnchen damit zu füttern. »Und jetzt gehn wir rauf«, krähte der Junge und zerrte mich in Richtung des oberen Parkteils. Der Hofgarten ist auf zwei Ebenen angelegt – der obere Teil, eine Art Gartenterrasse, auf der ehemaligen Stadtmauer. Gut für die Europäer, daß ihre Befestigungsanlagen in öffentliche Parks umgewandelt werden. In Jerusalem bewahrt man jede Festung, jeden Mauerrest und jedes andere Überbleibsel von Krieg.

Mir stieg Brandgeruch in die Nase. Nicht Brandgeruch aus den Krematorien, wo man Ruth verbrannt hatte, sondern der erster Herbstfeuer. Es war Spätsommer. Bald würde Rosch Haschana kommen. In einer steinernen Figurengruppe spielte ein Kind mit einem Löwen wie in den Tagen des Messias. Ein anderer Junge hielt einen Traubenstengel in der erhobenen Hand, während ein kleiner Steinbruder vergeblich eine Traube zu ergattern suchte. »Wann kriegt der kleine Junge die Traube?« wollte Heini wissen. Ich setzte ihn auf einen Hund aus Stein, und er brüllte los. Ruth und ich pflegten die Menschen nach ihrem Weinen zu beurteilen. Die Vornehmen weinen leise, ohne das Gesicht zu verziehen, nur die Tränen rinnen ihnen aus schönen Augen über die Wangen. Einfache Leute weinen unter lautem Schluchzen und Geschrei. Heini hatte Angst.

Ich dachte wieder an die Zeit, in der wir kaum durch diesen Park gehen konnten, weil die Schüler der christlichen Pestalozzischule uns auflauerten, um bei diesen verspielten Figuren über uns herzufallen. Dann waren wir nicht mehr Achilles oder Patroklos, sondern fliehende Kinder, die durch allerlei Ausweichmanöver den jungen Nazihorden zu entschlüpfen suchten, die sich Pimpfe, Hitlerjungen, Wölflinge, Jungdeutschland, Stamm und Staffel, Bund und Schar nannten. Gelang es uns, ihnen zu entwischen, riefen sie »Saujud! Drecksjude! Isaak, geh nach Palästina!« hinter uns her.

Es begann zu regnen. Wir stellten uns unter einen Kastanienbaum. Es war genauso ein Regen wie in Zürich an meinem Ankunftstag in Europa. Jetzt, an meinem letzten Tag, hörte ich es wieder auf die großen, gefingerten Blätter regnen. Der Kreis meiner Reise hatte sich geschlossen.

Sibylle, die wußte, daß wir uns im Park aufhielten, kam auf uns zu und wartete mit uns in dem leichten Regen. Ich übergab ihr Heini, damit sie ihn ins Heim zurückbrachte, denn ich wollte mit den letzten Augenblicken meiner Liebe zu der kleinen Ruth allein sein.

Ich ließ mich auf einer versteckten Bank unter einer Kastanie nieder, und der Regen hörte auf. Wenn ein Mensch sich ohne Zweck und Ziel auf eine Bank setzt, so steigen die Gedanken aus seinem Inneren empor, wie Blut aus einer Schnittwunde quillt. Ich zog Stift und Papier hervor, um mir ein paar Dinge zu notieren, bevor ich sie vergaß. Da brach die Sonne zwischen den Wolken hervor, und der Stift blitzte in einem Lichtstrahl auf.

Ich stand auf. War fertig. Hatte den Schlußstrich gezogen. Ich ging den Sandweg entlang, kreuzte die Schatten der Bäume, aber sie hielten mich nicht auf. Nichts würde mich je wieder in Weinburg halten, weder Bäume noch deren Schatten, weder Menschen noch deren Schatten, weder die Lebenden noch die Toten.

Die Glocke läutete. In einer halben Stunde würden sich die Tore des Parks auf immer für mich schließen.

Ich trat auf Straßen hinaus, die ihre Namen und Anwohner gewechselt hatten. In meiner Innnentasche raschelte erinnerungsträchtig Papier. Von Mannheims sämtlichen Predigten hatte ich nur mehr eine. Das zweite Blatt in der Tasche war der Deportationsbefehl der Gestapo.

Unterwegs zum Altersheim kam ich zum letztenmal an der Stelle vorbei, an der unser Haus gewesen war und an der man jetzt ein großes internationales Studentenheim gebaut hatte. Ich hob die Hand wie jemand, der um Redeerlaubnis bittet, winkte dann aber ab. Was sollte ich auch sagen, und wem hätte ich es an diesem Ort sagen können? Ich bog nach rechts ab, ging nicht an Ruths Haus vorüber und gelangte zur Mauer des zerstörten jüdischen Krankenhauses. Das Haus lag in Trümmern, aber die Mauer war stehengeblieben. Vor mir ging ein Mann, dem die Schlüssel aus der Hand fielen. Er faßte sich an den Kopf und bückte sich erst dann nach ihnen. Ich betrat den Hof, wie ich ihn an meinem Ankunftstag in Weinburg betreten hatte. Der Kastanienbaum bestätigte meine Rückkehr. Als ich ihn sah, kamen mir alle möglichen Worte wie »für immer, nie mehr, in alle Ewigkeit« in den Sinn. Die Worte fielen wie Laub herab, hatten weder Sinn noch eine Verbindung zu anderen Worten. Es begann dunkel zu werden. Herrn Cohens Hunde bellten in ihren Zwingern. Im Speisesaal brannte kein Licht, denn heute abend sah sich niemand ein Fernsehprogramm an. Sicher waren die alten Leute früh ins Bett gegangen und lagen nun mit offenen, schlaflosen Augen auf dem Rücken. In Henriettes Zimmer ruhte ihr alter Leib, das Kinn hochgebunden und die Augen geschlossen, nachdem man sie zugedrückt hatte.

Ich setzte mich in den dunklen Speisesaal. Von ferne hörte ich das Klirren von Tellern und Besteck. Dann war es ruhig. Ich saß in einem Altensessel. Hier würde ich die Nacht verbringen, nicht wieder unten am Fluß. Ein Zug fuhr mit langgezogenem Heulen und verschwommenen Lichtern vorbei. Morgen würde auch ich in einem solchen Zug sitzen, um zu der Stadt zu gelangen, wo der Flughafen war. Ich dachte an meinen Koffer, der mit einer Nummer versehen in einem Regal der Gepäckaufgabe stand. Plötzlich fiel mir ein Gedicht ein, das ich als Kind gelernt hatte: Goethes *Erlkönig.* »In seinen Armen, das Kind war tot«, rezitierte ich.

Was für seltsame Ausdrücke man doch für den Tod benutzt, dachte ich: »heimgehen, verbleichen, zu den Seinen gerufen werden. So viele Wörter, und doch ist der Tod für alle gleich.«

Ich konnte nicht einschlafen. Ich ging in den zweiten Stock hinauf. Henriettes Zimmer stand offen wie der Mund eines Toten. Sie lag auf dem Boden. Neben ihrem Kopf brannte eine Kerze in einem Schabbatleuchter, der mir gehört hatte. In dem Sessel in der Ecke kauerte Frau Münsters massiger Körper. Sie schlief und schnarchte. Ein Bittgebetbuch für Frauen lag offen auf ihren Knien. Sie las darin, wie Schlummernde Bücher lesen. Ich blickte in Henriettes Totengesicht. Meine gesamte Kindheit war in diesen friedlichen Zügen eingefangen, so wie die Züge meiner Frau meine ganze Vergangenheit in Israel enthielten – Kriege und Wüsten im Süden und die Freuden in den Bergen Jerusalems und an der Mittelmeerküste. Mein Leben wurde zum Konzentrat. Von nun an würde es mir genügen, einigen Menschen ins Gesicht zu sehen, um mein ganzes Leben vor Augen zu haben.

Frau Münster begann schwerfällig aus dem Dunkel ihrer Ecke zu murmeln. Ein Güterzug fuhr draußen vorbei. »Sie fahren und fahren«, sagte Frau Münster. »Das ist ihre Strafe, daß sie um und um getrieben werden. Wie sagen sie noch? Halte die andere Wange hin.«

Ich wußte nichts mehr zu sagen außer: »Man wartet und

wartet.« Und Frau Münster erwiderte: »Man fährt und fährt.«

Ich ließ mich auf einen Schemel unter meinem Photo an der Wand nieder. Auf dem Bild war ich sechs Jahre alt, stand im Eingang einer Laubhütte und hielt einen kleinen Lulaw in der Hand. Ich erzählte Frau Münster, daß ich früher in Henriettes Lebensmittelladen die Sportlerbilder aus den Margarinepackungen geklaut hatte. Die massige alte Dame sagte: »Wozu das alles? Alle, die bei der Aufführung von Elieser am Brunnen mitgespielt haben, sind doch längst tot: Elieser und Laban, die sympathische Rachel und Rebekka, Esau und Jakob ebenso wie Judas Makkabäus samt Lysias und Antiochus und Esther mit Ahasver. Die Helden sämtlicher Stücke sind tot. Allesamt.«

»In Theaterstücken und in der Bibel sterben sie am Ende immer«, sagte ich.

»Aber weder an Darmtyphus noch im Schnee«, gab sie zurück. »Die Züge sind damals gefahren, Truppen wurden bewegt und die Häftlinge befreit. Nur ein junger russischer Offizier ist bei mir geblieben und hat seine Kameraden angewiesen, weiterzumarschieren und sich nicht aufzuhalten. Auf meinen Knien ist Klara, mein Kind, gestorben. Der Offizier hat zu mir gesagt: ›Sie müssen an sich selber denken!‹ Obwohl er russisch gesprochen hat und ich das nicht verstehe, begriff ich, daß er das sagte. Dann kam ein höherrangiger Befehlshaber und schrie etwas. Auch der junge Offizier schrie und zeigte auf mich. Und ich deutete schreiend auf Klara. Wir alle schrien, jeder aus einem anderen Grund. Wie alle an verschiedenen Ursachen gestorben sind.«

Als ich aufstand und an der Kerze vorbeiging, verursachte ich einen kleinen Luftzug, in dem die Flamme erregt flackerte, aber nicht verlöschte. Auf dem Flur vor der offenen Tür war die alte Schwester Maria auf einem Stuhl eingenickt. Der Tod im Haus hatte alle seine Bewohner verhext, vom Küchenjungen bis zum König auf seinem Thron, wie es im Märchen von Dornröschen heißt. Aber zu Henriette würde kein erlösender Prinz kommen, weil sie alt und häßlich war.

Nach der Beerdigung würde das Haus wieder wie vorher

sein. Die Konflikte würden erneut aufbrechen, ebenso wie die kleinen Streitereien über Stühle und Plätze, Zusatzportionen und eingehende Briefe und über Ehrenämter in der Synagoge. Und alle würden sie langsam auf den Tod zugleiten, der sie zufällig am Leben gelassen und nicht in einem der Krematorien verbrannt hatte. Schwester Maria würde zusammenschrumpfen, so daß ihr schwarzes Habit ihr immer größer und schließlich zum schwarzen Segel ihres Schiffes werden würde, das da langsam – weder im Sturm noch in furchtbaren Wellenbrechern – auf den Abgrund zusegelte.

Sehr müde war ich. Der Kopf sackte mir vornüber. Und plötzlich stand ich vor Ruths Haus. Die Straße war leer. »Geh aufrecht, erhobenen Hauptes«, sagte die kleine Ruth. »Geh nicht gebeugt!« Ich erwiderte ihr, ich ginge gebeugt, weil ich oft sehr schwere Gedanken an sie hege. Doch sie befahl mir, das Gesicht zu heben, denn sie sei ja sehr leicht, und fügte dann energisch hinzu: »Gib ihnen die Rolle zurück. Wirf sie ihnen ins Gesicht. Soll Siegfried sie spielen!« Ich sagte ihr, daß auch Siegfried tot sei wie sie, und daß sein rotes Haar in den Flammen noch röter geworden sei. »Unsinn, alles Quatsch!« gab Ruth zurück. »Du hast bloß den Text vergessen und suchst jetzt eine Ausrede. Komm, wir spielen Gericht. Laß uns den Streit juristisch ausfechten.«

Dann zog sie sich zwischen den Zweigen hindurch wieder in die endlosen anderen Räume zurück. Und auch ich machte auf dem Gang vor Henriettes Zimmer kehrt, um noch einmal meine Kindheit in ihrem Gesicht zu sehen. Man hatte eine neue Kerze angezündet, weil die alte niedergebrannt war. Plötzlich sagte Frau Münsters dunkle Masse: »Hören Sie, Sie sind doch Klaras Freund. Ich habe hier ein Kursbuch in der Hand und kann Ihnen sagen, mit welchem Zug sie gleich nach der Beerdigung von hier abfahren können.«

Jetzt merkte ich, daß das Buch auf ihren Knien gar kein Frauengebetbuch, sondern das deutsche Sommerkursbuch war. Wir blätterten beide in dem Buch auf ihrem Schoß und jonglierten mit Zahlen und Zeichen wie die Kabbalisten von Safed. Schwester Maria schwebte leise wie eine Fledermaus herein: »Gut, daß Sie da sind. Schwester Elisabeth hat Ihnen diese Aufnahme von Ruth geschickt.« Ich nahm das Photo mit hinaus, weil ich im Totenzimmer kein Licht einschalten wollte, und ging ins Badezimmer. Durch die Marmorfliesen und den Spiegel war es hier doppelt hell. Es war Ruth am Tag ihrer Deportation. Die Wangen in ihrem runden Gesicht wirkten noch kindlich. Auf den Schläfen ihrer hübsch geschwungenen Stirn lagen Schatten. Die Augen blickten nicht himmelwärts wie bei heiligen Märtyrern, sondern klar geradeaus, mit dem Stolz und der Stärke eines Kämpfers im Ring. Um den Hals trug sie einen – wie immer akkurat gebundenen – Wollschal. Das ordentlich hinter die Ohren zurückgekämmte Haar fiel in weichen Locken hinter den Ohrläppchen wieder nach vorn und umspielte den Hals. Auf der Brust hatte sie ein kleines Schild mit ihrer Nummer und der Nummer des Transports hängen. Wie die Nummernmarke an meinem Koffer. Damit sie nicht verlorenging. Wer hat sie nach ihrem Tod ausgelöst? Wer hat sie unter Vorlegung der Nummer angefordert und auch – zu Rauch und Asche verbrannt – erhalten? Am Mantelaufschlag war der gelbe Stern mit der Aufschrift *Jude* aufgenäht.

Die Anweisungen für die Deportierten waren präzise. Die Größe des Sterns und sein Anbringungsort an der Kleidung, gemessen nach dem Abstand von Kinn und Taille, waren ebenso festgelegt wie die Maße des Nummernschildes. Das Schildchen selbst erhielten die Deportierten zu ihrer Bequemlichkeit schon mit zwei eingestanzten Löchern versehen. »Die Kordel hat jeder selbst mitzubringen«, hieß es in der Anweisung.

Ich steckte die Aufnahme in die Tasche und wischte die Tränen aus dem Gesicht, die nicht mir gehörten, sondern eine Angelegenheit zwischen meinen Augen und Ruths vergilbter Photographie waren. Ebenso wie Ruth nichts als ein steifes Stück Papier in meiner Hand war.

Ich löschte das Licht im Bad und kehrte zu den beiden alten Frauen zurück, die eine tot, die andere noch am Leben. Noch einmal berührte ich Henriettes Wangen. Sie waren etwas rauh, wie ich sie aus meiner Kindheit in Erinnerung hatte. Frau Münster sagte: »Jetzt werden wir Gericht halten, Zeugen vernehmen und Urteile verkünden.« Die Nonne sagte: »Alle sind schuldig.« »Ja, alle sind schuldig«, bestätigte Ruth und nannte einige Namen. »Wie war der Name? Mir schien, du hättest Namen aufgeführt.« »Irrtum.« Ein Zug fuhr vorbei. »Züge nennen keine Namen; sie rattern nur, wenn sie von Gleis zu Gleis wechseln.« »Sie jammert«, sagte Frau Münster. »Wer hat noch etwas zur Sache auszusagen?« Dann sagte sie selber: »Das Wasser rauscht', das Wasser schwoll, ein Fischer saß daran.« »Das ist von Johann Wolfgang Goethe«, bemerkte Ruth leise. Schwester Maria sagte: »Wer nie sein Brot mit Tränen aß, der kennt euch nicht, ihr himmlischen Mächte. Auch das ist von Goethe.« Ich sagte: »In seinen Armen das Kind war tot. Das ist auch von Goethe.«

»Der Herbst rückt näher«, bemerkte Ruth. »Es wird schon Laub in der Allee verbrannt. Keiner hat sich meiner erbarmt, als ich im Herbst zur Bahn ging und man Laub verbrannte. Ich war unter den letzten, weil ich hinkte, wegen des Beins. Und die Kapelle hat ›Muß i denn, muß i denn zum Städtele hinaus, und du, mein Schatz, bleibst hier‹ gespielt.«

»›Muß i denn, muß i denn‹ ist genug«, sagte Klaras Mutter. »Der Krug geht so lange zum Brunnen, bis er bricht.«

Eine Träne rann Frau Münster über die fahlen Wangen. Ruth flüsterte: »Sie ist künstlich, künstlich wie mein Bein!« Die alte Frau fing an, mit dem Kopf zu wippen wie ein Klageweib, das vergangene Zeiten beweint.

68

Woher kam plötzlich dieser Geruch nach Meer, Sand und Salz? Joel lag in Patricias kleinem Zimmer auf dem Rücken und hatte den Arm über die Augen gelegt. Er hörte eine Uhr ticken und einen Hahn tropfen und wußte sofort, daß Patricia noch nicht zurück war. Wie oft hatte er ihre Wohnung betreten und gewartet, bis sie aus dem Krankenhaus wiederkam. Als er das Haar an seinem sonnengebräunten Arm beschnupperte, stieg eine furchtbare, große Lust in ihm auf. Komisch, daß wir noch nie zusammen am Meer waren, dachte er, daß wir die ganze Zeit in Jerusalem geblieben sind, eingesperrt in der bescheidenen Kleinschen Wohnung. Weder am Meer noch in Venedig sind wir gewesen, und auch nicht auf den Bahnhöfen und Flughäfen der Welt. Wir haben nie gemeinsam im warmen Sand gelegen, und ich habe sie nicht in den gelben Dünen gesehen, die Beine hochgezogen wie ein Zelt in der Mittagshitze.

Dann stiegen wieder Bilder vom Venedig der Touristen in ihm auf, wie sie gemeinsam in einem Restaurant saßen und ein junger Kellner mit frechem Gesicht unter schwarzem lockigen Haar, halb Engel, halb Geißbock, sie bediente. Er würde ihre Kleidung vergessen, ihre farbenfrohen Röcke und diversen Unterröcke, die gestärkten und die spitzenbesetzten und die aus Tüll und die, die nur noch ein zartes Netz waren, einfach dazu da, sie beim Gehen raschelnd und rauschend schweben zu lassen. Vergessen auch jene Bluse, die man hinten zuknöpfte, und die Goldlitze an ihrer ärmellosen schwarzen Bluse. Vergessen würde er die Art, wie sie sich das Kleid über den Kopf auszog und wie sie den Büstenhalter unter der Brust zuhakte und ihn erst dann richtig herum drehte. Vergessen, wie sie an Sommertagen im Haus umherlief, in einer Bluse, die sie kaum bedeckte, und wie sie den Rock herabfallen ließ, so daß er wie eine Stofflache um ihre Füße lag, und sie herausstieg und ihre barfüßigen Schritte auf dem kühlen Boden zu hören waren. Vergessen, wie sie einen seitlichen Reißverschluß hochzog. Vergessen all ihre altmodischen Blusen mit den hochgeschlossenen Stehkragen. Er würde sich nicht mehr an den Aufprall ihrer müde abgestreiften Sandalen oder an das Klicken ihrer hohen Absätze auf den Steinen Jerusalems erinnern. Auch nicht an ihre Art, Dinge zu sagen und abwechselnd zu lachen und zu weinen. Das alles würde nicht gleich weg sein, anfangs würde er vielmehr einfach vergessen, sich zu erinnern, bis er dann völlig vergaß. Ihren weiten Segeltuchrock und ihre weißen Sommersachen. Den Rock mit dem breiten Bund, der ihr fast bis zur Brust reichte. Ihr fröhliches und ihr trauriges Kleid und das Spitzenkleid, das ihren ungestümen braunen Körper umschloß, der etwas von einer Bäuerin und zugleich von einer Präriestute hatte. Er würde ihre eng anliegenden Kleidungsstücke ebenso vergessen wie die weiten, luftig-kühlen. Auch den Winterpullover aus dicker weicher Shetlandwolle mit dem großen, ausladenden Kragen. Ja sogar das weiße Kopftuch, das sie von ihrer Großmutter geerbt hatte, und desbezüglich Patricia, wenn sie nackt dalagen, immer fragte: »Was soll ich damit bedecken?«

Joel hörte den Schlüssel im Schloß, stellte sich schlafend, hörte, wie sie ins Bad ging. Dann kam sie auf Zehenspitzen in das Zimmer, in dem er lag. Am Bett kniete sie nieder und faltete vor lauter Glück die Hände, als wolle sie sich vom Losstürmen abhalten. Dann ging sie wieder hinaus und kehrte mit einem grünen Handtuch in der Hand zurück. Er lauschte, wie sie sich auszog, bis es ihm schien, als habe der ganze Raum sich mit ihren Kleidungsstücken angefüllt.

»Wo warst du?«

»Du hast mich erschreckt, Darling. Ich dachte, du schliefst. Am Meer bin ich gewesen. Warum kommst du niemals mit?«

»Laß mich schnuppern. Deine Haut ist gebräunt. Der Meergeruch ist die ganze Zeit hier gewesen. Schon vor dir.«

»Bist du etwa eifersüchtig? Dummerchen, ich hab' keinen anderen. Nur dich.« Sie schüttelte sich etwas Sand aus dem Haar. Ihre Haut glühte und duftete nach Salzwasser. »Du bist eifersüchtig auf das Meer.«

»Eifersüchtig schon.«

Sie zeigte ihm neu gekaufte Sandalen, deren Sohlen aus Schiffstauen und deren Riemen goldfarben waren.

Ein Weilchen später ging sie wieder hinaus, und er hörte ihre Bewegungen rascheln. Als sie ins Zimmer zurückkehrte, tat er so, als schliefe er, setzte sich jedoch leise auf, faßte sie jäh um die Taille und warf sie mit einer Armbewegung aufs Bett. Patricia lachte und stöhnte: »Nein! Nein!« Und sie fingen an zu kämpfen und zu ringen wie in der ersten Nacht, als er Stier und sie tapfere Matadorin war. Denn ihre Liebe hatte sonderbarerweise das Wesen jener ersten Nacht bewahrt, in der sie in ihrer großen Verwirrung nicht wußten, wie sie einander anfassen sollten.

Sie wollten einander weh tun. Das Lachen verstummte. Denn das Schmerzgefühl war das einzige Empfinden, das sich mit ihrer Liebe messen konnte. Sie umfing seinen Kopf und schrie, flüsterte: »Mein, mein bist du. Ich habe ein Anrecht auf deine Arme, auf deinen Bauch, auf deine Augen. Du gehörst mir, ich habe dich im Handel und Wandel des Lebens erworben.«

Er kitzelte sie, und sie wurde zum zappelnden Fisch im Netz, beschimpfte ihn: »Wilder Bulle, Büffel, Trampelbär.« Bis er sie schließlich an den Haaren packte und ihren Kopf in den Nacken zog, so daß ihre Zähne entblößt wurden und ihr Kinn in die Höhe ragte, und er schwer und groß und kräftig über sie kam und in sie eindrang. Danach lagen sie kraftlos nebeneinander, und der Wüstenduft mischte sich mit dem Geruch des Meeres, und sie rollte sich wie ein Tier zusammen und schlief ein.

Joel stand auf, getrieben vom tränenüberströmten Gesicht seiner Frau Ruth am Busfenster. Ohne Patricia aufzuwecken, verließ er ihre Wohnung, um heimzugehen. Sein wacher Blick schweifte über die Zäune. Ein Verkehrsschild war bei einem Unfall kürzlich krummgebogen worden. Schritte hallten in den nächtlichen Seitenstraßen – je später es wurde, so schien es, desto schicksalhafter, endgültiger, kompromißloser. Denn Joel war in dieser Nacht viele Male zwischen seinem und Patricias Haus hin- und hergegangen. Einmal sah er Lichtstreifen durch einen geschlossenen Laden auf die Straße fallen. Ein andermal hörte er so etwas wie das Klicken hoher Absätze, ein Geräusch, das sich langsam entfernte und in der dunklen Stille verlor. Katzen stöberten fauchend zwischen den Abfalltonnen. Ein Windzug wehte vom verborgenen Tal herauf. Ein Fahrrad, das er nicht sah, klingelte und entfernte sich: jemand, der sehr spät oder sehr früh dran war. Im Fischgeschäft sprudelte das Wasser im Fischbassin. Über der Ladentür hing ein Reklameschild: Ein Fisch im Kellneranzug servierte einen Fisch auf einer Platte.

Und während er so hin- und herlief, spürte er alle Steine –

Steine in den Hauswänden, Feldsteine, Steine in Steinen, große weiche und kleine harte, Steine zum Steinigen und Steine für Grabmale, Steinchen, die man Katzen und Hunden nachwirft, ohne sie zu treffen, und Steine, die man in ohnmächtiger Wut schleudert, Steine, die man liegenläßt, und Steine, nach denen man sich bückt.

Als er gegen Morgen zurück in die enge Gasse kam, parkte dort bereits der Milchwagen. Weiße Flaschen wurden herausgereicht und auf die Karren der Austräger verteilt. Doch man sah keinen Menschen dabei, nur Flaschen, die aneinanderschlugen und das klang wie das Schellen verlorener Seelen. Und einmal stand er bei sich zu Hause am Fensterbrett und hielt zwei Schrauben in der Hand, die aus einem Möbelstück gefallen waren – auch sie ein Zeugnis seiner peinigenden Zweifel und Konflikte. Erst als es hell geworden war, kehrte er wieder zu Patricia zurück, und sie schliefen. Einmal wachte Joel auf, und Worte, die nicht ihm zu gehören schienen, schrien in ihm: Mein Gott, mein Gott, warum hast du mich verlassen?

69

Auf einmal erwachte ich, und in mir sagte eine Stimme: Mein Gott, mein Gott, warum hast du mich verlassen? Und gleich darauf: Mein Gott, mein Gott, warum hast du mich nicht verlassen, hast mich nicht allein und in Ruhe gelassen, ohne Rache und ohne Liebe? Die Knochen taten mir weh, und mein Herz war leer, als ich mich verwirrt aufraffte, ohne zu wissen, was geschehen war.

Ich sah, wie das Tor des Altersheims sich öffnete und Sargträger herauskamen. Herr Metzmann trug den schlichten Sarg gemeinsam mit einigen Maurern von der nahen Baustelle. Er war der einzige kräftige Jude, der in der Stadt übriggeblieben war, und so mußte er deutsche Arbeiter zu

Hilfe nehmen, um den Sarg bis zum Leichenwagen zu tragen. Einige der alten Leute berührten ihn mit den Fingerspitzen, um das Gebot des Totenbahretragens auf diese Weise zu erfüllen. Heini ging neben Frau Metzmann her. Ein Zug fuhr vorbei, und sein weißer Dampf hüllte alles ein. Als der Qualm sich verzogen hatte, war Henriettes kurzer Trauerzug schon vorüber. Gut, daß man mich nicht gesehen hatte, denn ich wollte nicht mehr an der Beerdigung teilnehmen. Henriette, Henriette, da wirst du von hier weggetragen, und ich werde es auch. Du in den Abgrund absoluter Gewißheit, ich in den Strudel des Irrens. Mein ganzes Leben ist ein ständiges Fallen von einem Irrtum in den anderen. Geh nur, geh, Henriette, Andenken meiner schönen Kindheit. Dein Leben ist traurig gewesen, und deine Wangen waren niemals zart und glatt, deine Augen aber schwer wie die Bürde der Diaspora. Geh dahin, laß dich wegtragen, du spätes Opfer der Todeslager. Die Nummer auf deinem Arm wird dich sicher schützen an dem neuen Ort, zu dem man dich bringt.

Ich fuhr zum Bahnhof, drehte mich noch einmal um, sah den heiligen K. seinen Wasser- und Segensstrom ausgießen, holte meinen Koffer ab und ging durch die Unterführung. Der Schuhputzer saß nicht an seinem Platz. Dann stand ich auf dem Bahnsteig und wartete auf den Zug, der mich wie ein strömender Fluß von hier forttragen sollte. Kaum war ich eingestiegen, fuhr er auch schon ab. Als ich aus dem Fenster schaute, sah ich plötzlich Melvin die Arme schwenkend den Bahnsteig entlangrennen und freute mich, ihn so noch einmal zu sehen. Er rief mir etwas zu, was ich erst wegen des Lärms, dann wegen der Entfernung nicht mehr verstand. Ich ließ Weinburg hinter mir.

Am Stadtrand hielt der Zug auf einmal. Man reparierte offenbar die Gleise. Ein entgegenkommender Zug schob sich langsam an uns vorüber. Fremde Gesichter blickten mich aus ihrem fremden Leben an. Sie fuhren nach Weinburg, und ich fuhr von dort weg. Wo mochte Leonore jetzt sein? Sofort löschte ich ihre Züge aus meinem Gedächtnis. Ich hatte mich genug verstrickt und war nun auf dem Rückweg. Der Zug ruckte an, doch bald verlangsamten wir wieder die Fahrt.

Arbeiter standen am Gleis. Der Fluß kam abwechselnd näher und entfernte sich wieder. Die ersten Waldstücke tauchten auf. Schienenarbeiter starrten den vorbeifahrenden Zug an, als sähen sie das Schicksal vor sich anderswohin ziehen. Die Wälder und Fluren bildeten eine wunderbare Kulisse. Doch ich vertraute den Wäldern, Seen und Wiesen und den Wäsche aufhängenden Frauen nicht mehr. Wir fuhren in einen Tunnel. Danach hatte sich die Landschaft mit einem Schlag verändert, war bergiger geworden. Der Zug hielt an einem wichtigen Verkehrsknotenpunkt in einer kleinen Stadt. Seltsamer Humor beim Planen von Bahnlinien drückt sich eben darin aus, daß eine kleine Ortschaft zur großen Ostwestkreuzung mit vielen kreuz und quer verlaufenden Schienensträngen wird.

Plötzlich sah ich mich meinen Koffer nehmen und aus dem Zug steigen, der mich zu der Stadt mit dem großen Flughafen hätte bringen sollen. Einmal draußen, erkundigte ich mich, nach dem Anschluß in Richtung Bachfeld. In etwa einer Viertelstunde gehe ein Schienenbus dorthin, sagte man mir. Ich rief das Reisebüro in der Großstadt an, um meinen Flug zu verschieben. Langsam fürchtete ich, ich würde nie nach Jerusalem zurückkehren. Der Schienenbus stand auf einem halb vergessenen Seitengleis, und schon war ich unterwegs nach Bachfeld, wo meine Großeltern gewohnt hatten und mein Vater geboren war. Die kleine Schmalspurbahn hatte nur drei Wagen. Hier und da hielt sie in kleinen Dörfern und in der Nähe verstreut liegender Gehöfte. An den Stationen wurden die Aussteigenden mit Freudenrufen liebevoll in Empfang genommen – Onkel und Tanten, Enkelkinder, Koffer und Kisten und alles, was darin war. Jeder Stationsvorsteher fungierte auch als Fahrkartenverkäufer und Schaffner. Nachdem er zwischen den Bänken hindurchgegangen war, seine Bekannten begrüßt und mich verwundert angeguckt hatte, setzte er seine rote Stationsvorstehermütze auf, stieg aus, blies anhaltend seine Trillerpfeife, und der Zug setzte sich wieder in Bewegung. Baumzweige berührten fast die Wagenfenster, während der Zug sich knarrend und ächzend eine Steigung hochquälte. Wieder stiegen Leute aus. Ich sah mein Spiegelbild in der Scheibe, beobachtete, wie es sich über die Zweige schob, sich mit ihnen vermischte. Die Bauern sprachen den hiesigen Dialekt, den ich nur schwer verstand. Ein kleiner Junge stand vor einem weißen Haus und winkte im Takt meines Herzens. Ich mußte wieder und wieder an den großen Irrtum denken, in dem ich lebe, ein sich stetig wiederholender Irrtum, bis der Tod kommt und alle Irrtümer mit einem Handstreich berichtigt. Ich dachte an das bittere Lachen der Irrtümer. Wer weiß, vielleicht waren alle, die ich kannte, überhaupt jemand anders? Womöglich war sogar meine Frau Ruth eine andere Frau, was ich dann bei meiner Rückkehr nach Jerusalem entdecken würde? Denn dein ist der Irrtum, und er wird in Ewigkeit walten. Nur mit Hilfe des Irrtums regiert Gott in der Welt. Allein mit Hilfe von Identitätsschwindel vermögen die Volksführer zu herrschen. Wegen all dieser Irrtümer glitt mein trauriges Gesicht jetzt über die Bäume. Warum fuhr ich nach Bachfeld? Was war plötzlich über mich gekommen?

Der Schienenbus ratterte weiter. Meine Sehnsucht nach Jerusalem wuchs. Und auch die Angst, womöglich nie mehr dorthin zurückzukommen. Wäre Jerusalem mit einem Schlag hierher versetzt, würden die Wälder kahl werden, die Flüsse und Bäche austrocknen. Dornen und Disteln und Steine würden Bachfelds schöne Umgegend überziehen. Denn Jerusalem ist stark und furchtbar und seine Umgebung – dürre Hügel. Doch in diesen schönen Wäldern und lieblichen Landen leben Menschen, die Juden verbrannt und Säuglinge getötet haben. Sie und ihre Nachkommen wohnen hier. Dann schon lieber eine steinige, harte, salzbittere, staubbedeckte Wüste, in der Menschen wie Jeremia und Jesus von Nazareth gewandelt sind.

Bachfeld. Fast hätte ich vergessen, auszusteigen, aber Bachfeld ist die Endstation. Ich stieg als letzter aus der Bahn. Der dunkle Wald reichte bis an den Bahnhof. Sobald ich draußen war, nahm der Stationsvorsteher seine steife Dienstmütze vom Kopf und wurde wieder zu einem normalen Menschen. Er verriegelte den Laden des Fahrkartenschalters und schloß hinter mir die Türen des Stationshäuschens ab, denn bis zum nächsten Morgen würde kein Zug mehr eintreffen. Dann sagte er ein paar Sätze zu mir, die ich nicht verstand. Allerdings unterschied ich hier und da Worte wie »in Gottes Namen«, »so Gott will«. In diesen Gegenden werden Gott und sein Wille häufig erwähnt. Was hatte Gott an diesem von Tannenduft erfüllten Abend in Bachfeld mit mir vor?

Ich ging durch die abendliche Straße bis ins Dorf. Das war gewiß Gottes Wille. Ich überquerte schmale Bachläufe, begegnete Ziegen, die von ihren hügeligen Weiden ins Dorf zurückkehrten, passierte kleine Brücken, auf denen ich meinen schweren Koffer einen Augenblick absetzte, um mich über das Geländer zu lehnen und dem fröhlichen Plätschern unter mir zu lauschen. Im Dorfzentrum waren die wenigen Geschäfte wie in allen Dörfern in derselben Reihenfolge angeordnet: Bäckerei, Metzgerei, Gasthaus, Apotheke, Kurzwarenladen, Gasthaus und Kirche. Das ist ein Land, wie es sich gehört. Es paßt sich der Landschaft an, fügt sich den ortsüblichen Regeln. Berg, Gehöft, Wald. Nichts kommt dem anderen in die Quere. Doch entdeckte ich bereits ein paar moderne Häuser, und aus einem Gasthaus kamen zwei amerikanische Soldaten. Wie ich erfuhr, befanden sich auch hier amerikanische Militärbasen, und in den Bergen ragten sogar verschiedentlich mysteriöse Anlagen in den Himmel, die Raumstationen ähnelten.

Ich ging nicht ins Posthotel, sondern in den Hirschen. Am Eingang prangte ein Schild, das diesen Gasthof als einen vom Kneippverband anerkannten Betrieb auswies. Ich wußte nicht, wie dieses Heilverfahren wirkte, dachte aber, keine Therapie könne mir schaden. Ich betrat die Gaststube. Eine rosig-üppige Kellnerin deckte gerade die Tische fürs Abendessen. Ein Blick auf das Schlüsselbrett sagte mir, daß kein Zimmer mehr frei war. Deshalb verlangte ich besonders energisch, die Ellbogen auf die Theke gestützt: »Ein Einzelzimmer bitte!« Die Frau zuckte erschrocken zusammen und verkündete sofort, das Haus sei zwar belegt, aber sie werde mir ein Zimmer richten, das allerdings im Dachgeschoß liege. Dann fügte sie mit einem Lächeln hinzu, die Leute kämen aus aller Welt hierher. Ich sagte ihr, auch ich sei aus aller Welt gekommen. Das gefiel ihr. Sie stieg vor mir die schmalen Treppen zum Dach hinauf. Die hölzernen Stufen knarrten anheimelnd altertümlich. Durch eine leise quietschende Tür folgte ich ihr in den kleinen, schrägen Raum. Lena, so hieß die Tochter des Hauses, stieß das Fenster auf, und schon füllte sich das nach Holz und Wäschestärke duftende Zimmer auch noch mit Tannen-, Wiesen- und Landluft. All das sog ich mit vollen Lungen ein, bis ich wie ein Schiff im Meer in Wohlgerüchen zu versinken begann.

Lena ging hinaus und kehrte mit einem großen Porzellankrug nebst Handtuch zurück, die sie beide auf einer niedrigen Kommode anordnete. Dann sagte sie: »Einen guten Abend, mein Allerweltsherr, und wenn Sie etwas brauchen, wenden Sie sich an Lena.« Damit ging sie, während ich noch am Fenster stehenblieb, den geschlossenen Koffer neben mir und das gefaltete Handtuch auf der Kommode. Ich blickte über die Dächer. Das Muhen von Kühen und die Stimmen spielender Kinder klangen zu mir herauf. Im Untergeschoß des Gasthofs war ein Rinderstall und im Nebengebäude ein Schlachtraum, denn in diesem Betrieb wurde übernachtet und verzehrt, gemolken und geschlachtet, und es gab eine Metzgerei und eine Wirtsstube und Geschrei bei Bier und Fernsehen.

Plötzlich entdeckte ich in einer Lücke zwischen den dichtgedrängten Dächern vor meinem Fenster das Haus und den Hof meiner Großmutter. Im Erdgeschoß befand sich der Kuhstall, in den man durch eine Falltür im Boden der geräumigen Wohnküche gelangte. Im großen Zimmer brannte Licht. Menschen setzten sich still unter der behaglichen Lampe zu Tisch. Nächtlicher Dunst stieg von den Bergen rings ums Dorf auf. Man hörte Pantinengeklapper und das Rattern eines sich entfernenden Karrens.

Meine Großmutter ist vor langer Zeit von Gottes Hand und nach seinem Willen gestorben, nicht von der Hand der Bestien, entgegen seinem Willen. Ihr Sterben begann mit einem Bagatellunfall, der mir als Kind zugestoßen ist. Einmal war ich im Winter hier. Großmutter füllte eine Wärmflasche mit heißem Wasser, um sie mir ins Bett zu legen. Irgendwie entglitt ihr die Flasche, und ich verbrühte mir leicht den Fuß. Von da an zitterten ihr die Hände, und der Tod nahm seinen Lauf.

Vielleicht würde ich morgen das Haus aufsuchen. Aber was sollte ich denen sagen, die jetzt dort an dem schweren Tisch über ihr Mahl gebeugt saßen wie eine Totenversammlung? Jeden Sommer und manchmal auch im Winter hatte ich Großmutter und ihren Sohn, den Bruder meines Vaters besucht. Großmutter pflegte mit der Lautstärke eines Schofarhorns zu rülpsen, weil sie es an der Galle hatte. Abends führte sie mich ins Obergeschoß, in dem die Schlafzimmer lagen. Die Federbetten wölbten sich so hoch, prall mit Federn und Daunen gefüllt, daß ich richtiggehend ins Bett klettern mußte. Um meine Notdurft zu verrichten, stieg ich dann wieder herunter und wanderte über die knarrenden Dielen bis ans Ende des Gangs. Der Toilettensitz bestand aus einem Holzkasten mit einem runden Loch in der Mitte, durch den der Kot direkt in die Senkgrube fiel. Dort mischte er sich mit dem Mist der Kühe, deren Muhen ich zusammen mit sommernächtlichem Gezirpe hörte. In der sogenannten guten Stube hing eine fünfzackige, sternförmige Schabbatlampe von der Decke, so wie sie bei deutschen Juden üblich war. Ein Bild meines toten Onkels prangte an der Wand. Er war im Krieg gefallen. Auf der Photographie hatte er einen komischen Pickelhelm aus Kaiser Wilhelms Heer auf dem Kopf. Er war an der Front im Schnee erfroren. Sein Grab war unbekannt, aber meine Großmutter behauptete, ich sähe ihm sehr ähnlich. Und mein Platz ist bekannt.

Lena klopfte an die Tür: »Señor aus aller Welt, möchten Sie unten essen?« Ich bat sie herein. Sie schlug die Hände zusammen: »Was?! Noch gar nicht den Koffer ausgepackt? Kommen Sie, ich helf' Ihnen.« Ich nahm ihr Angebot nicht an, sondern folgte ihr nach unten. Der Wirt des Hirschen empfing mich an der Tür zur Gaststube: »Sie haben Glück. Heute war Schlachttag. Es gibt frische Blutwurst und Schlachtplatte. Man kommt aus aller Welt hierher.« Ein großer Schäferhund schien die Worte seines Herrn zu bestätigen. »Tasso, Tasso, hierher, bei Fuß! – Für mich muß ein Hund scharf und stark, wach und angriffslustig sein«, sagte er. Dann hielt er mir die Tür zur Gaststube auf. Ich sah nichts als Schädel in weißen Tabakschwaden fluten und setzte mich auf den einzig leeren Platz. Mein Nachbar war ein Fabrikbesitzer, der es durch das Wirtschaftswunder zu etwas gebracht hatte. »Jedes Jahr komme ich hierher in die Berge und Tannenwälder, um mich zu erholen und eine Kneippkur zu machen«, sagte er. Etwas später setzte sich ein junger norwegischer Segelflieger zu uns an den Tisch. In der Nähe Bachfelds befindet sich ein Berg, von dem aus Segelflugzeuge starten. Und tatsächlich erinnnerte ich mich, daß in einem Sommer meiner Kindheit einmal ein Segelflieger tödlich abgestürzt und auf dem Dorffriedhof beigesetzt worden war. Bei der Beerdigung hatte man Lieder von der Rückkehr zum Staub und vom Willen Gottes gesungen und einige Splitter des verunglückten Segelflugzeugs über den Friedhof verstreut.

Ich aß Beerenkompott, das auch Großmutter vorzüglich zu kochen und in wohlverschlossenen Weckgläsern für den Winter aufzuheben wußte. Ich war für mich allein, weit ab von all dem, was ich in Weinburg erlebt hatte. Ich rauchte eine Zigarre, die ich aus Versehen gekauft hatte, paffte, um mich hinter dem blauen Dunst zu verstecken. Das war meine letzte pseudomilitärische Handlung – Rauch zu verbreiten, unter dessen Tarnung ich wieder an den Ort fliehen konnte, von dem ich gekommen war. Aus Jerusalem war ich, und nach Jerusalem würde ich zurückkehren.

Als die Gäste des kleinen Gasthofs sich später im Halbkreis um den Fernseher setzten, ging ich hinaus. Lena sah mich und fragte: »Gehen Sie noch ein bißchen in unserem Bachfeld spazieren?«

»Ja.«

»Auf einen Gang durch die ganze Welt?«

»Mehr als das – auf einen Gang durch Welten.«

Damit trat ich ins Freie. Es war schon Nacht geworden. Aus den hinter Fensterläden erleuchteten Häusern drangen ferne, erstickte Gesprächsfetzen. Ich bog in die schmale Gasse zum Haus meiner Großmutter ein, kam auch am Haus ihres Bruders, jenes Onkels Moritz vorbei, der auf dem vorläufigen

Friedhof in Jerusalem begraben liegt. Viehhändler war er gewesen, hatte dreimal Pleite gemacht und war dreimal von seinem reichen Bruder gerettet worden, bis er sich vor lauter Scham im Rhein ertränkte. Die Deutschen sagen von diesem Strom, er sei fleißig, weil er an großen Fabriken vorbeifließt und viele Güter auf ihm nach Nord und Süd verschifft werden. Überhaupt messen die Deutschen dem Fleiß große Bedeutung bei.

In Großmutters Haus brannte Licht. An der Außenwand neben der Treppe stand noch die Bank, auf der die alten Leute mit ihren Nachbarn in der Dämmerstunde zum Schwatz beisammen saßen, bis der aufsteigende Erdgeruch und die herabsinkende Nacht sie einschlossen und schweigen machten. Ich ging dieselbe Gasse weiter, bis ich an den kleinen Platz gelangte, auf dem Tag und Nacht ein kühler Brunnen sprudelte. Sein Wasser mündete in einen Bach, der gurgelnd und glucksend an Großmutters Haus vorbei und weiter durch Grün und Blattwerk floß, so daß nur noch die blumengeschmückt dahintreibende Leiche Ophelias in diesem Bachlauf zu fehlen schien. Doch nicht Hamlets unglückliche Geliebte fand ich, sondern viele Stimmen und Lichter, die aus einer Milchbar drangen. Hier wurden alle möglichen alkoholfreien Getränke ausgeschenkt – Säfte und Eis in verschiedenen Geschmacksrichtungen mit Milch gemixt. All diese Köstlichkeiten kamen in sonderbar geformten Kelchen auf den Tisch und wurden durch ein feines Glasröhrchen mit einer farbigen Kugel am Ende getrunken. »Diese Generation«, murrte ein alter Bauer, der neben mir stehen geblieben war und glotzte. »Die wissen nicht mehr, wie ein gesundes Bier schmeckt. Das will Jugend sein? Ist das unser Fleisch und Blut?«

Tatsächlich saßen in dieser Milchbar zartbeinige Bauerntöchter, die beim Gehen förmlich auf den Wolken ihrer Tüll- und Nylonpetticoats und ihren leichten, gestärkten Sommerkleidern zu schweben schienen. Sie standen lässig da, spazierten umher, setzten sich raschelnd hin, kicherten und schwatzten, schwenkten ihre Pferdeschwänze und lauschten amerikanischen Schlagerstars, die zu Gitarre und Banjo weinten und wimmerten und ein großes Wehklagen anstimmten: ein Schluchzen hier, ein Husten dort, dazwischen heiserer Sprechgesang und von Zeit zu Zeit ein kleiner Trommelschlag.

Ich setzte mich zwischen all die jungen Leute und GIs, trank einen mit Nußeis gekrönten Himbeermilchshake, und als ich wieder bedachte, daß diese jungen Leute hier in der Nazizeit nichts verbrochen hatten, schlürfte ich noch eine schäumende Schokoladenmilch, in der kleine Kirschen schwammen. Ein paar junge Segelflieger kamen herein, die viele Sprachen sprachen, und ich, der ich aus aller Welt gekommen war, verstand sie alle. Von fern hörte man plötzlich eine Blaskapelle, worauf das Ächzen, Stöhnen und Heulen der Musicbox in der Milchbar wieder anschwoll.

Ich wischte mir den Milchschaum von den Lippen und schlenderte weiter durch Bachfeld. Im Gegensatz zu Weinburg hatte sich hier seit meinen Kindertagen wenig verändert. Hier war das Haus des Lehrers, Vorbeters und Schächters Katz, der das Klassenzimmer neben seiner Wohnung zu verlassen pflegte, um einen Topf Milch aufs Feuer zu setzen, wenn seine Frau mit den zahlreichen Kindern beschäftigt war. Gegenüber wohnte früher Tante Jettchen, Großmutters jüngere Schwester. Bei ihr war es immer sauber. Auf den Stühlen saß kaum mal ein Mensch, von dem meisten Geschirr aß niemand, und in den meisten Zimmern wurde weder geruht noch geschlafen, denn ihr Mann war etwa zwei Wochen nach der Hochzeit im Krieg gefallen. Wir hatten damals Angst, sie zu besuchen, denn sie achtete sehr auf Reinlichkeit. Wir mußten die Schuhe ausziehen, uns kerzengerade auf Stühle mit gestickten Hüllen setzen und schwarzen Johannisbeerkuchen essen, ohne uns Gesicht und Hände zu beschmieren. Erst jetzt, da ich an ihrem Haus vorbeiging, in dem nun Fremde wohnten, erfaßte ich die ganze Melancholie, die hinter Tante Jettchens Sauberkeitsfimmel gesteckt hatte, die große Einsamkeit ihrer Besen und Schrubber. Nun erschienen mir die Deckchen, die sie über alle Möbel gebreitet hatte, wie Leichentücher. Ihr gesamtes Leben war gedämpft wie verhaltener Geigenklang. Selbst ihr nächtliches Weinen erstickte sie unter Decken und Deckchen. Etwas oberhalb ihres Hauses, dessen Wände wie bei den meisten Bachfelder Häusern mit Holzschindeln verschalt waren, hatte die Synagoge gestanden. Jetzt war dort nur noch ein leeres Grundstück, und dahinter begannen schon die Felder.

Ich kehrte in den Gasthof zurück. Neben das Schlüsselbrett hatte man einen Anschlag geheftet: »Übermorgen feiern wir das fünfzigste Gründungsjubiläum des Bachfelder Sportvereins und veranstalten einen großen Sporttag.« In der Gaststube saßen die Zecher und Raucher immer noch um den Fernseher herum: Jemand hatte bei einem Quiz gewonnen und bekam einen Präsentkorb voller Konserven überreicht, der ihm aus den Händen glitt, so daß die Dosen in alle Richtungen auseinanderkullerten. Dann sah man einen Großstadtzirkus. Leonore trat in diesem Zelt auf und vollführte auf ihren Rollschuhen wahre Akrobatenkunststücke. Sie drehte eine Pirouette, rollte sich zur Kugel, schoß jäh wie ein Pfeil davon, um gleich darauf die Arena in lässig ruhigen Kreisen zu umrunden. Von nun an würde ich mir, wenn ich nicht schlafen konnte, immer die kreisende Leonore vor Augen führen. Wonach stand ihr der Sinn, was waren ihre Pläne? Ich sehne mich nach ihr, obwohl ich mich nie in sie verliebt habe, weil sie ein Engel ist. Lena stellte einen Apfelsaft vor mich hin und begeisterte sich an Leonores Talent. Auch an ihrem neuen Platz würde Leonore die Zuschauer betören und faszinieren und dabei die Bösen aus ihren Löchern locken. Sobald sie den Boden bereitet hatte, würde sie den Rächern, Totschlägern und Verhaftern das Feld überlassen und sich einen neuen Ort suchen, um dort ebenfalls die Arena zu umkreisen und trotz ihres schwebend verträumten Gesichts scharf und genau Ausschau zu halten.

Ich verließ die Gaststube und bat Lena, mir ein heißes Bad zu richten. Sie nahm einen Schlüsselbund, und gemeinsam stiegen wir in den Keller hinunter, in dem sich die Kneippanlagen befanden. Wir gingen durch weißgekachelte Korridore. Hier und da öffnete sich eine Tür, und eine in ein riesiges Handtuch gewickelte Gestalt kam mit weichen Knien und schlurfenden Holzpantinen herausgewankt. Man hörte Duschen hinter den Wänden rauschen. Dann weitete sich der Flur zu einem Raum, in dem einige Männer und Frauen ein flaches Waschbecken durchwateten. Die Männer hatten die Hosenbeine hochgekrempelt, die Frauen schürzten die Röcke. Das Kleideranheben und Wassertreten in der Runde gehört ebenfalls zur Kneippmethode. Es regt den Kreislauf an, beruhigt die Seele und hilft dem Stoffwechsel. Ich blieb ein Weilchen bei den Wassertretern stehen und beobachtete ihre ernsten, strengen Gesichter. In einem anderen Korridor quollen wiederum Wasserdämpfe aus den Türritzen, und laute Wecker rasselten heiser. Ein Mann im weißen Kittel sagte zu Lena: »Nummer sieben ist fertig!« Lena drückte auf die Uhr mit der Ziffer sieben und sagte: »Jetzt beginnt Ihre Zeit. Nutzen Sie sie gut! Mischen Sie das Wasser vernünftig und bleiben Sie nicht zu lange drin. Die Uhr wird Ihnen sagen, wenn es genug ist.«

Wir gingen den Flur zurück. Auf einer Bank lag ein rothäutiger Mann, über dem der Mann im weißen Kittel wie Kain auf Abel ritt und ihm den Rücken massierte. Im Wassertretbecken waren nun andere Kneippkurgäste. Drei junge Mädchen drehten jetzt ihre Runden, hielten dabei die Röcke höher als nötig und sehr viel höher, als es Pater Kneipp vorgeschrieben haben durfte, der schließlich ein Kirchenmann und ein sittlicher Mensch gewesen ist. Die Behandlungsräume leerten sich einer nach dem anderen. Wecker kreischten wie närrische Vögel im Wasserstrahlwald, und der Dunst erfüllte alles mit Nebel. Nur aus der finnischen Sauna drangen noch Stimmen. Jetzt kam Herr Keitel, der Garagenbesitzer und stellvertretende Gemeinderatsvorsitzende von Bachfeld, mit einem Stöhnen wohliger Erschöpfung dort heraus. Überall roch es nach Nässe und Feuchtigkeit, regentriefenden Wäldern und tropfenden Brettern, Seife, Körperpuder und dampfend trocknenden Handtüchern. Während ich den Raum Nummer sieben betrat, redete Herr Keitel mit den drei Mädchen. Von fern hörte ich ihr schrill schallendes Gelächter. Herr Keitel hatte nämlich gefragt, ob sie etwa auch an dem Jubiläumssporttag teilnähmen. Was? Hochsprung? Weitsprung? Oder womöglich Fußball oder gar Freistilringen? Dann hörte man nur noch platschende Füße und die hohen Schreie der Mädchen.

Das Wasser stieg in der Badewanne, reichte mir schließlich bis zur Seele und lullte mich wohlig ein, so daß ich in die Tiefen der vollbrachten und in die Abgründe der nicht vollbrachten Taten sank. Als ich später aus dem Wasser stieg, hüllte ich mich ins Handtuch wie ein Römer in eine Toga und mußte an jene sonderbare letzte Party in Jizchaks und Minas Haus denken, bei der all meine Freunde wie Römer vor dem Niedergang ihres Reiches ausgesehen hatten. In jener Nacht war ja der Entschluß in mir gereift, meinem versackenden Leben in Jerusalem zu entfliehen und nach Weinburg zu kommen, um späte Rache zu nehmen und danach gestärkt und gelöst wie ein kniffliges, aber entschlüsseltes Rätsel in meine Heimatstadt Jerusalem zurückzukehren. Auf dem Rückweg zu meiner Mansarde sah ich die drei Mädchen und Herrn Keitel nun still und ernst ihre Runden im Tretbecken drehen, wie Dr. Kneipp es empfohlen hatte. In Großmutters Haus war das Licht schon ausgegangen. Ich kletterte ins Bett – so hoch waren die Kissen und Federdecken auch hier – und versank darin.

Ich sollte noch zwei, drei Tage bleiben – nach dem Kalender und den Telephongesprächen, die ich mit der Fluggesellschaft führte, zu urteilen. Meine einzige Kontaktperson war Lena, die mit ihren neunzehn Jahren nicht an der Judenverfolgung teilgenommen haben konnte. So konnte ich mich ganz der Landschaft und meiner Kindheit hingeben, ohne Berührung mit Menschen zu haben. Ich suchte Orte auf, die alte Namen trugen: Rotmoor, Schwarzherzwald, Rehort, Ruhen, Hasenwechsel, Kreuzsattel, Marienhügel, Platanenhöhe, Schwarzbrunnen, Talmühle, Wiesental, Wachberg. Ich lag im Wald, lauschte dem Piepsen verschüchterter oder fröhlicher Lebewesen, was sich beides gleich anhört, und hielt duftende Tannen- und Kiefernnadeln in der Hand. Die Baumnadel, so habe ich einmal gelernt, ist ein Blatt, das zur Sicherung seines Fortbestands spitz und hart geworden ist. Welche Form würde ich annehmen, wenngleich es zweifelhaft war, ob ich überhaupt irgendeinen Selbsterhaltungstrieb besaß?

Ich habe nicht genug Muße im Leben, um zur Nadel zu verhärten, dachte ich. Ich bleibe ein Blatt, das verwelken und herabschweben und vom Wind umhergewirbelt werden wird, nicht wie der Prophet Elija, sondern ohne Zweck und Ziel.

70

In den letzten Tagen bevor er zum Skopusberg hinauffuhr, wachte Joel im Morgengrauen auf und suchte nach Worten wie: »Letzte Tage, endgültig die letzten, Patrice!« oder »Das Ende ist gekommen, Ruth, es ist da!« Diese Wendungen kamen nicht aus seinem Innern, sondern schienen draußen herumzuliegen, und er suchte sie, wie jemand, der, aus dem Schlaf gerissen, nach seinen Kleidern und Schuhen tastet.

Diese glühenden Spätsommertage waren für Joel gestaltlos. Nacht und Tag gerieten durcheinander, die Stunden vermischten sich. Ihm blieb nichts mehr übrig, als nach der ihm einzig erhaltenen Realität – Patricias Körper – zu tasten. An manchen Tagen rollte sein Leben fast automatisch ab, so, wie es in Fremdsprachenlehrbüchern heißt: »Am Morgen steht er auf. Er wäscht sich. Er kämmt sich. Er ißt. Er nimmt seine Schultasche. Er geht. Sie gehen.«

An einem dieser unwirklichen Tage saß er vormittags mit dem Stab der archäologischen Abteilung zusammen. Man sprach über die nächste Saison und auch über Joels Exkursion zum Skopusberg – was er notieren, suchen oder verpakken solle. Oren war verhindert. Josske wurde aus dem Kibbuz herbeizitiert, um bei den Vorbereitungen mitzuhelfen. Was blieb überhaupt noch auszugraben? Alle Wadis waren bereits abgesucht, alle Höhlen erforscht, alle Ritzen und Spalten mit Fackeln ausgeleuchtet worden. Längst hatte man die Weidenkörbe und die Speerspitzen, die Tonscherben und die schwarzen Schichten von Städten, die in einer furchtbaren Nacht niedergebrannt waren, ausgegraben, hatte alles gesehen und alles betrachtet, war auf Strickleitern zu Felsspitzen emporgeklettert und hatte sich in die Unterwelt abgeseilt, um das längst Vergangene aus seinem Schlummer zu scheuchen.

Joel, einen Arm wie vom Körper losgelöst auf den Tisch mit den Karten und Skizzen gelegt, sagte: »Die Archäologie als Wissenschaft zehrt von Kriegen und Toten wie Hyänen und Geier. Eine Stadt, die durch jähes Unheil, eine alles vernichtende Katastrophe zerstört wird, hinterläßt Zeichen und Funde. Eine Stadt, die langsam heranwächst und langsam stirbt, verschwindet wie der Leib eines glücklichen Menschen, ohne Überrest.«

Sie warfen ihm Nihilismus, Destruktivität und Schwäche vor, beschuldigten ihn, er verliere sich in Liebesaffären und vernachlässige alles andere. Josske knurrte, Joel werde »zum Schluß noch, Gott behüte, ein Dichter wie unser Freund Amron« werden.

Liebe hinterläßt keine Überreste, dachte Joel, nur die Spuren des Krieges bleiben in der Erde.

Es mußte eigenartig sein, wieder auf dem Skopusberg anzukommen. Oft sah er die weißen Gebäude dort oben im Licht der untergehenden Sonne blinken, durch feindliches Gebiet, Minenfelder und Niemandsland von ihnen getrennt.

Joel wurde mit Anweisungen überhäuft, als wolle man ihn auf einen anderen Planeten entsenden. »Letzte Weisungen«, meinte jemand lachend. Alle stimmten in das Lachen ein, und dieses Gelächter stieß viele Türen und Tore zu Gängen und Korridoren auf, in denen Joel überall nach Patricia fahndete.

Joel blickte aus dem Fenster. Die Wolken, die das Sommerende dieses Jahr recht früh ankündigten, warfen ihre wechselnden Schatten auf die Stadt mit ihren umliegenden Bergketten, so daß sie wie unter einer gefleckten Kriegstarnung zu liegen schien.

Nach der Sitzung ging er, von seiner blinden Suche getrieben, in die Stadt hinunter. Es war sehr heiß. Ohne diese Gluthitze, grübelte er, wäre es leichter, in Ruhe nachzudenken und zu einer Entscheidung zu gelangen.

Klein war allein nach Jerusalem zurückgekehrt. Seine Frau

hatte es vorgezogen, irgendwo im Ausland zu bleiben. Das Ende der Welt war nicht gekommen, das Blutbad nicht eingetreten. Und nun war Klein, mit einer Fliege um den Hals und einer neuen randlosen Brille auf der Nase, wieder da.

Patricia, das Präriemädchen aus dem amerikanischen Westen, kehrte in das kleine ungarische Hotel zurück. Dort saßen sie auf der Terrasse, wo der kraushaarige Kellner mit dem dreisten Gesicht ihnen kalte Getränke servierte. Danach verschwand sie aus seinem Blickfeld oder er aus ihrem, und das blinde Suchen begann von vorne. So gelangte er einmal bis an den Rand der Stadt gegenüber der Altstadtmauer am Zionsberg, ging zum Sultansteich hinunter, blieb auf der Brücke dort stehen und hörte die Hunde in den Zwingern der Tierklinik jaulen. Es war Freitag nachmittag. Die Straßen hatten sich geleert, die Häuser alle Menschen aufgesogen. Ein Mann im letzten Haus des Jemin-Mosche-Viertels stand am Fenster und rasierte sich. Dann schloß er die Jalousie, und kein Mensch war mehr zu sehen. Auf der Gegenseite zog sich ein Dornenfeld bis zur stolzen grauen Mauer Saladins hinauf.

An der Tankstelle, unweit der Kreuzung nach Hebron und Bethlehem, parkte ein Leichenwagen. Joel kam an einer kleinen Synagoge vorbei, über deren Tor *Frieden und Freundschaft* stand. Nur eine dünne Wand trennte das Bethaus von einem rußigen Duschraum für die hier bei Alarmzuständen stationierten Soldaten. Eine Senkgrube lief über. Die Anstalt für Findelkinder trug den Namen *Unsere Hoffnung*. Ein zerfledderter Wandanschlag zeigte den Tod Dr. Schlesingers an, der ein Freund seines verstorbenen Vater gewesen war. Eine sterbende Generation. Der Mensch stirbt nicht allein und liebt nicht allein. Seine Generation wird mit ihm geboren und begleitet ihn, im Sterben wie im Lieben.

Joel sah viel von Jerusalem, während er nach Patricia suchte. Er lernte Abkürzungswege durch Hausgänge und Hinterhöfe kennen, betrat ein Viertel, passierte einen Durchgang und eine Terrasse und landete im nächsten Viertel, er überquerte ein Gestrüppfeld, tauchte unter zum Trocknen aufgehängter Wäsche hindurch. Vor einem leeren Haus spielten Kinder. Eines hatte eine tote Katze entdeckt. Sofort bildeten die Kinder einen Kreis um den kleinen weißen Kadaver und sangen mit schrillen Stimmchen: »Tot, ja tot, tot, ja tot.« Joel ging weiter, und der Klang wurde stetig schwächer. Wo war Jossel, der Mann mit der Meerjungfrau, die die Lagernummer verdeckte? Und auch Einat hatte er aus den Augen verloren, ebenso wie Vicky und Mina und ihren Mann Jizchak, der in irgendeiner staatlichen Mission ins Ausland gefahren war. Wo steckten sie alle und die, die mit seiner Generation wie auf einer Welle emporgehoben worden waren, voll überschäumender Lebensfreude, mit wedelnden Armen und einander fröhlich zurufend? Wie die Köpfe von Badenden im Meer waren sie gewesen. Doch als die Welle sich brach, waren sie auseinandergeschleudert worden, und jeder sorgte für sich, für die eigene Rettung vor dem Ertrinken oder für sein eigenes wirbelndes Vergnügen, während das ohrenbetäubende Rauschen der Brandung ihre Stimmen erstickte und sie vollends voneinander isolierte.

Ein irrer Bettler kam auf Joel zu und war gleich von einer Schar schreiender Kinder umringt, die ihm Schimpfworte zuriefen. Kinder sind wie Hyänen, die den Kadaver von weit her wittern. Kinder spüren augenblicklich das Anomale, die Schwachstellen in der hohen Mauer der Erwachsenen. Sie fallen über Verrückte und Arme her, erst mit Testfragen wie: »Wie spät ist es?« »Wohin führt diese Straße?« »Wo geht's zur Stadtmitte?« »Welche Buslinie?« Dann folgen Schimpfworte und Spottlieder, und zum Schluß wird mit Steinen und Dreck geworfen.

Hier und da peilte einer aus der Kinderschar auch Joel an, wandte sich aber sofort wieder dem Verrückten zu. Noch war Joel gewappnet, gebot Achtung und Respekt und brauchte also nicht zu fürchten, daß die kindlichen Instinkte seinen Niedergang wittern würden.

Wie war es damals? Was hatten seine Hände gefühlt, als sie ihre Schenkel umfaßten? Solche Empfindungen ließen sich nicht rekonstruieren, selbst wenn er sie in ein paar Stunden wieder haben würde. Alles wurde zur vollendeten Vergangenheit, anders als im Englischen, wo man in eine andauernde Vergangenheit und eine andauernde Zukunft, in eine abgeschlossene Vergangenheit und eine Vergangenheit in der Zukunft ausweichen kann. Joel empfand die unmittelbare Vergangenheit wie die der Jahrtausende. Schließlich war er Archäologe. Und morgen würde er auf den Skopusberg fahren müssen. Um die Frist zu verlängern, unterteilte er sie erst in Stunden – noch zwanzig, noch fünfzehn Stunden –, dann in Fünfzehnminutenabstände, und löste so eine Zeitinflation aus. All die bis zur Abfahrt verbleibenden Minuten formierte er wie ein riesiges Heer, das dem feindlichen Feuer zwar in Massen erliegen würde, wegen seiner schieren Menge den Feind aber noch weit weg erscheinen ließ.

Er kam an dem hinter hohen Pinien und Eukalyptusbäumen versteckten Sportklub vorüber. Einst war das ein vornehmer Verein gewesen. Mandatsbeamte und britische Offiziere hatten hier Kricket, Krocket und Tennis gespielt. Acht gepflegte Tennisplätze hatte es damals gegeben. Joel zwängte sich durch eine der vielen Lücken im Zaun, die das Tor lächerlich erscheinen und zum Gegenstand ironischer Nostalgie werden ließen. Das Klubhaus stand noch wie früher, aber überall auf den Pfaden spürte man die Anarchie, die in den letzten Tagen des britischen Mandats geherrscht hatte. Zweige, die in mehreren Wintern abgeknickt und heruntergefallen waren, übersäten die Wege zwischen den Sportfeldern. Die Tennisplätze ließen Anzeichen feindlicher Stammesüberfälle erkennen, durch kindliche Fußballer, Hunde und Liebespärchen. Auch die ungestümen Jungen und die heiteren Mädchen der Jugendbewegungen kamen hierher.

Plötzlich hörte man deutlich den Anschlag und Aufprall eines Tennisballs. Joel konnte die Spieler nicht sehen. Vielleicht waren es auch nur Gespenster, der Geist des britischen Bezirkskommissars MacShaw, der von Seigers Leuten ermordet worden war, und der Geist des Richters Pearson oder die Geister von Polizeiinspektor Smith, dem obersten Zollbeamten O'Flallagan und dem anglikanischen Whitecollar-Priester, der ausgezeichnet Tennis spielte. Oder aber die der reichen armenischen Familie Gublian, des arabischen Butrus-Clans und der jüdischen Ben-Sassons, deren Angehörige – als einzige hier in Palästina und in Jerusalem Geborene – als Mitglieder geduldet wurden.

In der Stille ringsum surrten Ball und hellbesaiteter Schläger wie Pfeil und Bogen. Abflußgräben zogen sich bis an den Zaun und endeten dort. Auf einem der anderen Tennisplätze spielten Kinder wieder Fußball. Der rote Boden barst schon überall, nur die Mitte war noch intakt. Die Winde und Regengüsse vieler Jahreszeiten hatten klebrige Jerusalemer Erde und feinen Staub herangetragen. Fahrräder lagen an der Seite hingeworfen. Büsche wuchsen wild. Ordentliche, gerade Wege verwandelten sich in Wüstenpfade zurück, so wie streunende Hunde langsam wieder zu Raubtieren, zu Füchsen und Schakalen werden. Einer der Tennisplätze war bereits zur Hälfte mit Schrott übersät – kaputte Herde, rostige Bettgestelle. Die Bewohner Jerusalems benutzten ihre Betten viel.

Joel betrat das Klubhaus. Der sudanesische Kellner von einst, in weißem Jackett, schwarzer Hose und schwarzer Fliege, versah weiter seinen Dienst im Heiligtum. An einigen Tischen wurde Karten gespielt. Die Spieler droschen die Karten auf die Tische, und von Zeit zu Zeit entstand ein kurzer, erregter Disput. Als Joel so am Fenster stand, sah er plötzlich Patricia von dem einzig noch intakten Platz zurückkehren. Sobald sie seiner gewahr wurde, rannte sie auf ihn zu, und Joel sprang aus dem Fenster und setzte sich auf eine kaputte Bank, während sie sich in ihren weißen Shorts zu seinen Füßen niederließ, das Gesicht ihm zugewandt. Da richtete er sie auf wie ein König, der sich eine Königin krönt, und setzte sie neben sich auf die alte Bank mit den eisernen Löwenbeinen. Mit wem hatte sie gespielt? Joel fragte nicht. Vielleicht mit ihrem Mann Melvin, der aus Deutschland zurückgekehrt war, oder mit Major Patterson, der ihm von weitem mit dem Schläger zuwinkte und rief: »Morgen, morgen sehen wir uns am Mandelbaumtor!«

Der sudanesische Kellner brachte ihnen Kaffee. Dann gingen die meisten Lampen über den Kartentischen an. Patricia war eine Nachsommerfrau, und der Sommer ging jetzt seinem langsamen Ende entgegen. Erde und Menschen waren erschöpft. Kraftlos und schwer atmend lag die Erde auf dem Rücken; nachdem sie den ganzen Sommer über gekämpft hatte, wartete sie nun auf den erlösenden ersten Herbstregen.

»Nachsommerfrau.«

»Du kannst mich für immer haben. Ich bin aus Fleisch und Blut und dein für alle Jahreszeiten.«

Dann schlüpften sie durch den kaputten Zaun und schlenderten gemeinsam zu Patricias Hotel, in das sie inzwischen umgezogen war. Patricia hielt ihren Schläger und blickte vor sich hin, ohne ihm ins Gesicht zu schauen, und so sah sie nicht, ob es Zeichen des Bleibens oder des Abschieds trug. Im Hotel waren die übergroßen Kristallüster schon erleuchtet.

In dieser Nacht wurde ihre Liebe vollkommen, keine Gewaltsamkeiten mehr wie in den früheren Nächten. Das Leben war nicht länger Rache und Entschädigung, sondern Ergebenheit und Friede und Liebe ohne Ende. Bis die Olivenbäume im Tal vor ihrem Fenster in der Morgendämmerung ergrauten.

71

Unter Scharen von Polizisten, UN-Beamten, israelischen Militärs und Soldaten der Arabischen Legion stand Joel einige Stunden später mit einem kleinen Koffer in der Hand in der Nähe des Mandelbaumtors. Er kaufte sich etwas zu trinken bei der Frau, die im Niemandsland alle bediente – eine Art traurige alte Rahab zwischen den Mauern. Joel war hellwach. Patricias Worte trug er im Gedächtnis wie eine geheime Nummernkombination, die eine verschlossene Schatulle öffnet. Wann hatte sie doch noch wartend im Schein einer Laterne auf der Bordsteinkante gesessen und ihn mit den Worten empfangen: »Nimm mich. Du kannst mich nicht einfach aufheben und wieder absetzen wie einen Gegenstand. Komm, laß uns Nerze züchten, eine Fremdsprachenschule eröffnen. Ich habe mir ein neues Kleid gekauft, werde einen

Hut erwerben, den ich nie trage.« Sie hatte geweint damals, ihre Augen waren wie ein Brief im Regen gewesen. Wann war das noch?

Gelbes Gras und Dorngestrüpp wuchsen auf den Ruinengrundstücken zu beiden Seiten der Grenze. Major Patterson beendete die Formalitäten der Polizeiwachablösung und wandte sich dann Joel zu. Sie wechselten ein paar Worte über Mina, ehe Joel als letzter in den gepanzerten Wagen kletterte. Im Dunkeln zusammengedrängt fuhren sie los, und es schien, als dauere sie ewig, diese Fahrt zum Skopusberg, dem Berg des guten Rates.

Als sie angekommen waren, formierten sich die Polizisten in geraden Reihen. Ein Beamter registrierte die Eingetroffenen, und ein anderer setzte ihre Namen auf ein Blatt, das bereits das Datum ihrer Abfahrt trug. Er erklärte Joel, die administrativen Maßnahmen und Vorbereitungen für die Rückfahrt müßten gleich bei der Ankunft getroffen werden, ebenso wurde die Rückgabe von Eßgeschirr und Bibliotheksbüchern im voraus geregelt.

Joel spazierte die Hauptstraße entlang, die er seit Jahren nicht mehr betreten hatte. An dem verwilderten botanischen Garten und einem im Rohbau steckengebliebenen Neubauprojekt vorbei gelangte er zur Nationalbibliothek, ohne einer Menschenseele begegnet zu sein. Er hielt inne und blickte auf die Stadt, die rosa, gelb und grau in Stein erstarrt dalag. Dann setzte er sich auf eine Steinbank mit einer hebräisch und englisch eingemeißelten Inschrift, sie sei zum Gedenken an irgendeine Frau aufgestellt worden, die in irgendeinem fernen Land gestorben war.

Nachdem die Polizisten sich ihrer Uniformjacken entledigt hatten, begannen sie zwischen den Gebäuden und verödeten Gartenanlagen umherzulaufen, schleppten unter gereizten oder fröhlichen Rufen Mehlsäcke, Gemüsekisten und waschschüsselweise Brot. Ein Beamter, der für die Koordination des Unternehmens zuständig war, kam auf Joel zu und bat ihn zu einer Unterredung mit dem Bergkommandanten. Das war der Titel des Namenlosen, der diese ganze sonderbare Insel regierte, und er hatte etwas Archaisches an sich: der alte

Mann vom Berg, der Befehlshaber des Berges, der König des Berges – Erinnerung an vergangene Zeiten, in denen auf jedem Berg ein König herrschte. Der Registrierbeamte, noch immer mit seinen Rückfahrt- und Abwicklungslisten beschäftigt, führte Joel zu seiner Unterkunft. Sie überquerten den Hof der ehemaligen Universität und betraten ein Gebäude der naturwissenschaftlichen Fakultäten. In dem Joel zugewiesenen Zimmer stand ein Bett zwischen hohen Bücherstapeln, und auf einem Kasten, der auch Rasierutensilien enthielt, thronte eine Einsteinbüste. Auf der Tafel waren vulgäre Darstellungen nackter Frauen, die Polizisten mit Kreide daraufgemalt hatten, und am Anschlagbrett konnte man vergilbte Vorkriegsmitteilungen lesen: Ein Chemieprofessor kündigte die Vertagung seiner Vorlesung an. Sicher war sie für immer vertagt. Joel stellte seine Sachen ab und schrieb Patricias und Ruths Namen wie eine knifflige Gleichung an die Tafel. Schließlich wischte er beide Namen wieder weg, pochte Einstein auf die Stirn und betrat den Innenhof. Der Beamte wies ihm von seinem Büro aus mit dem Bleistift den Weg zur Sitzung. Von einem ehemaligen Lagerhaus stieg Rauch auf, aus der Tür drang frischer Brotgeruch. Der dicke Bäcker begrüßte ihn mit den Worten: »Schalom, Herr Professor. Nehmen Sie Platz und essen Sie etwas von dem frischen Brot. Auch warmes Wasser zum Rasieren können Sie immer bei mir haben, und lassen Sie sich ja nicht von dem Bergkommandanten an die Kandare nehmen. Sie sind kein Polizist.« Er riß ein Stück von dem duftenden braunen Laib neben sich ab, und Joel trat ein und setzte sich auf das Bett des Bäckers. Es war ein ehemaliges Krankenhausbett, das sich nach Bedarf höher und niedriger stellen ließ. Aus dem Nebenraum drangen Knetgeräusche und das Klatschen des Teigs auf die Holztische.

Die Sitzung wurde im ehemaligen Institut für Zoologie abgehalten. An den Wänden entlang standen noch struppige, mottenzerfressene Tierpräparate. Als Joel die Treppe hinaufging, lehnten die meisten Sitzungsteilnehmer schon oben am Geländer und folgten ihm mit den Blicken.

Genau zum festgesetzten Zeitpunkt öffnete sich eine Tür,

und der Bergkommandant trat heraus. Ohne die Anwesenden, die nun seinen Tisch umringten, eines Blickes zu würdigen, setzte er sich, und erst jetzt setzten sich auch die anderen. Noch immer blickte er die Versammelten nicht an, sondern sah durch sie hindurch wie auf ein verborgenes Ziel, legte die steife Offiziersmütze vor sich auf den Tisch, seinen kleinen Stab quer darüber und musterte nun erst die erstarrt Dasitzenden mit strengem, verächtlichem Blick. Dann räusperte er sich kurz und kräftig. Dieses Husten, das er von Zeit zu Zeit wiederholte, war nicht etwa auf Halsschmerzen zurückzuführen, sondern es war gekünstelt. Auch sein eines Auge war künstlich, betont durch eine bis zum Ohr verlaufende Narbe, und gerade mit diesem Glasauge fixierte er sie, die Anwesenden. Sein Kopf war völlig kahl. Man hörte Schritte auf der Treppe. Der Arzt trat ein, worauf der Kommandant ihn mit bellender Stimme auf seine Verspätung hinwies und hinzufügte, hier herrsche die Disziplin eines Schiffes auf hoher See. Sie hätten ihm also alle zu gehorchen, und das gelte auch für Zivilisten. Hier sah er den erbleichenden Doktor und Joel an. »Ist das klar?«

Es folgten knappe, präzise Anweisungen über die Aufgabe und den Platz jedes einzelnen. Jeder habe ihn über seinen Aufenthaltsort zu informieren. Man dürfe nirgends hingehen, wo man nichts zu suchen habe. »Ich kann sehr unangenehm werden«, beendete der Befehlshaber seine Order. Dann entließ er den Doktor und den Professor, nicht ohne ihnen noch nachzurufen: »Und daß es hier keine Verspätungen gibt!« und blieb mit seinen Offizieren allein.

Der Kommandant hustete wieder, und Joel ging mit dem Arzt die Treppe hinunter. Ein Polizist fühlte sich krank und wollte den Doktor sprechen, und so trennten sich der Mediziner und Joel. Der Beamte am Ausgang hob zum knappen Gruß den Finger an die Stirn. Eigenartig, daß aus dem Anheben des Visiers der mittelalterlichen Ritterrüstung als Zeichen, daß man das Gesicht zum Frieden entblößte und nicht auf Krieg aus war, der militärische Salut – flache Hand an der Stirn – wurde und daraus schließlich jenes vage Finger- oder Handheben. Nur die Geste war geblieben. Auch von seiner

Liebe würde zum Schluß nur eine flüchtige Geste übrigbleiben. Die Umarmung würde erst zur erhobenen Grußhand in Erinnerung an die Umarmung abflachen, dann nur noch eine Erinnerung an die Erinnerung, ein Echo der Erinnerung, ein Echo des Echos sein.

Joel stand im Hof zwischen den Gebäuden, die für einen anderen Zweck bestimmt gewesen waren, und erfaßte den großen Gedanken, der diesen Berg hoch über Jerusalem und der judäischen Wüste beseelte. Dürres Gras und eine kleine gelbe Blume wuchsen zu seinen Füßen – letzte Anstrengung einer gepeinigten Erde, zu beweisen, daß sie doch nicht ganz tot war. Joel ging an Laborräumen vorbei, deren Fenster mit Staub, trockenem Laub und Piniennadeln übersät waren. Aus einem Tal stieg langsam Rauch auf und darüber das Himmelsblau, das kein blaues Firmament, sondern Raum ist, der gleich dem Rauch in alle Ewigkeit steigt und steigt. Er passierte einen verwilderten Hain, bis er an einen Felsen gelangte, von dem aus er das arabische Dorf auf dem Felsplateau gegenüber sehen konnte. Es war ein großes Dorf mit gedrängt stehenden Häusern und Treppenwegen. Von der Kammseite her zog eine Karawane von Kamelen und Eseln auf die Ortschaft zu. Er, Joel, sah sie noch vor den meisten Dorfbewohnern. Eine alte Frau saß vor einer Tür und mahlte etwas mit einem Handmühlstein. Joel blieb stehen und betrachtete von seinem Beobachtungsposten aus eines der Dorfhäuser: Zwei Frauen traten aus dem niedrigen Eingang. Joel folgte ihnen mit den Augen. Sie stiegen ein Stück bergan und verschwanden in einer der oberen Gassen. Dann sah er, wie sie beisammen standen und redeten. Ein Fenster über ihnen ging auf, und ein Frauenkopf erschien. Sofort gingen die beiden weiter und betraten schließlich ein weißes Haus. Ein Hund guckte jetzt aus dem Fenster. Eine andere Frau schirmte die Augen mit der Hand ab, um von den westlichen Sonnenstrahlen nicht geblendet zu werden. Aus einem Wadi in der Nähe des Skopusberges kamen zwei Männer mit schwarzen Kefiyas den Weg zum Dorf hinauf. Sie wanderten einträchtig wie Brüder. Bald würden sie einem Mann mit weißem Käppchen begegnen, der langsam und vorsichtig hinabstieg, und zum Schluß würden sie die beiden jungen Frauen treffen. Joel wartete ungeduldig darauf, daß sie sich begegnen sollten, und gab ihnen inzwischen Erkennungszeichen und Namen.

Schließlich ging er zum Amphitheater im Osten hinunter. Gräser und Disteln überwucherten die Stufen. Er setzte sich und betrachtete die säulenumstandene Bühne. Irgendwo zwischen den kahlen Hügeln sang jemand mit weinerlicher und doch heiterer Stimme. Es war eine menschliche Stimme, die Stimme des wahren Menschen, dessen Weinen seiner Heiterkeit gleicht. Hier würde er sitzen und verstehen lernen. Hier würde er mit schrankenlosem Blick sein Leben überschauen und zwischen den Orten scheiden, an denen er Vergnügen oder Leid empfunden hatte. Denn das macht den ganzen Menschen aus. Am Anfang versucht er alles zu vermischen – Freude und Leid, Krieg und Frieden, Kindheit und Erwachsensein –, um Vollkommenheit zu erreichen. Danach trennt er wieder alles voneinander und tut jedes an seinen Platz. Als Joel weiter auf dem Berg herumstreifte, fand er in dem kleinen Wäldchen einen Stuhl, einen Hörsaalstuhl mit rechts befestigter Schreibplatte. Hier wollte er sitzen und lernen und ruhig für sich sein, bis er fern von allem wäre, von Patricia und von Ruth, als hätten die beiden einander aufgehoben und er bliebe allein und geläutert zurück.

Im Innenhof tünchten einige Polizisten Verandasäulen und Baumstämme. Polizei und Militär weißeln immer alles mit Kalkbrühe. Raben krächzten, und Joel schöpfte langsam Verdacht, sie krähten nicht nur aus Hunger. Eine Schubkarre lag umgekippt da. Unweit klapperte eine altmodische Schreibmaschine in einem Zimmer.

Joel ging zu der Zypressenallee hinunter und betrat das Archäologiegebäude. Im Halbdämmer konnte man Kisten, Holzwolle, Packpapier, Krüge und Köpfe mit abgebrochenen Nasen unterscheiden. Plötzlich hörte er Schritte und ein trokkenes Hüsteln. Der Bergkommandant stand hinter ihm. »Alles verkommen, was? Ihr könnt eure Sachen nicht ordentlich regeln. Das letztemal war ein Zoologieprofessor hier. Der hat sich vom ersten Moment an in seinem Labor verschanzt und ist nur mal kurz zum Essen rausgekommen. Sie scheinen das hier alles zu genießen.«

»Eine vergessene, vernachlässigte Welt.«

»Und das gefällt Ihnen?!«

Ein Sonnenstrahl brachte das Glasauge des kleinen Mannes zum Funkeln und ließ die Narbe Schatten werfen. Dann wieder ein trockenes Husten. »Ich weiß die Entdeckung, die Sie vor zwei Jahren gemacht haben, sehr zu schätzen.«

»Das war mein Lehrer, Professor Oren.«

»Quatsch. Nur keine falsche Bescheidenheit. Ich weiß, daß Sie es waren. Wozu sind Sie raufgekommen? Diese Arbeit hier kann doch jeder Assistent verrichten.«

»Ich wollte mal ein bißchen fliehen.«

»Und wie kommen Sie mit der Disziplin hier zurecht?«

»Sehr gut. Sie verschafft mir ein wenig Ruhe. Das ist wie der Gips um ein gebrochenes Bein.«

Der Bergkommandant lachte hüstelnd und legte einer Göttin aus hellenistischer Zeit die Hand auf den Kopf: »Auch die muß sich dieser Disziplin fügen. Sie sollten sich die generell gültigen Befehle zu Gemüte führen. Setzen Sie sich hin und lesen Sie. Diese festen Regeln ersparen Denkarbeit und vermeiden Zweifel. – Nichtsdestotrotz müssen wir jeden Augenblick auf einen jähen Zusammenbruch des Bestehenden gefaßt sein, auf eine umfassende Erschütterung alles Gültigen, auf völligen Irrsinn.«

»Das heißt also, diese generellen Befehle überdecken nur den Wahnsinn.«

»In der Tat liegt der ganzen Ordnung auf diesem Berg Wahnsinn zugrunde.«

Sein Glasauge funkelte. Dann schlug er mit seinem Stab gegen eine Kiste und wirbelte eine Staubwolke auf. An der Tür wandte er sich noch einmal um: »Übrigens gibt es in einer halben Stunde warmes Wasser in der Offiziersdusche. Es steht Ihnen frei zu kommen. Außerdem müssen Sie wissen, daß ich jeden Tag zwischen zehn und elf, zwischen Ausrüstungs- und Küchenappell, eine freie Stunde habe. Ich würde mich freuen, sie gelegentlich zu sehen.«

Er hustete und ging. Joel blieb in dem Halbdämmer zwischen Altertümern, Kisten und von Sonnenstrahlen vergoldetem Staub zurück. Mit einem Schlag erfüllte ihn großes Glück, so daß er den Bergkommandanten pries, den alle fürchteten und haßten. Denn auch er hatte ihm wieder Wege zu den Menschen und zur Welt aufgetan, nicht nur den Weg zu Patricia und zu Ruth und nicht allein den zu seiner Vergangenheit und Kindheit, sondern selbst den zu seinen Freunden. Seine ganze Niedergeschlagenheit war verflogen. Er begann, die Funde zu sortieren, summte vor sich hin und alles schien ihm klar und enträtselt und aufgelöst und von endlosen Weiten umgeben.

Später schrieb er einen Brief, ohne Anrede, ohne ihn an jemanden zu richten.

»Mir scheint, als säße ich schon lange in diesem sonderbaren Kloster. Ich schlafe mit Einstein in einem Zimmer. Vielleicht übt auch sein weiser Kopf Einfluß auf mich aus. Manchmal gehe ich in meiner Phantasie in unser Zimmer. Manchmal warte ich auf dich, bis du nach Mitternacht vom Meer zurückkommst. Einmal hast du nach dem Nachtkampf auf mich gewartet, als Abraham umgekommen war. Du standst am Eingang des Wadis, als ich bei Sonnenaufgang zurückkehrte. Damals haben wir beschlossen, Mann und Frau zu werden. Falls wir am Leben bleiben würden. Wir sind am Leben geblieben, sind Mann und Frau geworden. Wäre ich Physiker wie mein Zimmergefährte Einstein, hätte ich aus allem, was mir in den letzten Wochen passiert ist, gelernt. Aus meinem Hin- und Herziehen von einem Haus ins andere und von meiner glühenden Liebe zu Patrice. Wartest du noch auf mich? Wartest du? Ich bin ein Glücksspieler und Hasardeur geworden, der mit Schicksalen jongliert. Jetzt in der Nacht, da die Polizisten wachen, bin ich ruhig und brauche nur dem Rauschen der Baumwipfel zu lauschen. Ich denke an mein Leben und an seine auf den Kopf gestellte Ordnung. Als ich jung war, war ich ernst und tüchtig, engagiert und verantwortungsbewußt, reif und vernünftig. Vielleicht haben der Krieg und die mir anvertraute Einheit mich so geformt, wie viele andere meiner Generation. Und jetzt, nachdem ich Erfolg und öffentliche Anerkennung genieße, werde ich wieder zum überschwenglichen Jüngling, der sich verliebt und alles wegwirft – innerlich zerrissen, seinen Leidenschaften unterworfen und dem großen Meer entgegengetrieben.«

Am nächsten Morgen arbeitete er wieder in der archäologischen Abteilung, ehe er durch den verwilderten Garten zu den Gebäuden des modernen, aber dennoch aufgegebenen Krankenhauses hinunterging. Aus Neugier betrat er das Schwesternhaus. In einem Zimmer stand ein Schrank offen, an dessen Schlüssel noch ein rosa Band hing. Im Krankenhausgarten setzte er sich auf eine ganz von Jasmin überwachsene Bank und blickte auf einen unfertig gebliebenen Neubau. Kalk lag in Haufen herum, und der Zement war in seinen Papiersäcken zu großen Steinbrocken erstarrt.

Er hörte ein rauhes Husten. Der Kommandant stand hinter ihm, einen Fuß auf einen Baumstamm gestützt, während er den Stock wie ein bedrohliches Uhrpendel in der Hand schwingen ließ. Seine Züge waren hart und streng: »Was haben Sie hier zu suchen? Haben Sie nicht zugehört? Haben Sie denn die Vorschriften nicht gelesen, verdammt noch mal?!« Damit wandte er sich ab und erschien Joel wie ein Engel, der ihm zürnte, weil er der Versuchung nicht widerstanden und den verbotenen Garten aufgesucht hatte. Als Joel am folgenden Morgen in der freien Stunde des Kommandanten zu ihm ging, machte der Kommandant nicht die Tür auf. In der Nachmittagssitzung ließ der kleine Mann einige scharfe Bemerkungen fallen, ohne Namen zu nennen und rügte die Offiziere wegen des Drecks in ihren Unterkünften. Zwei von ihnen brüllte er an, denn man hatte sie erwischt, als sie sich beim Bäcker mit warmem Wasser rasierten, und drohte allgemein drastische Maßnahmen an.

Joel ging wieder hinunter, sein arabisches Dorf beobachten. Diesmal konzentrierte er sich auf die Schule. Die Schulglocke war deutlich zu hören, worauf die Kinder in geordneten Reihen hineingingen und der Lehrer als letzter die Tür hinter ihnen schloß. Von oben kamen zwei verspätete kleine Jungen angerannt. Eine weißgekleidete Fatima – so nannte er die jungen Frauen – stand mit einem Baby im Arm auf ihrem Flachdach. Dann trat sie aus der Tür, das Wickelkind noch immer bei sich, und ging auf ein gelbliches Haus zu. Joel hatte gesehen, daß die Bewohner ausgegangen waren, so daß ihr Anklopfen vergebens sein würde. Nicht weit entfernt sah man eine gestikulierende Männerversammlung neben einem Gebäude mit kleinem Anbau. Schließlich zerstreuten sich die Männer, trafen sich aber ein Weilchen später wieder auf dem Platz vor dem Kaffeehaus. Inzwischen hatte sich die Tür des gelblichen Hauses doch aufgetan, und Fatima war mit ihrem Kind eingetreten. Nach einigen Minuten kam eine schwarzgekleidete Frau heraus, gefolgt von Fatima, die – den schlummernden Säugling an die Schulter gelehnt – mit fröhlich tänzelnden Schritten hinter ihr herging, als mokiere sie sich ein wenig über die alte Schwiegermutter.

Ein Mann hob eine Grube aus. Und am andern Ende des Dorfes schichtete ein zweiter einen Haufen auf. Hirten kehrten mitten am Tag von der Weide ins Dorf zurück, nachdem sie ihre Herden einfach einem kleinen Jungen überlassen hatten. Gewiß hatten sie irgendwas zu berichten. Von Zeit zu Zeit kam ein Kind aus dem Schulhaus. Gesetzmäßigkeit allenthalben. Jemand durchstreifte den Olivenhain. Die Bäume waren alt und halb tot, aber der Mann schritt voller Energie, das Gesicht genußvoll gegen den Wind gerichtet. Drei schwarzgekleidete Frauen verließen das Dorf in Richtung Stadt. Ziegen, die Feinde der Bäume, drangen in einen Obstgarten ein. Mal schien das Dorf sich zu leeren, mal füllten sich seine Gassen und Plätze – wie bei einem Wechsel der Gezeiten, einer Ballettchoreographie, wie nach unsichtbarem Gesetz – Takt und Rhythmus, Verbindung und Loslösung, Spinnen und Auftrennen.

Im Lauf der Zeit lernte er viele von ihnen kennen, die Geselligeren und die Isolierten, die Unbeugsamen und die Geschmeidigen, die unbeschwert ihrer Wege gingen. Und viele Geräusche drangen an das Ohr des eifrig lernenden Zaungasts – Hundebellen und Kinderstimmen, Streit und Gesang. »Wozu all das, Patrice?« schrieb er. »Wozu all das, Ruth?« schrieb er. »Die einen schleppen Sachen an, die anderen tragen sie wieder weg. Die heben an, und jene setzen ab. Sie gehen aneinander vorbei, laufen aufeinander zu und trennen sich wieder, halten an und strömen weiter, werden von Häusern verschluckt und erneut ausgespien. Wozu all das? Es ist eine eigenartige Welt, in die ich da hineingestellt bin, eine Welt bewiesener Gesetze, wie im Labor. Ich bin ruhiger denn je. Meine Liebe ist groß. Meine liebe Ruth, ich kann Dir diesen Brief durch unseren Freund Major Patterson übermitteln, der, wie ich höre, bald herkommen soll. Ich habe wieder Anschluß an die Menschen gefunden, habe mich sehr verändert. Aber ich weiß, daß mich erneut Zweifel befallen können.«

»Meine langhaarige Patrice, manchmal scheint mir, ich müßte für meine Entscheidung wirklich Künstler oder Dichter werden.«

Und an Ruth schrieb er: »Ich lebe hier wie auf einem Schiff. Ich kehre auf diesem Schiff Skopusberg zu Dir zurück.«

Und an Patricia schrieb er: »Ich habe Sehnsucht nach Dir. Ich erinnere mich an die feinen Adern an Deinen Schenkeln. Weißt Du noch, wie wir uns auf dem offenen Koffer geliebt haben? Wo bist Du jetzt? Der Skopusberg ist eine Wasserscheide im geographischen Sinn. Eine wunderbare Parabel für mein Leben. Die Stadt Jerusalem zur einen, die Wüste zur anderen Seite.«

An Ruth: »Ich sitze auf einem Hörsaalstuhl. Er steht zwischen Pinienzweigen, die im letzten Winter abgebrochen sind.«

An Patricia: »Mein Handtuch hängt zum Trocknen auf Einsteins Kopf. Das Zimmer ist sehr groß, und die Bücher sind zu Stapeln aufgeschichtet. Meine Liege ist ein Krankenhausbett. Die Vollmacht, die ich über Dich habe, ist nicht abgelaufen und wird auch nie ungültig werden. Du müßtest die Stimmen und Rufe hier hören. Ich bemühe mich, die Befehle und Anweisungen des kleinen Kommandanten zu befolgen, um ihn zu versöhnen. Heute bin ich in das hölzerne Latrinenhäuschen gegangen, statt draußen zu pinkeln. Der kleine Mann, der mein großer Freund werden wird, kam vorbei und lächelte streng, aber etwas nachsichtig. Morgen gehe ich wieder zu ihm. Ich hoffe, Patterson wird Dir den Brief übergeben. Sicher wirst Du fragen, wie meine Entscheidung lautet. Ich liebe Dich sehr. Du hast mein Leben in einen großen Freiraum verwandelt, in dem ich galoppieren kann. Ich bin klar im Herzen. Mein Herz ist wie Kristall. Ich habe mich geändert.«

So lauteten seine Briefe und Brieffragmente. Zuweilen erwog er, dem Bergkommandanten von seinen Schwierigkeiten zu erzählen, begnügte sich dann aber mit seiner Freundschaft als solcher. Es reichte aus, daß ein Mensch wie er in seiner Nähe weilte, allen seine Regeln aufzwang, seine Gesetze erließ und seine Befehle verlas.

Es kam der Tag, an dem Major Patterson mit seinem weißen UN-Wagen eintreffen sollte. Joel war guter Laune. Sein ganzes Leben erschien ihm jetzt wie ein eigenartiger, fremder Traum. Er spürte selbst, daß er nichts für seine Entscheidung getan hatte, sondern nur von der Wirklichkeit abgerückt war, die ihn unten in der Stadt erwartete. Der Tag war weniger heiß als der vorangegangene. Bald kam der Winter. Die letzte Sitzung hatte Anzeichen von Versöhnung getragen und ein Fünkchen Liebe in dem Glasauge aufblitzen lassen. Joel wanderte durch den verlassenen botanischen Garten. Die Pflanzennamen auf den kleinen Schildern waren bereits verblaßt, alle Bäume waren Bäume ohne Namen, und alle Menschen waren namenlos, ihre Namen nur Schall und Rauch. Bald würde Patterson dasein. Joel betastete die Briefe, die er ihm übergeben wollte, in seiner Tasche. Durch die Zweige sah er das Tote Meer von fern, und er fühlte sich so leicht und jeder Last enthoben, daß er sicher war, was immer er entschied, würde gut und richtig sein. Nichts regte sich, nichts, außer ein paar Zweigen in seiner Nähe. Denn dein ist das Reich, sagte er sich im stillen, ich bin mit mir und der Welt eins. In seinem Gesicht lag ein Ausdruck großer Begeisterung. Er glaubte, noch bis zum Winter durchzuhalten.

In diesem Augenblick donnerte eine ungeheure Explosion über den ganzen Berg, und eine Säule von Staub und schwarzem Rauch wirbelte auf. Auch in Jerusalem hörte man das Echo, hielt es aber für den Nachhall einer Gesteinssprengung, wie er im Jerusalem der Bauwutperiode häufig zu hören war.

Der Explosion folgten hastige Rufe, nervöse Befehle und das klackende Geräusch beschlagener Schuhe im Laufschritt.

Genau in diesem Augenblick erreichte Major Pattersons weiße Limousine den Skopusberg, und sofort eilte auch er an den Explosionsort. Man hörte Rufe: »Arzt, Arzt! Eine Bahre holen! Vorsicht! Dort können noch weitere Minen sein!«

Der kleine Bergkommandant bahnte sich einen Weg zur Explosionsstelle, ohne die Rufe zu beachten. Nach ihm kamen andere. Als sie bei Joel anlangten, war er schon tot. Der Arzt kniete neben seinem noch warmen Körper nieder. Dann blickte er auf und schüttelte traurig den Kopf. Der Kommandant stand mit zusammengepreßten Lippen dabei. Major Patterson war schon neben ihm, und sie schwiegen beide. Dann ging der Major zu seinem Wagen, in dem das Funkgerät bereits seine erregten Rufe und Pfeiftöne ausstieß, setzte sich die Kopfhörer auf und begann mit ruhiger Stimme zu erwidern: »Nein, nein... nicht bekannt... Dozent für Archäologie... eine alte Mine... anscheinend aus einem anderen Krieg... nicht von jetzt, nicht von hier.«

72

Während ich am Ende dieses Sommers auf einem stillen kleinen Platz in Paris saß, überkam mich großes Vergessen wie eine Gnade. Diese schöne Stadt war meine letzte Station. Mir war plötzlich, als wäre ich gestorben und befände mich schon in einer anderen Welt. Ich wußte nicht einmal, was ich vergessen hatte und woher ich gekommen war, aber ich wußte sehr wohl, wohin ich zurückkehrte: nach Hause, nach Jerusalem, zu meiner Frau, zu meinen Freunden.

So saß ich da und tauchte das duftende Croissant in den Kaffee. Jetzt war ich allein, und niemand kannte mich. Bald würde ich unter vielen sein, die mich kannten und liebten. Mir blieb noch Zeit bis zum Abflug meines Flugzeugs. Also blickte ich von meinem Eisentischchen aus auf den Platz, als einziger Gast, ja als einziger Mensch überhaupt, denn es war Sonntag morgen.

Wie war ich von Bachfeld nach Paris gelangt? Wie war ich von dort weggekommen? Wie von Weinburg und wie von Jerusalem? Vielleicht wie ein Segelflieger, der zuerst gezogen wird, bis die Luft ihm unter die Flügel greift und ihn emporträgt. Auch ich hatte Aufschwung für mein weiteres Leben bekommen, Schwung zur Beruhigung. Und jetzt saß ich auf dem kleinen Platz in Paris. Es war Spätsommer und alles wie in feines fernes Gold getaucht. Die Bäume, die hier und da ihre Blätter bereits für den großen Niederfall einfärbten, rührten an mein Herz.

Warum flog ich von Paris zurück und nicht von Frankfurt? Man hätte meinen können, ich jagte weiter Nazis hinterher, die sich über die ganze Welt verteilt hatten. Oder war ich für einige Tage hierhergekommen, um Europa mit einem Nachgeschmack von Paris im Mund zu verlassen, ebenso wie ich bei meiner Ankunft in Europa den Vorgeschmack von Zürich haben wollte und ein paar Tage dort verbracht hatte?

Es waren gute Tage. Tags zuvor hatte ich meinen Koffer bereits zur Gare des Invalides gebracht, dem Innenstadtbahnhof, von dem die Flughafenbusse abfahren. Ich wollte zu Fuß aus dieser wunderbaren Stadt ziehen können, denn es ist schön, einen Aufenthaltsort wie in alten Zeiten als Wanderer zu verlassen.

Ins Hotel brauchte ich also nicht zurückzukehren. Meine zwei Übernachtungen hatte ich bereits bezahlt. Ich stand auf und spazierte die Seine entlang, kam an dem golden glitzernden Pont Alexandre III. vorbei. Auch die Gerechtigkeit ist ein großer, ewig fließender Strom. Jeder schüttet seine kleine oder große Rache hinein, aber der Strom bleibt ruhig. All die Rachemotive wühlen seine Oberfläche nicht auf. Nichts erinnert an Zornestaten, schäumende Wut oder Gewalttätigkeit. Ruhig fließt er dahin und trägt die Schädel in endloser Zahl auf seinen Wassern.

So schlenderte ich zur Gare des Invalides. Im Vergleich zur Sonntagmorgenruhe vorher herrschte ein buntes Treiben. Koffer wurden gewogen, Menschen riefen. Kinder und Hunde liefen umher. Ich trat an den Schalter, über dem meine Flugnummer nach Tel Aviv angeschrieben stand. Mein Koffer wurde gewogen. Doch plötzlich konnte ich meine Flugkarte nicht finden. Ich suchte alle Taschen ab, schüttelte die Jacke aus, durchwühlte meine Habseligkeiten. Kalter Schweiß brach mir am ganzen Körper aus. Wo? Wo? Wie? Es kann nicht sein! Die Leute, die hinter mir anstanden, murrten. Die Beamten wurden ärgerlich und argwöhnisch. Ich drohte den Verstand zu verlieren. Die große Halle samt allem, was sich darin bewegte, verschwamm mir vor den Augen. Ich trat ein wenig zur Seite, um andere vorzulassen. Was sollte werden? Ich hatte kein Geld mehr bei mir, und das Flugzeug würde ohne mich starten?! Selbst wenn sich im Büro klären ließe, daß ich wirklich ein Ticket besessen hatte, wäre es zu spät.

Urplötzlich sah ich, wie im Traum, am fernen Ende des verschwommenen Tunnels, den die wimmelnde Menge gebildet hatte – ein Gesicht, ein klares Frauengesicht. Mit einem Schlag löste sich meine Spannung in große, tiefe Gelassenheit: die Frau aus dem Photoschaukasten in Jerusalem! Die Fremde mit dem hochgesteckten Haar und den vollen Lippen. Jetzt blickte sie mich aus weiter Entfernung an, von meinem Blick gefangen wie von einem Scheinwerfer. So standen wir beide da. Ich legte die Hand ans Herz. Es war die einzige Bewegung, zu der ich in diesem Augenblick fähig war. Und nun fühlte ich in meiner Brusttasche das Flugticket. Dabei hatte ich doch überall gesucht. Ich zog es heraus und hob es hoch, ohne den Blick von der erstarrten Frau am Ende der Halle zu wenden. Alle Umstehenden beglückwünschten mich lachend. Jemand rief: »Wunder, o Wunder!« Doch ich nahm meinen Koffer und schritt durch das Menschenmeer, das sich vor mir teilte. Und die ganze Zeit hatte ich das Gesicht der Frau vor mir. Jetzt stand ich ihr gegenüber.

»Verzeihung«, sagte ich nach kurzem Zögern. »Excuse me«, wiederholte ich noch einmal auf englisch, »sind wir uns nicht in Jerusalem begegnet?« Sie schüttelte verneinend den Kopf, aber ihre Lippen bebten. Dann sagte sie mit leiser

Stimme: »Aus Jerusalem komme ich schon. Ich bin vor einer Stunde angekommen. Und ich fahre in die Vereinigten Staaten, nach Hause. Vielleicht haben wir uns während des Sommers mal in Jerusalem gesehen.« Ich erklärte ihr, daß ich den Sommer über nicht dortgewesen sei, ihr Gesicht aber wohl auf einer Photographie gesehen habe. Ja, sie habe sich in Jerusalem photographieren lassen, und das Bild sei entgegen ihrem Willen ausgestellt worden. Jetzt sah ich, daß sie eine etwas altmodische Spitzenbluse und einen eng anliegenden Rock trug. Ich hob die Hand, als wolle ich mein entsprungenes Herz wieder einsetzen. Gemeinsam bestiegen wir den Flughafenbus nach Orly – sie flog nach New York, ich nach Jerusalem. Wir verließen Paris. Unterwegs sprachen wir nicht, und wir blickten auch nicht aus dem Fenster. Rote Ampeln verlängerten unser Beisammensein, grüne beschleunigten den Strom der Zeit. Und wieder viele Schilder, Zeichen und Warnungen. Heute gibt es keine biblischen Propheten mehr auf der Welt, aber die Prophetie hat überdauert und ist auf die Warn- und Hinweisschilder übergegangen: *Hochspannung! Achtung! Kreuzung! Schritt fahren! Links abbiegen verboten! Halt! Weiterfahren!*

Wir näherten uns dem Flughafen, und ich hatte noch immer einen Kloß im Hals. *Langsam fahren!* geboten die Schilder. Vor dem Flughafengebäude wehten Flaggen und zeigten die Windrichtung an, wie das Halstuch der Frau neben mir, wie die Locke, die ihre Stirn weicher erscheinen ließ. Schon überquerten wir den Vorplatz mit seinem Gewimmel, dem Motorenlärm und den gräßlichen Pfiffen. Ein Flugzeug setzte zur Landung an, setzte auf und hielt, Menschen stiegen aus. An der Flugzeugtür bildeten sich Gruppen, doch je näher sie dem Gebäude kamen, desto mehr liefen sie auseinander, teilten sich in Schnelle und Langsame. Schon hatten manche Verwandte und geliebte Menschen entdeckt, winkten zum Zeichen des Erkennens, riefen einander von fern zu, schwenkten Schirme und Zeitungen zur Begrüßung, wurden gleich darauf von den Zoll- und Paßkontrollräumen verschluckt und aufgesogen, wie in Röhren weitergeleitet und in ihr jeweiliges Leben ausgestoßen. Nie wieder würden sie eine Gruppe bilden wie im Bauch des Flugzeuges, das sie gebracht hatte.

Die Amerikanerin kam mit mir und stand neben mir an dem Schalter, an dem Paß und Ticket abgestempelt wurden. Hinter uns saßen vereinzelt Wartende auf Polstersitzen und starrten vor sich hin. Sie hatten nicht die Kraft, aufeinander zuzugehen. Sogar streunende Hunde laufen zusammen, beschnuppern sich aus der Nähe und wedeln freundschaftlich mit dem Schwanz. Nicht so die Menschen.

Wir blieben wie an Bord eines Schiffes an einem Geländer stehen und sahen meinen Koffer mit den übrigen heranrollen. Dann setzten auch wir uns auf eine Polsterbank.

»Lassen Sie uns etwas essen und trinken«, schlug ich vor. »Lassen Sie uns essen, trinken und nachdenken.« An den hohen, schmalen Tischen saßen viele, die aßen und tranken und nicht starben. Ein Japaner in schwarzem Anzug uns gegenüber bog seinen Trinkstrohhalm zu einem kleinen Storch, der auf einem Bein stand. Dann nahm er silbernes Zigarettenpapier und drehte es zu Kelchen und Mäuschen. All diese handgemachten Sachen stellte er wortlos vor uns hin – wie eine Opfergabe, um sich aus furchtbarer Einsamkeit zu retten. Menschen wie er sitzen auf Flughäfen in aller Welt. Überall gibt es Glaswände und Lautsprecherstimmen, denn sämtliche Flughäfen der Erde sehen sich ähnlich. Dabei ist es völlig egal, ob sie von großen Städten oder hohen Bergen, Wäldern oder Fabriken umgeben sind.

»Der Japaner ist auf der Durchreise, die Amerikanerin ist auf der Durchreise, ich bin auf der Durchreise«, sagte ich, »denn alle haben sie den Ausdruck von Suchenden.« Sie erwiderte, mir den Kopf zuwendend, die Menschen irrten und verirrten sich oft. Und sie hätten nichts als die Nahrung in ihrem Mund. Alles andere sei unsicher. Ein wenig später sagte sie: »Ihre Jacke ist schmutzig geworden. Offenbar ist es Kalk.« Und damit wischte sie mit Bewegungen über meine Jacke, die wie ein Schluchzen waren.

Ich ging zum WC hinunter, um mich selbst damit zu überraschen, daß sie hinterher noch da war und noch Zeit blieb. Ich stand zwischen sechs Spiegelwänden, wusch mir sechsmal das Gesicht und trocknete mir sechsmal die Hände, ehe ich zurückging. Und tatsächlich war sie noch da. Sie war Fleisch und Blut. Sie war ewig. Denn was ist schon Ewigkeit im Leben eines Menschen anderes, als zum zweitenmal seine Kindheit oder eine Frau oder einen Ort zu sehen?

Wir aßen und tranken und behielten noch übrig. »Sie sind traurig«, sagte sie.

»Nein, ich bin nicht traurig. Es ist wegen der Gedanken. Nicht die Gedanken sind traurig, der Denkprozeß an sich macht den Ausdruck traurig, egal, was man denkt.« Ich schaute auf die Uhr. Es war noch Zeit. »Werden Sie einmal nach Israel zurückkommen?«

»Das bringe ich nicht fertig. Nein, das würde mir das Herz brechen. Achten Sie nicht auf meine Worte. Ich bin noch immer völlig benommen. Ich kann mich an nichts erinnern.«

»Wir sind auf der Flucht, auf der Durchreise, auf dem Rückzug.«

»Gestern habe ich den ganzen Morgen über im Café Dôme gesessen und getrunken.«

»Auch ich bin dort gewesen. Wieso haben wir uns dann nicht schon gestern getroffen? Und dabei habe ich nicht getrunken wie Sie, denn ich bin vernünftig. Lassen Sie das Trinken.«

Sie antwortete nicht. Eine Träne tropfte auf ihre Wange, eine Träne von vollendeter Form.

Wir sahen die Leute nach draußen aufs Startfeld gucken. Ich dachte, Weinburgs Türen haben sich geschlossen, und eine andere Tür hat sich aufgetan. Was der Wind mit den Haaren der Frau macht, richten ihre Worte in meinem Herzen an. Der Lautsprecher rief die Fluggäste nach Tel Aviv auf. Wir setzten unsere Tassen ab und rutschten zögernd von den hohen Stühlen. Ein gutmütiger Zollbeamter ließ sie mit mir durch die Schranken gehen. Von ferne hörte man Marschmusik. Ein Minister war eingetroffen, und Menschen strömten dorthin. Teppiche waren ausgerollt. Alles verschwamm.

Wir passierten Türen, an denen *Zutritt für Fremde verboten* stand. Zwei wie wir sind niemals Fremde. Wohin gingen wir? Bis wohin würde mich die Frau in diesem Gewirr von

Schranken, Gittern und Zäunen begleiten dürfen? Wir fuhren eine Rolltreppe abwärts, bis wir im letzten Glaskäfig vor der Startbahn ankamen. Dort saßen schon all die Passagiere, die mit mir flogen, bereit. Doch ich sah nichts außer dem Gesicht der Frau, die nicht mitkommen würde. Die Glastüren öffneten sich, die Leute begannen hinauszugehen. Ich öffnete meine Tasche, und ein Stück Papier wirbelte davon. Ein Angestellter rannte ins Freie, um es wieder einzufangen, aber ich bedeutete ihm mit einer Geste, es sei egal. Es war die letzte Predigt Mannheims, die ich zufällig noch bei mir gehabt hatte. Als ich in meiner Tasche kramte, fand ich plötzlich Klaras Haarspange, die mir ihre Mutter, Frau Münster, gegeben hatte. Ich hatte sie einmal Leonore geschenkt, aber die mußte sie mir irgendwann ohne mein Wissen wieder zugesteckt haben – wie Josef das Getreidegeld in die Säcke seiner Brüder zurücklegte. »Für Ihr Haar«, sagte ich und überreichte der Frau die Spange. Ich hätte ihr gern deren Geschichte erzählt, doch dazu blieb keine Zeit. Wir traten ins Freie. Dort stand ein Beamter, der sie nicht mit hinauslassen wollte. Ich blieb stehen und blickte in die Wolken wie ein Schiffer, der heimwärts strebt. Die Frau sagte: »Wer so begeistert in die Wolken schaut, dessen Herz bleibt immer vor Härte und Bitterkeit bewahrt.« Und ich antwortete: »In den Bergen Jerusalems blüht bald die Meerzwiebel.«

Die Passagiere nach Tel Aviv hatten sich schon entfernt, einige kletterten bereits die Gangway hinauf. Ich küßte die Frau auf die Lippen, und ein Beben lief durch meine ganze Welt wie über die Haut eines großen Tieres.

Ich beeilte mich, die letzten meiner Fluggruppe einzuholen. Mechaniker liefen in weißen Overalls umher wie Engel oder Ärzte, meines Lebens Ärzte und Engel. Als ich die Gangway erklommen hatte, wandte ich mich noch einmal um und sah sie am Eingang des letzten Glashauses stehen. Im Innern des Flugzeugs setzte ich mich auf einen Fensterplatz. Sie stand immer noch da. Wir sprechen manchmal von einem erwiderten Blick, aber er kehrt nicht wirklich wieder. Niemals ist es genau jener junge Blick, den wir ausgesandt haben.

Die Motoren liefen bereits dröhnend. Das Flugzeug glich

einem Menschen, der vor dem Ringen seine Muskeln prüft. Es war bereits allein, fern von Kontrollturm und Terminal, ganz auf sich selbst gestellt. Plötzlich konzentrierte es seine Kraft und fuhr über die Rollbahn. Momente später verstärkten sich sein Lärmen und Beben wie bei einem Stier, der zum letzten Vorstoß ansetzt. Ein furchtbares Zittern und Wutschnauben durchlief es. Rauch trat ihm aus den Nüstern, als es sich mit überirdischer, gleichsam engelhafter Kraft vom Boden löste und aufstieg. Wir ließen den Flughafen hinter uns. Ein Schafhirte stand, auf seinen Stab gestützt, staunend dort unten. Kaum hatten wir die Flughöhe erreicht, als auch schon die Vorbereitungen für die Landung begannen. Ich füllte die verschiedenen Formulare bereitwillig und penibel aus, um nicht ins Grübeln zu geraten. Die Stewardeß schien mich geradewegs aus einem Französischlehrbuch anzusprechen. Ich öffnete die Frischluftdüse. Die Frau neben mir sagte: »Mir macht das Fliegen gar nichts aus. Ich fühle mich wie im Café.« Heutzutage wollen die Menschen gar nicht mehr spüren, was mit ihnen vor sich geht. An Bord von Schiffen bemüht man sich, das Meer vor den Augen der Passagiere zu verdecken, damit sie meinen, sich in einem schwimmenden Hotel zu befinden. So möchte man das Meer vor den Seefahrenden, die Luft vor den Fliegenden und die Liebe vor den Liebenden verbergen.

Das waren so meine Gedanken. Das heißt, es waren die Gedanken im Vorhof meines Denkens. Erst als wir die Alpen überquert und eine riesige Gewitterwolke passiert hatten, öffneten sich langsam die Pforten zum Innersten meines Denkens.

Was wäre geschehen, wenn ich in jenem Sommer in Jerusalem geblieben wäre? Die Grübeleien über das, was hätte sein können, erfüllten mich erst mit zerreißendem Schmerz, dann mit Freude, Beruhigung, wärmstem Glücksgefühl und einem Dankgebet.

Unter mir lag das blaue Meer, zu den Stränden hin grün und weiß werdend. Wolken überdeckten hier und da eine Stadt oder einen Berg wie eine gütige weiße Hand. Als wir die Inseln überflogen, sagte ich: »Ich kehre heim«, ohne zu wissen, an wen diese Worte sich richteten. Das Flugzeug flog ruhig, und ich aß in Ruhe. Ein Wunder war mir geschehen. Nur wer Wunder erwartet, dem werden auch welche zuteil. Ich wischte mir den Mund ab und zog die Landkarte aus der Sitztasche vor mir, verfolgte die roten Fluglinien, die sich über Länder, Inseln und Meere spannten. Von Zeit zu Zeit informierte man uns über Flughöhe, Flugzeit und die überflogenen Küsten. Plötzlich fühlte ich mich stolz, daß ich diesen Sommer überlebt hatte.

In Athen hatten wir einen einstündigen Zwischenstopp. Wir tranken Kaffee. Dann erstand ich eine kleine Pfeife für einen Freund und Parfüm für meine Frau und legte den Flakon zu all den anderen Geschenken, die ich ihr unterwegs gekauft hatte. Diese Geschenke waren wie Verkehrszeichen, die mir den Weg zurück wiesen. Die Leute sprachen griechisch, und ich freute mich, daß ich sie nicht verstand und daß ich allein war. Heiß war es, und wir gingen wieder an Bord. Als wir gegen Abend eine Insel überflogen, dachte ich, vielleicht liegt dort unten jemand auf dem Rücken und sagt sich: Da ziehen Wolken, und da fliegt ein kleines schwarzes Flugzeug. Und wir meinen beide das gleiche, er und ich. Dann segelten unter uns vom Sonnenuntergang rot gefärbte Wolken dahin, während darunter und darüber bereits Dunkelheit herrschte.

Immer wiederkehren. Wer nicht weggegangen ist, kann nicht zurückkehren. Was nicht begonnen wird, kann nicht fertig werden. Leben bedeutet anfangen und vollenden. Plötzlich empfand ich große Erleichterung. Nichts hielt mich, und ich hielt nichts. Eigentlich dürfen nur meinesgleichen fliegen. Ich versank in Halbschlaf und wachte wieder auf. Dann öffnete ich meine Tasche und nahm die Briefe heraus, die am Flughafen für mich eingetroffen und postlagernd verwahrt worden waren. Erst jetzt hatte ich daran gedacht, sie zu öffnen. Sie kamen mir wie Einsatzbefehle für meine Heimkehr ins Land vor.

Ein Brief von Melvin war darunter. Er schrieb mir, er habe nun endgültig beschlossen, sich scheiden zu lassen. Sie wollten sich in Paris treffen und gemeinsam nach New York fliegen, um dort alles Notwendige zu regeln. Ich wunderte mich keineswegs, hatte schon alles gewußt. Ein weiterer Brief stammte von dem Inder. Er war in sein Land zurückberufen worden, um dort in den höheren Staatsdienst zu treten, konnte vorher aber seine Arbeit über die europäische Verzweiflung noch fertigstellen. Herr Metzmann schrieb mir, sie hätten einen schönen Stein auf Henriettes Grab errichtet und dankten mir für meine Spende zugunsten des Altersheims. Leonore wirbelte wohl weiterhin umher und trat im Zirkus auf.

Ich staunte über mich selbst, daß ich überhaupt nicht aufgeregt war. Ich fühlte mich schon so fern, als wäre ich ihnen allen nicht einmal im Traum begegnet. Schon wurden Rufe laut: »Da sind die Lichter der israelischen Küste!« Ich öffnete den letzten Brief. Er war von meiner Frau Ruth. Sie freute sich auf meine Rückkehr und erwähnte, unter anderem, daß Jizchaks Frau Mina wieder einmal von einer Auslandsreise zurückgekommen sei. Als ich den Sicherheitsgurt über meinem Bauch festzog, sah ich mein ganzes Leben wie im Höhenflug vor mir, vom Anfang bis zum Ende, das noch im Nebel lag.

Das Flugzeug setzte sanft zur Landung an.

Glossar

Abschalom	der dritte Sohn Davids, der auf der Flucht vor Joab umkommt, indem er sich mit den Haaren in den Ästen eines Baumes verfängt.
Achtzehngebet	(Schemone essre) Hauptbittgebet der jüdischen Liturgie.
Alenu-Gebet	eines der bedeutendsten Stücke des jüdischen Gebetbuches und ursprünglich dem Neujahrsgebet zugehörig, wurde es später in die tägliche Liturgie aufgenommen.
Arba Kanfot	(Zizit) sog. Schaufäden, die an den vier Ecken eines Gebetsschals angebracht werden und an die Einhaltung der Gebote der Thora gemahnen.
Auf mein Freund…	Gebet, mit dem der Schabbat begrüßt und in dem der Schabbat als Braut bezeichnet wird.
Bar-Mizwah	(Sohn der Pflicht) traditionelles Reifefest, mit dem dreizehnjährige Knaben als vollwertige Mitglieder in die jüdische Gemeinde aufgenommen werden.
Beerdigungsbruderschaft	ehrenamtlich tätige Gemeinschaft von Männern, die sich um Kranke und Sterbende kümmern und Hinterbliebenen bei der Abwicklung der Formalitäten und den Beerdigungsvorbereitungen helfen.
Be'er Scheva	Universitätsstadt in der Negev-Wüste.

Bialik, Chajim Nachman	1873–1934, gelehrter, aus Wolhynien stammender hebräischer Dichter.
Bileam	heidnischer Seher, von dem erzählt wird, er habe einmal einen Engel, der zu ihm sprach, nicht erkannt, wohl aber habe es seine Eselin, die sich weigerte weiterzuziehen. Die Legende erzählt auch, daß der Moabiter-König Balak Bileam aufgefordert habe, Israel zu verfluchen, damit seine Kraft gemindert und es besiegbar werde. Bileam willigte aber nur ein, das gegen Israel zu sagen, was Gott ihm eingebe, und so sprach er statt Verwünschungen nur Segnungen.
Challe	(Brot, Kuchen) Schabbatbrot, das mit einem Tuch bedeckt und gesegnet wird.
Chanukka	achttägiges Lichterfest im November/Dezember zur Erinnerung an den Wiederaufbau des durch König Antiochus IV. 167 vor der Zeitrechnung entweihten Tempels.
Chassid	Anhänger der ostjüdischen, Chassidismus genannten mystisch-religiösen Glaubensbewegung.
Cherubim	Lichtengel in der nächsten Umgebung Gottes, die die Bundeslade und den Garten Eden schützen und die Gesichter von Mensch, Löwe, Stier und Adler haben.
Chumus	Kichererbsenmus
Cohen	Angehöriger der biblischen Priester-Kaste.
David- und Batscheba-Spiele	folkloristische Spiele um König David und eine seiner Frauen, die kluge, entschlußkräftige Batscheba.
Diaspora	(griech.: Zerstreuung), hebr. Galut, Exil der Juden, Zerstreuung in die Welt.

Erez Israel	national-religiöse Bezeichnung für das Land Kanaan, Bezeichnung der Zionisten für Palästina.
Gabbai	Gemeindevorsteher, früher auch Almosen- und Steuereinnehmer.
Gebetsriemen	werden an Herz und Kopf (am linken Arm und auf der Stirn) zum Zeichen der Frömmigkeit angebracht. In den Kapseln auf Oberarm und Stirn befinden sich winzige Gebetstexte, u. a. das Schema Israel.
Gojim Naches	jiddischer Ausdruck für die Vergnügungen der Nichtjuden.
Gut Schabbes	jiddischer Schabbatgruß.
Höre Israel	(Schema Israel) jüdisches Hauptgebet, ursprünglich auch Achtzehngebet genannt, weil es aus achtzehn Segenssprüchen besteht.
Jahrzeittag	Todestag der Eltern oder naher Verwandter, zu dem alljährlich Gedächtnisgottesdienste gehalten und Gedenklichter angezündet werden.
Jom Kippur	der höchste jüdische Feiertag, auch Versöhnungstag genannt, im September/Oktober, am Ende der zehn mit Rosch Haschana beginnenden Bußtage.
Kabbala	ursprünglich »Überlieferung«, heute: jüdische Geheimlehre.
Kaddisch	Lob- und Bittgebet, heute nur noch als Trauergebet für das Seelenheil Verstorbener üblich.
Kibbuz	ursprünglich landwirtschaftliche Gemeinschaftssiedlungen in Palästina/Israel, heute auch mit Industrie.
Kippa	Käppchen, das fromme Juden zum Zeichen ihrer Ehrfurcht vor Gott immer tragen.

Kleiderzerreißen	zum Zeichen der Trauer wird beim Tod eines nahen Menschen die Kleidung (außer dem Mantel) eine Spanne breit in der Nähe des Herzens – je nach Art der Verwandtschaft auf der linken oder rechten Seite – eingerissen.
Kol Nidre	vielfach vertontes Einleitungsgebet am Vorabend von Jom Kippur zur Nichtigerklärung aller Gelöbnisse und Gelübde des Vorjahres. (Bedeutsam vor allem wegen der zahllosen Zwangstaufen und der Verfolgungen.)
Laubhüttenfest	(Sukkoth) neuntägiges Erntedankfest im September/Oktober.
Lichtwunder	die winzige Menge Öl, die nach der Entweihung des Tempels durch Antiochus IV. bei der Rückeroberung durch Judas Makkabäus gefunden wurde, hätte eine Lampe eigentlich nur einen Tag brennen lassen. Das Öl reichte aber acht Tage lang (vgl. Chanukka).
Luftmensch	Bezeichnung für die nicht-seßhaften, ewig auf der Flucht befindlichen Juden.
Lulaw	Palmzweig; eine der vier Pflanzen, neben Paradiesapfel, Myrte und Bachweide, die zu dem traditionellen Feststrauß von Sukkoth gehören.
Mea Schearim	Viertel der Frommen, der Chassidim, in Jerusalem.
Mendele, Brendele, Sindele	Wortspiel um den russisch-jüdischen Schriftsteller Mendele Moicher Sfurim (1837–1917).
Mesusa	Plural Mesusoth; Kapseln aus Metall oder Holz, die von Juden zum Zeichen ihrer Verbundenheit mit Gott an den Türpfosten angebracht werden. In ihnen stecken winzige Gebetsröllchen mit dem Schema Israel.

Minjan	(Zahl) Mindestzahl von Männern (ab dreizehn Jahren), damit ein Gottesdienst gehalten werden kann. Vorgeschrieben sind zehn.
Mizwah	(Tat) gemeint ist eine gute Tat.
Mohel	jemand, der die am 8. Tag nach der Geburt vorgeschriebene Beschneidung bei Knaben vornimmt.
Palmach	Sturmbrigaden der Hagana, der jüdischen Verteidigungsorganisation in Palästina vor der Staatsgründung.
Pessach	(Überschreitungsfest) achttägiges Fest im März/April zur Erinnerung an den Auszug aus Ägypten.
Pessach-Haggada	Erzählung des Auszugs aus Ägypten, die beim Familiengottesdienst während des Seder-Mahls vorgelesen wird.
Purim	Kostümfest im Februar/März, das zur Erinnerung an die Errettung der persischen Juden vor Haman durch Esther gefeiert wird.
Rahab	eine Dirne aus Jericho in biblischer Zeit.
Rosch Haschana	jüdisches Neujahrsfest im September/ Oktober, Beginn der zehn Bußtage, an deren Ende der Versöhnungstag (Jom Kippur) steht.
Rechovot	Vorort von Tel Aviv.
Sabre	Bezeichnung für die im Land Israel geborenen Juden, nach der Kaktusfrucht, die eine harte Schale und einen weichen Kern besitzt.
Safed	auch Zefat, Stadt im Nordosten Israels.
Schabbat	der siebente Schöpfungstag, an dem nach Gottes Willen geruht wird.
Schächter	Schlachter, der nach jüdischem Ritus schlachtet.

Schofar	gebogenes Widderhorn; wird heute zum jüdischen Neujahrsfest, Rosch Haschana, geblasen; in biblischer Zeit als allgemeines Lärmsignal eingesetzt.
Sedernacht	Name für den ersten und zweiten Pessachabend, an denen Familiengottesdienste nach einer genau vorgeschriebenen Ordnung (Seder) und ein bestimmtes Festessen zelebriert werden.
Sephardim	Name für die spaniolischen und portugiesischen Juden, die nach 1391 und 1492 in alle möglichen Länder vertrieben wurden.
Tallit	Gebetsschal oder -mantel aus Wolle oder Seide, der von Männern zum Beten angelegt wird.
Talmud	Sammlung sämtlicher jüdischer Lehrsätze und aller dazu verfaßten Kommentare.
Thora	die fünf Bücher Mose, die Bibel der Juden.
Urim und Tummim	so etwas wie heilige Lose, mit deren Hilfe die biblischen Priester Gottes Willen zu ermitteln suchten.
Vorbeter	(Chasan) derjenige, der in der Synagoge den Verlauf des Gottesdienstes anzeigt.
Westmauer	auch Klagemauer genannt, einziger noch stehender Rest des alten jüdischen Tempels.
Widderhorn	siehe Schofar.

Jehuda Amichai

Die Nacht der schrecklichen Tänze

Erzählungen. Aus dem Hebräischen von Alisa Stadler.
215 Seiten. Leinen

Amichai, international gefeiert als bedeutendster lebender Dichter Israels, wird hier dem deutschsprachigen Publikum als Prosa-Autor vorgestellt. Auch seine Erzählungen bleiben in ihrer Subjektivität und sprachlichen Dichte lyrischen Prinzipien verbunden. Amichais Figuren versuchen zu lieben, zu leben, den Tod zu überwinden. Wovon immer Amichai erzählt, von einer Bar-Mizwa-Feier, einer Nacht im Kibbuz mit zwei Soldatinnen, einem schrecklichen Frühling, einer verlorenen Liebe, vom Tod eines Freundes, vom Krieg – er erzählt auch eine heimliche Chronik Israels.

»Diese erzählten Kostbarkeiten – um Kibbuzim, Soldatinnen, Liebende, um Krieg, Freundschaften, um Eukalyptusbäume und das Alltagsleben in Pinten – verfügen auf ganz erstaunliche Weise über beinah die gleiche poetische Kraft wie seine Gedichte. Nirgendwo sonst, so der bleibende Eindruck, kann das Maschinengewehr derart koexistieren mit der Vollmondnacht oder dem Mädchen mit dem zu langen Unterrock: Dies ist Israel – ein Israel, dessen poetische Schönheit nicht selten an die Phantasie Mark Helprins erinnert, des jüdischen Amerikaners.« Welt am Sonntag